rowohlt
HUNDERT AUGEN

RYAN GATTIS

DAS SYSTEM

THRILLER

Aus dem Englischen von
Ingo Herzke und Michael Kellner

Rowohlt Hundert Augen

Die Originalausgabe erschien 2020 unter dem Titel «The System»
bei MCD, Farrar, Straus and Giroux, New York.

Deutsche Erstausgabe
Veröffentlicht im Rowohlt Verlag, Hamburg, Januar 2021

Redaktion Tobias Schumacher-Hernández
Typografie Farnschläder & Mahlstedt, Hamburg
Schrift Aldus
Druck und Bindung CPI books GmbH, Leck, Germany
ISBN 978-3-498-02538-0

Die Rowohlt Verlage haben sich zu einer nachhaltigen Buchproduktion verpflichtet. Gemeinsam mit unseren Partnern und Lieferanten setzen wir uns für eine klimaneutrale Buchproduktion ein, die den Erwerb von Klimazertifikaten zur Kompensation des CO_2-Ausstoßes einschließt.
www.klimaneutralerverlag.de

FSC www.fsc.org
MIX
Papier aus verantwortungsvollen Quellen
FSC® C083411

Für Roger Cortez

Weder das Leben noch die Natur kümmert es,
ob der Gerechtigkeit Genüge getan wird
oder nicht.

Patricia Highsmith

DAS SYSTEM

In den Vereinigten Staaten bezieht sich der Begriff *Strafjustizsystem* auf jene Institutionen, die ein angeklagter Straftäter durchlaufen muss, bis die Anklage entweder fallengelassen oder bewiesen und eine Strafe festgesetzt und verbüßt wird.

Das System besteht aus drei eigenständigen Instanzen:

1. Gesetzesvollzug, beispielsweise durch Polizei und Sheriffs.
2. Gerichtsverhandlung, etwa durch Richter, Staatsanwälte, (Straf-)Verteidiger und juristische Angestellte.
3. Strafvollzug und Überwachung, zum Beispiel durch das Gefängnispersonal, Kontrolle eines Bewährungsurteils oder Hafturlaubs.
4. Sie arbeiten zusammen, um die Rechtsstaatlichkeit in einer zivilisierten Gesellschaft aufrechtzuerhalten.

Wenn das System des Los Angeles County dich erst mal auf dem Schirm hat, dann bist du ihm schutzlos ausgeliefert.

Während du in Untersuchungshaft bist, gehört dir dein Körper nicht. Er gehört dem County.

Alles Lebensnotwendige kommt vom County. Dein Essen. Deine Zahnpasta. Sogar deine Kleidung.

Sie sagen dir, wo du schlafen sollst. Du stehst auf, wenn sie dir sagen, dass du aufstehen sollst.

Wenn du keine Kaution stellen kannst und deine Familie auch nicht, dann bleibst du bis zur Verhandlung im Gefängnis.

Das kann sich monatelang hinziehen, je nachdem, wie viele andere offene Verfahren es gibt.

1993 saßen in Kalifornien fünfzehn Prozent der Gefängnisinsassen der USA ein – mehr als in jedem anderen Bundesstaat –, und innerhalb der Strafanstalten zeichnete sich eine Veränderung ab.

Eine Veränderung, die sich schon seit Jahren angebahnt hatte.

Organisierte Gefängnisgangs versuchten, obwohl hinter Gittern, die Aktivitäten von Straßengangs zu steuern, und je erfolgreicher sie waren, desto mehr ging die Macht von den Straßen auf die Untersuchungsgefängnisse und Haftanstalten über.

Die Gefängnisgangs boten ein Mitgliedschaftsmodell an, und das aus einem einfachen Grund: Wenn sie das Milieu hinter Gittern kontrollieren konnten – der schlimmstmögliche Auswuchs kriminellen Verhaltens –, dann konnten sie praktisch jeden kontrollieren, überall.

Dies ist die Geschichte eines solchen Verbrechens – derjenigen, die dafür angeklagt wurden, der Zeugen, der Polizeibeamten, die dazu ermittelten, der Anwälte und Strafverteidiger, die vor Gericht damit befasst waren, und derjenigen, die draußen zurückgelassen wurden.

PROLOG

DAS ALIBI

und das ist kein Traum
nur mein traniges Leben
in dem Menschen Alibis sind
und die Straße unauffindbar
ein ganzes Leben lang.

Anne Sexton, «45 Mercy Street»

JACOB SAFULU ALIAS DREAMER

6. DEZEMBER 1993, 21:18 UHR

Angela hat sich noch nie mit mir hingesetzt und mich angeschaut wie ein Problem, das sie bereits gelöst hat. Sie hat noch nichts gesagt, aber ich spüre, dass ihre Wörter bereits auf dem Weg sind wie ein Faustschlag. Innerlich versuche ich bereits, ihm auszuweichen.

«Es fällt mir wirklich nicht leicht oder so», sagt sie, und ich weiß, das sind die letzten Worte, bevor der Schlag kommt, «aber du musst einfach ausziehen, Jacob.»

Da ist er, der K.-o.-Schlag. Es ist vorbei. Gelaufen.

Wenn Angela Entscheidungen trifft, dann bleibt sie auch dabei.

Jetzt hat sie mich gerade mit einem Streich entsorgt *und* obdachlos gemacht, aber ich kann an nichts anderes als die piepende Mikrowelle denken. Sie ist neu, und ich habe sie letzte Woche von einem Kumpel bekommen. Sie ist aus Japan. Gutes Teil. Digital. Sie hat dieses Dings zur Erinnerung, wenn du dein Essen nicht rausholst. Genau das macht sie jetzt mit ihren Makkaroni. Sie hat schon zweimal gepiept. Der Klang erinnert mich an den Monitor bei meinem Homie, wie der geklungen hat, bevor sein Herz einfach aufhörte.

Tiny Gangster, R. I. P. Southsider. Ein echter Lynwood-Rider. *Un matón grande.* Der härteste Typ, den ich je kennengelernt habe. Die Erinnerung daran vermischt sich mit diesem Augenblick, und der Schmerz brennt in meiner Brust. Wie ein Feuerball.

Angela schnippt vor meinen Augen mit den Fingern.

«Hallo?» Sie fängt an, sich aufzuregen. «Hörst du mir eigentlich zu, oder was?»

Beep.

Ich antworte: «Oder was.»

Sie rollt mit den Augen. Früher fand sie es toll, wie ich sie zum

Lachen gebracht habe. Jetzt schaut sie mich so an, als wäre bereits mein Versuch … traurig.

«Merkst du, wie das nicht funktioniert? Wenn du mal ernst sein solltest, wirst du kindisch. Ist für dich alles ein Witz? Ich brauche nämlich jemanden, der mehr als nur für das eine da ist, so jemanden, der mit dem echten Leben klarkommt *und* voll in mich verknallt ist.»

«Hör zu.» Ich greif mir ihre Hand. Sie ist kalt. Die will nicht zwischen meinen Handflächen sein, das spüre ich. «Ich kann mich bessern. Das kann ich alles machen. Kann dir Blumen kaufen.»

Angela zieht ihre Hand weg. Von meinen Homies habe ich immer nur gehört, dass sie zu gut für mich ist. Dass sie älter ist. Dass sie von allen die Hübscheste ist. Dass sie es zu etwas bringen wird. Selbst Wizard sagt das. Mit der Zeit macht einen das wirr. Und ich bereue, dass ich Littles Haus jemals verlassen habe, mich jemals auf diesen Riesenstreit mit seiner Mamá eingelassen habe, dass ich für so was noch nicht bereit wäre. Siebzehn, und dann mit einem Mädchen zusammenwohnen? Das fand sie nicht gut. Ich hab's trotzdem gemacht.

Piep.

Ich lächele wieder. Aber ich lächle nicht sie an. Sondern meine Füße. Ich rede auch mit ihnen, so etwa: «Und wenn ich plötzlich ernst werde, würde das was ändern?»

«Nein», sagte sie, «über diesen Punkt sind wir schon hinaus.»

«Warum willst du dann, dass ich mich ändere, wenn du Schluss machen willst?»

Sie beugt sich vor. Sie schaut mir hart in die Augen. «Aber bist das *du*? Oder nur das, was deine Kumpel von dir wollen?»

Ich mach einen Rückzieher. «Was weiß ich.»

Sie lässt nicht locker. «Kannst du dich noch daran erinnern, wie sie dich beim Verticken dieser Fernseher geschnappt haben?»

Ich lass mir das einen Moment lang durch den Kopf gehen. Das war nach den Unruhen. Nachdem ich vielleicht dabei geholfen hatte, den Jack in the Box auf dem MLK abzufackeln. In der Nachbarschaft gab es einen Lagerschuppen voller Zeugs, den wir hochgenommen haben. Ständig kamen Homies vorbei, um Sachen unterzustellen. Das war lächerlich einfach.

Dann sagt sie: «Weißt du noch, wie du dich aufgeführt hast, als wärst du derjenige, der einen Käufer finden könnte, da Jellybean sehen wollte, wer sich melden würde? Du hattest so ein breites Grinsen, als wärst du derjenige, der das hinbekommen könnte.»

Mist. Ich erinnere mich. Ich habe versucht, alles an diese alte koreanische Lady in Long Beach zu verkaufen, die mir dann die Sheriffs auf den Hals hetzte. Was Angie nicht sagte, ist, dass Wizards Ratschläge richtig gut kamen. Keine Tattoos zu haben. Nicht für eine Gang unterwegs zu sein. Nicht fotografiert oder verhört zu werden. Es gibt keinen Beweis dafür, dass ich irgendwo dazugehöre. Mich haben die Sheriffs nie eingesackt, weil ich eine Art Schläfer bin. Und davon abgesehen konnte Mrs. Wong bei der Gegenüberstellung auch sowieso niemanden erkennen. Soweit ich weiß, hat sie auf irgendeinen ananasköpfigen *paisa* gezeigt.

Angela starrt mich an. Will, dass ich etwas sage. Aber ich habe keine passende Antwort, also sage ich nichts. Ich warte auf einen Piep. Kommt aber keiner.

Sie senkt den Kopf und streicht sich das Haar mit einem Schwung aus dem Gesicht, als sie ihn wieder hebt. Sie ist ganz und gar ruhig: «Danke, dass du es mir einfacher machst.»

Und bei mir bleibt nichts als der Schmerz. Und deshalb sage ich: «Ich meine, immerhin kann ich das, oder? Nichts zu danken.»

Ihr Gesicht bekommt einen Ausdruck, als würde sie sich winden, als wüsste sie nicht genau, was sie sagen soll. Das kapiere ich. Ich fühl mich auch so. Ich weiß, dass ich es verkackt habe. Ziemlich. Als ich high war, habe ich mit Tinys Cousine Giselle rumgemacht. Obwohl, das ist längst nicht alles. Angela wollte schon immer, dass ich mich ändere, dass ich von der Straße runterkomme. Mir einen Job suche. Oder zur Schule gehe.

«Es ist so, als würdest du bei mir immer eine Maske tragen», sagt sie, «mir das zeigen, was ich deiner Meinung nach sehen will.»

Ich glaube, das Piepsen ist jetzt durch. Soweit ich mich erinnere, piepst es nicht mehr als fünfmal. Jedenfalls nicht endlos oder so was. Das bringt mich auf den Gedanken, dass vielleicht alles wie mit einem Timer läuft. Nicht nur ich und Angela. Alles. Runtertickt. Ausläuft.

Also denk ich mir, warum nicht ehrlich zu ihr sein …, wenn es das ist, was sie will?

Ich beuge mich also vor und sage: «Seit dem Augenblick, als du gesagt hast, was du sagen musstest, spür ich hier einfach so ein Brennen.»

Sie nickt, aber egal, sie glaubt mir nicht.

«Das meine ich ernst», sage ich, «nur …»

Sie beißt sich auf die Lippen und fragt sich wohl, wo ich damit hinwill.

Ich sage: «Ich wünsch dir Glück. Im Leben, verstehst du? Alles *suerte*. In echt. Aber bitte mach nicht mit Homies rum. Das halt ich nicht aus. In echt, das ist nicht … Ich meine, das braucht keiner. Ich nicht. Du nicht. Wizard nicht. Keiner, der verdammt noch mal der Nächste ist. Okay?»

Sie muss mir nicht sagen, dass niemand eine weitere Tiny-Gangster-Geschichte braucht. Sechs Schüsse. Lag im Saint Francis, als sein Körper aufgab. War den sechs Kugeln nicht gewachsen, die der Ex seiner Freundin ihm verpasst hat.

Ich sage: «Dann geh ich jetzt mal, in Ordnung? Ich hol mein Zeug irgendwann mal ab.»

Sie blinzelt. Und ich bemerke, dass sie weint. Und das nervt mich. Denn die ganze Zeit war sie so cool und ruhig und erwachsen, während sie mir das so hingeworfen hat. Ein paar Tränen laufen ihr die Wange runter. Ich möchte sie abwischen. Aber da bin ich nicht mehr für zuständig. Sie schaut mich jetzt an, als wollte sie sagen, sie spürt meinen Schmerz, und es tut ihr gleichzeitig leid, dass sie ihn verursacht hat. Aber scheiß drauf. Sie hat es getan. Gemacht. Und es brennt in meinem Inneren, als hätte Littles Mamá schon immer recht gehabt.

«Schätze schon», sagt Angela.

«Okay», sage ich.

Und dann steh ich einfach auf, wie ein Mann, und all die dummen Sachen, die ich gemacht habe, lasten auf meinen Schultern, denn eine andere Wahl hat man nicht. Das ist so. Immer.

Und ich wende ihr den Rücken zu und gehe aus der Tür. Haue ab.

Und ich schau verdammt noch mal nicht zurück …

TEIL 1

DIE BESAGTEN VERBRECHEN

Wenn Bürger aus reiner Wut ganze Viertel zerstören und wir gebeten werden, «Verständnis» und «Mitleid» zu haben, dann werden wir aufgefordert, Mitgefühl für Wut zu haben. Nun gut, aber was ist mit der Wut der Cops, die ihre Anstrengungen täglich von einem System vereitelt sehen, das eine endlose Parade menschlichen Mülls wieder auf die Straßen schickt, um noch mehr Straftaten zu begehen? … Wie wäre es mit ein bisschen «Verständnis» für sie und alles, dem sie sich täglich gegenübersehen? Gegenwärtig liegen die Chancen, dass ein Krimineller, der ein Kapitalverbrechen begeht, ins Gefängnis wandert, bei weniger als einem Prozent. Davon haben gesetzestreue Menschen die Nase voll.

Rush H. Limbaugh III.
The Way Things Ought To Be (gekürzt)

AUGUSTINE CLARK ALIAS AUGIE

6. DEZEMBER 1993, 21:18 UHR

1

Ich stehe an der Ecke Josephine Street und Long Beach Boulevard und sag mir, dass ich sterben werde, wenn ich nicht noch acht Häuser durchhalte. Und genau da geht dieses Erdbeben in meinem Inneren los. Ich knicke in der Mitte ein. Fühlt sich an, als würden meine Knochen von innen herausbrechen. Ich brauche den Gehweg, um mich festzuhalten. Ich muss zwei Hände auf Beton legen, und er ist kalt, und ich sehe aus, als würde ich versuchen, ein Tier auf allen vieren zu sein.

Diese Erdbeben, die über mich kommen, sind groß. Jedes von ihnen ist wie ein Maul, das in die Mitte meines Körpers beißt und das zu essen versucht, was von mir übrig ist. Und dieses hier schluckt mich jetzt einfach.

Es lässt mich wieder los, und ich weiß, dass ich mich bewegen muss, bevor das nächste kommt. Als ich etwas Nasses über meine Lippe laufen spüre, wisch ich mir die Nase an der Schulter und bin echt froh, dass es kein Blut ist.

Ein Auto rollt langsam heran. Scheinwerfer treffen meine Augen, und ich zucke zurück. Die Fenster werden heruntergekurbelt, und aus Lautsprechern erklingt irgendeine Sängerin. Ich höre es. Aber ich kann nicht verstehen, was sie singt.

«Was stimmt verdammt noch mal mit diesem Typ nicht? Hat er die *Malias,* oder was?»

Das sagt wohl der Fahrer. Und dann ist er weg. Und die Lichter auch.

Er weiß und ich weiß, dass man sich in diesem Viertel nicht mit den ersten Symptomen eines Entzugs erwischen lassen sollte. In so einem Zustand südlich des neuen Century Freeway? In so einem Zustand jenseits von Long Beach? Das ist Gangtown-Scheiß. Nach Einbruch der Dunkelheit? Da bettelst du nur darum, dass du ein paar üble Sachen auf dich ziehst.

Und ich wäre todsicher nicht hier, wenn ich ein paar andere Optionen hätte.

Aber genau das passiert, wenn man eineinhalb Tage schläft und aufwacht und sich dringender als je zuvor unbedingt einen Schuss setzen muss.

Ich spüre, wie das nächste Erdbeben anrollt, zunächst nur ein Wackeln. Wie ein kleines Nachbeben. Also lehne ich mich an eine Mauer und stehe es durch, als wäre ich in einem Sturm. Jetzt hab ich nur noch fünf Häuser. Bin fast da. Halt mich an der Mauer fest und versuche so auszusehen, als könnte mich der nächste Hurrikan nicht davontragen.

Dann überfällt mich der Geruch nach Fleisch. Rindfleisch. Oder *Tamales*. Oder *Tacos Mexico*. Und mein Magen tut so, als würde er danach grabschen, nur um mir Ärger zu machen. Das folgende Erdbeben ist das allerschlimmste überhaupt. So schlimm, dass ich auf der Stelle anfangen will zu schreien.

Würde ich. Aber die Schmerzen würden davon nicht besser werden. Und das Verlangen in mir nicht befriedigen. Dieses Verlangen ist krasser als krass.

Es ist wichtiger als der Schmerz. Hüllt ihn ein.

Das Verlangen treibt meine Schritte, und ich kämpfe mich gerade mit ein paar Spastischritten vorwärts, bei denen meine Beine zur Seite ausbrechen wollen, aber schaffe es irgendwie, weiterzugehen. Ich bin diese Schmerzen gewöhnt. Ich hasse sie. Aber ich kenne sie. Und das Verlangen hat mich immer im Griff. Es ist eine Notwendigkeit. So wie Atmen.

Ich habe nachts im Hafen gearbeitet. Bis zu meinem Unfall. Ich kenne die nächtlichen Geräusche auf den Booten. Und diese Gefühle sind wie der Schalltrichter eines Nebelhorns. Sie gehen nach oben. Nicht nach unten. Nicht *biiiiep-ummmmm.* Einfach nur ein *biiiiiep,* das allmählich leiser wird. So ruft mich die Droge. Ruft mich wieder und wieder. Sie ist dort in der Nacht und sagt, dass ich zu ihr kommen soll. Wenn ich zu ihr kommen kann, sagt sie, dann kann ich danach weiter dahinsegeln.

Und das treibt mich jetzt zu dieser Tür. Ich weiß, dass ich das nachts besser nicht tun sollte. Aber ich muss. Ich muss oder ich sterbe. Ich muss mit Scrappy reden oder sterben. Das sagt mir mein Bauch. Das sagt mein Gehirn. Beide sind sich einig, dass ich keine weiteren Optionen mehr habe.

Also klopfe ich an die Fliegengittertür, und sie scheppert, und dann lehne ich an das ganze Haus und sag ihm, es soll mich halten.

Ein kleiner Junge kommt an die Tür. Ein Junge ohne Hemd. Ich sehe ihn hinter dem Fliegengitter mit einem Eis am Stiel im Mund, und er blinzelt mich an. Dann höre ich jemanden «Nein!» schreien und aus dem Wohnzimmer kommen.

Und er und ich wissen, dass er Ärger kriegen wird, weil er nachts die Tür geöffnet hat. Der kleine Junge dreht sich gerade rechtzeitig, um von Scrappy einen Klaps auf den Hintern zu bekommen.

Auch Scrappy sieht sauer aus. Trägt nur ein T-Shirt und Shorts. Keinen BH. Hat aber ein Pokerface aufgesetzt. Durch die Löcher im Fliegengitter kommt mir all der Zorn entgegen.

«Hau ab, Scheißkerl», sagt sie. «Ich hab nichts für deinen Junkie-Arsch.»

Sie knallt mir die Tür vor der Nase zu. Ich spüre den Luftzug und weiß, so fühlt es sich wohl an, wenn man ertrinkt und jemand steuert mit einem Motorboot auf einen zu und schaut zu, wie man versinkt, und dreht dann ab.

Das ist verdammt erniedrigend. Das ist traurig. Das ist peinlich. Das ist alles auf einmal.

Aber dann trifft mich ein weiteres Erdbeben, und alles andere ist unwichtig.

Zum Teufel mit Scrappy. Das beschließe ich auf der Stelle. Hier bin ich. Ich werde was auch immer machen, bis sie herauskommt. Es ist mir sogar egal. Sie bringt mich um? Toll. Sie befreit mich von meinem Elend.

Ich gehe zum Fenster und ziehe an den hölzernen Läden. Zerre ruckartig daran. Hänge mich mit meinem Gewicht daran. Das gibt ein verflucht schreckliches Geräusch. Es klingt wie knirschende Zähne, als eines der Scharniere sich entschließt, aus dem Putz zu brechen.

Das tut mir leid. Wirklich. Aber ich mache weiter.

Durch die weißen Vorhänge sehe ich mehrere Menschen, und dann öffnen sich die Vorhänge. Das muss Scrappys Mutter sein oder was weiß ich. Und hinter ihr Scrappy, die mich entsetzt ansieht und mir mit den Augen befiehlt, verdammt noch mal zu verschwinden, aber weiß, dass ich das nicht tue. Weiß, dass ich bis zum Anschlag drauf bin und sie sich besser mit mir abgibt, bevor ich alles nur noch schlimmer für sie mache.

Und dann tue ich so, als würde ich gleich überall hinkotzen. So als würde ich gleich Scrappys großes Problem sein, wenn sie mich hier draußen lässt. Sie sieht meinem Gesicht an, dass ich die ganze Nacht hier auf dem Rasen liegen werde. Die Büsche ihrer Mutter als Bett benutze. Und vielleicht bin ich am Morgen immer noch da, und sie muss sich um mich kümmern. Dann bin ich entweder tot, oder sie muss einen Krankenwagen rufen und hat Beamte hier herumrennen und muss deren Fragen beantworten, oder sie sieht zu, dass sie mich hier jetzt loswird.

Und das alles, direkt nachdem mich ein weiteres Erdbeben trifft, und ich muss auf ihren Rasen starren, der seit Wochen kein Wasser gesehen hat. Der größtenteils aus nacktem Boden besteht. Und dann schaue ich auf, und wir starren einander an, und wir beide wissen, wie sehr wir einander hassen, aber wir wissen, wie es läuft.

Das Spiel läuft so. Ich brauche dringend etwas. So dringend, dass ich alles dafür tue, es zu bekommen. Das weiß sie und sie weiß, dass sie hat, was ich brauche, um wieder auf den Damm zu kommen. Und sie weiß, dass sie mir besser etwas gibt, denn ich habe absolut nichts zu verlieren. Ich werde ihr ganzes Haus von außen demolieren. Was kann sie schon machen? Die Sheriffs rufen?

Sie zeigt auf die andere Straßenseite, als solle ich dort rübergehen, und dann zieht sie die Vorhänge mit einem Ruck zu, und ich weiche ein paar Schritte zurück.

Ich lehne mich an den Briefkasten. Ich spüre einen Stich in der Seite, von der Hüfte bis zu den Rippen. Hier draußen ist es echt ruhig. Und ich spüre Blicke auf mir, aber scheiß drauf. Ich schaue nach links. Ich schaue nach rechts.

Ich sehe, wie ein Auto die Straße hinab die Scheinwerfer ausschaltet, aber ich weiß nicht, ob es der Wagen von eben ist oder ein anderer oder ein Nachbar oder was. Ist mir auch egal.

Wann schaue ich wieder auf? Scrappy kommt von der Seite des Hauses auf mich zu. Sie trägt jetzt ein Hoodie. Und Jeans. Und sie sieht *wütend* aus.

Sie schreit flüsternd: «Was zum Teufel bildest du dir ein, so bei mir aufzutauchen?»

WUMMS. Ich seh nicht mal, wie sie ausholt, aber ihre Faust landet direkt in meinem Magen, und ich falle dahin, wo Rasen sein sollte, aber kein Rasen ist. Und das Lustige ist, dass es sich fast gut anfühlt. Dass es nicht so übel ist wie die Erdbeben. Es lenkt mich davon ab. Und ich lache.

Sie hasst so was. Sie tritt nach mir und trifft mich voll in die Rippen, da, wo ich den Stich gespürt habe. Darüber lache ich nicht. Meine Lunge ist plötzlich leer, und ich breche auf den Boden ihres beschissenen Vorgartens. Ich rolle mich zusammen, bis sie aufhört, nach mir zu treten. Und versucht, wieder zu Atem zu kommen.

«Du kämpfst wie ein verdammter nasser Sack», sagt sie. Und spuckt neben mich.

Ich zieh einen zusammengeknüllten Zwanziger heraus und halte ihn ihr hin. Wie eine weiße Fahne.

Sie macht sich nur darüber lustig.

Ich falte ihn auseinander. Ich versuche, ihn glattzustreichen, bevor sie ihn sich schnappt und sich umdreht, als würde sie zurück ins Haus gehen. Und das kann ich wirklich nicht zulassen.

«Ich brech deine anderen Fensterläden ab. Ich mach deine Mülltonnen alle», sage ich zwischen Geächze.

«Mach das, und ich zieh deinen Arsch aus dem Verkehr, Augie, du verdammter Scheiß-*Gabacho.*»

Sie schüttelt den Kopf. Und ich? Ich beobachte jede ihrer Bewegungen und sehe, wie sie einen Plastikbeutel aus der Tasche zerrt, auf dem mein Name steht. Ich sehe nur noch ihn, nichts anderes mehr. Weder sie. Noch die Straßenlampen. Nichts.

Nur diesen Plastikbeutel. Und dieses kleine bisschen, das da drin ist.

Sie wirft ihn auf den Boden, und ich stürz mich drauf. Als wär das die World Series und ich hätte das verdammte Ding mit diesem Catch gewonnen. Ich muss so heftig grinsen, dass mir fast das Gesicht abfällt.

Scrappy steht über mir. Tritt an meinen Fuß, aber nicht fest.

«He. Wenn du jemals wieder hier aufkreuzt, dann mach ich dich alle. Ist mir scheißegal.» Sie steckt beide Hände in die Taschen und dreht sich um.

Während ich mich hinknie, kommt das nächste Erdbeben, aber ich spüre es nicht mehr so stark. Nicht mit dem Beutel in der Hand.

Denn gleich darauf stehe ich auf und geh, so schnell ich kann, den Weg zurück, den ich gekommen bin.

Ich bin noch nicht weit, als ich höre, wie jemand in meine Richtung läuft, und glaube erst, dass sie hinter mir her sind, und stecke das Beutelchen in den Mund und drücke es gegen die Backe, aber dann höre ich die Stimme von diesem Typen.

«Scrap!»

Mehr sagt er nicht. Nicht viel. Aber laut.

Und genug, dass Scrappy sich umdreht. Und ich drehe mich auch um. Schau die Straße entlang auf Scrappys Haus. Dann sehe ich, wie zwei Typen auf sie zugehen, und einer von ihnen hebt den Arm und hat eine Pistole in der Hand, und ich schrecke hastig zurück. Aber es ist zu spät.

Ich sehe das Gesicht dieses Typen. Es ist Wizard. Und ich bin verdammt wütend, dass ich das sehen muss und dass er sein Gesicht nicht bedeckt oder so was, denn das ist für mich überhaupt nicht gut, dass ich das weiß, und ich drück mich sofort hinter die Mauer, und dann sprüht die Trommel Feuer, das weiß durch die Nacht zuckt.

Ein Schuss vom Gehweg aus. Der Scrappy ins Taumeln bringt.

Einer vom nackten Stück Erde her, da, wo ich hingefallen bin. Und sie jetzt zusammenbricht.

Einer von ganz nah. Als sie schon liegt.

Wie krass ist das denn, denke ich, als die Waffe zu ihren Füßen fällt. Sie raucht noch. Meine Ohren klingeln. Die Hunde in den Hinterhöfen kläffen, so laut sie nur können.

Und Wizard und der andere Kerl rennen zu einem Auto. Der andere trägt ein gelbes Hoodie. Ein gelbes der Lakers. Das Auto springt an. Und das Mädchen singt wieder. Und dann sind sie weg. Nicht schnell. Kein Kreischen. Langsam. So als hätten sie das alles schon mal gemacht. Und das ergibt Sinn, denn Wizard ist echt cool. Wie ich hörte, hat er das alles schon gemacht.

Und dann kommt dieser Adrenalinschub über mich. Er drückt meine Schmerzen weg. Er sorgt dafür, dass ich zu Scrappy renne und neben ihr stehe und sehe, dass sie sich nicht bewegt, aber atmet. Ich geh noch näher ran, um sicher zu sein.

Aber da öffnet sich die Tür, und ihre Mutter fängt an zu schreien. Ich versuche ihr zu sagen, dass gerade zwei *Muchachos* hier waren, aber das alles macht mir einen Knoten in der Zunge.

«Telefona ambulanza!»

Das sage ich schließlich. Ich sage es zweimal, damit sie mich versteht. Es hilft aber auch, damit sie weiß, dass ich der von vorhin bin. Dass ich das nicht gemacht habe. Gar nicht machen konnte.

Als sie zum Telefon geht, lässt sie die Gittertür hinter sich offen. Und ich sehe, dass der Junge seine Mutter sieht. Er hat sein Eis am Stiel in der Hand. Um den Mund ist er orange. Ich kann das durch die Lampe über der Veranda erkennen. Er hat keine Ahnung, was er da sieht, und das ist gut so. Da hat er Glück.

Denn ich versuche, mich zwischen ihn und Scrappy zu stellen, die direkt hier vor mir liegt und blutet. Jetzt erkenne ich auch, dass sie eine Kugel ins Bein bekommen hat. Und eine in den Bauch. Und eine in die obere Schulter, nahe beim Hals. Sie liegt in einer Pfütze von blutigem Schlamm, und dann drück ich ihre Hände auf ihren Bauch.

«Hier drücken.» Es klingt wie ein Befehl. «So fest, wie du kannst.»

Neben ihr liegt ein Messer im Gras, das ihr irgendwo rausgefallen sein muss. Ich schnapp es mir und schneide ein Stück des Hosenbeins ab und reiße es in Streifen. Aus dem Aufschlag fallen ein paar Päckchen, und ich lege ihr schnell einen ziemlich guten Druckverband an.

«Du wirst schon wieder», lass ich sie wissen.

Ich zähle die Päckchen auf dem Boden. Es sind drei.

Und sag mir, dass sie die jetzt nicht mehr braucht. Schaut sie doch an!

Sie hätte so spät nachts die Tür nicht mehr öffnen sollen.

«Du wirst schon wieder», sage ich noch einmal.

Sie hätte es besser wissen sollen.

Und so zu bluten? Schaut! Sie braucht überhaupt nichts mehr!

Aber ich.

Mein Herz ist dabei, verrückt zu spielen. Ich spüre es in meinem ganzen Körper. In den Ohren. Im Hals. In den Zehen.

Sie fängt an zu weinen. Sie schließt die Augen.

«Motherfucking Wizard», sagt sie.

Und sofort werden meine Knie weich. Denn natürlich hat sie ihn erkannt.

«Das wird schon wieder. Keine große Sache.» Aber sie reagiert nicht auf das, was ich sage.

Sie wird nicht wieder werden, aber das sage ich nicht.

Und dann durchwühl ich ihre Taschen und greif mir jedes Päckchen, das drinsteckt, aber das reicht nicht. Meine Lippe juckt. Ich beiße also drauf und roll den anderen Hosenaufschlag auf, und da fallen noch mehr Päckchen raus, und ich steck sie ein, bis meine Taschen voll sind, und dann stecke ich sie in meine Socken.

Ich überlege, dass ich zuerst in ihrer Unterwäsche nach mehr hätte suchen sollen, denn jetzt ist es unmöglich, den Druckverband noch mal abzunehmen, also zieh ich ihr die Schuhe aus und die Einlagen, und da sind jeweils noch zwei Päckchen, und ich taste weiter, aber ohne richtig nachzudenken, denn dann halte ich die Pistole in der Hand.

Fingerabdrücke sind mir scheißegal, denn ich habe sie einfach aufgehoben und denke daran, dass das vielleicht nicht so gut ist und ich sie vielleicht hätte liegenlassen sollen, aber dafür ist es jetzt zu spät. Ich tu also das, was ich tun muss. Und dann überleg ich, dass sogar das egal ist, bei dem, was sie wert ist.

Für wie viel ich sie verkaufen kann. Wenn ich sie säubere. Wenn ich nicht verrate, woher sie kommt. Oder wie ich darangekommen bin.

Darüber denke ich nach, als ich versuche zu rennen. Versuche, ein Bein schnell vor das andere zu setzen.

Denn ich habe ja bloß eine Waffe gefunden. Und praktisch jeder würde dafür was hinlegen.

Praktisch jeder.

BEWÄHRUNGSHELFER PHILLIP PETRILLO

7. DEZEMBER 1993, 07:18 UHR

2

Als ich parke und den Motor abstelle, springt Rush Limbaughs Kassette heraus. Der erste Halt meiner Schicht ist Augustine Clark, ein neuer Fall, den sie mir aufgehalst haben, weil Martinez (angeblich hart im Nehmen) im Mutterschaftsurlaub ist. Dabei ist sie nicht verheiratet, ja nicht mal mehr mit dem Vater des Babys zusammen, also ist das alles völliger Unsinn. Ehrlich soll mir eine (sexistische) Feministin doch mal erklären, warum Martinez es verdient hat, genauso viel wie ich bezahlt zu bekommen, wenn ich als Ausgleich für ihre monatelange Abwesenheit doppelt so viel arbeiten muss und nicht mal Freizeitausgleich bekomme. Na gut, sie hat zwei Dienstjahre mehr als ich vorzuweisen, aber bekomme ich zumindest Überstunden gutgeschrieben, wenn ich ihre Fälle bearbeite? Nö. Die knappen Budgets bedeuten, dass von mir erwartet wird, vier ihrer Bewährungsfälle mitzubearbeiten, zusätzlich zu meinen eigenen Fällen. So ist das dieser Tage in Amerika. Die Weißen machen den Dreck der anderen weg. Wir bringen die Dinge stillschweigend in Ordnung, währen die Faulen jammern und Almosen beziehen. Es hängt mir wirklich zum Hals heraus.

Ich öffne die Tür und steige aus. Ich blättere durch Clarks Bewährungsakte, schaue dabei prüfend nach links und rechts, ob es in meiner unmittelbaren Umgebung etwas Bedrohliches gibt (der Parkplatz des Islands Motel am Long Beach Boulevard in Lynwood, aber noch rührt sich nichts, es ist noch zu früh), mache mich mit dem Mann vertraut: CDC-Nummer R19237, eins fünfundsiebzig groß, knapp sechzig Kilo, geboren 1953, Anschrift wie hier, aber das ist definitiv nicht die Resozialisierungseinrichtung, die Martinez empfohlen hatte (was sie ehrlich gesagt vermerken können), die Frage nach dem Arbeitsplatz ist auf dem ersten Befragungsbogen mit *Arbeite dran* beantwortet (ungelogen, das hat er tatsächlich geschrieben), das monatliche Einkommen beängstigend gering, selbst für den Zusatz *Fünfzehn Jahre Navy und Behinderung,* bei Führerschein und Fahrzeugbeschreibung steht *Ungültig.* Sein Vorstrafenregister: Rauschmittelbesitz '87 (sechs Monate gesessen), Besitz '88, Besitz '90, Einbruchdiebstahl '90 (zwei Jahre) und Besitz '92, der zu seiner letzten Verurteilung führte. Vor fünf Monaten wurde er entlassen, wahrscheinlich wegen Überfüllung, aber auf dem Papier heißt das *Wegen guter Führung,* ein echter Witz. Keiner dieser Mistkerle brummt noch echt seine Zeit ab.

Ich blättere zurück zum Anfang und schließe die Bewährungsakte. Dann steige ich aus, öffne den Kofferraum und werfe die Akte rein, bevor ich den Kofferraum zufallen lasse und abschließe. Ich trinke den Kaffee aus; als ich keinen Abfalleimer in unmittelbarer Nähe sehe, stelle ich den Einwegbecher auf die Klappe. Ich bin ja kein Schwein.

Ich klopfe kräftig, damit der Mistkerl auf der anderen Seite weiß, dass er jetzt von einem Profi kontrolliert wird.

Als die Tür geöffnet wird, ist da zuerst dieser Geruch. Im Untersuchungsbericht werde ich ihn abgestanden-ranzig nennen, wie eine Mischung aus tagelang getragenen und ungewaschenen Klamotten und Essensresten. Das deutet nicht darauf hin, dass er sauber ist und die Bewährung ernst nimmt. Für meinen Geschmack sieht das ganz nach Rückfall aus.

Der Eindruck verstärkt sich beim Anblick von Clark in der Tür, der den Kopf samt schütterem Haar beugt. Er ist unrasiert und war seit Wochen nicht beim Frisör. Heute ist Dienstag, und offensichtlich ist er nicht darauf vorbereitet, sich auf Arbeitssuche zu begeben, und das wirft die Frage auf, was er letzte Nacht getrieben hat.

Ich sage: «Wie lautet Ihre CDC-Nummer?»

«R-eins-neun-zwei-drei-sieben», antwortet er heiser. «Sie können Augie zu mir sagen.»

«Augie, ich bin Agent Petrillo von der Bewährungseinheit South Central. Sie können Agent Petrillo zu mir sagen. Verwechseln Sie meine Freundlichkeit nicht mit Freundschaft. Ich bin hier, um einen Hausbesuch zu machen. Ich habe Ihren Fall von Agent Martinez übernommen. Wie ich sehe, haben Sie sich letzte Woche nicht wie angeordnet bei der Bewährungsbehörde gemeldet. Warum nicht?»

«I-ich war krank», sagt er.

«Eine Verletzung der Meldepflicht ist ein ernsthafter Verstoß. Das alleine genügt, um einen PAL-Haftbefehl auszustellen. Das würde ein Jahr Verwahrung bedeuten. Und mit Ihrem Vorstrafenregister hieße das Knast.»

Er ist schon dreimal auf Bewährung gewesen. Er weiß, dass PAL die Abkürzung für Parolee-at-large ist. Das muss ich nicht erklären.

Ich schaue mich im Zimmer um: in jeder Ecke Berge von Kleidungsstücken, um den Fernseher herum leere Gatorade-Flaschen und überall Essensverpackungen. Ein Rattenloch.

Ich sage: «Das ist nicht die Rehabilitationseinrichtung, die mein Partner Ihnen empfohlen hat. Oder, Clark?»

Als er nicht sofort antwortet, trete ich ins Zimmer, hole eine Stiftlampe aus der Tasche und richte sie auf seine Augen.

Er macht einen Satz rückwärts, prallt an die Wand neben der Badezimmertür und bleibt dort kleben. Er hält die Hände über die Augen und sagt: «Was soll das, Mann!»

«Und was passiert, wenn wir einen Test machen?» Er hat gedrückt. Da bin ich ganz sicher. Trotzdem muss ich fragen. Sie müssen eine Chance haben, ehrlich zu sein. Das ist nur fair.

«I-ich weiß nicht, Agent Petrillo.»

«Sie lügen, Clark.»

«Augie, einfach Augie. Bitte.»

Seine Pupillen sind verengt. Ich stehe nahe am Lichtschalter, also schalte ich das Licht aus und leuchte Augie mit der Stiftlampe ins Gesicht.

«Ich werde in meinem Bericht vermerken, dass Ihre Pupillen auf direkten Lichteinfall nicht reagieren und ich Grund habe anzunehmen, dass Sie eine unerlaubte Substanz zu sich genommen und damit Ihre Auflagen verletzt haben. Ich muss Ihre Wohnung durchsuchen.»

«Was soll das, Agent Petrillo, Mann!»

Er ist aufgeflogen. Er weiß es. Es ist nur eine Frage der Zeit, bis ich finde, was sich zu finden lohnt. Ich nehme einen Holzstuhl und stelle ihn außer Reichweite von Bett und Schrank und weit genug von der Tür, damit ich ihn fertigmachen kann, wenn er versucht abzuhauen.

«Setzen», sag ich.

Er setzt sich, und ich ziehe mir Handschuhe an. Ich überlege, ihm Handschellen anzulegen, entscheide mich aber dagegen. Ich suche in seiner unmittelbaren Umgebung nach einer Waffe: ein Messer, irgendwas. Da ist nichts. Ich behalte ihn im Auge, während ich das Bett filze. Ich überprüfe das Kissen, den Spalt zwischen Matratze und Rahmen, die Nachttischschubladen. Nichts. Dann nehme ich mir die große Kommode vor. Ziehe sie von der Wand. Schaue hinter den Fernseher. In der Toilette. Nichts. Im Badezimmer finde ich sein Besteck: eine Nadel, einen verbogenen Löffel mit Rückständen, schmutzige Baumwolle, die aussieht, als hätte er sie von einem Q-Tip gezupft, und den Abbinder.

Das alleine reicht schon, um seinen Hafturlaub zu beenden. Ein glattes Jahr wartet auf ihn. Keine gute Zeit. Keine Bonuspunkte fürs Arbeiten. Und er muss die vollen 365 Tage absitzen.

«Du bist am Arsch, Augie», sage ich. «Du gehst zurück, und zwar für ein Jahr.»

«I-ich weiß», sagt er.

Aber ich bin noch nicht fertig. Ich setze den Fuß auf die Teppichkante und ziehe. Die gegenüberliegende Ecke wird aufgeschlagen. Darunter ist Kleber und Teppichunterlage, aber sonst nichts. Ich schlage den Teppich zurück, aber irgendetwas stimmt da nicht. Er liegt nicht völlig flach. Ich fahre wieder mit dem Fuß darüber, aber er liegt immer noch nicht, und darüber hinaus bewegt sich die Fußleiste, also tret ich dagegen, und sie wackelt.

Ich schaue Augie an. Er runzelt die Stirn und sieht aus, als würde er gleich anfangen zu heulen.

«Was werd ich da wohl finden, Augie?»

Er gräbt die Knöchel fest in seine Stirn.

«Verdammt», sagt er. «Verdammt!»

Ich biege die Fußleiste mit den Fingern zurück und passe auf, dass ich in keinen der Nägel fasse, die noch drinstecken. Als ich sie ganz von der Wand abgezogen habe, kann ich zwei kleine Verstecke sehen, etwa zwanzig Zentimeter lang und fünf Zentimeter hoch. In dem einen liegen zehn Plastikbeutelchen. In dem anderen eine Waffe.

Ich zieh meine Waffe und richte sie auf Augie. Mein Herz schlägt wie wild, als ich von null auf hundert, auf gewaltsames Vorgehen schalte. «Auf den Boden, aber sofort!»

Augie rutscht vom Stuhl und fällt mit dem Gesicht nach unten auf den Teppich. Er liegt auf dem Bauch, und ich lege ihm die Handschellen sehr eng an. Dafür, dass er nichts gesagt hat.

«Du wusstest doch, was ich finden würde! Warum hast du mir verdammt noch mal nichts gesagt? Du hast Glück gehabt, dass ich nicht geschossen habe!»

Ich steck die Waffe weg. Ich atme ein paarmal tief durch, um mich zu beruhigen. Es funktioniert nicht.

Ich sage zu ihm: «Wegen der Päckchen hast du jetzt eine Anklage als Dealer am Hals *und* eine weitere wegen illegalem Waffenbesitz in einem schweren Fall. Das bringt dir definitiv doppelten Knast.»

Augie weiß nicht gleich, was er dazu sagen soll, und das ist in

Ordnung so. Das muss er auch nicht, aber ich muss das den Sheriffs sagen. Ich mach ein paar Schritte Richtung Telefon und will schon den Hörer abheben, da dreht er den Kopf, spuckt einen Teppichfaden aus und sagt: «Was ist, wenn ich was wüsste, Mann?»

Ich halte inne. Ich sage: «Wissen über was, Clark?»

«Etwas Schlimmeres», sagte er. «Echt krasse Sache.»

«Das ist nicht meine Abteilung. Ich seh jetzt zu, dass ich dich auf den Weg bringe.»

Auf dem Nachttisch neben dem Bett steht das Telefon. Ich greife zum Hörer.

«Kennst du Wizard?»

Der Name fühlt sich an, als würde mir jemand einen Tritt mit einem Stahlkappenschuh in meinen unteren Rücken verpassen, und ich spüre ein Prickeln. Ein Prickeln, das ich gut kenne.

Ich lege den Hörer wieder auf. Jeder kennt Wizard. Wenn man sich in Lynwood herumtreibt, dann muss man ihn kennen, aber da ist noch etwas anderes: Er ist einer meiner ersten Bewährungsfälle, seitdem ich vor einem Jahr, nach meinem Vorfall, hierher versetzt worden bin.

Ich sage: «Was ist mit ihm?»

«I-ich habe gesehen, wie Wizard und noch ein Typ letzte Nacht ein Mädchen umgebracht haben», sagt er, «mit dieser Pistole.»

Ich kann meine Zweifel nicht verhehlen und sage: «Du willst mir erzählen, dass du eine Waffe von einem Tatort entfernt hast?»

«Ich wollte sie verkaufen», sagt er.

Er hat es kaum gesagt, da muss ich über diesen Schwachsinn lachen, aber dann greift noch etwas anderes nach mir: der Gedanke, etwas Echtes gegen Wizard in der Hand zu haben. Und dann kann ich an nichts anderes mehr denken.

Dieses kleine Arschloch hat mich öfter angelogen, als ich zählen kann, aber dass ich ihn nie dafür drankriegen konnte, das hat mich verrückt gemacht, denn hier im Ghetto deckt jeder jeden. Die Leute hier im Viertel sehen *alles,* aber sie sagen *nichts.* Es ist das Gegenteil einer bürgerlichen Gesellschaft, denn diese kleinen Gangster haben alles fest im Griff. Die Leute im Viertel geben nie etwas zu Protokoll, unterstützen nie die Anklagebehörden. Diese Hispanos haben keine Werte, wie wir sie kennen. Sie lügen genauso selbstverständlich, wie sie atmen. Sie schießen einen auch einfach so über den Haufen. Sie erschießen einen, weil jemand es ihnen sagt. Hier draußen herrscht das Gesetz des Dschungels. Die einzige Möglichkeit, dass jemand ins Gefängnis kommt, ist …

Und dann hab ich eine Idee. Ich erstarre zur Salzsäule und verziehe wohl auch irgendwie das Gesicht, denn Augie fragt: «Geht's dir gut?»

«Klappe, Augie.»

Ich weiß auf der Stelle, dass das die beste Idee ist, die ich jemals hatte. Das ist wie sieben auf einen Streich. Völlig unmöglich, dass jemand wegen dieses Mordes den Mund aufmacht, nicht mal Augie, es sei denn, ich lasse ihn, denn dafür fährt nur jemand ein, wenn man mit dem Finger auf ihn zeigt.

Verdammt, das könnte eine süße Rache werden. Das könnte der großartigste Schachzug werden, den ich je gemacht habe.

Er könnte Gerechtigkeit bedeuten (*echte* Gerechtigkeit, ausnahmsweise mal) und eine Menge mehr. Vielleicht ist da sogar was für mich persönlich drin. Die beste Art von Belohnung. Zwei Sachen gleichzeitig (etwas, das ich schon immer haben wollte, und etwas, mit dem ich sie bestrafen könnte), denn wenn ich diese kleinen Kriminellen aus diesem Haus vertreiben könnte, dann wäre die Jagd auf Wizards Cousine eröffnet.

Dann wäre sie nicht mehr geschützt. Dann wäre sie alleine. Dann gäbe es niemanden mehr, auf den sie sich verlassen könnte. Ich habe gesehen, wie sie mich angeschaut hat. Ich weiß, dass sie sich Gedanken über mich gemacht hat. Ihre Augen haben sie verraten. Diese Augen haben mir noch etwas verraten: Sie gehört zu den Mädchen, denen ich etwas beibringen kann, und das wird sie zu schätzen wissen.

Augies Mund steht offen, und er starrt mich an, also sage ich: «Augie, wer war der andere Typ?»

Augie schluckt. «Was?»

Sag, es war Dreamer. Ich versuche, ihm die Worte quer durch das Zimmer in den Mund zu legen. *Bitte, lieber Gott, lass ihn einfach dieses Wort sagen.* Aber es kommt nicht bei ihm an. Ich muss es selbst sagen: «Du hast gesagt, zwei Typen. Wenn Wizard der eine war, wer war der andere?»

Dreamer. Ich murmele es geradezu vor mich hin. *Dreamer. Dreamer. Dreamer. Komm schon, Augie, sag es. Heraus mit dem Namen dieses brutalen kleinen Gangsters, von dem alle wissen, dass er Übles im Sinn, aber noch keine schwere Straftat in seiner Akte stehen hat. Heraus mit dem Namen von Angelas Freund, diesem Deppen, der dort völlig umsonst wohnt und eine Frau im Bett hat, die er nie und nimmer verdient, damit ich ihn gleich mit an den Haken bekomme, denn es ist völlig egal, ob er letzte Nacht mit dabei war oder nicht. Wenn er nicht dort jemanden erschossen hat, dann kommt das nächste Woche oder nächsten Monat, und es gibt keine Garantie, dass er dafür ins Gefängnis kommt. Auf diese Art bekommen beide ihr Fett ab.*

«Keine Ahnung», sagt Augie. Er schaut auf den hochgeschlagenen Teppich, als wäre ich ihm in den Rücken gefallen.

Das könnte heißen, dass er es weiß, aber mir nicht verrät. Ich beschließe, es ihm in den Mund zu legen, dieses Mal aber unmissverständlich.

Ich sage: «War es Dreamer?»

«I-ich kenne ihn gar nicht so, weiß nicht, wie er aussieht, und es war dunkel.»

Ich sage nichts. Ich warte darauf, dass Augie mich wieder anschaut. Es dauert ein paar Sekunden, aber das reicht, um ihn kapieren zu lassen, dass die Lage sich verändern lässt, die Dinge sich vielleicht verschieben, dass er doch ein paar Optionen hat. Mein Mund wird trocken. Meine Kehle auch. Was ich gleich sagen werde, ist riskant, so riskant, dass ich das Risiko nicht eingehen würde, wenn da nicht jemand wäre, dem sowieso niemand glauben wird.

Ich sage: «Du wirst ihnen sagen, dass er es war.»

Sein Mund bleibt bloß offen. Ich nicke in Richtung der Plastikpäckchen.

«Bis auf eines wandern die ins Klo. Ich nehm dich nur wegen Drückens fest. Bring dich in den Knast. Du erzählst den Sheriffs, was du gesehen hast, und ich bin sicher, dass dir das ziemlich helfen wird, wenn es dann um entlastende Umstände geht. Du fügst deiner Zeugenaussage nur hinzu, dass es Wizard und Dreamer waren, die du letzte Nacht gesehen hast. Beide.»

Er versucht, es zu kapieren, aber das klappt nicht. «Aber ...»

Ich unterbreche ihn. «Steh endlich mal auf der richtigen Seite des Systems, Augie. Ich bin deine letzte Chance. Ich will, dass Wizard und Dreamer verschwinden, und du willst nicht ins Gefängnis. Wenn wir uns darüber einig sind, dann sorge ich dafür, dass diese Waffe bei der richtigen Behörde landet, damit sie zwei Mörder strafrechtlich verfolgen kann.»

Augie blinzelt. «Aber was sagst du ihnen, wo du sie gefunden hast?»

«Wer sagt, dass ich ihnen überhaupt was sagen muss?»

Da macht er den Mund zu und nickt, so wie er da auf dem Teppich liegt.

Wir haben einen Deal.

«Gut.» Ich nehme ihm die Handschellen ab und nicke Richtung Badezimmer. «Jetzt nimm dein Besteck, und setz dir eine viertel Dosis, damit du nicht völlig auf Entzug bist, wenn sie dich verhören.»

Seine Augen quellen hervor. Er kann nicht glauben, dass es mir ernst damit ist.

Ist es aber.

3

Die Einlieferung verläuft reibungslos. Augie braucht noch ein paar aufmunternde Worte, um sich an die Details zu erinnern und sie sicher in seinem Gehirn zu verankern, und dann gehen wir durch die Eingangstür, und er wird verhaftet. Er kommt ins Firestone-Park-Gefängnis, denn dort bringe ich ihn hin. Dort habe ich auch einen besseren Draht zu den Leuten als im Lynwood Jail, und davon abgesehen haben die dort sowieso Probleme mit der Anlage. Irgendwann sind die Beamten so weit, Augie zu verhören, und er muss sagen, was er weiß und woher er es weiß. Angesichts seiner früheren Verurteilungen und des Drogenmissbrauchs ist er nicht unbedingt der verlässlichste Kronzeuge, aber wenn ich das mit der Waffe mache, was ich vorhabe, dann wird das alles spätestens dann aufgehen, wenn er ins County Jail kommt und dort in die Abteilung Schutzhaft.

Am Meldetresen frage ich nach der Schießerei. Um ehrlich zu sein, erwarte ich fast, dass es dergleichen gar nicht gegeben hat. Doch zu meiner Überraschung wurde tatsächlich gestern Abend um 21:20 Uhr auf Lucrecia A. Lucero, genannt Lu-Lu, genannt Scrappy, vor dem Haus ihrer Mutter geschossen. Sie hat sich drei Kugeln eingefangen. Sie war ein leichtes Ziel und der Schütze nah dran, aber er hat schlecht gezielt. Sie hat es überlebt, wie eine Kakerlake. Sie ist jetzt in Saint Francis, und ihr Zustand ist stabil. Der diensttuende Deputy berichtet noch, dass sie mit einem Druckverband eingeliefert wurde. Der hat ihr das Leben gerettet.

Ich frage, ob ich noch einmal zurück zur Arrestzelle kann, um eine Nachricht für Montero zu hinterlassen, einen der Detectives, die ich kenne (weiß nicht, ob er gerade Schicht hat oder auf den Fall angesetzt wird, aber den Versuch ist es wert, schon um mir den Rücken frei zu halten), und man sagt mir, das sei in Ordnung. Ich schreibe detailliert auf, was ich über Augies Aussage weiß, dass mein Proband sich mir gegenüber schuldig bekannt hat und dass ich ihn sowohl wegen Verletzung seiner Bewährungsauflagen eingeliefert habe als auch, um eine Aussage zu machen. Da aber einer meiner anderen Probanden möglicherweise direkt in die Schießerei involviert war, schreibe ich, hatte ich das Gefühl, es sei notwendig, diesen in Begleitung einer Polizeistreife zu überprüfen. Dann gehe ich zurück zum Eingang und beantrage Unterstützung.

Es braucht etwa zwanzig Minuten, bis das von oben genehmigt wird, und ich nutze die Zeit, darüber nachzudenken, wie ich in Wizards und Dreamers Haus vorgehe und die Waffe dort so verstecke, dass ich sie ein paar Minuten später mit dem Sheriff finde, der mich dann begleitet. Wenn währenddessen beide Verdächtige anwesend sind, dann wandern sie gleich in Untersuchungshaft, okay, aber das erschwert das Verstecken. Wenn sie nicht da sind, wird das Verstecken einfacher, und dann finde ich die Waffe vielleicht selbst, bei der Durchsuchung, denn ich bin der Profi.

All das im Hinterkopf, bin ich jetzt im Vollzugsmodus. Bevor ich Augie eingeliefert habe, habe ich meine kugelsichere Weste und eine beschriftete Einsatzjacke angezogen, damit alles flott läuft, aber auch, weil es damit einfach ist, die .38er unter meiner Weste zu verstecken, wo sie sowohl greifbar als auch geschützt ist.

«Petrilla?»

Vor mir steht ein muskulöser Deputy in der hellbraunen Uniform, die sie alle bekommen haben. Er ist sicher gut eins achtzig groß und wiegt hundert Kilo. Ein Schwarzer, aber er spricht meinen Namen spanisch aus: das doppelte *l* wie ein blödes *y*.

«Petrillo», sage ich und stehe auf. «Italienisch, mit einem *o* am Ende.»

«Oh, na klar.» Auf seinem Namensschild steht «Jackson». «Was hab ich gesagt?»

Ich werfe ihm diesen *Du weißt schon, was du gesagt hast*-Blick zu. «Du hast es falsch ausgesprochen.»

«Hab's verstanden.» Er schaut mich an. «Petrillo.»

Ich lächele, um ihm zu zeigen, dass es so richtig ist, aber auch aus Erleichterung, dass ich ihn mir nicht zur Brust nehmen muss. Wir geben uns die Hand. Jackson hat einen rasierten Schädel, der wie ein Stück schimmernder Fels aussieht, mit dem man nie Bekanntschaft schließen möchte, und eine Hand, in der meine komplett versinkt.

Ich sage: «Hast du einen Partner, der mit uns kommt?»

Er sagt: «Nein, der ist bei einer Fallbesprechung. Nur wir beide.»

«Auch in Ordnung», sage ich und setze mich in Bewegung, damit er mir folgt.

Wir gehen zusammen hinaus. Aus unserem kurzen Gespräch schließe ich, dass er gerade erst vom Central Jail in Downtown hierher versetzt worden und daher neu in dieser Gegend ist, was für mich nur gut sein kann.

Es geht auf neun zu, und die Wolken sind verglüht. Geblieben ist ein Himmel vom Blau eines schmutzigen Flusses. Ich parke auf der Virginia Avenue, fünf Häuser vor Wizards Bleibe und auf der gegenüberliegenden Straßenseite. Jackson parkt hinter mir. Ich steige aus, und Jackson folgt mir, eine Hand auf seiner Waffe, der andere Arm hängt herunter. Ich gehe langsamer, damit er aufschließen und neben mir gehen kann. Er hält die Augen auf die Straße gerichtet, schaut nach rechts und links, während wir hinübergehen. Wir meinen es ernst, und das wissen die Leute im Viertel. Ich spüre, dass jemand uns nachschaut, aber es ist niemand auf der Straße.

Je näher ich komme, desto mehr habe ich das Gefühl, dass sie da ist, und mir wird mulmig. Das passiert mir immer bei ihr.

Ein niedriger Maschendrahtzaun mit einem Tor auf Rollen versperrt die Auffahrt. Dahinter das, was für einen Vorgarten noch bleibt. Ich gehe zum Tor und öffne es, ohne zu zögern. Jackson kann sehen, dass ich schon früher hier gewesen bin. Ich klopfe an die Haustür. Wir warten.

Ein Flugzeug über unseren Köpfen steuert LAX an. Die Tür hat keinen Spion, aber die vertikalen Lamellen der Jalousie am Fenster neben der Tür bewegen sich, und dann sagt eine Stimme von drinnen: «Wer ist da?»

Ich bin erleichtert, es ist Angela. Zuletzt habe ich sie vor einer Woche gesehen.

Ich räuspere mich. «Bewährungsprüfung!»

Zwei Schlösser werden entriegelt, sie fummelt an dem mit der Klinke herum, bevor es sich bewegt. Sie ist nervös, geht mir durch den Kopf. Ich frage mich, ob sie weiß, was ihr Cousin und ihr Liebhaber letzte Nacht angestellt haben. Ich halte es für unwahrscheinlich, denn sie ist ein gutes Mädchen, aber alles ist möglich. Ich habe inzwischen genug erlebt, um das zu wissen. Als die Tür aufschwingt, ist Jackson von ihrem Anblick ein wenig schockiert, so wie sie da vor uns steht, das weiche, gelbe Licht über dem Küchentisch lässt ihre Locken leuchten. Sie ist einsame Klasse, und er weiß es.

Sie ist eins siebzig und war früher ein Star der hiesigen Läuferszene (Hürden).

Immer wenn ich sie sehe, denke ich: *Sie ist zu gut für das hier. Sie hat etwas Besseres verdient. Ich kann sie hier rausholen.*

Ihre Haare sind nass (von der Dusche, oder einem Bad?), sie trägt ein T-Shirt der Lynwood High über einer weißen Jogginghose, keine Schuhe. Ihre Zehennägel sind silbern-schwarz angemalt.

An den meisten Tagen arbeitet sie bei Tom's Burgers und besucht anschließend die Abendschule, um ihren Abschluss als Altenpflegerin zu machen.

Jackson weiß von alldem nichts. Er sieht nur, dass sie eine Wucht ist und mit zwei Gangster-Dreckskerlen zusammenwohnt.

«Agent Petrillo», sagt sie und bindet ihr nasses Haar zu einem Pferdeschwanz. «Wie kann ich Ihnen heute helfen?»

Sie hat schon gehört, dass ich Überprüfung gesagt habe, bevor sie die Tür geöffnet hat, aber jetzt sieht sie, dass meine Hand auf der Waffe im Holster liegt.

Ich sage: «Ist sonst noch jemand zu Hause?»

«Nein», sagt sie, «nur ich.»

Mehr Erleichterung: Das ist das beste Szenario für das, was ich vorhabe. Ich lasse die Hand vom Holster gleiten.

Ich sage: «Wir sind hier für eine Bewährungsprüfung.»

Sie tritt von der Tür zurück. Ich gehe als Erster hinein. Jackson folgt mir und schließt die Tür.

Angela hat solche Überprüfungen schon erlebt. Sie hat sich an die Tatsache gewöhnt, dass es auf Bewährung kein Privatleben gibt. Das ist jetzt mein dritter Besuch, seitdem Wizard vor ein paar Monaten wegen eines Überfalls mit einer gefährlichen Waffe freigekommen ist. Aber dieses Mal sind Angelas Augen abgespannt. Ich habe noch nie einen Deputy mitgebracht. Sie setzt sich an den nächstgelegenen Platz am Tisch, wo ein aufgeschlagenes Lehrbuch neben einer halbvollen Schüssel Cornflakes liegt.

Sie winkt mir mit einer Hand zu, als wolle sie sagen: *Mach ruhig weiter,* dann greift sie nach einem Löffel.

Ich verliere keine Zeit. Ich gehe schnurstracks in die Küche.

4

Ich ziehe Handschuhe an, während Jackson sich auf der anderen Seite des Tresens platziert und mir den Rücken zuwendet. Er beobachtet Angela zur Absicherung des Untersuchungsbeamten, aber es hilft, dass sie umwerfend ist. Ich ziehe eine Show ab, denn ich kann die Waffe nicht am erstbesten Platz verstecken, den ich durchsuche. Ich brauche Jackson, damit er sieht, wie sorgfältig ich suche, um es dann später in seinem Bericht zu vermerken. Er ist mein Zeuge. Was er hier sieht und tut, wird dazu dienen, mir den Rücken freizuhalten.

Unter der Spüle ist nur wertloses Zeug: ein Karton mit Abfalltüten, Seifen, ein Beutel mit vertrockneten Maishülsen. Ich überprüfe die Rohre. Ich taste mit den Fingern zwischen der metallenen Wandung des Abflussbeckens und der Wand. Einmal bin ich so auf die Vorräte eines Typen gestoßen, der sie mit Magneten am Becken befestigt hatte. Aber hier ist nichts.

Schließlich blättere ich durch die Post und schaue dabei auf den Tisch, an dem Angela friedlich vor sich hin kaut und eine Seite umblättert. Meine Augen sind nicht auf die Absender gerichtet. Sie ruhen auf ihrem Halsansatz, und ich frage mich, wie es wohl wäre, sie dort zu küssen: wie ihre Haut wohl riecht oder schmeckt, wie sie reagieren würde, wenn ich sie beißen würde.

(*Okay, jetzt beruhig dich mal,* sage ich zu mir selbst. *Mach langsam. Geh methodisch vor.*)

Ich gehe weiter ins Wohnzimmer. Ich filze die Couch und schau auch darunter nach, dann lege ich alles wieder so hin, wie es vorher war. Sie sagt nichts, aber ich sehe, dass sie es zu schätzen weiß. Auch den Stuhl im Wohnzimmer untersuche ich gründlich. Und den Fernseher auf eine lockere Verkleidung. Gibt es nicht. Ich gehe in den Flur, von dem aus es zu den Schlafzimmern geht, und Jackson schaut mich an, während ich Wizards Zimmer ansteuere.

Er sagt: «Brauchst du irgendwas?»

«Danke, nein», sage ich. «Ich sag Bescheid, wenn.»

Er ist zweiundzwanzig, aber Wizards Zimmer sieht aus, als würde hier ein Kind wohnen: ein WorldSeries Dodgers-Wimpel (1988), ein Fernando-Valenzuela-Poster, Doppelseiten mit alten Autos, die er aus Zeitschriften gerissen hat. Er hat eine kleine Kassettenanlage und stapelweise Tapes (das meiste Rap-Scheiß, aber auch etwas Heavy Metal und südamerikanisches Zeugs). Als ich das erste Mal hier reinkam, glaubte ich, es sei das Zimmer von jemandem, den man sich nie im Gefängnis vorstellen würde, oder er hätte einfach nie umgeräumt, nachdem er wieder nach Hause gekommen war. Hier drin nehme ich mir zusätzlich Zeit. Filze das Bett. Danach den Schrank, der danebensteht.

Ich habe nie sicher herausgefunden, wie Wizard das Haus finanziert hat, in dem er lebt, aber ich wäre nicht überrascht, wenn dabei Drogengeld im Spiel ist. Ich glaube, es hat seiner Mutter gehört (und dann starb sie, oder zog sie einfach aus?). Wäre gut, das zu wissen. Um es vielleicht irgendwann mal verwenden zu können.

Nachdem ich mehr als zwanzig Minuten in Wizards Zimmer verbracht habe, gehe ich weiter in den Raum, den Angela sich mit Dreamer teilt. Doch bevor ich hineingehe, werfe ich einen kurzen Blick in den vorderen Hausteil. Angela liest immer noch. Jackson starrt auf seine Finger. Mir wird schon übel, wenn ich den Raum nur betrete. Es ist eine verdammte Tragödie, dass ein so schönes Mädchen ihre weiblichen Gaben an so einen Dreckskerl verschwendet. Es ist hart, so dicht neben dem Bett zu stehen, in dem sie schläft. Ich durchsuche es, aber nur schnell und oberflächlich. Ich stöbere durch die Laken. Angelas Kissen ist das mit ihren langen Haaren. Ich kontrolliere die Tür, dann rieche ich daran. Es riecht nach Zimt. Mein Herz dreht fast durch.

(*Du kannst das,* sage ich zu mir selbst. *Beruhig dich. Atme. Keiner kann dich sehen.*)

Ich schaue unter das Bett. Überprüfe den Wandschrank, aber das geht schnell. Daneben hängt ein Poster von Prinzessin Jasmin aus *Aladdin*: braune Haut, Gewänder aus Seide. Siehst du? Wow. Als würde sie mir einen Schlüssel für meine Phantasien überreichen. Ich nehme mir das Versprechen ab, sie wie eine Prinzessin zu behandeln, und das schneller, als sie glaubt; dann wende ich mich der Kommode zu.

Sie ist alt und aus Holz, und die weiße Farbe platzt ab. Zwischen den Schubladen und dem Unterbau ist jede Menge Platz, will sagen, wenn man einen Revolver unter der untersten Schublade platzieren würde, dann könnte man diese Schublade weiterbewegen. Man könnte sie normal benutzen, und niemand würde merken, dass darunter etwas ist, es sei denn, man schaut nach.

Ich nehme mir für jede einzelne Schublade Zeit. Die oberste ist die von Angela. Sie ist voller Unterwäsche: beige, lila, hellblaue

Baumwolle. Ich möchte sie mit meinen nackten Händen berühren, aber ich wage es nicht, die Handschuhe auszuziehen. Auch in der zweiten liegen Sachen, die ihr gehören: Blusen, Röcke, Jeans. Die dritte ist Dreamers. Auch die unterste. Diese ziehe ich ganz heraus.

Als sie draußen ist, kontrolliere ich noch einmal die Tür in meinem Rücken, um sicher zu sein, dass Jackson da nicht steht. Schaue auch noch mal zum Fenster. Niemand beobachtet mich.

Die Schublade fühlt sich leicht an, während ich sie gerade so lange unter meinen linken Arm klemme, dass ich den Revolver, den Augie aufgesammelt hat, aus dem hinteren Hosenbund ziehen kann. Um das Teil gut zu verstecken, habe ich den Gürtel ganz eng gezogen und muss jetzt den Knauf (ganz, ganz vorsichtig) hin und her bewegen, damit die sperrige Trommel unter Gürtel und Weste hervorkommt. Als ich ihn in der Hand habe, überprüfe ich noch einmal, ob noch drei Kugeln drin sind und drei fehlen. Ich lege ihn auf den Teppich mit all der Ehrerbietung, die ein auf dem Silbertablett präsentierter Schuldspruch zweier nichtsnutziger Dreckskerle verdient.

Mit lauter Stimme sage ich: «Jackson? Das musst du dir ansehen.»

Jackson kommt ins Zimmer, Angela folgt ihm, und er bedeutet ihr, sich auf das Bett zu setzen. Er schaut mich an, und ich nicke Richtung Kommode. Sein Blick bohrt sich in den Hohlraum, in dem die unterste Schublade steckte und wo jetzt die Waffe liegt.

«Hast du nach so was gesucht?», grinst Jackson. «Das muss ich melden.»

Er schaut Angela an. «Kann ich das Telefon in der Küche benutzen?»

Sie sieht fassungslos aus.

«Yeah», sagt sie.

Bevor er den Raum verlässt, sage ich ihm, auch Montero anzurufen und zu fragen, ob er meine Nachricht bekommen hat.

Jackson geht in die Küche. Ich höre, wie er die Verletzung von Bewährungsauflagen des Omar «Wizard» Tavira meldet sowie den Fund eines Revolvers vom Kaliber .38, der möglicherweise bei den Schüssen auf Lucrecia «Scrappy» Lucero zum Einsatz gekommen ist. Er fragt, ob jemand mit einer Kamera kommen und ihn in eine Tüte packen kann. Die Antwort lautet offenbar, dass gerade niemand abkömmlich ist, denn er antwortet, dass er selbst die Indizienkette sichern wird. Angela, die neben mir auf dem Bett sitzt, sieht zutiefst bestürzt aus. An ihren Wimpern hängen Tränen. Sie senkt den Kopf, und sie fallen auf ihr T-Shirt.

Ich möchte sie in den Arm nehmen. Ich tue es nicht. Ich kann nicht (noch nicht).

«Ich habe eine Kamera im Auto», sage ich zu Jackson, als er wieder hereinkommt. «Ich kann die Fotos machen.»

«Gut», sagt er.

Jackson behält die Waffe und Angela im Auge, während ich hinausgehe und einen neuen Film in die Kamera einlege. Ich sehe zu, dass sich das Procedere in die Länge zieht: Ich mache ein Foto des Hauses von der gegenüberliegenden Straßenseite, eine Nahaufnahme der auf den Bordstein gemalten Anschrift, ein Foto der Eingangstür, eins des Flurs, eins von Dreamers Zimmer, eins der Kommode, auf dem die Waffe deutlich in dem Hohlraum zu erkennen ist. Das alles ist für die Dokumentation, aber ich will auch völlig sicher sein, dass die Waffe meine Körperwärme verloren hat, wenn Jackson sie aufhebt.

Bevor Jackson sie in einen Beutel packt, mache ich noch ein paar Nahaufnahmen. In seinem Bericht wird sich das dann so lesen: *Während er einer Überprüfung des Wohnsitzes des aktenkundigen Omar Tavira durchführte, stieß Bewährungshelfer P. Petrillo auf eine vernickelte «Rossi» .38 Spezial mit Knauf aus Holzimitat und getilgter Seriennummer. Die Waffe wurde im zweiten Schlafzimmer sichergestellt, das nicht abgeschlossen war und zu dem Tavira Zugang hatte. Die Waffe war in einer Kommode in der südwestlichen Ecke des Zimmers versteckt, das Mitbewohner Jacob Safulu mit Taviras Cousine, Angela Alvarez, teilt.*

Er fügt auch Angelas Geburtsdatum hinzu. Er weist auch darauf hin, wie der Fund zustande kam (Petrillo während der Kontrolle des Wohnsitzes des Probanden), wie er dokumentiert wurde (Petrillo, Fotos) und wie er geborgen wurde (Jackson, mit Handschuhen). Sein Bericht wird bekunden, dass ich die Waffe zu keiner Zeit angefasst habe; mein Bericht wird diese Tatsache wiedergeben und Jacksons Darstellung unterstützen. Uns kann also niemand in den Rücken fallen.

Als wir fertig sind, sagt Jackson zu Angela: «Haben Sie diese Waffe jemals gesehen?»

«Nein», sagt sie.

«Wussten Sie, wo sie sich befand?»

«Wie sollte ich, wenn ich sie nie gesehen habe?»

Das bremst ihn. Es dauert ein paar Sekunden, bevor Jackson fortfährt: «Ma'am, würde es Ihnen etwas ausmachen, mit uns zum Revier zu kommen, damit die Detectives Ihnen ein paar Fragen stellen können?»

Das ist ein heikler Augenblick. Wenn Angela sich weigert und nein sagt, dann wird er ihr erklären, dass er sie wegen Besitzes einer nicht registrierten Handfeuerwaffe verhaften kann, die in ihrem Zimmer gefunden wurde. Wahrscheinlich wird er ihr dann Handschellen anlegen müssen. Ich hasse diese Vorstellung (sie verzehrt mich innerlich; ich will der Erste sein, der ihr Handschellen anlegt, und dann auch nur, wenn wir allein sind und sie mich darum gebeten hat), aber das ist jetzt nicht mehr meine Show. Ich muss danebenstehen und sehen, was dabei herauskommt.

Sie schaut Jackson an, sie schaut mich an, und ich habe nie ein Mädchen gesehen, das so wunderhübsch aussieht wie sie jetzt: hilflos, durcheinander, verletzlich. Alles, was ich mir je gewünscht habe. Es ist offensichtlich, wie sehr sie einen Beschützer braucht, einen richtigen Mann, *mich.* Ich schicke ihr die mentale Botschaft, dass es am besten ist, mit zum Revier zu kommen und klarzustellen, dass es nicht ihre Waffe ist und sie sie nie in ihrem Leben gesehen hat.

Wir stehen etwa eine Minute lang da, und dann sagt sie: «Ich komme freiwillig mit.»

TEIL 2

UNTERLAGEN, DIE DIE GRUNDLAGE FÜR DIE VERHAFTUNG DER VERDÄCHTIGEN BILDEN

Akten erschaffen eine
Realität aus Papier,
die wir Beweis nennen.

Mason Cooley

Dies ist eine auf Band mitgeschnittene Aussage von Angela Alvarez, wohnhaft [redacted] Virginia Avenue, Lynwood, Kalifornien 90262. Geburtstag von Miss Alvarez: [redacted]. Die Aussage wurde im L.A. County Sheriff's Department, Firestone Park Station, gemacht. Anwesend ist Detective Montero, der das Interview führt. Anwesend als Beobachterin ist außerdem Lieutenant Judith Sakamoto-Hirsch. Heute ist der 7. Dezember 1993. Es ist etwa 13:15 Uhr.

Montero: (unverständlich) … das Band starten. Okay. Es ist 13 Uhr 15. Anwesend sind Detective William F. Montero, Dienstnummer [redacted] und Lieutenant Judith Sakamoto-Hirsch, die sich für das Protokoll bitte selbst identifiziert.

Sakamoto-Hirsch: Judith Sakamoto-Hirsch, Dienstnummer [redacted].

Montero: Danke sehr, Lieutenant. Okay. Ich halte für das Protokoll fest, dass Sie, Miss Alvarez, weder in Untersuchungshaft sind, jederzeit gehen können und weder eines Verbrechens angeklagt noch mit einem Verbrechen in Verbindung gebracht werden.

Alvarez: Ähm, ich verstehe.

Montero: Gut. Bitte nennen Sie für das Protokoll Ihren vollen Namen.

Alvarez: Angela Carla Alvarez.

Montero: Vielen Dank. Und Ihr Geburtsdatum, Miss Alvarez.

Alvarez: [redacted].

Montero: Sind Sie zurzeit fest angestellt?

Alvarez: Bei Tom's Burgers, aber ich mache außerdem eine Ausbildung als Pflegerin.

Montero: Das ist sehr gut. Und an welcher Krankenpflegeschule machen Sie diese Ausbildung?

Alvarez: Das ist ein lokales ABM-Programm der Lynwood High.

Montero: Und was ist ein ABM-Programm?

Alvarez: Eine Arbeitsbeschaffungsmaßnahme, für Altenpflege.

Montero: Und wie lange machen Sie das schon?

Alvarez: Äh, etwa seit einem Jahr. Ich glaube, es dauert noch sechs Monate. Und danach mache ich eine Zulassungsprüfung.

Montero: Verstehe. Sie wohnen in der [redacted] Virginia Avenue in Lynwood?

Alvarez: Ja.

Montero: Wie lange wohnen Sie dort schon?

Alvarez: Dreizehn Jahre oder so, seit 1980?

Montero: Leben Sie zurzeit alleine in der Virginia Avenue?

Alvarez: Nein.

Montero: Wenn Sie nicht alleine dort wohnen, wer lebt dann noch dort?

Alvarez: Äh, Omar und Jacob.

Montero: Als da wären Omar Tavira und Jacob Safulu?

Alvarez: Ja.

Montero: Und ihre Spitznamen sind Wizard und Dreamer?

Alvarez: Dazu kann ich so richtig nichts sagen. Für mich sind sie einfach Jellybean und Jacob.

Montero: Jellybean?

Alvarez: Als Omar klein war, aß er nichts lieber als Jelly Beans. Ich glaube, die ganze Familie hat ihn so genannt.

Montero: Okay. Ist Ihnen klar, dass beide Personen mit Gangs (unverständlich) hier in Lynwood zu tun haben?

Alvarez: Danach habe ich nie gefragt. Damit habe ich nichts zu tun.

Montero: Okay. Wie lange kennen Sie Mr. Tavira und Mr. Safulu?

Alvarez: Äh, mein Cousin ist jünger als ich, ich kenne ihn also schon sein ganzes Leben lang. Jacob? So etwa fünf Jahre.

Montero: Und wann zog Jacob Safulu in der Virginia Avenue ein?

Alvarez: Vor etwa einem Jahr.

Montero: Sind Sie da sicher?

Alvarez: Ja. Kurz danach habe ich mit der Krankenpflegeschule angefangen, und seitdem sind wir zusammen. Und dann ist er auch gleich eingezogen, weil seine Mutter abgehauen ist.

Montero: Wann haben Sie Omar Tavira und Jacob Safulu zum letzten Mal gesehen?

Alvarez: Ich habe Omar seit Mittwoch nicht mehr gesehen, aber es ist nicht ungewöhnlich, dass wir einander verpassen, da ich zur Arbeit und zur Schule gegangen bin.

Montero: Und wann haben Sie Jacob Safulu zum letzten Mal gesehen?

Alvarez: Gestern Abend.

Montero: Gestern Abend, Montag, den 6. Dezember?

Alvarez: Ja, wir waren zusammen zu Hause.

Montero: Und wie lange waren Sie gestern Abend beide zusammen? Ist er irgendwann gegangen?

Alvarez: Er ist um zehn vor zehn gegangen.

Montero: (unverständlich) Um 21:50 Uhr?

Alvarez: Ja.

Montero: Und wie kommt es, dass Sie das so genau wissen, Miss Alvarez?

Alvarez: Ich hatte Essen in der Mikrowelle. Ich wollte es vorher essen, aber dann gerieten wir in eine endlose Diskussion. Nachdem er weg war, ging ich in die Küche, um es zu holen, und da hab ich auf die Uhr an der Mikrowelle geguckt.

Montero: (unverständlich) Diskussion gestern Abend. Wie verhielt sich Mr. Safulu, solange er anwesend war?

Alvarez: Es war alles in Ordnung, bis ich mit ihm Schluss machte.

Montero: Sie haben Ihre etwa einjährige Beziehung mit Mr. Safulu gestern Abend beendet?

Alvarez: Ja.

Montero: Und wie hat er darauf reagiert?

Alvarez: Er war ziemlich schweigsam. Er hat es einfach akzeptiert.

Montero: War das ein für ihn normales Verhalten?

Alvarez: Äh, ich glaube, schon. Ja. Ich habe vorher noch nie mit ihm Schluss gemacht, also weiß ich nicht …

Montero: Ist Ihnen bewusst, dass Lucrecia Lucero gestern Abend um etwa 21:30 Uhr in Lynwood angeschossen wurde?

Alvarez: Nein. Aber … Augenblick mal. Wenn Sie damit sagen wollen … Jacob war es nicht und hat es auch gar nicht sein können. Da waren wir noch zusammen.

Montero: Sind Sie sicher, dass Sie zu dieser Zeit noch zusammen waren, Miss Alvarez?

Alvarez: Hundert Prozent sicher.

Montero: Kann es sein, dass Sie emotional aufgewühlt waren und sich deshalb nicht richtig an die Zeit erinnern?

Alvarez: Nein. Ich hatte Hunger. Ich wollte meinen Mac mit Käse und habe genau gesehen, wie spät es ist.

Montero: Erkennen Sie diese Waffe wieder?

Alvarez: Ich erkenne sie nur wieder, weil ich gesehen habe, wie sie heute in einem Klarsichtbeutel aus meinem Haus getragen wurde.

Montero: Sie wurde bei der Durchsuchung der Räumlichkeiten gefunden. Trifft das zu?

Alvarez: Ja.

Montero: Wer hat die Durchsuchung vorgenommen?

Alvarez: Der Bewährungshelfer meines Cousins.

Montero: War es ungewöhnlich, dass dieser Bewährungshelfer das Haus durchsucht hat?

Alvarez: Nein. Er hat es auch vorher schon mal durchsucht. Wie Sie schon sagten, Omar ist auf Bewährung.

Montero: Wie viele Male (unverständlich) hat der Bewährungshelfer das Haus schon durchsucht?

Alvarez: Ich würde sagen, fünfmal.

Montero: Hat er jemals zuvor etwas Berichtenswertes gefunden?

Alvarez: Nein.

Montero: Aber dieses Mal hat er eine Waffe in Ihrem Schlafzimmer entdeckt. (unverständlich) Am Boden einer Schubladenkommode. Was hatte die da zu suchen?

Alvarez: Das weiß ich nicht.

Montero: Haben Sie die dorthin gelegt?

Alvarez: Himmel, nein.

Montero: Glauben Sie, dass die Waffe möglicherweise Omar Tavira oder Jacob Safulu gehört?

Alvarez: Äh. Nein. Es hat bisher nie eine Waffe im Haus gegeben.

Montero: (unverständlich) Würden Sie lügen, um Mr. Tavira zu schützen?

Alvarez: Nein. Jellybean ist mein Cousin, aber er ist durchgeknallt. Ich kann das, was er vielleicht vorhatte, nicht billigen, besonders wenn (unverständlich), aber ich habe ihm einfach gesagt, deine ganzen schrägen Geschichten bleiben vor der Tür, und daran hat er sich gehalten.

Montero: Und würden Sie lügen, um Jacob Safulu zu schützen?

Alvarez: Nein. Ich schulde ihm überhaupt nichts. Aber er war gestern Abend bei mir. Was er danach gemacht hat, weiß ich nicht. Aber er hat niemanden erschossen, da bin ich ganz sicher.

Montero: Wir haben den genauen Zeitpunkt der Schießerei noch nicht festgestellt. Können Sie mit Sicherheit sagen, wohin er gegangen ist, nachdem er das Haus verlassen hat?

Alvarez: Oh. Okay. Ich verstehe, worauf Sie hinauswollen. Nein.

Montero: Und haben Sie ihn seitdem getroffen?

Alvarez: Nein, wie ich schon sagte, wir haben uns getrennt.

Montero: Fürs Erste habe ich keine weiteren Fragen mehr, Miss Alvarez.

EIDESSTATTLICHE ERKLÄRUNG

Ich, Augustine Patrick Clark («Belastungszeuge»), wohnhaft in Lynwood, County of Los Angeles, Bundesstaat Kalifornien, bezeuge, schwöre oder bestätige und stelle hiermit fest, dass ich in der Lage bin, die folgende Erklärung abzugeben, die auf meinem persönlichen Wissen beruht, sofern nicht anders angegeben, und dass die folgenden Tatsachen und Dinge nach meinem besten Wissen wahr und zutreffend sind:

Gestern Abend war ich gegen 21 Uhr auf der Josephine St. unterwegs. Mir ging es aufgrund von Entzugserscheinungen sehr schlecht, und ich war auf dem Weg zu Scrappy. Sie wohnt in dieser Straße. Ich wusste, sie konnte mir helfen, mich wieder besser zu fühlen. Ich wusste, dass es keine gute Idee war, aber ich fühlte mich sehr krank.

Zu diesem Zeitpunkt sah ich niemand anderen auf der Straße.

Ich klopfte bei Scrappy, und sie kam aus dem Haus, um mich im Vorgarten zu treffen. Wir hatten eine Auseinandersetzung. Sie schlug und trat mich, weil ich nicht abends zum Haus ihrer Mutter hätte kommen sollen. Das begriff ich, aber ich fühlte mich schlecht. Das erklärte ich ihr. Ich sagte, ich würde ihre Hilfe brauchen, damit es mir wieder besser ging.

Dann bekam ich, was ich brauchte, und war auf dem Rückweg zu meiner Wohnung. Ich war keine Minute unterwegs, da hörte ich, wie jemand «Scrap» rief, und ich drehte mich um und hatte Scrappys Haus im Blick. Scrappy stand immer noch im Vorgarten und schaute dorthin, wo jemand ihren Namen gerufen hatte.

Ich sah Wizard auf dem Gehweg stehen, er hatte eine Waffe und richtete sie auf Scrappy. Neben Wizard stand eine weitere Person, die ich erkannte. Sein Name ist Dreamer. Dreamer trug ein gelbes Lakers-Kapuzenshirt, das konnte ich sogar in der Nacht sehen, weil es so geleuchtet hat. Wizard und Dreamer sind beide in einer Gang, und Scrappy in einer anderen.

Wizard ging ein paar Schritte auf Scrappy zu und schoss dreimal auf sie. Der erste Schuss kam vom Gehweg. Er war etwa sieben Meter von ihr weg. Beim zweiten Schuss war er schon im Vorgarten. Etwa drei Meter entfernt. Der dritte Schuss fiel, da war er nur noch einen guten Meter von ihr entfernt. Sie lag da schon auf dem Boden. Er schoss also von oben auf sie.

Ich sah, wie Wizard die Waffe Dreamer gab und Dreamer sie in die Bauchtasche steckte. Danach rannten die beiden weg. Sie stiegen in ein Auto, das ein Stück weit die Straße hinauf geparkt war, und fuhren langsam los, als hätten sie nichts getan, aber das hatten sie.

Ich befürchtete, dass Scrappy tot war, rannte zu ihr hin, sobald keine Gefahr mehr für mich bestand.

Ich sah, dass sie einen Schuss in das Bein bekommen hatte. Einen weiteren in den Magen. Und einen nahe am Hals.

Ich war bei der Navy, weiß also, was man in Notfällen machen muss.

Ich legte Scrappys Hand auf den Bauch und befahl ihr, fest zu drücken.

Dann sah ich ein Messer im Gras liegen. Ich wusste nicht, wem es gehörte, glaubte aber, es wäre Scrappys. Ich klappte das Messer auf und schnitt ein Stück vom linken Bein ihrer Jeans ab. Mit einem Streifen davon legte ich einen Druckverband an ihrem Bein an. Einen sehr festen. Sie stöhnte. Sie hatte starke Schmerzen.

Außerdem hat sie «motherfucking Wizard» gesagt, weil sie wusste, dass er auch auf sie geschossen hat.

Ihre Mutter hatte die Schüsse gehört und kam heraus, und ich habe ihr auf Spanisch gesagt, sie solle einen Krankenwagen kommen lassen. Sie ging zurück ins Haus, um einen zu rufen.

Danach konnte ich nichts mehr machen, und ich hatte echt Angst. Ich wollte nicht dort sein, wenn der Krankenwagen und die Sheriffs eintrafen. Also lief ich weg.

Ich schwöre, dass die obigen Informationen wahr und vollständig sind.

Unterschrift des Zeugen am 7. Dezember 1993

KAMMERGERICHT DES STAATS KALIFORNIEN STELLVERTRETEND FÜR DAS COUNTY OF LOS ANGELES

Das Volk des Staats Kalifornien

– Kläger –

vs.

OMAR ARMANDO TAVIRA, GENANNT «WIZARD»

(geb. 30.07.1972)

JACOB AARON SAFULU, GENANNT «DREAMER»

(geb. 02.09.1976)

– Angeklagte –

Fall Nr. [redacted]

Strafantrag für Haftbefehl

Die Unterzeichner bescheinigen hiermit aufgrund von Information und Augenschein, dass die Angeklagten folgende Straftaten im Bezirk Los Angeles, Bundesstaat Kalifornien, begangen haben:

Anklagepunkt 1
(Strafgesetzbuch § 182, Unterabschnitt (a))
Verabredung einer Straftat

Am oder um den 6. Dezember 1993 im County of Los Angeles, Bundesstaat Kalifornien, planten OMAR TAVIRA und JACOB SAFULU heimlich, bewusst und gesetzeswidrig und mit dem Wissen anderer Personen, deren Identität nicht bekannt ist, unter Verletzung von Strafgesetzbuch Paragraph 182, Unterabschnitt (a), einen Mord zu begehen, ein Kapitalverbrechen.

Die Verabredung erfolgte mit dem Zweck, LUCRECIA LUCERO umzubringen, weil diese Person in kriminelle Aktivitäten verwickelt war, besonders in den Verkauf illegaler Rauschmittel für eine rivalisierende Straßengang.

Daraufhin wurden im County of Los Angeles gemäß der oben genannten Verabredung und zur Ausführung der genannten Sache folgende Taten begangen:

Offenkundige Tat Nummer 1

Am oder um den 6. Dezember 1993 erhielt OMAR TAVIRA, zu dieser Zeit auf Bewährung, gesetzeswidrig eine nicht registrierte Schusswaffe, um damit LUCRECIA LUCERO zu ermorden.

Offenkundige Tat Nummer 2

Am oder um den 6. Dezember 1993 versicherte sich OMAR TAVIRA der Dienste von JACOB SAFULU beim Fahren des Fluchtwagens, sodass er mit besagter nicht registrierter Feuerwaffe auf LUCRECIA LUCERO mit dem Zweck schießen konnte, sie zu ermorden.

Offenkundige Tat Nummer 3

Am oder um den 6. Dezember 1993 begaben sich OMAR TAVIRA und JACOB SAFULU mit der festen, vorsätzlichen Absicht zu LUCRECIA LUCEROS Haus in Lynwood, einen Mord zu begehen.

* * *

Anklagepunkt 2

(Strafgesetzbuch 664 / 187, Unterabschnitt (a))

Versuchter bewusster, absichtlicher, vorsätzlicher Mord

Am oder um den 6. Dezember 1993, um etwa 21:30 Uhr, versuchten OMAR TAVIRA und JACOB SAFULU bewusst, ungesetzlich und in böswilliger Absicht einen Mordanschlag: mit einer gefährlichen Waffe, einer Handfeuerwaffe, LUCRECIA LUCERO umzubringen, ein Kapitalverbrechen lt. Strafgesetzbuch § 667 / 187(a).

Es wird darüber hinausgehend geltend gemacht, dass besagtes Vergehen eines Mordversuches bewusst, ungesetzlich und in böswilliger Absicht und im Verstoß gegen § 664 begangen wurde.

Es wird darüber hinausgehend gemäß Anklagepunkt 2 geltend gemacht, dass besagter OMAR TAVIRA persönlich und vorsätzlich eine Handfeuerwaffe ausgelöst hat, die bei LUCRECIA LUCERO gefährliche Körperverletzungen im Sinne von Strafgesetzbuch

§ 12022.53(d) verursachte und ebenso das genannte Vergehen zu einer schweren Straftat im Sinne des Strafgesetzbuches § 667.5(c)(8) bewirkte.

* * *

Anklagepunkt 3
(Strafgesetzbuch § 245, Unterabschnitt (a)(2))
Angriff mit einer gefährlichen Waffe (Handfeuerwaffe)

Am oder um den 6. Dezember 1993, um etwa 21:30 Uhr, begingen OMAR TAVIRA und JACOB SAFULU bewusst, ungesetzlich und in böswilliger Absicht die Straftat eines Angriffs mit einer gefährlichen Waffe, einer Handfeuerwaffe, im Verstoß gegen Strafgesetzbuch § 245(a)(2), ein Kapitalverbrechen.

Es wird darüber hinausgehend geltend gemacht, dass besagtes Vergehen ein gewalttätiges Kapitalverbrechen im Sinne des Strafgesetzbuches § 667.5(c)(8) und 667.5(c)(12) ist.

* * *

Anklagepunkt 4
(Strafgesetzbuch § 206)
Gefährliche Körperverletzung

Am oder um den 6. Dezember 1993, um etwa 21:30 Uhr, verursachten OMAR TAVIRA und JACOB SAFULU bewusst, ungesetzlich und in böswilliger Absicht grausame oder extreme Schmerzen, um mittels Auslösung einer Handfeuerwache Rache an LUCRECIA LUCERO zu nehmen und somit eine gefährliche Körperverletzung im Sinne von § 206 zu begehen, ein Kapitalverbrechen.

Ausgeführt am heutigen Tag, 8. Dezember 1993, in Los Angeles, Kalifornien

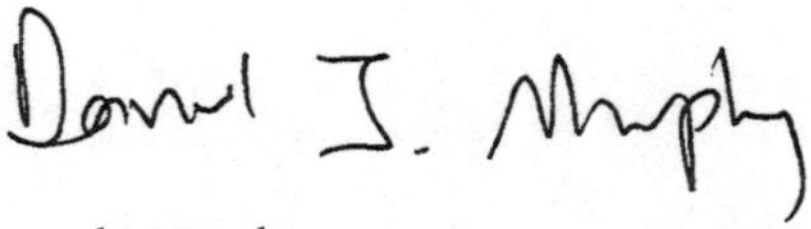

Daniel J. Murphy

Stellvertretender Generalstaatsanwalt

Basierend auf der vorangehenden Strafanzeige und der eidesstattlichen Erklärung, die von Detective Montero am 7. Dezember 1993 verfasst wurde und den Haftbefehl stützt, ist in meinen Augen ein begründeter Verdacht gegeben, der die Ausstellung eines Haftbefehls gegen die oben genannten Angeklagten rechtfertigt.

Richter am Obersten Gerichtshof, Bundesstaat Kalifornien

TEIL 3

EREIGNISSE, DIE ZUR VERHAFTUNG DER VERDÄCHTIGEN FÜHRTEN

city of angels
so far removed from heaven

Luis J. Rodriguez, «City of Angels»

JACOB SAFULU ALIAS DREAMER

8. DEZEMBER 1993, 10:31 UHR

5

Nach viel zu viel Gras wache ich bei Spider auf. Um mich herum schlafen Leute. Liegen übereinander. Auf dem Boden. Auf dem Sofa. Und langsam bekomme ich das Gefühl, dass ich mir etwas Gutes gönnen sollte, etwas, das in diesem völlig vermufften Haus nicht zu haben ist, denn der ganze letzte Tag ist ein einziger Nebel, und gerade jetzt wäre ich zu gerne bei Little Guy. Um mit seiner Schwester zu chillen. Aber ich kann mich da nicht einfach wie der letzte Versager blicken lassen. Nicht, nachdem ich seine Mamá eine blöde Schlampe genannt habe, die von nichts eine Ahnung hat.

Yeah … kein Grund, darauf stolz zu sein. Das war mies. Ich war betrunken. Obwohl das keine Entschuldigung ist. Ich fühl mich schrecklich deswegen.

Und da ich dorthin nicht zurückkann, denke ich nur noch daran, wie sehr ich nach draußen muss, an die Luft. Dass ich mich bewegen muss.

Ich beweg meinen Hintern zum Cork N Bottle. Julian ist da. Er steht an der Kasse und sieht völlig fertig aus. Jeder weiß, dass er sich gerne mit Crack zudröhnt. Er nickt, als ich an ihm vorbeigehe. Ich nicke zurück.

Ich reiß die Tür eines Kühlschranks auf und greif mir ein Bier, und er lässt mich. Will nicht mal Geld von mir. Ich hasse den Geschmack. Allerdings ist mein Mund ganz ausgetrocknet, also nehme ich noch eins, um das erste damit runterzuspülen. So ein Miller Lite Ice. Blaue Dose.

Ich sage: «Diese South-Gate-Blödmänner sind letzte Woche hier aufgetaucht?»

«Jep», sagte Julian.

«An einem Dienstagmorgen, wie heute?»

«Jep.»

«Ich wette, die glauben, sie können einfach morgens hier reinmarschieren, und niemand hält sie auf.»

«Vielleicht», sagt er.

«Jedenfalls habe ich gehört, dass sie dich voll geplündert haben.»

«Haben sie. Aber ich hab nicht gearbeitet. Das war Majid.»

Ich sage: «Das Geld ist immer noch futsch, stimmt's?»

«Immer noch futsch», sagt er, und dann, nachdem er eine dieser kleinen Pillenschachteln geöffnet und ein paar Pillen eingeworfen hat, sagt er: «He, weißt du, dass Scrappy gestern Abend abgeknallt worden ist?»

«Hab ich gehört.»

Ich hab nichts gehört, das ist mir neu. Trotzdem kann ich Julian nicht glauben lassen, ich hätte keine Ahnung.

«Jep, aber hast du auch gehört, dass sie überlebt hat? Es heißt, dass es dein Mitbewohner war.»

«Nee, Mann, gestern Abend waren alle bei Spider», sage ich. «So ein Pulk Hippie-Gangster sind voll auf Acid abgefahren und haben sich gegenseitig mit Wasserpistolen beschossen. War voll der Spaß.»

Mir ist völlig egal, ob er mir glaubt.

Ich gehe im Laden rum, als sei ich auf Patrouille oder so was. Dieses Summen ist jetzt schon in meinen Wangen angekommen. Und mir fällt ein, dass ich gestern Abend nichts gegessen habe. Und ich jetzt nicht einmal weiß, was ich fühle. Ich habe es allerdings satt, es zu fühlen. Ich habe es satt, aber es ist dieses *Ich kann nicht einschlafen*-Gefühl. Es ist traurig, aber es ist dieser *Zum Teufel mit der Traurigkeit*-Mist. Es ist dieser *Ist mir inzwischen egal*-Scheiß.

Ist es mir allerdings nicht. Wirklich nicht.

Nachdem Angela meinte, es wär vorbei, hatte ich kein Zuhause mehr, ich konnte danach nicht mehr dort schlafen … Das ist ihr Platz, und Wizards. Ich war dort, weil sie mich wollte, weil er mich dort duldete, also ging ich dann zu Spider. Und dort hingen bereits ein paar Leute ab mit Blunts und Löschpapiertrips, und das Ganze wurde langsam zu einer Party, weil der Cousin von jemandem aus San Diego zu Besuch war.

Ich öffnete den Kühlschrank und schloss ihn wieder. Öffnete ihn. Und schloss ihn.

Ich mag diesen Schwall kalter Luft, durch den sich die Haare auf meinen Armen aufstellen.

Ich denke daran, noch eine Dose zu kippen. Allerdings kriecht so ein Rülpsen in mir hoch. Und ich weiß, ich sollte es bleiben lassen.

Julian erzählt mir irgendwas von neuen Autos, einem neuen Porsche. Allerdings habe ich echt keine Lust, das zu hören, also gehe ich rüber zu dem Reifenladen nebenan und erzähle den *Paisas* irgendwelches Zeug, und das nur, weil ich es kann und weil sie mich lassen. Das Bier knallt rein, während ich an die Reifen trete, die sie dort aufgestapelt haben. Das macht so ein hohles Geräusch, wie ein *pfuum-pfuum*. Ich mache das etwa eine Minute lang, und dann wird es still um mich herum. Und ich weiß, etwas liegt in der Luft.

Ich drehe mich um und schaue nach draußen, wohin alle anderen gucken, und sehe, wie drei South-Gate-Blödmänner bei Rot über den Imperial Highway sprinten und dabei ihre Khakis hochraffen, um wieder so einen scheiß Raubüberfall auf unserem Gebiet zu starten.

Ich sehe einen Besen. In der Ecke. Neben einem Haufen übereinandergeworfener Reifen. Ich nehme ihn und trete die Bürste ab. Der Stiel ist länger als ein Baseballschläger, aber schwer genug. Aus Holz. Ich schwinge ihn einmal herum, und er verfängt sich in einer Kette, die irgendwo über meinem Kopf hängt.

Ich sage richtig laut: «Fuck!», während ich ihn da wieder rauswinde, und das Echo wird von Autos und der Decke zurückgeworfen.

Die ölverschmierten Mechaniker schneiden Grimassen, als wollten sie etwas sagen. Tun sie aber nicht. Die lassen mich nur durch und schauen mir dabei zu, wie ich aus der Garage und um das Cork N Bottle gehe, um dort von hinten reinzuschleichen. Ich schieb die Tür total leise auf und husche hinein.

6

Ich sehe zwei im vorderen Teil. Einen hinten. Gleich bei den Kühlschränken. Er beugt sich vor und schaut hinein. Sein Arsch sieht mich nicht kommen. Ich lasse den Stock von der Seite auf die Hand des Arschlochs knallen. Ich schlage so fest zu, dass der die Tür loslässt, und ich hau sie ihm voll ins Gesicht. Nase und Stirn lassen das Glas in kleine Teilchen zerbrechen und wischen den gefrorenen Beschlag weg.

Er fällt lang ausgestreckt auf den Boden, und ich schlag auf seinen Hals ein. Einmal. Zweimal. Er ist nicht ohnmächtig, sondern versucht, in Deckung zu gehen, also haue ich auf seine Unterarme. Das klingt wie beim Baseballtraining, wenn die Ballmaschine loslegt, *pfak, pfak.* Der Besenstiel brennt beim Schlagen in meinen Händen, aber das fühlt sich auch gut an.

Fühlt sich lebendig an.

Ich schaue zu Julian rüber. Er taucht hinter dem Tresen ab. Schaltet die Kameras aus. Julian würde nie die Sheriffs rufen, wenn es im Viertel um Familienangelegenheiten geht. Und jetzt bin ich voll der Racheengel. Und sie wissen, dass es so weit ist.

Der zweite Kerl ist groß, aber langsam, als er durch den Gang auf mich zukommt. Er versucht, auf mich loszugehen, als hätte er mal Football gespielt oder so was. Allerdings warte ich erst gar nicht ab, bis er bei mir ist. Ich schleudere ihm den Stiel wie einen Speer entgegen. Aus eineinhalb Metern. Oder zwei. Und er sieht ihn kommen. Versucht anzuhalten. Versucht das Gesicht abzuwenden, bevor das stumpfe Ende ihn trifft.

Ich muss diesen pummeligen Kerl wohl voll erwischt haben, denn über seinem Kiefer fängt er an, übel zu bluten. Versucht das Blut mit der Hand zu stoppen.

Und dann springt der nächste Homie über ihn drüber, weil er glaubt, er käme an mich ran. Kommt er auch …

Weil ich ihn lasse. Ich sage: «Du darfst anfangen.»

Und er bleibt stehen. Mitten im Gang. Er schaut mich an. Und dann seinen Homie, der versucht, sich am Kühlschrank hochzuziehen. Und seinen Homie, der vor seinen Füßen liegt und blutet. Und dann verraten mir seine Augen, was er denkt. *Fuck it,* und dann geht er auf mich los und glaubt vielleicht, ich würde kneifen.

Allerdings kneife ich nicht.

Ich stecke den Schlag auf den Kiefer ein. Hart. Ich spüre auch, wie Speichel aus meinem Mund fliegt. War ein guter Schlag.

Und ich lächele ihn an. Ich spucke Blut aus. Ich lächele breiter.

Ich bin früher schon verletzt worden. Ich bin auf jede nur mögliche Art geschlagen und getreten worden. Ich bin ein paarmal niedergestochen worden. Bin k. o. geschlagen worden, mit einem Baseballschläger aufs Ohr. Ein Montierhebel hat mir den Arm gebrochen. Ein Arschloch hat mal mit einer Kette nach mir geschlagen, und dabei wurde mir ein Fingernagel ausgerissen. Ich habe keinen dieser Typen merken lassen, dass sie mich verletzt haben.

Nee, nee. Macht man so was? Das wäre doch ein doppelter Sieg für sie.

Und nebenbei, so funktioniert die Welt hier nicht.

Es ist mir scheißegal, was du mir antust, jedenfalls verletzt du mich nicht und siehst mich dann auch noch leiden.

Ich stürze mich jedenfalls nicht auf diesen kleinen Typen, der hier vor mir steht, ich sage: «Das war gut, *Chavala*. Scheiße. Gut gemacht.»

Damit kann er nichts anfangen. Er ist jünger als ich. Und kleiner. Und dann kapiert er, dass dieser ganze Mist vielleicht eine Falle ist, und weicht zurück. Allerdings täusche ich bereits einen Schlag an. Und tret ihm in den Magen.

Er gibt ein Stöhnen von sich, als wäre etwas in ihm gerissen. Und bricht zusammen. Dann gehe ich zurück zum Besenstiel und hebe ihn auf.

Während ich ihn auf seine Rippen sausen lasse, schreie ich laut unseren Kampfschrei heraus, so was wie *Das hier ist unser Viertel! Unser Land!* Und das wird uns nie einer dieser Dreckskerle streitig machen.

Wenn Angela mich jetzt sehen würde, würde sie das hassen. Das weiß ich. Und das ist mir recht.

Denn wenn sie mich nicht mehr will, dann bin ich auch nur dafür gut. Ein Wachhund zu sein. Ein Kämpfer. Das versuch ich mir selbst zu erzählen. Während mir das Blut in den Ohren rauscht.

Ich höre Keuchen und Husten und Worte wie *Aufhören* und *bitte* und *Fick dich*. Ich sage ihnen, sie sollen *callate*.

Ich habe geglaubt, Angela wär Familie für mich. Darüber kann ich jetzt nur noch lachen. Denn sie hat das Gleiche wie meine Mutter gemacht. Beide haben mich sitzengelassen. Einfach so.

Und dieser ganze Mist hat mich fertig gemacht. Zu glauben und sicher zu sein, dass etwas mit mir nicht stimmt. Etwas in mir muss kaputt sein, wenn Menschen mich immer wieder sitzenlassen. Mich wegwerfen wie irgendwelchen Müll. Denn wenn etwas gut ist, dann wirft man es nicht weg. Man wirft nur Sachen weg, die nicht mehr gut sind. Sachen, die wertlos sind.

Jetzt ist mein ganzes Gesicht feucht. Das kann nur Blut sein, denke ich, und wische darüber.

Ist es nicht. Es sind Tränen. Was soll der Scheiß?

Und ich weiß nicht so richtig, was ich damit machen soll, also versuche ich, sie wegzuwischen. Ich wische mir die Augen wie das letzte Arschloch.

Und als ich wieder klar sehen kann, merke ich, dass die South-Gater nicht mehr da sind. Sie sind durch die Eingangstür raus. Stützen sich gegenseitig. Und die Sirenen sind im Anmarsch.

Und in meinem Rücken höre ich Julian. «Du gehst besser, Mann. Du verdrückst dich besser!»

Das muss man mir nicht zweimal sagen. Ich kratz die Kurve.

Ich geh zurück ins Viertel. Die Wright Road hinab und über Los Flores. Wo sie in die Duncan einbiegt. Und langsam beruhige ich mich, mein Herzschlag verlangsamt sich, und ich bemerke, dass ich immer noch den verdammten blutigen Besenstiel in der Hand habe, also lasse ich ihn hinter irgendeinen Zaun fallen. Zu ein paar rosafarbenen Rosensträuchern.

Aber erst als ich an der Borson Avenue vorbeikomme, fange ich an, mich zu fragen, wer wohl auf Scrappy geschossen hat. Und warum.

OMAR TAVIRA ALIAS WIZARD

8. DEZEMBER 1993, 11:12 UHR

7

Meine neue Freundin lässt mich in dem Sträßchen hinter Jerrys Haus raus, küsst mich ein paarmal auf Hals und Ohr, wohin sie kommt durch das offene Fenster, dann lacht sie und braust zum Haus ihrer Mutter davon. Dieses Mädchen ist verrückt. Ich liebe sie mehr als alles andere. Aber nicht, weil sie hübsch ist, sondern weil sie alles für mich tun würde. Das ist das Beste an ihr. Loyalität ist das Beste überhaupt, und als ich das denke, fällt mir etwas Grundsätzliches ein. Loyalität ist ein Aphrodisiakum. Ich hole mein kleines Notizheft aus der Gesäßtasche und schreibe los. *Loyalität ist das stärkste* Aphrodisiakum, *irgendwas-irgendwas, das süchtiger macht als Crack.* Anstatt *irgendwas-irgendwas* zu schreiben, mache ich bloß eine lange Linie, die ich später ergänzen werde. Dann stecke ich das Notizheft zurück und mache weiter.

Ich ducke mich durch das Rasenstück des Nachbarhauses und komme bei Jerrys Veranda wieder hoch. Na ja, es ist Jerrys und auch wieder nicht. Sein Name steht auf den Papieren zum Haus, aber es gehört komplett uns. Jeder weiß, dass es *Clica*-Eigentum ist. Eine *Casita,* um Zeugs zu bunkern. Zeugs zu verschieben. Es gehört Jerry. Er lebt hier mit seinem Spacko-Vater, aber es gehört Jerry nicht wirklich, sosehr er sich auch anstrengt, das Geld für uns heranzuschaffen. Ich bin schon dabei, meinen Schlüssel zu benutzen, versuche aber einfach die Klinke, und die Tür lässt sich öffnen, also drücke ich und schließe hinter mir ab. Das Wohnzimmer riecht nach Rum. Jerrys Vater sitzt auf dem Sofa und hat den Arm um eine von Jerrys neuen *fresas* gelegt. Sie hat schimmerndes Haar vom Duschen und sieht aus wie ein nasser Putzlappen. Darunter ist sie dünner als ein Strohhalm. Crack lässt einen so schrumpfen. Es war auch mal mehr an ihr dran. Das ist unübersehbar, wenn man die Falten ansieht, die unter ihren kurzen Läufershorts deutlich zu sehen sind, weil sie die Füße auf den umgedrehten Umzugskarton gelegt hat. Jerry und sein Dad hatten mal einen Couchtisch aus echter Eiche. Jetzt haben sie dieses erbärmliche Zeugs. Ich brauche keinen Grund, um Jerrys Dad eins auszuwischen, aber das hier passt jetzt gut.

«Wie oft habe ich dir eigentlich gesagt, die Tür abzuschließen, was? Dreißigmal?»

«Das hab ich erst einmal gehört. Gerade eben.» Er lächelt mich an, als wäre er derjenige, der hier das Sagen hat.

Dieses Arschloch. Ich schwör, jedes Mal, wenn er säuft, vergisst er, wer hier was am Laufen hält, aber dass er mich hasst, daran erinnert er sich immer. Der Hass leuchtet ständig in seinen kleinen Augen, und er zieht das Mädchen enger an sich, als sei sie ein Schild, der ihn vor meiner Attacke schützt. Ist sie nicht. Er macht sie damit sogar zu einem Ziel für mich. Ich ziele auf sie, und seine Augen werden größer. Er weiß, was jetzt kommt.

Noch bevor ich meinen Mund aufmache, zuckt er schon zurück. «He, Dickerchen, glaubst du wirklich, sie tut dir gut? Mit diesen Schwangerschaftsstreifen ist sie älter als ein alter Hut.»

Ihr klappt die Kinnlade runter. Sie ist neu. Sie weiß nicht, dass ich hier der Boss bin und sagen kann, was ich sagen will. Sie ist zu sehr damit beschäftigt, angepisst zu sein. Sie schaut ihn mit einem Ausdruck an, so etwa wie *Willst du nicht was unternehmen?* Und merkt dann, dass die Antwort *Nein* ist. Er läuft rot an und wartet einfach auf den nächsten Einschlag, also lasse ich ihn nicht auf meinen Spruch warten: «Diese dünne Gottesanbeterin verschlingt dich mit Blicken – warum willst du so was ficken? Sie würde dir eher den Kopf abbeißen, als dir in die Hose zu greifen.»

Seine Wangen röten sich. Er kocht vor Zorn, und sie sitzt da neben ihm. Wenn er jetzt aufstehen würde, um mir eine reinzuhauen, würde sie Hurra schreien. Er würde ja auch gern, aber er weiß schon, dass er nach dem Versuch auf dem Grund des L. A. River landen würde, Jerry hin oder her. Wir wissen beide, dass ich am Drücker bin. Ich bin immer am Drücker, und bei diesen simplen Zielen treffe ich immer ins Schwarze oder sag einfach, was mir auf den Keks geht, und dann bin ich mit ihnen fertig.

«Du bist nur hier, weil du hier Wache schieben sollst, Gordo, das ist der einzige Grund. Wenn du das nicht schaffst, dann setze ich jemanden hierhin, der das packt.» Dann hefte ich meine Augen auf einen großen Wasserfleck an der Decke, wie ein Gehirnklecks, und es tickert die Wand runter und versickert und sieht aus wie eine verkorkste Wirbelsäule, und ich mach ihm klar, dass er das verdammte Leck im Dach reparieren soll. Ich ernte ein Nicken. Er hört nicht mehr zu, aber das Mädchen schaut ihn jetzt an, als wolle sie sagen: *Meint der das ernst?* Und wenn sie darauf immer noch keine Antwort hat, dann ist sie noch dümmer, als sie aussieht.

Ich gehe weiter ins Haus hinein, aber ich komme nicht weit, dann muss ich mein Notizbuch zücken. Ich versuche mich an die Zeilen zu erinnern, die ich gerade ausgespuckt habe: «Gut. Älter als ein alter Hut. Blicken. Ficken. Beißen. Greifen.» Und weiter unten auf die Seite schreibe ich: *Großer Wasserfleck, Gehirnklecks, tickert, versickert.* Oder eher *verrinnen*? Mist. Zum Teufel damit. Werde mich später damit beschäftigen. Ich klappe das Heft zu. Ich habe Hunger.

Die Küche ist im Eimer. Eine der Schranktüren hängt nur noch an einem Scharnier schräg in der Luft. Ich ruckele so lange daran herum, bis ich in den Schrank greifen kann und eine Schüssel heraushole. Ich stoße auf die Reste von Froot Loops und kippe sie hinein. Eine halbe Schüssel mit halbierten Os, kleine Stückchen, die wie zerbrochene Malstiftstummel aussehen, ist alles, was ich zusammenkriege. Ich suche in der Schublade nach einem sauberen Löffel, finde aber keinen, also wühle ich herum, bis ich einen habe, der nicht allzu verkrustet ist. Ich rücke diesem schlimmen Finger mit Handseife auf den Pelz, denn etwas anderes gibt es nicht, wasche ihn, bis er blitzsauber ist, spül ihn ab und trockne ihn an meinem Hemd, während ich den Kühlschrank öffne. Er ist leer, bis auf eine Milchtüte ganz hintendrin. Ich schnüffele daran, aber die Milch ist noch gut, und ich schütte den Rest in die Schale. Beim ersten Löffel merke ich, dass es fürchterlich fad schmeckt, auch die Milch kann es nicht retten, also stell ich die Schale auf den Tresen und geh weiter nach hinten und durch die Hintertür, um nach Jerry zu schauen.

8

Durch ein Fenster sehe ich drei ziemlich abgerissene Homeboys in der Garage herumstehen, die rauchen und dabei zusehen, wie Jerry No Neck tätowiert. No Neck heißt so, weil er praktisch kaum einen Hals hat. So einfach ist das. Das Publikum, das um sie herumsteht, besteht aus Silencio, der immer zum falschen Zeitpunkt redet, Lil Puffer, weil dieser Typ immer noch alles raucht, was man ihm unter die Nase hält, und Dreamer, der zu häufig mit offenen Augen vor sich hin träumt.

Jerry hört, wie die Tür geöffnet wird, und dreht sich zu mir um, während ein paar Sonnenstrahlen den Rauch durchschneiden und wieder verschwinden, als die Tür zufällt. Jerry guckt mich mit so einem trügerischen Lächeln an. Seine Zähne sind kaputt, aber das passiert nun mal, wenn man einen Flintenlauf über den Mund gezogen bekommt.

«Na, wenn das nicht Mister Gangster-der-versucht-ein-Rapper-zu-sein ist», sagt er in meine Richtung.

«Halt die Klappe, Trottel. Sonst schreibe ich noch was über dich.»

«Der einzige Trottel hier bist du.» Jerry hat ein loses Mundwerk, wie sein Dad.

Er senkt den Kopf, taucht die Nadel in Tinte und hebt sie wieder zur Haut. Der kleine Motor surrt. Das Tattoo, sehe ich jetzt, ist ein Schädel, der sich über No Necks obere rechte Schulter zieht, der Tod steht also direkt hinter ihm. Oder fast jedenfalls. Und ich glaube, das ist nach dem Mist, den wir neulich Abend angestellt haben, ganz angebracht. Die Linienführung der Glubschaugen und *brochas* und im Allgemeinen *locote*-Persönlichkeiten sind nicht so gut wie bei den Sachen von Pint, aber das sage ich Jerry nicht. Jeder muss irgendwo lernen.

«Weißt du, was dein Problem ist, Jerry?», lass ich ihn jetzt wissen. «Das verdammte Dach ist undicht, und dein Dad repariert es nicht. Ruf meinen Cousin an. Der soll das Haus mit einem Ventilator trocknen und dann auch gleich die Rigipswand flicken. Ich sag das deinem Deppen von Vater nicht noch mal. Warum wohnt er überhaupt hier, wenn er sich nicht darum kümmert?»

«Er ist auch Besitzer. Das Haus gehört uns beiden.»

«Er kümmert sich aber nicht drum. Hast du die Küche gesehen?»

Die Tätowiermaschine verstummt, und Jerry schaut mich an. «Glaubst du, ich bin ein Monster, Mann? Er ist mein Dad. Ich kann ihn doch nicht rausschmeißen.»

«Weil du's nie versucht hast, *Homes*», blaffe ich zurück.

«Er ist Familie, das kann ich nicht. Er ist ein Versager, aber ich setz ihn doch nicht auf die Straße. Ein bisschen *respeto,* Alter.» Jerry legt die kleine Bohrnadel zur Seite und kommt langsam auf mich zu.

«Halt dich lieber zurück, Mann.» Das ist eine Ansage.

«Oder was?»

«Oder die Fetzen fliegen.» Ich erinnere ihn daran, um wie viel größer ich bin als er, und parke mein Kinn auf seiner Stirn. Dass ich ihm einen von oben verpasse, wenn er irgendwas versucht. «Durch die Luft. Und Sterne sehen. Wird eine echt gute Show, bevor du ins Reich der Träume abrauschst.»

«Na los, dann mach doch, Alter.»

«Mit diesen Säcken unter den Augen wirst du mir wahrscheinlich noch dankbar sein, wenn ich dich mit einem Schlag auf die Bretter schicke. Du brauchst ein bisschen Schlaf.»

«Glaubst du?», grinst Jerry.

«Ich *weiß* es. Fängst du schon an, Schäfchen zu zählen?»

«Ich dachte, die könntest du für mich zählen.» Er lässt den Hals kreisen. Es knackt.

Die Spannung frisst sich durch den Raum. Sekunden verrinnen, während die anderen uns anstarren und sich fragen, wann wir loslegen. Besonders No Neck reckt den Hals, um bessere Sicht zu haben. Wenn er anfängt, dann wäre es das verdammt erste Mal.

Silencio bricht das Schweigen zum genau falschen Zeitpunkt. «Glaubst du wirklich, dass sie sich prügeln wollen?»

Er sagt das zu niemand im Speziellen, er sagt es einfach so in den Raum hinein, und gleich drei Leute bedeuten ihm, den Mund zu halten. Nur ich nicht. Ich bin immer noch dabei, Jerry mit den Augen verdammt noch mal niederzumachen, und sag ihm dann auf den Kopf zu: «Ich *verarsch* dich doch bloß.»

Das Lachen ist wie eine Explosion. Eine Befreiung. Alle fangen wieder an zu atmen, als ich lächele und Jerry sofort zurücklächelt. Dieses Mal im Ernst. Vorn fehlen ihm zwei Zähne. Durch das Loch kann ich seine Zunge erkennen. Danach hebe ich die Hand, strecke sie aus, wir schütteln sie, lassen wieder los und ducken uns nach vorn weg in eine halbe Umarmung. Jetzt ist nicht der richtige Zeitpunkt,ihn darüber aufzuklären, dass Familie einen fertigmacht und reinlegt. Meine Tante hat dafür gesorgt, dass mein Dad nach Folsom kam, und da ist er immer noch. So was passiert, wenn man Leuten zu viel Vertrauensvorschuss gibt, nur weil man blutsverwandt ist.

Jetzt redet Silencio auf mich ein. «Hey, Wizard, hast du gehört, wie Dreamer sich mit ein paar Kerlen im Cork N Bottle angelegt hat? Auch noch South Gaters. Drei gegen einen, und er hat's mit ihnen aufgenommen. Mit einem Besenstiel und überhaupt. Hat diese Arschlöcher zusammengefaltet!»

No Neck und Lil Puffer lachen darüber, während Dreamer den Kopf dreht, und oh Mann, das Gesicht ist wirklich im Arsch und rot. Verdammt. Er sieht übel aus. Die Nase eine geschwollene Pflaume. Eine Wange so geschwollen, dass es aussieht, als hätte er unter der Haut einen halben Baseball.

Ich sag zu Jerry: «Macht's dir was aus, mal Platz zu machen? Ich muss sofort was mit meinem Homeboy besprechen.»

Ich nicke Dreamer zu, damit er mir nach draußen folgt.

JACOB SAFULU ALIAS DREAMER

8. DEZEMBER 1993, 11:22 UHR

9

Wizard steht am alten Gartenzaun, der die Garage hinten umschließt. Sein Lächeln ist verschwunden. Er beugt sich vor. Betrachtet die Stelle, wo ich etwas abbekommen habe …

«Du siehst übel aus», sagt er.

«Halb so wild, Wiz», antworte ich. «Ich hab den Typ zuerst zuschlagen lassen, aber mehr hat er nicht hinbekommen.»

Er gibt mir einen Schubs. Nicht heftig. Nur um was klarzustellen.

«Hör auf, mich so zu nennen, Mann. Das reimt sich auf ‹Schiss›.» Er grinst, und gleichzeitig ist es ihm ernst.

Ich sage: «Ich meine das aber so, dass du ein Wizard bist. Ein Wortzauberer.»

«Völlig egal, was du meinst. Was die Leute *hören*, zählt. Und du kannst dir selbst ausrechnen, was das Erste ist, woran sie denken, ich sag's dir.»

«Verstanden», sag ich.

Er fingert eine Zigarette aus der Tasche und nickt. Er legt schützend die Hand ums Feuerzeug. Er zieht einmal.

«He, also, jemand, den ich kenne, hat es neulich Abend auf Scrappy abgesehen», sagt er. «Hast du was gehört?»

«Von Julian.»

Wizard verdreht die Augen, so wie *Verdammt.* «Was hat er gesagt?»

«Dass es Scrappy erwischt hat», sage ich.

«Stimmt. Also wenn Julian es schon weiß, dann wissen es alle anderen auch. Hat er Namen genannt?»

«Dafür ist er zu klug.»

Wizard fährt mit dem Daumen über die Narbe an seinem Kinn. Die hat er sich eingefangen, als er mit dem Kinn auf den Lenker seines Fahrrads geknallt ist, da war er noch jünger. Einfach ein Unfall. Aber wenn jetzt die Leute fragen, woher er die hat, dann verrät er nie, wie das passiert ist, und die Leute ziehen ihre eigenen Schlüsse. Er hat das immer wieder als Beispiel dafür gebracht, wie Schweigen Vorteile bringen kann. Vorteile für alle.

«Mann, die Entscheidung wurde oben getroffen. Da wurde grünes Licht gegeben, und das war's dann. Ich werd den Teufel tun und Fragen stellen.» Wizard nimmt einen Zug. «So ist das nun mal, du kennst das.»

«Ich kenne das», sage ich. Ich habe schon Sachen auf Anordnung eines wichtigen Homies gemacht, die kamen über Wizard. Nicht mit Schießen. Aber ich weiß, wie das läuft. «Julian hat gesagt, dass sie *überlebt* hat.»

Wizard wirft einen Blick auf die Hintertür des Hauses und schüttelt den Kopf. «Der Kerl hat eine große Klappe. Woher will er das wissen?»

«Stacys Schwester ist Krankenschwester im Saint Francis, daher.»

Stacy war die letzten zehn Jahre Julians Freundin. Sie haben ein Kind zusammen.

«Okay, na gut, ich kann da jetzt nicht hinrennen. Vielleicht ist die Hälfte ihrer Truppe da bei ihr.» Wizard stößt kurz den Rauch aus und sagt dann: «Weißt du was? Scrappy überlebt? Das gibt wohl keine Probleme. Sie wird nichts sagen. Sie weiß, von wem die *bala* kam. Und dass da noch mehr kommen können. Unser Problem jetzt ist die Waffe.»

So, wie er das sagt, klingt es, als hätte das was mit mir zu tun. Also lieber nicht! Ich habe nie eine Waffe gehabt, nicht mal eine für jemanden aufbewahrt. Und bekomme dabei jetzt ein echt schlechtes Gefühl. Mein Mund wird schnell trocken, und mein Magen schlägt einen Salto, bevor ich sage: «Welche Waffe?»

«Die jemand vielleicht bei Scrappy benutzt hat.» Er starrt mich an und will, dass ich zwischen den Zeilen lese.

Mein Magen sackt durch. Aber ich nehme meinen Mut zusammen und sage: «Hat das was mit mir zu tun? Brauche ich ein Alibi, oder was?»

Wizard wendet den Blick ab. Er nimmt einen tiefen Zug, dann stößt er den Rauch aus. «Ist vielleicht nicht notwendig, aber gestern haben die Sheriffs eine Waffe in deinem Zimmer beschlagnahmt.»

Einen Moment bleibt mir die Luft weg. Und dann drängt er mit einer Art Husten heraus. Mein Gesicht wird heiß. «Wie bitte?»

«Du hast mich richtig verstanden», sagt Wizard. «Bringt das irgendwas bei dir zum Klingeln?»

«Hölle, nein!»

«Also, was ich mitbekommen habe, ist, dass der verdammte Petrillo da bei einem seiner Kontrollgänge herumgelaufen ist, aber dieses Mal hatte er einen Sheriff dabei.»

Ich versuche, den Mund geschlossen zu halten und durch die Nase zu atmen. Versuche runterzukommen.

«Als hätte er irgendwelche Informationen gehabt?», sage ich. «Aber von wem?»

Wizard zuckt mit den Schultern. Könnten eine Menge Leute sein, die ihn verpfiffen haben.

Es ist schon verrückt, aber woher wussten die, dass da eine Waffe ist, wenn ich es selbst nicht weiß? Es sei denn, Wizard hat mich angelogen, was ich nicht für unmöglich halte. Hat er schon gemacht, wenn er nicht wollte, dass ich etwas erfahre. Trotzdem bezweifele ich das, denn er sieht auch besorgt aus. Echt besorgt. Und ein Blick in sein Gesicht führt nicht dazu, dass es meinem Magen besser geht.

«Das Verrückteste überhaupt ist, dass es sich vielleicht wirklich um die Waffe handelt, die benutzt wurde», sagt er. «Möglicherweise.»

Ich senke die Stimme. «Wie?»

Wizard streckt die geöffnete Hand aus. Handfläche nach oben. «Ich meine, ich verstehe es nicht, aber wenn es eine .38er war, dann vielleicht.»

Ich will etwas sagen. Doch ich kann nicht. Ich versuche einfach, wieder etwas Speichel im Mund zu sammeln.

Wizard nimmt einen letzten Zug. Drückt die Zigarette aus. «Genau das ist das Verrückte, denn weißt du, wer immer das war, hat es so gemacht, wie Big Fate immer sagt, und die Knarre am Tatort fallen gelassen.»

Dann sage ich zum ersten Mal etwas, das mir einleuchtet: «Da treibt jemand ein abgekartetes Spiel.»

«Ja», sagt Wizard und starrt mich an, als würde er versuchen herauszufinden, ob ich derjenige bin, der ihn da reingezogen hat.

Und damit habe ich nun gar nicht gerechnet, denn warum zum Teufel sollte ich das uns beiden antun? Das ist dämlich.

Aber ich sag nicht mehr als: «Du weißt, dass ich es nicht war.»

«Kann man sich nie ganz sicher sein.» Er schaut mich von der Seite an, dann nickt er, als hätte er sich entschieden. Als wäre ich weiterhin in Ordnung.

Und da er sich entspannt, entspanne ich mich auch. Ein bisschen. Äußerlich. Obwohl ich innerlich voll aufgedreht bin und Angst habe. Diese ganze Sache ist kein Witz. Sie bedeutet Gefängnis. Und ich habe noch nie gesessen.

«Okay», sagte er. «*Tranquilo,* du samoanischer Wichser. Ich glaube, du warst es nicht. Aber hast du dort irgendwas versteckt? Abgesehen von einer .38er? Ich weiß, dass du nie etwas im Zimmer von Angela hattest, aber ich muss nachfragen.»

«Nichts. Weniger als nichts. Du weißt, dass sie das nicht gut gefunden hätte. Verdammt. Und ich auch nicht!»

Er nickt, weil er das auch so sieht. Und ich weiß, dass ich es ihm sagen muss. «Du weißt, dass wir Schluss gemacht haben? Ich und Angela?»

«Angela hat mich bei meiner Lady angerufen. Sagte, dass sie zur Waffe ausgesagt hat, und hat es dann mir erzählt.» Wizard legt mir den Arm um den Hals. Drückt mich. «Scheiße. Tut mir leid, *Homes*. Dieser Mist ist noch ätzender, wenn man zusätzlich vielleicht noch eine Anklage angehängt bekommt. Mist. Ich wette, das droht uns beiden.»

Er lässt mich los, und ich sage: «Und wenn diese Waffe in Verbindung mit dieser Sache steht, die vielleicht jemand verzapft hat?»

Wizards Blick verfinstert sich. «Na ja, du weißt, was passiert, wenn es so weit kommt?»

«Ich sag bloß *Anwalt*», sage ich.

«Genau richtig. Versuch, mit den Handschellen klarzukommen, und verrate sonst nichts. Aber jetzt musst du erst mal schnell hier verschwinden. Ist zu brenzlig. Geh zu Little Guy oder so. Ich werde dich schon finden.»

Allein der Gedanke daran, Little Guys Mutter gegenüberzutreten, macht mich noch mehr fertig. Zusätzlich zu den Schmerzen kommen jetzt Schuldgefühle. Und das alles zu der Angst, die sich in meinem Magen zusammenballt. Trotzdem sage ich zu Wizard: «Hab verstanden.»

«Gut», sagt Wizard, «das ist gut, Mann.»

Bevor er geht, habe ich noch eine Frage. «Und was machen wir jetzt, um herauszufinden, wer dir da was anhängen will?»

Wizard hat auf alles eine Antwort. Auf diese Frage nicht.

Jedenfalls noch nicht.

BEWÄHRUNGSHELFER PHILLIP PETRILLO

8. DEZEMBER 1993, 11:35 UHR

10

Ich fahre zum Reifenhandel an der Atlantic, dem Arbeitsplatz von Omar «Wizard» Tavira, seinen eigenen Angaben zufolge. Der Chef kann mir nur sagen, dass der Mistkerl Omar seit letzten Samstag nicht mehr aufgetaucht ist, das passt. Bevor ich gehe, kaufe ich noch einen Reifendruckmesser und fahre dann auf der Atlantic Richtung Norden nach Lynwood. Auf der Höhe der Rosecrans merke ich, dass ich nicht weit von der Virginia Avenue und Angela bin. Jetzt würde ich gern an ihre Tür klopfen, um ihr Gesicht zu sehen. Dazu bin ich noch immer befugt, und wenn Nachbarn das Auto eines Bewährungshelfers sehen, dann mischen sie sich bestimmt nicht ein.

Die Ampel am Martin Luther King Boulevard ist grün, und das nehme ich als Zeichen. Ich biege rechts auf den MLK ab, und als ich an der Virginia vorbeifahre, sehe ich einen Streifenwagen vor Angelas Haus stehen. Am Ham Park mache ich einen U-Turn und werde dafür von ein paar Arschkeks-«Homeys» an der Ecke zur Wright schief angeguckt. Mein Puls ist jetzt auf 180, aber nicht von diesen Blicken. Sondern weil heute, ich weiß es, mein Glückstag ist.

Wir stellen uns nicht vor das Haus eines Verdächtigen, weil wir glauben, dass er gleich nach Hause kommt, um sich verhaften zu lassen. Wir tun das, um Muster zu durchbrechen. Menschen werden unvorsichtig, wenn sie nicht dort essen oder schlafen können, wo sie möchten. Die Störung von Mustern führt zu Fehlern, und so kann man Arschlöcher schnappen. Auch Präsenz zeigen ist wichtig. Bestimmte Viertel werden dadurch aufgerüttelt. Je nachdem, was in einem Haus abläuft (sagen wir Drogen- oder Waffenhandel), kann das zu Druck seitens anderer, größerer krimineller Gruppen führen. Die dann gern mal bei den Behörden anrufen und Hinweise geben, wo sich Verdächtige herumtreiben, weil sie gründlich die Nase davon voll haben, dass in ihrem Block ein auffälliger Wagen steht und ihrem «Geschäft» in die Quere kommt.

Ich parke nicht. Ich fahre mitten auf der Straße, halte direkt neben der Fahrertür und lasse mein Fenster langsam runterfahren. Im Auto sitzen zwei Uniformierte. Den Fahrer kenne ich nicht. Ein Schwarzer. Aber ich erkenne den anderen: Mirkovich. Ein großer Slawe, auch aus Pedro, der vermutlich sogar bei der Sergeant-Prüfung durchfallen würde. Ich nicke ihm zu. Er schaut mich mit zusammengekniffenen Augen an, bis ihm schließlich einfällt, dass wir mal Softball gegeneinander gespielt haben, dann nickt er zurück.

Das Fenster der Fahrertür öffnet sich. Ich weise mich aus. Der Fahrer reimt sich zusammen, dass ich derjenige bin, der mit Jackson hier war und den Fund der Waffe dokumentiert hat.

«Guter Fang», sagt er. «Sauber.»

«Danke», sag ich. «Ich bin Petrillo. Ich kenne Mirkovich. Auf die dritte Base kommt er immer mit einem üblen Slide.»

«Darauf würde ich wetten, dieses Arschloch», sagt der Fahrer, und Mirkovich verpasst ihm mit der Rückhand einen Schlag auf die Schulter. «Ich bin *Louie*. Schreibt sich L-o-u-i-s.»

«Das ist Französisch, nicht wahr?»

«Haitianisch» sagt er und schaut, ob ich damit ein Problem habe. Habe ich (es gibt schon genug Schwarze in diesem Land, wir müssen sie nicht auch noch importieren), aber es bringt nichts, dass ich das durchblicken lasse. Also lass ich es. Wir betreiben etwas Smalltalk: das Wetter (soll kälter werden), Neuigkeiten vom Fall (Haftbefehle für Omar Tavira und Jacob Safulu ausgestellt), Baseball (zum Teufel mit den Verhandlungen der Gehälter. Die Besitzer sollten die Spieler einfach bezahlen), aber wenn aktuell keine Spiele laufen, kann man darüber auch nicht reden, also sage ich: «Habt ihr geklopft?»

«Ja», sagt Louis.

«Jemand zu Hause?»

«Das Mädchen. Babysittet. Eine ältere Frau hat zwei Kinder vorbeigebracht.» Er dreht sich zu seinem Partner um. «Wann etwa?»

Mirkovich schaut auf seine Uhr und sagt: «Vor dreizehn Minuten.»

«Ich muss mit ihr im Haus sprechen», sage ich. «Miss Alvarez hat keine Aussage gemacht, was die Waffe angeht. Mein Boss braucht eine Nachbereitung.»

Zwei Versionen des gleichen skeptischen Gesichts starren mich an: eine in Schwarz und eine in Weiß.

Um sie zu beruhigen, sage ich: «Solange das noch dauert, bin ich weiter Taviras Bewährungshelfer. Ich habe auch schon ein paarmal mit dem Mädchen gesprochen. Wir haben einen guten Draht. Ich hoffe, dass sie mir verrät, wo sie vielleicht sein könnten, auch wenn sie es gar nicht will.»

Sie klopfen meine Worte auf Aspekte und Motive ab. Gute Polizeibeamte verdächtigen jeden, und das ständig. Lügen aufzuspüren ist so Teil ihres Jobs, wie er Teil meines Jobs ist. Wir können gar nicht anders, als zynisch zu sein, bis die Wahrheit bewiesen ist, und da die Stadt sich vor nicht allzu langer Zeit selbst an den Rand des Untergangs gebracht hat, steht jeder unter genauster Beobachtung. Alles nach Vorschrift, das ist das Mindeste. So ist es einfach.

Louis schaut mich mit einem Stirnrunzeln an. «Ich nehme an, dass du nicht bloß an ihr interessiert bist, weil sie eine Sahneschnecke ist?»

Laut sage ich: «Ich mache meinen Job einfach so gut wie möglich.»

Aber das Zwinkern am Schluss des Satzes sagt: *unbedingt.*

Besonders Mirkovich findet das witzig. Er grinst.

Louis lacht, bevor er sagt: «Na dann los.»

Ich parke den Wagen und umklammere beim Aussteigen mein Notizbuch. Während ich mich der Haustür nähere, vibrieren die vertikalen Jalousien vor dem vorderen Fenster.

11

Angela Alvarez öffnet, bevor ich überhaupt geklopft habe. Als die Tür weit aufschwingt, fährt ein Luftstoß durch ihr Haar und trifft mein Gesicht. Sie riecht nach Pert-Shampoo und Ban-Deo. Ihre braune Haut scheint zu brennen, als käme sie gerade aus einer Rauferei, und hinter ihr kichern zwei kleine Kinder, die sich hinter den Stühlen am Wohnzimmertisch verschanzt haben.

Das haut mich um. Indem sie vor mir an der Tür ist, hat sie sich in die eindeutig bessere Position gebracht, die ich ihr (erst einmal) lassen muss, auch wenn mir das nicht gefällt.

Ich habe auch keinen Eröffnungssatz parat, außer vielleicht nach ihrem Cousin und Dreamer zu fragen, oder nach den Kindern (ich kann Kindeswohlgefährdung ins Feld führen, falls sie den Verdächtigen ausgesetzt sind). Beides schlechte Varianten: das erste zu steif, das zweite wie eine Drohung. Ich beschließe, stattdessen mein Schweigen einzusetzen. Soll sie als Erste etwas sagen. Ich lasse meinen Blick durch den Raum wandern. Der sieht genau so aus wie an dem Tag, als ich ihn durchsucht habe. Der einzige Unterschied ist ein Ventilator, der hinter ihr steht. Er läuft mit mittlerer Geschwindigkeit und weht mir ihr Haar entgegen.

Sie verschränkt die Arme und reckt herausfordernd ihr Kinn. «Wie alt bist du?»

Ihre Körpersprache wirkt herausfordernd, aber vielleicht zieht sie nur eine Show für die Deputies oder die Nachbarn ab. Gerade geht mir auf, dass sich beide Verdächtigen möglicherweise in einem der Nachbarhäuser verstecken und zuschauen. Deshalb muss hier alles so professionell wie möglich ablaufen.

«Ma'am?»

«Ich weiß nicht, wo sie sind! Habe nichts von ihnen gehört. Habe sie nicht gesehen.» Sie wirft die Hände hoch, und ich bin sicher, dass sie auch glaubt, jemand dort draußen könnte ihr zusehen. Das hier ist eine Show. «Also, wie alt bist du eigentlich? Alt, oder was? Du siehst aus wie fünfundzwanzig.»

Sie verschränkt die Arme wieder, diesmal höher über der Brust, während sie mich wie versteinert ansieht, aber da schwingt noch etwas anderes mit (eine Anziehung, die sie wegzudrücken versucht). Entweder das, oder sie versucht etwas mitzukriegen, das sie später Wizard oder Dreamer sagen kann. Trotzdem ist das eine Einladung, vom Protokoll abzuweichen. Ich beobachte sie, wie sie mich beobachtet. Ihr Blick huscht über mein Gesicht, während ich die Augenbrauen hebe und mir auf die Lippe beiße (um ihr meine Befürchtung zu zeigen, etwas Persönliches über mich zu verraten). Sie nimmt das zur Kenntnis, und ihre Schultern entspannen sich. Sie sacken einen Fingerbreit. Deshalb sage ich die Wahrheit. Es ist wichtig, sie dafür zu belohnen, dass sie nicht weiter blockt, so langsam die Mauern auch fallen.

«Ich bin sechsunddreißig», sage ich.

Sie quasselt einfach weiter, was ich eigentlich nicht akzeptieren kann. «Na klar doch. Wann hast du deinen Abschluss gemacht?»

«Vierundsiebzig.»

Sie rechnet. «Du warst mit siebzehn mit der Schule fertig?»

«Ich bin kurz darauf achtzehn geworden», sage ich.

«Woher kommst du, Phillip?»

Sind wir schon beim Vornamen? Das geht ja schnell. Ich möchte lächeln, lasse es aber.

«Phil», sage ich. «San Pedro. Geboren und aufgewachsen.»

Sie hat die Arme immer noch verschränkt. «Aha, dann warst du also ein *Pirate*? Wir sind ein paarmal bei Ausscheidungsrennen gegen euch angetreten.»

«San Pedro High Pirates. Genau.»

Sie zuckt mit den Achseln. «Richtig. Gibt es sonst noch was? Denn wenn nicht, muss ich jetzt Lunch für die beiden Kleinen machen.»

Ich versuche, ihr meine Karte zu geben. Ich sage: «Bitte lass mich wissen, wenn du etwas hörst.»

Sie wirft einen Blick darauf, *ts, ts,* nimmt sie aber nicht. «Du weißt doch, dass ich das nicht kann, Phil.»

Angela Alvarez ist eine härtere Nuss, als es Renee jemals war. Ich mag das. Es wertet die Jagd auf.

«Ich habe es zumindest versucht», sage ich.

«Hast du das?» Ihr Tonfall ist normal (nahezu freundlich), aber ihr Blick ist es nicht.

Sie dreht sich um und schlägt die Tür zu. Ich höre, wie die Kinder lachen. Jeder Beobachter würde annehmen, dass ich hier nicht noch einmal willkommen bin. Im Kontext unseres Treffens muss sie sich genau so verhalten, und das respektiere ich. Bevor ich zurückgehe, mache ich mir ein paar kurze Notizen: «ablehnend, nicht hilfreich, behauptet, nicht zu wissen, wo die Verdächtigen sind, behauptet, nichts von der Waffe gewusst zu haben, die im Haus gefunden wurde».

Als ich zum Streifenwagen zurückkomme, sind die beiden beim Aufbrechen. Dieses Mal ist Mirkovichs Fenster offen.

«Gibt es Neuigkeiten?», fragt er.

«Nichts», sage ich. «Unnahbar, ablehnend, als wolle sie dem ganzen Viertel zeigen, wie gut sie die Lage im Griff hat.»

Louis schaut zum Haus und kratzt sich am Kinn. «Wenn ich sie wäre, würde ich das wahrscheinlich auch so machen.»

«In dieser Gegend? Aber hallo. Würde ich auf jeden Fall», kommt es von Mirkovich.

Ich nicke. «Na gut, ich habe bekommen, was ich brauche. Ich höre bestimmt, wenn sie in Untersuchungshaft sind.»

Darauf hat Louis keine Antwort. Er schaut die Straße hinab. Ich folge seiner Blickrichtung, Mirkovich auch, und wir sehen eine Gestalt, die drei Häuser weiter in einem Vorgarten steht: ein Junge ohne Hemd, nur mit Shorts bekleidet, die bis über seine Knie reichen, keine Schuhe. Er ist wohl um die zehn Jahre alt und tiefbraun von der Sonne. Er sollte jetzt wohl in der Schule sein. Ist er aber nicht. Er starrt uns an, beobachtet uns, merkt sich was. Uns ist klar, dass unser Besuch gemeldet wird, die ganze Meldekette hoch. Gut. Mal sehen, ob das Wirkung auf Wizard und Dreamer hat.

«Gangster beim Training», sage ich.

«Ich garantiere euch, den buchten wir in ein paar Jahren auch ein», sagt Mirkovich.

Louis hält sich die Faust vor den Mund und rülpst, bevor er sagt: «Mensch, die Späher werden heutzutage auch immer jünger, oder? Soll man das nun Erziehung nennen, oder was?»

Ich will schon *Bildung* sagen, aber Mirkovich wirft «Überleben» ein.

Louis grunzt. Und ich auch. «Jungs, habt noch einen schönen Tag. Seid vorsichtig.»

«Du auch», sagt Louis und setzt die Sonnenbrille auf. Er schaut noch immer den Jungen an, der sich auch nicht bewegt hat. «Willst du, dass wir warten, bis du losgefahren bist?»

«Nein», sage ich, «alles gut.»

Louis lässt den Streifenwagen an. Ich gehe zu meinem Wagen und steige ein, während sie davonfahren. Ich wende auf der Straße und folge ihnen, und während sie an dem Jungen vorbeifahren, werfe ich kurz die Sirene an. Ich wollte ihn erschrecken, aber er zuckt nicht mal zusammen. Er steht einfach da, die Hände zu Fäusten geballt, als ich als Nächstes an ihm vorbeifahre. (Er grinst dabei spöttisch; so unverfroren ist der kleine Wichser.) Im Rückspiegel beobachte ich ihn, wie er mich beim Wegfahren beobachtet und sich dabei zweifellos mein Nummernschild einprägt. Als ich auf den MLK einbiege, wischt er sich mit dem Daumen über die Nase wie ein Boxer und geht dann zurück zur Haustür.

JACOB SAFULU ALIAS DREAMER

8. DEZEMBER 1993, 11:22 UHR

12

Ich gehe durch all die Seitenstraßen zurück zu Little und dem Haus seiner Mamá, weil Wizard es gesagt hat. Den ganzen Weg lang habe ich das Gefühl, dass mir schlecht ist. Ich will nicht ins Gefängnis. Aber wenn sie mich holen kommen, dann habe ich wohl keine Wahl. Und das Schlimmste ist, dass es für etwas wäre, das ich nicht mal getan habe. Ich würde es verstehen, wenn ich es getan hätte. Aber hier werde ich einfach in etwas reingezogen. Es war mein Zimmer, also ist es mein Ding. Wahrscheinlich eine Mordwaffe, und mein Ding. Irgendein Mist, den Wizard gebaut hat, und schon mein Ding. Ich möchte schreien, um das loszuwerden. Ich möchte kotzen. Irgendetwas. Was auch immer. Aber ich kann nicht.

Stattdessen haue ich im Vorbeigehen gegen einen Zaun. Ich schlage fest an eine der Zaunlatten. Es gibt ein Geräusch, etwa wie *tock*. Aber sonst passiert nichts. Nur der Schmerz fetzt sofort durch meine Hand. Und meinen Arm hinauf. Und ich bereue diesen Mist sofort. Ich komme mir dumm vor, besonders weil es dieselbe Hand ist, mit der ich auf die Blödmänner eingeschlagen habe. Ich halte sie jetzt eng an mich gepresst, an meine Brust, und als ich Littles Haus sehe, wird die eine Angst von der anderen abgelöst. Ich muss daran denken, was Littles Mutter wohl sagen wird. An ihren Gesichtsausdruck. Was sie wohl denkt, wenn sie mich wiedersieht. Ob sie das überhaupt will …

Little öffnet mir die Tür zur hinteren Veranda. Sein schwarzer

Haarschopf steht nach allen Seiten von seinem Kopf ab. Ich kann nicht anders, ich muss lachen.

«Hast du das mit Absicht gemacht? Dein Haar?», sage ich.

Little lächelt nicht mal. Er sagt: «Hast du das mit deinem Gesicht mit Absicht gemacht?»

«Nee», sage ich. Ich würde jetzt lächeln, wenn der Versuch nicht so weh tun würde.

«Hast du es mal gewaschen?» Little glotzt.

«Nicht wirklich», sage ich.

«Entweder du hast, oder du hast nicht», sagt er. «Kommst du rein, oder was?»

Ich möchte gerne. Aber gleichzeitig möchte ich auch nicht.

Ich sage: «Ist deine alte Lady daheim?»

«Sie kocht. Meine Tante ist auch da.» Er beobachtet meine Reaktion auf die Nachricht, dass seine Mutter da ist.

Und ich, mir läuft es kalt über den Rücken. Ich schaue in Richtung Küche. Will sie nicht unangenehm überraschen. Will nicht, dass sie sich wieder schlecht fühlt oder mit mir streitet. Also sage ich einfach: «Deine Tante? Die aus San Diego?»

«Sie lebt jetzt in Orange County.»

Genau in dem Moment rieche ich den Eintopf, und der reißt mich mit. Er zieht mich durch die Tür wie bei einem Comic, wenn der Geruch jemanden irgendwo reinzieht.

Fleisch. Gewürze. Tomatensoße. Chilis. Sie sengt sie erst ein bisschen in den blauen Flammen des Gasherds an. Das ist alles so gut, es reicht fast, dass ich darüber den ganzen Mist vergesse, der so abläuft.

«Hilachas?» Ich schnuppere. Irgendwas Süßes liegt auch noch in der Luft. Vielleicht gebratene Bananen. «Auch *platanos*? Verdammt.»

Little schaut mich von der Seite an. «Gut, dass du unser guatemaltekisches Essen nicht vergessen hast.»

Er ist ein Jahr älter als ich und schon mitten in seinem letzten

Jahr an der Highschool. Er ist knapp ein Meter siebzig groß. Obwohl er schon breite Schultern hat. Er trainiert. Er ist klug. Die klügste Person, die ich kenne. Und er hat so eine ruhige Art, die Leute vergessen, dass er überhaupt da ist. Wir haben uns angefreundet, als wir damals feststellten, dass wir beide keine Mexikaner sind. Wir sind beide Außenseiter. Seine Familie kommt aus Guatemala. Guatemala City. Die Hauptstadt. Meine von Samoa. Ich weiß nicht, aus welcher Stadt. Selbst als ich meine Mutter gefragt habe, hat sie nie darüber gesprochen. Also habe ich es gelassen. Wahrscheinlich war das die wichtigste Lektion, die ich je von ihr gelernt habe. Wie man den Mund hält. Darin war sie die Beste.

Nach den Unruhen kam sie zu der Überzeugung, dass Lynwood nicht mehr sicher sei, denn sie arbeitete bei Clark's, und Clark's brannte ab. Sie wollte nach Oakland und dort ihre Schwester suchen, auch wenn die beiden seit meiner Geburt nichts mehr voneinander gehört hatten. Sie fragte mich nicht, ob ich mitkommen wollte. Und dann, eines Tages, waren all ihre Sachen verschwunden. Und sie auch. Darüber denke ich immer wieder nach. Wie sie einfach so ihr Ding gemacht hat. Sie ist so. Fasst Entschlüsse, wie andere mit den Fingern schnippen. Und dann ist es passiert. Schlimmer als Angela. Denn sie redet nicht einmal darüber.

Als ich keine Bleibe mehr hatte, kam Wizard und fragte, ob Little einspringen und seine Familie sich um mich kümmern könnte. Ich glaube, das war clever, denn Little war immer sanft. Er wollte nie ein Gangster werden und Probleme mit den Nachbarn haben. So ist er einfach nicht. Einige Monate schlief ich bei ihnen auf dem Fußboden in einem Schlafsack, den jemand für mich bei Kmarkt geklaut hatte. Aber das Beste bei ihnen war das Essen. Littles alte Lady konnte kochen, dass selbst Dreck gut schmeckte. Ixchel, so heißt sie. So wie die Maya-Göttin des Regenbogens.

«Ich sollte abhauen. Ich will keinen Ärger machen.»

«Bitte. Meine Mutter stellt bei jedem Essen einen Teller für dich mit hin. Und hofft, dass du kommst.»

Hört ihr das? Mann …

Mir ist zum Heulen. Weil das so nett ist. Aber ich habe immer noch Angst, ihr unter die Augen zu treten. Und dann ist da noch die Sache mit Wizard. Die Sache mit der Waffe. Und wie ich mich jetzt gleichzeitig gut und schlecht fühle. Glücklich und verdammt ängstlich. Ganz oben und ganz unten.

Ich bringe nicht mehr als ein «Verdammt» hervor.

«Mach dir keine Sorgen.» Little lächelt mich an und schaut dann quer durchs Zimmer auf den Fernseher, wo ein kleiner Werwolf zu sehen ist.

Sieht nach etwas aus, das Jimena sonst sehen würde. Normalerweise ist das hier auch ihr Platz im Haus, aber in ihrem Bett sehe ich sie nicht. Also sage ich: «Wo ist Jimena?»

«Sie ist hier». Er zeigt hinter das Krankenbett, das sie für sie besorgt haben. «Versteckt sich.»

«Ich versteck mich *nicht*», sagt sie.

Jimena sitzt am Ende des elektrisch verstellbaren Betts. Auf dem Fußboden. Jetzt erkenne ich auch ihren Hinterkopf. Seine jüngere Schwester. Ein rundes Gesicht wie eine Orange. Ihr Lächeln ist das süßeste, was man je gesehen hat. Sie geht praktisch nie vor die Tür. Ihre Mutter lässt sie nicht. Es ist gefährlich. Die Anfälle können jederzeit kommen. Sie könnte hinfallen. Little redet nie darüber, dass er das, was er für die Truppe macht, wegen Jimena tut. Wobei er uns ganz bestimmt mag. Er möchte so sein wie wir. Etwas Geld in der Tasche haben, um dieses spezielle Bett zu kaufen? Das ist der wahre Grund.

«Kein guter Tag heute. Nicht wahr, Jimena?», sagt Little.

Sie schaut auf den Fußboden.

Ich setze mich neben sie. Und sage: «Was zum Teufel guckst du da?»

«Sag nicht Teufel», sagt sie. Völlig ernsthaft.

«Entschuldige. Was *verdammt noch mal* guckst du?»

Jimena schlägt die Hand vor den Mund. Aber hinter der Hand

verbirgt sie ein schockiertes Lächeln. Little haut mich auf den Arm, und ich tue so, als würde es weh tun.

Als Jimena sieht, dass ich meine Strafe bekomme, nickt sie und sagt: «*Adventures of a Two-Minute Werewolf.*»

Wir starren alle auf den Bildschirm. Auf dieses weiße, blonde Kind.

«Okay», sagte ich. «Aber ich habe noch eine Frage.»

«Ich mag deine Fragen nicht», antwortet Jimena. Sie liebt meine Fragen.

«Was hat man davon, wenn man nur zwei Minuten ein Werwolf ist? Wie soll das funktionieren, wenn man an einem bösen Ort ist und Superkräfte braucht?»

Darauf hat niemand eine Antwort. Es wird auch keine geben.

Denn Jimena holt plötzlich ganz tief Luft.

Ich weiß, was jetzt kommt. Ich schaue Little an. Weil ich keine Ahnung habe, ob es immer noch okay ist, dass ich Jimena helfe. Ich habe sie bislang nur zwanzigmal oder so gehalten. Wenn sie kommen, dann kommen sie. Man kann sie nicht aufhalten. Als ich hier lebte, musste ich mich an ihre Krämpfe gewöhnen. Manchmal hundert pro Tag.

Little nickt mir zu, ich soll dranbleiben, also setze ich mich hinter sie, damit sie nicht zurückfällt. Ich fasse sie erst an, als sie ein gurgelndes Geräusch von sich gibt und ihr Kopf nach vorn fällt.

Dann lehne ich mich an ihren Rücken. Dann lege ich den Arm über ihre Schlüsselbeine und halte die gegenüberliegende Schulter fest.

Mit der anderen Hand halte ich ihren Kopf. Den Daumen auf der einen Seite des Kiefers, die Finger auf der anderen.

Und dann …

… klinkt sie sich einfach aus.

Wenn das passiert, ist es so, als würde ihr ganzer Körper einen Elektroschock bekommen. Sie zittert. Ihre Wirbelsäule erschlafft. Sie streckt die Arme weit von sich, wie ein Zombie. Die Hände strecken sich in die Luft. Als hätte ihr Gehirn einen sekundenlangen Kurzschluss.

Ich halte sie einfach.

«Todo está bien», sage ich wie ihre Mamá. *«Todo está bien.»*

Die Anfälle beginnen mit einem tiefen Zittern in ihrem Inneren. Little hat mir mal erzählt, er hat sich das so vorgestellt, als sei die Erde ihr Körper, und ihr Gehirn ist die Bruchlinie. Eine San-Andreas-Verwerfung im Kopf. Das habe ich nie vergessen. Das Zittern dauert auch nicht lange. Vielleicht zehn Sekunden. Aber es kommt häufig. Den ganzen Tag. Jeden Tag. Manchmal ist es besser, manchmal schlimmer.

Als es vorbei ist, sagt sie: «In Ordnung. Lass los.»

Also lasse ich los. Sie setzt sich auf. Dann schaut sie mich über die Schulter hinweg an. Die Brille rutscht ihr auf der Nase ein Stück nach unten. Sie sagt: «Bleibst du jetzt für immer hier?»

Und ich schaue Little an. Und Little schaut mich an. Denn darauf hat keiner von uns eine gute Antwort.

13

Littles Mamá und Tante haben im Wohnzimmer ein Festessen aufgetischt. *Hilachas.* Daneben einen Teller gebratenen Reis und kleingeschnittene Karotten. Und Erbsen. Es gibt guatemaltekische Chow-Mein-Nudeln mit noch mehr Karotten und obendrauf grüne Zwiebeln. Dampfgegart. Daneben Ketchup. Ich habe hier zum ersten Mal überhaupt Chow Mein gegessen und wusste so auch nicht, dass Chow Mein mit Ketchup gruselig ist, bis Wizard mich mal zu diesem Chinesen auf der Imperial mitgenommen hat und ich nach dem Ketchup fragte. Er sagte: *Bist du jetzt zum* Chapin *geworden? Hör bloß auf mit deinem verdammten Ketchup auf Nudeln.* Es gibt auch gebratene Bananen. Ein Brotkorb voller *Bollilos.* Schon immer mein Lieblingsbrot. Außerdem gibt es *Chuchitos* aus superweicher

Masa. Und obendrauf Chilistückchen. Hauptsächlich für Jimena. Am Wochenende dreht sich alles um sie.

Sie liebt Essen. *Liebt* es. Möchte Köchin werden. Denkt ständig an nichts anderes. Fragt, was wo drin ist. Versucht, mit geschlossenen Augen Zutaten zu benennen. Mrs. Matta verändert Rezepte immer wieder mit kleinen Sachen, um zu sehen, ob Jimena sie herausschmecken kann. Je mehr ihr Gehirn sich mit etwas beschäftigt, desto weniger Krämpfe scheint sie zu haben.

Little lehnt sich an meine Schulter und sagt: «Meine Mutter vermisst dich. Sie möchte, dass du zurückkommst.»

Es fühlt sich gut an, das zu hören. Und sonderbar.

«Ich bin nicht einmal ihr Kind», sage ich.

Er nickt zur Küche hin. «Lass sie das nicht hören.»

Und da ist Mrs. Matta und starrt mich an. Lächelt. Ich war respektlos ihr gegenüber, in ihrem eigenen Haus. Habe sie angebrüllt. Und jetzt lächelt sie. Große braune Augen hinter den Brillengläsern werfen Falten. Und das Lächeln? Das verfinstert sich, als sie mein zerschlagenes Gesicht sieht. Sie kommt auf mich zu. Sie ist gut zehn Zentimeter kleiner als ich. Aber das macht nichts, weil sie sich auf Zehenspitzen stellt und mich in den Arm nimmt. Wie Mütter das tun sollten, versteht ihr? Nicht so, wie meine das immer machte. Sondern so wie in der Werbung und in Filmen. Und ich habe nicht das Gefühl, dass ich das verdiene. Sie hört auch nicht auf, bis ich sie auch drücke. Und weinen möchte. Ich möchte mich auf der Stelle entschuldigen. Und ihr sagen, wie verstört ich wegen dieser Waffe bin und …

Ich schlucke es alles runter.

Ich sage: «*Lo siento mucho.* Ganz ehrlich, Señora Matta.»

Sie gibt mir einen Klaps auf die Schulter. Und dann geht sie und kommt mit Wundbenzin zurück und tupft mein Gesicht mit einem Wattebausch ab. Und dieses Zeug brennt. Aber ich ertrage es.

Und warum? Ich möchte hierbleiben und nie weggehen, das ist es. Ein tiefes Gefühl, das mir Angst macht. Dass ich einfach hier in diesem Haus bei den Mattas bleiben möchte. Nicht rausgehen möchte. Nicht Wizard treffen möchte. Keine schlechten Nachrichten von ihm hören möchte. Und es würde auch keinen Unterschied machen, wenn ich auf Spanisch sagen könnte, wie ich mich fühle. Denn bei Mrs. Matta geht's nicht um Konversation. Ihr geht's ums Essen. Und dass wir uns jetzt alle hinsetzen sollen. Essen. Jetzt. Bevor es kalt wird.

Little hat gerade die Schüssel mit dem Bohnenmus genommen, da rauscht seine Tante mit einem kleinen Getränketablett ins Zimmer und pfeift ihn zurück. In diesem Haus fasst man sich an den Händen, bevor es ans Essen geht.

Mrs. Matta senkt den Kopf und betet für den ganzen Tisch auf Spanisch. Sie ist dankbar für das Essen. Sie segnet es. Und sie bittet Ihn darum, unsere Angehörigen, die nicht hier sind, zu leiten und zu beschützen. Dann drückt Littles Tante meine Hand. Das ist für meine Mutter.

Ich drücke zurück, für ihren Bruder, den Vater von Little und Jimena, der gleich nach den Unruhen wegen irgendeinem Mist abgeschoben worden ist, den er angeblich verbrochen haben soll. Und dann essen wir.

Ich fange mit einer großen Portion *Hilachas* an. Salzige Schärfe mit dem Fett des Fleisches. Das prickelt am ganzen Körper. Das Erste, was ich seit zwei Tagen esse und das kein Müsli ist. Gibt mir das Gefühl, wieder am Leben zu sein.

Little muss an meiner Miene sehen, dass mir das durch den Kopf geht. Denn er sagt: «Du kannst zurückkommen, wann immer du willst. Besorg dir einen Job. Steuer was zur Miete bei. Das würde sie gut finden.»

«Das wäre gut.» *Zu gut*, denke ich, also flüstere ich: «Allerdings werden sie mich wegen so einem Mist hochnehmen.»

«Verhören oder festnehmen?»

Ich zucke mit den Schultern. «Keine Ahnung. Wahrscheinlich verhaften.»

Jimena hat extrem gute Ohren, deshalb sagt sie: «Wer wird verhaftet?»

Das merken ihre Mutter und Tante. Sie wollen wissen, worum es geht und um wen. Little hat alles im Griff.

«Niemand», sagt er, «Mensch, Jimenita. Wir reden über diese Folge von *Cops,* wie dieser Typ in einem Busch steckenbleibt, über den er springen wollte. Das war ziemlich verrückt.»

Ich lächele. Ich nicke. Jimena wirft mir einen stechenden Blick zu, als wüsste sie, dass wir lügen. Sie kann es nur nicht beweisen.

Also wechsele ich das Thema: «Jimena, hast du schon herausgefunden, welches geheime Gewürz heute im Essen ist?»

Sie runzelt die Stirn. Sie denkt über das Gewürz nach. Sie bittet mich, ihr das Chow Mein zu reichen. Einmal hat Mrs. Matta Pistazien unter das Carne Guisada gemischt. Sie zermahlte sie und versuchte so, sie vor Jimena zu verstecken. Ich habe keine Ahnung, wie Jimena es geschafft hat, sie im heftigen Tomatengeschmack der Soße zu erkennen. Hat sie aber.

Als sie ganz und gar damit beschäftigt ist, dem Geschmack nachzuspüren, beugt Little sich vor. «Wofür verhaftet?»

Ich forme mit Hand und Fingern unter dem Tisch eine Pistole und zeige sie Little.

Er verdreht die Augen zur Decke.

Ich lehne mich zurück und flüstere wieder: «Wizard hat vielleicht was gemacht. Und sein Bewährungshelfer hat davon gehört und den Laden durchsucht. Angeblich haben sie was gefunden … in meinem Zimmer.»

Ich schiebe mir eine Gabel Nudeln in den Mund. Aber jetzt schmecken sie nicht mehr so gut.

Little hebt die Serviette vors Gesicht und flüstert: «Und brauchst du Hilfe?»

Ich nicke. «Ich muss wissen, wer die Waffe in Angelas Haus gebracht hat. Denn weggeworfen hat sie jemand eine ganze Ecke weit weg bei Scrappys Haus. Hat Wizard gesagt.»

Littles Kiefer arbeitet. Er lässt das sacken. Er sagt: «Bist du sicher, dass sie nicht Angela gehört?»

Ich schüttele den Kopf, da klopft jemand an die Schiebetür. Auf das Glas. Laut.

Mrs. Matta will wissen, wer das ist. Little schaut auf die Wanduhr mit der Katze, die er für sie bei einem Gartenflohmarkt gekauft hat. Er verkündet allen, das sei bloß ein Freund und er hätte vergessen, dass er sich mit ihm verabredet hätte. Er ist geschickt mit so was. Hat immer eine Antwort.

Während wir aus dem Wohnzimmer gehen, reden wir weiter. Ich sage: «Angela hat immer gesagt, dass sie keine verbotenen Sachen im Haus haben will. Sie wusste, welches Risiko das für jemanden auf Bewährung sein würde.»

«Ist vielleicht nicht so wichtig, mit Angela», sagt Little. «Ich habe mich das nur gefragt. Ich weiß trotzdem nicht, was ich von alldem halten soll.»

«Du bist megaklug», sage ich. «Du findest viel mehr Sachen als andere Leute heraus.»

Er hält den Kopf gesenkt. Sagt nichts.

Wir schauen, wer an der Tür ist. Ich ziehe den Vorhang beiseite. Wir schauen beide raus. Und sehen Wizard. Ihn so schnell wiederzusehen lässt mir das Herz in die Hose sinken. Er schaut zu Boden. Tritt auf ein paar Ameisen herum, die aus einem Riss im Beton kommen.

Er sieht nicht fröhlich aus. Little entriegelt die Tür, sodass er hereinschlüpfen kann.

Wizard hebt den Kopf und nickt in meine Richtung. «Ich bin wegen dir hier, Mann. Auf geht's.»

Als ich das höre, kommt mir fast das Essen wieder hoch, also versuche ich, so cool wie möglich zu bleiben: «Wohin geht's?»

Wizard verzieht das Gesicht, als würde er eine besonders bittere Pille schlucken: «Wir lassen uns schnappen. Holen uns einen verdammten Satz Handschellen ab.»

Ich beiße so fest auf meine Lippe, dass sie in den Mund hineinblutet.

Ich schmecke es. Wie Metall.

Alles, um nicht auf der Stelle loszuheulen. Weil ich gehen muss. Weil ich keine andere Wahl habe.

JEOVANNI MATTA ALIAS LITTLE ALIAS LITTLE GUY

8. DEZEMBER 1993, 12:10 UHR

14

Ich kenne Jacob gut genug, um zu wissen, dass er innerlich in die Brüche geht. Er versucht, den Coolen zu spielen, aber ich sehe, wie blass er ist. Er ist noch nie verhaftet worden. Er will das alles nicht, aber das würde er Wizard nie sagen. Er zuckt dann auch nur Wizard zuliebe mit den Schultern, damit es so aussieht, als würde er, was auch immer kommt, akzeptieren. Denn er würde Wizard nie hinterfragen. Das würde niemand. Denn er ist der Boss.

Jetzt beobachtet Wizard, wie Rauch vom Grill meines Nachbarn über den Zaun treibt. Er formt mit den Fingern ein Rechteck, als würde er Jacob und mich durch einen Rahmen betrachten. «Ha! Bleibt mal genau so stehen.»

Aber dann tritt er einen Schritt nach links, sodass nur noch Jacob im Bild ist. «Sieht so aus, als würden deine Haare qualmen!»

Dann löst er die Hände voneinander und zieht aus der Gesäßtasche sein Notizbuch. Er fängt an zu schreiben. Wenn das passiert, muss man einfach abwarten. Denn alles, was man sagt, während er schreibt, verhallt ungehört, und vielleicht wird er sogar wütend, weil man ihn ablenkt. Aber ich müsste lügen, wenn ich sagen würde, dass es nicht sexy ist, wie er immer so schreibt.

Ich schaue Jacob an und sehe, dass etwas an ihm nagt. Er wendet mir den Kopf zu. «Wenn dieses Piece, das sie gefunden haben, dasselbe ist, das benutzt wurde, dann komme ich vielleicht nicht zurück.»

Und ich flüstere: «Glaubst du, jemand könnte es dort aufgelesen haben und zu euch gebracht haben? Wer könnte das getan haben, ohne dabei beobachtet worden zu sein?»

«Hab dir doch gesagt, dass er verdammt clever ist», sagt Jacob zu Wizard.

Seine Worte lassen mich lächeln, aber Wizard schaut mich streng an. Und das mit einem Höhlenmenschenblick, als würde er gleich einen Stein aufheben und mir damit eins überziehen, weil ich zu viel über Sachen weiß, von denen ich nichts wissen sollte.

Er nickt Jacob zu. «Warum erzählst du diesem Kerl alles Mögliche?»

Und Jacob antwortet: «Irgendjemand muss doch was für uns herausfinden, wenn wir das nicht schaffen. Er ist hier unterwegs. Er fällt nicht auf. Er ist *klug.*»

Wizard schnaubt. Er mustert mich ein paar Sekunden lang und sagt dann: «Na gut.»

Und Jacob sagt: «Okay.»

Und dann schauen mich beide an, als müsste ich jetzt etwas sagen, etwas Kluges, als werfe ich ein: «Kennt Scrappy Leute, die die Waffe hätten aufheben und zu euch bringen können? Leute, die durch die Hintertür kommen und sie verstecken und euch dann verpfeifen könnten?»

Sie schauen einander an, und Wizard greift sich an den Kopf. «Verdammt. Daran habe ich nie gedacht.»

Ich mache gleich weiter. «Und gab es ein Zeitfenster, um so was zu machen? Vielleicht, als ihr beide und Angela nicht da wart?»

«Praktisch jederzeit», sagt Wizard mit einem Schulterzucken. «Sie arbeitet ständig oder ist an der Lynwood High wegen dieser Pflegesache, und ich bin untergetaucht, seitdem diese Geschichte passiert ist. Mir 'ne Möse gesucht. Ich glaube schon, dass das möglich war. Ich bin sicher, sie finden irgendwelche Junkies, die fies genug sind, so was zu machen.»

Es ist einfach unanständig, wie Wizard *Möse* sagt, Mann. Aber ich mag die Bewegung seiner Lippen, wenn er es sagt. Ein merkwürdiges Gefühl, das mich ganz durcheinanderbringt, gut und schlecht gleichzeitig.

Jacob fügt hinzu: «Und ich war nicht mehr dort, seit sie mich vor die Tür gesetzt hat.»

Ich nicke. «Vielleicht fange ich dann mal an, im Viertel rumzufragen, ob jemand was gesehen hat, und treff mich mit ein paar Junkies?»

Wizard sagt: «Keine schlechte Idee.»

Es fühlt sich gut an, das von ihm zu hören. Und dann sage ich: «Vielleicht die Leute wissen lassen, dass ich im Block herumfrage? Die Leute reden vielleicht eher, wenn sie wissen, dass Wizard dahintersteht?»

Er nickt. «Richtig. Brauchst du sonst noch was?»

Zum ersten Mal in meinem Leben fragt Wizard Tavira mich, ob ich etwas brauche. Das fühlt sich gut an, besonders da er gerade noch Anstalten zu machen schien, mir eine reinzuhauen.

Ich lasse ihn wissen: «Jemand großen, der ab und an mit mir geht, damit meine Fragen auch tatsächlich beantwortet werden.»

Jacob nickt.

Und Wizard sagt: «Ich schick dir No Neck und Jerry.»

Ich nicke auch, weil sich das gut anhört, und dann geht Wizard uns voran an der Garage vorbei zu dem Wagen, den er in der kleinen Straße geparkt hat, hält aber plötzlich jäh inne. «Mann, ich erkenne diese Ecke wieder! Genau hier hat es Payasas Bruder erwischt, nicht wahr? Das war so was von traurig. Ich weiß noch, dass ich da drüben Posten geschoben hab.»

Er deutet das Sträßchen hinab und sagt dann: «Man konnte die Lichter des Parks und das alles sehen, aber ich war nicht nah genug dran, um zu sehen, was da los war.»

Ich verschweige, dass ich mich an die Nacht erinnere, die erste Nacht der Unruhen, Ernesto auf dem Weg nach Hause und ich und mein älterer Bruder im Hinterhof, denn er wollte raus auf die Straße und Amok laufen, und ich wollte, dass er mich mitnimmt, und dann hörten wir diesen Wagen kreischend näher kommen. Und wir schauten beide über den Zaun und sahen, wie so ein Typ Ernesto niederstach. Danach blieben wir im Haus.

Wizard schnippt mit den Fingern vor meinem Gesicht. «Aufgepasst, kleiner Denker! Ich hör da so Sachen über dich, dass du anders bist, so'n Süßer bist. Ich sag's dir gleich, das ist alles kein Thema für mich, wenn du es nicht zum Thema machst. Wichtig ist, wie du mit dieser Sache umgehst. Finde heraus, wer diese verdammte *cuete* verschoben hat. Keine Ausflüchte.»

So wie Wizard *anders* sagt, mit einem Gesichtsausdruck, als wäre ihm übel, könnte er genauso gut *Schwuchtel* oder *Puto* oder *Maricón* sagen, oder wie die Leute jemanden wie mich nennen.

Hier draußen gibt es keine Geheimnisse. Die Leute sehen, was sie sehen, oder sie sehen darüber hinweg, wenn es einfacher ist, aber jeder kennt jeden. Payasa, Ernestos Schwester, hat mir das mal gesagt, bevor sie ging. *Der einzige Weg, da drin sicher zu sein* – dabei schlug sie mir auf die Brust –, *ist, verdammt noch mal du selbst zu sein.*

Also sage ich zu Wizard: «Verstanden.»

Und lege eine gewisse Betonung hinein, denn das hier ist wie eine Beförderung um ganze drei Etagen. Wie ich das sage, ist mehr als ein schlichtes *Ich verstehe dich.* Es heißt auch: *Ich nehme diese verrückte Verantwortung an* und *Ich lass dich nicht hängen.*

Und Wizard spürt das, denn er steigt in den Wagen und sagt: «Alles klar, kleiner Denker. Wenn du diese eine Geschichte korrekt hinkriegst, dann wird dir nie wieder jemand auf die Füße treten.»

Jacob lächelt mich an, als würde er sich darüber freuen, aber er ist immer noch mit seinen eigenen Problemen beschäftigt, und es tut mir im Herzen weh, sein zerschlagenes Gesicht zu sehen, und mir ist klar, wie übel es ihm weh tut.

Wir beide haben nie über diese Anders-sein-Sache gesprochen.

Ich weiß, dass er es weiß, aber er hat immer zu den Leuten gehört, die darüber hinweggesehen haben.

Ich umarme Jacob auf diese halbherzige Art und möchte ihn gern länger drücken, aber ich kann nicht, weil er auch in den Wagen einsteigen muss, und dann ist er schon weg. Ich sehe, wie er an der Stelle vorbeifährt, an der Ernesto starb, gleich neben Mr. Romeros Garage und dem Zaun mit dem Loch darin. Meine Nachbarin hat regelmäßig eine kleine Tasse mit Blumen in dieses Loch gestellt. Jede Woche, fast ein ganzes Jahr lang. Ich habe sie nur ein paarmal dabei gesehen, aber immer, wenn ich dort vorbeikam, waren da Blumen, und sie wirkten nie verwelkt. Das war schon etwas Besonderes von ihr. Deshalb habe ich auch damit weitergemacht, nachdem sie einen Feuerwehrmann geheiratet hat und mit ihm fortgezogen ist. So ist Payasa auf mich gestoßen. Sie hat gesehen, dass da wieder Blumen standen, und dann herumgefragt, von wem die kamen. So wurde ich ihr kleiner Blumenjunge. Und nach einer Weile blieb davon Little. Ich denke immer noch ständig an sie und wie sie sagte, ich müsse dafür sorgen, dass meine Familie sicherer sei, als ihre es war. Und dieses Gefühl habe ich jetzt auch, diese *responsibilidad*. Denn Jacob ist meine Familie, und jetzt ist er in Gefahr, für immer verloren zu gehen. Er braucht mich, ich muss alles tun, um ihn zu retten, und das fängt damit an, dass ich herumgehe und den Leuten Fragen stelle, die sie nicht beantworten wollen.

OMAR TAVIRA ALIAS WIZARD

8. DEZEMBER 1993, 12:14 UHR

15

Ich rutsche auf dem Fahrersitz hin und her. Finde einfach nicht die richtige Haltung, um mich zu entspannen. Seit ich Dreamer gesagt habe, dass wir zu Tam's Burgers fahren, weil jemand versucht hat, uns hinterhältig reinzureiten, ist er wieder völlig abgedreht und träumt vor sich hin. Er schaut aus dem Fenster auf die vorbeifliegenden Häuser. Den ganzen MLK haben wir grüne Welle. Mein Fenster steht offen. Ich habe das Radio so leise gedreht, dass aus den Lautsprechern nichts als ein Summen zu kommen scheint. Die hohen Töne sind lauter als der Verkehrslärm.

Dreamer sieht so aus, als würde er gleich in mein Auto kotzen. Ich hab Dreamer ziemlich gern, Mann, aber dieser Junge ist grüner als Gatorade. Er ist noch nie mit dem Gesetz in Konflikt gekommen, weil ich ihn entweder aus Sachen rausgehalten habe oder No Neck und ich Zeugen gesagt haben, sie hätten überhaupt nichts gesehen, oder ich ihm verordnet habe, so sauber wie möglich zu bleiben. Keine Tattoos. Keine verrückten Aktionen. Dieser Junge ist noch nie verhaftet worden. Tatsache ist, dass er heute seine Jungfräulichkeit verlieren wird. Ich hab ihm keine große Rede gehalten, nur gesagt, dass er den Kopf einziehen und mit keinem anderen als dem Anwalt sprechen soll. Ich habe ihm gesagt, er soll das Ganze einfach über sich ergehen lassen und den Rat annehmen, den man ihm gibt, denn wenn wir im County Jail landen, dann heißt das lauter neue Erfahrungen machen. Dann heißt es Sachen tun, von denen man nie geglaubt hätte, dass man sie tun muss. Er wird es lernen.

Ich habe ihm auch nicht gesagt, dass ich ihn bei Little absetzen musste, um fünf Ballons einzusammeln, die ich in mir drin mit ins County nehmen soll, weil der große Homie es so angeordnet hat. Ich mach den Kurier nicht zum ersten Mal. Da drin verdiene ich das Zehnfache daran wie hier draußen. Mein Anteil ist sechstausend, die komplett an Angela gehen, damit sie sie ins Haus stecken kann. Das ist eine Art Miete, auf die sie verzichten muss, wenn ich fort bin, hier oder dort. Und das ist gut so, denn kein Richter wird mich auf Kaution freilassen, wenn ich auf jemanden geschossen habe. Nicht bei Gang-Geschichten. Nicht heutzutage.

Ich habe nicht mal gefragt, was in diesen blauen und roten kleinen Luftballons drin ist. Heroin. Speed. Was auch immer. Ich hab nur drauf geachtet, dass sie fest verschlossen sind. Habe sie auf kleine Löcher hin untersucht, bevor ich sie noch mal in Kondome verpackt habe und dann zur Toilette gegangen bin und mich komplett entleert habe, bevor ich einen nach dem anderen mit Vaseline gefettet habe. Ich habe langsam gemacht. Einen nach dem anderen. Ausatmen, dehnen, einführen. Man gewöhnt sich daran. Ich hab das in Chino gelernt. Die *Mayate*-Arschlöcher da waren immer auf Ärger aus. Man wusste nie, ob man mal eine Waffe brauchte. Also wickelte man eine Klinge in Klopapier und packte sie in eins der Kondome, die die staatlichen Gesundheitsapostel verteilten, weil sie besorgt wegen der ansteckenden Krankheiten waren, und schob es sich rein. Besser sich unwohl fühlen, als tot zu sein. Die ersten Male dachte ich ständig daran, wie es wohl wäre, von innen aufgeschlitzt zu werden. Aber das passierte nicht. Der Gedanke daran war das Schlimmste. Ist es immer noch. Dreamer braucht das alles nicht zu wissen, Mann. Diese Last trage ich für uns beide.

Ich beuge mich zu ihm rüber. «Zuerst bekommen wir es mit den Sheriffs zu tun, das ist schon mal gut. Sie treten dich? Lass es über dich ergehen. Das ist besser, als von Scrappys Homies über den Haufen geschossen zu werden.»

Er nickt, aber starrt einfach ins Blaue. Verdammt. Ich kann mich erinnern, dass ich bei meinem ersten Mal auch so war.

Einem unserer Homies wurde bei Tam's die Fresse poliert. Der Kerl war gerade im DriveThru. Er hat jetzt ein paar leuchtende Narben auf der einen Wange, denn er hat den Kopf weggedreht, aber er lebt. Tam's ist nicht mehr unser Revier. Deshalb ist es ein ziemliches Risiko, es so durchzuziehen, aber es ist ein lohnendes Signal, und davon abgesehen lieben die Sheriffs Tam's. Wenn du sie um diese Zeit brauchst, und niemand ist im Revier? Die Aussichten stehen gut, dass ein paar bei Tam's sind und Chili Cheese Fries futtern.

Von Long Beach biege ich in die Louise Avenue ab, dann nach rechts auf die School und dann weiter Richtung Virginia. Ein Frösteln überläuft mich. Das sind die gleichen Straßen wie neulich Abend, als No Neck und ich Crack rauchten und Jerry uns zu Scrappy fuhr, um die wir uns kümmern sollten. Wir wussten, worum es ging. Sie musste es noch lernen, denn das hatten die großen Bosse entschieden, und das war's dann. Es hieß, sie oder wir. Der Befehl kam von oben. Eure Aufgabe. Andernfalls … Wir alle spürten das, als wir durch die Nacht fuhren und diesen Junkie sahen, der kaum noch laufen konnte, so nötig hatte er es, und No Neck sagte, dem sollten wir folgen, denn wenn jemand um diese Nachtzeit hier unterwegs ist, dann ist er auf dem Weg zu Scrappy. Das war wie eine Weissagung. Wir sahen, wie der Junkie zu ihrer Haustür ging, nicht reingelassen wurde und dann anfing, die Fensterläden runterzureißen. Mann, so was habe ich noch nie gesehen. Dann kam sie heraus und schlug auf ihn ein, und ich sagte zu No Neck, er solle die .38er nehmen, während ich mir einen Handschuh anzog und er sie mir gab, den Ärmelaufschlag um den Knauf gewickelt, aber sie prügelte ziemlich schnell auf ihn ein und war schon wieder auf dem Rückweg ins Haus. Verdammt. Ich dachte schon, das war's. Ich war sicher, wir hätten unsere Chance vertan, aber dann kam sie wieder raus, um ihm doch noch Stoff zu bringen. Mehr brauchten wir nicht, um nah genug ranzukommen, und dann rief No Neck:

«Scrap!», und das war's dann. Sie wandte sich um, ich tat, was ich tun musste, und Jerry hielt den Wagen am Laufen.

Von der Virginia biege ich wieder nach rechts Richtung Long Beach ab und fahre auf den Parkplatz von Tam's. Wir steuern die Rückseite an und stoßen dort auf Sanitäter. Ein Krankenwagen steht mit geöffneter Tür in der hinteren Ecke neben den Müllcontainern. Ich parke direkt daneben und sehe, wie eine ältere Frau auf einer Trage hineingeschoben wird. Das ganze Haar blutverschmiert. Das Gesicht weiß. Neben ihr stehen vier Tüten mit Essen, die niemand anrührt, und zwei Becher mit verschütteten Getränken. Ich schaue mich um. Es gibt vier weitere Autos, aber alle leer, also steigen wir aus und gehen vielleicht eineinhalb Meter auf die erste Essenstüte zu.

«Hallo.» Ich versuche, die Aufmerksamkeit eines der beiden Typen in Uniform zu wecken. «Was ist ihr passiert?»

Es gibt zwei Sanitäter. Einen alten. Einen jungen. Der junge schaut mich nicht mal an, bevor er sagt: «Sie ist hingefallen.»

Hier in der Gegend fallen eine Menge Leute hin. Deshalb kommt es auf den Grund an. Verdammt. Scrappy ist neulich Nacht auch hingefallen. Nachdem ich ihr ein paar verpasst hatte.

Ich nicke Dreamer zu, er soll die Essenstüten aufheben. Das macht er. Ein oder zwei Burger fallen zu Boden, aber das ist kein Grund, sie wegzuwerfen. Sie sind eingepackt, als stopfen wir sie wieder in die Tüten. Die Frau auf der Trage sieht aufgebracht aus. Sie glaubt wohl, Dreamer würde damit abhauen oder so was. Verrückt.

Ich klopfe an die offene Hecktür. «Ist es okay, wenn wir sie hier reinstellen? Für später?»

Der junge Sanitäter schaut auf. Er ist weiß. Blaue Augen. Er sieht, dass Dreamer die Tüten in der Hand hält, dann schaut er seinen Partner an, und der Typ mit dem grauen Schnurrbart zuckt nur mit den Schultern, also dann okay. Wir stellen sie neben die Sauerstoffflasche mit dem «Entflammbar»-Aufkleber. Als wir das getan haben, fordert uns der mit dem Schnurrbart auf weiterzugehen. «Je schneller ihr hier verschwindet, desto schneller können wir sie medizinisch versorgen.»

«Alles klar, Mann.» Ich nicke der Frau im Krankenwagen zu. «Hoffe, es geht Ihnen bald besser, Ma'am.»

Sie kneift die Augen zusammen. Keiner sagt irgendwas, aber das ist in Ordnung. Dreamer und ich sind schon wieder los. Ich gehe voran. Ich gehe mit erhobenem Kopf durch den Nebeneingang. Im Sitzbereich ist es verdammt eng. Rechts und links Nischen. Dazwischen schmale Gänge. Fette Filzschreiber-Tags überall auf den im Boden verschraubten Metallbeinen der Tische. Die Fenster voller Kritzeleien von Scrappys Truppe. Ich lass meinen Blick schnell durch den Raum wandern, und mein Puls geht hoch, weil ich keine Sheriffs sehe und nicht weiß, wie mir das gefällt; aber ich halte nach Gesichtern aus Scrappys *clica* Ausschau, Typen, mit denen ich mich vielleicht herumschlagen muss, aber ich sehe keine, und das ist verdammt gut. In einer der vorderen Ecken sitzt eine Familie. Mutter, Tochter, Vater oder deren Freund. Ein alter Mann und seine Frau knabbern Fritten. Dann zwei Teenager. Ich starre sie an, und sie senken den Blick auf die Tischplatte. Punk-Schnepfen. Sie haben keine Ahnung, dass unser Auftritt hier ein Signal für alle in Lynwood ist, dass wir uns nicht verdrücken. Wir bleiben, verdammt noch mal.

Als würden wir sagen: *Wenn ich einfach so hier reinkommen kann, dann gehört euch hier gar nichts.* Wir sind hier praktisch in Scrappys Hinterhof und zeigen Flagge wie ein paar schwule Homeboys. Das ist eine verdammt unüberhörbare Botschaft für alle Blödmänner, ob nah oder fern. *Ich weiß, wo ihr wohnt. Ich weiß, wo ihr esst. Ich habe keine Angst vor euch, oder Cops, oder irgendwas.* Jeder weiß, dass ich auch vorher schon keine Angst vor Scrappy hatte, aber jetzt ist allen klar, dass ich auch keine Angst vor Scrappys Bruder oder Cousine oder auch ihren verdammten Onkeln habe. *Zum Teufel mit eurer verdammten beschissenen Truppe,* heißt das. *Ich gehe, wohin ich will. Ich tue, was ich will, wo ich es will. Ich schieße auf jeden, so wie ich es will. Ich nehme mir, was ich will, und danach gibt's ein paar verdammte Chili Cheese Fries, Nigga.*

DEPUTY IVICA «JOHN» MIRKOVICH

8. DEZEMBER 1993, 12:16 UHR

16

Als wir für einen Happen auf den Parkplatz von Tam's fahren, wird jemand aufgeladen. Es ist nicht das erste Mal, dass ich hier einen Krankenwagen sehe. Wird auch nicht das letzte Mal sein. Nach Auseinandersetzungen oder Schießereien räumen sie hier auf. Aber jetzt sieht es so aus, als gäbe es nur ein Opfer – weiblich, Mitte vierzig, braune Haare. Sie liegt auf einer Trage, aber ich vermute mal, sie ist eins fünfundsechzig. Sie kommt mir bekannt vor. Louis denkt wohl das Gleiche, denn er reckt den Hals über das Lenkrad, während er auf den letzten Platz in der Reihe fährt, von dem aus man die Long Beach Avenue sehen kann.

Als wir wieder beim Krankenwagen sind, haben sie die Trage zwar eingeladen, die Türen aber noch nicht geschlossen, und jetzt erkenne ich sie wieder: Rosalinda, Scrappys Mutter. Ihre Augen sind glasig. An ihrer Seite steht ein junger Sani, der von seinem Klemmbrett aufschaut, als er uns näher kommen hört. Ich frage ihn, wie es ihr geht.

«Stabil. Gehirnerschütterung. Dehydriert. Keine Anzeichen für Schlaganfall.» Er senkt den Blick, um ein paar Dinge anzukreuzen. «Als wir hier ankamen, murmelte sie vor sich hin. Sagte, sie müsse zurück ins Krankenhaus.»

Louis schaut mich an, dann fragt er: «Hat sie gesagt, warum?»

«Nein», antwortet der Sani.

Mein Funkgerät summt, ebenso das von Louis. Der Ruf ist aber nicht für uns. Sondern für eine andere Streife. Ich achte nicht weiter drauf und berichte dem Sani, dass ihre Gangstertochter neulich niedergeschossen worden ist.

«Vor ihrem Haus, nicht weit von hier, nur einen Steinwurf», fügt Louis hinzu.

«Pech gehabt», sagt der Sani. Er steckt seinen Stift in die Lasche. Er ist fertig. «Passt auf euch auf.»

«Du auch», sage ich.

So wie Vazquez mir erzählt hat, kam Scrappys Mutter aufs Revier und hat eine Aussage zu den Vorgängen am Abend gemacht, als geschossen wurde; es stellte sich aber schnell heraus, dass sie im Haus war und nichts gesehen hat, wir konnten also nicht mehr tun, als ihr danken und sie dann wieder wegzuschicken. Bevor sie ging, bekniete sie uns, die Leute zu finden, die das getan hatten. Vazquez sagte, dass sie offenbar nicht zu wissen schien, worauf ihre Tochter sich eingelassen hatte.

Während wir zum Haupteingang gehen, sehen Louis und ich zu, wie der Krankenwagen nach rechts auf die Long Beach Avenue abbiegt. Er fragt: «Ist sie den ganzen Weg vom Saint Francis bis hierher gelaufen?»

«Muss wohl. Scrappys Mutter holt in einer Pause etwas zu essen – eventuell für ihre Tochter – und fällt auf einem Parkplatz in Ohnmacht. Sie schlägt sich den Kopf auf. Jetzt ist sie auf dem Weg in das Krankenhaus, in dem auch ihre Tochter liegt. Fuck it.»

«Warum erzählst du jede Geschichte so, als würdest du einen Bericht schreiben, Mirk?»

«Ich hab so viele geschrieben, das hat mich völlig verändert. Dir wird das mal nicht anders gehen, Louis.»

«Oh Mann, ich hoffe, nicht», entgegnet Louis und grinst von einem Ohr bis zum anderen. «Zumindest hat sie eine Mitfahrgelegenheit zurück. Musste nur eine Strecke laufen.»

Darüber muss ich lachen. «Immer das Positive sehen!»

«Ich kann nicht anders. He, hast du gehört, dass wir letzte Nacht zweimal ins Saint Francis gerufen worden sind?»

«Nee.»

«Gangsterkonferenz im Aufenthaltsraum neben Miss Scrappy. Sie wurden laut, beschimpften das Personal. Wir haben einen Wagen hingeschickt.»

«Wir haben sie nicht unter Beobachtung gestellt?»

«Niemand in Reserve. Davon abgesehen, wenn sie noch mal versucht hätten, sie zu erschießen, dann wohl eher in der Notaufnahme und nicht oben.»

«Und was ist passiert?»

Er lächelt. «Ein paar Verletzungen der Bewährungsauflagen durch Gangbildung.»

«Gut», antworte ich.

Wir gehen ins Tam's und haben Glück, es gibt keine Warteschlange. Louis schaut nach oben auf die Karte. Ich überfliege sie auch. Die polnische Würstchen-Frühstücksplatte ist eine echte Option. Frühstücks-Burritos mit Machaca sind immer gut. Ich starre auf die Pastrami-Burritos, als unsere Sprechfunkgeräte gleichzeitig anspringen und uns mitteilen, dass die gesuchten Verdächtigen der 664 von letzter Nacht gesehen worden sind. Unsere Verdächtigen. Vor deren Haus wir gestanden haben. Tavira und Safulu.

Mir läuft es brennend heiß den Nacken hinab, als die Adresse durchgegeben wird: «Eins-eins-acht-eins-sechs Long Beach Boul.»

«Isus Krist!» Mein Herz setzt einen Schlag aus. Sie sind in *diesem* Tam's – #9. Hier, wo wir stehen. Das versetzt mir einen Schock, als würde meine Wirbelsäule mit einer Steckdose verbunden.

Meine Hand liegt an der Waffe. Ich öffne das Holster und ziehe. Ich hebe sie in einem Winkel von 45 Grad, den Zeigefinger oberhalb des Abzugs angelegt, den Raum vor mir, die Tür im Rücken. Ich analysiere den Kontext und potenzielle zivile Opfer.

Louis deckt meinen Rücken, hat bereits mit der Zentrale Kontakt aufgenommen und durchgegeben, dass wir 10–97 sind, bevor er den Funk ausschaltet und brüllt: «Sheriffs! Stehenbleiben. Keine Bewegung!»

Ich fange automatisch an, die für solche Fälle vorgegebene Liste abzuarbeiten. Sind wie benachrichtigt Verdächtige im Raum? Wenn ja, wo? Sind die Verdächtigen bewaffnet? Sind ihre Hände zu sehen? Machen die Verdächtigen den Eindruck, mir, meinem Partner oder Unbeteiligten Schaden zuzufügen? Ich zähle die im Raum Anwesenden. Eine Familie in meiner Nähe, mit Kind – etwa acht Jahre alt. Zwei Senioren – in den Siebzigern. Zwei Teenager. Und da, mein verdammter Blick fällt auf Wizard in der am weitesten entfernten Nische. Er sieht genauso aus wie auf dem Fahndungsfoto, nur dass er jetzt einen verschissenen dünnen Schnurrbart hat. Einer seiner Ellbogen liegt auf dem Tisch. Die andere Hand ist unter der Tischplatte. Von seinem Begleiter sehe ich nur den Hinterkopf. Könnte Dreamer sein. Sollte er sein.

Ich sage zu ihm: «Omar Tavira. Nicht bewegen.»

Er antwortet: «Sehe ich so aus, als würde ich mich bewegen, Officer?»

Seine Worte haben so einen Ton an sich. Unwirsch. Nicht vertrauenswürdig.

«Nicht bewegen», sage ich noch einmal.

«Okay», entgegnet er. «Ich mache das nicht, was ich schon die ganze Zeit nicht mache.»

Zu seinem Begleiter sage ich: «Jacob Safulu. Umdrehen. Mich ansehen.»

Er ist langsam, aber er tut es.

«Hände!», befehle ich. «Zeig mir die Hände.»

Ich hebe die Waffe an, um Herr der Situation zu bleiben. Wizard weiß schon, dass er schneller ziehen kann als ich. Ich ziele auf seinen Oberkörper, und er legt die andere Hand auf den Tisch. Eine Gabel liegt darin. Ich atme erleichtert auf und verringere den Abstand zwischen uns beiden. In den Augenwinkeln sehe ich, wie ein schwarzer Pick-up-Truck langsam durch das Drive-in fährt. Der Fahrer starrt mich mit offenem Mund an. Ich gehe an der Familie vorbei. Ich höre, wie Louis sie hinter mir nach draußen führt. Ich gehe an den Senioren vorbei. Louis kümmert sich schon um sie.

Der alte Mann sagt zu ihm: «Junger Mann, könnten Sie mir bitte noch etwas Ketchup bringen?»

Louis sagt, dass sie gehen müssen. Sie wollen nicht gehen. Sie machen Schwierigkeiten. Sie haben noch nicht aufgegessen. Louis gibt es auf, sie zum Gehen bewegen zu wollen, und drängt weiter zu den Teenagern. Die müssen nicht überzeugt werden. Ich höre, wie sie durch die Eingangstür hinauslaufen. Ich stehe jetzt gut einen Meter vor Tavira und Safulu. Ich sehe den Schweiß auf Safulus Gesicht. Ich sehe seine beiden Hände. Ich sehe Taviras Hände. Ich sehe Chili Cheese Fries, zur Hälfte aufgegessen. Unter dem Tisch ist nichts. Keine Tüten. Keine Rucksäcke.

Ich sage zu den Verdächtigen: «Hände. Auf den Tisch. Flach.»

Wizard lächelt und wedelt mit der Gabel herum. «Soll ich die auch hinlegen?»

Das bringt mich ein bisschen aus der Fassung. «Jebo ti vrag mater», sage ich zu ihm.

Wizard schaut Louis an. «Was hat er da zu mir gesagt? Das grenzt schon an Körperverletzung!»

«Ruhig Blut», sagt Louis in meinem Rücken.

Ich trete einen Schritt zurück. Ich behalte den Tisch im Auge, die Pistole auf Tavira gerichtet, die *pička*. Louis lässt zunächst Safulu aufstehen und die Hände auf den Rücken legen, dann legt er ihm Handschellen an. Die Erleichterung, wenn Metall in Metall einrastet und so einen Bösewicht festsetzt, gehört zu den besten Gefühlen auf dieser Erde. Es ist ein Gefühl, das mich tief durchatmen lässt. Louis löst die Handschellen von meinem Gürtel und wiederholt die Prozedur bei Tavira. Ich rechne damit, dass Wizard sich wehrt. Tut er aber nicht. Sie sitzen gut und fest, und jetzt erst fasse ich ihn an. Meine Arme vibrieren, als hätte ich gerade 120 Kilo gedrückt, und es fühlt sich leicht an. Ich fühle mich entschlossen, stark. Ich lese ihnen ihre Rechte vor.

Louis berichtet im Klartext – beide Verdächtige sind festgenommen, und wir sind auf dem Weg.

Auf dem Weg hinaus sagt Louis: «Was zum Teufel wolltet ihr eigentlich in diesem Viertel? Angeben?»

Darauf hat Tavira keine geistreiche Antwort mehr. Er schweigt.

TEIL 4

IN UNTERSUCHUNGSHAFT

Wenn du wissen willst,
wer deine Freunde sind,
dann lass dich einbuchten.

Charles Bukowski

OMAR TAVIRA ALIAS WIZARD

8. DEZEMBER 1993, 12:22 UHR

17

Ich sitze hinten rechts im Streifenwagen, Dreamer links. Sie haben die Handschellen fest angezogen. Sie sitzen so fest, dass das Metall in die Haut schneidet, aber das darf ich mir nicht anmerken lassen. Meine linke Hand wird langsam taub, wir sitzen da einfach in der Hitze, während der Schwarze uns anmeldet. Verdächtige festgenommen. En route. Ich lehne den Kopf an den Sitz vor mir, um so Druck von den Handgelenken zu nehmen, und dabei verrenke ich mir den Nacken so übel, dass ich mich wieder zurücklehne. Aber dort riecht es wie nach einem ungewaschenen Penner. Das ist verdammt ekelhaft, und ich atme durch den Mund. Ich schaue rüber zu Dreamer, der scheint das nicht zu riechen, zumindest lässt er es sich nicht anmerken. Er sieht ganz in Ordnung aus, dafür, dass es sein erstes Mal ist. Er hält den Kopf oben. Das ist gut, aber das macht er nur, weil ich hier bin. Wenn er alleine aufgegriffen worden wäre, wäre es schwierig geworden. Vielleicht hätte er geweint und irgendwas erzählt, aber ich bin cool, also ist er auch cool.

Der große Weiße startet das Auto. Ich warte kurz, ob er die Klimaanlage einschaltet, das macht er nicht, also beuge ich mich ein zweites Mal vor. «Hallo, Officer, können Sie uns ein bisschen frische Luft gönnen?»

Sie hassen es, wenn man *Officer* zu ihnen sagt. Sie sind Sheriffs, aber am liebsten haben sie Deputy. Er antwortet nicht. Es ist ein Machtspiel. Er lässt das Fenster zwei Zentimeter herunter, das reicht gerade für ihn, und nicht weiter. Der Rest von uns kann vor sich hin schmoren, während der Wagen vom Parkplatz auf den Long Beach Boulevard rollt und dann in das Viertel um die Josephine Street. Dieses große Arschloch, ich weiß, was er vorhat. Er fährt da vorbei, wo Scrappy ihr Fett abbekommen hat. Versucht sich als großer Psychologe. Beide Deputies tragen jetzt Sonnenbrillen, aber ich weiß, dass sie mich im Auge haben, also vermeide ich jede Reaktion, die in ihrem Bericht auftauchen könnte. Ich schaue starr nach vorn, als wir bei Scrappy vorbeifahren und vor der Wilson Elementary School nach links abbiegen. Er fährt ganz langsam, was mich auf den Gedanken bringt, dass dieser große, weiße Sheriff mit voller Absicht durch Scrappys Viertel fährt, damit die Leute sehen, dass ich auf der Rückbank sitze, und sie wie die großen Kerle wirken, die hier das Sagen haben. Das reizt mich zum Lachen, denn sie hätten uns nie wie gerade erwischt, wenn uns nicht jemand absichtlich verpfiffen hätte, aber was soll's, Mann.

Wir nehmen die Lynwood Road bis Bullis und fahren unter dem Freeway durch, und ich hätte erwartet, dass wir von dort aus direkt zum Lynwood Jail fahren, aber wir biegen wieder ab, dieses Mal auf die Fernwood Avenue, und jetzt bin ich mir sicher, dass sie mich verarschen. Das ist die Rache dafür, dass ein paar von ihnen vor Angelas Haus herumstehen mussten. Er biegt auf die Birch Street ein und fährt, als sei er total stolz, und so wie ein Angler, der seinen Fang allen vorführt. Es sind nicht viele Leute auf den Straßen, aber doch ein paar. Typen auf dem Weg zu ihren Autos. Eine alte Dame auf ihrer Veranda. Wir fahren am Park vorbei und auf das Saint Francis Hospital zu, und das fühlt sich einfach verkehrt an. Ich öffne wieder meine große Klappe. «Fahren wir nicht zum Lynwood-Knast?»

Keiner der beiden antwortet, also fang ich an, über die Zeit nachzugrübeln. Kann einfach nicht anders. Ich denke darüber nach, wie viele Jahre ich hierfür wohl kriegen werde, wenn sie es beweisen können, wenn die aufgefundene Waffe wirklich die Waffe ist, und wie viele Monate ich wohl im County sitzen werde, bevor mein Prozess überhaupt beginnt. Zeit – nichts, wofür es sich lohnen würde, ein paar Reime auszupacken. Wie gingen diese Scherzsprüche noch mal? Zeit fliegt ohne Flügel. Zeit ist ungefährlich, aber sie rafft dich dahin. Niemand besiegt die Zeit. Nicht mal ein Berg kann gegen sie gewinnen. Ich möchte diese Sprüche aufschreiben. *Fliegen. Dahinraffen. Besiegen. Berge.* Das Schlimmste an den Handschellen ist, dass ich nichts in mein Notizheft schreiben kann. Mist. Was ist, wenn ich einfach sechs Monate im Gefängnis bin und warte? Mann. Scheiß drauf. Ich kann meine Zeit absitzen. Ich habe hier draußen vorgearbeitet, damit ich da drin oben auf der Leiter stehe. Egal, wer der Obermacker der *Sureños* ist. Bis ich dort ankomme, bin ich das vielleicht sogar selbst, und ich muss nur noch das Kommando übernehmen.

Warte mal. Jetzt fahren wir aufs Krankenhausgelände, halten vor der Notaufnahme. Das große weiße Arschloch lächelt mich im Rückspiegel an, öffnet dann die Tür und geht hinein. Dreamer schaut mich verwirrt an, aber ich bedeute ihm mit einem Blick, ruhig sitzen zu bleiben, und das versteht er wohl, denn er senkt den Kopf. Der Motor läuft noch immer, und der Schwarze scheint überhaupt keine Angst zu haben; sollte er aber verdammt noch mal, denn hier zu stehen heißt, direkt in der Schusslinie zu stehen und darauf zu warten, dass jemand deinen Arsch unter Feuer nimmt. Wenn Scrappy da drinnen ist, heißt das, dass auch ihre Leute da sind. Das heißt, dass sie hier herauskommen können und mich hier sitzen sehen, ohne Fluchtmöglichkeit. Sie können ihre Knarren ziehen und ein paar Kugeln raushauen. Ich will das alles dem schwarzen Cop sagen, schaffe es aber nicht. Er ist entweder dumm wie Scheiße und weiß nicht, dass er selbst in Gefahr ist, oder er glaubt, es lohnt sich, mir blöd zu kommen. Wenn ein paar ihrer Leute herauskommen, mich sehen und das Feuer eröffnen, dann erwischen sie auch seinen *Mayate*-Arsch.

Jedes Mal, wenn die Automatiktür aufgeht, macht mein Magen einen Satz. Beim ersten Mal kommt eine Krankenschwester heraus.

Ich atme tief aus und versuche dann, mich so still wie möglich zu verhalten und dem schwarzen Cop keinen Anlass zur Befriedigung zu geben. Dann öffnet sich die Tür wieder, dieses Mal für einen alten Mann, dessen Kopf komplett verbunden ist. Die Tür bleibt offen stehen, und hinter ihm läuft ein kleines Mädchen heraus, vielleicht seine Enkelin oder so. Danach ist etwa eine Minute lang nichts los. Nichts außer dem laufenden Motor, während wir warten. Ein Vogel fliegt vorbei und unter dem Betonvordach durch, und auf der anderen Seite fliegt der kleine Mistkerl wieder hinaus. Ich verlagere meine Handgelenke. Inzwischen sind beide taub, aber das ist egal, denn als die Tür sich wieder öffnet, fahre ich auf, um zu sehen, wer da jetzt kommt, doch da schlendert der verdammte weiße Cop heraus und starrt mich an. Das Arschloch hat einen Schokoriegel aus dem Automaten in der Hand. Er lächelt mich sogar an, während er abbeißt. Das ist das Schlimmste, Mann. Er hat versucht, mich zu verarschen, und ich habe reagiert. Er weiß, dass es funktioniert hat, und das brennt, Mann. Tief drinnen. Er hat gewonnen, und er weiß, dass er gewonnen hat, und er liebt das Gefühl, dass ich mich nicht wehren kann, aber ich muss das schlucken.

JACOB SAFULU ALIAS DREAMER

8. DEZEMBER 1993, 12:39 UHR

18

Wizard ist so höllisch ruhig, wie er da mit seinen Handschellen sitzt. Aber ich? Mir geht's nicht gut. Meine Handgelenke schmerzen. Und meine Gedanken drehen sich nur darum, dass es verdammt noch mal nicht fair ist. Alle prügeln jetzt auf mich ein. Es ist verdammt noch mal nicht fair! Ich bin nicht gefahren! Ich hab nicht abgedrückt! Und das Schlimmste ist, ich kann nichts sagen. Zu niemandem. Besonders jetzt nicht. Ich bin froh, dass meine Hände hinter mir sind, so kann Wizard nicht sehen, wie schlimm sie zittern. Meine Finger trommeln auf die Plastiktasche in meinem Rücken. Deshalb balle ich die Fäuste.

Ich versuche, mir den Weg zu merken, auf dem wir gekommen sind, vielleicht ist das noch mal nützlich. Wir kamen über die Alameda Street … Imperial Highway bis Alameda. Rechts ab. Dann die ganze Strecke bis zur Nadeau Street. So fuhren wir in die Neunziger-, dann die Achtzigerstraßen. Ich weiß, dass ich noch nie so weit gekommen bin, also halte ich Ausschau nach Neuem. Nach was auch immer. Und ich weiß auch nicht, wie häufig ich dazu in nächster Zeit Gelegenheit haben werde.

Wieder trifft es mich wie ein Schlag. *Verdammt.* Ich bin auf dem Weg in den Knast.

Ich wusste, das würde irgendwann passieren. Aber nicht auf diese Art. Nicht für irgendwas, das ich nicht getan habe.

Wir fahren an einem kleinen, roten Gebäude an der Nadeau Street mit einem handgemalten Schild vorbei, auf dem in Großbuchstaben *CARNICERÍA* steht. Nach den Chili Cheese Fries hatte ich schon gar keinen Hunger mehr. Aber beim Anblick dieses Schildes kommt der Hunger zurück. Und die Neonreklame gleich daneben wirbt für Miller Lite. Auch von diesen kleinen Bastarden will ich eins. Eiskalt. Auf der Rückbank dieses verflucht heißen Wagens. Vielleicht würde mich das etwas beruhigen.

Wir biegen links auf den Compton Boulevard ab und gleich wieder nach rechts. Wir fahren zwischen zwei etwa mannshohen Betonziegelmauern hindurch, die weiß gestrichen sind. Der große Typ fährt über einen Parkplatz voller Streifenwagen. Durch ein eingezäuntes Tor. Bis zur Rückseite eines Gebäudes. Der Wagen parkt mit Wizards Seite am Gehweg. Der schwarze Sheriff führt mich durch die Hintertür in einen kleinen Wartebereich mit weißen Wänden, einer Sitzbank und einem vergitterten Schalter sowie einer angrenzenden Tür.

In diesem Augenblick fühlt sich alles völlig hoffnungslos an. Keine Chance zu entkommen. Noch greifbarer als auf dem Rücksitz des Wagens. An einem Ort mit Gittern. Gitter, hinter die ich bald kommen werde. Ich habe mir immer vorgestellt, wie ich mal zu Boden gehen werde. Während einer Schießerei auf der Straße. Auf der Flucht vor den Cops, denen ich gerade noch entkomme. Alles heroisch. Aber das hier, das ist bloß … traurig.

Hier ist es wie in einem Büro. Irgendwo klingeln Telefone. Hinter dem Gitter laufen Sheriffs herum.

Señora Matta würde sich sehr über mich ärgern. Sie wär sehr enttäuscht von mir. Und das ist das, was richtig weh tut.

«Das ist die drittschnellste Festnahme, die wir je hatten», sagt der Typ, der die Tür mit dem Metallgitter öffnet. Er lächelt uns an, als wären Wizard und ich eine Art Trophäe. «Wenn du doch nur ein bisschen schneller gefahren wärst.»

Der große Weiße fesselt Wizard mit den Handschellen an eine Holzbank, bevor er zu der geöffneten Tür geht.

Auf dem Weg dorthin sagt er: «Ist Kelley da?»

«Nee, Meeting mit den hohen Tieren. Aber er will dich sprechen. Er hat die von dir aufgerufene vier-vier-fünf-sieben gelöscht.»

Das ist alles völlig sinnlos. Sie haben eine eigene Sprache.

«Was zur Hölle? Warum?»

«Schau dir sein Memo an. Glaube, er meint, es müsste vier-vier-sechs-vier heißen.» Der Typ hinter dem Gitter lacht.

«Glaubt er, dass die Frau ihr eigenes verdammtes Nummernschild zerstört hat?»

Der Typ hebt die Hände. So wie *Nicht schießen*. Er kann ja nichts dafür.

Ich bin als Erster dran mit den Fotos. In dem, was ich gerade trage. Ich stehe regungslos da und halte ein Papier mit meiner Nummer in der Hand. Auch meinem Namen. Ich stehe vor einem Maßband an der Wand, damit sie sehen, wie groß ich bin. Ein Bild von vorn. Eines von jeder Seite. Der Blitz ist grellweiß. Als ich hinterher zwinkere, ist da immer noch ein Fleck in meinen Augen.

«Eins noch», sagt der Fotografencop.

Ich soll mein Hemd ausziehen. Und ein bestimmtes Hemd anziehen, dann noch ein Foto frontal.

Ich mache das, weil ich es nicht *nicht* machen kann. Trotzdem frage ich: «Warum?»

Ich erwarte keine Antwort. Trotzdem bekomme ich eine.

Der Typ an der Kamera sagt: «Um nicht zu präjudizieren. So trägt bei einer Gegenüberstellung jeder das Gleiche.»

Als wir fertig sind, nickt der Typ hinter dem Tresen in meine Richtung: «Hat er schon eine Karte mit Fingerabdrücken?»

Er spricht wohl mit dem schwarzen Sheriff, denn der antwortet ihm.

«Nee», sagte er.

Also rechte Hand. Finger. Daumen. Wie ich höre, werden sie zentral in einer Datenbank gespeichert, damit die Leute überall in Amerika sich sicher fühlen können. Obwohl, außer den Leuten in meinem Viertel. Will ich sagen. Lasse es aber.

«Jetzt wissen wir immer, wer du bist», sagt der schwarze Sheriff. Und sein Namensschild sticht mir ins Auge. Louis. «Du kommst wieder raus und stellst irgendwas an? Wir sind sofort bei dir.»

Er versucht, mir Angst einzujagen. Und das Schlimme ist, es funktioniert. Ich flippe fast aus. Also beiße ich wieder auf meine Lippe. Dieses Mal nicht so fest, dass es blutet. Aber fast. Danach wollen sie eine Ganzkörperaufnahme machen. Ich muss das Hemd ausziehen. Ich muss die Hose bis auf die Knöchel runterziehen. Ein Bild für das Gang-Buch. Dahin kommt mein Bild jetzt, auch mein Name.

Von der Bank auf der anderen Seite des Raums sagt Wizard: «Er ist in keiner Gang. Ich war nie mit diesem Punk-Arschloch unterwegs. Ihr habt da einfach den Falschen erwischt.»

Das ist gleichzeitig gut und schlecht zu hören. Gut, weil ich weiß, wie er das meint, denn ich bin unschuldig. Und schlecht, weil es weh tut. So wie er von mir als Punk-Arschloch spricht, als würde er es meinen. Das geht tief. Denn ich bin hier, nicht wahr? Ich bin kein Punk. Ich muss für etwas geradestehen, das ich nicht getan habe, und dann beschimpft er mich so? Verdammt. Es sollte nicht weh tun. Aber das tut es. Das tut es.

Auf dem Einlieferungsformular steht ARREST BOOKING SLIP AND PROPERTY RECORD und darunter LOS ANGELES COUNTY JAIL. Louis füllt es für mich aus. Er fragt nach meinem kompletten Namen.

Ich sage: «Jacob Aaron Safulu.»

Gewicht. Größe. Augenfarbe.

«Achtzig Kilo. Eins achtzig. Braun», sage ich.

Datum der Anklage. Das lässt er leer.

Und das Verrückte ist, Louis fragt nicht mal nach einem Alias oder Spitznamen. Da trägt er einfach *Dreamer* ein. Mir wird eiskalt. Denn wie zum Teufel sollen sie das wissen, wenn sie mich nicht schon auf dem Zettel haben?

Etwas ganz Übles läuft hier ab.

Und genau dann wird mir klar, dass ich nicht wieder rauskomme. Da weiß ich, dass es für mich gelaufen ist. Ich meine, die kennen meinen Namen? Mist. Irgendjemand hat mich da mit voller Absicht reingebracht. Meinen Namen benutzt. Wie zum Teufel könnten die ihn sonst kennen? Irgendjemand muss da auch mir absichtlich etwas angehängt haben. Nicht nur Wizard. Und es ist so wie jedes Mal, wenn etwas schlechter wird, und ich denke: *Okay, das war's jetzt. Von hier an kann es nicht weiter abwärts gehen.* Und dann passiert verdammt noch mal genau das.

Louis kommt zu den Punkten Geld und Besitz. Er schreibt alles auf, was sie mir abgenommen haben. Siebzehn Dollar. Brauner Gürtel. Keine Brille. Keine Uhr. Keine Ringe. Dann schreibt er seinen Namen in die kleinen Kästchen *Verhaftet von* und *Eingeliefert und durchsucht von.* Dann dreht er das Blatt Papier zu mir herum. Er zeigt mit dem Finger auf die Stelle, wo ich unterschreiben muss. *Vollständige Unterschrift des Gefangenen.*

Ich unterschreibe. Ich kann es kaum fassen.

Ich bin ein Gefangener.

Ich habe mit meinem Namen unterschrieben. Mist. Das ist *echt.*

Es heißt, dass ich jetzt ein Monster sein muss. Meine Gefühle unterdrücken muss. Denn ich darf nicht zulassen, dass mich wer im County Jail ausnutzt. Ich mache, was Wizard sagt. Überleben. Komme, was da wolle …

Danach ist Wizard dran. Bei ihm geht es schneller. Vielleicht, weil es schon eine Akte über ihn gibt.

Danach werden wir durch eine massive Tür geführt. Und der Typ mit dem Schlüsselbund erkennt Wizard wieder.

«Oh Mann», sagt der Sheriff. «Sie haben dich doch gerade erst entlassen, und jetzt tauchst du schon wieder auf? Was soll bloß deine Mutter von dir denken?»

Wizard versteift sich. Er wendet sich dem Typ zu.

Völlig unbewegt sagt er: «Meine Mutter ist tot. Die schert sich jetzt um nichts mehr, *puto.*»

Ich rechne damit, dass der Sheriff ihm eine reinhaut.

Aber der Typ dreht sich bloß um und schaut Wizard fest in die Augen. Und sagt: «Das tut mir leid zu hören. Ich habe meine im Februar verloren. Ich weiß, wie das ist.»

Wizard spuckt auf den weiß gefliesten Boden. Und sagt: «Fick dich, Vazquez. Du kennst mich überhaupt nicht.»

DETECTIVE SERGEANT WILLIAM «WILLIE» MONTERO

8. DEZEMBER 1993, 13:42 UHR

19

An einem freien Tag einbestellt zu werden ist schon Grund genug, durch den Besuchereingang zu gehen und nicht durch die Tür für Stechuhr-Arschkekse wie mich. Ich brauch's einfach nicht, mich mit Händchenhalten und irgendwelchem Mist abzugeben, wenn ich Sheryl zum Abendessen und dann zu einem Eishockeyspiel ausführen will. Sie und ich, das ist noch ziemlich frisch. Ich gebe mir große Mühe, es nicht zu vermasseln.

Zu meiner Überraschung sehe ich Ruiz vorne beim Telefondienst, offenbar nüchtern und bester Laune.

«Himmel», sage ich, «erst seh ich dich eine Woche lang nicht, und dann haben sie dich wieder zum Tresen verdonnert. Was hast du dieses Mal angestellt, Ruiz?»

«Jankowski ist der Meinung, ich sollte meine dumme Klappe halten», sagt er.

«Du weißt, dass ich auch jemand anderen fragen könnte, oder?»

«Besser die als ich», sagt Ruiz.

«Guter Junge. Ist der Lieutenant da?»

«In der Stadt. Treffen der Eierköpfe. Sie und Kelley.»

«Verstehe.»

«Gehst du heute Abend zum Spiel?»

«Japp. Habe ein Date.»

«Nett! Die Panthers werden durchdrehen. Ich spüre es. Es liegt in der Luft, Sarge.» Dieser in Miami geborene Typ hebt den Arm und greift in die Luft, als gäbe es da einen Sieg für Florida abzugreifen. Was für ein Arschloch.

«Das sollen sie mal schön lassen», sage ich. «Gretzky verliert nicht gegen Frischlinge. Und warum zum Teufel seid ihr Florida-Leute so verdammt fröhlich, wenn es um euer schreckliches Team geht?»

«Positiv bis zum Ende», sagt er. «Wird uns eines Tages den Garaus machen, aber wir lächeln dann dabei.»

Ich gönne ihm die Genugtuung einer Reaktion nicht, ich gehe einfach weiter nach hinten durch, wo ich auf Mirkovich und Louis stoße, die sich die Ärsche platt sitzen und in Papieren blättern.

«Ihr seid noch nicht auf der Straße, was? So ist das also, wenn die Chefin nicht da ist.»

«Der Papierkram ist noch nicht erledigt», sagt Louis.

«Darauf wette ich», sage ich. «Wer hat wen übernommen?»

Louis ergreift das Wort, als wäre er daran gewöhnt, das Sprachrohr der beiden zu sein. «Ich Safulu.»

«Und damit bleibt Tavira für deinen dicken, tumben kroatischen Arsch übrig?» Ich deute auf John Mirkovich.

«He.» Er sagt das, als wäre er beleidigt. «So dick bin ich nun auch wieder nicht.»

Danach lächelt er. Was alles ruiniert.

«Das kannst du deiner Mutter erzählen, Deputy. Sie hat dich zu gut gefüttert, aber ihre *Mostaccioli* mag ich immer noch. Apropos, wie geht's deiner Schwester?»

Kristina Mirkovich und ich, das konnte einfach nicht gut gehen, aber das hätten wir zunächst niemandem geglaubt. Sie war zu nervös und ich zu locker, aber das hinderte uns nicht am Versuch, uns irgendwo in der Mitte zu treffen, zwei gute und ein wirklich schlechtes Jahr lang. Sich hinterher halbwegs zivil zu verhalten war der schwierigste Teil daran, und ihr Bruder weiß das nur zu gut, aber ich muss mich dabei ganz ordentlich geschlagen haben. Bisher ist er mir jedenfalls noch nicht in den Rücken gefallen.

John Mirkovich tritt gegen das Tischbein, als wolle er es einem Test unterziehen. «Kristina ist tatsächlich befördert worden. Hast du das nicht mitbekommen?»

«Nein», sage ich. «Habe ich nicht.»

«Sie ist jetzt Staatsanwältin für Bandenkriminalität. Vielleicht bekommst du es in diesem Fall sogar mit ihr zu tun.»

Ich weiß nicht, ob es medizinisch möglich ist, augenblicklich Kopfschmerzen zu bekommen, aber bei mir funktioniert es. Auf der Stelle. «Willst du mich verarschen?»

«Nein, Sir, Sergeant, Sir.»

«Ivica», sage ich und funkele ihn böse an, «ich mag deinen Ton nicht.»

Mirkovich zieht ein Gesicht, wie nur ein Ex-Schwager es kann. Zunge herausgestreckt, Augenbrauen hochgezogen, und es ist gut, dass ihn niemand dabei sieht, denn so brauche ich nicht so zu tun, als hätte ich nichts gesehen.

Ich wende mich Louis zu. «Gib mir den Papierkram, oder muss ich meinen ganzen Tag damit verschwenden, hier herumzustehen?»

Ich blättere durch die Seiten, aber dabei denke ich: *Lieber Gott, ich hoffe, verdammt noch mal nicht. Genau genommen, Jesus Christus, falls du zuhörst, bitte übertrag diesen Fall* nicht *meiner Ex-Frau. Das wäre toll. Danke. Oh, und außerdem wäre es toll, wenn Gretzky heute Abend einen Assist-Hattrick draufhätte und die Panthers aus der Halle fegen und jedem einzelnen Panthers-Fan den Teppich unter den Füßen wegziehen würde, allen sechsunddreißig. Das wäre toll, o Herr. Ich würde das Ruiz natürlich beim nächsten Mal sofort unter die Nase reiben, aber respektvoll, das ist doch klar.*

Doch dann kommt Mirkovichs Neuigkeit so richtig bei mir an, und ich denke: *Gut für Kristina. Ernsthaft.* Sie hat den Riecher für Bandenkriminalität, von dem Mumm gar nicht zu reden. Sie wird sich da toll machen. Wenn sie erst mal jemanden am Wickel hat, dann lässt sie auch nicht mehr locker. Das weiß ich besser als jeder andere.

Um die Unterhaltung wieder auf Kurs zu bringen, sage ich: «Guter Fang. Wird wohl eine Belobigung wert sein. Haben sie euch Probleme gemacht?»

«Sie haben auf uns gewartet.» Louis klingt ein wenig hitzig. «Ich glaube, sie sind von ihren eigenen Leuten verpfiffen worden, und ich glaube, sie wissen es.»

Die Boxen mit den Habseligkeiten sind ziemlich leer. Keiner von beiden hatte eine Brieftasche bei sich. Fast als hätten sie geplant einzufahren. Bei Safulus Formular ist der Hinweis von Louis interessant, seine Narben am oberen und unteren linken Arm und auch an seinen Rippen würden aussehen, als wären sie Einstichstellen gewesen. Und noch etwas mag ich an diesen Formularen nicht: die Leerstellen bei *indizierte Informationen,* die ich mir gern erspart hätte.

Ich sage: «Warum haben wir vom WAD noch keinen Termin für den Haftrichter bekommen?»

Louis zuckt die Achseln. «Sie warten, bis sie alle Details zusammenhaben. Ich halte dich auf dem Laufenden.»

«Danke», sage ich. «Habt ihr sonst noch was? Ich bin sicher, dass sie gestehen, und wir brauchen nur noch zusammenzuzählen, wie viel sie aufgebrummt bekommen, und können dann in Urlaub gehen.»

«Sie sind 'ne harte Nuss, Willie.» Mirkovich sieht jetzt wieder ernst aus. «Eine neue Abteilung aus Big Fates Clique. Weißt du noch, die haben Trouble und die anderen im letzten Jahr umgebracht, und wir konnten nichts beweisen?»

Ja, ich erinnere mich. Der schlimmste Tatort, den ich je gesehen habe, ein Riesendurcheinander. Die Jungs von der Mordkommission reden immer noch davon. Und keiner verlor ein Wort darüber, aber das war wahrscheinlich auch der Grund, warum Erickson versetzt wurde. Sie sagten, es sei eine Beförderung auf gleicher Ebene gewesen, aber abgesehen von der Bezeichnung war es eine Degradierung.

«Ich weiß nicht, ob beide harte Brocken sind», wirft Louis ein. «Tavira ist das ganz bestimmt. Aber auch er fand es gar nicht gut, vor dem Saint Francis zu sitzen, wo jeden Augenblick Scrappys Truppe herauskommen konnte. Der andere ist ein Frischling.»

Louis ist der Klügere. Er wird seinen Weg nach oben machen. Die guten Schwarzen schaffen das immer. Zumindest, wenn er sich nicht zu weit aus dem Fenster hängt und den Papierkram korrekt und rechtzeitig erledigt.

«Ich nehme an, sie haben nach einem gesetzlichen Vertreter verlangt?»

Louis sagt: «Wir haben Pflichtverteidiger ersucht, aber noch keine Antwort bekommen.»

«Sprecht mir nach, Deputies: ‹Zu den Grundsätzen dieser Abteilung gehört es, eine zielführende Kommunikation zwischen Untersuchungshäftlingen und ihren Anwälten oder anderen Personen, die versuchen, ihre Entlassung zu bewirken, herzustellen.›»

Sie sprechen mir nicht nach. Sie haben 5–03 / 060.00 nicht auswendig gelernt. Amateure.

Vielleicht will ich ja nur unbedingt zu meiner Verabredung heute Abend gehen, andererseits stelle ich bloß das Offensichtliche fest: «Sofern sie nicht unbedingt reden wollen, behalten wir sie nicht hier, aber Vazquez sollte dafür sorgen, dass der Transport sich verspätet.»

Mirkovich zwinkert mir zu. «Ich habe gehört, dass der Bus ein Problem mit dem Motor hat.»

Louis öffnet den Mund, um zu widersprechen, aber dann bohrt sich Mirkovichs Ellbogen in seine Rippen. Er hustet und sagt: «Sie sind für den Morgenbus eingeplant, aber Vazquez sagt, wir sehen erst mal, wie das mit ihren Anwälten läuft.»

«Hört sich vernünftig an», sage ich und mache mich auf den Weg zurück zu den Zellen.

20

Ich lass sie von Vazquez holen und auf die Stühle setzen. Tavira in Zimmer 1. Safulu in Zimmer 2. Getrennt, aber gleichberechtigt. Danach werfe ich einen Blick auf den neuen Zettel gleich neben dem Thermostat, auf dem *Wage nicht mal daran zu denken, Montero* steht, was ich befolge, denn ich schalte die Klimaanlage in den Räumen an, ohne darüber nachzudenken. Es wäre etwas anderes, wenn da *Lass die Finger davon, Montero* stehen würde, aber das steht da nicht, also stelle ich sie auf verdammte achtzehn Grad und ziehe meine Jacke an.

Normalerweise lässt mich der Lieutenant machen, was ich will, wenn es um das Verhör von Verdächtigen geht, aber sie hat mir gesagt, dass sie in den letzten Wochen Aircondition aus meinem Arsenal gestrichen hat, und vor Mai da auch nichts mehr passieren würde. Etatkürzung. Ich habe ihr gesagt, wenn die Kriminalitätsrate in dieser Gegend steigen und die Verurteilungsrate sinken würde, läge das nur daran, dass ich die Vögel nicht mehr in den Kühlschrank packen kann. Allerdings ist sie nicht hier, und eigentlich sollte ich auch nicht hier sein, also arbeite ich, wie ich will, und ein Awshit kann sie mir später verpassen, aber auch nur, wenn sie es herausfindet.

Ich greif mir ein paar überzählige Attaboy-Urkunden, die herumliegen, und geh damit zurück zu Mirkovich und Louis. Auf der Vorderseite steht:

Auszeichnung für außergewöhnliche Leistungen:

«EIN ATTABOY»

Und auf der Rückseite heißt es:

Eintausend Attaboys qualifizieren dich für eine
Führungsposition, Überstunden mit einem Lächeln zu absolvieren,
dem Management allerlei Probleme zu erklären und
als Local Hero angesehen zu werden.

ACHTUNG: Ein Awshit, und alle Attaboys verfallen!

Auch Awshits sind eine harte Angelegenheit. Jeder hat seine eigene Art, wie er sie verteilt. Kelley verpasste mir meinen ersten mit einem Schlag in den Bauch. Ich hatte mich im Hinterzimmer von Goldhammer's Liquor Store Ecke 95th und Alameda versteckt und erledigte dort Papierkram; er hieß mich aufstehen, bevor mich der Schlag dann gleich wieder auf den Sitz beförderte. Ich hatte ihn mir verdient, weil ich mit erhobenem Kopf und gezogener Waffe durch die falsche Tür einer Crackhöhle gelaufen war. Ich hätte mir eine Kugel einfangen können, vielleicht sogar sollen, zumindest einen sauberen Durchschuss. Habe ich aber nicht. Ich habe den erwischt, den ich erwischen wollte, aber ich hätte warten sollen. Deshalb sagte James J. Kelley zu mir: *Gute Arbeit,* was gleichermaßen *Zur Hölle mit dir, mach das nicht noch einmal* bedeutete. Ich hatte verstanden.

Und ich? Ich drücke sie ihnen nur in die Hand, sage «Attaboy!» zu Mirkovich und Louis und setze ein kitschiges Grinsen auf, als ich beide abwatsche – als wär's eine Szene aus *Der Pate* –, dann aber meine Handfläche zwei Sekunden zu lange auf ihren Wangen liegen lasse. Ivica mit der rechten, Louis mit der linken. Ich sorge dafür, dass sich beide richtig unwohl fühlen. Sie sagen kein Wort. Nehmen es hin. So wie es sein sollte.

Wieder bei den Zellen, sehe ich Vazquez herumwerkeln und muss einfach fragen.

«He, was hat Ruiz angestellt? Warum macht er Telefondienst?»

Vazquez starrt auf meine Brust. «Was hast du da auf deinem Schlips? Ist das ein Fischmuster?»

«Marlin», sage ich. «Irgendwann solltest du mal mit aufs Boot kommen.»

«Passe. Kelley sagt, es wird eines Tages unter dir absaufen.»

«Kelley hat keine Ahnung von Booten. Also, was ist mit Ruiz?»

«Schießerei.»

«Wo?»

«Fünf Blocks unterhalb Nadeau.»

«Welche Richtung?»

«Richtung Alameda.»

«Der Laden, der mal Sonny's war?»

«Verdammtes Sonny's.»

«Und?»

«Der Böse hatte ein Messer. Tatsächlich sogar zwei. Wer braucht schon zwei? Jedenfalls hatte dieser Typ zwei, während er eine Bar ausraubte.»

Ich sage: «Und warum habe ich nichts davon gehört?»

«Vielleicht warst du in Riverside und hast einen Zeugen verhört. Du bist ein vielbeschäftigter Mann.»

«Und dann?»

«Ruiz läuft also ein, Jackson sichert ab.»

«Jackson, der Neue? Der die Waffe sichergestellt hat bei ...» Ich deute mit dem Daumen den Flur hinab zu den Räumen, in denen Tavira und Safulu sitzen, die beiden Schwachköpfe, die eine Tatwaffe mit nach Hause genommen haben, damit man sie auch ja findet.

«Genau der.»

«Aha», sage ich.

«Sie gehen also rein, und irgendeine Frau schreit, dass der Bösewicht sich hinter der Bar versteckt. Ruiz dreht sich um. Der Bösewicht macht eine Bewegung, als wolle er eines der Messer werfen, und na ja ... Peng.»

«Einer oder zwei?»

«Einer.»

«Wohin?»

«Körpermitte.»

«Gut» sage ich. «Und sie haben ihn nicht durchgebracht? Ziel war doch eindeutig.»

«Ziel war prima, aber er hätte überlebt. Das Problem waren die beiden Messer, die er nicht hergeben wollte, während er verblutete. Beide. Es wollte niemand näher ran, um ihm helfen zu können.»

«Mist», sage ich. «Aber professionell gesehen war das alles den Regeln entsprechend und gerechtfertigt.»

«Du kennst doch die Revision. Das braucht seine Zeit. Und bis dahin?» Vazquez tut so, als würde er ans Telefon gehen, und holt seine trotteligste Stimme raus: «Hallo, Polizeiwache Firestone Park?»

Ich mach mich auf den Weg. «Deine Telefonimitation ist grauenhaft. Das sollte ich dem Lieutenant melden.»

Sein bellendes Lachen hallt vor mir den Flur entlang.

In Zimmer 1 ist es kalt. Genau so, wie ich es mag. Und Tavira kämpft dagegen an. Er sitzt zusammengekauert da, versucht, sich seine Schwäche nicht anmerken zu lassen, aber er friert wie Hölle auf diesem Metallstuhl ohne Kissen. Es sind die Kleinigkeiten.

Noch bevor sich die Tür hinter mir geschlossen hat, setzt Tavira mich unter Druck. «Ich wollte einen Anwalt, aber ich sehe keinen Anwalt, das war's dann also.»

Nur um auf der sicheren Seite zu sein, belehre ich ihn über sein Recht zur Aussageverweigerung und so weiter. Alles bis ins kleinste Detail. Seit den Unruhen, die wir nicht Unruhen nennen dürfen, ist alles höllisch korrekt geworden, und in meinen Augen ist das nur gut. Er ist verhaftet worden, hat das Recht, nicht auszusagen, und falls er aussagt, können wir das vor Gericht gegen ihn verwenden, und wenn er es sich nicht leisten kann, einen Mistkerl von Verteidiger zu engagieren, dann bekommt er einen überarbeiteten Pflichtverteidiger zugewiesen.

Ich schlage seine Akte auf. Ich breite die Anklagepunkte vor ihm aus, und er zuckt nicht mit der Wimper. «Wie kommt's, dass wir uns noch nie über den Weg gelaufen sind? Ich meine, ich kenne deinen Namen. Ich habe dein Vorstrafenregister gesehen. Ich kenne dich aus dem Gang-Buch, aber es ist nett, dass ich dein Gesicht mal live sehe.»

«Anwalt», sagt er.

«Wir warten immer noch drauf, dass der dir zugewiesene gesetzliche Vertreter sich meldet.»

Ich bohre ein bisschen, warte, ob er mir bei «zugewiesen» widerspricht, ob er sich dabei verrät und vielleicht schon jemanden hat, aber ich habe auch die Notiz von Vazquez vor mir liegen, dass Mr. Wizard seine drei Anrufe schon durch hat und dass keiner davon mit einem Anwaltsbüro war. Was aber auch heißen könnte, dass er jemanden angerufen hat, der jemanden anrufen soll.

Ich frage ihn, was er dieses Jahr von den Dodgers hält. Keine Antwort.

«Was ist mit den Kings? Magst du Gretzky?»

Keine Antwort.

So drehen wir uns eine Viertelstunde im Kreis. Ich stichele. Er schweigt. Es ist zwecklos, aber ich kann damit umgehen. Es bringt mich dem Schmusen mit Sheryl auf dem Oberrang einen Schritt näher, immerhin auf Höhe der blauen Linien des Angriffsdrittels. Wie groß ist überhaupt die Chance, eine Frau zu finden, die Eishockey mag? So viel Glück hatte ich bisher noch nie.

Als ich hinausgehe, wartet Louis schon: «WAD hat geantwortet. Anklageerhebung ist am zehnten Dezember.»

«Also vor dem Wochenende. Finde ich gut.» Ich nicke Richtung Zimmer 2. «Jetzt nehm ich mir den vor, mal sehen, was passiert.»

JACOB SAFULU ALIAS DREAMER

8. DEZEMBER 1993, 14:05 UHR

21

Dieser Stuhl … ich habe nie auf etwas Kälterem gesessen. Als hätten sie ihn in Eis getaucht. Ich spüre, wie die Kälte in meinen Knochen hochsteigt. Ich versuche nicht zu zittern, als die Tür aufgeht und dieser breitschultrige Typ hereinkommt, der ein Sakko wie die Football-Kommentatoren im TV trägt. Davon abgesehen, dass es ihm nicht wirklich passt.

Er pumpt. Man kann sehen, dass er pumpt. Auf Kraft hin. So mit Gürtel und allem. Er sieht aus wie ein mexikanischer Hulk. Als würde Bruce Banner bei seiner Verwandlung eine braune Haut bekommen. Und keine grüne. Das Einzige, was nicht ins Bild passt, ist sein verdammt großer schwarzer Schnurrbart.

Er hebt den Blick von den Papieren und sagt: «Ich bin Detective Montero.»

Hulktero, sage ich bei mir. *Hulkitito.*

Ich kann nicht erkennen, ob er ein guter oder ein böser Cop ist oder einfach ein durchgeknallter Lynwood Viking, also beschließe ich, erst mal abzuwarten. Hier sitzen zu bleiben. Mich nicht zu beschweren, auch wenn mein Hintern inzwischen taub ist. Zuhören. Ihn beobachten. Er schaut mich an, um mich abzuchecken. Zu sehen, was für einer ich bin.

«Zum ersten Mal verhaftet, nicht wahr?»

Unnötig, ja zu sagen. Er weiß das.

Er sagt: «Ist Safulu dein richtiger Name, oder müssen wir warten, bis deine Fingerabdrücke gecheckt sind, um da sicher zu sein?»

Darauf antworte ich nicht. Littles älterer Bruder wurde unter dem Namen seines Cousins und dessen Sozialversicherungsnummer einige Male eingebuchtet. Weil er Schnaps gestohlen hatte. Und ein klitzekleines bisschen Gras dabeihatte. Erst als jemand ihn wegen Graffiti verpfiffen hat, stellten sie einen Haftbefehl auf seinen Namen aus. Sheriffs holten ihn von seinem Arbeitsplatz. Sie buchteten ihn ein mit allem, was dazugehört. Brauchten einen halben Tag, um zu merken, dass er keinerlei Ähnlichkeit mit den Fahndungsbildern in ihrem Bestand hatte. Sie mussten ihn dann wieder gehen lassen.

Der mexikanische Hulk sagt: «Möchtest du ein Wasser?»

Guter Cop. Ich sage nicht ja. Er schaut wieder in seinen Papierkram.

Er sagt: «Was hat überhaupt ein Samoaner in einer mexikanischen Gang zu suchen? Was ist da los, wusstest du nicht, wie du nach Carson kommen solltest?»

Das Gespräch ist inzwischen eine Einbahnstraße. Er versucht einfach, mich aufgrund meines Aussehens einzuschätzen. Wizard hat gesagt, dass sie das machen. Ich versuche, ihm nichts über mich zu verraten.

«Also», sagt er, «woher hast du diese ganzen Narben auf deinem Arm? Die sehen wie von Zähnen aus.»

Das werde ich ihm nie verraten.

Ihm muss das schon klar gewesen sein, denn er sagt: «Nennen sie dich Dreamer, weil du immer so in den Himmel starrst?»

Ich zucke die Achseln, um so ein Zittern zu verbergen.

«Egal, ich glaube, ich kenne die Antwort darauf.» Er klopft mit dem Stift auf den Tisch. «Fassen wir das noch mal zusammen. Mister Wizard da drüben sagt, dass du den Abzug betätigt hast. Er war da nur als Beobachter, der sicherstellen wollte, dass alles klappt. Sagt, dass er nur Zeuge war. Was hältst du davon?»

Ich springe fast aus meinem Stuhl auf. Schreie fast: *Mann, ich habe verdammt noch mal nicht abgedrückt!*

Fast.

Und beiße mir fast auf die Lippe.

Weil, selbst wenn es wahr wäre, was er sagt, was Wizard sagt? Dass ich es getan hätte?

Dann wäre die Waffe danach immer noch nicht in meinem Zimmer.

Mist.

Es macht mich verrückt, überhaupt darüber nachzudenken.

Ich laufe rot an. Und er sieht, dass ich rot anlaufe.

Er weiß, dass er mich erwischt hat. Er runzelt die Stirn, als würde er sich dafür interessieren, was mit mir ist. Er macht ganz klar auf Good Cop.

«Du hast keine Akte. Er eine ziemlich umfangreiche», sagt Montero. «Er lügt vielleicht, aber das weiß ich nicht, wenn du mir nicht irgendwas verrätst.»

Ich fang an, vor Nervosität zu schwitzen. Und dann kommt diese Stimme im Hinterkopf. Die fragt, ob Wizard das tatsächlich gesagt hat. Ob er wirklich versuchte, mich so zu erledigen. Und selbst wenn er das will, das ist mir klar, kann ich jetzt nichts dagegen tun.

Jetzt darf ich nur keine Schwäche zeigen.

Und ich weiß, dass ich nichts sagen kann …, dass ich nichts sagen sollte, aber ich kann nicht anders.

Die Wahrheit sprudelt aus mir heraus.

«Ich war nicht da», sage ich schnell. «Ihr habt den Falschen erwischt.»

Es fühlt sich nicht gut an, das zu sagen. Es fühlt sich wie *Ach Scheiße* an. Es fühlt sich an, als hätte ich versucht, etwas Gutes zu tun, nur weil es wahr ist, und habe am Ende aber nur mich selbst verletzt. Weil ich dann dieses kleine Flackern in Hulkteros Augen sehe. Da weiß ich, dass ich einen Fehler gemacht habe.

Ich muss jetzt einfach den Mund halten! *Muss* einfach.

Kann nichts mehr über irgendwas sagen, obwohl ein Teil von mir darüber sprechen will, was an jenem Abend passiert ist. Eine

Sekunde lang denke ich sogar darüber nach, wie er mir helfen könnte. Ich weiß, das ist bloß Wunschdenken. Nichts, was ich sagen könnte, bringt mich hier raus. Reitet mich nur noch tiefer rein. Wenn man in meinem Viertel so aussieht wie ich und sie nehmen dich hoch? Du verschwindest. Aus und vorbei, Mann. Sie schmeißen dich einfach weg.

Und ich weiß, dass alles, was ich jetzt sage, einfach in sein Gegenteil verkehrt werden wird. Ich weiß das, weil Wizard es mir gesagt hat. Er hat gesagt, ich soll cool bleiben. Hat mir erklärt, wie es läuft. Und hat mir das wichtigste Wort beigebracht, das mir jetzt auf der Zunge liegt, und ich spreche es aus …

Ich sage: «Anwalt.»

Der mexikanische Hulk zieht ein Gesicht, als sei er echt enttäuscht von mir. Ich muss fast lachen. Denn ich habe noch nie jemanden gesehen, der älter ist als ich und mich mit einem so dümmlichen Ausdruck ansieht. Als wäre ich nicht eine Art Experte in so was. Und dann steht er einfach auf.

Bevor er geht, sagt er: «He, Jacob, wenn du das nicht getan hast, dann reicht ein Anwalt nicht. Du musst dich selbst retten, denn das System ist das System. Es schluckt immer die mit der geringsten Fallhöhe. Denk darüber nach.»

OMAR TAVIRA ALIAS WIZARD

9. DEZEMBER 1993, 04:02 UHR

22

Das Licht flackert auf, und irgendwelche Sheriffs der nächsten Schicht scheuchen uns hoch: «Aufstehen!» Und: «Zeit, in die Gänge zu kommen.» Sie sehen frisch aus, als wären sie daran gewöhnt, so früh auf zu sein. Die miesen Schichten werden immer auf die jungen verteilt, aber die hier sind eifrig und darauf aus, dieses kleine Gefängnis zu räumen, damit es wieder neu gefüllt werden kann, und gerade jetzt bin ich heilfroh, dass ich nach Mitternacht aufgewacht bin und mich und meine Fracht wieder in Ordnung gebracht habe. Hier drin gibt es keine Kameras, das musste ich ausnutzen und habe deshalb alle Päckchen herausgeholt, als es noch gut ging und dunkel war. Hab sie herausgefischt. Überprüft. Im Becken gewaschen und mich wie blöd über die Seife im kleinen Spender an der Wand gefreut. Vaseline gab es nicht, also musste ich sie alle mit Speichel zurückschieben. Besser als nichts.

Verdammt, ich hätte *auf keinen Fall* diese Chili Cheese Fries essen sollen. Das war dämlich. Das Gefühl, auf fremdem Terrain zu sein, hat mich übermütig selbstsicher werden lassen, und ich habe mich in diesem Gefühl der Macht verloren. Und seitdem zahle ich mit Krämpfen und Blähungen dafür, dass ich diese fettigen kleinen Bastarde gegessen habe, aber ich habe keinen Durchfall. *Dafür vielen Dank, o Herr.* Als ich fertig war und mich wieder angezogen hatte, habe ich meine Arme zweimal bis zum Ellenbogen eingeseift, als wäre ich ein Chirurg nach der OP. Ich hatte Glück, es ist niemand aufgetaucht, um nach mir zu sehen.

Ich sitze hier mit ein paar Möchtegern-Crips zusammen. Während ich das Notwendige erledigte, schlief einer tief und fest, und der andere tat nur so. Wenn man sich daran gewöhnt, eingesperrt zu sein, dann wird man ziemlich gut darin, damit man nicht mit Leuten reden muss oder nichts sieht, was man besser nicht mitbekommt. Aber jetzt sind wir alle drei wach und warten stehend darauf, Handschellen angelegt zu bekommen. Im Augenblick mache ich mir Sorgen um Dreamer, weil sie ihn nach diesem schwachsinnigen Verhör in eine andere Zelle gesperrt haben. Ich weiß, dass sie versucht haben, ihr Spiel mit ihm zu treiben. Mist. Wäre ich Sheriff, dann hätte ich mich auch auf ihn konzentriert und versucht, ihn zu knacken. Ich hätte ihm ein paar Lügen eingetrichtert, von wegen *Wizard hat gesagt, du hättest es getan! Er wird gegen dich aussagen!* Ich weiß, dass er da fast ausgerastet sein wird, vor allem, weil er verdammt lange da drin war, aber wenn wir erst mal im County sind, wird es ihm wieder gut gehen, und ich kann wieder Kontakt zu ihm aufnehmen.

Wir stellen uns außerhalb der Zelle auf. Ich und der große Möchtegern-Crip werden aneinandergefesselt. Wir schauen uns nicht einmal an. Sie stellen einen anderen kleinen Typ neben einen Kerl aus einer anderen Zelle und legen Handschellen um ihre Handgelenke. Danach werden allen auch welche an den Fußgelenken angelegt. Das ist neu für mich. Das gab es noch nicht, als sie mich zuletzt ins Gefängnis von Lynwood geschafft haben, deshalb frage ich mich, ob jemand versucht hat abzuhauen und wir alle deshalb jetzt angekettet sind. Ich atme die Luft des Korridors tief ein, denn sie riecht besser, als wenn man eine Zelle mit Toilette und zwei Leuten teilen muss. Mir ist inzwischen auch übel, aber das hat nichts mit dem Chili zu tun. Es liegt an der Fahrt, die ich vor mir habe, daran, es bis ins County schaffen zu müssen, ohne dass Deputies herausfinden, was in mir drin ist, denn wenn sie das tun, dann kommen neue Anklagen. Besitz ist eine schwere Straftat. Absicht zu vertreiben eine schwere Straftat. Ich trage gerade Jahre meines

Lebens mit mir herum. *Jahre*, die mir in den Eingeweiden liegen. Doppelte verdammte Jahre, Mann. Aber es ist nichts verglichen mit dem, was mir passiert wäre, wenn ich die Anweisung verweigert hätte, also muss ich jetzt sehen, wie ich damit klarkomme, und setze mich in Bewegung, als die Tür sich öffnet.

Die Luft draußen ist gut. Ich rieche Bäume und will stehenbleiben und noch eine Weile riechen, aber die Sheriffs haben Schrotflinten, und dagegen kann keiner an. Ich gehe, wohin ich gehen soll, vom Gehweg über den Asphalt um die Nase des Busses herum, sodass die Scheinwerfer in meine Augen leuchten. Der Motor läuft bereits, und der Bus steht schon in Richtung Straße, damit wir beizeiten losfahren können, und dann gehe ich die Stufen hoch.

Der Bus der Sheriffs ist so ein großes, silbernes Ding, das wie ein Greyhound aussieht, ist aber nur dazu da, die Gefangenen zu den großen Gefängnissen zu bringen. Wir sind wohl nicht der erste Stopp, denn als die vergitterte Tür aufschwingt, ist dahinter bereits der ein oder andere Kopf zu erkennen, allerdings sehe ich niemanden, an den zu erinnern es sich lohnen würde. Niemand aus Scrappys Truppe. Niemand vom unteren Long Beach Boulevard. Die einzige gute Nachricht ist, dass ich Dreamer sehe, der schon weiter hinten sitzt, und zwar aufrecht, obwohl er an irgendeinen Kerl gekettet ist, der nervös aussieht. Ich werfe ihm einen Blick zu, von dem ich hoffe, dass er ihm sagt, ich bin für dich hier und verstehe dich, also raste nicht aus. Er nickt mir zu, und das ermutigt mich.

Einmal, bevor Dreamer bei Angela und mir wohnte, sind wir los und haben auf den Befehl von Big Fate Häuser geplündert. Er hat uns in die kleine Truppe gesteckt, die irgendein Junkie organisierte und deren Aufgabe darin bestand, sich in Häuser einzuschleichen und nach Pistolen oder Messern zu suchen, die wir entweder selbst gebrauchen oder mit denen wir anderen etwas anhängen konnten. Es hätte sogar ganz lustig sein können, wenn da nicht dieser Junkie-Chef gewesen wäre, der ständig von allem Möglichen high war. Im ersten Haus habe ich diesen Kerl dabei beobachtet, wie er jede

Pille aus dem Medizinschränkchen einwarf, nur um zu sehen, was sie mit ihm anstellte. Er hieß Lil Creeper. Der Trottel war echt voll durchgeknallt, Mann! Mist. Ich habe sogar gehört, dass er während der Unruhen einen Schuss ins Gesicht bekam, aber man darf nicht alles glauben, was man so hört. Aber wie auch immer, Dreamer und ich waren mit diesem Arsch unterwegs, und bei drei weiteren Häusern lief alles glatt. Wir hatten unsere Handschuhe an und unseren Fahrer, der die kleinen Straßen hinter den Häusern entlangsauste, und alles ging gut, bis Lil Creeper so ein Haus sieht und was murmelt wie: «Oh, das ist Dwaynes Haus. Zur Hölle mit diesem Dummkopf. Den werden wir mal auffliegen lassen.» Und Dreamer und ich wollen nicht, aber wir müssen, und ich schwör bei Gott, kaum sind wir über den hohen Zaun und stehen im Garten, hören wir ein Bellen. Laut. Erschreckend. Das direkt auf uns zukommt. Hinter mir höre ich jemanden klettern, und als ich hochschaue, ist Creeper schon wieder oben auf dem Zaun, wie ein verdammter Ghetto-Turner, und tut auch noch so, als wäre das keine große Sache. Ich drehe mich wieder um und sehe, wie diese großen, leuchtenden Augen näher kommen und größer werden, und dann stößt Dreamer mich verdammt noch mal zurück und brüllt: «Hau ab!» Und dann tritt er dem Monster gegenüber und schlägt auf es ein! Darum weiß ich, dass dieser kleine Samoaner ein totaler Krieger ist, und das weiß ich, solange ich lebe. Ein paar Minuten später jault der Hund, und er kommt über den Zaun zurück, und das Blut läuft an seinem Arm und an seiner linken Seite runter. Er schafft es bis zum Wagen, wo Lil Creeper und ich warten, und wir verdrücken uns, ohne ein Wort zu verlieren. Und Dreamer bittet nicht mal darum, genäht zu werden, und beklagt sich nicht einmal, dass er zerbissen ist, nicht mal, als wir einen Block weiter sind und Creeper verkündet: «Oh, wart mal, das war nicht Dwaynes Haus. Das hier ist es.»

Und selbst hier in diesem Bus fange ich an zu lachen, Mann. Kann es verdammt noch mal nicht ändern. Selbst hier kann ich das alles nicht vergessen.

JACOB SAFULU ALIAS DREAMER

9. DEZEMBER 1993, 04:47 UHR

23

An so einen Kerl gekettet zu sein, den ich nie zuvor gesehen habe, ist schlimmer, als ich es mir vorgestellt hätte. Jedes Mal, wenn dieser nach Fürzen stinkende Bus an einer Straßenlaterne vorbeifährt, zuckt er zusammen. Und weil wir aneinandergekettet sind, zerrt das jedes Mal an meinem Handgelenk. Ich versuche, die Arme an mich gedrückt zu halten. Das nützt nichts. Er zuckt immer noch. Brabbelt vor sich hin. Völlig abgedreht. Und die Handschellen machen meine Handgelenke kaputt. Reiben und reißen daran.

Ich hasse dieses Gefühl. Es bringt meine ganze Haut zum Kribbeln. Bringt die Erinnerung an diesen Hund zurück, der mich vor vielen Jahren nicht loslassen wollte. Der sich einfach festgebissen hatte. Und ich versuchte, den Kopf einzuziehen. Aber ich kann es nicht. Kann es nicht.

Dieser Kerl bringt mich völlig aus dem Gleichgewicht, das will ich nicht. Ich muss an Wizards Worte denken, dass ich keine Schwäche zeigen darf.

Also sage ich in sein Ohr: «Wenn du weiter an diesen Handschellen zerrst, dann finde ich einen Weg, dich damit zu erwürgen.»

Er schaut mich an. Die gelben Straßenlampen lassen sein Gesicht durch die engmaschigen Metallgitter über den Fenstern aufleuchten, überziehen es mit sich kreuzenden Schatten.

Ich sehe seine Augen. Rot. Weiß. Ich sehe, wie groß die Pupillen sind. Und dann gleiten wir noch weiter ins Dunkel. Können diese Augen überhaupt sehen? Das macht mich nachdenklich, *oh-ho.*

Dieser Typ ist kurz davor auszurasten. Er ist nicht so ganz da. Und ich frage mich, ob es eine gute Idee war, ihm zu drohen. Stattdessen hätte ich ihn nach seinem Namen fragen oder versuchen sollen, ihn irgendwie zu beruhigen. Dann kommen die nächsten Lichter …

Und dieses Arschloch schreit, als hätte ich ihm ein Messer in den Arsch gejagt.

«Ahhhhh!» Aus tiefster Kehle. «Ahhhhhhh!»

Mein Magen macht einen Satz.

Von vorn schreit ein Deputy: «Was zum Teufel ist da los?»

Und ich kann nichts anderes tun, als meine Hände zu heben und so zu zeigen, dass ich ihm nichts getan habe.

«Sir», sage ich, «dieser Trottel ist verrückt! Er flippt hier aus.»

Jetzt machen auch andere den Mund auf. Sie sagen, dass sie so etwas so früh nicht brauchen würden. Dass dieser Trottel ganz bestimmt 5150 sei. Und dass ihm jemand das Maul stopfen müsse. Und ich schaue auf Wizard, der mir zunickt, so wie *Mach, was du machen musst. Das wird dir niemand übelnehmen.*

Denn dieser Bus wird nicht langsamer. Und sein Geschrei hört nicht auf. Und ich bekomme sogar mit, dass der Deputy mit Schrotflinte, der mir am nächsten sitzt, mich anschaut und mir dann den Rücken zukehrt!

So ist das also, denk ich.

Dann rollen quadratische Balken gelben Straßenlichts durch den ganzen Bus. Ich warte, bis sie durch sind. Denn dann wird es wieder dunkel. Bevor das Monster wieder hervorkommt.

Ich werfe dem Typ neben mir einen harten Blick zu. Ich zieh die Schulter runter und dann den Ellbogen hoch. Hart. Direkt auf seine Wange.

Der erste Schlag bringt nichts. Auch der zweite nicht. Und der dritte? Ich knall seinen Kopf gegen den Fensterrahmen. So *Plonk*-mäßig. Danach ist er erst mal ruhig.

Keinerlei Beifall. Die ganze Zeit sagt niemand ein Wort.

Danach ein paar Grunzer. Das ist alles.

Mein Ellbogen tut weh. Und ich hab ein schlechtes Gewissen. Dieser Kerl hat nicht mal versucht, in Deckung zu gehen.

Ich versuche rauszufinden, ob ich Probleme bekomme. Allerdings kommt von den Sheriffs kein Ton. Sind wohl froh, dass er ruhig ist.

Die Stimmung ist jetzt eine ganz andere. Die Kerle sind entspannt und sehen zu, wie der Freeway vorüberzieht. Das mache ich auch. Die ganze Strecke die 110 hoch schaue ich über den Typ hinweg, der neben mir blutet. Sieht aber nicht schlimm aus. Er wird schon wieder.

Ein ganzes Stück fährt ein maroder Toyota Camry neben uns her. Ein Mädchen. Sie trägt eine Uniform, aber ich kann nicht erkennen, was für eine. Eine schwarze. Mit einem Flicken auf dem Arm. Security oder so was. Ich starre sie ein paar Meilen lang an. Auf ihren Nacken. Der so geschmeidig aussieht. Weich. Es ist beschissen deprimierend, dass ich verdammt lange keiner Frau mehr näher kommen werde als hier. Ich kann nicht mit ihr reden. Kann nicht versuchen, sie zum Lachen zu bringen. Ich bekomme nicht mal heraus, wie ihr Gesicht aussieht. Sie hebt einfach nicht den Kopf. Egal, wie sehr ich das möchte.

Dann fällt mir auf, dass es bei allen so ist, egal wo wir sind. Auf der ganzen Straße. Bei jedem Wagen. In diesem Bus ist man unsichtbar. Kein Fahrer macht sich die Mühe, nach uns zu sehen. Ein paar kauern sich sogar hinter dem Lenkrad zusammen. Nach vorn gebeugt. Gehen vor diesem Knast auf Rädern in Deckung. Und keiner will von den bösen Jungs drinnen gesehen werden, die herausschauen.

Ich höre also auf, über sie nachzudenken. Die Fahrer. Stattdessen denke ich über die Autos nach. Zum Beispiel, wie werden die Autos aussehen, wenn ich rauskomme? Ich habe von unbedeutenden Homies gehört, die zu sechs Monaten verurteilt waren und dann von wichtigen Homies drinnen auf Arbeit geschickt wurden. Drogen transportieren. Ein paar Typen abstechen. Was auch immer. So werden dann aus sechs Monaten zehn Jahre.

Das ist auch Wizards Cousin passiert. Bei ihm wurden aus zehn Monaten zwei Jahre. Dann acht aus den zwei. Gesessen hat er schließlich sechseinhalb.

Als er rauskam, hat er nichts mehr wiedererkannt. Er redete davon wie in *Zurück in die Zukunft*. Während du drin bist, verändert sich nichts, und dann kommst du raus, und die Ausdrücke haben sich geändert. Autos haben sich geändert. Die Zeitungen zu lesen ist nicht das Gleiche, als es selbst zu sehen, sagt er. In Farbe.

Mensch ... und wenn ich sechseinhalb absitze? Das würde heißen, dass ich bis zum nächsten Jahrhundert nicht rauskomme.

Ich grübele ein bisschen darüber, jedenfalls so lange, bis der Typ, an den ich gefesselt bin, zu sich kommt. Er öffnet die Augen.

Ich zeige ihm meinen Ellbogen, an dem sein Blut klebt. Nur für den Fall, dass ich ihn noch mal gebrauchen muss. Dieser Kerl legt die Hände über sein Gesicht.

«Hör auf zu schreien», sage ich ganz ruhig zu ihm, «dann schlag ich dich auch nicht mehr.»

Er nickt hinter den Händen. Seine Braids wackeln. Und von der 110th bis zur 101st und zur Ausfahrt Alameda wechseln wir kein Wort mehr miteinander. Aber sobald wir da runter sind, fangen andere an zu reden.

So erfahre ich, dass wir gleich da sind. Die Typen quatschen darüber, was sich verändert hat und was nicht. Der Kautionsvermittler mit seinem Laden zwei Straßen weiter ist verschwunden. Er hat seine Frau erschossen, weil sie sich herumgetrieben hat. Jetzt sitzt er in Pelican Bay. Ein anderer berichtet von Brotaufstrichen. Und dass es ihm drinnen gut gehen wird, weil alle zu ihm kommen, weil er so prima Tortillas und Tamales macht. Und fast frage ich laut: *Sie lassen einen da drin Tortillas und Tamales machen?* Aber dann doch nicht. Ich frag nachher einfach Wizard.

Alle reden so, als sei das County Jail nur ein Hotel, in das sie für einen kurzen Aufenthalt wieder zurückkommen. Wizard war schon da. So habe ich ihn allerdings nie darüber reden hören. Ich glaube, das ist auch eine Lektion.

Als wir an der Ampel an der Union Station anhalten, überkommt mich ein merkwürdiges Gefühl. Dorthin hat mich meine Mom mitgenommen, als die Metrolink-Strecke eröffnet wurde. Sie sagte, sie wolle irgendwohin, wo sie Bäume sehen kann. Sie entschied sich der Karte nach für Moorpark, weil das Wort Park darin vorkam. Wir nahmen den Bus von Lynwood nach Downtown. Das war schon ein verdammt langer Trip, bis wir überhaupt zur Bahn kamen. Die nahmen wir dann. Es war nett. Netter als der Bus. Trotzdem verbringt man fast zwei Stunden zwischen alten weißen Kerlen mit Schaffnermützen, die kleine Heftchen mit Zugbildern in der Hand halten. Als wir nach Moorpark kamen, war da nichts los. Wir liefen die eine Straße auf und ab und gingen dann in ein Restaurant. *The Cactus* oder so. Sie bestellt sich einen Eistee. Ich darf nur Wasser mit einem Stück Zitrone und zwei Zuckerstückchen haben. Dann gehen wir zum Zug. Und fahren wieder zurück. Zwei Wochen später verschwand sie. Ich glaube, sie nahm den Amtrak nach Oakland, ihre Schwester besuchen. Sie nahm mich nur auf ihre Testfahrt mit. Dann ließ sie mich sitzen.

Die Ampel zeigt immer noch Rot. Gegenüber wühlt ein Penner in einem Mülleimer.

Er schaut nicht auf, als wir vorbeifahren.

24

Der Bus kommt in einer Haltebucht zu stehen. Die Türen öffnen sich. Und wir stehen auf und gehen los. Wizard ist weit vor mir. Wir werden in einen unterirdischen Bereich geführt, in dem wir durch lange Gänge gehen, die mich auf einen merkwürdigen Trip schicken, weil es fast wie in einer Schule ist. Überall sind die Wände bemalt, kitschiges Zeug, dass L. A. County dies oder das ist. Alle gucken darauf, bis wir angebrüllt werden, die Augen nach vorn zu richten. Sie müssen gar nicht brüllen. Niemand sagt irgendwas oder macht etwas Komisches, nicht mal der Kerl, an den ich gefesselt bin.

Sie führen uns durch weitere Gänge. Das macht mich irgendwie richtig schwindelig. Als hätten sie das mit Absicht so gebaut, um uns zu verwirren oder so was. Ich habe auch keine Ahnung, wohin wir gehen sollen, bis der Deputy an der Spitze eine weiße Tür mit einem Fenster drin öffnet und sagt, wir sollen da reingehen.

An der Tür werden uns die Handschellen abgenommen. Einem nach dem anderen.

Innen sieht es ganz anders aus, als ich es aus Filmen kenne. Keine Gitter oder dickes Glas. Es ist einfach ein Raum. Grauweiße Wände mit etwas Gelb drin. Der Boden sieht wie nasser Beton aus. In einer Ecke ist eine Toilette, der ein halbhohes Stück Wand ein wenig Privatheit gibt. Aber man kann immer noch sehen, wer draufsitzt. Die obere Hälfte.

Ich sehe Wizard und gehe zu ihm rüber. Er steht mit dem Rücken zur Wand. Und er sorgt dafür, dass der Typ neben ihm Platz macht, damit ich mich auch so hinstellen kann.

Offenbar freut er sich, mich zu sehen. Sagt, dass ich das gut gemacht hätte mit dem Verrückten. Und ich nehme an, dass er mehr Angst um mich hatte, als ich dachte. Deshalb fühle ich mich dankbar und auch glücklich. Die besten Gefühle, seit sie uns die Handschellen angelegt haben. In echt.

Wir bleiben eng beieinander stehen, sodass wir schnell und leise miteinander reden können. Nebeneinander. Ich berichte ihm, wie Montero versucht hat, sein Spiel mit mir zu treiben.

«Hab's dir ja gesagt, Homeboy.» Wizard lächelt wie *Ich kenne das Spiel.* «Aber, hör mal, wenn du mit deinem Anwalt sprichst, dann achte darauf, dass sie die Fälle nicht trennen.»

Ich sage: «Was bedeutet das?»

«Es bedeutet, dass du und ich zusammen sind, Homeboy. Auf der Reise.»

«Eine Verhandlung?»

«Eine Verhandlung, alles eins.»

Das hört sich falsch für mich an.

Denn wenn er auf Scrappy geschossen hat und ich nicht mal dabei war, dann scheint ihm das zu helfen, während es mich belastet.

Aber ich glaube, ich verstehe das. Es ist eine Frage der Macht. Ein Weg und ein Versuch, sich da rauszuziehen.

Und da ich in der Hierarchie unter ihm stehe, ist das einfach so.

Aber es fühlt sich falsch an. Es gibt mir ein Gefühl von … ich weiß nicht. Ein *schlechtes.* Schlecht und traurig gleichzeitig.

Denn ich glaubte, dass er mich mag, oder? Habe geglaubt, dass wir Kumpel sind und er mich aus der Sache rausboxt, wenn er kann …

Aber vielleicht nutzt er mich nur aus. Und obwohl ich es habe kommen sehen, muss ich es doch geschehen lassen.

Und irgendwann habe ich so lange nichts gesagt, dass Wizard mich anschaut, um zu sehen, ob er es noch mal erklären muss.

«Okay», sage ich. «Ich dachte sowieso, dass das so läuft.»

Ich habe nicht so richtig die Wahl. Das weiß ich.

Wenn ich jetzt Wizard im Stich lasse, dann kann ich ihn hier drin nicht mehr unterstützen. Das versteht sich ja von selbst.

Denn im Knast braucht jeder Leute, die auf einen aufpassen, selbst wenn sie zunächst mal auf sich selbst aufpassen.

«Gut, *homes*», sagt Wizard, während er den Blick über die anderen Typen in der Zelle schweifen lässt. «Echt gut.»

Er lässt mich Leute beobachten, ich soll versuchen zu verstehen, wer was ist. Woher er kommt. Ich soll auch nach jemandem aus Scrappys Truppe Ausschau halten. Ich sehe niemanden. Vielleicht sind ein paar von denen in einem anderen Teil des Gefängnisses. Wizard hält nach großen Tieren Ausschau, falls sie für einen Gerichtstermin hierhergebracht worden sind. Er sieht keine.

Es ist alles zu viel. Vor allem der Geruch. All diese Kerle schwitzen, furzen, atmen. Ein paar der Junkies haben schon seit Ewigkeiten nicht mehr geduscht oder auch nur ein Deo benutzt. Das ist das Schlimmste, was ich je gerochen habe. Trotzdem muss ich mich so verhalten, als sei es kein Problem.

Dieser Ort ist im Vergleich mit der Straße eine völlig andere Bestie. Da draußen kann man sich immer verkriechen. Alleine sein. Aber hier? Du kannst nirgendwohin kriechen, außer in andere Leute hinein. Mit deinen Augen. Mit deinem Körper.

Und es fühlt sich an, als könnte jederzeit irgendetwas losgehen. Ein wildes Gefühl.

Wizard beobachtet mein Gesicht. Liest meine Gedanken.

«Jetzt bekommst du dieses Zoo-Gefühl, nicht wahr?» Er zieht den Hemdkragen über die Nase, ganz Bandido. «Jeder versucht herauszufinden, wer welches Tier ist. Wer demnächst gefressen werden wird. Vor wem man sich verdammt noch mal fernhalten sollte.»

Die Tür geht auf, und die Wachen befehlen uns zurückzutreten. Mehr Kerle kommen herein. Sie holen keinen raus. Wir schauen sie an. Drei große Schwarze. Zwei Weiße. Sie schauen sich nach einem Platz um, wo sie sich hinstellen können. Sie versuchen es erst gar nicht bei den Bänken. Jetzt sind wir einfach viel zu viele hier drin. Vielleicht vierzig. Fünfundvierzig? Nur einer von ihnen begegnet dem Starren mit kühlem Blick.

«Scheiße nee», sagt Wizard neben mir und wird dabei lauter. «Ist das nicht Big Dev oder was?»

Es bildet sich eine Gasse, während Wizard auf den größten der schwarzen Neuankömmlinge zugeht, der, der die Kerle anfunkelt.

Ich folge ihm. Ich behalte Wizards Rücken die ganze Zeit im Auge. Ich sehe, dass ein paar Kerle aus dem Bus uns hinterherschauen. Sie nicken mir zu, denn sie wissen, was ich mit meinem Ellbogen gemacht habe.

Als wir fast bei ihm sind, erkennt Big Dev Wizard. «Yo, zum Teufel, Wizard? Hab dich seit Chino nicht mehr gesehen.»

Und Wizard sagt: «Was geht, mein Nigga?»

Sie begrüßen sich mit einer dieser halben Umarmungen und grinsen wie blöd.

Und der Raum?

Mist! Als Wizard das Wort *Nigga* fallen lässt, wird es eisig kalt.

Und ich spüre, wie sich die Blicke auf uns richten. Auf mich.

Ich schwöre, ich fühle sogar, wie Fäuste geballt werden, die bereit sind zu fliegen.

Jetzt wünsche ich definitiv, eine Wand im Rücken zu haben. Und nicht mitten im Raum zu stehen, an allen Seiten umgeben von Körpern.

Big Dev weiß das auch.

«Nun mal langsam», sagt er. «Dieser Typ kommt aus South Central, und wenn ihr euch jetzt aufregt, dann kommt ihr offensichtlich anderswo her. So reden wir da verdammt noch mal. Und jeder, der was von diesem Motherfucker will, muss erst mal an mir vorbei, nur damit ihr wisst, mit wem ihr anfangen könnt.»

Das bringt Wizard zum Lächeln. Ich weiß, dass er das ganz bewusst macht.

Er weiß, was er sich erlauben darf. Und das ist seine Art zu zeigen, wie viel Einfluss er hat. Verdammt viel Einfluss. Sodass ihm niemand auf die Zehen treten will.

Und ich kapiere inzwischen, dass ich mich richtig entschieden habe, die Fälle nicht zu trennen. Denn es gibt sehr viel schlechtere Arten, ins County Jail zu kommen, als an der Seite von Wizard.

Dafür bin ich dankbar, und ich schaue mich um, ob jemand einen Test wagen will. Aber das will keiner. Hauptsächlich, weil es ein neues Problem gibt …

Einer dieser Junkies ist auf der einzigen Toilette und versucht, hinter der halbhohen Mauer abzutauchen. Aber man sieht immer noch seinen Kopf und seine Schulter. Also weiß jeder, dass dieser Kerl dabei ist, einen Affenkäfigschiss rauszuhauen, der den ganzen Raum verstänkern wird.

Irgendjemand ruft: «Aguas, Aguas, Aguas!»

Ein anderer Kerl sagt: «Reine Höflichkeit, Alter. Bei jedem Schiss spülen! Verdammt!»

Und Big Dev sagt: «Weißt du verdammt noch mal nicht, wie es im Knast läuft, Schlampe? Du bist hier nicht allein!»

Und das trifft mich. Denn ich denke: *Genau, ich bin* definitiv *nicht alleine hier.*

Das ist niemand.

OMAR TAVIRA ALIAS WIZARD

9. DEZEMBER 1993, 06:54 UHR

25

Als sie schließlich die Zwischentür öffnen, müssen alle mit. Wir gehen über weitere Gänge, bis wir in eine riesige Empfangshalle kommen, in der jede Menge Bänke stehen, die aber so schmal sind, dass man sich rittlings daraufsetzen muss. Ich bleibe neben einer stehen. Bei dem, was ich mit mir herumschleppe, möchte ich meinen Hintern nicht diesem Druck aussetzen. Sie lassen mich stehenbleiben, und das ist gut, denn einer der Deputies schreit die Sitzenden an: «Alle zusammenrücken, aber zackig. Arsch an Eier!»

Zuerst werden die K-10 aussortiert. Das sind die Bekannten oder Supergefährlichen. Vier solche Kerle werden rausgeholt, der Rest von uns durchläuft den Medizincheck. TB-Test. Sichergehen, dass man keine Blutkrankheit hat. Danach werden wir verhört. Fragen wie: Warum bist du hier? Mich fragen sie das nicht. Sie wissen es schon. Steht alles in meinen Unterlagen. Sie haben auch Fotos meiner Tattoos in der Akte. Danach werden wir durch so ein Drehkreuz geschickt, und auf der anderen Seite merkst du dann, dass du wirklich im Knast angekommen bist. Ich kann es Dreamers Gesicht ansehen, als er sein *Begrüßungspäckchen* überreicht bekommt. Rasierer. Deo. Seife. Alles in einem kleinen Beutel. Und dann warten wir wieder. So geht Gefängnis, Mann. Geh irgendwo rein. Warte. Geh wieder raus. Warte, dann wieder Warten. Es ist ihr Rhythmus. Du musst dich einfach danach bewegen.

Ein Hilfswärter kommt mit einer großen Kiste Lebensmittel, Sandwiches und Obst, und jeder außer mir nimmt sich etwas. Ich sag zu Dreamer, er soll sich etwas nehmen, denn man weiß nicht, wann es wieder etwas zu essen gibt. Er fragt, ob ich sicher nichts will. Dreamer ist ein guter Kumpel. Er ist für seine Homeboys da. Aber mir ist jetzt überhaupt nicht danach, irgendwas in mich hineinzustopfen, also sag ich ihm, dass es mir gut geht. Dreamer geht und kommt mit einem Erdnussbuttersandwich und einem Apfel zurück, der aussieht, als hätte ihn jemand fallen gelassen.

Ich bin erleichtert, dass er sich nicht weigert, unsere Fälle zusammenzuhalten. Er hat bestimmt darüber nachgedacht. Er ist klug genug zu wissen, dass ihm das keine Vorteile bringt, aber er wird sich hüten, dabei nicht mitzuziehen, und genau deshalb muss ich ihn hier drin in meiner Nähe behalten. Ihn bei Laune halten. Dafür sorgen, dass er hat, was er braucht. Dann werde ich zum Ausziehen gerufen, nicke Dreamer kurz zu und stelle mich vor der Tür an.

Als ich letztes Mal hier durch bin, war die Tür während der Leibesvisitation geschlossen, aber dieses Mal steht sie offen, und ich denke, vielleicht steht sie offen, weil der Hilfswärter sie hat offen stehen lassen, als er ging, um ein blaues Hemd zu holen, und der Deputy drinnen hat das nicht gemerkt. Ich weiß es nicht. Sie haben gerade verdammt viel zu tun. In diesem Raum sind mindestens hundert weitere Typen, die alle darauf warten, abgearbeitet zu werden. Ich stehe da und vergewissere mich, dass meine Beine nicht nachgeben, denn dies ist der Moment, auf den es ankommt. Ich ziehe mein Inneres zusammen. Ich stelle mir vor, wie die Ballons in mir höher und höher steigen. Helium. Ich stelle mir vor, dass sie steigen, bis sie zu meinen Rippen kommen und an die Knochen stoßen. Ich bete, dass sie dort bleiben.

Niemand sieht mich an, also schaue ich in das Zimmer, das ich als Nächster betreten soll, einfach um zu sehen, was mir bevorsteht. Was für ein Typ Deputy. Jetzt ist der Möchtegern-Crip drin, an den ich gekettet war, und starrt die Wand an. Ein magerer, eins achtzig großer Schwarzer mit rasiertem Schädel und hängenden Arschbacken, als hätte da jemand die Luft rausgelassen, aber das kann mir scheißegal sein. Es sind seine Füße, die mich beschäftigen. Sie sind rosafarben, und zwar verdammt komplett rosa, als hätte man die Füße eines Weißen an den Körper eines Schwarzen geklatscht. So was hab ich noch nie gesehen. Es gibt noch ein paar Flecken seine Schienbeine hinauf, die aussehen, als hätte jemand rosa Farbe auf das Schwarz gekleckst, und das war's. Keine weiteren Flecken oder rosa Teile am ganzen Körper, bis auf drei kleine auf dem Rücken. Hauptsächlich an den Füßen. Verrückt.

«Vortreten.» Der Deputy deutet mit dem Finger auf den Fußboden.

Mir fällt auf, dass er keine Handschuhe trägt, und daraus schließe ich, dass er neu hier ist, als wäre das sein erster Tag oder so, was auch die offene Tür erklären würde.

Möchtegern-Crip tritt vor auf die geflieste Stelle. Ich recke den Kopf, als der Deputy den Typ anweist: «Hinhocken. Husten, und zwar drei Mal.»

Der Typ muss jetzt machen und schenkt dem Deputy ein County-Lächeln, denn ich höre das Klicken der Taschenlampe in der Hand des Beamten. Ein Mal gehustet, zwei Mal gehustet, aber bevor es zum dritten kommt, verkündet der Deputy: «Schmuggelgut.» Als sei das keine große Sache, als würde er das täglich erleben.

Ich riskiere einen Blick, aber sehe nicht mehr, als dass etwas Metallisches aus dem Loch des Kerls herausragt. Zunächst weiß ich auch nicht, was das ist, aber dann drehe ich leicht den Kopf und erkenne, genau, *wow*. Das obere Ende eines Feuerzeugs! Verrückt. Nicht mal in irgendwas gewickelt! Völliger Anfänger, Mann. Da kann man sich eine üble Infektion holen, und ich weiß nicht, wie er damit überhaupt durch Firestone gekommen ist. Das geht mir durch den Kopf, als der Deputy sich umdreht und zur Tür schaut, mich sieht und befiehlt: «Häftling, nehmen Sie das Feuerzeug an sich.»

Ich werfe einen Blick auf das Feuerzeug, das jetzt ein Stück weiter herausragt. Der untere Teil ist rot, und es sieht wie so eine Dynamitstange aus einem *Road Runner*-Cartoon aus. Als würde er versuchen, sie mit dem Arsch zu rauchen. Ich versuche, nicht zu lachen. Ich schwör. Ich strenge mich wegen dieser Ballons in mir verdammt an. Sie müssen dableiben. *Helium*, sag ich mir. *Helium*. Und Deputies, Mann, hassen nichts mehr in der Welt, als sich zu wiederholen, aber er tut es. «Häftling, nehmen Sie das Feuerzeug!»

«Äh, bei allem Respekt, Sir», haspele ich, «aber dieses Arschfeuerzeug rühre ich nicht an.»

Der Crip zittert inzwischen. Er ist jetzt so lange in der Hocke, dass seine Beine einknicken. Er wimmert. «Kann ich jetzt aufstehen?», als der Hilfswärter hinter mir auftaucht und an mir vorbei in das Zimmer geht, ich weiß nicht mal, woher er kommt, denn ich habe ihn vorher nicht gesehen, aber er hat das blaue Hemd in Händen und außerdem einen kleinen Beweisbeutel. Er ist ein Veteran. Er weiß, wie's hier läuft, und schließt erst mal die Tür hinter sich, sodass ich mich weiter vorbeugen muss, um mitzukriegen, was gesprochen wird.

«Hol es selbst raus.» Das ist die Stimme des Hilfswärters. «Leg es in diesen Beutel.»

Der Crip wird gefragt, ob noch mehr in ihm steckt, und er sagt nein, dafür hat er gerade noch Zeit, und dann darf er aufstehen und ist fertig. Die Tür geht auf, und der Kerl kommt hinter dem Hilfswärter heraus, er trägt das blaue Hemd, und dann kommt ein weiterer Deputy mit Walkie-Talkie im Holster, um einen weiteren Anklagepunkt für diesen Typ zu verfassen.

Dann bin ich an der Reihe, und ich schwitze Angstschweiß. Ich ziehe mich aus, wie er mir sagt, und als ich auf dieselbe Stelle trete, um untersucht zu werden, schlägt es über mir zusammen. Ich habe das Gefühl, innerlich ganz voll zu sein. Ich starre an die Wand und fühle mich zum Heulen, aber zum Teufel damit. Ich ziehe den Bauch ein und hoch, bevor ich die Fängerhaltung eines Baseball-Catchers einnehme. Ich schwöre, ich fühle die Ballons ganz dicht an meinen Rippen und weiß, dass der einzige Weg hinaus über meinen

Mund führt. Nach unten hin gibt es keinen Ausgang, schwör ich mir. Keinen.

Der entscheidende Punkt ist, nicht zu schnell zu sein. Nicht dreimal husten, als wolle man ganz schnell damit fertig sein. Man hustet einmal, dann ein zweites und dann ein drittes Mal. Der Husten soll einen auch nicht zum Scheißen bringen. Er ist für alles, was man in der Kehle versteckt. Als die Taschenlampe aufleuchtet, huste ich zum ersten Mal, nicht zu tief, das ist gut. Ich spüre alles, halte ein, aber die Angst loszulassen kriecht in mein Gehirn, und ich fange an zu befürchten, dass die Instinkte übernehmen und ich nicht in der Lage bin dagegenzuhalten. Also stelle ich mir vor, dass es Sehnen gibt, die von meiner hinteren Zunge durch meine Eingeweide gehen, die mit allem verknüpft sind, mit jedem einzelnen Ballon, und die wie eine Kette von Chorizos aneinandergereiht sind und dortbleiben. Ich huste noch einmal.

«Schneller» lässt der Wächter sich hören.

Ich bete. *La Virgencita, erhöre mich. Sorge dafür, dass alles drinbleibt. Dass ich das hier nicht alles auf den Boden fallen lasse. Lass diese Jahre nicht aus meinem Körper fallen, denn sie werden sie in einen Beutel packen, Virgencita. Es werden Beweisstücke sein, und ich werde für wirklich lange Zeit verschwinden. Lass mich meine Jahre nicht loslassen. Bitte. Bitte-bitte-bitte. Lass sie mich in mir behalten. Lass sie mich halten.*

Ich huste ein drittes Mal. Ich fühle, wie in mir etwas ins Rutschen gerät, weil die Schwerkraft an mir zerrt, und ich will aufstehen, aber ich muss diesen letzten Augenblick warten, bis die Taschenlampe ausgeht, und dann stehe ich schnell auf und ziehe alles, was zu rutschen drohte, heftig nach oben und sage mir beschwörend: *Helium, Helium, Helium!* Und es funktioniert, deshalb danke ich La Virgencita mit allem, was ich habe. Außerdem rufe ich alle Heiligen an, die mir in den Sinn kommen und an die ich mich erinnern kann, aber La Virgencita danke ich am allermeisten, denn sie hat mir heute den Arsch gerettet, im wahrsten Sinn des Wortes.

AUGUSTINE CLARK ALIAS AUGIE

9. DEZEMBER 1993, 10:32 UHR

26

Ich bin noch nicht ganz wieder fit, aber so weit ganz okay. Ich kann gehen. Ich kann stehen. Dafür hat das Dope gesorgt, das ich gestern Abend bekommen habe. Das Wie dabei finde ich nicht so gut. Aber man kann auch hier drin Zeugs bekommen, wenn man es wirklich braucht. Und ich *brauchte* es. Heute also keine Erdbeben. Noch nicht. Ich bin sogar schon auf, zum Frühstücken.

Man bekommt nur fünfzehn Minuten Zeit dafür. Ich hatte mit warmem Wasser angerührte Haferflocken, die wie Staub schmeckten, und danach habe ich versucht, mich zu entscheiden, ob ich das Exemplar von *Villette* lesen soll, bei dem die ersten zehn Seiten fehlen, das mir Desi One-Ear gegeben hat, oder Ralphs *Pruno* probiere, als ein Deputy meinen Namen aufruft und sagt, ich hätte Besuch. Ich sage mir, es ist völlig unmöglich, dass mich jemand besucht, aber ich stehe auf und gehe zu ihm. Sitzen zu bleiben geht gar nicht.

Während ich mir einen Weg durch den Gemeinschaftsraum bahne, wünsche ich mir, es wäre Irma. Mit ihren verdammt knochigen Hüften.

Irma würde ihren Namen auf keine Besucherliste setzen und hierherkommen, sie hat nicht mal einen Führerschein, den sie am Eingang vorzeigen kann. Ich vermisse sie. Irma. Ich vermisse es sogar, sie mit ihrem Namen anzusprechen. Niemand konnte so gut was besorgen. Niemand, den ich kennengelernt habe, konnte einem so gut auf der Nase herumtanzen; man war nicht mal sauer, wenn man sie dabei erwischte, dass sie dein Dope vor dir versteckte, sondern nur beeindruckt, wie sie es schaffte, die Rückseite des Spiegelschränkchens im Motel abzulösen und das eingewickelte Pulver so flach zu bügeln, dass sie es dahinter verstecken konnte.

Gottverdammt, Irma. Und diese Frau hatte ganz sicher ein *pocket*. In sich drin konnte sie alles Mögliche verstecken. Ein ganzes Kit. Zwei Tütchen. Pure Magie.

Als ich mich dort anstelle, wo wir uns anstellen sollen, wenn wir Besuch bekommen, albern ein paar andere in der Warteschlange wie glückliche Hunde herum, und ich hab jetzt nur noch Irma im Kopf, wie ihr Haar roch, nachdem sie aufgekocht hatte, wie gern sie es hatte, wenn ich sie ein bisschen würgte, nur ein bisschen, immer dann, wenn die große herrliche Welle eines Hits sich aufbaute und ein Feuerwerk verrückter Szenarien in meinem Gehirn explodieren ließ und das Herz mitzog. Jedenfalls bis man mir sagt, dass ich einen Anwalt treffe, und das ist nun was ganz Neues.

Ich will ja nicht unhöflich klingen, aber ich sage doch: «Boss, ich wusste nicht mal, dass ich einen brauche, wo ich jetzt wieder hier drin bin.»

Hinter mir lacht jemand.

«Das Knastleben schafft dich.» Ralph sagt das. Der Arsch.

Wir alle werden überprüft und sagen die letzten fünf Zahlen unseres Dings am Handgelenk auf, dann wird der Name durchgestrichen. Während wir dort stehen, frage ich, warum ich einen Anwalt treffen muss.

«Häftling», sagt der Wärter, «ich habe diese Liste und sag euch, was draufsteht. Ich habe sie nicht gemacht.»

So ist er immer. Hinter seinem Rücken nennen wir ihn BBQ, denn er ist ständig so rot, als würde er unter seiner Uniform gebraten werden.

BBQ antwortet mir nicht weiter, gibt mir nur meinen Pass für das Anwaltszimmer, und so gehe ich mit den drei anderen aus meinem Block los, alle in hellblauen Hemden. Wir gehen an der auf den Boden aufgemalten Linie entlang, neben der «Gehen» steht, und jedes Mal wenn wir durch eine Tür oder auf einen Flur und um eine Ecke müssen, müssen wir anhalten, bevor wir nach dem Nicken eines Deputys weitergehen. Es ist das einzige Gefängnis, in dem ich gewesen bin, wo sie einen alleine gehen lassen.

Wir bleiben eng beieinander, denn die Normalos in den dunkelblauen Hemden sehen uns schief an, als wären wir in der Gemeinschaftsunterkunft alle Spitzel oder Kinderschänder, und solange sie uns nicht zu nahe kommen oder meinen, sich ein paar Sporen verdienen zu müssen. Fast alle von uns versuchen den Rothemden aus dem Weg zu gehen, den SVPs, die keinen Schritt ohne einen Sergeant machen können und ständig Handschellen tragen.

Es geht sich gut. Schnell. Man muss nicht nachdenken, wenn man an dieser Linie entlanggeht. Die Rolltreppe hinab in den westlichen Gang mit seinen Wandbildern, die man immer wieder anschauen kann, aber da zieht es wie Hölle. Ralph hat ein Handtuch mitgenommen und um den Hals gelegt und in das Hemd gesteckt, denn er ist clever. Es ist wie ein Schal.

Die anderen lassen mich an der gelben Linie stehen und gehen weiter zur orangen, für Besucher. Nur Ralph nickt mir zu, also nicke ich zurück. Ich stoppe und sage dem Deputy am Schalter meine Nummer. Er hakt mich ab und führt mich an den Stühlen vorbei zu dem üblichen gläsernen Zickzacklabyrinth, das sich durch den ganzen Raum zieht und wo ich bisher immer gesessen habe, eine Hand per Handschelle angeschlossen, in der anderen das Telefon, aber er schiebt mich weiter zu dem kleinen grünen Schließfachzimmer weiter hinten, worauf ich mir überlege, was zum Teufel für einen Anwalt so interessant ist, dass er wegen mir hierherkommt?

Ich bin der Erste hier drin, also setze ich mich und versuche, eine Minute lang Ruhe zu finden. Ich versuche, ein paarmal tief einzuatmen, und denke daran, wie es wäre, meinen Körper auf die ganze Luft im Zimmer auszudehnen, sodass sie mir gehört, nur mir.

«Die ganze Luft gehört mir», sage ich zu meiner leeren Hälfte des Raums.

Und so ist es.

Bis die Tür auf der anderen Seite geöffnet wird und ich mich herumdrehe, um zurück in den Hauptraum zu schauen, auf einen Deputy und diesen schwarzen Typ im braunen Anzug mit einem braunen Schlips und gelben Streifen, und dann schließt sich die Tür wieder. Dieser Typ muss der neue Anwalt sein, denn er setzt sich auf den Stuhl neben mir. Er ist in seinen Vierzigern. Er hat allerdings ein Gesicht wie vierzehn Tage Regenwetter, als wäre er schon viel älter.

Er greift zum Telefonhörer, also ich auch.

«Ich bin Manfred. Ihr neuer Pflichtverteidiger.» Er lächelt, bevor er etwas sagt, und danach auch.

Er ist groß, aber er macht nichts aus sich. Ich könnte ihn abziehen, wenn ich müsste. Ihm an die Kehle gehen und dann rennen. Man kann hier drin einfach nicht anders, als an solche Sachen zu denken, obwohl da eine verdammt dicke Glasscheibe zwischen uns ist.

«Warum brauche ich hier drin einen Pflichtverteidiger?», sage ich. «Ich bin hier doch wegen Verletzung der Bewährungsauflagen auf Basis eines bestehenden Urteils.»

«Ich weiß auch nicht mehr als Sie. Ich habe vorhin einen Anruf bekommen, und hier bin ich.»

«Aha.» Mehr sage ich nicht. «Wie ist das Wetter heute draußen? Sonnig? Gegen wen spielen die Dodgers?»

Dann wird die Tür wieder geöffnet, und eine Frau fegt herein, und ich meine *fegen*. Jeder Zentimeter an ihr ist in Bewegung, die fliegenden langen Haare, die schnell klickenden Absätze, sie schüttelt Manfred nicht mal die Hand, als er aufsteht und seine ausstreckt. Weiße Frau. Etwa eins fünfundsiebzig. Dünn. Schwarzer Blazer. Schwarzer Rock. Schwarze Strumpfhose. Nichts so richtig Teures, aber gut gewählt. Ich würde sie ausrauben, wenn ich müsste und draußen wäre, aber vorher würde ich sie noch bewundern.

Manfred setzt sich wieder, und sie setzt sich neben ihn. Sie streicht sich das Haar aus den Augen, und ich kann sehen, dass sie eine Art Katzengesicht hat. Blaugrüne Augen wie eine Katze. Auch so geformt. Und mit scharfem Blick. Auch cool.

Mein Anwalt sagt: «Kristina, warum sind wir hier?»

Sie reden sich mit Vornamen an, und das, sage ich mir, ist gut.

Kristina hält ihre Karte an die Glasscheibe. Ihr Vorname wird anders geschrieben, als ich dachte, aber der Nachname ist ein Chaos von *Rs* und *Ks* und *Vs*, und so richtig kapiere ich ihn nicht. *Mrrrkrrvv*. Oder so was. Dafür kapiere ich das andere.

County of Los Angeles, steht da. Alles ordentlich und in einer Reihe mit einem kleinen Siegel und allem.

Office of District Attorney.

Ihr Name und dann der Knaller. Ihr Titel. *AHD Hardcore Gang Prosecution.*

Sie sagt: «Das ist mein Name, damit Sie wissen, wer ich bin und was ich bin. Ich mache, was ich sage.»

Als ich *Hardcore Gang* lese, fällt mir dazu nichts Freundliches ein, sondern nur Bandenkriminalität. Ich weiß sofort, dass sie Wizard geschnappt haben. Und dann fange ich an, mir richtig Sorgen zu machen. Wo ist er? Ist er hier? Im County? Wo im County? Thunder Dorm? Abteilung Banden? Normale Insassen? Natürlich dreht mir das den Magen um, aber ich versuche, cool zu bleiben. Mich zusammenzureißen. Zumindest haben sie mich ja sofort in Schutzhaft genommen. Daher trage ich ein hellblaues Hemd.

«Was bedeutet AHD?», frage ich.

«Assistant Head Deputy.» Sie blättert in Papieren. Meinen Papieren. Bereits voll in dem drin, weswegen sie hier ist. «Mr. Clark, zurzeit sitzen Sie den Rest einer Strafe wegen Verletzung Ihrer Entlassungsbedingungen ab. Die Anklage lautete auf Besitz, oder? Weitere fünf Monate.»

Mein Anwalt schaut mich an. Ich weiß nicht mal, ob er meine Akte überhaupt gelesen hat.

«Ja», sage ich, aber ich bekomme es schon fast mit der Angst zu tun, denn vielleicht versuchen sie mich mit einer einfachen Frage reinzulegen. «Allerdings sind es inzwischen vier Monate und drei Wochen.»

Sie blinzelt mich leicht an.

«Mein Fehler», sagt sie, aber ihr Gesichtsausdruck sagt, dass es nicht entscheidend ist. Für sie jedenfalls. «Ich muss Sie auf etwas aufmerksam machen: Das Justizsystem von Kalifornien ist dabei, in einer Reihe von Punkten verändert zu werden, besonders, was die Einschätzung und die Verfolgung von Drogendelikten betrifft. Können Sie mir folgen?»

Ich nicke. Sie redet so, wie schwierige Bücher geschrieben sind.

«Gut», sagte sie. «Sagt Ihnen der Begriff Drogengericht etwas?»

Ich sage: «Ich weiß, wie es ist, wenn man wegen Drogen vor Gericht steht.»

Sie blinzelt mich wieder an. «Allerdings.»

Wie sie das so sagt, kann man sich schon klein und unbedeutend vorkommen.

Sie will noch etwas sagen, aber ich falle ihr ins Wort. «Haben Sie jemals *Villette* gelesen? Ich versuche herauszufinden, ob ich es lesen sollte. Ich habe doch Zeit, nicht wahr?»

Ich weiß nicht mal, warum ich das sage, ich mache es einfach. Ich vermute, ich will ihr wohl zeigen, dass ich lesen kann. Zumindest das kann ich. Ich bin nicht nichts.

Sie wendet sich zu Manfred um und sagt: «Herr Anwalt, bitte belehren Sie Ihren Klienten darüber, dass er zuhört und nicht redet.»

Manfred hebt die Hand, als wäre ich ein Kind, und signalisiert ein Stopp.

«Ich bin kein verdammtes Kind», sage ich zu ihm.

Darüber muss diese Kristina-Lady lächeln.

«Ich brauche Ihre Versicherung, dass Sie bei Ihrer Aussage bleiben, dass Sie sich im Zeugenstand im Gerichtssaal seriös verhalten und Wizard Tavira als den Mann identifizieren, der im Versuch eines Mordanschlags auf Lucrecia Lucero geschossen hat, während Dreamer Scafulu neben ihm stand. Kurz gesagt, Mr. Clark, ich brauche Ihre Zusage, dass Sie zuverlässig sind.»

In gewisser Weise habe ich wohl verstanden, was sie sagen will. Und weiß auch, wie ich das schließlich sagen werde. Aber ich sage es nicht. Jedenfalls jetzt noch nicht.

«Diese Zuverlässigkeit geht mit einer Belohnung einher», sagt mein Anwalt.

Und bei dieser interessanten Wortwahl muss ich einfach den Kopf drehen und sehe Manfred mit ganz anderen Augen. Er lächelt sie an. Vielleicht habe ich ihn unterschätzt.

«Das tut sie. Das Drogengericht ist ein Programm, das Anfang nächsten Jahres starten wird. Ich kann noch nicht ganz sicher sagen, wann. Ich bin kein Bürokrat in Sacramento, aber ich kann Ihnen versichern, dass es gestartet wird. Der Kern dieser teilweisen Revolution des Rechtssystems heißt Rehabilitation, nicht Inhaftierung. Wenn ich mir Ihren Fall anschaue, Mr. Clark, dann brauchen Sie offensichtlich viel mehr Hilfe, als hier mit brutalen Kriminellen eingesperrt zu werden, sogar in einer Abteilung, die Schutzhaft verspricht. Würden Sie mir da zustimmen?»

Ich finde gut, wie sich diese Sache zu meinen Gunsten wendet. «Würde ich.»

«Mr. Clark, Folgendes kann ich schon heute für Sie tun. Vorbehaltlich der Prüfung durch einen Richter – und wenn Sie zustimmen, kann ich morgen ein Treffen mit Richter Olney arrangieren –, kann ich dafür sorgen, dass Sie der Vorreiter in Sachen Drogengericht werden. Sozusagen der Erste an Deck. Zum einen werden Sie so schnell wie möglich wieder auf Bewährung entlassen, wobei Sie sich an unsere Regeln zu halten haben. Zweitens, Sie werden sich in einer Reha-Einrichtung aufhalten und nicht in einem Hotel, das von bekannten Drogenabhängigen frequentiert wird, so wie bisher. Drittens werden Sie wie angeordnet zu Treffen der NA gehen, und wenn ich Sie nächstes Jahr vor das Drogengericht bringe, werden Sie wie ein Vorzeigebürger wirken, der sich erfolgreich sein Leben zurückerobert hat, damit wir für Sie das bestmögliche Urteil herausholen können.»

Mich fragt ja niemand, aber ich bin eigentlich nicht besonders interessiert, auch nur durch einen dieser drei Reifen zu springen. Ich habe eher Befürchtungen, wer sich um mich kümmern wird, wenn ich dann draußen bin, und ob ich weiteratmen kann.

«Wenn Sie mich hier rausschicken», sage ich, «dann werden mich Wizards Leute ganz einfach finden. Gibt es Zeugenschutz oder so was?»

Jetzt blinzelt sie noch heftiger als vorher. «Wir können Sie in einer Reha ein Stück von Lynwood entfernt unterbringen, da ist die Wahrscheinlichkeit, dass Sie auf einen von Wizard Taviras Genossen stoßen, sehr viel geringer. Mehr können wir nicht tun. Wir haben keine Ressourcen wie die Bundesbehörden, und glauben Sie mir, obwohl wir eine neue Methode benutzen, um kaltblütige Bandenkriminalität aufzuspüren, gehört das in keiner Hinsicht zu den Prioritäten, wie Sie sie gerne setzen würden.»

«Vielleicht bleibe ich einfach hier. Vielleicht ist das sicherer.»

Sie wirft meinem Anwalt einen Blick zu und sagt dann: «Mr. Clark, was ich Ihnen jetzt sage, ist keineswegs allgemein bekannt, aber ich glaube, es ist sehr in Ihrem eigenen Interesse, dass Sie es wissen: Wizard Tavira und Dreamer Safulu wurden vergangene Nacht in genau diese Institution eingeliefert. Sie sind jetzt hier, und ich glaube, keiner von uns ist so naiv anzunehmen, sie hätten hier drinnen keinen Zugriff auf Sie, selbst in Ihrem abgeschirmten Bereich. Sobald wir sie morgen anklagen und ihre Anwälte mit den entsprechenden Unterlagen versorgt werden – inklusive Ihrer redigierten Aussage.»

Sie sieht, dass ich blinzele und unterbricht sich.

«*Redigiert* heißt, dass Ihr Name gestrichen wurde, aber wir haben viele Fälle erlebt, bei denen das keinen Unterschied machte. Irgendjemand geht schlampig mit der Schwärzungstinte um, oder ein Drecksack von Anwalt teilt es denen mit. So oder so kennen sie dann Ihren Namen und wissen, was Sie ausgesagt haben. Von daher sollten wir besser davon ausgehen, dass draußen sein sicherer ist hier als hier drin.»

Ich weiß nicht, was ich gegen all das einwenden kann. Und sie weiß, dass ich es weiß.

«Besprechen Sie das mit Ihrem Anwalt. Ich bin in zehn Minuten zurück», sagt sie und rauscht aus der Tür.

STAATSANWÄLTIN KRISTINA MIRKOVICH

9. DEZEMBER 1993, 11:44 UHR

27

Ich gehe durch die Schleuse und setze mich auf eine leere Bank in der Lobby. Ich wühle in meiner Aktentasche nach meinem Telefon. Ich rufe das Büro an. Ich informiere meinen Assistenten, dass das Angebot auf dem Tisch liegt und ich mich wieder melde, wenn es durch ist. Dieser Part ging schnell – und war einfach. Der zweite Anruf wird nicht so leicht. Während ich wähle, spüre ich ein Brummen in meiner Lunge. Es klingelt dreimal, dann nimmt mein Ex-Mann ab.

«Montero.» Kurz und knapp, offenbar kennt er meine neue Nummer nicht.

«Kristina hier.»

«Frau Staatsanwalt.» Er ist überrascht, aber nicht schockiert. Mein Bruder muss ihm von meiner Beförderung erzählt haben.

«Detective.» Ich habe geglaubt, dass ich über seine Stimme hinweg bin. Bin ich nicht. Ich vermisse seinen Bass. Sein Lachen kann mich noch immer völlig aus dem Konzept bringen. Darauf bin ich nicht stolz. «Du denkst doch nicht etwa an Catalina, oder?»

«Nicht, bevor du es eben erwähnt hast.»

«Gut.» Ich komme zum Grund meines Anrufs. «Ich habe deinen Fall bekommen, die Tavira-Verabredung samt Versuch.»

«Das hatte ich schon befürchtet. Übrigens Glückwunsch zur Beförderung. Ivica hat's mir verraten.»

«Bei dir hat er noch nie die Klappe halten können.» Ich wechsele mit dem Telefon zum anderen Ohr. «Hör mal, ich war gerade bei unserem Star-Zeugen, Augie Clark. Er wackelt ganz schön, Willie.»

«Und du versuchst jetzt, ihn auf Vordermann zu bringen?»

«Sagt einer, der weiß, wie sich das anfühlt.»

«Sagt einer, der davon *profitiert* hat und ein besserer Mensch ist, nachdem er entkommen konnte.»

«Das ist billig, Willie.»

«Warum ist das billig? Weil ich gesagt habe, dass ich entkommen bin? Ich habe *auch* gesagt, dass es mich besser gemacht hat. Verdammt. Was willst du noch hören, Kristina?»

Ich mag es, wenn er verwirrt ist. «Du musst wissen, dass ich Clark – Zustimmung vorausgesetzt – wieder zurück auf Bewährung schicke, bevor ich ihn nächstes Jahr vor das Drogengericht bringen will.»

«Was für ein Glückspilz. Welcher Richter?»

«Olney.»

«Na dann, Volltreffer.»

So ist es. Aber ich sehe vor mir, wie Willie an die Decke starrt und auf die nächste Hiobsbotschaft wartet.

«Sie haben noch nicht gesagt, worum es geht, Frau Staatsanwältin.»

«Ich werde ihn in einer Reha unterbringen. Idealerweise eine in der Nähe von Firestone …»

«Halt, halt, halt. Ich habe schon einen Job, und der besteht nicht darin, auf Zeugen aufzupassen. Dafür haben wir die Bewährungshelfer, aber ich bin sicher, bei diesem Fall kommt es nicht so drauf an. Himmel, das Opfer ist nicht mal tot.»

«Traurigerweise stimmt das.»

«Verdammt. Weißt du, was du da sagst?»

«Das war ein Scherz, Willie – ein geschmackloser, nicht sehr komischer, aber trotzdem ein Scherz.»

«Schau mal, ich weiß, dass du mit einem Schuldspruch anfangen möchtest, aber ich kann da nicht deinen Babysitter spielen.»

«Das habe ich auch nie vorgeschlagen, aber falls dein Revier schlicht mal ein Auge auf den Verbleib des Zeugen werfen könnte, vielleicht von Zeit zu Zeit mal bei ihm vorbeischauen und sehen könnte, wie es ihm geht …»

Er stößt einen Seufzer aus. «Schau mal, und das sage ich mit allem gebührenden Respekt, dafür brauchst du verdammt noch mal doch nicht mich, du brauchst die *Bewährungshelfer.* Das ist wortwörtlich ihre verdammte Jobbeschreibung: das Kontrollieren. Ich kann dir den Kontakt zum Bewährungshelfer herstellen, dem die Waffe gefunden hat. Petrillo. Ich bin sicher, er ist glücklich, die Laufarbeit für dich zu erledigen.»

«Der.» Ich kann einfach nicht anders. «Der Bewährungshelfer, *der* die Waffe gefunden hat.»

«Richtig. War's das?»

Wenn ich seine Grammatik korrigiere, bekommt er immer einen roten Hals. Es könnte sogar schon seine Ohren erreicht haben.

Ich spüre, dass ich ihn verliere, deshalb wechsele ich noch mal das Thema. «Wie stehen die Chancen, dass Lucrecia Lucero in einer öffentlichen Sitzung gegen Tavira und Safulu aussagt?»

Seine Antwort ist ein bitteres Lachen.

«So schlecht?»

«Das wird nie passieren, Kris. Wenn du Glück hast, dann können wir sie verhören. Ein Prozent Chance, dass sie dabei sagt, wer es war, aber ich garantiere dir selbst das nicht. Und sogar wenn, und du rufst sie an, wird sie es abstreiten. Das ist ihr Kodex. Wir sind ihnen völlig egal. Für sie spielen nur sie selbst eine Rolle. Und dass sie mit dem Finger auf jemanden zeigt? Völlig unmöglich. Das Gericht ist ein weit entferntes Phantasieland, wohin sie nur von Zeit zu Zeit kommen. Die Wirklichkeit, das sind die Straßen. Und die Straßen werden von denen regiert, die hinter Gittern sind. Jemand macht etwas und wird eingelocht, und er stellt sich gut mit den großen Homies? Er hat *überhaupt nichts* zu befürchten. Im Gegenteil, er macht *Karriere* da drin.»

«Interessant, dass du das erwähnst, denn ich habe meinen Ermittler angewiesen Gerüchten nachzugehen, dass jemand von weit oben in der Befehlskette den Anschlag auf Scrappy angeordnet hat, und zwar von drinnen. Würde sie das umstimmen?»

«Himmel, hörst du mir überhaupt zu? *Natürlich* kam das von weit oben in der Befehlskette. All das ist umso mehr ein Grund für Scrappy, zu nehmen, was sie bekommen kann, am Leben zu bleiben und ein paar Pluspunkte zu sammeln, indem sie nichts sagt. Scrappy hat keine Angst vor Wizard. Sie hat Angst vor den Leuten *über* ihm. Das lässt sie die Klappe halten, und zwar immer. Und was das *Warum* betrifft, dieses Rätsel kann ich für dich lösen: *Drogen*. Sie hat an den falschen Orten verkauft, oder an die falschen Leute, oder hat den großen Tieren in Pelican Bay oder Quentin ihre Anteile nicht bezahlt. Und nichts zu danken! Ich lass dir Petrillos Daten zukommen.»

Er muss immer das letzte Wort haben. Das Knurren hängt mir nach. Es erregt mich und macht mich gleichzeitig traurig – und macht mich mehr als alles andere wütend auf mich selbst, dass ich in Bezug auf William Montero überhaupt etwas fühle, aber, Herr im Himmel, ich vermisse schon jetzt seine Stimme: die Gewissheit, die Stärke, die sie ausstrahlt.

Das hätte besser laufen können, wenn ich dafür gesorgt hätte, dass er sich freut, mal wieder meine Stimme zu hören, aber ich habe es verkackt. Ich habe versucht, ihm etwas aufzuhalsen, was er nun wirklich nicht braucht, und jetzt bin ich in Ungnade gefallen. Als ich das Telefon zurück in meine Tasche stecke, sehe ich jemanden, den ich schon eine ganze Weile nicht gesehen habe, Nick Park. Er kommt um die Ecke, die Nase in einer Akte vergraben.

«Auf die Art wirst du dir den Schädel einrennen, Nick. Wobei, was hast du da?»

Er hebt den Kopf, sieht mich und versucht, nicht die Stirn zu runzeln. «Eine Gang-Sache. Hat man nicht mehr so häufig.»

Nick und ich haben bis letztes Jahr beide im Büro des Staatsanwalts gearbeitet, und dann lief er zu den Verteidigern über.

Er blättert ein paar Seiten um. «Es gibt nichts zu diesem Jungen. Keine Akte. Einfach nichts.»

Ich bekomme so eine Ahnung. «Geht es um Safulu?»

Nick schaut in den Papierkram. «Woher weißt du …?»

«Er ist einer von den Bösen, Nick. Komm schon. Ich kenne ein paar Gang-Cops, die jederzeit bezeugen können, dass er in einer Gang ist. Du wohnst nicht mit Wizard Tavira zusammen, nur weil er dich mag. Du machst das, weil du seine Befehle befolgst, und wenn du auch nur dabei bist, wenn ein Verbrechen verübt wird, dann macht dich das nicht weniger schuldig.»

Jetzt lächelt Nick. Er schließt die Akte. Wir tauschen einen Blick aus. Ich kenne seinen Fall schon und weiß, wie er argumentieren wird, und er weiß es umgekehrt von mir.

Bei mir: Die beschissene Knarre ist im verdammten Schlafzimmer *seines Klienten* gefunden worden, in einem Haus, das er mit einem der anrüchigsten kleinen Gangster in Lynwood teilte; mein Opfer hat *den Schützen identifiziert*, den Mitbewohner seines Klienten, mit einer Erklärung auf dem Sterbebett, und weißt du was? Mein Augenzeuge mag ein Junkie sein, aber er ist weiß und hat mal gedient, und solche Sachen bedeuten in diesem Land immer noch etwas – besonders bei der richtigen Jury. Außerdem wird er vor dem Drogengericht wesentlich besser und sauberer daherkommen. Das garantiere ich dir.

Er: Mein Klient war nicht vor Ort; er hat ein Alibi; er ist ein ungeratenes Lämmchen, das zu Unrecht angeklagt wird.

Nick schaukelt auf den Absätzen. «Die Aussage seiner Ex-Freundin bestätigt, dass er nicht vor Ort war.»

Bingo. Dürftige Verteidigungsstrategie bestätigt. Den Nagel auf den Kopf getroffen. Ich *brauche* diesen Fall einfach auf der Haben-Seite. Zum einen rechtfertigt das meine Beförderung. Zum anderen beschwichtigt es die kläffenden Arschlöcher in der City-Administration, die davon überzeugt sind, dass ich diese Beförderung nur erhalten habe, weil ich eine Frau bin. Die Tatsache, dass mein Gegenüber eines dieser Arschlöcher ist, vor denen ich in der Behörde jahrelang buckeln musste, während wir miteinander gearbeitet haben, ist einfach zu süß. Es ist einfach Gerechtigkeit, nichts anderes. Als ich heute Morgen aufwachte, konnte ich mir nicht vorstellen, mir das mehr als alles andere zu wünschen, aber auf Nick Park zu treffen ist, als würde mir das Schicksal die Möglichkeit bieten, ihm einen kräftigen Tritt in seine verdammten Gedärme zu versetzen.

Ich lächele. «Das sind Gerüchte. Es gibt keine Möglichkeit nachzuvollziehen, was die Freundin zum genauen Zeitpunkt der Schüsse sagt, und überhaupt, warum sollte sie nicht für ihn lügen?»

«Weil sie seine *Verflossene* ist?»

«Weil sie bis zu diesem Abend mit zwei bekannten Gang-Mitgliedern zusammenwohnte und vielleicht selbst als Gang-Mitglied eingestuft werden wird, das in diesem Haus wohnt.» Ich lache. «Davon abgesehen habe ich eine Menge für Verflossene übrig.»

Verdammt, ich würde für William Montero lügen, und das jeden Tag der Woche und es auch noch gut finden.

Allerdings ist Nick Park trotz seiner neu entdeckten Bereitschaft, jede Mitleidsgeschichte zu glauben, die er aufgetischt bekommt, ein würdiges Gegenüber, und er beweist das, indem er den gesunden Menschenverstand ins Spiel bringt. «Ich werde versuchen ihn davon zu überzeugen, seinen Fall abzutrennen.»

Das ist ein cleverer Schachzug. Wizard gesondert zu behandeln ist ein Volltreffer, vor allem, wenn die ballistische Untersuchung auf dem Tisch liegt. Aber wenn Dreamer im Gerichtssaal zu Wizard steht, dann wird er den Schandfleck der Zusammengehörigkeit nicht so leicht abwischen können. Ich weiß auch, dass die Wahrscheinlichkeit für einen Deal im Verfahren am Ende viel größer ist. Ich baue stark darauf, dass die Fälle nicht getrennt werden. Und das werden sie nicht. Sie werden nie getrennt.

«Meiner Überzeugung nach solltest du das lieber lassen, aber viel Glück. Du weißt doch, dass der Hase hier nicht so läuft – das würde auch einfach dem Kodex widersprechen.» Jetzt klinge ich schon wie Willie, und ich weiß nicht so recht, ob ich das gut finde.

Nick öffnet den Mund, um etwas zu sagen, aber ich gehe zum Fenster, um einen Blick nach drinnen zu werfen. «Muss los, Nick. Schön zu wissen, dass wir uns später wiedersehen.»

«Das ist es.»

Ich schaue nicht zurück, um zu sehen, ob er lächelt oder finster dreinblickt.

RECHTSANWALT NICK PARK

9. DEZEMBER 1993, 12:01 UHR

28

Kristina Mirkovich zu sehen gibt mir das Gefühl, wieder sechsundzwanzig zu sein und mit ihr um das Privileg zu kämpfen, Anklageschriften für Untersuchungsgefangene zu verfassen. Ich habe sie einmal wie der letzte Idiot gefragt, ob sie mit mir ausgehen wolle, und wurde mit der Auskunft abserviert, dass sie – und diese Zeile ist bei mir hängengeblieben – sich *innerhalb des Gen-Pools des Büros* nicht verabreden würde. Das war nicht einmal persönlich gemeint. Ich habe immer geglaubt, dass es eine ziemlich widerliche Art war zu sagen, dass sie nicht mit Asiaten ausgehen würde. Bis heute weiß ich nicht, ob sie meint, dass dies einer der Gründe war, aus denen ich im letzten Jahr von der Staatsanwaltschaft zur Pflichtverteidigerbehörde gewechselt bin – dass mein Wechsel eine Art missglückter Versuch war, ihr den Hof zu machen.

Mein Cousin wurde letztes Jahr während Sa-I-gu in Koreatown vor einem brennenden Gebäude wegen Besitzes einer Waffe verhaftet, die nicht ihm gehörte. Nach den King-Unruhen war überall Chaos. Der Himmel weiß, dass ich mein ganzes Leben lang nicht so viel Schreibkram zu erledigen hatte – und trotzdem war niemand im Büro überrascht, dass ich ging. Sie wussten von John und wie genau ich seinen Fall verfolgte. Kristina dagegen hat nie gefragt, und es war ihr auch egal. In ihrer Welt lag die Antwort auf der Hand: Ich kündigte bei der Staatsanwaltschaft, weil: 1. ich es nicht packte oder 2. ich sie gernhatte, zurückgewiesen wurde und doch immer noch so an ihr interessiert war, dass ich bereit war, meine Karriere zu riskieren; oder 3. beides. Und genau das ist der Grund, warum nichts auf Erden mich glücklicher machen würde, als sie beim ersten Fall in ihrem schicken neuen Job zu schlagen; und falls das passieren sollte, dann wäre das natürlich überhaupt nicht persönlich gemeint.

Dann teilt mir der Deputy an der Schleuse mit, dass mein Klient auf dem Weg ist, und ich gehe zur Tür und warte auf den Summer.

Jacob Safulu ist siebzehn, aber er sieht aus wie fünfzehn. Er hat hellbraune Augen, breite Schultern und keine sichtbaren Tattoos. Seine Haare sind pechschwarz, und das ist gut so. Noch hat er sie nicht abrasiert wie Wizard Tavira, was auf dem Einlieferungsfoto zu sehen ist. Ich sehe darin einen Vorteil, denn wenn er sie abrasiert hätte, würde ihn das in den Augen der Jury noch mehr zu einem Gang-Mitglied machen, auch weil Tavira und Safulu im Gericht nebeneinandersitzen und sich sehr ähnlich sehen würden – eine faktische Illustration ihrer Schuld via Assoziation, und genau das möchte ich vermeiden.

Nachdem er den Hörer aufgenommen hat, stelle ich mich vor und frage ihn, um welche Uhrzeit er hierhergebracht wurde.

«Das weiß ich nicht», sagt er. «Früher Bus.»

Er reibt sich die Knöchel seiner linken Hand, die in Handschellen steckt. Sie sind purpurrot.

«Sind Sie schon untergebracht?»

«Ja. In vier-sieben-null-null.»

Es wäre mir lieber, sie hätten ihn in einer Großzelle als in einer Einzelzelle untergebracht, weil das eine niedrigere Sicherheitseinstufung bedeuten würde; aber immerhin trägt er das dunkelblaue Hemd eines gewöhnlichen Gefangenen, und das bedeutet, sie haben ihn nicht automatisch höher klassifiziert, nur weil er mit Wizard Tavira in Verbindung steht – der mutmaßlich Verbindungen zur mexikanischen Mafia hat. «Wissen Sie, wo Mr. Tavira untergebracht ist?»

«Warum?»

Ich höre auf, mir Notizen zu machen. Ich schaue ihm in die Augen. «Ich wüsste das gerne, weil ich möchte, dass Sie darüber nachdenken, Ihren Fall von Mr. Taviras zu trennen, und ich glaube, die Wahrscheinlichkeit, dass dies passiert, ist größer, wenn Sie beide in unterschiedlichen Abteilungen untergebracht wären.»

Safulu grinst. «Woher ich komme, Mann, werden Fälle nicht abgetrennt. So läuft das da nicht. Davon abgesehen, er ist weiter oben, aber auch in vier-sieben-null-null.»

«Waren Sie in der fraglichen Nacht dabei» – sein Grinsen wird zu einem Zucken –, «als Mr. Tavira mit der Waffe auf Miss Lucero gefeuert hat?»

«War ich nicht. Ich war bei meiner Freundin.» Er reißt sich zusammen. «Ich war bei meiner *Ex*. Als es Scrappy erwischt hat, hat sie gerade mit mir Schluss gemacht.»

«Wir reden hier von Angela Alvarez?»

Er macht eine Handbewegung, als würde er ihren Namen wegwischen wollen. «Jo, Mann, ja. Können wir nicht aufhören, über sie zu reden, bitte?»

«Sie verifiziert mit ihrer Aussage, was Sie gerade gesagt haben.»

Er starrt mich an.

«*Verifizieren* heißt, dass sie Ihnen recht gibt.»

Er runzelt die Augenbrauen. «Und warum sagen die Sheriffs dann, dass ich es war?»

«Ein Zeuge sagt aus, dass Sie dort waren.»

«Sagt er auch, dass Wizard auch da war?»

«Er sagt, dass Wizard geschossen hat.»

Safulu lacht. «Mensch, dieser Hulk-Detective in Firestone hat mich vielleicht ins Schwitzen gebracht! Meinte, Wizard hätte gesagt, ich hätte geschossen, und die ganze Zeit hatte er einen Zeugen und hat einfach versucht, mir blöd zu kommen? Das ist ziemlich abgefuckt!»

«So läuft das Spiel nun mal, Mr. Safulu. Die Polizei nutzt alle

Mittel, um die Leute zum Reden zu bekommen, selbst die Lüge. Daran ist nichts Illegales.»

Er lächelt sarkastisch und lässt sich zurücksinken. «Die Waffe in meinem Zimmer – war das die gleiche, die bei den Schüssen auf Scrappy benutzt wurde?»

«Das wissen wir noch nicht, das ballistische Gutachten steht noch aus.»

Er nickt.

«Mr. Safulu, Ihren Fall abzutrennen ist der beste und möglicherweise *einzige* Weg, Ihnen einen längeren Gefängnisaufenthalt zu ersparen. Aller Wahrscheinlichkeit nach hat Mr. Tavira dieses Verbrechen verübt …»

«Mr. Park, ich will wirklich kein Idiot oder so was sein, aber wenn ich Wizard so im Stich lasse, habe ich kein Zuhause mehr, in das ich zurückkehren könnte.» Er lässt den Kopf hängen. «Wizard hat genug Einfluss, um dafür zu sorgen, egal wo er ist. Pelican Bay? Lompoc? Spielt keine Rolle.»

«Der Staatsanwalt hat einen Augenzeugen.»

«Scrappy wird kein Wort sagen.»

«Es handelt sich nicht um Lucrecia Lucero, Mr. Safulu. Es ist jemand, der an diesem Abend Drogen bei Miss Lucero gekauft und der, wie es aussieht, ihr das Leben gerettet hat.»

«Ein Junkie-Sanitäter?» Er schnauft beim Gedanken daran. «Na gut, aber darf ich fragen, was ist, wenn Wizard es nicht war? Was, wenn jemand nur versucht, uns beiden etwas anzuhängen? Ich meine, ich habe keine Ahnung, wie die Waffe in meine Kommode gekommen ist.»

«Das wahrscheinlichste Szenario ist, dass Mr. Tavira auf Scrappy schoss, die Waffe mit nach Hause nahm und sie in Ihrem Zimmer, das nicht verschlossen war und zu dem er Zugang hatte, in der Kommode versteckte. Womöglich hat Mr. Tavira versucht, Ihnen etwas anzuhängen, um mit seinem Verbrechen davonzukommen.»

In diesem Augenblick zieht Safulu ein so ungläubiges, unschuldiges Gesicht, wie ich es nie zuvor gesehen habe. Man könnte es in Werbespots bringen. Man könnte Frühstücksmüsli und Spielzeug damit verkaufen. So gut ist es.

Er sagt: «Jetzt verarschen Sie mich aber, oder?»

«Tue ich nicht. Ich glaube voll und ganz daran, dass es in Ihrem ureigenen Interesse ist, bestenfalls Ihren Fall abzutrennen und sich schlimmstenfalls im Umfeld von Mr. Tavira sehr vorsichtig zu verhalten.»

Dazu nickt er tatsächlich. Zum ersten Mal mache ich Fortschritte. Er muss bereits ein paar Zweifel bezüglich Wizard Tavira haben, denn sonst würde er nicht so reagieren.

Er sagt: «Wann sehen wir uns wieder?»

«Morgen bei der Anklageerhebung. Die Anklagepunkte werden verlesen, Sie werden plädieren – und ich habe unbedingt das Gefühl, dass Sie auf ‹Nicht schuldig› plädieren sollten –, und von da aus geht's dann weiter. Außerdem müssen Sie wissen, dass dies als ein Fall von Bandenkriminalität eingestuft worden ist und einem darauf spezialisierten Staatsanwalt übertragen wurde. Sie werden sicher auf Menschen treffen, die seit Monaten auf ihren Prozess warten, was bei diesem überlasteten System auch normal ist. Trotzdem wird Ihr Fall schon im nächsten Monat verhandelt werden. Diese Art Verbrechen – Auftragsmorde zwischen verschiedenen Gangs – sind genau das, wogegen das Büro des Bezirksstaatsanwalts in absehbarer Zukunft besonders hart vorgehen will, um ein abschreckendes Beispiel für diese Art von Verbrechen zu schaffen. Verstehen Sie das?»

Er nickt.

«Gut. Kommen wir zum Strafmaß.»

Strafmaß. Bei dem Wort zuckt er zusammen.

«Es geht bei dem Prozess um nicht mehr oder weniger als den Rest Ihres Lebens, Mr. Safulu.» Ich zeige ihm das Anklageschreiben. «Sehen Sie das hier, Angriff mit einer gefährlichen Waffe? Wird als schweres Verbrechen eingestuft, das bringt zwei, drei oder vier Jahre, aber das ist nur die Vorspeise. Versuchter Mord? Wird wie Mord behandelt. Wenn man schuldig gesprochen wird, bedeutet das ein Leben im Gefängnis, mit der Möglichkeit einer Bewährung. Verabredung zu einem Mordversuch? Wenn es ein Gewaltverbrechen ist – wie in Ihrem Fall –, sind das weitere zehn Jahre als Steigerung, zusätzlich zu allem anderen. Wenn alles schlecht läuft, dann erwartet Sie ‹lebenslänglich› plus vierzehn Jahre, Mr. Safulu, selbst ohne die Anklage wegen Körperverletzung. Das könnte bedeuten, Ihr ganzes Leben. Die Möglichkeit, dass Sie in einem kalifornischen Staatsgefängnis sterben, ist durchaus gegeben.»

«Verdammt!» Seine Augen werden feucht, und er schaut runter auf seine Hände, bevor er sich heftig die Tränen fortwischt.

Ich kenne die Antwort schon, aber ich frage trotzdem. «Hat Mr. Tavira Sie ausdrücklich gebeten, die Verfahren *nicht* zu trennen?»

Er schaut auf und mich an, dann nach rechts und links, als würde er befürchten, dass Tavira ihn hören könnte, und sagt dann: «Ja.»

«Glauben Sie, er hat Ihr Bestes im Sinn gehabt, als er Sie bat, sich darauf festzulegen?»

Er seufzt tief und heftig in den Hörer: «Nein.»

«Sind Sie *sicher,* dass Sie Ihren Fall nicht von seinem trennen wollen?»

Er zuckt. Natürlich ist er sich nicht sicher. Hier ist er, an einem der erschreckendsten Orte, an denen sich ein Mensch jemals wiederfinden kann – von einem Krieg mal abgesehen –, und er ist mit jemandem eingesperrt, von dem er glaubte, er könnte ihm trauen. Ein Teil von Safulu will abtrennen, unbedingt. Ich kann fast dabei zusehen, wie dieser Gedanke in ihm die Oberhand zu gewinnen scheint, aber dann atmet er tief durch und sagt: «Ich kann nicht, Mann. Ich *kann* nicht.»

«Warum nicht?»

«Wie lange machen Sie das jetzt schon?»

«Als Anwalt? Sieben Jahre. Vorher in einem Büro.»

«Dann wissen Sie, warum ich nicht kann.»

Das weiß ich. Wenn er abtrennt, dann verliert er Wizards Protektion und muss mit seiner Rache rechnen, die – ohne dass ihn jemand schützt – bestenfalls sehr schmerzhaft, schlimmstenfalls aber tödlich ausfällt.

«Der Grundgedanke dabei ist», lasse ich ihn wissen, «es jetzt zu tun, sodass Sie nicht im Gefängnis landen. Trennen Sie den Fall ab, sagen Sie den Deputies, dass Sie um Ihr Leben fürchten, und die verlegen Sie dann für die Dauer Ihres Aufenthaltes hier in Schutzhaft.»

Ich kann nicht sagen, ob er jetzt lacht oder schluchzt. Es klingt wie beides. Ich habe Mitglieder von Hardcore-Gangs gekannt, ich habe sie vertreten, ich bin mir ihrer speziellen Eigenheiten überaus bewusst und kann ohne den leisesten Zweifel sagen, dass Jacob Safulu kein Mitglied in einer Hardcore-Gang ist – zumindest noch nicht.

Als er sich so weit gesammelt hat, dass er wieder reden kann, hat er eine Entscheidung gefällt. «Ich kann nicht. Tut mir leid. Es geht hier um mehr als mich, okay? Und außerdem haben sie die Waffe in meinem verdammten Zimmer gefunden, Mann. Meiner verdammten Kommode. Besser kann man mich doch gar nicht reinlegen! Wie soll ich da jemals rauskommen? Geht doch gar nicht! Das machen sie einfach mit Menschen, die daher kommen, wo ich wohne. Ich meine, mir ist schon klar, dass ich so schnell nicht zurückkomme. ‹Lebenslänglich› plus vierzehn, haben Sie gesagt. Okay. Dann ist das so. Es spielt keine Rolle, ob ich es getan habe oder nicht.»

Das Schlimmste daran ist, dass er recht hat. Das macht der Staatsanwalt tatsächlich mit Menschen, die so aussehen wie er, die aus jener Gegend kommen und die kein Geld haben. Die Kristina Mirkovichs dieser Welt machen einen Fall aus ihnen, die Räder fangen an zu mahlen, und ihre Körper werden eingesperrt.

JACOB SAFULU ALIAS DREAMER

9. DEZEMBER 1993, 15:20 UHR

29

Was mein Anwalt gesagt hat, macht mich immer noch fertig. Hat es, noch während ich zurück zur Zelle gegangen bin. Und macht mich jetzt fertig, wo ich wieder in meiner Zelle bin. Noch schlimmer sind die Worte des Sheriffs, die mir immer noch durch den Kopf blubbern. *Das System ist das System.*

Es war wirklich harter Stoff, wie mein Anwalt mir gezeigt hat, wie ich rauskomme, wenn ich nur Wizard fallenlasse. Ich wollte sogar. Eine Sekunde lang. Wollte es total. Und ich hatte nicht so sehr Angst vor dem, was mir hier drin passieren würde. Ich hatte mehr Angst um die Leute draußen, die mir wichtig sind. Little. Mrs. Matta. Jimena.

Wenn ich meinen Fall abtrenne, würde ich sie alle im Stich lassen. Ihr Leben könnte in null Komma nichts zur Hölle werden. Der INS könnte Mrs. Matta was anhängen und sie zurück nach Guatemala City deportieren. Sie würde ihre Kinder nie wiedersehen. Und die Familie, die zurückbleibt? Gut möglich, dass sie aus dem Haus in irgendeine beschissene Gang-Wohnung umziehen müsste, in der Drogen gehandelt werden. Und wer soll sich dann um Jimena kümmern? Little hätte im Alltag überhaupt keinen Schutz durch irgendwen. Und so, wie er ist, wäre er zum Abschuss freigegeben …

Nee. Das kann ich keinem antun. Nicht Mrs. Matta. Ich kann ihr nie wieder irgendwas Schlimmes antun.

Ich muss einfach ablehnen.

Ich hab mich schon entschieden.

Entweder für mich oder für die anderen.

Das ist einfach. Für die anderen, jederzeit.

Und das ist nicht mal was, das mich zum Heulen bringt.

Denn Monster heulen nicht, verdammt noch mal. Monster haben keine Gefühle.

Außer Wut. Wut blendet alles andere aus.

Ich muss nicht mal danach suchen, um meine Wut zu finden.

Sie findet *mich*.

Eingesperrt werden wegen etwas, das ich nicht mal verbrochen habe? Wut.

Wizard benutzt mich als Schutzschild, was vielleicht nicht mal funktioniert? Wut.

Der Gedanke, ich könnte Wizard glauben? Wut.

Der Gedanke, den Mattas könnte irgendwas Schlimmes passieren? Wut.

Das bringt mich jetzt in Fahrt. Das heißt Energie. Und wenn der Zeitpunkt kommt, dann ist genug davon da, um damit auf wen auch immer loszugehen, zu explodieren. Mir so einen Namen zu machen.

Ein Typ zu sein, mit dem man sich nie anlegen sollte.

Hier oder irgendwo.

Das alles schwirrt mir im Kopf herum, als wir Bescheid bekommen, dass es Zeit für den Ausflug aufs Dach ist.

Alle aus Abteilung 4700 mit der Berechtigung, nach draußen zu gehen, stellen sich in einer Reihe auf. Sobald aufgestellt, geht es los. Im Gänsemarsch. Anhalten, wenn wir dazu aufgefordert werden. Weitergehen, wenn sie uns dazu auffordern. Während wir unterwegs sind, an Häftlingen anderer Abteilungen vorbeikommen, schaue ich niemandem ins Gesicht. Ich schaue auch nicht auf meine Schuhe. Ich halte den Kopf oben, so wie Wizard es mir gesagt hat. Gehe einfach und halte ihn oben. Denn es ist ein weiterer Tag, an dem mein Körper nicht mir gehört, sondern dem County.

Als die Tür geöffnet wird, schieben wir uns für unsere drei Stunden hinaus. Ich schaue wirklich nur geradeaus. Geradeaus und nach oben. Irgendwo in der Nähe ist ein Lautsprecher, der klingt, als wäre er aus Alufolie gemacht. In dem Song geht es um diesen Typen, der 500 Meilen gelaufen ist und jetzt vor deiner Tür steht.

Dieser Platz ist so groß wie eine Lagerhalle, wie ein halbes Football-Feld. Länger als breit. In Abschnitte eingeteilt. Rechte Seite. Mitte. Linke Seite. Zwischen den Abschnitten jeweils eine Reihe Metallpfosten. Und nach oben keine Decke. Nur Maschendraht und der Himmel. Über unserem Abschnitt scheint jetzt keine Sonne. Die steht hinter uns. Heute bei einer anderen Abteilung.

An einer Wand weiter hinten sind Münztelefone. Ein paar Typen gehen dorthin. Andere weichen aus, als wir hereinkommen. Rechts weit hinten sind ein paar Leute dabei, ein Handball-Match vorzubereiten. Im mittleren Abschnitt läuft gerade Basketball an. Zwei Half-Courts, deren Körbe am gleichen Ende stehen. Es geht nicht anders, denn sonst kommen sich beide Partien ins Gehege, und es gibt Ärger. Es ist tatsächlich ziemlich clever, wie sie das hier gemacht haben. Nach links raus gibt es ein paar besonders gesicherte Bereiche. Rechteckige Zellen mit, so sieht es aus, schwarzen Gitterstäben. Innen nur eine Klimmzug-Stange für Work-out und ein Münztelefon. Die Kerle da drin dürfen nicht mit dem Rest von uns zusammenkommen. Im Moment ist dort einer mit roter Montur drin. Alle anderen Zellen sind leer.

So schlecht ist es hier oben gar nicht. Ich bin ziemlich sicher, dass ich noch nie so hoch war. Um uns herum kann ich überall die Stadt hören. Aber sie ist weit entfernt. Es gibt Autos. Sie rauschen nicht, sie brummen bloß. Von der Union Station der lange, gequälte Signalton eines Zugs, der langsam verklingt, während der Zug fährt. Meinem Gefühl nach Richtung Norden. Aber vielleicht will ich das auch nur …

Ich entdecke Wizard in der Nähe der Courts mit sechs Homies, die ich nicht erkenne.

Als ich ihn sehe, ist mein erstes Gefühl Wut, ein *Verpiss dich,* das mir wie ein Schwall Blut in den Kopf schießt, aber dann ist es doch nicht so einfach. Denn es ist auch gut, ihn zu sehen.

Ich gewöhne mich daran, zwei sich widersprechende Gefühle zu spüren, die mich in verschiedene Richtungen ziehen.

Er schaut mich an, also gehe ich zu ihm.

Als ich bei ihm bin, sagt er, ich solle mich mit dem Rücken zum Metall stellen, dann wirft er einen Blick auf mein dunkelblaues Hemd und sagt: «Vermute, damit ist deine Unschuld flöten, nicht wahr?»

Er stellt mich in der Runde als den Homeboy aus seinem Viertel vor. Ich erinnere mich eher an ihre Orte als an die Namen. City Terrace. Lincoln Heights. Einer kommt aus Chula Vista in der Nähe von San Diego. Er wurde in L. A. geschnappt, weil er was für seinen Schwager erledigt hat. Wizard sagt zu ihnen, dass er mir ein paar Sachen erklären muss, und wir gehen ein paar Schritte zur Seite.

Er sagt: «Hast du schon diese Wachtürme bemerkt?»

Den einen über uns habe ich gesehen. Wizard zeigt auf einen anderen in der Ecke und sagt: «Ja, Mann, die können dich schnell erledigen.»

Auf dem einen Halfcourt läuft Schwarz gegen Weiß. Schwarz ist dabei zu gewinnen. Sie haben in jeder Hinsicht die besseren Spieler. Obwohl, da ist so ein Weißer. Der macht Fadeaways von jenseits der Zone.

Wizard sagt: «Merkst du, wie jeder zum anderen hält?»

«Yeah», sage ich.

«So ist das hier drin. Rasse hält zu Rasse.»

Das habe ich gemerkt, also nicke ich einfach.

«Du schlägst dich gut», sagt er. «Du beobachtest, lernst. Hast kein Mitleid mit niemandem.»

Das trifft mich. Denn ich schau ihn an und denke: *Du Motherfucker! Ich bin wegen dir hier drin! Ich bemitleide mich die ganze verfluchte Zeit. Ich will dich das nur nicht merken lassen.*

Ich schlucke die Wut runter, für später, und sage: «Ich schätze, da ich schon mal hier bin, versuche ich, damit klarzukommen.»

«Schlau», sagt er.

Ich folge seinem Blick. Er schaut rüber zu der besonders gesicherten Zelle mit dem Typ. Der beendet ein paar Klimmzüge, wendet sich dann in unsere Richtung und nickt Wizard unmerklich zu. Überall anders hätte das keine Bedeutung. Aber hier drin? Bedeutet es was.

Wizard sieht, dass ich es gesehen habe. Er sagt: «Wir sind hier jetzt fein raus. In jeder Hinsicht. Ich hab Zeug für diesen Typ dabei.»

Ich frage nicht, was das heißt. Scheint mir besser zu sein.

«Hast du Fragen?»

Ich denke einen Augenblick nach. Ich habe eine Million Fragen an ihn. Aber es hat keinen Zweck, sie jetzt zu stellen. Das würde nichts ändern. Stattdessen denke ich wieder an den Bus.

Und sage: «Was ist das mit dem Brotaufstrich?»

«Mann, hör dir das an! Es gibt Kerle, die nehmen das Brot der Sandwichs, die wir bekommen. Dann machen sie einen Brei ...»

Wizard unterbricht sich. Ein kleiner Mexikaner mit langen Haaren und ernstem Gesichtsausdruck kommt auf uns zu. Es stellt sich raus, dass sich ein Typ auf sein Bett gesetzt hat. Als Wizard den Namen erfährt, schaut er zu ein paar Weißen hinüber, die in der Nähe sitzen. Und dieser weiße Kerl, der so aussieht wie ein knochiger «Rowdy» Roddy Piper, nickt Wizard zu, bevor er sich mit ihm auf halbem Weg auf ein paar Worte trifft. Dauert keine dreißig Sekunden, dann ist Wizard wieder bei mir. Und Roddy geht zurück zu seinen Leuten. Und drei weiße Typen stehen auf und gehen hinüber zu den Basketballern.

«Das ist jetzt eine Lynwood-Geschichte, Homeboy», sagt Wizard. «Ich schätze, wir haben nicht viel Zeit, deshalb erzähl mir von dem Anwalt. Ich habe gehört, sie haben dich zu ihm gebracht.»

Ich erzähle ihm alles, was nicht mit der Trennung der Verfahren zu tun hat. Etwa, dass sie nicht wissen, ob die Waffe, die sie im Haus gefunden haben, auch die des Mordanschlags ist. Dass sie auf den Test warten. Dass es noch einen anderen Zeugen gibt. Irgendein Kerl, der Scrappy gerettet hat. Wizard sagt, dass er das schon weiß. Das ist einfach irgendein Junkie. Er wird herausfinden, wie er heißt. Den werden wir schon kriegen. Der wird überhaupt nichts aussagen. Ich erzähle ihm von dem Strafmaß, mit dem wir rechnen müssen. Und wie mich das runtergezogen hat. Da legt er eine Hand auf meine Schulter. Als würde es ihn kümmern, wie ich mich fühle oder so. Und wenn ich nicht wüsste, dass das respektlos rüberkommen würde, dann würde ich das mit einem Schulterzucken abtun. Wenn ich nicht wüsste, er würde das in den falschen Hals kriegen.

Und während ich alles gesagt habe, was zu sagen ist, hat sich das Team der weißen Basketballjungs aufgelöst. Und die drei Kerle stehen schon drüben am Platz und sind dabei, ihren besten Spieler zusammenzuschlagen. Der Motherfucker mit den Dreierwürfen.

Es wird gebrüllt. Und geschrien.

Wizard schaut nicht einmal hin.

Ich allerdings. Sie treten ihm in die Knie. Übel.

Und als er zusammenbricht? Kopf. Rippen.

Die Sirene jault los. Und wir legen uns alle hin. Hände über dem Kopf.

Wizard sagt: «Politik, Homeboy. Manche Dinge muss man so regeln. Genauso wie draußen. Setz dich niemals auf das verdammte Bett von jemandem. Wenn du das machst, kann ich dich auch nicht davor bewahren, zusammengeschlagen zu werden.»

Als die Deputies dazwischengehen, ist der Weiße so blutverschmiert, als hätte man einen Eimer Farbe über ihn gekippt. Und bekommt Handschellen angelegt. Wie die anderen drei auch. Dann werden sie alle rausgeführt.

Und wir werden aufgefordert, uns in einer Reihe aufzustellen.

Das war's dann für uns. Kein Himmel mehr.

Als wir zu dem Schild gehen, auf dem HIER AUFSTELLEN

steht, sagt Wizard: «He, was ist denn nun mit deinem schwulen Freund? Hat er was herausgefunden, oder was?»

Jetzt zucke ich mit den Schultern, denn ich weiß es nicht. Aber ich hoffe es.

TEIL 5

STEINHARTE ORTE

> Gefängnisse werden mit
> den Steinen des Gesetzes
> gebaut …
>
> William Blake,
> «Sprichwörter der Hölle»

JEOVANNI MATTA ALIAS LITTLE ALIAS LITTLE GUY

9. DEZEMBER 1993, 15:44 UHR

30

Ich muss ein Geständnis loswerden. Ich mag eigentlich keine Menschen. Wenn es nach mir ginge, würde ich den ganzen Tag in meinem Zimmer bleiben und *Zelda* auf dem Gameboy spielen – bis zum Wochenende, wenn ich nach Long Beach runterfahren und in den Silver Fox gehen, Videos anschauen und tanzen kann, aber immer mit dem Rücken zur Wand, damit niemand hinter mich treten kann, ohne dass ich selbst entscheide, ob das in Ordnung geht. Und wenn einer süß ist und ich ihn schon vorher gesehen habe, dann gehen wir vielleicht zusammen auf die Toilette und in eine Kabine, ohne die Tür zu verriegeln, und ich lehne mich mit dem Rücken dagegen und sage, dass ich nicht so aufs Küssen stehe, aber er kann mich streicheln, und ich will ihm auch keinen blasen, und wenn er das nicht gut findet, ist es auch okay, dann berühre ich ihn, aber wenn er mehr will: Das mache ich nicht beim ersten Mal, wenn ich einen Jungen treffe, und wenn er dann sauer wird, gehe ich, und wenn er versucht, mich am Gehen zu hindern, dann sage ich, dass ich ein Messer habe, aber ich verrate ihm nicht, dass ich es in der rechten hinteren Tasche habe, sondern sage bloß, dass ich ihm nicht weh tun werde, solange er nicht versucht, mir weh zu tun.

Ich muss noch was gestehen. Manche Leute merken gleich, wie ich bin, wenn sie mich treffen, wenn sie sehen, wie ich still warte oder mich im Hintergrund halte. Und ich wurde auch schon gezwungen, Sachen zu machen. Die älteren Ex-Knackis, die aus Lompoc oder Chino oder anderswo rauskommen, die haben da Geschmack dran gefunden oder sich einfach dran gewöhnt, oder sie sind einfach so, und im Gefängnis ist es ihnen bloß richtig klar geworden. Ich war vierzehn, als es zum ersten Mal passiert ist. Hat mit einem OG angefangen. Viermal ist es in dem Jahr passiert. Hab nie wem davon erzählt, nicht mal meinem Bruder. Ich wollte bloß allein sein. Aber seitdem hatte ich immer ein Messer dabei. Habe ich auch jetzt noch. Immer.

Menschen sind *mierda*. Menschen sind schlecht und gemein und dumm. Menschen sehen nicht, was vor ihrer Nase los ist. Aber ich bin ja auch nicht für die Menschen hier draußen und stelle Fragen. Sondern für Jacob, damit er leben kann. Aber wisst ihr, was? Ich mache das auch für mich. Kann ich nicht leugnen. Ich mache das, damit ich mit hoch erhobenem Kopf durch meine Straße laufen kann, wohin ich will, und damit mein Bruder es auch kann, und meine Schwester, damit sie sich nicht für das schämen müssen, was die Leute über mich sagen. Und wenn die Leute was Schlechtes über mich zu sagen haben, *se pueden callar sus pinche bocas* und es für sich behalten! So sollte das Leben sein, wenn die Leute dich respektieren.

No Neck und ich, wir sind zwei Tage nutzlos rumgelaufen und haben mit jedem Junkie geredet, den wir finden konnten. Jeder von ihnen will zehn oder zwanzig Dollar oder einen Schuss. Und sie mustern No Neck von Kopf bis Fuß, als wüssten sie, er hat was, will aber nicht damit rausrücken. Frustrierende Tage. Ärgerliche Tage. Wir kommen nicht weiter, bis mir einfällt, zum Checker von Wizards Block zu gehen, und die Idee ist so gut, dass ich richtig sauer auf mich selbst werde, weil ich nicht früher draufgekommen bin.

Als wir hinkommen, ist er in seinem Vorgarten, dieser Junge. Er hat kein Hemd an und Shorts vom Fußballclub Chivas. Er rennt mit einem Ball am Fuß über den Rasen, kann aber nicht gut damit umgehen.

Als wir auf ihn zugehen, bleibt er stehen und schaut uns an. «Was geht, Mister No Neck?»

Er hüpft um No Neck herum wie ein Welpe. Mich guckt er gar nicht an, also sage ich: «Wer ist seit dem Abend, wo Scrappy erschossen wurde, alles zu Wizards Haus gekommen?»

Der kleine Wichser zieht ein Gesicht, als könnte er nicht fassen, dass ich ihn anspreche. Ich sehe ihm an, dass er glaubt, ich sei weniger Mann als er. Dabei ist er noch gar keiner.

Y ahora, lächelt er und spuckt auf den Boden. «Ich muss nicht mit dir reden, du jämmerlicher Arschficker. Nichts für ungut, aber wieso gehst du nicht ein paar Ärsche ficken, bis dir der Schwanz abfällt und du tot bist?»

Er lacht, als hätte er gerade den besten Witz aller Zeiten gerissen. Hut ab vor No Neck, der neben mir keine Miene verzieht.

Dieser kleine Junge ist zehn Jahre alt, Adalbertos Jüngster. Ich muss nicht seine ganze Welt zerstören, indem ich ihm erzähle, was sein Onkel so heimlich treibt, dass Ramón aus Guadalajara manchmal in Long Beach zu Sirena wird, wenn es ihr Freude macht, also rede ich in einer Sprache mit ihm, die er verstehen wird. Ich trete dicht an ihn heran, als wollte ich ihm was ins Ohr flüstern, aber dann hake ich meinen Fuß hinter sein Bein und schubse ihn zugleich kräftig. Er stolpert und fällt nach hinten, liegt platt auf dem Arsch im Gras.

«Red nie wieder so mit mir, Junge.» Während ich das sage, ziehe ich mein Messer. Ich lasse die Klinge aus dem Heft springen, nackt und scharf. Ich halte sie dicht an meine Jeansnaht, sodass er sie sehen und darüber nachdenken kann, was sie ihm tun kann, wenn er so am Boden liegt. Seine Augen treten hervor. Ich möchte ein guter Mensch sein. Wirklich. *Lo prefiero.* Ich möchte nett zu allen sein, und ich möchte, dass alle nett zu mir sind. Aber so läuft es nicht auf dieser Welt. Diese Welt hat mich zerbrochen und so wieder zusammengesetzt. Und das hier kriegt sie jetzt zurück.

Er ist noch nicht mal aufgestanden, da reißt er schon wieder das

Maul auf. «Welches Wort meinst du denn? *Arschficker?* Oder *jämmerlich*? Dann eben *maricón!*»

Er grinst so widerlich wie jemand, der meint, die Welt ist auf seiner Seite und er kommt mit seiner Gehässigkeit durch.

Ich schaue No Neck an, so als wollte ich mir den Kleinen vornehmen und brauchte bloß seine Einwilligung, aber er geht dazwischen.

«Pass mal auf, kleiner Homie», sagt er. «Du redest mit diesem Mann so, wie du mit Wizard redest. Es geht um den *llavero.* Wir verstehen keinen Spaß.»

Mit Worten lässt sich nicht beschreiben, wie viel größer die Augen des Kleinen plötzlich werden und wie weit ihm die Kinnlade runterklappt, ehe No Neck sagt: «Entschuldige dich.»

Und dann schlägt der Horror zu, und der Junge schnallt, das hier ist kein Witz mehr, und er ist die Sache komplett falsch angegangen.

«Lo siento», sagt er, aber damit kann er No Neck nicht kommen, weil der Junge mich nicht ansieht.

No Neck brüllt ihn an. «Schau ihm in die Augen!»

Das tut er. Er entschuldigt sich ausgiebig, und es macht auch überhaupt nichts, dass er es nur tut, damit er bei Wizard und No Neck punktet, oder dass er gleich in dieses Haus rennen, heulen und mich hinterher nur noch mehr hassen wird. Wichtig ist nur, dass er es sagt. Ich stecke mein Messer wieder weg, sehr schnell, wie ich es geübt habe. Solche Macht ist gut. Wenn ich Stärke hinter mir weiß und die Leute sich tatsächlich wie richtige Menschen benehmen. Daran könnte ich mich echt gewöhnen, richtig Spaß dran haben. Das macht mir Sorgen und zugleich auch nicht. Leute sollten sich anderen gegenüber immer anständig benehmen. Sie sollten höflich und respektvoll sein, auch wenn man sie dazu zwingen muss.

Ich frage noch einmal: «Also, wen hast du rein- und rausgehen sehen?»

«Angela. So ein Bewährungshelfer war zweimal da. Einmal mit

einem Polizisten, und einmal ist er vorgefahren, als ein Streifenwagen grad auf das Haus aufpasste.»

No Neck und ich wechseln einen Blick.

«Welcher Bewährungshelfer?», frage ich.

«Derselbe, den Wizard immer hatte. Petrillo.»

Ich wende mich an No Neck. «Meinst du, Angela ist jetzt zu Hause?»

Er zuckt die Achseln. Das bedeutet: *Gibt nur einen Weg, das rauszufinden.*

31

Wir gehen zu Angelas Haus und klopfen an. Sie macht die Tür auf und trägt ihr Oberteil aus dem Burger-Laden und eine ausgewaschene Jeans, die an den Nähten schon weiß wird. Sehen ziemlich scharf aus. Drinnen im Haus geht grad ein Song von Boyz II Men zu Ende, und einer von Shanice fängt an. Ich hätte Angela eher Oldies zugetraut, keinen R&B, aber man wird doch immer wieder überrascht.

«Muss um halb fünf in der Schule sein. Was gibt's, Jeo?» Sie lächelt mich an, dass mir in der Brust ganz warm wird, aber dann richtet sie einen eiskalten Todesblick auf No Neck. «Hernán.»

So, wie sie das sagt, frage ich mich, ob sie ihm die Schuld dafür gibt, dass Wizard im Knast sitzt, aber vor allem stolpere ich darüber, wie sie ihn mit seinem echten Namen anspricht. Mir ist nie eingefallen, No Neck zu fragen, wie seine Mutter ihn genannt hat. Für mich war er eben immer No Neck, aber jetzt ist er auch Hernán.

«Hey, Angela.» Klingt komisch, wie ich das sage, weil wir uns nicht oft gesehen haben, seit es mit ihr und Jacob ernst geworden ist. «Können wir reinkommen?»

Sie zeigt auf No Neck. «Der auch?»

Ich sehe ihren Blick und weiß genau, mir allein gegenüber wird sie offener sein, also sage ich zu ihm: «Kannst du das Ding aus dem Auto holen?»

«Welches Ding?» No Neck schnallt es nicht.

Angela grinst, stellt eine Hüfte aus und stemmt eine Hand dagegen. Sie bewegt sich so leicht und elegant.

Ich verziehe das Gesicht, weil ich hoffe, er kommt drauf, dass ich bei Angela keinen starken Mann brauche. Eher Samt und Seide, aber ich dringe nicht zu ihm durch. «Kannst du bitte einfach im Auto warten, Hernán?», sage ich also.

Sein wütender Blick sagt: *Du kannst mich nicht so nennen.* Und außerdem: *Über den Scheiß reden wir noch.* Aber er geht.

Angela winkt mich mit einer Hand herein und durch bis zum Schlafzimmer, das sie früher mit Jacob geteilt hat.

«Ich weiß», sage ich, «dass man dir schon eine Million Fragen gestellt hat, aber Wizard hat mich gebeten, mich für ihn umzusehen.»

Beinahe hätte ich *und für Jacob* gesagt, aber das lasse ich lieber weg, falls es bei ihrer Trennung böses Blut gegeben hat. Scheiße, ich weiß noch, mein Bruder hat gut einen Monat lang nicht mit Jacob geredet, als er hörte, dass der bei Angela eingezogen war. Da hat er wohl noch geglaubt, er könnte wieder mit ihr zusammenkommen, obwohl die Chance gleich null war.

«Das ist mal was Neues von Jellybean, dass er jemanden wie dich schickt. Richtig respektvoll.» Diese Worte wirft sie mir über die Schulter zu, während sie die Bluse heruntergleiten lässt. «Wird er klüger, oder was? Normalerweise lässt er Jerry oder Hernán da draußen sprechen, und zwar nicht unbedingt mit Worten.»

Es dauert einen Augenblick, bis ich merke, dass sie mit Jellybean Omar meint, aber was sie da sagt, verstehe ich absolut. Ich beiße mir auf die Zunge, um nicht zu verraten, dass es Jacobs Idee war, denn dann würde sie den Mund ganz bestimmt nicht aufkriegen. Ich mag sie. Ich mag ihn. Ich mochte die beiden zusammen, aber das ist jetzt vorbei, und ich hab was zu erledigen.

Sie biegt um die Ecke in ihr Zimmer, inzwischen hat sie die Bluse ausgezogen und hat nur noch einen schwarzen Spitzen-BH darunter, den sie von mir abgewandt öffnet. Mann, das würde sie niemals machen, wenn No Neck hier wäre. *Es obvio.* Und ich sehe, dass sie mir vertraut, dass sie mich nicht für eine Bedrohung hält, und dafür bin ich dankbar. Sie läuft noch, macht noch Liegestütze. Das sehe ich an ihren Rückenmuskeln. Gibt mir gleich das Gefühl, ich sollte auch mehr machen. Shanice kommt zum Ende mit ihrem Lied darüber, dass sie für immer und ewig mit ihrem Typen zusammenbleiben will, als Angela ihren bequemeren BH anzieht, einen blauen mit breiten Trägern.

Sie schaut mich an. «Ich dachte, du hättest Fragen.»

Ich zeige auf die Kommode. «Haben sie da die Pistole gefunden?»

«Unter der untersten Schublade.» Sie zieht ein weißes Dodgers-T-Shirt über und schüttelt danach ihr Haar auf. Das Weiß sieht gut aus auf ihrer Haut. Lässt sie leuchten.

«Kann ich nachschauen?»

«Nur zu.»

Angela durchwühlt einen Rucksack und prüft, ob sie alles dabeihat. Ich ziehe die untere Schublade so weit heraus, wie ich kann. Ist leicht zu erkennen, wie man sie ganz rausnimmt. Aber das Traurige ist, dass immer noch Jacobs Sachen drin sind. Als ich seine T-Shirts und so sehe, wird mir das Herz schwer. Er hatte wohl keine Zeit mehr, zurückzukommen und sie zu holen.

«Hast du gewusst, dass …» Ich versuche, weder *Jacob* noch *Wizard* zu sagen. «Dass irgendwer was darunter versteckt hat?»

«Ich wusste nicht mal, dass es überhaupt *geht.* Ich dachte, der Boden ist massiv. Ich habe da unten einen fehlenden Socken gefunden, nachdem sie jede Schublade rausgezogen und alles so gelassen hatten.»

«Wann war das denn?»

«Die Sheriffs sind noch mal wiedergekommen, nachdem sie die Pistole gefunden hatten, und haben noch mal gesucht. Soweit ich weiß, haben sie aber nichts weiter gefunden.»

«Hip Hop Hooray» von Naughty by Nature fängt an.

«Ist das ein Hit-Mix oder was?», frage ich.

Ich mochte den Song *O.P.P.* immer. Das kann alles bedeuten: *Other People's Property. Pussy. Penis.* Offen in alle Richtungen. Naughty find ich gut. Und Treach auch. Mit diesen Lippen und diesen Tanktops? Oh Mann.

«So was in der Art. Hat mir einer der Kollegen gemacht.»

«Dann steht er auf dich.»

«Ach, echt?» Sie legt den Kopf schräg, als ob sie noch gar nicht daran gedacht hätte, aber das ist gelogen. Jeder, der Angela je gesehen hat und so tickt, steht auf sie, und das weiß sie auch.

Ich lache, und dann lacht sie auch.

«Ich hab dich vermisst, Jeo.» Sie legt mir die Hand auf den Arm, lässt sie heruntergleiten. «Deinen Bruder? Nein. Aber dich schon.»

Y ahora sollte ich wahrscheinlich zugeben, dass ich nicht viele Freunde habe, eigentlich überhaupt keine außer Jacob, und meinem Bruder und meiner Schwester, darum trifft mich das unerwartet. Ich möchte Angela so viel sagen und sie so viel fragen, diese erfahrene junge Frau, aber ich kann nicht. Vielleicht irgendwann mal.

«Ich dich wohl auch», antworte ich.

Sie lächelt und zieht den Reißverschluss ihres Rucksacks zu. «Dann ein andermal. Komm einfach vorbei. Würde mich freuen. Ist jetzt so leer hier. Na komm. Ich muss los.»

Ich folge ihr nach draußen. «Es ist also seitdem niemand im Haus gewesen als du, Wizard, Jacob, der Bewährungshelfer und der Polizist? Keine Anzeichen von Einbruch oder so was?»

«Einbruch? Ähm, nein. Jellybean hat die Fenster selbst gesichert. Man müsste schon eine Scheibe einschlagen, um reinzukommen.»

Wir sind an der Haustür. Sie will sie öffnen.

Ich werde hektisch. «Und ist dir nichts Eigenartiges aufgefallen?»

Sie hält inne. «Ich glaube, Jellybeans Bewährungshelfer steht auf mich. Neulich ist er hier aufgetaucht und hat nach ihm gefragt, obwohl schon die Sheriffs vor der Tür parkten. Das war ein bisschen seltsam. Wäre doch nicht nötig gewesen, oder? Lag ja auf der Hand, dass Jellybean nicht hier sein würde.»

Da haben wir's. Wie der *pendejito* ein paar Häuser weiter gesagt hat.

«Wie oft hast du ihn vorher schon gesehen?»

«Vielleicht vier- oder fünfmal, seit Jellybean aus Chino zurück ist. Er macht einfach seine Arbeit und überprüft ihn.»

«Und weißt du, ob er vorher je in deine Kommode geguckt hat?»

«Nein, hätte er aber machen können. Ich schließe die Tür nicht immer ab, und wenn sie nicht abgeschlossen war und er geglaubt hat, dass Omar Zutritt zu dem Zimmer hat, dann hat er sie bestimmt durchsucht. Das müssen sie.»

«Hat er einen Namen?»

«Petrillo. Mit Doppel-L. Er ist irgendwie scharf. Würde dir gefallen.»

Ich kriege so ein Gefühl im Bauch wie Piloten wahrscheinlich, kurz bevor sie sich mit dem Schleudersitz rausschießen müssen. «Du weißt, dass du nichts mit ihm anfangen darfst, oder?»

«Würde ich doch nie», sagt sie, aber in ihren Augen sehe ich: vielleicht doch.

Es ist so ein, wie nennt man das? So ein Glimmen. Ein ganz kleines Leuchten. Aber es ist da. Und dann macht sie die Tür auf.

ANGELA ALVAREZ

10. DEZEMBER 1993, 09:03 UHR

32

Die Anklageverlesung von Jellybean und Jacob ist für den Nachmittag angesetzt, und ich bin bei Tom's und nehme Frühstücksbestellungen auf. Ich habe so einen Schmerz unter den Rippen auf der linken Seite. Habe ich zum ersten Mal an dem Abend bemerkt, als ich mit Jacob Schluss machen musste. Es ist nicht wie Seitenstechen nach einem Langstreckenlauf. Daran bin ich gewöhnt. Die laufe ich raus. Dieser sitzt tiefer. Und ich bin sauer auf mich selbst, weil es erst ein paar Tage her ist, ich aber schon sein bescheuertes Lachen vermisse, und weil es beschissen ist, dass er nicht da ist und alles Mögliche anstellt, um mich aufzuheitern, gerade jetzt, wo ich es am dringendsten brauche, und das ist so blöd, weil ich ihn ja weggeschickt habe.

Ich kassiere einen Kaffee. Dann ein Omelett, das schlichte, keine Zwiebeln, keine Peperoni.

Mir fällt auf, dass ich auch irgendwie so bin. Ich meine, ich will das Essen, aber ich will es nicht so, wie es serviert wird. Ich will Sachen rausgenommen haben. Ich will Jacob, aber ich will nicht den Jacob von der Speisekarte. Ich will ihn, ich weiß auch nicht – *anders*.

Ich gebe einen Frühstücks-Burrito mit Eiern und Speck ein. Dann einen Teller Koteletts mit Rührei.

Ich will gerade Chorizo mit Rührei eintippen, als was ganz Komisches passiert. Phil Petrillo kommt rein und stellt sich in meine Schlange, eine Zeitung in der Hand. Mein Magen macht einen Satz, wie früher vor einem Rennen. Total nervös und ängstlich. Er ist groß. Er ist ein Mann, klar? Sechsunddreißig? Anders als alle, mit denen ich je zusammen war. Er könnte in Filmen mitspielen, wenn seine Nase nicht so gebrochen aussähe. Aber er ist scharf, die Haare so glänzend zurückgekämmt. So der Typ, den man anguckt und denkt, woher stammen seine Eltern wohl, also, ist er weiß? Sieht nicht so aus, jedenfalls nicht ganz. Auch andere Frauen mustern ihn schon von oben bis unten und denken sich was dabei, das merke ich.

Verdammt. Er ist in meinen Kopf gekrochen! Und das fühlt sich alles falsch an, aber ich bin neugierig. Will ich nicht sein, bin ich aber. Denn wie *wäre* es überhaupt, mit jemandem zusammen zu sein, der Arbeit und Leben im Griff hat? Ich hasse mich selbst, dass ich das denke, weil ich damit in Gedanken sowohl Jacob als auch Jellybean verrate.

Ich meine, hier holen sich lauter Leute aus der Nachbarschaft ihr Frühstück, und wenn ich auf eine bestimmte Art mit ihm rede, dann wird No Neck das erfahren, vielleicht sogar Jeo, der ist ja jetzt anscheinend an der Sache dran, was total verrückt ist, aber egal. Oh Mann! Ich ärgere mich so darüber, was ich zu Jeo gesagt habe. Ich hätte ihm nichts von Phil erzählen sollen.

Meine Schlange rückt vor. Eine alte Frau mit faltigen Augenbrauen bestellt *huevos rancheros,* Extraportion Soße, Extraportion Tortillas, weil sie die Eier offensichtlich mit ihrer Enkelin teilt, die noch zu jung ist, um zur Schule zu gehen, sie kann allerdings schon laufen und versucht abzuhauen und sich zu irgendwem anders an den Tisch zu setzen, und ich berechne der *abuelita* die Extraportionen nicht.

Danach ist Phil schon eine Person näher gerückt und guckt immer noch runter auf seine Zeitung, als ob ihn die mehr interessiert als ich. Aber irgendwie denke ich, dass er mir einen Gefallen tun will, indem er mich nicht anschaut. Scheiße. Wenn ich jetzt schon so komisch bin, wie soll es dann erst werden, wenn er mich ansieht? Und was würde ich überhaupt zu ihm sagen? Ich darf gar nichts sagen. Werde ich auch nicht.

Der Bauarbeiter, der als Nächstes zu mir an den Tresen tritt, will Steak und Rührei, aber das Rührei gut durchgebraten und das Steak medium, die Kartoffeln nicht zu weich gekocht, aber ich mache keinen Aufstand. Ich drehe mich einfach um und frage meinen Koch, ob er das so hinkriegt, und er sagt ja, also ist alles okay.

Phil hat mich noch nicht einmal angeguckt. Bin ich nicht sein Typ? Zu jung? Ist er verheiratet? Einen Ring habe ich aber noch nicht gesehen. Vielleicht eine Freundin. Ich starre auf seinen Kopf, während er in seiner Zeitung liest.

Der Bauarbeiter zahlt auf den Cent genau mit Kleingeld aus seinem kleinen Portemonnaie und geht sich Servietten holen.

Als Nächstes ist Phil dran, und er tritt vor. Mein Magen ist immer noch nervös, immer noch ängstlich.

BEWÄHRUNGSHELFER PHILLIP PETRILLO

10. DEZEMBER 1993 09:06 UHR

33

Der Laden heißt Tom's Burgers, aber heute Morgen riecht es nur nach Eiern und Speck. Vorbereitung ist der Schlüssel zum Erfolg, und ich plane diese Begegnung mit Angela schon eine ganze Weile (weil sie die Mühe mehr wert ist, als Renee es jemals sein wird). Ich habe das Restaurant an den Vormittagen besucht, wo sie nicht arbeitet, damit ich als Stammgast wahrgenommen werde. Darum bin ich in den letzten zehn Wochen achtzehnmal hergekommen. Niemand konnte auf die Idee kommen, dass ich sie einmal bei einem Hausbesuch in Arbeitskleidung gesehen habe und deshalb wusste, dass sie hier arbeitet. Danach habe ich ihren Dienstplan durch schlichte Überwachung rausgekriegt. Alle interessierten Beobachter müssen es also für einen bloßen Zufall halten, der in Lynwood dauernd passiert.

Ich habe den Laden durch die Scheibe ausgespäht, ehe ich reingegangen bin (und das erst, als ich sicher war, dass keiner meiner Bewährungsfälle drinsaß). Ich wusste, welche Schlange zu Angela führte, was es umso leichter machte, abweisend zu spielen. In der Schlange blicke ich nicht ein einziges Mal auf.

Das kostet Mühe, weil ich mich so zu ihr hingezogen fühle, weil ich ihr so nah bin und zugleich auch wieder nicht. Aber das ist es wert. Es stört sie. Sie hat mich sofort erkannt, und jemand wie sie ist es nicht gewöhnt, ignoriert zu werden. Sie überlegt, warum. Sie wird ein bisschen panisch, überlegt vielleicht sogar, ob irgendwas mit ihr nicht stimmt. Das läuft sehr gut. Ich wollte sie verunsichern und hätte nicht gedacht, dass es so leicht geht.

Alle Augen im Laden sind auf mich gerichtet. Aus dem Augenwinkel und über den Zeitungsrand bemerke ich ihre kurzen Blicke. Ich zwinge mich zu lesen. Patrick J. Morris, ein Richter in San Bernardino, will die Herstellung, den Verkauf und den Besitz sämtlicher Handfeuerwaffen verbieten. (Viel Glück, du liberaler Irrer.) Außerdem will er Drogenberatung und Therapie anstelle von Gefängnisstrafen. Sicher. Es wäre auch toll, wenn wir gleich allen was zu essen und anzuziehen geben würden und ihnen die Hand hielten, wenn sie Angst kriegen.

Ich blättere um. Der Mann vor mir rückt weiter. Ich schlurfe vorwärts, während überall um mich herum Gabeln auf Tellern kratzen. Ich hasse das Geräusch, aber ich bleibe vollkommen ruhig. Ich konzentriere mich auf die Nachrichten. Offenbar hat Lyle Menendez' Verteidigerin am Ende ihres Plädoyers die Stimme versagt, und ihr mörderischer Mandant hat geweint, um die Geschworenen zu beeindrucken. Alle möglichen Leute haben mit ihren Eltern Schlimmes durchgemacht, und nicht alle bringen sie deswegen um. Heutzutage ist niemand mehr für irgendwas verantwortlich. Davon habe ich echt die Nase voll.

Als ich höre, dass Angela sich mit einer anderen Kassiererin unterhält, lasse ich den Blick über ihren Hals und tiefer gleiten. Ich schaue nicht lange hin, aber ich frage mich: Welche Unterwäsche trägt sie wohl? Das ist das Problem, wenn man ihre Unterwäscheschublade gesehen und sich alles darin gemerkt hat. (Ist es die violette oder die hellblaue?) Kein Mann könnte sich dagegen wehren, sich das vorzustellen. Das ist normal, ganz natürlich.

Ehe ich mich für violett entscheiden kann (ganz bestimmt), dreht Angela sich wieder um, holt einen Teller aus der Küchendurchreiche und stellt ihn auf die Thekenseite. Sie ruft die Nummer auf. Ein kleines Mädchen kommt angerannt, aber eine alte Frau ist schneller als sie und haut ihr auf die Finger. Da beschließe ich: Wenn sie ja zu einem Date sagt, dann werde ich sie als Erstes in ein Restaurant ausführen, wo sie bedient wird.

Der Mann vor mir geht weg, also trete ich nach vorn. Sie dreht sich um.

«Willkommen bei Tom's», sagt Angela. «Was hätten Sie gern?»

Da ist er: der entscheidende Augenblick. Ich muss meine Karten richtig ausspielen. Ich schaue sie nicht an, sondern blinzele über sie hinweg auf die Menütafel.

«Lassen Sie sich Zeit», sagt sie. «Ist ja keine Schlange hinter Ihnen oder so.»

Sie klingt gereizt. Perfekt, genau was ich brauchte. Jetzt weiß ich, dass es funktioniert.

Ich zögere die Entscheidung noch ein bisschen heraus, bis ich ihr sage, dass ich die Nummer eins möchte, mit zwei Pfannkuchen: zwei Eier (als Rührei), drei Streifen Speck (knusprig).

Sie notiert meine Bestellung und tippt in ihre Kasse.

Ich schaue wieder auf meine Zeitung. Ein Angestellter des Los Angeles County (ein Jugendvollzugsbeamter) namens Michael Cornell Bullard, 39, ist angeklagt, weil er versucht hat, einem Undercover-Drogenpolizisten im Orange County zehn Kilo Kokain zu verkaufen. Festgesetzte Kaution: eine Million Dollar.

Sie räuspert sich (fleht geradezu um Aufmerksamkeit). «Irgendwas zu trinken? Saft?»

Endlich sehe ich sie zum ersten Mal an. Sie wartet auf ein Zeichen des Erkennens, und als sie keins sieht, kneift sie die Augen zu.

Ich möchte ihr sagen, dass ich heute nicht zur Anklageverlesung gehe. Es ist zwar nicht unüblich, wenn jemand von der Bewährungsaufsicht dabei ist, aber das wäre ein unnötiges Risiko, und auf keinen Fall möchte ich, dass sie sich unwohl fühlt, weil ich dabei bin, sollte sie hingehen wollen.

«Nein», sage ich, «ich brauche nichts zu trinken.»

Sie tippt auf zwei Knöpfe ihrer Kasse und berechnet mir eine Brause, ehe sie alles addiert. Ich gebe ihr einen 10-Dollar-Schein, sie nimmt ihn. Ich sage nichts. Ich will sehen, wie das hier weitergeht.

Sie schaut auf den Bon, zieht eine Grimasse und sagt «Ah-Oh!»

Irgendwas stimmt nicht an diesem Ausruf. Er ist nicht echt. Er passt nicht zu ihrem Gesicht. Als ich bei ihr zu Hause gesagt habe, wie alt ich bin, da hat ihr Kiefer gezuckt. An diese Miene muss ich seither immer denken, und so guckt sie jetzt gerade nicht, was mich glauben lässt, dass sie gar nicht überrascht ist, sondern nur so tut.

«Ist es okay, wenn ich Ihnen keine neue Quittung gebe?» Sie reißt den Zettel ab und streicht das Getränk durch, schreibt aber noch etwas auf die falsche Rechnung. «Wir versuchen, Papier zu sparen.»

«Na klar», sage ich.

Angela öffnet mit einem Klingeln die Kassenschublade und zählt das Wechselgeld zusammen. Als sie mir das und die Quittung reicht, überrumpele ich sie. Ich lächle. Ich schenke ihr das beste Lächeln, das ich zustande bringe: beeindruckt, interessiert, neugierig. Ich strahle Wärme aus.

Es wirkt, denn sie hat nicht damit gerechnet. Sie läuft rot an, aber bevor ihr das Blut bis in die Wangen steigt, dreht sie sich rasch zur Küche um, damit es niemand sonst bemerkt.

«Danke», sagt sie über die Schulter. «Ist in ein paar Minuten fertig.»

Ich gehe an die Thekenseite, aus dem Weg. Erst später (als ich gegessen habe und gegangen bin) ziehe ich die hastig zusammengefaltete Quittung aus der rechten Hosentasche, und siehe da: Gleich unter dem durchgestrichenen Preis für eine Cola steht ihre Telefonnummer.

HERNÁN GARRIDO ALIAS NO NECK

10. DEZEMBER 1993, 09:28 UHR

34

Jerry und ich fahren zu seinem Haus zurück und erklären Little, wie alles gelaufen ist. Er hört bloß zu, als ob er schon Boss wär. Das macht mich fertig, weil er so wie dafür geboren ist. Ich sag ihm, wir sind dem Bewährungstypen hinterher von seinem Büro zum Parkplatz hinterm Tom's. Dann haben wir gesehen, wie er zum Seitenfenster ist und reingeguckt hat, ehe er reingegangen ist und sich in Angelas Schlange gestellt hat. Dann geht Jerry zum Fenster, dreht sich mit dem Rücken dazu und steckt sich eine Zigarette an. Aber das macht er nur, um den Leuten drin die Sicht zu versperren, damit ich reingucken kann und nicht entdeckt werde. Danach läuft alles glatt. Nichts Schräges. Der Typ liest Zeitung. Angela nimmt alle möglichen Bestellungen auf, dann ist er dran, und sie verbockt seine Bestellung. Als ich das erzähle, beugt Little sich vor. Ich war schon oft bei Tom's, wenn sie da war, und das habe ich bei ihr noch nie gesehen. Sie kennt die Speisekarte auswendig und weiß, was die Leute bestellen. Ich hab schon gesehen, wie sie mit ganz anderen Schlangen fertig geworden ist, als sie das also verhauen hat, denke ich mir, Little hatte doch recht, dass er sich Gedanken über sie gemacht hat. Jerry haut mir auf den Arm und sagt, ich soll von der Quittung erzählen. Ich sag, ich hab gesehen, wie sie den Bon ausgedruckt hat, dann hat sie was durchgestrichen, aber dann hat sie auch noch was *draufgeschrieben*. Was wohl, überlegen wir alle. Little meint, einen Treffpunkt für später. Jerry meint, eine Telefonnummer. Da stützt Little den Kopf in die Hände und sagt: *Scheiße*. Jerry will wissen, ob er glaubt, dass Angela irgendwie mit drinsteckt, wie Dreamer gelinkt wurde. Darüber schüttelt Little den Kopf. Er sagt, noch hat sie mit diesem Bewährungstypen nichts angefangen. Er sagt, er hat mit ihr zusammengesessen und gehört, wie sie über ihn geredet hat. Jerry und ich gucken uns an und denken beide, das müssen wir ihm wohl glauben. Little sagt, wir wissen ja noch nicht mal, ob er wirklich auf sie steht oder ob er sie womöglich linken will. Ich sag ihm, wie der Bewährungstyp sie angeguckt hat. Little winkt ab. Sagt, ein Blick ist kein Beweis. Als er das sagt, fällt mir wieder ein, dass Little immer noch der Nerd ist, der früher unsere ganzen Hausaufgaben gemacht hat. Wir haben geschwänzt, und er hat unsere Strafarbeiten übernommen. Er hat uns alle davor gerettet, überall durchzufallen, bis wir dann von selbst abgegangen sind. Das hatte er immer drauf, und hat er auch immer noch, jetzt sagt er nämlich, wir brauchen mehr Informationen. Was wir jetzt haben, reicht nicht, um Wizard davon zu erzählen. Das verstehen wir. Sind wir alle einer Meinung. Keiner will Wizard Stress machen, bis wir wirklich was wissen.

Little guckt auf die Uhr. Er sagt, wir beschatten sie weiter. Vielleicht trifft Angela sich mit dem Bewährungstypen, und wir sehen, wie's passiert. Little will wissen, ob Jerry ihn zu Wizards Termin fahren kann. Er meint, hinterher muss er noch zu Dreamer, wenn der Idiot Besuch kriegen darf. Aber Jerry kann nicht. Der Pick-up von seinem Vater ist kaputt, und er muss ihn zur Arbeit fahren und wieder abholen, also erklärt er Little, wie er mit dem Bus hinkommt. Allmählich komme ich mir überflüssig vor, also frage ich, was ich tun soll. Little nickt ganz ernst und gibt mir einen Auftrag. Er sagt, ich muss den Typen auftreiben, der Scrappy das Leben gerettet hat.

35

Ich find den Scheißkerl. Ich find den Scheißkerl. Diese Worte laufen in Endlosschleife durch meinen Kopf. Ich schulde Dreamer echt was, weil er sich grade gemacht hat, damit ich nicht sitzen muss und angeklagt werde, Scrap abgeknallt zu haben. Ich werd diesen Scheißkerl finden. Es gibt nur einen Menschen, der Scrappy gerettet haben kann. Das muss der Junkie gewesen sein, der ihre *casa* kaputtmachen wollte. Er hatte eine Kapuze auf, aber die ist runtergefallen, als er Scrappys Fensterläden rausreißen wollte. Er hatte lauter kahle Stellen am Kopf. Ein *gabacho*, mager wie'n Teenager, aber schon alt. Den Typen muss ich finden. Und zwar allein, weil Jerry mit seinem Alten unterwegs ist und Little Bus fährt. Silencio muss wegen Unterhalt zum Amt, und Lil Puffer hat sich gestern Nacht auf einer Party den Knöchel verrenkt, also mache ich das, was Wizard immer sagt, und lerne einen kleinen Scheißer an. Ich steig in meine Karre und fahre zu Adalberto, wo dieser Junge im Vorgarten Fußball spielt. Ich frag ihn, wie er heißt, er sagt Johnny, also sag ich ihm, dass er heute mit mir fährt, wenn er sich was anzieht. Er macht ein Gesicht, als hätte ich ihm sämtliche Süßigkeiten aus dem Cork N Bottle gekauft, und ich sag ihm, er soll mal runterkommen. Er läuft ins Haus und kommt mit einem Chivas-Trikot wieder, auf dem hinten der Name Galindo steht. Wir fahren an allen Stellen vorbei, an denen Little und ich waren, und dann noch mal langsamer. Der Park beim Schwimmbad. Nichts und niemand. Die Tauschbörse. Nichts. Der Chucky Queso's hinter der Tauschbörse, wo die Junkies manchmal geklautes Zeug verticken. Bringt alles nichts, aber so kriegen wir die Zeit rum bis zu dem Punkt, wo Junkies aufwachen und einen Schuss und was zu essen brauchen.

Ich fahr zum Tacos El Unico. Ich kaufe Johnny zwei Tacos, und der Junge langt so heftig zu, dass ich ihn frage, ob er heute schon gefrühstückt hat, und er sagt, er hätte ein paar Kräcker in der Sofaritze gefunden, aber mehr auch nicht, und als ich den Scheiß höre, will ich gleich Adalberto suchen und ihm den jämmerlichen Arsch versohlen, weil er nicht für sein Kind sorgt. Ich kaufe Johnny noch einen Taco, und während wir warten, gucke ich zu, wie er einen Teller marinierte Möhren vernichtet, die er sich von der Salattheke geholt hat. Ich stehe noch am Tresen, als mein Homie Fat reinkommt. Fat hat 'ne Menge Namen. Gordo. Gordy. Fatty T. Sogar Juan John Silver. Er hat echt 'ne Scheißladung *nombres*. Jedenfalls hol ich Johnny den dritten Taco, und Fat und ich unterhalten uns. Er ist grad aus Arizona zurück, hat seine kranke Tante besucht. Ich sage, das ist echt scheiße, und dann erzähle ich ihm, nach was für einem kranken Junkie ich suche und wie der aussieht. Er weiß sofort, wen ich meine. Augie heißt der Typ. Ich frage ihn, wie man das schreibt, und er schreibt es mir auf einen Zettel, den ich Little geben kann. Dieser Augie ist so auf Speedballs abgegangen, dass Fat ihm überhaupt nichts mehr verticken wollte. Wollten richtig viele nicht mehr. Aber Fat sagt, Scrappy hat noch keinen Dollar gesehen, der ihr nicht gefallen hat, also hat sie ihm weiter was verkauft, ihm und so einer anderen Schlampe, mit der er immer abhängt. Die heißt Irma, und Fat weiß, wo sie wohnt, also schnappe ich mir Johnny, und wir fahren los.

Unten am Islands Motel läuft jede Menge kranker Mist. So ein Typ namens Gancho ist vor ein paar Jahren auf dem Parkplatz erschossen worden. Als ich hier in der Gegend aufgewachsen bin, hab ich auch öfter mal einen anderen Namen dafür gehört, nämlich *La Ciudad del Fresas*, Stadt der Erdbeeren. Da gehen nämlich die ganzen Junkie-Schlampen hin, wenn sie ihre Muschi verkaufen oder sich einen Schuss setzen, wenn sie ihren Arsch mal hochgekriegt haben. Fat führt uns zu Zimmer 14 in der hinteren Ecke und klopft an. Die Tür geht auf, und Fat stellt uns Irma vor. Ich sehe, sie hat einen blauen Fleck auf der Stirn, der schon schwarz wird, und ihre Augen sind wie von einem Tier, weil sie schnell hin und her zucken und nirgendwo lange hängenbleiben. Jedenfalls fragt Fat sie, wo Augie steckt. Sie sagt, sie weiß es nicht, und dann zeigt Fat auf mich und sagt, dieser Mann hier will, dass du ihn findest, aber nur, wenn du drüber den Mund halten kannst. Da horcht sie auf. Sie will wissen, was sie dafür kriegt. Ich red nicht drum rum. Ich sag ihr, es ist jeden Schuss wert, den sie sich setzen kann. Da reißt sie richtig die Augen auf und sagt, sie wird ihn finden. Die Alte ist echt eiskalt. Ich sage Irma, das wär echt gut für sie, und dann hole ich Luft und lächle und denke: Ich finde den Scheißkerl *tatsächlich*.

JEOVANNI MATTA ALIAS LITTLE ALIAS LITTLE GUY

10. DEZEMBER 1993, 13:30 UHR

36

Ich fahre mit dem Bus zum Strafgericht. Ich steige die Betonstufen von der Temple Street runter und laufe zum Ende des Gebäudes, wo EINGANG steht. Da drinnen haben sie einen Metalldetektor und ein Röntgengerät, also mache ich es wie die anderen und nehme meine Brieftasche aus der Hose, meine Schlüssel, auch meine Buskarte. Ich lege alles in eine weiße Plastikschale, die am Boden ganz schmuddelig und grau ist. Als ich durchgehe, halte ich die Luft an, und der Wachmann auf der anderen Seite schaut mich bloß an und wartet, dass ich nach meiner Schale greife. Ich frage ihn, wo ich jetzt hinmuss, und er deutet mit dem Kopf hinter sich.

Im großen Vorraum ist noch ein Tresen, über dem INFORMATION steht, also frage ich die Polizistin, die dahinter sitzt, nach Safulu.

Sie blättert in ihren Papieren. «Neunter Stock, Abteilung eins-null-zwo, gleich rechts, wenn Sie aus dem Fahrstuhl steigen.»

Vor der Abteilung 102 gucke ich durch die Scheibe und sehe, da sind noch zwei Türen links, wo es in den Gerichtssaal geht. Ich gehe also durch beide durch und setze mich nach hinten. Der Saal ist nicht wirklich voll. Überall Holz. Die Wände. Da, wo der Richter sitzt. Wo die Anwälte sitzen. Sieht richtig klassisch aus. Und darüber die ganze Decke voller Lampen, eine Reihe nach der anderen. Ein Gerichtsdiener in brauner Uniform kommt auf mich zu und fragt, was ich hier zu suchen habe. Er macht mich ganz nervös, wie er vor mir aufragt, und ich presse auf meiner Holzbank die Knie fest aneinander.

«Ich bin wegen der Anklageverlesung hier», sage ich. *Por supuesto.* Warum sollte ich sonst hier sein?

Er will wissen, wegen welcher.

«Ähm, die meines besten Freundes.» Das überrascht mich selbst, als ich die Worte laut ausspreche. *Meines besten Freundes.* Das habe ich noch nie gesagt, aber ich weiß, es stimmt. Ich fühle mich komisch dabei, als ob meine ganze Haut sich auf einmal anspannt.

Er will seinen Namen wissen.

«Äh, Safulu. Jacob.»

Er schaut auf eine Liste, und da muss der Name stehen, weil er sich danach umdreht und mich in Ruhe lässt. Und ziemlich bald darauf kommt der Richter herein, und ich bin überrascht, weil es eine Richterin ist, eine Frau namens Susan Ayers. Sie hat silbergraue Haare und so eine halbe Brille für Leute, die weit noch gut sehen können, aber nah nicht mehr.

Erst kommt ein anderer Fall. Ein Schwarzer mit einer Narbe auf dem Kopf bekennt sich schuldig, weil er schon einen Deal mit der Staatsanwaltschaft gemacht hat. Er kriegt drei Jahre Gefängnis. Darüber weint seine Mutter. Sie sitzt zwei Reihen weiter. An der Stelle gelobe ich, dass ich *mi mamá* niemals so einen Scheiß antun werde.

Y ahora spüre ich eine Hand auf meinem Arm. Es ist Angelas. Sie setzt sich neben mich. «Sie waren noch nicht dran, oder?»

Ich schüttele den Kopf.

«Wie bist du hergekommen?»

«Mit dem Bus», sage ich. «Linie 60, dann die 81. No Neck hat es mir erklärt.»

«Willst du zurück mitfahren?»

«Ich muss versuchen, Jacob im Gefängnis zu besuchen.»

«Ich will Omar auch sehen. Ich fahre dich hin.»

«Oh. Super. Danke!»

«Gern.» Wieder legt sie mir die Hand auf den Arm. «Keine Sorge. Beim ersten Mal ist das hier immer erschreckend. Danach wird es leichter.»

Ich nicke. Ich sitze auf dieser Bank und bin nervös und verstört und will Angela alles Mögliche darüber fragen, was sie Petrillo auf den Bon geschrieben hat, aber das werde ich nicht tun. Der Typ mit der Narbe wird in Gewahrsam genommen, so nennt die Richterin das, und verschwindet hinter einer Tür neben dem Gerichtsdiener. Sein Anwalt greift nach seinem Aktenkoffer und geleitet die Mutter nach draußen, während die Richterin aus einem Becher Wasser trinkt, dem Mann zunickt, der am Schreibtisch neben ihr sitzt, und dann wird der nächste Fall aufgerufen.

Das Volk des Bundesstaates Kalifornien gegen Omar Armando Tavira und Jacob Safulu. Sie nennen das Aktenzeichen.

Angela schiebt ihre Hand in meine. Sie ist warm. Meine ist kalt. Sie drückt. Sie weiß, ich leide für ihn. Ich kann es nicht ertragen, dass ich sie deshalb noch lieber mag.

Wizard steht in seiner dunkelblauen Häftlingskleidung auf und geht zum Tisch in der Mitte vor der Richterbank. Jacob folgt ihm. Sein Kopf ist geschoren. Er sieht aus wie ein Hund, der Angst vor Schlägen hat. Ich will ihn mir schnappen und wegrennen. Er schaut sich nicht um. Wizard schon. Erst sieht er Angela an, und als er mich neben ihr entdeckt, nickt er. Anscheinend freut er sich, dass ich auch da bin, zu ihm stehe. Dann wird die Anklage verlesen, und die klingt übel. Verabredung zum Mord. Mordversuch, weil er ja nicht gelungen ist. Angriff mit einer gefährlichen Waffe. Gefährliche Körperverletzung, wobei ich den Unterschied nicht verstehe.

Die Richterin stellt fest, ob die Beschuldigten im Gerichtssaal sind, und fragt sie, worauf sie plädieren. Sie plädieren beide auf nicht schuldig, und die Richterin wendet sich an ihren Gerichtssekretär, einen dünnen Schwarzen im beigen Anzug und mit Brille, der das Haar sehr kurz trägt, fast kahlrasiert. «Trennen wir die beiden?»

Er hebt die Hände, als wüsste er es nicht.

Der Anwalt, der neben Jacob sitzt, steht auf. Er sagt: «Nick Park, Euer Ehren, ich vertrete Mr. Jacob Safulu. Mein Mandant möchte derzeit, dass die Fälle nicht getrennt verhandelt werden.»

«*Nicht* getrennt?» Die Richterin scheint verwirrt.

«Jawohl, Euer Ehren.»

«Na, selbst schuld.»

Es schmerzt, das zu hören. Das klingt so gemein und unfair, erst recht, wenn die Person direkt vor einem sitzt.

«Außerdem möchten wir den Anklagepunkt der Verabredung bestreiten, Euer Ehren. Der ist im Strafantrag viel zu vage ausgeführt.»

Die Richterin hebt die Hand, als sei es ihr ziemlich egal, was er zu sagen hat. «Miss Mirkovich, ist Mr. Tavira nachweislich Mitglied einer bekannten Straßengang?»

«Jawohl, Euer Ehren.»

«Und ist das Opfer», sie hält inne und schaut auf ihren Tisch, «Lucrecia Lucero, ebenfalls nachweislich Mitglied einer Straßengang, bekanntermaßen die lokalen Rivalen der ersten Gang, zwischen denen es schon häufig gewaltsame Zusammenstöße gegeben hat?»

«Jawohl, Euer Ehren», antwortet die Staatsanwältin.

«Ich halte diese Faktenlage für ausreichend, Mr. Park. Sie mögen mich für altmodisch halten, aber ich vertraue darauf, dass unsere Gesetzeshüter solche Dinge wissen. Wenn Sie die Einschätzung auseinandernehmen wollen, können Sie das bei der Voruntersuchung tun. Wo wir davon reden, was halten die Parteien von heute in einer Woche?»

Die Staatsanwältin reagiert zuerst: «Euer Ehren, ich habe Verfahrensanträge für den sechzehnten und am siebzehnten, können wir den fünfzehnten nehmen?»

Die Richterin schaut zum Sekretär. Er nickt.

«Das können wir ganz bestimmt. Irgendwelche Einwände, Mr. Park?»

«Nein, Euer Ehren.»

«Gut. Freut mich, dass wir das geklärt haben.» Die Richterin räuspert sich. «Also, hat die Staatsanwaltschaft eine bestimmte Kautionshöhe im Sinn?»

«Euer Ehren, die Staatsanwaltschaft beantragt, dass den Angeklagten verwehrt wird, auf Kaution freizukommen.»

Das will Jacobs Anwalt nicht akzeptieren. «Euer Ehren, mein Mandant ist bisher noch nie verhaftet, geschweige denn verurteilt worden –»

«Mr. Park, wenn Ihr Mandant vor diesem Gericht anders behandelt zu werden wünscht, dann hätte er seinen Fall gesondert behandelt lassen sollen. Da er das nicht getan hat, bleibt mir nichts anderes übrig, als beide gleich zu behandeln.» Die Richterin wendet sich wieder an die Staatsanwältin. «Und warum wollen wir die Freilassung auf Kaution verweigern, Frau Staatsanwältin?»

«Wir schätzen das Risiko als zu hoch ein, Euer Ehren. Mr. Tavira ist hochrangiges Mitglied einer Gang und Berufsverbrecher. Die Staatsanwaltschaft hält es für höchstwahrscheinlich, dass es in diesem Fall zu Zeugenbeeinflussungen und Vergeltungsmaßnahmen kommen würde.»

Die Richterin blättert in ihren Papieren und findet nicht, was sie sucht. «Haben wir seine Vorgeschichte?»

Ich nehme an, damit meint sie sein Vorstrafenregister, den ganzen Scheiß, den er bisher angestellt hat.

«Jawohl, Euer Ehren», sagt der Sekretär. Er ist süß, aber ich glaube, das weiß er auch.

Ich beobachte ihn, als er zum Richtertisch geht und ihr einen Ordner hinaufreicht.

«Vielen Dank.» Sie blättert darin, verzieht das Gesicht, blättert weiter. «Sie sind ja ganz vorn dabei, Mr. Tavira.»

Wizard sagt: «Vielen Dank, Euer Ehren.»

Die Richterin schaut wie eine strenge Tante über ihre Brillengläser. «Das war ganz sicher nicht als Kompliment gedacht.»

Sie legt den Ordner beiseite. «Ich bin ganz Ihrer Meinung, Miss Mirkovich. In diesem Fall wird der Haftbefehl nicht gegen Kaution ausgesetzt. Wir wollen uns weiteres Blutvergießen ersparen, nicht wahr? Die Angeklagten werden wieder in Gewahrsam genommen.»

Der Hammer knallt genauso aufs Holz, wie ich es bisher immer nur im Film gehört habe.

ANGELA ALVAREZ

10. DEZEMBER 1993, 18:35 UHR

37

Das Gericht schließt um halb fünf, und dann müssen alle, die dort in Arrestzellen sitzen, wieder ins Gefängnis gefahren werden, also fahre ich mit Jeo sofort danach rüber zum Men's Central Jail. Jeo und ich sitzen hier, seit die Besuchskabinen um fünf für zwei Stunden geöffnet haben. Der Vorraum ist rappelvoll, und vielleicht warten wir umsonst, aber wir warten trotzdem. Zumindest gibt es Getränkeautomaten. Ich hatte schon zwei Diet Pepsi und bin dreimal auf dem Witz von Toilette gewesen. Die meisten Leute hier haben Termine, wir müssen also warten.

Wir kommen erst langsam ins Gespräch, denn hier neben Jeo zu sitzen macht mir ein richtig schlechtes Gewissen wegen der Telefonnummer, die ich Petrillo gegeben habe, aber wir werden schnell warm miteinander. Er kann die Raiders nicht leiden. Ich stehe total auf die Deppen. Wir sind uns einig, dass Long Beach total geil ist. Wir sind beide begeistert von *In Living Color.* James Carrey ist ein echter Knaller. Ich frage Jeo nach dieser Sketchreihe «Men on Film», die sie oft laufen haben. Jeo findet sie ganz gut und meint, manchmal ist es ganz lustig, wie sie lauter Kleinigkeiten in der Gesellschaft zeigen, die sich schwul anhören, ohne das Wort selbst auszusprechen, und das wirft ein ganz anderes Licht auf sie, aber manchmal wird ihm auch unwohl, weil sie immer so übertrieben auftreten, und nicht alle von seiner Seite sind so, aber vielleicht denken die Leute das dann. Er sagt, es gibt jede Menge verschiedene Arten, so zu sein, wie er ist, und spricht dann nicht weiter davon, ich nehme an, weil wir in der Öffentlichkeit sind. Er soll wissen, dass ich es weiß und dass es okay ist, aber vielleicht habe ich das nicht so gut hingekriegt.

Danach kriege ich ihn nicht mehr so richtig zum Reden, und ich denke mir, das liegt wahrscheinlich daran, dass wir beide die Sache mit Jacob nie geklärt haben, und warum wir Schluss gemacht haben, aber irgendwie finde ich auch immer noch, dass er das nicht unbedingt wissen muss. Außerdem will ich ihm aber auch nicht erzählen, wie schlecht ich mich fühle, oder dass ich Jacob vermisse, und wie verwirrend das ist, und wie traurig und wie dumm.

Also sage ich: «Jacob war an dem Abend bei mir, zu der Zeit, als es passiert ist. Habe ich auch den Cops erzählt und so.»

Er guckt mich an, als ob er das schon weiß, aber froh ist, es noch mal zu hören. Froh, dass ich überhaupt was gesagt habe.

Und wir wollen noch weiter drüber reden, aber dann rufen sie meinen Namen auf, und ich gehe zum Tresen, und dann rufen sie ihn auch auf, bloß dass sie nicht *Cheo* sagen. Sondern *Dschi-o-wanni.*

Als er neben mir steht, sage ich zu ihm, dass wir uns dann hinterher draußen treffen, und er nickt mir zu.

Der Vollzugsbeamte nimmt meinen Führerschein an sich und schickt mich mit einem Besucherausweis rein.

Ich komme gleichzeitig mit Jellybean in der kleinen Kabine an. Es gefällt ihm, dass ich mich damit auskenne, wie es hier läuft. Die Telefone werden überwacht, darum muss er drum herumreden, alles ganz natürlich klingen lassen. Und er weiß, ich werde sowieso nicht irgendwelchen Kram auf der Straße für ihn klarmachen, da sind wir uns also einig. Er nimmt den Hörer auf seiner Seite, also nehme ich meinen auch.

«Hey, hey», sagt er. Seine Stimme klingt gut, als würde er durchhalten.

Ich so: «Was geht, Jellybeaner?»

Darauf muss er lächeln und nicken. «Oh Mann, wenn ich gewusst hätte, dass du mir hier so rassistisch kommst, hätte ich den Besuch abgelehnt!»

Er lacht. Ich auch.

«Was hast du überhaupt hier draußen zu suchen? Hast du heute Abend keine Schule? Ist doch Freitag.»

«Ist ja bloß ein Tag. Habe ich schon mit meinen Lehrern geklärt.»

«Und wie läuft das so?»

«Ist halt Schule. Jede Menge zu lesen, Klausuren. Muss bloß noch ein bisschen, bis ich mich zur Prüfung für das Zertifikat anmelde.»

«Das kriegst du.» Er nickt. «Du hast in deinem Leben noch nie irgendwas nicht geschafft, Ang. Du kriegst immer, was du willst.»

Er ist ein bisschen abgelenkt, kontrolliert die Lage. Er beobachtet Leute, dreht sich um, schaut hinter sich. «Also, hey, kannst du bisschen Geld auf mein Konto hier buchen?»

«Habe grad Lohn gekriegt», sage ich, «du hast also schon was drauf.»

«Danke, Ang. Ich brauche *unbedingt* Papier. Nicht schreiben können bringt mich um.»

Nachdem das erledigt ist, will Jellybean wissen, was in der Nachbarschaft los ist. Ich erzähle, dass ich öfter auf die Kinder von unserer Cousine Eliza aufpasse, weil ihre Mama so froh ist, dass er nicht mehr da ist, da fühlt sie sich sicherer. Darüber schnaubt er, sagt aber auch, dass es gut ist, solange es mich nicht am Lernen oder Arbeiten hindert. Ich sage ihm außerdem, dass heute auch Snoop Dogg zur Anklageverlesung musste und dass ihm Kameras und Presse und so durch die Flure gefolgt sind.

Er blinzelt und fragt: «Wie geht's Jerry? Baut sein Vater immer noch Scheiß?»

«Er versucht das Flittchen zu heiraten, mit dem er sich rumtreibt.»

«Mann, war ja klar. Er weiß, dass ich nicht draußen bin und ein Auge auf ihn habe, also macht er, was er will.»

Ich zucke bloß die Achseln. Geht mich nichts an.

«Gut, dann erzähl mir mal, dass du von Jose gehört hast.» Am Ende des Satzes hebt er so das Kinn, damit ich weiß, *der* Jose ist gemeint, aber ich wusste gleich, dass es um Big Fate geht. Ich habe das Gefühl, das war die Frage, um die es ihm die ganze Zeit ging, er musste bloß darauf hinarbeiten.

«Nein, habe ich nicht», sage ich. Und ich weiß auch gar nicht, warum ich von ihm hören sollte, aber ihm scheint es wichtig.

«Okay», sagt er, sieht aber ein bisschen besorgt aus. «Wirst du.»

«Warum?», frage ich.

«Ich hab bloß ein paar Rechnungen bezahlt, wollte ein bisschen beisteuern, wo dir so viel Miete entgeht.»

«Mach dir keinen Stress. Mit ein paar zusätzlichen Frühschichten komme ich schon hin. Sorg dich lieber um dich», sage ich so. «Halt deine scheißlange Nase sauber.»

Er sieht mich mit einem Lächeln an. So als wollte er sagen, würde ich nicht, auch wenn ich könnte. Es *gefällt* ihm, Ärger am Hals zu haben. Und er hat zwar nie darüber geredet, aber ich habe immer irgendwie gewusst, dass er sich auf der Straße so wild aufführt, damit er sich, wenn er wieder eingebuchtet wird, und es gibt immer ein Wieder, von niemandem rumschubsen lassen muss. Er hat Power.

Wir wechseln zum Thema Klageverlesung, und klar, Jellybean hat kein gutes Wort für seinen Anwalt übrig.

«Hast du gesehen, wie Dreamers Anwalt sich reingekniet hat? Alles Mögliche hinterfragt hat? Sicher, er ist nicht durchgekommen, aber er hat's wenigstens versucht! Mann, mir haben sie mit Absicht einen schlechten verpasst. Hat die ganze Zeit keinen Ton rausgekriegt. Bloß dagesessen. Scheiße, wieso kriegt Dreamer einen staatlichen Anwalt und ich so einen verkackten Lehrling? Das hat doch Methode. Sie wollen mich wieder in den Bau schicken, und dafür muss er so scheißinkompetent sein.» Er starrt eine Sekunde in die Gegend, dann lächelt er. «Aber er ist echt nachlässig, und das ist vielleicht auch ganz gut.»

Jellybean sagt mir nicht, was er damit meint.

JEOVANNI MATTA
ALIAS LITTLE ALIAS LITTLE GUY

10. DEZEMBER 1993, 18:44 UHR

38

Y ahora, als Jacob vor mir sitzt, sieht er gar nicht so schlimm aus, und ich hatte nicht geahnt, wie erleichtert ich sein würde, sein Gesicht zu sehen und zu merken, er kommt klar. Das nimmt die Last von mir, die mir die Brust eingeklemmt und mir auf den Schultern gelegen hat. So als hätte ich eine schwere Jacke getragen. Meine Arme sind frei, aber alles andere ist eingeschnürt. Ich lächle und versuche zu atmen, so als wäre alles ganz normal und gut und schön und ich würde Jacob in seinem Overall nicht durch eine Glasscheibe anstarren, und da will ich mir am liebsten gleich die Augen ausheulen, aber das würde ich nie im Leben machen. Das kann ich ihm nicht antun. Ich muss stark sein.

Angela hat mich gewarnt, dass ich über nichts reden soll, was mit dem Fall zu tun hat, weil jemand mithört.

«Wie kommst du klar?», frage ich.

«So gut ich kann, würde ich sagen.»

«Hältst du durch?»

Er guckt nach unten und tippt ein paarmal auf die Tischplatte, als wollte er zur Sicherheit auf Holz klopfen.

«Es wäre viel schlimmer, wenn ich keine Freunde hätte, weißt du? Man kümmert sich um mich. Leute passen auf mich auf. Das ist gut.»

Ich muss zugeben: Ich möchte ihn weiter danach ausfragen, wie es ihm da drinnen geht, aber andererseits auch nicht. Ich merke, es strengt ihn an, drüber zu reden. Schon für mich war es ein harter Tag, und ich kann mir kaum vorstellen, wie es sich für ihn anfühlen muss.

«Meine Mutter war total sauer, als sie es gehört hat», sage ich.

«Echt? Scheiße.» Die Haut zwischen seinen Augenbrauen legt sich in Falten. «Sag ihr, es tut mir leid, Mann. Und dass ich es nicht getan habe. Auch wenn das keinen Unterschied macht.»

«Wieso macht das keinen Unterschied?»

«Weil sie es mir anhängen, *hermano.*»

Mir läuft ein Schauer den Rücken runter, weil er mich Bruder nennt.

«Wann hast du zum letzten Mal davon gehört, dass jemand seinen Prozess gewinnt? Ich meine nicht bloß auf eine geringere Strafe plädieren oder Bewährung kriegen, sondern richtig freigesprochen werden?»

Nein. So was habe ich noch nie gehört.

«Da fällt mir ein», sagt er. «Weißt du noch diese Sache, die an der Ecke Augustine Avenue und Clark Street passiert ist? Bei dem Eckhaus? Ist schon saulange her, nicht erst letzte Woche oder so.»

Ich ziehe wohl ein komisches Gesicht, weil ich mich ganz bestimmt nicht an so was erinnere.

«Ist nicht schlimm, wenn du es nicht mehr weißt», sagt er.

Letzte Woche. Er hat das so gesagt, als wäre das wichtig, als ob es vielleicht was mit dem zu tun hat, was ihm passiert ist, aber die Clark Street ist winzig. Die läuft bloß zwischen Atlantic und Edgebrook Avenue. Oder Phillips Avenue, wenn man nach Norden abbiegt. Und kreuzt die Wright Road. Da liegt eine alte Kirche dran, das weiß ich. Und die Abbott Elementary School auch. Aber eine Augustine gibt es da nirgends, soweit ich weiß, aber ich könnte noch mal mit No Neck da langfahren oder auf einen Stadtplan gucken, aber als ich darüber nachdenke, fällt mir auf, dass ich von überhaupt keiner Augustine irgendwas in Lynwood weiß, nicht mal ein Restaurant oder so was. *En serio.*

Und da wird es mir klar. Das ist eine Information für mich.

Es ist ein Name. Muss es einfach sein.

Augustine Clark oder Clark Augustine. Eins von beiden.

Keine Ahnung, wo er den herhat, oder wie er darangekommen ist, und wenn ich es wissen wollte, könnte ich sowieso nicht fragen, also bringe ich es mit dem zusammen, was ich schon weiß.

Irgendwer hat Scrappy an dem Abend das Leben gerettet. Das wissen wir. Darum sitzt Jacob hier wegen Mordversuch, nicht wegen Mord. Aber wahrscheinlich ist das auch der Zeuge, der mit dem Finger auf Jacob gezeigt hat.

«War das die Stelle», frage ich, «wo, ähm, wo der Typ diese alte Oma wiederbelebt und ihr das Leben gerettet hat, die vor einer Weile aus dem Auto angeschossen wurde?»

«Ja», sagt Jacob und lächelt mich an.

Es ist gut, ihn lächeln zu sehen. Es ist gut, für das Lächeln gesorgt zu haben. Das nimmt noch mehr Gewicht von mir, macht es leichter. «Genau das», sagt er dann. «Weißt du, ob der noch in der Gegend ist? Meine Mutter wollte ihm schreiben.»

Als er seine abgefuckte Mutter erwähnt, weiß ich gleich, die Sache ist ernst. Geht um Leben und Tod.

«Ich kann mal rumfragen», sage ich also.

Aber ich meine was anderes. *Ja. Te lo prometo. Ich werde ihn finden, und wenn es das Letzte ist, was ich tue.*

«Ja, mach das», sagt er.

STAATSANWÄLTIN KRISTINA MIRKOVICH

10. DEZEMBER 1993, 19:07 UHR

39

Mein Bürohandy klingelt, als ich bei einem Date bin, das meine Mutter für mich eingefädelt hat. Ich sitze mit Marina Sedlaks Enkel Peter am Tisch, dem ich wie durch ein Wunder noch nie begegnet bin, obwohl wir unser Leben lang bloß drei Kilometer voneinander entfernt gelebt haben, und jetzt sitzt er mir in Ante's Restaurant gegenüber, das mit den Buntglasfenstern und den hohen Lehnen zwischen den Nischen. Er ist fünf Jahre älter als ich, Klempner und ungefähr so attraktiv wie der Vater bei *Roseanne*. Ehrlich gesagt ist er genauso attraktiv, nur nicht so witzig. Diese Verabredung lässt mich zweifeln, ob meine Mutter mich noch liebt. Beweis: Er ist allergisch gegen Pilze und mag keine Pizza. Als ich ihm sage, wie absurd und lächerlich das ist, weil Pizza im Grunde *alles* sein kann, was man daraus machen möchte, und wenn du Pizza nicht magst, bist du ein Mensch ohne jede Phantasie, weil du ja schließlich die Zutaten selbst auswählst, da macht er ein Gesicht, als hätte ich ihn gekniffen, und erklärt mir, es liegt womöglich daran, dass er kein Brot mag. *Isus Krist.* Ich kenne Peter jetzt siebenunddreißig quälende Minuten, und schon kommt mir in den Sinn, wie praktisch es doch ist, dass der Hafen nur zwei Straßen weg ist, weil ich mich so schneller darin ersäufen kann. Die Chance ist gleich null, dass hieraus was wird, darum nehme ich den Anruf natürlich am Tisch an und gehe dann mit dem Handy nach draußen. Wieder zieht er dieses gekniffene Gesicht, weil er schon nebenbei fallengelassen hat, dass es ihm nicht gefällt, wenn Frauen arbeiten. Ein richtiger Mann, dieser Peter. Ich kann überhaupt nicht begreifen, wieso er Single ist.

«Mirkovich.»

«Kristina Mirkovich von der Staatsanwaltschaft?»

«Genau die. Worum geht es?»

Ich bin durch die große hölzerne Eingangstür getreten und schaue über die South Palos Verdes Street zum Wasser. Für einen Freitagabend ganz schön ruhig im Zentrum von Pedro. Nichts los auf der Seventh Street, noch keine Betrunkenen unterwegs, aber es ist auch erst sieben. Warten wir noch ein Weilchen ab.

«Ma'am, ich rufe aus dem Central Jail an, und ich soll Ihnen mitteilen, dass einer Ihrer Angeklagten gerade bei einem Besuch über eine überwachte Leitung die Namen Augustine und Clark als Straßennamen erwähnt hat. Wir glauben, das war eine verschlüsselte Mitteilung, die den Namen eines Ihrer Zeugen enthält.»

«Haben wir eine Aufnahme davon?»

«Würde ich Ihnen gern bestätigen, Ma'am, aber dafür haben wir kein Geld. Ich würde Ihnen raten, sich einfach drüber zu freuen, dass wir es mitbekommen haben.»

«Ich brauche den Namen des Besuchers.»

«Jeovanni Matta, Ma'am.» Er buchstabiert ihn sicherheitshalber. «Ich wünsche einen guten Abend.»

Ich wünsche keinen guten Abend zurück, weil meiner gerade den Bach runter ist. Ich rufe im Büro an. Margaret ist nicht da.

Ich rufe sie zu Hause an. Als sie abnimmt, höre ich den Fernseher im Hintergrund. Da läuft *Jeopardy!* Ich höre den Risiko-Sound.

«Margaret, ich brauche die Privatnummer von Nick Park.»

Sie sagt, da müsse sie gleich zurückrufen.

Ich lege auf. Kurz blitzt in meinem Kopf der Gedanke auf, dass ich jeden Moment einen Zeugen verlieren könnte, weil jemand wie bei Scrappy einfach hingeht und ihn zu ermorden versucht.

Margaret ruft zurück und gibt mir die Nummer. Ich kritzele sie auf die Rückseite einer Reinigungsquittung, die ich in meinem Portemonnaie finde, lege auf und rufe bei Park zu Hause an.

Eine Frau meldet sich. Auf Koreanisch. Ich entschuldige mich für die Störung und frage, ob ich Nick Park sprechen kann.

Sie wechselt zu Englisch. «Einen Moment, bitte.»

Als er ans Telefon kommt, verpasse ich ihm einen Tiefschlag. «Sie klingt hübsch, Nick. Und *jung.*»

Er erkennt meine Stimme sofort, und sein Seufzer sagt mir, ich solle mich verdammt noch mal um meinen eigenen Kram kümmern. «Was willst du, Kristina?»

Ich schalte einen Gang hoch und beschleunige. «Nick, wenn du diesen Scheiß verzapft hast, dann schwöre ich dir –»

«Hey, Moment mal, was ist denn passiert?»

«Vor ein paar Minuten hat dein Mandant einem Besucher im MCJ verschlüsselt den Namen meines Zeugen genannt.»

«Wie verschlüsselt?»

«Als Straßennamen, also Ecke Augustine und Clark.» Ich lasse das einen Moment sacken. «Ich gehe damit direkt zur Richterin, Nick. Wenn du das warst, dann soll sie dich wegen Missachtung des Gerichts drankriegen.»

«Ich habe keine Ahnung, woher er das weiß, aber ich werde es herausfinden.»

Eine gute Anwaltsantwort, immer auf morgen verschieben, was man heute nicht erledigen will.

«Woher soll Safulu das sonst wissen? Hast du ihm die beeidigte Aussage gezeigt? War sie nicht geschwärzt?»

«War sie, aber ich habe sie ihm nicht gezeigt.»

«Nicht verantwortlich. Verstanden. Woher weiß dein Mandant das also?»

«Taviras Anwalt muss sie ihm gezeigt haben oder hatte die Papiere herumliegen, sodass er sie sehen konnte? Ich weiß nicht. Mir ist nicht wohl dabei, bloß zu spekulieren.»

Aber gerade hat er spekuliert. Für meine Ohren.

«Erklärt immer noch nicht, woher Safulu es weiß.»

«Das ist doch ziemlich offensichtlich, Kristina. Wenn Tavira es wusste, dann reicht das. Sie sind doch gleich danach wieder zusammen ins Gefängnis gefahren worden. Da kann man nicht viel anderes machen als reden.»

Natürlich. Ich könnte Taviras Pflichtverteidiger auftreiben und ihn unter Druck setzen, damit er sein Mandat abgibt, aber das Kind ist schon im Brunnen. Clarks Name ist raus.

«Ich muss auflegen. Schönen Abend.»

Er will was sagen, aber ich lege gleich auf und wähle Monteros Nummer.

«Augenblick.» Er meldet sich und hält dann eine seiner tapsigen Pranken über das ganze Telefon.

Ich höre, wie er von einem Tisch aufsteht und sich entschuldigt. Es wird geflüstert, Gläser klirren. Ich vermute, er hat auch eine Verabredung und gerade genau das gleiche getan wie ich: ist nach draußen gegangen. Als er auf der Straße steht, hupt ein Auto.

«Sprich mit mir.» Willie Montero, immer direkt und zur Sache.

«Jeovanni Matta.»

«Sollte ich den kennen?»

«Ist er Gangmitglied? Ist er gefährlich?»

«Ich bin nicht im Büro, aber du hast Glück. Ich kann die Namen aller Gangmitglieder auswendig, Kristina. Ich bin sozusagen ein menschlicher Computer.» Willie Montero, Meister der Ironie.

«Toll! Dann erzähl mal.»

«Ich bin doch nicht – verdammt, Kris. Willst du damit sagen, dass er zu Taviras Crew gehört?»

«Ich frage *dich*, ob das so ist!»

«Okay, können wir mal ein bisschen runterkommen?» Er pustet ins Telefon, nicht mit Absicht, sondern weil er um Fassung bemüht ist. «Ich kenne keine Mattas, aber das ändert sich ja täglich. Alles im Fluss. Ich habe einen Kumpel beim OSS, der weiß das vielleicht eher. Ich rufe ihn morgen an. Wieso willst du das überhaupt wissen?»

«Safulu hat heute im MCJ Besuch von Matta gekriegt und dabei die Worte *Augustine* und *Clark* gesagt.»

Er begreift. «Ach, der gute alte Augie.»

«Weißt du, wo mein Zeuge ist?»

«Tatsächlich essen wir gerade zusammen zu Abend, wir beide. Ein Traum. Er hat die Suppe bestellt, und ich –»

«Großartig. Wo seid ihr? Ich komme gleich rüber.»

Das meine ich beinahe ernst. Ich will ihn sehen. Andererseits auch nicht. Aber *beinahe* möchte ich sie sehen, die neue Frau.

«Herrgott, Kristina! Hast du mich eben nicht gehört?» Willie Montero kurz vorm Ausrasten. «Ruf einfach Petrillo an!»

«Okay. Mach ich.»

«Gut!»

Er legt auf, als Peter gerade den Kopf aus der Restauranttür steckt. «Kommst du wieder rein?»

Ich schaue ihn an, diesen Typen, der niemals Hühnchen in Marsala essen würde, weil Pilze drin sind, oder eine Pizza Funghi von Niccolo's, und ich schüttele den Kopf. «Ach nein. Tut mir leid, aber danke, nein.»

BEWÄHRUNGSHELFER PHILLIP PETRILLO

10. DEZEMBER 1993, 19:18 UHR

40

Ich bin auf dem Heimweg, als ich die Nachricht auf dem Pager kriege, also gehe ich zum nächsten öffentlichen Telefon (an der 7-Eleven-Tankstelle am Pacific Coast Highway, auf der Seite nach Wilmington) und benutze meine Behörden-Telefonkarte. Gerade als das Freizeichen kommt, dreht sich ein langhaariger, dicklicher Typ mit einer Giants-Cap zu mir und sieht mich an. Er raucht eine Menthol-Zigarette – ungefähr fünf Meter neben den Zapfsäulen, der unfassbare Volltrottel. Ich hebe den Kopf in seine Richtung, damit er weiß, ich sehe ihn. Er nimmt keine Notiz von mir, sondern nimmt noch einen Zug: einen richtig langen. Ein orangeroter Glutring frisst sich durch die Papierhülle. Er ist gute fünf Meter von mir entfernt, aber ich kann das Einsaugen hören.

Ich habe früher selbst geraucht. Ich vermisse es. Ich bin nicht sauer, dass er raucht, aber man kann es richtig und falsch machen.

«Sie sind ein bisschen dicht am Benzin», sage ich zu ihm. «Sie müssen ein bisschen weiter weg rauchen.»

Ich deute mit dem Kinn auf den Ölfleck vor seinen Füßen, der wie ein Regenbogen schillert, und dann zu den Zapfsäulen. Er blinzelt mich an und raucht weiter. Ist er taub oder was? Ich starre ihn durchdringend an, damit er merkt, wenn er die Kippe am Ende irgendwohin wirft, dann gnade ihm Gott.

Ich wähle die Nummer. Es klingelt zweimal.

Eine Frau meldet sich. «Mirkovich.»

Sie klingt hochmütig, so wie hübsche Mädchen manchmal, wenn sie jahrelang gesagt kriegen, dass sie hübsch sind.

«Phil Petrillo. Sie haben mich angefunkt.»

«Danke für den Rückruf. Kristina Mirkovich, stellvertretende Leitung des Dezernats Gang-Kriminalität bei der Staatsanwaltschaft.»

«Wie kann ich Ihnen behilflich sein, Frau Staatsanwältin?»

«Ich muss einen Zeugen ausfindig machen.»

Damit meint sie, ich muss ihn für sie ausfindig machen. Ich fische den Bon von Tom's Burger aus der Tasche. Angelas Telefonnummer steht noch drauf. Dann fummle ich noch einen Stift heraus.

«Häftlingsnummer?», frage ich.

«Tut mir leid, die habe ich nicht vorliegen.»

«Wollen Sie damit sagen, Sie haben nicht alle Häftlingsnummern bei sich, die Sie um sieben Uhr abends womöglich brauchen könnten? Ich bin erschüttert, Miss Mirkovich.»

An dieser Stelle könnte sie mir entweder sagen, dass sie Mrs. Mirkovich ist oder mit ihrem Titel angeredet werden möchte, aber sie lacht nur. Ein gutes Lachen: beinahe flirtend.

«Haben Sie einen Namen?»

«Clark, Augustine.»

Da muss ich lächeln. Scheint mein Glückstag zu sein heute.

«Okay», sage ich, «wurde er aus der U-Haft oder dem Gefängnis entlassen, und wann?»

«Aus dem MCJ», sagt sie. «Heute.»

«Meldeadresse?»

«Resozialisierungseinrichtung.» Sie gibt mir eine Adresse. Das Haus kenne ich. Liegt in Huntington Park.

Ich habe noch eine Frage, aber die erstirbt mir auf der Zunge, als der Dicke mir direkt in die Augen schaut und seine noch brennende Zigarette auf den Boden schnippt. Beim Aufprall fliegen orangerote Funken und Asche.

«Bitte bleiben Sie kurz dran, Miss Mirkovich», sage ich. «Ich habe hier ein akutes Problem.»

«Äh, klar, ich –»

Ich lege den Hörer oben auf den Telefonkasten, hebe die weggeworfene Kippe auf und erwische den Dicken auf der anderen Seite des Ladens, wo er gerade in ein Auto steigen will. Ich klemme ihn an der Fahrertür ein, bevor er sie öffnen kann, und breche dabei seinen Schlüssel im Schloss ab.

Er wehrt sich, ohne Erfolg. Er will schreien, aber ich halte ihm die Kippe dicht vor die Nase. Er muss schielen, als er darauf starrt.

«Friss das», sage ich und drücke die Kippe gegen seine Lippen. Er schüttelt den Kopf.

«Friss das, oder du frisst das.» Ich packe ihn am Handgelenk und drehe ihn zur Seite, bis er meine Dienstwaffe im Halfter sieht. Die erschreckt ihn. Er zuckt, will wegrennen, aber ich drehe ihm den Arm so heftig um, dass er auf die Knie fällt.

«Okay», sagt er. «Okay!»

Er macht den Mund auf. Ich lasse die Kippe auf seine Zunge fallen. Er zieht ein Gesicht, als müsste er kotzen, aber er kaut dreimal.

«Mehr», sage ich. «Zähl bis zwanzig.»

Das tut er und wird dabei immer grüner.

«Runterschlucken», sage ich.

Sein Blick fleht mich an, das zu lassen. Ich erhöhe den Druck auf sein Handgelenk. Er schluckt schwer. Er hustet, würgt. Geschieht ihm recht.

«Mach so einen Scheiß *nie wieder!*» Ich lasse sein Handgelenk los, gehe zurück zum Telefon und greife zum Hörer, als wäre nichts passiert.

«Entschuldigung», sage ich. «Wo waren wir?»

Sie schnauft. Das gefällt mir, es klingt, als wäre sie es nicht gewohnt, dass man sie so warten lässt. «Alles okay?»

«Jetzt schon», sage ich. «Ist irgendwas passiert, dass Clark so wichtig geworden ist?»

«Sein Name könnte an Gangmitglieder weitergegeben worden sein, die ihn womöglich von seiner Aussage abbringen wollen.»

Na, das ist ein Problem. Sicher nicht unerwartet für Augie, aber dennoch ein Problem.

«Er muss sich innerhalb von vierundzwanzig Stunden bei mir melden, und dann würde ich ihn normalerweise wieder festsetzen und Sie benachrichtigen, aber weil das offensichtlich höchste Priorität hat, fahre ich sofort bei der Einrichtung vorbei.»

«Vielen Dank.» Das kommt von Herzen.

«Ist mir ein Vergnügen.» Ich merke, dass sie auflegen will, und schieb noch etwas nach. «Darf ich Sie was fragen, Frau Staatsanwältin?»

«Was denn?»

«Sind Sie mit einem Bezirkspolizisten verwandt?»

«John? Ja. Das ist mein älterer Bruder.»

«Ja, genau der. Sie sind aber keine Zwillinge, oder?»

Wieder lacht sie. «Nein. Gott sei Dank nicht. Drei Jahre auseinander. Woher kennen Sie ihn?»

«Wir haben ein paarmal Softball miteinander gespielt.»

«Echt? Wo?»

«Peck Park», sage ich.

«Sie sind doch wohl nicht aus Pedro?»

«Bekenne mich schuldig», sage ich. «Bin zur Pedro High gegangen, dann weggezogen und vor nicht allzu langer Zeit zurückgekommen.»

«Ist nicht wahr. Was war Ihr Abschlussjahr?»

Ich erzähle es ihr. Wir stellen fest, dass sie zwei Jahrgänge über mir war. Ich kann mich aber nicht an sie erinnern und sie sich auch nicht an mich. War eine große Schule.

«Aber irgendwann müssen wir einander mal gesehen haben. Im Flur aneinander vorbeigelaufen oder so.»

«Auf verschiedenem Kurs gesegelt», sage ich.

«Na, Agent Petrillo, wie wär's damit: Wenn Sie meinen Zeugen finden und sicher wegsperren, dann lade ich Sie mal in Pedro auf einen Drink ein.»

«Abgemacht», sage ich.

«Rufen Sie mich an, wenn Sie ihn gefunden haben.»

«Mache ich.»

Danach sagt sie nichts mehr zum Abschied. Legt einfach auf. Sie ist so der Typ.

Ich steige wieder ins Auto und öffne die noch warme Tüte von King Taco (Burrito mit Hühnchen, nur Fleisch und Extra-Zwiebeln). Das sollte eigentlich mein Abendessen auf der Gartenveranda werden, aber jetzt fahre ich doch nicht nach Hause.

Der Zaun vor dem Haus im spanischen Stil an der Fifty-Eighth Street verrät es. Die Einfahrt hat ein Tor zur Straße, und dahinter endet der Betonstreifen an einem Torbogen mit einem weiteren Tor, mannshoch, das nicht so sehr Leute draußen halten als die richtigen Leute drin halten soll.

Ich habe vorher angerufen. Augie Clark steht schon auf dem verkrauteten Rasen und wartet. Er trägt ein kurzärmliges Hemd und reibt sich die nackten Arme. Als ich ihn zum letzten Mal gesehen habe, hatte er was Langärmliges an. Sonst wäre mir das verräterische Junkie-Tattoo aufgefallen: der Pfau ganz den linken Arm hinunter. Die verblichenen blauen Schwanzfedern bilden an der inneren Ellbogenfalte ein hübsches Muster. Lenken den Blick von den Einstichen ab. Daran merkt man auch, dass er Rechtshänder ist. Spritzt sich in den linken Arm.

Ich biete ihm keinen Handschlag an. «Willkommen zurück, Augie.»

«Agent Petrillo.» Er klingt wachsam.

«Ich habe gerade mit Kristina Mirkovich von der Staatsanwaltschaft telefoniert. Kennst du sie?»

«Ja. Sie sagt, ich hab Chancen auf so was, was Drogengericht heißt.»

«Sicher», sage ich und lasse es klingen wie: *Das wird sich noch zeigen.* «Bist du clean?»

«Alles gut.» Er starrt zu Boden und tritt in die Erde.

«Verarsch mich nicht, Augie.»

«Sie haben mich auf Methadon gesetzt.»

«Und du streust ein bisschen H drauf, damit der Entzug leichter wird?»

Er blinzelt mich an. «I-ich misch nix bei.»

Lügner. Ich frage ihn, wo er dafür hingeht.

«Sechs Straßen von hier.»

Klingt zweifelhaft. «Welche Richtung?», frage ich.

«Richtung Vernon.»

«Du lügst, Augie.»

«N-nein, tu ich nich'. Ist so ein Versorgungsmobil für Obdachlose. Die nehmen auch Leute aus dem Reso-Haus. Sie sagen, sie würden meine Bewährungskarte abstempeln, wenn Sie da anrufen.»

Er zieht einen Flyer aus der Tasche. Es ist eine mobile medizinische Versorgungseinheit, im Grunde nichts weiter als ein Transporter mit Medikamenten und einem halbwegs qualifizierten Arzt darin. Auf dem Zettel steht, es handele sich um ein Pilotprogramm namens «Clean Streets», eine Initiative des Cedars-Sinai Medical Centers.

«Pilotprogramm bedeutet, dass es jeden Tag verschwinden kann.»

«Stimmt, aber, i-ich meine, entweder das oder mit der Linie 60 runter zum Saint Francis.»

«Direkt nach Lynwood zurück? Klingt super. Soll ich Wizards Crew anrufen und ihnen sagen, dass du kommst?»

Er zuckt zusammen. Er hat Schiss. Na sicher hat er Schiss. Er ist ja nicht blöd.

«Wo sind deine Treffen?»

Will sagen: die Treffen der *Narcotics Anonymous*, der Anonymen Drogenabhängigen.

«Cedars», sagt er.

«Wieso bist du so geil auf Cedars? Ist doch viel zu weit. Das hältst du nicht durch. Geh nach Koreatown. Saint James Episcopal am Wilshire Boulevard.»

«Aber da kennt mich kein Schwein», jammert er.

«Eben», sage ich. «Hör zu, Augie, du hast es toll gemacht. Du hast dich an die Abmachung gehalten, und das mache ich jetzt auch. Meinst du, Mirkovich hat dich ganz von allein rausgelassen? Ganz sicher nicht. Ihre Unterschrift steht auf allen Papieren, und im Gericht spielt sie die große Nummer, aber du bist *auf meinen Vorschlag hin* draußen.»

Kristina Mirkovich ist in Wirklichkeit ganz allein auf diesen kleinen Deal gekommen, aber das muss er ja nicht wissen. Im Augenblick ist es besser, wenn er sein großes Glück gar nicht für Glück hält: sondern glaubt, dass ich die Fäden ziehe und die Hand über ihn halte. Dann macht er weiter, was er machen soll.

«Hast du dreißig in dreißig gekriegt?», frage ich.

Könnte auch sein, dass man ihm neunzig Treffen in neunzig Tagen aufgebrummt hat, aber das ist unwahrscheinlich, wenn er bald aussagen soll. Er nickt.

«Gut», sage ich. «Dann reiß deinen Monat ab. Lass dir die Bewährungskarte abzeichnen, und wenn es Zeit wird, dann trittst du wieder in den Zeugenstand und bestätigst deine Aussage. Du sagst: *Jawohl, Ma'am, das sind meine Worte. Ja, Ma'am, das sind die Schützen.* Und das war's.»

Ich höre ihn schlucken.

«Hey, bist du wegen illegalem Waffenbesitz und Drogenhandel angeklagt? Bist du für eine zweistellige Strafe in Pelican Bay gebucht? Nein. Du bist schon halb auf freiem Fuß.» Ich sehe, wie das in sein Hirn sickert. «So weit habe ich dich schon, oder nicht?»

Er starrt auf das tote Gras im Vorgarten und sieht mich nicht an.

«Ich brauche eine Antwort, Augie.»

«Klar», sagt er.

«Und ich kriege dich auch ganz raus. So läuft es nämlich, wenn du mit dem System zusammenarbeitest.»

So lasse ich ihn stehen und gehe fast ein bisschen high zum Auto zurück. Es funktioniert. Wizard und Dreamer gehen in den Bau, und das ist nicht bloß gut für mich, sondern für jeden, den sie eines Tages ausrauben, abstechen oder niederschießen könnten. Es ist gerecht, und ich kann es kaum erwarten, Angela anzurufen.

Ich schiebe die Hand in die Hosentasche und lege sie um den Bon. Er ist warm, fast wie ein Feuerzeug, das ich zu lange brennen lassen und dann heiß in die Tasche gesteckt habe.

ANGELA ALVAREZ

10. DEZEMBER 1993, 19:42 UHR

41

Das Telefon klingelt, also lege ich schnell mein Buch weg, weil ich denke, es könnte Phil sein, der anruft. Mein Herz klopft, als ich in die Küche renne, und dann werde ich sauer auf mich, weil ich so renne, ich will schließlich nicht aufgeregt wirken, und dann fühle ich mich illoyal gegenüber Jacob, und dann blöd, weil ich mich so fühle. Bäh. Seit heute Nachmittag tut mir der Hals weh, und ich hatte Angst, dass es vom Gefängnisbesuch kommt, weil ich die ganze dreckige Luft eingeatmet habe, die sie da bloß immer wieder durch die Luftschlitze raus- und wieder reinblasen. Darum nehme ich einen Hustenbonbon mit Kirschgeschmack, ich habe nämlich immer ein Päckchen neben dem Telefon liegen, und lasse es noch zweimal klingeln, dann nehme ich ab und kann das Lächeln nicht unterdrücken, als ich «Hallo?» sage.

Als Antwort höre ich eine automatische Ansage, die mir verrät, dass der Anruf aus dem County Jail kommt, und mir wird das Herz schwer, mir fällt ein, dass Jellybean gesagt hat, er sei in Abteilung 4700, in einer Viererzelle mit sechs Insassen. An der Rückwand der Zelle haben sie ein Telefon. Mit Prepaid-Karten können sie raustelefonieren, aber man kann sie nicht anrufen. Als mein Cousin sich meldet, frage ich ihn, was los ist.

«Hey, also, ich rufe bloß an, weil ich mich dafür bedanken wollte, dass du dich heute für mich eingesetzt hast. Und für das Geld auf meinem Konto. Das hilft mir grad schon sehr.»

«Kein Problem. Ich bin für dich da.»

Und das *bin* ich auch. Ich war im Gericht, oder etwa nicht? Habe das Geld für ihn eingezahlt?

Aber dann denke ich an Phil und bekomme wieder ein ganz schlechtes Gewissen, weil ich überhaupt daran denke, mit ihm zusammen zu sein, dabei passiert ja im Grunde gar nichts, und außerdem ist es ja auch nicht so, als hätte Jellybean so viel für mich getan. Er bringt mich immer bloß in Schwierigkeiten. Aber dann macht es klick, und mir fällt auf, dass er auf keinen Fall schon Telefonkarten gekauft haben kann. Das könnte er frühestens morgen.

«Hast du schon Telefonkarten gekriegt?», frage ich.

«Nee. Einer aus der Zelle hat mir eine aus seinem Stapel geliehen, er hatte nämlich eine, die schon fast leer ist», sagt er, und dann ein paar Worte zu jemand anderem in der Zelle. «Danke noch mal, Peeper, echt, Mann. Danke, Homeboy.»

Ich höre, wie er schnell die Hand über die Muschel hält, und dann höre ich Sprechgeräusche, kann aber keine Wörter erkennen.

Jellybean spricht wieder zu mir. «Hey, er möchte mit dir reden.»

«Wer?»

«Peeper. Der Typ, der mir die Karte gegeben hat. Keine Sorge. Er weiß, wie ich zu dir stehe. Kein Sex-Talk oder so'n Quatsch.»

Peeper? Wo hat er denn *den* Namen her? Wenn einer «Spanner» genannt wird, dann schleicht er doch wohl nachts rum und starrt bei Mädchen in die Fenster?

«Will ich aber nicht», sage ich, doch zu spät, der Hörer wird schon weitergereicht.

«Hey.» Die Stimme am anderen Ende der Leitung klingt, als hätte er ein Rachenproblem. Jellybeans Mutter hat sich ein bisschen so angehört, kurz bevor sie an Krebs gestorben ist. «Hey.»

Eine Frauenstimme schaltet sich dazwischen. «Sie haben noch eine Minute Sprechzeit.»

Das kann Peeper auch hören. Er beeilt sich. «Kannst du mir erzählen, wie das Wetter heute war, da, wo du bist?»

So ein Idiot ist das. «Äh, das Wetter? Ganz gut, würde ich sagen.»

«Unter ganz gut kann ich mir nichts vorstellen.» Peeper klingt ziemlich enttäuscht. «War es sonnig oder was? Warm? Wie hat es sich angefühlt?»

Ich denke ein bisschen drüber nach. «Es war tatsächlich ziemlich kalt.»

«Wie kalt?»

«Ich weiß nicht, unter zwanzig Grad jedenfalls? Ich hatte eine Jacke an.»

«Hat die Sonne geschienen?»

«Moment mal», sage ich, «hattest du heute keinen Hofgang oder so was? Hast du keine Sonne und keine Wolken und so gesehen?»

«Doch, habe ich», sagt er. «Ich wollte bloß wissen, wie es anderswo war, weg von hier.» Er meint es ganz ernst. Das macht mich ein bisschen traurig.

«Ach so», sage ich. «Also, heute Morgen war es grau in grau, aber als ich zur Arbeit ging, hatte die Sonne den Dunst aufgelöst. Nachmittags ein bisschen windig, wo man so denkt, es könnte Regen geben, aber es gibt keinen. Kennst du das?»

«Ja. Danke», sagt er. «Ich geb dir deinen Cousin wieder.»

Leises Rascheln, dann ist Jellybean wieder dran. «Alles okay bei dir?»

«Ja, aber wir haben bloß noch ein paar Sekunden auf der Karte.»

«Okay, cool, also, du weißt Bescheid, Jose meldet sich irgendwann, sei einfach da, klar?»

«Werde ich», sage ich.

«Und viel Glück beim Lernen. Du bist Krankenschwester, bevor ich hier raus bin, ehrlich.»

Das bleibt ein bisschen hängen. Wahrscheinlich hat er sogar recht.

Ich versuche das letzte Wort zu behalten und will irgendwas Blödes sagen wie Kopf hoch, aber die Leitung ist plötzlich einfach tot, also lege ich den Hörer wieder in sein kleines Häuschen an der Wand. So hat meine Tante das immer genannt, darum tu ich es auch.

O Gott, ich *vermisse* sie. Ich hasse es, so allein erwachsen zu sein. Ich vermisse sogar ihren Kaffee, auch wenn es der schlechteste war, den ich je getrunken habe. Schmeckte immer verbrannt, und so viel Milch drin, dass er ganz schnell kalt wurde. So war sie. Einmal ist sie mit beiden Armen voller Früchte nach Hause gekommen, alle von anderer Leute Bäume gepflückt, Mandarinen, Aprikosen, und sie hat nie um Erlaubnis gefragt. Sie wusste eben, dass sie bloß vergammeln würden, und sonst pflückte sie niemand, also machte sie es. Danach ging sie bei den Leuten vorbei, wo sie das Obst geholt hatte, und brachte ihnen Marmelade oder Gelee, das sie daraus gekocht hatte – wie es in ihrem Betty-Crocker-Kochbuch stand. Ständig hat sie Sachen eingekocht und abgefüllt. Das hat sie mit Jellybean auch versucht, hat ihm ständig gesagt, er dürfe nicht raus, aber konnte es nicht ertragen, so eingesperrt zu sein, also ist er ausgebrochen. Er weiß nicht, dass ich immer noch was von ihrer Pflaumenmarmelade versteckt habe. Ich habe sie für mich selbst aufgehoben, ganz hinten unten in einem Küchenschrank, hinter den Pfannen. CIRUELA steht auf den Etiketten. Ihre Lieblingssorte. Den Schwung hat sie eine Woche vor ihrem Tod gekocht. Sie hat bis ganz zum Schluss gearbeitet. Und alles geordnet, das Haus mir überschrieben und nicht ihrem eigenen Sohn. Ich war das brave Kind. Ich würde es zu etwas bringen. Ich lief Langstrecke. Und Jellybean kannte das ja, dass Häuser auf die Namen anderer Leute eingetragen waren, darum war das auch nie ein Problem zwischen uns.

Wieder klingelt das Telefon und lässt sein Häuschen klappern. Irgendwann wird es einfach von der Wand fallen.

Ich will eigentlich gar nicht rangehen. Jellybean hat gesagt, Peeper hätte einen ganzen Stapel Telefonkarten. Wenn ihm meine Stimme gefallen hat und er immer noch übers Wetter reden will, dann muss ich wohl noch einmal mit ihm sprechen, damit ich zumindest sagen kann, dass ich nicht mehr will.

Ich nehme ab und sage: «Das ist mein Telefon. Was?», weil ich glaube, dass die automatische Ansage kommen wird.

Aber zuerst höre ich gar nichts, und dann eine Stimme, ganz tief – und sexy, ohne es darauf anzulegen. «Hi, hier ist Phil. Du hast mir die Nummer gegeben, damit ich dich anrufen kann.»

«Ja.» Mehr kann ich nicht sagen, weil mein Herz Luftsprünge macht, obwohl ich doch stillstehe.

Und dann sagt er: «Willst du am Sonntag mit mir ausgehen?»

Das fühlt sich unrecht an, aber seine Stimme ist Honig, und es ist saublöd, aber in dem Augenblick denke ich bloß, dass ich noch nie mit jemandem zusammen war, der größer ist als ich. Und er ist größer. Ein ganzes Stück.

Und dann antworte ich: «Kommt drauf an, wo», ehe ich lange nachdenken kann.

Er wartet einen Moment, und irgendwie kann ich ihn am anderen Ende der Leitung lächeln hören.

«Woanders», sagt er schließlich, und ich verstehe, was er meint: nicht hier im Viertel. Und das würde mir gefallen. Das *brauche* ich.

Er schlägt Long Beach vor, und ich weiß nicht, ob das weit genug ist, aber vielleicht doch. Und es fühlt sich alles ganz falsch an, aber Jellybean ist nicht mehr auf Bewährung draußen, also ist er nicht mehr Phils Angelegenheit, das sage ich mir die ganze Zeit, dass diese beiden Dinge nichts mehr miteinander zu tun haben.

Und ich will nein zu ihm sagen, und das sollte ich auch, aber ich tu es nicht.

BEWÄHRUNGSHELFER PHILLIP PETRILLO

12. DEZEMBER 1993, 12:39 UHR

42

Ich komme zwanzig Minuten zu früh in den Potholder am Broadway, um uns einen Tisch zu sichern, aber da sehe ich Angela schon in einer der Nischen auf einer gepolsterten Bank sitzen: Sie beugt sich mit einem Kugelschreiber über ein Lehrbuch und hat die Haare zu einem lockeren Pferdeschwanz zurückgebunden. Sie war noch früher als ich. Das ist ein gutes Zeichen. Vielleicht will sie was von mir. Ich sehe, wie sie eine lange Textstelle unterstreicht. Sie trägt ein schwarzes Top mit einem hohen Kragen und langen Ärmeln, aber unterhalb der Rippen ist es nicht mehr so geschlossen, sondern wird zu einem durchsichtigen Seidenschleier, der über ihrem nackten Bauch flattert. Ihr Bauchnabel ist knapp über der Tischkante. Von hier kann ich bequem unter den Tisch schauen, sie trägt einen schwarzen Rock, der bis zu den Knien geht. Ich denke an ihre Unterwäsche (die mit schwarzer Spitze, ganz bestimmt). Ihre Wadenmuskeln spannen sich an, sie tappt mit der Ferse des rechten Schuhs gegen die Spitze des linken, im Takt des Songs, der aus dem Radio in der Küche schallt. Es ist dieses Lied von Meat Loaf, dem man in letzter Zeit nicht entkommt, wo er singt, dass er alles für die Liebe tun würde, aber nicht das. Ehrlich gesagt ergibt das für mich überhaupt keinen Sinn. Entweder man tut alles oder nicht.

Ich gehe nicht direkt auf sie zu. Ich nehme den Umweg. Sie sieht mich nicht kommen. «Hatten wir nicht ein Uhr gesagt?»

Sie schaut hoch, mustert mich. «Ich habe uns schon mal einen Tisch besorgt. Gern geschehen.»

Damit habe ich nicht gerechnet. Ich setze mich. «Ich wollte dem Mittagsstau entgehen.»

Sie schaut auf die Uhr. «Und dann kommst du *während* des Mittagsstaus? Du bist ein Amateur. Wenn du das willst, musst du um zehn vor zwölf kommen. Das wüsstest du, wenn du in einem Restaurant arbeiten würdest.»

Ihr Haar wippt, als sie das sagt. Was ich ihr nie erzählen werde: Ich habe ein Reisefläschchen Pert Puls Shampoo gekauft. Das benutze ich nicht, aber ich rieche daran, um mich an ihre nassen Haare an dem Tag zu erinnern. Das Fläschchen liegt jetzt in meinem Handschuhfach. Gerüche sind wichtig für enge Bindungen.

Sie klappt ihr Lehrbuch zu. Ihre Lippen: tiefes Burgunderrot, schwarz umrandet.

«Danke», sage ich, «für den Tisch.»

Sie winkt ab, als hätte ich das nicht sagen müssen, aber ich habe es gesagt. Dankbarkeit ist ihr offensichtlich wichtig.

«Teilen wir?» Sie meint die Rechnung.

«Nein», sage ich. «Ich lade dich ein.»

Sie lächelt ihre Speisekarte an, ehe sie den Blick wieder hebt. «Du scheinst ja sehr gern zu frühstücken.»

«Ich kann mir vorstellen, wie du diesen Eindruck gewonnen hast.»

Sie schnaubt und verzieht das Gesicht: die Augen aufgerissen, das Kinn vorgeschoben. So lebendig, so frei habe ich sie noch nie gesehen. Sie wirkt so offen, dass ich mich beinahe frage, ob sie mich an der Nase herumführt, aber dann fällt mir ein, wo wir sind (Long Beach), und ich sehe ein, dass sie sich vielleicht einfach so benimmt, wenn sie aus Lynwood rauskommt. Sie kann sie selbst sein. Kann atmen.

«Hab ich was Witziges gesagt?», frage ich.

Sie setzt sich so kerzengerade wie möglich hin und macht mich nach. «‹Ich kann mir vorstellen, wie du diesen Eindruck gewonnen hast.›» Sie fängt an zu lachen. «Du redest komisch. Das weißt du aber, oder? Sag, dass du das selbst weißt.»

«Ich weiß es», sage ich. «Ist es schlimm?»

Sie kneift die Augen zusammen. «Es ist anders. Es gefällt mir, wie gepflegt du sprichst. Ich bin es nur nicht gewohnt.»

Eine Liste all der Dinge, die Angela Alvarez gewohnt ist: Latino-Gangster, Schüsse in der Nachbarschaft, regelmäßige Hausdurchsuchungen. Ich schaue zur Küche, an die Decke. Ich lasse die Stille arbeiten, und sie tut ihr Werk, denn sie platzt hinein.

«Es ist so übel, dass ich hier bin. Ein paar Leute wären echt stinksauer darüber, weißt du das? Aber du siehst echt *gut* aus, und du hast einen richtigen Job, auch wenn ich den eigentlich hassen sollte.» Sie hält sich die Hand vor die Augen und linst durch die Finger. «Sorry! Das wollte ich eigentlich nicht laut sagen.»

Ich beuge mich vor. «Ich wäre nicht hier, wenn ich nicht glaubte, dass es sich lohnt, für dich was zu riskieren, und um deine vorherige Frage zu beantworten: Ich bin gar nicht so der Frühstückstyp, eher der Burrito-Typ, okay? Solide. Verlässlich. Eine ganze Mahlzeit in einem, das ist was für mich.»

Dieser Wechsel überrascht sie. Sie lacht. «Was?»

«Weiß auch nicht.» Ich stütze den Kopf in die Hände. Ich habe den Kopf seit meiner Kindheit nicht mehr so aufgestützt, aber ich weiß, wie wichtig es ist, ihr Verhalten zu spiegeln – so wie sie das Gesicht zu berühren –, damit sie sieht, dass wir gleich sind. «Im Kopf klang es ganz in Ordnung, aber als es raus war, eher wie das Dümmste, was ich je gesagt habe. Tut mir leid.»

«Mir gefällt's.»

«Was? Der Satz über den Burrito oder dass ich mich so dämlich anhöre?»

«Ähm, beides?» Wieder lacht sie. Sie beugt sich vor und berührt meinen Arm. «Mir gefällt, dass ich dich bisher immer bloß als den Mann erlebt habe, der Sachen in die Hand nimmt, aber jetzt, wo wir hier sitzen, kann ich auch sehen, wie du als Kind warst. Du bist so ein kleiner Junge, der sich Sorgen macht, wie er wohl rüberkommt.»

Die Kellnerin kommt und nimmt unsere Bestellung auf. Ich schaue sie nicht mal an. Ich bestelle das Tagesgericht. Angela will Pancakes und Orangensaft. Außerdem will sie eine Portion Rührei. Dann sagt sie der Kellnerin, dass ich bezahle. Dabei zeigt sie auf mich (sie genießt es), und als die Kellnerin weg ist, fragt sie: «Und, was machst du so, um dich zu amüsieren?»

«Ich hecke Sachen aus.»

Sie lacht laut, ganz unverstellt. Ein Lachen, das nicht daran gewöhnt ist, in der großen Welt draußen zu sein. «Hör auf! Du lügst doch.»

Wieder berührt sie meinen Arm, aber diesmal bleibt ihre Hand liegen. Meine Härchen am Arm stellen sich auf: Gänsehaut.

«Ich spiele Softball», sage ich. Das verbinde ich mit einem sehr ernsten Blick (damit sie sich fragt, was jetzt kommt). «Und ich koche.»

«Hör auf!»

«Ich kann gern aufhören, wenn du willst», sage ich.

Sie hält mir einen Finger vor die Nase, den rechten Zeigefinger. Das bedeutet: *Erzähl weiter. Lass mich jetzt nicht schmoren.*

«Ich grille gern, aber ich mache auch Pasta, Lasagne. Italienisches Essen. Hat mir meine Großmutter beigebracht. Sie hatte keine Enkelinnen, also habe ich es abgekriegt.»

«Wo kam sie her, deine Großmutter? Bestimmt nicht aus L. A.»

«Aus New York, aber ihre Eltern stammten aus den Abruzzen, das sind so Berge in Italien, da wächst der beste Weizen, deshalb machen sie die beste Pasta.»

«Ich hasse Pasta», sagt sie.

Ich weiß, sie macht einen Witz, aber ich spiele mit. Ich liefere ihr die überraschte und schockierte Reaktion, die sie sehen will. Das begeistert sie. Sie wirft den Kopf zurück. Ihre bloße, errötende Kehle: keine Kette darum. Ich möchte ihr sofort eine schenken (vielleicht aus Silber, etwas, was sie beeindruckt, aber nicht zu viel kostet).

Schließlich sagt sie: «Ich mach doch nur Spaß! Ist mein Lieblingsessen. Hab ich so viel gegessen, als ich noch gelaufen bin. Hat meine Tante immer gekocht, aber auf ihre eigene Art. Wenn ich Spaghetti mit Fleischklößchen wollte, habe ich Spaghetti mit Chorizo gekriegt! Oder Marinara mit Chilis!»

«Klingt doch gar nicht so schlecht.»

«War es auch nicht! Mexikanisch-italienisch.» Sie reckt wieder den Zeigefinger zwischen uns in die Luft. «Könnte der nächste große Trend werden.»

Angela blinzelt, schaut nach unten, runzelt die Stirn; offensichtlich in eine Erinnerung versunken.

«War sie eine gute Frau, deine Tante?», frage ich.

«Sie war die beste. Niemand hat je was Schlechtes über sie gesagt, als sie noch lebte, und hinterher auch nicht. Und das ist echt selten. Normalerweise will immer irgendwer tratschen oder über dich herziehen oder irgendwelche Geheimnisse ausplaudern, wenn du nicht mehr da bist.»

«So sind die Menschen», sage ich. «Überall.»

Sie streicht sich das Haar glatt, prüft ihren Pferdeschwanz. «Du bist ein weiser alter Mann, weißt du das?»

Ich lächle. «Und wobei hast du Spaß?»

Da beißt sie nicht an. Sie lässt den Kopf kreisen. Ihre Halswirbel knacken. «Ich habe Spaß bei der Arbeit. Und in der Schule.»

«Klingt beides nicht nach Spaß.»

Wieder blinzelt sie und kneift die Augen zusammen. «Ich hab keine Zeit für Spaß. Ich habe eine Hypothek geerbt, alter Mann.»

Ich setze nach. «Das sagst du jetzt schon zum zweiten Mal. Hast du ein Problem mit meinem Alter?»

Ihre Schultern sacken herunter. «Nein.»

«Wie alt bist du?», frage ich.

Sie starrt mich an, ein wenig Unsicherheit im Blick, fragt sich vielleicht, ob das ein entscheidendes Kriterium ist. «Nächstes Jahr werde ich neunzehn.»

Das perfekte Alter (unverdorben). Ich lasse mir nichts anmerken. Rühre keinen Muskel. «Also achtzehn.»

Sie wird rot, als sie weiterspricht. «Sieht noch nicht so aus, als wärst du abgeschreckt.»

«Oh», sage ich, «das kommt später.»

Sie lacht wieder so: überrascht, glücklich, glücklich über ihre Überraschung. Mein neuer Lieblingsklang, den ich am meisten hören will, den ich jetzt schon brauche.

Sie senkt die Stimme. «Hast du mich für verrückt gehalten, als ich dir meine Nummer aufgeschrieben habe? Du weißt schon, dass niemand hiervon Wind bekommen darf, oder?»

«Ich weiß. Ich habe so was noch nie gemacht.» Das ist nicht gelogen, wenn man Renee nicht zählt (und sie zählt nicht, die Nutte). «Ich weiß nicht genau, was ich jetzt tun soll. Ich weiß nur, dass ich mehr mit dir reden will.»

«Ich will auch mehr mit dir reden.»

Das Essen kommt und steht dampfend vor uns. Sie greift zur Gabel, aber ehe sie sich über die Pancakes hermacht, sagt sie: «Hast du jetzt gerade eine Pistole dabei?»

«Habe ich immer.»

«Gut» sagt sie.

«Warum?»

«Nur damit du mich beschützen könntest, falls es jemals nötig wäre.»

«Ich werde dich immer beschützen», sage ich und halte ihrem Blick stand.

Sie schaut nicht weg.

JEOVANNI MATTA
ALIAS LITTLE ALIAS LITTLE GUY

12. DEZEMBER 1993, 13:30 UHR

43

Sie sitzt eine Stunde da drin. Sie fasst ihn an den Arm. Sie macht ihm schöne Augen. Sie lacht mehr, als ich sie je habe lachen sehen, aber vor allem macht mich fertig, wie unbekümmert sie die ganze Zeit ist, wie sie den Kopf zurückwirft, sich in die Haare fasst. Am Ende nimmt sie ihn in den Arm. Richtig lange. Sie wollen es beide.

Ich bin auf dem Beifahrersitz, No Neck hinterm Steuer. Jerry sitzt hinten.

Ich sage bloß so ins Auto: «*Dios mio,* Scheiße, Mann.»

Der Bewährungshelfer ihres eigenen Cousins. Das macht mich so krank, Mann, aber da mischt sich noch was ganz anderes rein, und das würde ich niemandem erzählen, aber ich staune über ihren Mut. Sie versucht, den zu lieben, den sie lieben will, obwohl sie weiß, wie gefährlich das ist. Mann. Dafür fehlen mir echt die Worte.

Petrillo bringt sie zu ihrem Auto, öffnet ihr die Tür, winkt ihr nach, als sie nach Lynwood zurückfährt. Ich wette, sie hält unterwegs noch mal an und zieht sich um. Wischt sich den Lippenstift ab. Tut so, als wäre das alles nicht passiert. L. A. ist riesengroß, wenn man weiß, wie man sich verkrümeln kann. *Y ahora* kriege ich so ein ganz verrücktes Gefühl.

No Neck schnitzt gerade mit einem Messer, das er irgendwo mitgehen lassen hat, an seinem Daumennagel herum. «Was los, Little?»

«Er war's.»

«War was, *homes*?»

«Petrillo hat die Pistole vom Tatort mitgenommen, wo Scrappy angeschossen wurde.»

«Und warum bitte?»

«Das Warum hast du direkt hier vor der Nase, No Neck! Er wollte alle aus dem Weg haben, um an Angela ranzukommen. Wenn sie alle im Knast sitzen, ist er doch der Gewinner. Kann sich mit ihr verabreden und alles.»

Von hinten meldet sich Jerry. «Verdammt, Mann. Das ist krank. Das ist eiskalt, Mann.»

No Neck schnallt es immer noch nicht. «Aber wie denn?»

«Weiß ich noch nicht», sage ich, «aber ich weiß, die Pistole hat einer untergeschoben. Wenn wir Augie Clark finden, kriegen wir raus, wie sie dahingekommen ist.»

No Neck ist mit seinem Nagel fertig. «Irma sagt, sie hat gehört, er wäre im County Jail, aber als sie da angerufen hat, war er nicht mehr da, also haben sie ihn entweder verlegt, oder er ist draußen.»

«Diese Irma ist wie ein Hund auf der Fährte», sagt Jerry.

Y ahora hängt mir Angelas Lächeln nach. Bringt mich zum Nachdenken. Die Menschen sind einfach so verkorkst und so *selbstsüchtig*. Sogar die, die du gernhast, verraten dich und die Menschen, die du liebst. Mit diesen Menschen wirst du nur fertig, wenn du ihnen Angst machen kannst. Anders geht es nicht. Das begreife ich jetzt. Ich sehe diese Macht, und ich will sie nutzen.

«Und da ist noch was», sage ich. «Wenn dieser Typ die Waffe versteckt hat, dann möchte ich wetten, dass Angela überhaupt nichts davon weiß. Wenn wir also rausfinden, was wir rausfinden müssen, dann können wir das gegen beide verwenden.»

«*Chingón.*» Das war No Neck.

Jerry haut ihm auf die Schulter. «Echt jetzt, oder?»

Dann schlägt er auch mir auf den Arm. «Du wirst aber schnell zum Gangster, Mann! Hätte gar nicht geahnt, dass so was in dir steckt, ist aber so.»

«Wirklich wahr.» No Neck guckt mich an, als wollte er mich

einschätzen, dann lässt er den Wagen an. «Ach, übrigens, habt ihr schon gehört, dass Scrappy heute aus dem scheiß Krankenhaus gerollt ist?»

Ich bin verwirrt. «Gerollt? Wie das?»

«Na, *gerollt* eben, *homes*. Im Rollstuhl.» Jerry pumpt mit den Armen, als ob er dahinten in einem Rollstuhl sitzt und tatsächlich irgendwohin unterwegs ist.

LUCRECIA LUCERO
ALIAS SCRAPPY

13. DEZEMBER 1993, 08:37 UHR

44

Ich bin zum allerersten Mal im Gerichtsgebäude von Long Beach oder überhaupt in irgendeinem Gericht wegen irgendwas, ohne dass ich Handschellen trage. Bin auch zum ersten Mal im Familiengericht, und das ist echt ein beschissenes Trauerspiel da. Eine verdammte Prügelepidemie, bei der sich nur Frauen anstecken. Meine Mutter sieht echt schlimm aus, Mann. Mehrere Finger gebrochen. Kopf aufgeschlagen. So scheißdumm das alles, ehrlich. Sie haben mir gesagt, ich soll nicht einfach aus dem Krankenhaus abhauen. Aber mein Homeboy hat einen Rollstuhl geklaut, und jetzt sitz ich hier und fülle Formulare aus. Antrag auf vorläufiges Kontaktverbot wegen häuslicher Gewalt, darum geht es.

Bloß alles richtig machen – das will meine Mutter, seit es passiert ist. Ich hab ihr erzählt, dass dem Typen, der sie geschlagen hat, vielleicht was passieren könnte. Ich hab nicht mal *meinem Vater* gesagt. Diese Verbindung hab ich ganz unter den Tisch fallen lassen. Bin vage geblieben, aber trotzdem klar, verstehst du? Also, dem Typen könnte was zustoßen, verstehst du? Diesem Freund von dir, der dich nie geheiratet hat, der dich wegen irgendeiner jüngeren Muschi sitzenlassen hat. Dem Typen, der dir nie Geld oder irgendwas geschickt hat. Der dir sogar noch Geld geklaut hat. Vielleicht könnte der Typ einen Unfall haben. Man kann ihm was anhaben, verstehst du?

Aber davon fing meine Mutter erst richtig an zu weinen. Das

alles hat doch erst die Kugeln zu meiner Tür gelockt, sagt sie, so zu sein, solche Entscheidungen zu treffen. Böse Taten bringen Böses, hat sie gesagt, nur dass sie das spanische Wort genommen hat. *La maldad,* hat sie gesagt.

A mal nudo, mal cuño, hab ich ihr geantwortet. Auf einen groben Klotz gehört ein grober Keil, Scheiße.

Und daran muss ich jetzt denken, als ich diese Menge von Frauen in diesem kleinen Büro sehe, so eine traurige lange Schlange und die vielen Beamten hinter Glas. Hier stehen an die dreißig von uns, dabei haben sie gerade erst aufgemacht! Zwei mit blauen Augen, eine sogar mit einem gebrochenen Arm. Und da krieg ich so ein Gefühl, also, Scheiße, vielleicht müssen wir mal aufstehen, verstehst du? Ehefrauen und Freundinnen mit Schusswaffen und Baseballschlägern. Eine verdammte *Frauengang.* Alle sollen es wissen, wenn ihr uns zu nah kommt, seid ihr dran. Nur so kann man das stoppen, denk ich mir. Eine gewisse Sorte schwächlicher Typen begreifen überhaupt erst, was Prügel anrichten, wenn sie selbst verprügelt werden. Die feigen Wichser verstehen nicht mal Schmerzen, bis sie selbst Schmerzen spüren, versteht ihr mich?

Wenn ich zu Hause und nicht im Krankenhaus gewesen wäre, als mein Vater ihr das angetan hat? Der Dreckskerl hätte was gespürt, Mann! Greift sie an dem Abend an, wo sie gerade von ihrer Behandlung wegen Dehydrierung zurückkommt. Wisst ihr, dass er draußen gewartet hat? Er hat keinen Schlüssel. Hat ihr aufgelauert, wie die Anwälte sagen. Mit Vorsatz. Und als sie nach Hause kommt und es ihr total beschissen geht und sie mir bloß Socken holen und duschen und sich umziehen will, da geht er auf sie los und schlägt sie? Und schreit, das ist alles ihre Schuld, was passiert ist? Dass sie mich besser beschützen müsste? Also bitte, Mann! Seit wann hast du denn irgendeinen Scheiß auf mich gegeben, außer auf das Geld, um das du mich ständig angeschnorrt hast? Außerdem: Dass ich umgepustet wurde, geht allein auf mich. Nicht auf sie. Ich weiß, was ich getan hab. Und wie gesagt, wär ich da gewesen, als er auf sie losging – dann hätte ich dem Wichser richtig den Arsch versohlt. Und das werde ich auch noch, wenn ich ihn das nächste Mal sehe. Mir doch egal. Die Leute machen nur so viel Scheiß, wie du sie machen lässt. So wie ich: Wenn ich an dem Abend nicht wegen dieser Null Augie aus dem Haus gegangen wäre, hätte ich nichts abgekriegt. Das geht allein auf mich, weil ich so scheißdämlich war.

Mist. Ich bin total auf Schmerzmitteln, und ich kann überhaupt nicht richtig schlucken, seit das passiert ist. So als hätte ich irgendwas in der Kehle stecken, was nicht weggeht. Ich weiß, sie haben mir erzählt, die Kugel sei glatt durchgegangen, aber so fühlt es sich nicht an. Eher so, als ob sie in mir steckt und nie wieder rauskommt, aber das ist auch scheißegal. Ist ja nicht so, als könnte ich deshalb nicht schreiben. Meine Mutter beobachtet mich. Sie ist ein Habicht, Mann, ein Adlerauge. Da gibt es so eine Zeile, wo man eintragen muss, wer durch das Kontaktverbot geschützt werden soll, da schreibe ich unsere Namen und noch den von meinem Sohn hin.

Die drei Krankenschwestern und die beiden Ärzte haben alle gesagt, ich würde Wochen brauchen, bis ich wieder gesund bin. Ich hätte viel Blut verloren, haben sie gesagt. Aber dann hab ich sie gefragt: Habt ihr mir nicht neues Blut reingepumpt? Und sie so: Ja, schon. Also ich so: Na dann! Dann laberten sie was von «lebenswichtige Organe verfehlt» und was ich für ein Glück habe, dass ich noch am Leben bin. Also bitte! Ich hab ihnen gleich mal eine ganze Latte von Leuten aufgezählt, die ich persönlich kenne und die in genau demselben Krankenhaus waren, weil sie Kugeln abgekriegt hatten, und es überlebten. Einen für jeden Finger, dann noch mal von vorn, und als ich noch dreimal durch war, hab ich aufgehört. Ich hätte noch weitermachen können. Angeschossen werden heißt hier bei uns gar nichts, weiß jeder. Mann, für manche zählst du noch gar nicht richtig, solang du keine Kugel gefangen hast.

So ein Detective ist hier gewesen, hat meine Mutter gesagt. Montero heißt der. Ist sogar einmal im Krankenhaus vorbeigekommen und hat mir ein Blatt mit meinen Opferrechten dagelassen.

Scheiß drauf. Meine Mutter meint, der Nachname von dem Typen ist eigentlich so was wie ein Beruf. So heißen die Leute, die bei einer Jagd in den Bergen mitlaufen und mit einem Knüppel auf die Büsche schlagen, damit die Vögel auffliegen und geschossen werden können. So Treiber. Ich glaub ihr das. Meine Mutter hat was im Kopf. Ständig liest sie, und was sie liest, behält sie auch. Ich wünschte, ich könnte das auch. Dann wär's vielleicht besser gelaufen in der Schule. Na ja, wahrscheinlich nicht. Als ich schwanger wurde und Adrian gekriegt hab, war die Schule für mich gelaufen. Diesem Bergtreiber-Arschloch werde ich kein Wort erzählen, das ist mal klar. Da werden sie mich schon zwingen müssen, vor Gericht auszusagen. Mich richtig vorladen, versteht ihr? Und selbst dann werd ich bloß dasitzen und kein Wort sagen. Und wenn sie mich wegen Missachtung drankriegen, mir scheißegal. Sperrt mich doch ein. Das sitz ich ab.

Aber der Dreck ist, ich habe eine fette Linie überschritten. Die Linie, die von den großen Jungs in den Sand gezogen wurde und die keiner übertreten darf, haben sie gesagt. Die Linie, die Schwarz und Braun trennt. Aber ich hab sie übertreten. Sogar mit Absicht. Weil ich dachte, wir verlieren das Haus, wo meine Mutter immer diese Kopfschmerzen hat und nicht arbeiten kann. Der einzige Stoff zum Verticken kam aus Mexiko, über El Farallon, und ehrlich, ich hab anständig Steuern draufgezahlt, jede Menge Gangstersteuern, also sollten alle zufrieden sein. Aber wenn der ganze Rest des Südens auf dem Trockenen sitzt und diese Crips keine Lieferungen mehr kriegen, nicht aus Houston, nicht aus Louisiana oder wo ihr Scheiß herkommt, und wenn ich Verbindungen zu dem einzigen Lieferanten der Stadt habe und ein verzweifelter Crip einen richtigen *Batzen* haben will und mir das Zehnfache des Straßenwerts dafür zahlt? Scheiße, Mann! Und wenn ich dann sehe, dass wir noch ganz andere Geschäfte machen können, wenn ich ein bisschen Stoff nach Compton runterschaffe und Adrians Vater zum Einsteigen kriege, damit es nicht so aussieht, als würde ich das Zeug selbst verticken, dann war's das. Ich hab's getan, Mann. Das einzig Schlimme daran ist, dass die großen Jungs es mitgekriegt haben. Aber Scheiße, ich atme noch, darum bereue ich nichts, auch nicht wegen diesem ganzen Schwarz-gegen-Braun-Mist.

War nicht immer so. So ein Krieg. War nie gut, aber auch nicht so wie jetzt, dieses *Scheiß auf jeden, der nicht wie du und deine Familie aussieht*, jedenfalls nicht bis vor Kurzem.

Adrians Daddy und ich sind zusammen zur Mittelschule gegangen. Da waren alle möglichen Leute von überall her. Thais. Ein Typ von irgendwo aus Arabien. Alle waren von irgendwo. So bin ich aufgewachsen. Das waren die Achtziger, Mann. War nicht alles gut, wie gesagt, aber auch nicht so ein krasser Hass. Schwarz und Braun haben sich vermischt, und mir konnte keiner was erzählen. Mom hat es versucht. Auf jeden Fall. Aber mir mit so was zu kommen wie «Treib dich nicht mit diesem Jungen rum»? Scheiße. Das zieht bei mir nicht. Ich war ein Dickkopf hoch zehn. Ich bin ausgegangen und weggeblieben. Blaumachen und Party feiern? Haben wir schon gemacht, bevor sich irgendwer coole Namen dafür ausgedacht hat. Keine Ahnung, wie sie das heute nennen. Bei uns hieß es schwänzen, abklemmen, rumhängen. Heutzutage denken so viele junge Idioten, sie hätten Sachen erfunden. Blitzmeldung, ihr Dummies: Habt ihr nicht. Die Achtziger waren viel härter, als Crack aufkam. Mann, von dem Zeug haben Leute den Verstand verloren. Der Vater von Adrians Daddy ist wegen Mord in den Knast gewandert, nach Chino, und alles, weil er das Zeug verkauft hat. Darum ist seine Familie dann auch weiter nach Süden gezogen.

Wie gesagt, ich bereue nichts. Jetzt atme ich noch, aber *weiteratmen*, das ist was anderes. Ich hab schon flüstern hören, dass Wizard hinter Gittern ist und meinetwegen angeklagt, und das ist auch cool, ist ja nicht so, als würd er's nicht verdienen, aber ich muss mich mit Wizards Leuten treffen. Meine Homies sind gute Leute. Sie sind stark, ihnen ist alles scheißegal, Mann, aber sie können mich nicht überall schützen. Aber Wizards Leute – die müssen wissen, dass ich das Maul halten werde, und ich muss für mein Maulhalten irgendwas raushandeln. Sonst weiß ich echt nicht, was ich tun soll.

Meine Mutter haut mir gegen den Arm. Sie winkt, dass ich weiterschreiben soll, das Formular zu Ende ausfüllen. Sie will jetzt alles korrekt machen. Aber das ist echt nicht mein Ding.

TEIL 6

UNTER DORNEN

Wer wir sind und was wir tun,
erscheint uns
wie ein Mann im langen schwarzen Mantel,
ein Geldeintreiber,
der uns ein Papier zur Unterschrift hinhält
und sagt, wir hätten keine andere Wahl
als zu unterschreiben.

Jimmy Santiago Baca, «Verantwortlichkeit»

OMAR TAVIRA ALIAS WIZARD

13. DEZEMBER 1993, 13:14 UHR

45

Im Hof regnet es. Große Tropfen fallen durch die Zaunmaschen und klatschen auf den Beton, als ich mit einer Crew von *Sureños* unter dem Dach bei den Handballwänden abhänge, damit wir das Wasser genießen können, ohne nass zu werden. Das ist entscheidend. Wenn du hier nass wirst, schleppst du die Nässe mit nach drinnen und wirst die Kälte nie wieder los. Die sickert dir in die Knochen. Macht dich krank. Ich versuche daraus was zu reimen, aber ich halte mich zurück. Ich habe mein Notizbuch nicht dabei. Und ich will mir jetzt nichts ausdenken, nur um es dann wieder zu vergessen.

Außerdem bin ich abgelenkt, weil ich immer die Tür im Blick behalten muss und so ein Song von Counting Crows aus den scheppernden Lautsprechern dröhnt. Es ist hauptsächlich so eine Schrabbelgitarre und ein Typ, der immer wieder «Mister Jones and me» singt, aber dann kommt eine Zeile, wo er darüber singt, durch den Barrio zu schlendern.

Neben mir prustet jemand verächtlich. «Yo, was weiß der Idiot denn über Barrios?»

Ein anderer Homie lacht. «Schlendern, was? Der Typ hat *schlendern* gesungen? Also ganz locker spazieren oder wie? Das sollte er mal bei mir in der Hood versuchen. Und sehn, wie weit er kommt.»

«Wir könnten gleich mit ihm zum Krankenhaus schlendern. Zum White Memorial, Mann.» Jetzt wieder die erste Stimme. «Wer sucht eigentlich diese Scheißmusik aus? Wir müssen da mal was anderes auflegen lassen.»

Ich nicke, aber niemals wird uns irgendein Wärter aussuchen lassen, was wir hören wollen. Ist eine Machtfrage. Wahrscheinlich stehen sie auch drauf, uns diesen grauenhaften Mist hören zu lassen, aber mir ist es egal. Ist nett, überhaupt Musik zu hören, auch wenn ich sie nicht mag. Das heißt, dass die Welt sich noch dreht und es mehr gibt als Zellen und Hofgang. Dreamer tritt mit seiner Zugangskarte an die Tür. Mann, als ich das sehe, bin ich bloß erleichtert. Ein Wärter untersucht ihn, aber dann ist er drin. Ich lasse die Crew hinter mir und treffe ihn auf halbem Weg. Wir finden eine Stelle, wo wir uns mit trockenen Köpfen und einer Wand im Rücken auf den neusten Stand bringen können.

«Ich dachte, du würdest mindestens den Hofgang gestrichen kriegen. Haben sie dich nicht ins Loch gesteckt wegen dieser Scheiße mit Augie?»

Er zuckt die Achseln, soll heißen: wohl nicht. Aber glücklich sieht er nicht aus. Eher so, als wollte er mich einschätzen, rausfinden, ob ich ihn reingeritten habe, und das ist schlimm, denn das habe ich. Ich habe ihm sogar erklärt, wie er es mit Straßennamen verschlüsseln soll und so. Tut mir leid, dass sie ihn erwischt haben, aber nicht, dass ich es getan habe. Dreamer war die einzige Möglichkeit. Der Zeugenname musste raus zu Jerry und No Neck, damit sie sich drum kümmern können. Und ich selbst konnte es nicht machen, nicht bei Angela.

Ich spreche aufrichtig zu ihm. «Hör mal, Homeboy. Das Ganze tut mir leid. Ich wünschte, ich hätte mit Little sprechen können, ging aber nicht, also dreh nicht durch deswegen.»

Das macht es aber nicht besser. Er ist immer noch sauer. Ich merke, er vertraut mir nicht mehr so wie vorher, aber das ist okay, er muss mir auch nicht vertrauen. Er muss nur tun, was ich sage, wenn er hier drin klarkommen will. Das weiß er. Er nickt.

«Gut, alles klar.» Ich beuge mich zu ihm. «Sie sind kurz davor, mich zu verlegen. Das spür ich.»

Nicht ohne guten Grund. Irgend so ein Typ ist an dem Stoff gestorben, den ich mit reingebracht habe. Können sie mir nicht anhängen, aber sie sind misstrauisch. Die Drogenfahnder haben mich zum Gespräch geholt. Sie wollten Informationen, ich sagte, ich hätte keine Ahnung, aber ich habe ihnen erzählt, was sie hören wollten, nämlich dass ich mich umschauen, Fragen stellen, Nachforschungen anstellen würde. Der machtlose Durchschnittshäftling würde so was als Zeichen des Respekts vor den Aufsehern betrachten, aber so ein OG hat mir verraten, dass es für die Wärter viel einfacher ist, bloß mit einem zu reden statt mit dreißig Leuten, sie brauchen also die Gruppenbosse hier genauso wie wir selbst. Die Hierarchie, die wir etabliert haben, hilft dem System, schneller zum Punkt zu kommen. Sie behalten ihre Autorität. Die Bosse behalten ihre Macht. Besser für alle Beteiligten.

Am selben Scheißtag war ich auch noch beim Verhör mit dem Chef der Abteilung Bandenkriminalität, und der wollte wissen, woher Dreamer den Namen Augustine Clark kennt. Ich habe gesagt, ich weiß es nicht, aber der Typ ist echt fit im Kopf. Er hat gemerkt, dass ich ihm was vormache. Ich dachte, ich könnte meinen Namen aus der Sache raushalten, aber sie wussten schon, dass es mein Anwalt war, der mir die Papiere gezeigt hatte, und dass ich den Namen an Dreamer weitergegeben hatte. Der Abteilungsleiter meinte, die Staatsanwaltschaft wollte deshalb meinem Anwalt an den Kragen, aber das weiß ich erst mit Sicherheit, wenn ich das nächste Mal zur Rechtsberatung zugelassen werde.

«Jetzt geht es nicht mehr darum, nicht aufzufallen», sage ich zu Dreamer. «Von jetzt an gehst du wie ein G. Benimmst dich wie ein G. Wenn du irgendwas brauchst oder tun musst? Tritt hart auf, so als könnte dir alles scheißegal sein. Gibt Leute, die auf dich aufpassen, ein paar von den großen Jungs, und das ist auch gut so, denn ich werd dir nicht mehr lange den Rücken freihalten.»

«Das ist doch scheiße.» So wie er das sagt, kann ich nicht entscheiden, ob er es ernst meint oder nicht.

Aber ich rede weiter. «Ist es auch, aber die Unterbringung kann ich nicht beeinflussen. Sei froh, dass wir so lange zusammenbleiben konnten. Wenn ich weg bin, hörst du von mir nur noch über die *wilas*.»

Er kneift die Augen zusammen, und ich muss es ihm erklären. «*Wilas*. Drachen, Mann. So ganz klein gefaltete Zettel mit winziger Handschrift drauf. Die ersten, die ich zu sehen gekriegt habe, sahen aus wie die Papierknäuel, mit denen man auf dem Tisch Fußball spielen kann, aber jetzt sind sie noch kleiner. Und jetzt das Nächste, und das ist wichtig: Schreib nie selbst eine *wila*. Du darfst sie nur empfangen. Wenn du sie gelesen hast, lass sie verschwinden. Iss sie auf. Spül sie ins Klo. Du darfst niemandem Beweise gegen dich in die Hand geben, wenn was auffliegt.»

Da zuckt sein Kopf hoch. «Bloß gegen mich? Du schreibst auch keine?»

«Irgendwer anders wird seinen Kopf hinhalten, nicht ich.»

Bei dem Satz verändert sich sein Blick, und ich kann beinah sehen, wie er im Kopf die Verbindung zu dem Scheiß mit Augustine Clark zieht, aber dafür habe ich jetzt keine Zeit.

Ich stoße ihm den Ellbogen in die Seite. «Es passiert irgendwas bei den *mayates*. Weiß nicht, ob du's gemerkt hast, aber ihr Boss ist verlegt worden.»

Er schüttelt den Kopf. Nein, der Trottel hat nicht gemerkt, dass der Boss der Schwarzen rausgeflogen ist.

Ich hau es ihm um die Ohren. «Scheiße, Mann, Dreamer! Du *musst* einfach besser auf solche Sachen achten. Informationen halten dich hier drinnen am Leben, Homeboy. Dadurch siehst du den Ärger, bevor der Ärger dich sieht und dich mit reinzieht.»

«Verstanden, Wizard.»

«Hoffentlich.» Ich starre ihn an und lasse das tief einsinken, ehe ich wieder zur aktuellen Sache komme. «Erinnerst du dich an Big Dev aus der Arrestzelle? Der ist verlegt worden.»

Dreamer nickt. Er erinnert sich. Ich habe ihm nie erzählt, dass Dev und ich zusammen in Chino gesessen haben oder dass da einmal in der Kantine eine Schlägerei losging, und Dev hätte mir den Schädel einschlagen können, hat aber stattdessen dem Wärter eine verpasst, der mich verprügeln wollte. Dafür hat er einen Monat im Loch gesessen und eine Anklage wegen Angriff auf Vollzugsbeamte gekriegt. Später habe ich ihn gefragt, wieso er das getan hat, und er hat gesagt, den Wärter wollte er viel mehr verprügeln als mich. Das war's. Einen roten Anzug für die ganz Gefährlichen muss Dev bloß deshalb nicht tragen, weil er so was nur einmal gemacht hat, und hier im County Jail wird man nur so eingestuft, wenn man das gewohnheitsmäßig macht. Jedenfalls habe ich mich danach mit Geld von meinem Konto um ihn gekümmert. Habe dafür gesorgt, dass er immer Briefmarken hatte, und als ich hörte, dass seine Freundin auf Kunst steht, habe ich einen Typen jede Woche was zeichnen lassen, was Dev seiner Freundin schicken konnte. Ist echt schade, aber die Zeiten sind vorbei. Dass Schwarze sich für Braune einsetzen? Braune den Schwarzen helfen? Unsere großen Jungs wollen es nicht mehr so, und ich werde mich nicht dagegen auflehnen.

«Halt dich an die *Raza*», sage ich zu Dreamer. «Mein Name beschützt dich ein Stück. Wenn irgendwer dich anmacht oder Scheiß redet, kriegt er Ärger, aber trotzdem musst du ein Krieger sein, wie damals, als du mit dem Hund gekämpft hast, denn genauso ist es hier drinnen. Du und eine Menge blutrünstige Hunde.»

Dreamer spannt die Armmuskeln. Seine Bisswunden bewegen sich unter den Härchen.

Ich deute mit dem Kopf zu den Basketballplätzen. «Du warst nicht hier, darum konntest du es nicht sehen, aber keiner wusste heute, in welchem Team er spielen sollte. Normalerweise hat Dev die Mannschaften eingeteilt, und weil er so gern den Ball hatte, wollte er immer die bei sich, die am meisten abspielen, aber jetzt, wo er weg ist? Mussten sie mit Freiwürfen ausmachen, wer wählen darf.» Ich rede weiter, und Dreamers Blick schweift zu den ballspielenden Schwarzen. «Sie werden *Wer ist König* spielen, um den nächsten Boss zu finden.»

Er kneift wieder die Augen zusammen. «Du meinst so was wie Royal Rumble beim Wrestling?»

«Haargenau. Keine Regeln. Ein Haufen gnadenloser Arschlöcher gehen aufeinander los. Und wer als Letzter noch steht, ist der König.»

«Wie die Höhlenmenschen.» Er hört sich nicht grad glücklich an, aber ihm dämmert, dass er keine Wahl hat. Hat er auch nicht. Wenn er sich jetzt wegduckt, kann ich ihn nicht beschützen.

Ich nicke. «Ja, und wer den Scheiß gewinnt, den musst du dir vornehmen, und dann sind wir alle dabei, ich gehe nämlich mit großem Knall ab. Wir müssen die Botschaft senden, dass die Straßen uns gehören, weil der Laden hier drin uns gehört. Es reicht uns nicht mehr, nur von unseren eigenen Leuten zu kassieren. Wir wollen auch von den schwarzen Gangs kassieren. Hier drin sind wir in der Überzahl, darum übernehmen wir die Macht. Wir sind jetzt dran, verdammte Scheiße.»

In Dreamers Augen sehe ich, wie etwas umschaltet. Er hat seine Entscheidung getroffen. Er tut es, und ich bin froh darüber.

«Das hier ist Schach, Homeboy.» Ich sehe, wie Dreamer eine Faust ballt und die Hand wieder öffnet. «Es geht darum, wer wo gewinnt, und am wichtigsten ist, die Stellen zu besetzen, aus denen keiner einen rausbekommt.»

Wir stehen rum, bis die Musik abbricht und wir zur Aufstellung gerufen werden. Alle schlurfen mit wachsamem Blick rüber und suchen ihren Platz in der Schlange. Niemand will irgendwem den Rücken zuwenden, aber in so einer Reihe muss man das. Alle sind ganz still dabei, was sogar die Wärter nervös macht. Wenn man lange genug eingesperrt war, weiß man, womit man rechnen muss: ein Haufen total angespannter Arschlöcher, die nur darauf warten, irgendwas vom Zaun zu brechen.

JACOB SAFULU ALIAS DREAMER

13. DEZEMBER 1993, 14:01 UHR

46

Ich sollte nicht hier sitzen. Das geht mir durch den Kopf. *Ich bin nicht gefahren. Habe nicht abgedrückt.*

Das hier geht nicht auf mich. Aber ich bezahle dafür.

Und jetzt muss ich schnurstracks in irgendeinen Scheiß reinstolpern, weil Wizard das sagt?

Scheiße, Mann. Das ist nicht korrekt.

Ist absolut nicht fair, wie das hier läuft.

Ich bin dabei, was Scheißgefährliches anzustellen. Könnte noch mehr Knast bedeuten.

Und nur, weil bloß das hier drinnen Sicherheit bietet. Ich habe keine Ahnung, wie diese beiden Tatsachen zueinanderpassen.

Stimmt aber. Hundertprozentig.

Das einzig Gute an der Sache, worüber ich beinah froh bin: dass ich jetzt gleich jemandem in die Fresse hauen darf, nachdem Wizard all das zu mir gesagt hat.

Dass es ihm leidtut. Und dass ich nicht durchdrehen soll.

Am liebsten hätte ich gesagt: *Ich dreh aber durch, verdammt!*

Ich dachte, der Kerl wäre mein Freund. Schon ewig habe ich ihn bewundert.

Und jetzt reitet er mich in die Scheiße, damit er selbst nicht reinmuss.

Und das baut so eine Wut in mir auf …

Und deshalb bin ich eigentlich froh, dass ich mich schlagen und alles rauslassen kann.

Ich muss nicht auf die Lippen beißen oder sie zusammenpressen. Muss nicht abwarten, wie es tagelang in mir rumort. An mir nagt. Ich kann einfach auf jemanden losgehen. Und es an ihm auslassen.

Das setzt mich so unter Strom, dieser Gedanke an die Erleichterung, dass mein Blut anfängt zu brodeln.

Beim Gang runter in unsere Etage beobachte ich alles. Ich halte Ausschau nach Typen, die hektisch sind oder schwitzen oder es nicht erwarten können.

Aber ich sehe nichts. Bloß Leute, die gehen. Schultern, die sich ganz normal bewegen. Hinterköpfe.

Ich suche mir alle Typen raus, von denen ich glaube, dass sie Chancen haben könnten, als Letzter stehenzubleiben. Da wäre Tim Muhammad. Er ist sechs Mann vor mir. Alle haben von ihm gehört. Mittlerer Linebacker und Tight End. War ein großer Footballstar an der Compton High, bis er eines Sommerabends, als es richtig heiß war, seine Freundin umgebracht hat. Er hat geglaubt, sie geht fremd. Weiß nicht, ob das stimmt. Ich weiß bloß, was in den Nachrichten kam: dass er ihr mit einer Schrotflinte den Kopf weggepustet hat … einfach so, *bamm*.

Tim ist über eins neunzig und kann jederzeit zuschlagen. Jeden Tag liegt er im Hof auf der Bank und stemmt Gewichte. Heißt aber nicht, dass er wirklich kämpfen kann. Sondern bloß, dass er stark ist. Stark heißt nicht, dass man Schmerzen erträgt. Stark heißt nicht, dass man sich wegducken kann. Stark heißt nicht schlau.

Zwei hinter Tim läuft so ein Typ namens Sykes. Wird Pretty Boy genannt. Der erzählt allen, die zuhören wollen, dass er draußen Zuhälter war. Und dass er die Staatslotterie von Illinois gewonnen hat. Scheiß auf den. Es heißt, sie haben ihn geschnappt, weil er einen Pfandleiher ausgeraubt und sich zwei Straßen weiter in einem Imbiss ein Sandwich geholt hat. So blöd ist der.

Hinter Sykes geht ein Kerl, der Barrel Roll genannt wird – warum, weiß ich nicht. Und nachdem mir Wizard jetzt erklärt hat, dass ich nicht genug aufpasse, überlege ich, ob es nicht ein Fehler war, dass ich nicht nachgefragt habe. Ich muss besser werden. Keine Informationen zu sammeln und so viel wie möglich über alle um mich herum zu wissen – das ist einfach bescheuert.

Ich muss einfach über alles Bescheid wissen. Muss wissen, wer was anstellen könnte. Und von wo. Wizard hat recht.

Barrel Roll ist so vierzig Jahre alt. Sieht aber echt hart aus für vierzig. Mittelgroß. Stemmt sein doppeltes Körpergewicht aus der Hocke. Und ist rundherum dick mit Muskeln bepackt.

Bevor mein Onkel zurück nach Samoa gegangen ist, um sich um Oma zu kümmern, hat er mir immer beizubringen versucht, wie ein Krieger zu denken, so einen Geist zu haben. Er hat mir geraten, nie gegen den Mann mit den dicksten Handgelenken zu kämpfen, weil der mir das Hirn rausprügeln wird. Kraft bringt gar nichts, wenn deine Gelenke sie nicht aushalten, sie nicht halten und weitergeben können, hat mein Onkel gesagt. Kräftige Handgelenke rufen: *Hau ab!* Das hat er immer gesagt.

Ich strecke den Kopf ein bisschen aus der Reihe und schaue nach vorn. Tim hat die dicksten Handgelenke. Barrel Roll hat aber nicht viel weniger zu bieten. Was mir allerdings ein gutes Gefühl gibt: Keiner von beiden kommt an mich ran. Ich bin im Vorteil. Das ist angeboren. Denn so hat Gott Samoaner einfach erschaffen. Bereit zum Zuschlagen.

Über die Schulter sehe ich diesen winzigen *Sureño* hinter mir, der Peeper heißt.

«Hey, Peep», flüstere ich.

«Was geht, *homes*?»

«Wieso wird Barrel Roll so genannt?»

«Ach, weil der Typ lügt, Bro. Sagt, er hätte in Vietnam gekämpft und wär Pilot. Hat 'ne Fluglizenz und alles, sagt er. Darum nennen wir ihn Barrel Roll, wie so eine Loopingschraube mit dem Flugzeug, weißt du? Fassrolle? Um ihn zu ärgern, aber auch, weil er irgendwie aussieht wie ein Fass, oder? Ha!»

Von hinten sagt der Aufseher: «Häftlinge! Mund halten!»

«Ja, Sir, Boss», sagt Peeper.

Wir warten, bis die Tür aufgeht, dann marschieren wir in Abteilung 4700 wie ein Haufen huschender Mäuse. Die *vatos* gehen ein bisschen langsamer; die *mayates* ein bisschen schneller.

So trennen wir uns.

Bis die Wärter merken, was abgeht, ist der Laufgang vor den Zellen schon blockiert. Sie können uns nur noch aus dem Überwachungsposten hinter Glas in der Mitte sehen, den aber ein paar Typen gleich zustellen werden.

Und sie können nichts machen. Sie müssen einfach zusehen, bis sie ein ganzes Team reinschicken können, um uns alle fertigzumachen.

Die Alarmsirene geht richtig los.

Und das fühlt sich an, als würden mir die Trommelfelle rausgeblasen.

Ich fasse mir ans Gesicht und rechne mit Blut.

Ist aber nichts.

Und das ist okay. Denn jetzt fühle ich mich frei.

Ich dränge mich ganz nach vorn an den Rand der Menge, wo so ein riesengroßer Wichser den Gang blockiert.

Ich gehe dahin, wo ich nicht sein sollte.

Tue, was ich nicht darf.

Und das ist gut. Fühlt sich *gut* an.

Als Pretty Boy zuerst hinlangt und Barrel Roll hinterm Ohr erwischt, brüllen alle auf, als wären wir beim Boxkampf.

47

Der Oberaufseher schreit aus dem Kontrollraum über Lautsprecher, dass wir aufhören sollen. Wird aber nicht passieren. Auf keinen Fall.

Tim ist clever und hält sich zurück, während Barrel Roll sich erholt. Der geht heftig auf Pretty Boy los, versucht ihn mit seinem Gewichtsvorteil zu überwältigen.

Sie prallen voll gegen die Gitterstäbe neben einer Zellentür.

Und das war's für Pretty. Als er sich vom Gitter löst, hängt ihm ein Hautfetzen vom Schädel. Blut läuft ihm den Rücken runter.

Das Metall hat ihm ein Loch in die Birne gehauen.

Scheiße.

Er versucht die Haut mit der Hand über das Loch zu halten. Hilft aber nicht.

Er wird ganz schnell lila im Gesicht.

Er rutscht am Gitter herunter. Sitzt schon fast auf dem Boden.

Da dreht Barrel sich um. Und Tim tritt auf ihn zu.

Aber er kommt zu schnell, zu hektisch. Er schätzt die Distanz nicht richtig ein, aus der er Schläge landen kann.

Mir rauscht das Blut jetzt überall hin.

In die Kehle, in die Ohren, ins Gesicht.

Ich weiß, ich habe das hier in der Tasche.

Ich weiß, ich könnte sie beide fertigmachen.

Vor allem, wenn ich sehe, wie die beiden Penner hier herumhampeln.

Können überhaupt nicht zuschlagen.

Und hauen aus Versehen gegen's Geländer.

Und stoßen mit dem Kopf.

Und spucken.

Und dann passiert es.

Tim stemmt sich unter Barrel Rolls Arme. Drückt gegen seine Brust …

Versucht ihn von unten auszuhebeln.

So wie er's beim Football-Training machen würde, wenn er Gegner blockt.

Was er wahrscheinlich schon ewig trainiert hat.

Die Gegner aus dem Gleichgewicht bringen.

Und das schafft er.

Oh Mann, und wie.

Weil Barrels Füße sich vom Boden heben, und jetzt drehen sie sich.

Und Barrel geht übers Geländer.

Ein Stockwerk tiefer.

Über sechs Meter.

Und Scheiße, der Typ klatscht unten voll auf den Beton.

Platsch.

Und als das passiert,

halten alle einen Moment an.

Vielleicht zwei Sekunden.

Die Sirene heult noch.

Niemand rührt sich.

Und dann kommt es mir vor, als ob das Dach wegfliegt.

Peeper springt neben mir auf und schwenkt die Hand, als ob er beim Konzert wäre.

Und bewegt die Lippen: *Ach du Scheiße, Mann!*

So *Hast du den Scheiß gesehen, Mann?*

Alle rasten aus. Gucken über die Brüstung und so.

Ich aber nicht.

Ich habe mein Ziel im Visier.

Ich sehe Tim.

Tim ist der neue König.

Das kriegen inzwischen auch alle anderen mit.

Man merkt, wie es durch die Reihen wandert. Wie sie sich dran gewöhnen, durch den Schock, dass Barrel über die Brüstung geflogen ist.

Und da gehe ich los.

Ich spüre einen Stoß an der Hüfte von Wizard. So ein *Yeah!*

So ein *Hol dir den Wichser, homes!*

Nur einer steht zwischen mir und Tim.

Der Fettsack, der alle von den Hauptkämpfen fernhält, damit sie den König finden können.

Er schaut nicht in meine Richtung.

Das gibt mir Zeit, meinen Hieb zu planen.

Es läuft ab wie in Zeitlupe.

Und ich habe bloß so einen Gedanken …

Ich balle alles Schlechte in mir zusammen.

Die ganze Scheiße. Dass ich hier eingesperrt bin. Dass ich gesagt kriege, wohin ich gehen soll. Und wann. Dass ich schlafen muss, wo einen Meter neben meinem Kopf einer scheißt, und dass ich nicht davon wegkomme. Dass der Wichser Wizard mich benutzt, um seinen Arsch zu retten.

Und dann stelle ich mich richtig fest auf die Füße und lasse diese Wut in mir aufsteigen wie einen Wirbelsturm.

Runter in meinen Arm.

Ich stecke es in meinen Schwung.

Ich lege mein Gewicht hinein.

Jedes einzelne Pfund.

Ich ziele genau.

Weil ich alles genau ausgerichtet habe.

Und als der verdammte Hieb landet …

Als meine Faust ihn wie ein Vorschlaghammer trifft …

Da fällt er einfach *um.*

Ein Schlag. Rechte Niere.

Erledigt.

Ich habe ihn so hart getroffen, dass er schreit wie angeschossen.

Und er geht schwankend zu Boden, packt sich an den Rücken.

Ich schwöre, ich habe irgendwas in ihm drin kaputtgeschlagen.

Das arme Schwein hatte keine Chance.

Jetzt wird er wochenlang die braune Krankenuniform tragen.

Und ich habe nicht mal ein schlechtes Gewissen deswegen.

Scheiß auf den Typen, so fühl ich mich eher.

Ich schlage ihn so, wie ich Wizard gern schlagen würde.

Denn scheiß auf Wizard. Fickt euch doch alle.

Hier drinnen muss man sich selbst schützen! Und dieser arme Penner hat seine Deckung weit offen gelassen.

Ich schaue mich rasch um, ob ich auch nicht allein reingehe. Tu ich nicht.

Ich habe gute Unterstützung. Wizard ist direkt hinter mir und grinst wie ein Arschloch. *Genießt* das richtig.

Hinter ihm Peeper mit einem selbstgemachten Messer in der Hand, und ich frage mich gerade, wo zum Teufel *das* herkommt.

Hinter Peep sind ein paar Cousins aus East L. A., die ich gestern kennengelernt habe, richtige Schläger, die jetzt ein paar Wärter abhalten sollen und dabei ordentlich Spray in die Fresse kriegen werden. Sie stellen sich auf.

Ich drehe mich wieder um, um nach Tim zu sehen. Und da sieht Tim auch mich.

Er hat so einen Gesichtsausdruck, als ob er weiß, was jetzt abgeht.

Aber da liegt auch noch was anderes drin.

Sein Herz ist weg.

Man kann sehen, dass es ihn verlassen hat.

Wie es mit dem Penner Barrel Roll übers Geländer gegangen ist.

Und da verstehe ich, dass Tim Muhammad kein *hardcore motherfucker* ist.

Ich schaue ihm in die Augen. Und sehe bloß ein scheißängstliches kleines Kind.

Und ich bin noch nicht mal bei ihm, da denke ich:

Jetzt bin ich König.

Und das sieht Tim auch in meinen Augen.

Wie ich ihn mit meinem Blick fertigmache.

Er hebt nicht mal richtig die Hände, als ich aushole.

Bietet mir den freien Schlag.

Ich würde ja aufs Kinn zielen, aber der Hals ist auch ungedeckt, also schlage ich dahin.

Auf die Kehle.

Ich schlage einfach durch seine halbherzige Deckung.

Mitten rein.

Und das Einzige, was ihn wahrscheinlich rettet: Er dreht sich von mir weg.

Ich erwische ihn an der Halsseite, nicht voll von vorn.

Aber ist auch cool. Reicht, dass er nach hinten fällt.

Und ich komme schon mit den Tritten.

Gegen die Brust.

Gegen den Schädel.

Gegen die Rippen.

Überall, wo ich ihn treffen kann.

Weil ich jetzt der verdammte König bin.

Und alle wissen es.

Und Wizard setzt sein fieses Grinsen auf.

Und ich sehe Stolz in seinen Augen: So *Scheiße, Mann, das ist mein Homeboy!*

Und sogar ich weiß, er ist froh, weil es gut für ihn ist:

Dass ich tue, was er sagt,

Dass seine Befehle befolgt werden,

Und ich sehe, wie er Tim auch ein paar verpasst.

Und Pretty Boy auch gleich noch einen, wo er schon dabei ist.

Und Peeper sticht nach Pretty Boy, und da sehe ich Wizards Augen kalt werden, weil der Auftrag erledigt ist.

Und ein *soldado* weiß, wann er aufhören muss. Hat Disziplin.

Und Wizard macht so eine Handbewegung: *Runter auf den Boden.*

Und eine Sekunde lang tue ich es nicht.

Nur um ihm zu zeigen, dass ich auf eigenen Beinen stehen kann.

Er legt sich platt auf den Betonboden, die Hände auf den Kopf, und nickt mir zu, ich soll das Gleiche tun.

Und ich starre auf ihn hinunter.

Nur eine Sekunde …

Ehe ich mich auch hinlege.

Nur damit er weiß, dass ich weiß, wie er mich gelinkt hat. Und dass ich tue, was ich tun muss.

Aber das heißt noch lange nicht, dass es mir gefällt.

Gleich danach wird es um uns weiß, und ich kriege keine Scheißluft mehr.

Gleich danach gehen die Knüppel auf uns nieder.

Und Scheiße, ich bin sicher, ich muss sterben …

RECHTSANWALT NICK PARK

14. DEZEMBER 1993, 11:01 UHR

48

Jacob Safulu sieht nicht mehr aus wie sechzehn. Blasse Röte um die Augen. Seine Wangen sind noch eine Spur aufgequollen vom Pfefferspray. Eine Abschürfung an der rechten Schläfe sieht aus, als stamme sie von einer Stiefelsohle. Am schlimmsten wirkt eine lange rechteckige Prellung in der unteren Gesichtshälfte, die vom Kiefergelenk zum linken Mundwinkel verläuft; sie ist so dick – und fast genauso geformt – wie ein Schlagstock. Selten sieht man so deutliche Verletzungen, dass man gleich weiß, woher sie rühren. Die Knöchel seiner Linken, die mit einer Handschelle an den Tisch gekettet ist, sind vom Zuschlagen blutig geschürft. Was Jacob Safulu zugestoßen ist, hat sich praktisch auf seinem Körper eingeschrieben. Was er ausgeteilt hat und wie er dafür bezahlt hat.

Ich bin kein Arzt, aber ich könnte mir vorstellen, dass er eigentlich in der Krankenabteilung des Gefängnisses liegen müsste. Dass er nicht dort ist, verrät mir, dass er wohl einer der Aggressoren war, was auf jeden Fall nicht gut ist. Er ist jetzt 23 Stunden am Tag im Einschluss, in der Strafabteilung. Er ist mit Handschellen und Wachbegleitung hier hereingeführt worden. Das ist eine ziemlich schnelle Verwandlung im Vergleich zu dem Jungen vom letzten Mal. Er ist so zügig die schiefe Bahn runtergesaust wie auf einem Schlitten. Genau das, was ich vor mir sehe, habe ich befürchtet: Würden die Geschworenen ihn so sehen, spielte es gar keine Rolle, wo er in der fraglichen Nacht war.

«Ich war gestern hier», sage ich. «Hat man Ihnen das gesagt?»

«Nein. Wann?»

«Nach der Mittagspause. Abteilung 4700 war abgesperrt. Ich komme zwei Stunden später wieder, 4700 ist nicht mehr gesperrt, aber Sie sind nicht mehr da.»

Sein Blick sagt, dass er weiß, ich habe etwas Bestimmtes im Sinn, und er wird abwarten, wohin das läuft.

«Und das alles» – ich deute auf sein Gesicht und seine Knöchel, sodass die mit inbegriffen sind – «wirft die Frage auf, und entschuldigen Sie meine ungehobelte Ausdrucksweise: Verdammte Scheiße, wieso sitzen Sie in Isohaft?»

Er blinzelt. Das Schimpfwort zeigt Wirkung.

«Hatte keine andere Wahl, Boss», sagt er.

Und wie er das sagt, macht mich rasend.

«Hören Sie mal zu.» Hat keinen Sinn, mit irgendwas hinterm Berg zu halten. «Sie werden mich *nie wieder* ‹Boss› nennen. Reden Sie mich überhaupt nie so an, wie Sie einen Aufseher oder Wärter anreden würden. Das ist eine schreckliche Angewohnheit, die man ganz schwer wieder loswird. So was kriecht einem unter die Haut, und wenn oder falls Sie wieder rauskommen, schleppen Sie es mit sich herum. Verstehen Sie?»

Er blinzelt. Er versteht. «Ja», sagt er.

«Gut. Wenn Sie aus der Einzelhaft kommen, wird man Sie verlegen. Vielleicht kommen Sie in den Hochsicherheitstrakt, oder Sie werden innerhalb der Gang-Abteilung verlegt. Meinen Sie, das dürfte Ihnen bei der Verhandlung in irgendeiner Weise *helfen?*»

Er senkt den Blick. Endlich bin ich durchgedrungen.

«Nein», sagt er.

«Nein», wiederhole ich. «Es schadet Ihnen vielmehr außerordentlich. Miss Mirkovich kann Ihr Verhalten in dieser Haftanstalt vor Gericht gegen Sie verwenden; das wird als Beweis Ihrer Gang-Zugehörigkeit, als Ausdruck Ihres Wesens und vor allem als Nachweis Ihrer Gewaltbereitschaft gelten.»

«Schießen und Zuschlagen ist nicht dasselbe.»

«In der Tat nicht, aber vertrauen Sie auf eine Jury, die ganz sicher nicht aus Ihresgleichen besteht, das ebenso zu bewerten? Geschworene, die nicht in Ihrer Welt leben, die den Druck, unter dem Sie stehen, auf gar keinen Fall nachvollziehen können? Wenn die so etwas über Sie hören, dann reicht ihnen das, Sie eines Mordes für fähig zu halten. Glauben Sie mir.»

Jetzt kaut er an der Unterlippe.

«Sind Sie gewappnet für die schlimmste Überraschung? Diese Nummer mit den Straßen Augustine und Clark, die Sie da beim Besuch abgezogen haben? Man hat Sie *abgehört. Überwacht.*»

Safulu zieht ein Gesicht, als hätte er auf etwas Bitteres gebissen, was mir verrät, dass er schon vom Wachpersonal dazu befragt worden ist.

«Ich muss wissen, woher Sie diese Information erhalten haben», sage ich. «Sonst muss ich Ihr Mandat womöglich wegen Befangenheit zurückgeben, und dann bekommen Sie jemand anderen zugeteilt, jemand viel Schlechteren.»

«Wizards Anwalt hat ihm den Namen zugeschoben. Wir haben hinterher drüber gesprochen. Er hat mir gesagt, wie ich die Info weitergeben sollte. Aber das bleibt unter uns. Auf keinen Fall darf das jemand erfahren.»

«Das verstehe ich, Mr. Safulu, aber womöglich wird es sich nicht verheimlichen lassen, wie Sie an diese Information gekommen sind. Wenn die Richterin noch nicht davon gehört hat, dann können Sie sich darauf verlassen, dass sie es bald wissen wird. Und das wird schnell Teil der Beweiskette gegen Sie. Das Aufsichtspersonal, das Sie abgehört hat, wird in den Zeugenstand gerufen. Der Bericht, den er oder sie geschrieben hat, wird als Beweismittel verwendet werden. Sie müssen sich jetzt diese Frage stellen: *Wie kann mir das in der Verhandlung helfen? In welches Licht rückt es mich, dass ich den Namen eines Zeugen verschlüsselt weitergebe?*»

Er lässt den Kopf sinken. Er hat begriffen.

«Kein gutes», sagt er.

«Schlimmer noch, es lässt Sie *schuldig* aussehen!» Mein Magen ist auch nicht mehr, was er früher war. Mein Mittagessen macht sich bemerkbar. «Es sieht aus, als wollten Sie die Rolle vertuschen, die Sie beim Mordversuch an Lucrecia Lucero gespielt haben. Es sieht aus, als würde Angela zu Ihrem Schutz *lügen*. Da haben Sie – und ich versuche hier das ganze Ausmaß des Problems zu erfassen – möglicherweise katastrophale Scheiße gebaut. Dass Sie genau diese beiden Worte in den Hörer gesprochen haben, reicht womöglich, um Sie für ein Verbrechen zu verurteilen, das Sie nicht begangen haben.»

Während ich das sacken lasse, schwellen Tränen an seinen langen Wimpern, und auf einmal sieht Jacob Safulu wieder wie sechzehn aus. Ehrlich gesagt ein erfreulicher Anblick. Denn das heißt, dass ich jetzt gerade zu ihm durchdringe, und diese Gelegenheit muss ich nutzen und nachhaken.

«Bisher bin ich Ihren Wünschen nachgekommen. Entgegen meinem Ratschlag wurden die Fälle nicht getrennt. Aber eines dürfen Sie nicht vergessen: Die Strafen für Sie beide werden nicht die gleichen sein. Sie werden nicht die Hälfte einer gemeinsam verhängten Strafe verbüßen. Ihre Rolle muss individuell und unabhängig gewichtet und beurteilt werden, und im Lichte dessen frage ich: Wo sind Sie hin, nachdem Angela Ihre Beziehung beendet hatte?»

Er schnieft. «Ich bin zu Spider gegangen. Habe jede Menge *chiba* geraucht.»

Ich frage ihn, wo Spider wohnt. Ich bekomme seine Adresse und seinen richtigen Namen – Melvin Dominguez. Ich frage, wer noch auf dieser Party war. Safulu gibt mir Namen und Adressen, jedenfalls alle, die er weiß. Ich schreibe sie für meinen Ermittler auf. Wir haben nicht mehr viel Zeit bis zur Voruntersuchung, aber wenn er sie heute noch abklappern kann, dann haben wir die Aussagen zumindest morgen auf Papier für die Beweisaufnahme.

«Wie viele von diesen Menschen werden über Ihren Verbleib Aussage machen?»

«Verbleit?»

«Verbleib. Wo Sie in dieser Nacht waren.»

«Aussagen? Also im Gericht, im Zeugenstand?»

«Ja, Mr. Safulu, genau da.»

«Vielleicht zwei oder drei, aber es war eben eine Party, verstehen Sie? Drogen, Alkohol, all so was. Da wollen bestimmt nicht allzu viele Leute reden. Sie werden fürchten, dass es gegen sie verwendet werden kann.»

«Wir müssen es trotzdem versuchen. Je verlässlicher die Zeugen sind, umso besser.»

Darüber muss er nachdenken.

«Wir brauchen mehr Zeugen wie Angela Alvarez», sage ich. «Gute Noten, Spitzensportlerin, eine junge Frau, die arbeitet und zur Abendschule geht. Kurz gesagt, wir brauchen vertrauenswürdige, aufrechte Bürger, die Ihr Alibi bestätigen können.»

Wie ich diesen letzten Teil ausdrücken soll, auf den ich jetzt zusteuere, da war ich mir bisher nicht so sicher. Tatsächlich habe ich mich bis zu diesem Augenblick dessen nicht für fähig gehalten, aber verzweifelte Situationen erfordern ebensolche Maßnahmen.

«Sollte Augustine gefunden werden, ist von *entscheidender* Bedeutung, dass ihm nichts zustößt. Ihr Name muss so weit wie nur möglich auf Distanz von ihm bleiben. Und das bedeutet auch von irgendeiner wissentlichen Straftat gegenüber seiner Person durch ein Mitglied Ihrer Gang. Sollte so etwas vorfallen, sollte die Polizei beweisen können, dass Mr. Clark aufgrund Ihrer Worte im Besuchsraum zu Schaden gekommen ist, dann gibt es kein Zurück mehr. Falls er jedoch» – ich lasse das Wort ein wenig baumeln – «zufällig beschließen sollte, dass er doch nicht mehr gesehen hat, was er gesehen hat, dass seine Erinnerung inzwischen verschwommen ist – er ist schließlich drogenabhängig –, dann könnte das für uns tatsächlich sehr gut sein.»

Und sehr schlecht, denke ich, für Kristina Mirkovich.

Safulu kneift einen Moment die Augen zusammen, ehe er sie

aufreißt. In seinem Blick liegt eine Menge überraschter Respekt, und ich kann wohl behaupten, dass er mich jetzt wie einen Gang-Genossen ansieht, was sich zugleich aufregend und erschreckend anfühlt.

STAATSANWÄLTIN KRISTINA MIRKOVICH

15. DEZEMBER 1993, 14:23 UHR

49

Ketten klirren im Vorzimmer. Wie Weihnachtsglöckchen ohne Rentiere, und es wird lauter, als Häftlinge in unterschiedlich gefärbten Overalls in den Gerichtssaal marschieren. Einer trägt Fußeisen, manche nur Handschellen, zwei sind zusammengekettet. Alle werden vom Gerichtsdiener angewiesen, sich auf die leere Geschworenenbank zu setzen, was immer einer meiner liebsten Augenblicke ist. Sie wählen ihre Plätze. Sie sitzen gern zu Gericht, wenn auch nur für einen Tag.

Ich teile mir den Anklagetisch mit Janet Pettibone und Raymond Weisman, die beide ebenfalls Voruntersuchungstermine haben. Janet ist zuerst dran, dann ich, dann Ray. Janet geht zwischen ihren Zeugen hin und her, und auf Verteidigerseite plaudern die Anwälte mit ihren jeweiligen Mandanten. Je nachdem, wie es hier läuft, könnte Rays Termin noch verschoben werden, aber ich hoffe doch, dass Nick Park die außergerichtlichen Aussagen meiner Zeugen akzeptiert, damit wir alle pünktlich hier rauskommen.

Willie Montero, Ex-Ehemann berühmter Staatsanwältinnen, sitzt mit Ivica, Louis und Jackson hinter mir in einer Stuhlreihe. Der Rest meiner Zeugen ist auf der Galerie verteilt, aber das sind alle anderen auch. Ist ein enger Zeitplan heute, und der Saal ist gerammelt voll. Petrillo ist der Einzige, der noch nicht da ist.

Die Richterin ist noch nicht hereingekommen, und ich bin bestens vorbereitet, also schaue ich mir die Geschworenenbank an.

Ich sage zu Willie, dass Safulu schlimm aussieht. Er dreht sich um.

«Autsch. Das hat einem Wärter bestimmt richtig *Freude* gemacht. Ach übrigens, Kris» – er deutet mit dem Kopf in Richtung einer jungen Frau auf der Galerie, die wie die hispanische Zwillingsschwester von Vanessa Williams aussieht – «Angela Alvarez ist hier.»

«Isus.» Wenn ich könnte, würde ich ausspucken. «Mit dem Gesicht kann man Kriege anzetteln.»

Willie lächelt. «Genau.»

Dafür hasse ich ihn. Wirklich wahr.

Andererseits hilft mir das, sofort einen Geschworenenplan zu fassen. Es wird nicht gut für uns, sie im Zeugenstand zu haben, aber wenn ich sie nicht aufrufe, wird Nick Park es tun. Eine so schöne junge Frau übt Einfluss aus, und genau darum brauche ich in zweierlei Hinsicht eine weibliche Mehrheit – Frauen, die Mitgefühl für das Opfer entwickeln, und Frauen, die neidisch werden, wenn sie Angela Alvarez bloß anschauen. Es ist nicht so leicht, einer Frau zu glauben, die einen verunsichert.

«Miss Mirkovich.»

Ich schaue von meinen Aufzeichnungen hoch und sehe, wie Willie einem Mann zunickt, der gerade meinem Bruder die Hand schüttelt. «Das ist Petrillo.»

Petrillo ist über eins achtzig, sein schwarzes Haar süditalienisch gelockt. Seine Nase hat ein paar Hiebe abgekriegt, aber es lässt sich nicht leugnen: Agent Phillip Petrillo sieht verdammt gut aus. Ich streiche mir den Rock glatt und warte darauf, vorgestellt zu werden.

«Staatsanwältin.» Petrillo gönnt mir ein halbes Lächeln.

Ich erzähle ihm nicht, dass ich keine Mrs. mehr bin, schließlich benehme ich mich im Gericht hochanständig, aber er schaut tatsächlich auf meine Linke, ob ich einen Ring trage.

«Agent Petrillo.» Ich strecke die Rechte aus, er schüttelt sie; sein

Handschlag ist warm. «Ich danke Ihnen, dass Sie meinen Zeugen in Sicherheit gebracht haben.»

«Mache nur meinen Job.» Er deutet auf eine Bank. «Ich sichere mir mal einen Platz!»

Es kostet Anstrengung, ihm nicht hinterherzuschauen, aber die Richterin kommt herein, und wir werden aufgefordert, uns zu erheben. Auf dem Namensschild vor ihrer Richterbank steht RICHTERIN SUSAN J. AYERS.

Pettibones heimtückischer Mord ist eine todsichere Sache, damit sind sie also in vierzig Minuten durch, und ich bin dran. Alle am Verfahren Beteiligten stehen auf, als der Gerichtsschreiber das Aktenzeichen verkündet und sagt: «Angeklagte Omar Armando Tavira und Jacob Safulu. Sind alle Parteien anwesend?»

Beide Angeklagten bejahen, worauf die Anklagen verlesen werden: Verabredung zum Mord, Mordversuch, Angriff mit einer gefährlichen Waffe, gefährliche Körperverletzung.

Richterin Ayers legt den Kopf schräg. «Sieht aus, als würde das ein Weilchen dauern. Bitte nehmen Sie Platz.»

Ich fange mit der Verabredung an. Das ist die einzige Schwachstelle, weil es dafür keine unmittelbaren Beweise gibt. Ich rufe Detective William Montero in den Zeugenstand. Bevor er hineintritt, gebe ich zu Protokoll, dass er mein Ex-Mann ist. Leises Johlen von der Geschworenenbank angesichts unserer früheren Beziehung.

«Das reicht!» Richterin Ayers starrt böse zu den Häftlingen. Jeder von ihnen lässt Kopf und Schultern sinken, außer Tavira, der ihren Blick erwidert. *Auf jeden Fall* hat er auf diese Lucero geschossen.

Wir haben meine Beziehung zum Zeugen bereits im Richterzimmer mit der Richterin und den Verteidigern geklärt, aber sie fragt dennoch, ob sie Einwände gegen den Zeugen haben. Beide verneinen.

Nachdem Willie vereidigt worden ist, fange ich an. «Haben Sie eine polizeiliche Grundausbildung durchlaufen, Detective?»

Eigentlich selbstverständlich, aber so mache ich dem Gericht klar, dass mein Zeuge verdammt gut weiß, wovon er redet.

Er bejaht, und wir sprechen über das Wer, Wann, Wo und Was. Er beschreibt das Verbrechen Schritt für Schritt und liest dem Gericht dann laut Augustine Clarks Aussage unter Eid vor.

«Einspruch, Euer Ehren. Hörensagen.»

«Mr. Park, wollen Sie meine Verhandlung wirklich durch fadenscheinige Einsprüche aufhalten?»

«Nein, Euer Ehren, aber Detective Montero war nicht dabei und kann nichts dazu aussagen.»

«Das stimmt, Mr. Park, aber im Interesse eines zügigen Verfahrens sehe ich keinen Grund, einen Zeugen vorzuladen, der bereits eine beeidigte Aussage gemacht hat.»

Das ist mein Stichwort. «Ich möchte Augustine Clarks Affidavit als Beweisstück A der Staatsanwaltschaft unterbreiten.»

Der Gerichtsschreiber nimmt mein unterzeichnetes Dokument entgegen.

«Verzeichnet als Beweisstück A der Staatsanwaltschaft.» Richterin Ayers macht sich eine Notiz. «Fahren Sie fort.»

«Detective Montero, nach Ihrer kriminalistischen Einschätzung: Stellen die offenen Tathandlungen – eine nicht registrierte Schusswaffe zu erwerben, ein Mitglied der eigenen Gang zur Mitwirkung zu verpflichten –»

«Einspruch. Mr. Safulu hatte bis zu dieser Anklage keinerlei Vorstrafen und hat keinerlei Tätowierungen, die ihn als Gangmitglied ausweisen könnten.»

«Abgelehnt. Mr. Park, hier herrschen die gleichen Regeln wie im Prozess, und ich bescheinige Ihnen gern, dass Sie einen Spitzenjob machen, aber Sie müssen hier noch keine Geschworenen beeindrucken, wenn Sie also nichts dagegen haben, dass wir fortfahren?»

Einige der Häftlinge in der Geschworenenbank halten sich die

Hand vor den Mund, als Park so abgekanzelt wird. Ich liebe diese Richterin.

Ich lasse Willie detailliert vom Plan erzählen.

«Aus den Handlungen der Angeklagten ziehe ich den Schluss, dass es einen Tatplan gab. Sie erwarben eine Pistole, fuhren zum Haus und lauerten dem Opfer auf.»

Willie ist Profi. Er war schon so oft vor Gericht, dass er beinahe so redet wie ich. Er legt die zeitliche Abfolge aufs schönste dar.

«Detective, würden Sie die Abfolge der offenkundigen Handlungen als böswillige Absicht beschreiben?»

«Wie aus dem Lehrbuch.» Sein Tonfall ist unanfechtbar.

Ich würde ihn am liebsten in den Arm nehmen.

«Könnte die Tat nach Ihrer kriminalistischen Einschätzung auch aus Notwehr begangen worden sein?» Das ist eine dumme Frage, aber ich muss zweifelsfrei feststellen lassen, dass es sich um eine gesetzeswidrige Tötung handelt.

«Auf gar keinen Fall.»

Wir fahren fort, das Racheelement als Motiv der gefährlichen Körperverletzung nachzuweisen, indem wir die jüngsten gewaltsamen Vorfälle zwischen Taviras und Luceros jeweiligen Ganggenossen rekapitulieren, ehe Willie den Zeugenstand verlässt und ich Deputy Louis aufrufe. Er identifiziert Tavira und Safulu als Beschuldigte. Ich lasse ihn berichten, wann genau sie verhaftet wurden. Er beschreibt, dass keiner der beiden während der Verhaftung beunruhigt wirkte, woraus er schließt, dass sie schuldig sind.

«Einspruch.» Nick klingt gestresst. «Reine Spekulation.»

Richterin Ayers blinzelt. «Stattgegeben.»

Nach der Unterbrechung ist Jackson dran und erläutert alles, was mit dem Beweismittel Tatwaffe zu tun hat. In welchem Zimmer sie gefunden wurde, wer dort wohnte, wer Zugang hatte. Er beschreibt, wie Petrillo sie gefunden hat, wie der Bewährungshelfer am Fundort Fotos gemacht hat, um die Beschlagnahme zu dokumentieren.

Ich unterbreite diese Fotos ebenfalls als Beweismittel, so wie auch die Pistole.

«Erkennen Sie diese Waffe als die Pistole aus Mr. Safulus Schlafzimmer, Deputy Jackson?»

«Ja.»

«Wie können Sie die Waffe erkennen?»

«Ich habe selbst die Beweisregistrierung ausgefüllt.» Er zeigt auf den Zettel in der Plastiktüte.

«Vielen Dank. Ich habe keine weiteren Fragen, Euer Ehren.»

Nick übernimmt. Er will wissen, ob auf der Waffe irgendwelche Fingerabdrücke gefunden wurden. Er bekommt zur Antwort, dass sie noch nicht untersucht worden sei. Weitere Fragen hat er nicht.

Als Jackson den Zeugenstand verlässt, schaut Richterin Ayers mich an. «Wenn Sie keine weiteren Zeugen haben, Miss Mirkovich?»

«Nein, Euer Ehren.»

«Hervorragend. Es lässt sich wohl mit Sicherheit sagen, dass die Beweislast in diesem Fall ausreichend ist und es zum Prozess kommen wird, der zum nächstmöglichen Termin angesetzt werden wird.»

Jetzt ist meine Chance, den Fortgang zu beschleunigen, und ich muss sie ergreifen. «Euer Ehren, wenn ich dürfte: Es ist ein neues Beweisstück aufgetaucht.»

«Das ist jetzt kaum der richtige Zeitpunkt, Miss Mirkovich. Muss ich Ihnen auch noch Vorträge halten?»

«Die Staatsanwaltschaft bittet um Entschuldigung für das schlechte Timing, Euer Ehren, aber ich sehe mich gezwungen, dem Gericht mitzuteilen, dass eine geheime Nachricht aus dem Staatsgefängnis San Quentin abgefangen wurde, die von einem hochrangigen Gangmitglied stammt und den Tod von Lucrecia Lucero fordert. Die Staatsanwaltschaft sieht dadurch den Anklagepunkt der Verabredung zum Mord bekräftigt und fürchtet zugleich, dass hierdurch sowohl das Opfer als auch potenzielle Zeugen größerer Gefährdung ausgesetzt sind –»

«Einspruch. Warum wurde dieses Beweisstück nicht präsentiert, als über die Verabredung verhandelt –»

«Bringen Sie mich nicht dazu, meinen Hammer zu verwenden, Mr. Park. Sie wissen, wie gern ich das tue.»

Nick Parks Gesicht nimmt einen Rotton an, den ich bisher nur bei Erdbeeren gesehen habe.

«Vielen Dank.» Richterin Ayers wendet sich wieder mir zu. «Mr. Park hat allerdings nicht ganz unrecht. Wieso erfahren wir erst jetzt davon?»

«Das wurde erst gestern von der Gefängnisverwaltung bestätigt, Euer Ehren.» Das stimmt streng genommen nicht ganz; wir wissen es seit einer Woche. «Die Staatsanwaltschaft hat das Beweisstück noch nicht in Händen, es ist auf dem Weg zu uns, und daher wollten wir die Zeit des Gerichtes nicht darauf verschwenden, denn der Vorwurf der Verabredung schien auch so klar genug begründet.»

«Verstehe. Und wenn Sie dieses Beweismittel jetzt präsentieren, was genau erwartet die Staatsanwaltschaft da von mir, Miss Mirkovich?»

«Wir bitten um Beschleunigung des Verfahrens.»

«Ah, verstehe, und hat die Staatsanwaltschaft da womöglich an einen Zeitrahmen gedacht?»

«Januar, Euer Ehren.»

«Nächsten Monat? Will die Staatsanwaltschaft mich auffordern, andere Termine aufzuschieben?»

«Euer Ehren, das würde die Staatsanwaltschaft sich niemals herausnehmen. Aber da die Drogengerichte ja bereits zu Neujahr eingerichtet werden sollen, hatten wir gehofft, dass sich in Ihrem Terminkalender ein paar Freiräume auftun könnten, die besser mit Gewaltverbrechen wie diesem hier gefüllt werden sollten.»

Richterin Ayers schnaubt und winkt ihren Schreiber heran. Der bringt den Kalender mit. Wir warten, während er prüft und gegenprüft, sich Notizen macht und dann aufschaut. «Zehnter Januar, Euer Ehren.»

Nick Park zuckt zusammen. «Euer Ehren, das gibt uns nicht annähernd genug –»

«Ich bin im Augenblick nicht an Ihren Einsprüchen interessiert, Mr. Park. Habe ich mich da nicht deutlich genug ausgedrückt?» Sie schaut mich über ihre Lesebrille an. «Passt der Termin der Staatsanwaltschaft?»

Innerlich geht bei mir ein Feuerwerk los. «Auf jeden Fall. Vielen Dank, Euer Ehren.»

«Sehr schön, dann werden wir an dem Datum wieder zusammenkommen.» Die Richterin lässt den Hammer niedersausen und schaut dabei Nick Park an.

Ich *liebe* diese Richterin.

DETECTIVE SERGEANT WILLIAM «WILLIE» MONTERO

15. DEZEMBER 1993, 17:42 UHR

50

Ich sitze hier im Zimmer 1103 des Hotels Miyako und will niemandem weismachen, dass ich es nicht gewollt hätte. Ich bin erwachsen genug, es zuzugeben, aber das ändert nichts daran, dass ich ein Idiot mit dem Gehirn eines Primaten bin. Ich konnte es nicht ertragen, wie Kristina Phil Petrillo beäugt hat, als ich die beiden vorgestellt habe. Das ist die schreckliche wahre Wurzel des Übels.

Sheryl und ich hatten bisher zwei Dates. Beim Spiel der Kings und einmal im Restaurant. Diese Woche ist sie nicht in der Stadt, aber wenn sie wiederkommt, werden wir uns wieder verabreden. Wir sind nicht ernsthaft zusammen. Haben auch noch nicht darüber geredet. Aber ich fühle mich trotzdem beschissen.

«Dusche ist frei», sagt Kristina. Sie hat ihren schwarzen Rock wieder an, aber ihre Beine sind noch nackt, keine Nylonstrümpfe an.

Ihre hochhackigen Schuhe liegen auf der Seite neben der Tür.

Der Fernseher läuft. Der Menendez-Prozess, ohne Ende. Ich biete an, es auszuschalten. Sie sagt nein.

«Was hältst du von dem Fall?», frage ich.

«Ich kann nur wie eine Staatsanwältin denken», sagt Kristina, während sie sich wieder schminkt. «Was denkst du denn, was ich davon halte?»

«Schuldig.»

«Willie, schuldig haben sie sich selbst bekannt. Sie haben es zugegeben.»

«Also heimtückischer Mord.»

«Ist mal ein Anfang», sagt sie.

«Todesstrafe?»

Sie zuckt die Achseln. Sie lässt sich emotional nicht auf Fälle ein, mit denen sie selbst nichts zu tun hat. Clever. Ich wünschte, ich könnte das auch.

Sie hat immer noch den Glanz des Gerichts an sich, diese strahlenden Augen, die paar Zentimeter Körpergröße, die sie dort immer zulegt, wie aus dem Nichts. So sieht sie immer aus, wenn sie kriegt, was sie will.

Prozesseröffnung mit allen Anklagepunkten? Erledigt.

Verhandlung in Richterin Ayers' Terminkalender vorziehen? Erledigt.

Nick Park total aus dem Konzept bringen? Erledigt.

Weil es so gut lief, ist alles falsch gelaufen.

Nachdem die anderen Sheriffs zurück nach Firestone gefahren waren, war ich so saudämlich, sie auf einen Drink einzuladen und zu feiern, dass sie ihrer ersten Verurteilung im neuen Job einen Schritt nähergekommen war. Ich wusste, sie würde nicht nein sagen. Meine Schicht hatte sowieso jemand anders übernommen, damit ich vor Gericht aussagen konnte, und sie hatte auch keine Termine mehr den Rest des Tages. Wir gingen in die Bar im zweiten Stock des Hotel Miyako in Little Tokyo, nah beim Gericht, aber nicht zu nah. Meine Vorgesetzte findet es gut. Sie kennt alle guten japanischen Läden. Sie sagt, es ist gut nach einem Gerichtstermin, egal, wie es ausgegangen ist. Gäste sind hauptsächlich japanische Geschäftsleute und Touristen. Niemand geht irgendwem auf den Wecker. Aus zwei Bier wurden drei Whiskey, aus ein paar Drinks ein auf Kristinas Kreditkarte gebuchtes Zimmer, bevor es in der Bar mit Karaoke losging.

Der Rest war eben der Rest. Die Vertrautheit, einander zu kennen, einander nicht immer zu mögen, aber einander zu *kennen.*

Tun, was sie mag. Die Ohren. Den Hals. Ein bestimmter, langsamer Rhythmus. Ihre Kopfhaut massieren. Ein Büschel Haare mit der Faust packen und sanft ziehen.

Vermeiden, was sie nicht mag. Nie, niemals kitzeln. Nirgendwo kneifen.

Einander nicht durch zu viel reden nerven, zu viel nachfragen, ob es ihr gefällt.

Es gefällt ihr. Sie mag es auf eine bestimmte Art, und die habe ich vor langer Zeit gelernt.

Es ist sehr entspannend, dass wir einander nicht mehr auf die Füße treten. Aber manchmal ist es auch erleichternd, mit einer zusammen zu sein, die weiß, wie beschissen die Welt ist, wie schlecht Menschen zueinander sein können, wie böse. Aber diese Erleichterung hält nie lange an.

Danach erinnere ich mich wieder, warum alles beim ersten Mal in die Brüche gegangen ist und wie schlecht ich darin war, es wieder zu kitten. Ich erinnere mich an das Nicht-schwanger-Werden, das Zumachen, das Schimpfen, die nie aufhörenden Fragen. Damit muss ich im Hotelzimmer sitzen, während sie das Bad besetzt.

«Wie war's?», fragt Kristina schließlich und lächelt sich im Spiegel an. «Besser als die neue Frau, die du zur Suppe ausführst?»

Das ist Kristina Mirkovich, die sich zu mir umdreht, sich von einem feuerroten Lippenstift weg beugt, den sie noch in die Luft hält, wo eben noch ihr Gesicht war.

Sie ist perfekt geschminkt. Sie will immer gewinnen. Sie ist nachtragend.

Sie weiß immer noch, wie sie mich kriegt, wie sehr ich auch dagegen ankämpfe.

LUCRECIA LUCERO ALIAS SCRAPPY

16. DEZEMBER 1993, 21:12 UHR

51

Sie verlässt mit schnellen Schritten die Lynwood High, als wollte sie irgendwohin, und das passt mir gar nicht, darum lasse ich meinen Cousin Vulture aussteigen und schwinge vom hinteren Sitz meine Tür auf, sodass ihre Vordertür blockiert ist und sie nicht einsteigen kann, selbst wenn sie wollte. Aber Angela? Die achtet gar nicht darauf. Sie geht und schwingt ihre Hüften. Sie schaut auf ihren Stundenplan oder so was, irgendwelche Papiere in einem grünen Ordner, die total offiziell aussehen, so als ob sie den Scheiß total ernst nimmt.

Als sie nah genug kommt, pack ich sie mit «*You a fine one.* Geht so nicht das Lied?»

Sie bleibt stehen. Oder erstarrt eher.

Mädels wie sie halten sich für was Besseres als ich. Und das an jedem verdammten Tag ihres hübschen Lebens. Darum ist es ganz gut, ihnen ab und zu in die Suppe zu spucken. Das gefällt mir. Sie zurechtstutzen. Sie dran erinnern, dass sie nicht so toll sind, wie sie glauben. Sie wissen lassen, dass ich ihnen ihre Schönheit wegnehmen kann, wenn ich will. Dazu brauche ich bloß ein paar Sekunden und ein Rasiermesser.

«Ach du Scheiße», keucht Angela, und man merkt, das wollte sie eigentlich nicht sagen. Es ploppt einfach so raus.

Weil sie überrascht ist. Und Angst hat. Weiß gar nicht, wieso.

«Zurück von den Toten.» Ich lache. «Drei Kugeln sind gar nix.»

Mein Rollstuhl liegt im Kofferraum, und ich bin noch nicht so weit, dass ich ihn selbst aufbauen oder auch nur zwanzig Minuten darin rumrollen kann, ohne schwindlig zu werden, aber das muss sie ja nicht wissen. Jetzt muss sie nur Macht spüren. Sehen, dass ich auferstanden bin.

Ich nicke ihr zu. «Wie läuft die Schwesternschule? Willst du dich mal um alte Leute kümmern, damit ich es nicht tun muss?»

Sie will es nicht sagen. Sie will verschlossen bleiben. Aber bei mir bleibt man nicht verschlossen. Nicht nach allem, was ich durchgemacht habe.

Vulture muss ich nicht erst sagen, dass er zu ihr gehen soll. Er tritt von allein auf sie zu.

Sie wird ein bisschen zittrig, als er ihr nahe kommt, und schließlich antwortet sie. «J-ja. Kann schon sein.»

«Das schätze ich an dir. Du hast ein gutes Herz.»

«Danke.» Das flüstert sie fast.

«Gern geschehen.»

Ihre Beinmuskeln spannen sich an; kann ich gut sehen wegen ihrer irre kurzen Jeans-Shorts. Ich sehe, wie die Zettel in ihrer Hand hüpfen.

«Hör mal zu, Angela. Du musst cool bleiben. Ich sehe, du denkst ans Wegrennen, weil du ja immer rennst. So bist du, so 'nen Scheiß machst du. Aber das wäre nicht gut. Nicht jetzt. Komm, warum setzt du dich nicht hier zu mir? Total gemütlich.»

Ist eigentlich keine Frage. Das macht Vulture klar. Und sie will sich nicht bewegen, aber sie tut es.

Sie klappt ihr Notizbuch zu und hält es nur noch in einer Hand.

Sie rutscht neben mir auf den Rücksitz, und ich rühre mich kein Stück.

Sie kommt mir unbehaglich nah, nur damit sie nicht die Beine aus der Tür hängen lassen muss.

Ich starre sie bloß an und versuche rauszufinden, was sie am meisten liebt, versuche rauszufinden, wie ich sie am besten dazu bringe, mir zu besorgen, was ich brauche.

«Wie geht's Elisas Kindern?», frage ich.

Oh Mann! Wenn sie vorher erstarrt ist, dann dreht sie jetzt erst richtig ab.

Sie sieht aus wie Han Solo, als er mit offenem Mund und Hände hoch zu einem Brikett gefroren wird!

Darüber muss ich echt lachen. «Wie alt ist Rowland jetzt? Fünf, oder? Der ist so scheißniedlich, Mann. Er und mein Adrian würden echt gut zusammenpassen. Zwei richtige kleine Komiker. Zwei kleine *payasos*, die bei der Geburtstagsparty ihr Ding machen. Seh ich direkt vor mir. Das wäre echt gut. Und auch gut für Marisela. Glücklicher Bruder heißt glückliche Schwester, stimmt's?»

Sie antwortet nicht, also rede ich weiter. «Hör zu, Angela, ich hab keine Ahnung, wer jetzt das Sagen hat, wo Wizard im County Jail sitzt, aber ich weiß, irgendwer *muss* den Job übernehmen. Sag *der Person*, dass ich reden will. Es geht einzig und allein darum, wie wir diese Sache regeln. Ich will nicht behaupten, dass dein Cousin wieder nach Hause kommt, Angela, das kann ich nicht, ich bin ja kein Richter oder Anwalt oder 'ne Scheißgeschworene, aber wenn sie ihn schuldig sprechen, dann nicht, weil ich geredet habe, denn ich werde ganz bestimmt nicht mit dem Finger auf ihn zeigen. *¿Entiendes?*»

Sie nickt ganz langsam.

«Das ist gut, Angela. Du kannst jetzt gehen. Sag denen, ich will mich morgen bei Mariscos El Paisa treffen. Ich bringe Vulture mit. Sie können mitbringen, wen sie wollen. Dann ziehen wir uns ein bisschen Fisch rein. Und quatschen drüber.»

Sie rutscht weg. Ihre Shorts bleiben an einem Riss im Polster hängen, als sie aussteigt und noch mal nickt.

Ich frage: «Also, was hab ich gesagt?»

«El Paisa», antwortet sie, «morgen zum Mittagessen. Um welche Zeit?»

Ich zwinkere ihr zu. «Wann möchtest du denn?»

Ihre Nasenlöcher blähen sich. «Halb eins?»

«Dann sagen wir um eins. Und weißt du, was, Angela? Du siehst heute echt gut aus. So hübsch. Ich hoffe, du bleibst so.»

Seht ihr, ich bedrohe sie überhaupt nicht. Ich spreche keine Drohungen aus. Hab ich noch nie gemacht. Ich bin ein ganz sanftes Schmusekätzchen.

Aber ist schon komisch, dass die Leute es trotzdem immer so auffassen, oder?

Ich meine, das ist doch verrückt.

JEOVANNI MATTA
ALIAS LITTLE ALIAS LITTLE GUY

17. DEZEMBER 1993, 12:55 UHR

52

Jerry fährt uns zum Mariscos El Paisa. No Neck redet auf mich ein, dass niemand mehr darüber weiß, was gerade abgeht, und dass ich deshalb Gesicht zeigen und mit Scrappy sprechen muss.

«Auf keinen Fall», antworte ich. «Das ist nicht mein Leben, so wie es euers ist.»

Muss hart für Angela gewesen sein, so zu uns zu kommen, total verängstigt. Sie hat gesagt, Scrappy hätte klargemacht, wenn wir nicht auftauchen, könnte ihr was zustoßen. Und ich bin wohl kein guter Mensch, denn als Erstes habe ich gedacht, geschieht dir vielleicht recht. Beinahe hätte ich dir die Sache mit Petrillo an den Kopf geschmissen, aber ich habe mir auf die Zunge gebissen.

«Es *wird* aber dein Leben. Und bei dieser Sache bist du ganz vorn. Hat Wizard selbst gesagt. Du hast es in der Hand», sagt No Neck. Wir halten an einer roten Ampel, und er spuckt aus dem Fenster.

«Genau, Mann.» Jerry tritt aufs Gas, als die Ampel auf Grün springt. «Du willst alles, was gut ist, dass keiner was Schlimmes über dich sagt, du willst Macht, aber die harten Sachen machen willst du nicht? So läuft das nicht, mein Freund. Du musst beides tun. Außerdem: Wenn dir jetzt wirklich was passiert, sozusagen als Ausgleich, dann wird sich keiner so sehr drüber aufregen.»

Ich habe mir wohl schon gedacht, dass ich sterben könnte oder jedenfalls angeschossen werden wie Scrappy. Es läuft mir kalt den Rücken runter.

«Macht Sinn», sage ich. «Die Leute werden sagen, ich hätte mich in Sachen eingemischt, von denen ich keine Ahnung habe.»

Jerry widerspricht mir nicht. «Genau das werden sie sagen.»

«Aber in dem Laden wird überhaupt nichts passieren. Jeder weiß, wem er gehört.» No Neck rollt einen Joint. «Scrappy hat einen guten Treffpunkt ausgesucht. Neutral. Was ich sagen will: Kann schon sein, dass du was abkriegst in der Sache, aber nicht heute, nicht bei El Paisa, also entspann dich.»

Y ahora, als wir reingehen, nehme ich alles auf. Die Wände hellblau gestrichen, unten dunkelblau abgesetzt, ringsum auf so einer Art überdachten Terrasse stehen glänzende Edelstahltische mit ebensolchen Bänken, die am Betonboden festgeschraubt sind. An der Decke hängen Ventilatoren, für den Fall, dass es im Sommer heiß wird. Und Musik läuft, Chalino Sánchez, total laut. Das Lied «Nieves de Enero». Genau richtig, wenn keiner mithören soll.

Neben dem Bestellfenster ist ein großes Bild an die Wand gemalt mit fliegenden Möwen und einer Insel. Daneben sitzt Scrappy, am Tisch ganz in der Ecke. An einem anderen Tisch dicht neben ihr sitzt ein großer, kräftiger Typ. Das muss Vulture sein, vor dem Jerry mich gewarnt hat, ehe wir aus dem Auto gestiegen sind. No Neck und Jerry setzen sich ans andere Ende dieses Tisches, und das gefällt ihnen nicht besonders.

Als ich mein Essen geholt habe, gehe ich zu Scrappys Tisch. Links am Hals hat sie ein großes weißes Pflaster, das sich ein bisschen braun verfärbt. Ich beschließe, nie wieder hinzuschauen und es auch nicht zu erwähnen. Vor ihr dampft eine Schale Suppe.

Ich setze mich ihr gegenüber auf die andere Bank und stelle mein Tablett mit dem Teller Tacos auf den Tisch. «Angela hat gesagt, ich soll herkommen.»

Scrappy schaut mich einmal an und beschließt, ich bin nicht der Richtige. «Verpiss dich, Mann. Du bist doch gar nicht drin.»

«Bei dieser Sache schon.»

Sie lacht und sieht mich schräg an. «Siehst ein bisschen zu süß aus für so was.»

Wenn sie *süß* sagt, ist das wie eine Beleidigung ohne Beleidigung. So einen Scheiß muss ich mir ständig anhören, soll immer heißen, dass ich kein richtiger Mensch bin, also kein richtiger Mann, nicht Manns genug, so eine Sache zu regeln. *Y ahora* steigt der Schmerz von allem, was man mir je an den Kopf geworfen hat, in mir hoch, und ich schaue Scrappy direkt in die Augen und sage: «Ich *bin* süß. Ich mag Jungs. Hast du damit ein Problem?»

Ihr Grinsen sieht aus wie ein Neonlicht.

«Jetzt hör sich einer den Scheißer an!», sagt sie. «Weißt du, was, ich habe das gleiche Problem. Ich mag Jungs zu gern. Hat mir ein Kind eingebrockt.»

«Geht's dem Kleinen gut? Muss doch ein bisschen hart sein für ihn, sich solche Sorgen um dich zu machen.»

Sie mustert mich, als wollte ich sie verarschen. Will ich aber gar nicht. Ich versuche mich bloß in ihren Sohn hineinzuversetzen, weil ich was Ähnliches durchgemacht habe. Und ich glaube, das begreift sie auch, denn sie sagt, er hätte viel geweint.

Eine Sekunde gucke ich an die Decke. «Habe ich auch, als mein Daddy angeschossen wurde.»

«Hat er's geschafft?» Sie meint meinen Vater.

«Nein.» Als ich das sage, kann sie von meinen Augen ablesen, wie wahr es ist und wie weh es noch tut, aber ich lasse auch zu, dass sie es sieht.

Sie saugt Luft durch die Nase, als hätte sie irgendwas rausgefunden. «Ich mag dich. Ich werde dich *Dulce* nennen.»

«Man nennt mich Little.»

«Nee», sagt sie, «das warst du vielleicht mal, aber das passt nicht mehr zu einem kleinen *chapín* wie dir. Du, du bist ein süßes Gift. Wahrscheinlich schnallt keiner, wie gefährlich du tatsächlich bist, oder?»

Macht mich fertig, woher sie weiß, dass ich aus Guatemala bin.

«Also, Wizard hat es wohl geschnallt, sonst hätte er mich nicht auf diese Sache angesetzt.»

«Oder er hatte sonst niemanden, der clever genug ist, das zu regeln, so wie dein Freund No Neck da drüben. Der Kerl hat Backsteine als Ohren und dazwischen Mörtel.»

Ich will grinsen, aber ich kann mich nicht über meine Leibwächter lustig machen.

Das merkt sie. «Schon gut. Musst nicht lachen. Ich weiß, du findest es lustig.»

No Neck hat mir im Auto erklärt, was grünes Licht bedeutet. Er hat gesagt, das ist ein Befehl von ganz oben, von den ganz großen Jungs, dass Scrappy wegmuss. «Gegen dein grünes Licht kann ich nichts ausrichten.»

Sie lächelt. «Du kannst mir eine Woche geben und nicht noch mal auf mich ballern.»

Scheiße. Bei so viel großmäuliger Frechheit muss ich doch grinsen.

«Pfeif die Idioten mal ein bisschen zurück.» Sie nickt in Richtung Jerry und No Neck, die Fischsuppen vor sich haben, aber gar nicht essen. «Und du musst dir überhaupt keine Gedanken machen. Ich kriege das grüne Licht ausgeknipst, und wenn ich dafür selbst nach Quentin fahren muss. Das ist nicht dein Problem. Sondern meins.»

«Okay», sage ich.

Sie nickt. «Und ich werde nicht aussagen, es sei denn, sie zwingen mich. Wenn ihr wollt, dass ich den Prozess irgendwie behindere, sagt mir einfach, wie.»

«Wieso solltest du das tun?»

Sie schaut auf ihre Füße. «Ich habe Scheiß gebaut. Hab mir was zuschulden kommen lassen, und jetzt will ich es wiedergutmachen, die Scharte auswetzen. Sag das einfach nach oben weiter.»

«Okay. Mach ich.» Aber ich habe den Eindruck, ich könnte nachhaken. «Könntest du nicht auch in den Zeugenstand gehen und sagen, dass du die Leute nicht wiedererkennst, die auf dich geschossen haben?»

«Mann!» Sie grinst. «Wenn Wizard in den Bau wandert, liegt das nicht an mir, aber ich werde mich auch nicht anstrengen, ihn freizukriegen. Ich kann den Typen nicht auf der Straße gebrauchen! Was willst du noch?»

«Ich möchte frei in deinem Viertel rumlaufen und Fragen stellen können, wenn ich muss.»

Ich denke an Augies Freundin Irma, die überall herumschnüffelt.

«Wie gepflegt du dich ausdrückst! In deinem *Viertel.*» Scrappy lacht. «Geht klar. Meine Hood steht dir frei.»

«Hast du die Macht dazu?»

«Ich hab die Macht, mit den Leuten zu reden, die Macht haben, also ja, ist erledigt. Was noch?»

Ich beiße in meinen Taco und kaue. «Ich habe gehört, die Waffe wurde am Tatort liegen gelassen. Stimmt das?»

Sie kaut einen Krabbenkloß und nickt. «Immer nach der Old-School-Regel: Lass die Waffe fallen. Hat sie auf meinen Fuß fallen lassen, der Wichser.»

Sie zieht ihr Hosenbein hoch, schiebt den Fuß aus einem Hausschuh und zeigt mir einen schwarzblauen Fleck.

«Wie ist sie dann von da weggekommen? Du hast sie nicht eingesammelt und später von jemand anderem wegschaffen lassen?»

Sie guckt mich an, als sei ich verrückt. «Ich war total über den Haufen geschossen, Dulce. Wie soll ich kriminelle Höchstleistungen bringen, wenn ich blutend in meinem Vorgarten liege? Wäre super gewesen, wenn ich daran gedacht hätte, aber in dem Moment hab ich bloß versucht, Luft zu kriegen.»

«Aber was ist dann mit der Pistole passiert?»

«Augie. Wer sonst? Ich meine, er hat auch meinen ganzen restlichen Scheiß geklaut. Der blöde Junkie. Hat wahrscheinlich gedacht, er könnte sie verticken.»

Klingt plausibel. Erklärt aber noch nicht, wie die Waffe quer durch Lynwood gewandert ist, aber ist immerhin ein Anfang. «Wenn er sie genommen hat, hat er sie aber bestimmt nicht bei Wizard versteckt. Dafür hat er überhaupt keinen Grund.»

Aber Scrappy hört nicht mehr hin. Sie isst noch einen Löffel Suppe, schluckt und hält inne. «Es war echt Glück, dass Augie da war. Dass er mich verbunden und alles eingesackt hat, das hat mich vor einer Monsteranklage wegen Drogen bewahrt. Und mir auch noch das Scheißleben gerettet. Wer hätte geahnt, dass Junkies zu was gut sein können?»

Augie ist ein Puzzleteil. Aber bei meiner nächsten Frage bin ich richtig gespannt auf die Antwort, weil ich das Gefühl habe, alles fügt sich zusammen.

«Hast du schon mal von einem Bewährungshelfer namens Phillip Petrillo gehört?»

Sie schaut auf ihre Suppe. «Wer ist das denn?»

«War Wizards Bewährungshelfer. Er hat die Pistole gefunden.»

«Noch nie gehört.» Sie lächelt mich an. «Aber du bist in Ordnung, Dulce. Mit dir hab ich keinen Stress. Bloß jetzt musst du gehen, wir sind nämlich fertig.»

Das bringt mich durcheinander. «Ich habe noch einen halben Taco.»

«Dann pack ihn dir ein und mach den Abflug, deine Quadratschädel sollen nämlich nicht sehen, wie ich in einen Rollstuhl gesetzt werde.»

Sie meint Jerry und No Neck.

«Verstehe ich.» Ich wickele meinen Taco für später ein und stehe auf.

«Wusste ich doch. Darum hab ich auch noch 'ne Kleinigkeit für dich, Dulce.» Sie krümmt den Finger, damit ich mich näher beuge. «Weißt du, wer das andere Arschloch war, das an dem Abend dabei war? Dein Homeboy No Neck. Ich hab dem Kerl direkt in die Augen geschaut. Der Penner geht im leuchtend gelben Lakers-Sweatshirt los, um jemanden über den Haufen zu schießen. *So* schlau ist der.»

Ich merke, wie mir das Blut aus dem Gesicht sackt.

«Wie kann ich wieder Kontakt mit dir aufnehmen?», frage ich.

«Ich melde mich.» Sie zwinkert in Zeitlupe. «Behalt den Scheiß für dich.»

«Okay.» Ich drehe mich um und habe schon das Gefühl, dass Scrappy mich ein bisschen verarscht, aber dass sie gleichzeitig eine Stelle in meinem Gehirn gekitzelt hat, von der ich bisher gar nicht wusste, dass sie da ist.

HERNÁN GARRIDO ALIAS NO NECK

17. DEZEMBER 1993, 13:48 UHR

53

Little benimmt sich anders, als er mit Jerry und mir wieder aus dem El Paisa rausgeht. Er will direkt zu Irma und mit ihr reden, weil er jetzt umso dringender Augie finden will. Er sagt, Scrappy hätte uns freie Fahrt für die Hood gegeben, und das will er austesten. Jerry sagt, selbst wenn das stimmt, sollten wir ihr auf jeden Fall ein bisschen Zeit geben, weil sie das nicht selbst befehlen kann. Also fahren wir rum und streiten uns irgendwann total heftig, weil Little sagt, er will jetzt Dulce genannt werden. Jerry sagt sofort, scheiß auf den verfickten Schwuchtelnamen. Scheiß drauf. Ich sage Little, so ein Name kommt schlecht rüber. So was kann nicht mal Wizard richten. Und meine richtige Meinung sage ich zwar nicht, aber ich finde, Arschficken und so'n Scheiß ist Sünde und ein Verbrechen gegen Gott, und ich werd mich bestimmt nicht gegen die Kirche oder den Heiligen Vater wenden. Aber Little ist auch anders. Er nimmt Sachen in die Hand wie ein G. Er ist so scheißschlau und erzählt einem keinen Mist. Ich weiß echt nicht, wie ich die zwei Sachen zusammenbringen soll.

Jerry fragt dann, ob Scrappy ihm den Namen verpasst hat. Er sagt ja. Scheiße. Darüber muss sogar Jerry lachen. Wir sagen Little beide, dass er den Namen nicht annehmen kann, wenn er von ihr kommt. Dass der Stress zwischen unserer *clica* und ihrer eine lange Geschichte hat. Ich lasse Jerry erzählen, wie Scrappys älterer Bruder Jerrys Cousin umgelegt hat, ehe es ihn selbst erwischt hat, weil Big Fates Homeboy Apache keinen Spaß versteht. Wir sagen ihm beide, dass er keinen Namen vom Feind annehmen kann. Sie verarscht ihn. Versucht ihm was anzuhängen, was ihn zur Zielscheibe macht. Darüber denkt Little nach, dann sagt er, dass er es nicht so sieht. Er sagt, es wär sowieso Zeit für Veränderung. Weil er nicht mehr Little ist. Und so. Und wie er das sagt, kann ich bloß zustimmen. Er hat recht. Bloß nicht Dulce, sag ich zu ihm. Such dir was anderes aus. Und er sagt, die Leute wissen es doch sowieso, warum soll er also nicht gleich damit rauskommen? Jerry sagt, Moment mal. So läuft es nicht. Erzähl den Leuten gar nichts. Deine Sache ist deine Sache. Und da sagt Little, dass er nicht daran denkt, es allen recht zu machen. Er soll was für Wizard regeln, und das kann er nur auf eine Art. Er muss ehrlich sein. Er selbst sein. Mit Scrappy war er auch ehrlich, sagt er. Sie hat um eine Woche gebeten, und die hat er ihr gegeben.

Da rastet Jerry aus. Sagt, Little hatte überhaupt nicht das Recht, Scrappy eine Woche zu geben. Dass er doch bloß so ein beschissener kleiner Gang-Schnüffler ist. Er hat überhaupt nichts zu sagen. Aber da wird Little laut und sagt, er hat was zu sagen, seit wir ihn an diesen Tisch gesetzt haben, weil es ja nicht so schlimm wäre, wenn es schiefgeht und er umgelegt würde. Die Leute würden bloß sagen, wieder ein toter *maricón*, richtig? Würde niemand drum weinen außer seiner Familie. Jerry sieht mich an. Ich kann nicht widersprechen. Also sagt Little, wenn er einsteigt und so leben soll, dann muss er es ehrlich leben. Jerry sagt, eine Menge Arschlöcher da draußen haben was gegen Schwuchteln und würden nicht mal zögern, auf sie zu schießen. Darauf erwidert Little, dass Wizard das erst mal gutheißen müsste. Jerry schüttelt den Kopf. Jeder, der über Wizard steht, könnte das anweisen, und das war's. Und wisst ihr, was Little da sagt? Dieser Scheißkerl. *Wenn ich deshalb sterbe, dann sterbe ich so, wie ich bin.* Das sagt er! *Fuck.* Das ist echt heavy, hängt richtig schwer im Auto. Eine Minute fahren wir stumm. Keiner sagt was. Das sind echt mal richtige *ganas.* Und wenn er wirklich so abtreten würde? Dann würde er gehen wie ein G. Einen *Scheiß* drauf geben. Sein Ding durchziehen.

Jerry will das nicht hören, aber ich sag ihm, Little hat recht. Ein Mann kann selbst entscheiden. Ich sage zu Little, wenn er Dulce heißen will, dann nennen wir ihn so. Und Little sieht in seinen Schoß und nickt, und vielleicht hat er Tränen in den Augen, aber ich gucke nicht richtig hin. Ich gucke nach vorn auf die Straße, bis Little sagt, Scrappy wird nicht für die Anklage aussagen. Er weiß, dass die Pistole fallen gelassen wurde, und ich nicke, weil ich das auch weiß. Ich hab's selbst gesehen. Aber ich sage nichts. Little sagt, er weiß, Augie muss sie genommen haben, und jetzt müssen wir nur noch rausfinden, wie sie quer durch die Stadt gekommen ist. Er glaubt, der Bewährungstyp war's, und dann guckt er mich an und sagt, er hat noch was rausgefunden. Er guckt mich direkt an und sagt, er weiß, dass ich in der Nacht dabei war. *Fuck!* Mein Mund wird ganz trocken. Und ich frage mich, ob ich irgendwas unternehmen muss, weil er das weiß, und was das sein wird, wenn er das wem erzählen und mich gegen Dreamer austauschen will. Er sagt, ich hätte mein quietschgelbes Laker-Sweatshirt angehabt, und genau in dem Augenblick zeigt Jerry aus dem Fenster auf eine Frau, die wie Irma aussieht, also halte ich an.

Sie ist es. Sie sucht hinter dem Tacos Mexico im Müll nach Pfandflaschen und Schrott. Als wir neben ihr anhalten, sagt sie, sie sucht was zu essen. Also geht Litt… ich meine Dulce mit ihr rein und kauft ihr was zu essen. Als Irma eine Minute lang gegessen hat, sagt sie, dass schon Leute für sie suchen. Sie hat rumerzählt, dass sie Augie vermisst, aber das klingt eiskalt bei ihr. Richtige Gangsterscheiße. Außerdem sagt sie, dass Augie um Weihnachten rum immer total durchdreht. Da sind seine Eltern gestorben. Sie ist sicher, dass sie ihn um die Zeit sehen wird. Sie sagt, sie kann es fast garantieren. Das gefällt Dulce nicht. Er zieht eine Augenbraue hoch und wiederholt das Wort. Fast? Und sie so: Ja. Fast.

AUGUSTINE CLARK ALIAS AUGIE

21. DEZEMBER 1993, 16:18 UHR

54

In den meisten Nächten denke ich an Scrappy und frage mich, ob sie überlebt hat. Ich denke daran, wie ich ihr das Bein abgebunden habe, und frage mich, ob der Druckverband gut genug war. Weil manchmal Leute ins Krankenhaus gehen, und alles ist gut oder sieht jedenfalls gut aus, und dann sind sie eines Tages einfach hinüber. Ich mochte Scrappy. Ich meine, wir hatten eher so eine Streitbeziehung, wie der Road Runner und Coyote. Ich war Coyote. Ständig versuchte ich sie zu erwischen. Und als ich es dann eines Tages schaffte, kamen ein paar Wölfe und schossen sie in Stücke. War irgendwie auch meine Schuld. Ich hoffe, es geht ihr gut. Klingt vielleicht bescheuert, aber hoffe ich wirklich. Scrappy war alles Mögliche, aber wegen Drogen in ihrem Vorgarten erschossen zu werden, das hat sie nicht verdient. Gibt viel Schlimmeres, was man anstellen kann.

Mit Petrillo habe ich irgendwie Glück gehabt, und ich wundere mich, dass er mir nicht schon früher draufgekommen ist. Hat ein paar Tage gedauert. Ist nämlich so, dieser Entzugstransporter gibt kein Methadon aus. Dürfen sie nicht. Haben sie vielleicht ein- oder zweimal gemacht, aber dann haben sie es begriffen: Hier draußen würden sie so schnell ausgeraubt. Darum sind sie jetzt im Grunde bloß ein Infomobil, das den Leuten mitteilt, wo es in der Nähe Möglichkeiten gibt, fast so eine Art Werbedienst für die Kliniken. Das funktioniert jetzt so: Sie geben mir einen Schein, und mit diesem Schein gehe ich zur Drogenklinik meiner Wahl. Hintendrauf steht eine Liste. Manche sind privat, manche sind öffentlich, wie die von der Harbor UCLA. Meistens fahre ich den ganzen Tag rum und probiere jede Adresse hinten auf dem Zettel aus. Finde heraus, in welchen man gut behandelt wird, ob sie mit der Dosis großzügig sind und einem ein bisschen mehr geben. Hat bisher keine gemacht. Aber die Hoffnung bleibt.

Ich habe meine Kreise also ein bisschen ausgedehnt. Hauptsächlich gehe ich zu zwei Privatkliniken in der Nähe der Einrichtung. Da kennen sie mich inzwischen schon.

Gestern auf dem Rückweg habe ich ein Schild AUSHILFE GESUCHT an einem Jack in the Box gesehen, also bin ich reingegangen und habe mir einen Bewerbungsbogen mitgenommen. In dem Formular wollten sie wissen, ob ich wegen irgendwas verurteilt worden bin, da musste ich also «Ja» schreiben und wofür. Ich habe geschrieben, dass ich in der Navy gekocht habe. Ich war Koch auf einem richtig großen Schiff und habe die Burger schneller hingekriegt als irgendwer sonst. Sie haben sich nicht zurückgemeldet.

Ich habe beim Donut-Shop an der Slauson Avenue nachgefragt, aber der Manager meinte, es gebe keinen Job, der nicht mit Geld und Kasse zu tun hätte, und so was könnte er mir nicht anvertrauen. Täte ihm leid. Mir auch, habe ich ihm gesagt, aber ich habe es ihm nicht übelgenommen. Ich habe ihm gesagt, ich würde weiter bei ihm meinen Kaffee trinken und weiterfragen. Fand er okay.

Ich kriege jetzt nicht mehr die Erdbeben innen drin vom Entzug. Bloß den ganzen Tag Kopfschmerzen. Und so Gliederschmerzen überall, wie bei Grippe.

Jeder Tag ist Schmerz, Mann. Sagt mein Sponsor. Hängt alles davon ab, wie ich damit umgehe.

Und ich gehe damit um, indem ich zu den Treffen komme und zum Entzugsmobil, um die hübsche Schwester mit der Zahnspange zu sehen. Sie ist so um die dreißig, aber sie trägt Zahnspange wegen irgendeines Kieferproblems, und das macht sie irgendwie süß, so verletzlich, und wie sie versucht sich zu bessern. Ich unterschreibe für meinen Methadon-Schein, sie lächelt mich an und sagt, ich mache meine Sache gut, und auch wenn sie gar nicht weiß, ob das stimmt oder nicht, tut es doch gut, es zu hören. Beim Rausgehen stoße ich beinahe mit einem alten Bekannten namens Todd oder Terry zusammen, aber ich spreche ihn nicht an, er sieht nämlich gar nicht gut aus, und ich weiß, es wird noch schlimmer werden, wenn er rausfindet, dass er was Falsches gehört hat und hier gar keine Dosis kriegt, sondern bloß so einen Schein.

Ich höre, wie er sich Schwester Spange als Tommy vorstellt. Er muss irgendwen heftig ausgenommen haben, und dann zieht er einfach weiter, zieht sein Geschäft neu auf und arbeitet daran, dass die Leute ihm genug vertrauen, dass er sie wieder verarschen kann, und dann tut er es. Er kommt aus dem Transporter, wedelt mit dem Schein und guckt mich direkt an.

«Was zum Teufel ist *das* denn, Bro?»

Er ist schwarz, alt und vertrocknet wie eine Rosine, aber er redet wie ein Surfer. Ich weiß nicht, ob er wirklich so ist oder eine Rolle spielt, aber ich kenne ihn nur so, selbst wenn er total high ist, darum muss es wohl echt sein. Keine Ahnung.

«Du weißt doch, was das ist», sage ich. «Ist kein Methadon, aber kann welches werden, wenn du es richtig anstellst.»

Er setzt sich auf den Asphalt. Einfach platt auf den Hintern. Mitten auf der Straße. «Ich bin wie 'n Irrer gelaufen, Bro. Ich kann echt nich' mehr, Bro.»

«Wo kommst du denn jetzt her? Irgendwo aus dem Süden?»

«Klar, Mann.»

«Vom Hafen ganz unten oder eher aus Compton?»

Er wirkt hibbelig, braucht ganz dringend irgendwas. «Klar», sagt er bloß.

Ich brauche eine Sekunde, um meinen Mut zusammenzunehmen und nach ihr zu fragen. «Hey, erinnerst du dich an Irma? Du kennst sie.»

«Irma?»

«Ja, die mit der Brille?»

«Kenne keine Irma mit Brille, Bro.» Er steht schon halb gebeugt. Es wird schlimm. Jetzt kriegt er dieses Gefühl, als ob die Knochen brechen. Das sehe ich an seinem Gesicht.

Als er wieder hochkommt, sagt er: «Ich brauch mehr, Mann. Du brauchst doch auch mehr, oder?»

Ich brauche immer mehr. So ist es eben. Das weiß er.

«Nee, mir reicht's wohl», sage ich. «Außerdem wüsste ich gar nicht, wo man hier was kriegt.»

«Aber wüsstest du, wo man woanders was kriegt, Bro?»

«Hey, Mann, Tommy oder wie du jetzt heißt, verarsch mich nicht, Mann. Du weißt selbst, wo du was kriegst. Bist doch lange genug dabei.»

«Ich schwöre, ich weiß es nicht, Bro. Ich schwör's.»

An seinen Augen sehe ich, dass er Scheiße labert. Das sind fiese und traurige Augen. Augen, die über alles Bescheid wissen, auch wie man Leute reinlegt.

«Dein Schwören ist nichts wert», sage ich.

Er nickt. Er schließt die Augen und nickt. Er hebt die Hände. «Hast mich erwischt, Bro. Okay? Kalt erwischt. Okay, ich wusste es. Wirklich. Aber ich wollte eine Nummer abziehen, und es hat nicht geklappt, verstehst du? Die Brücke hab ich abgebrochen.»

Ich kenne den Typen kaum, aber ich weiß, das konnte er. Habe ich selbst gemacht.

«Okay», sage ich und drehe mich um, will zurück zur Einrichtung, mich zurückmelden.

Tommy hebt die Stimme. «Ich hab Quatsch erzählt wegen Irma, Bro. Ich kenne sie. Hab sie vor drei Tagen gesehen. Hab versucht, mit ihr abzuschieben, aber sie war nicht interessiert. Hat gesagt, ihr sei das Herz gebrochen. Hat ständig von diesem Typen Augie geredet. Hat gesagt, sie ist immer noch im selben Hotel und wartet auf ihn. Betet für ihn. Hofft, er hat sie nicht vergessen.»

Als ich das höre, fühle ich mich innerlich leichter, als könnte ich gleich losrennen, aber ich bin auch vorsichtig. Ich denke über die Quelle nach, dass man sich nicht auf ihn verlassen sollte.

Ich drehe mich wieder zu ihm um. «Und was für ein Motel war das, hast du gesagt?»

«Ach komm, Bro. Meinst du, ich lüge? Das Island.»

Nein, ich glaube nicht, dass er lügt, aber den Namen musste er mir erst sagen, damit ich ihm glaube.

«Hast du ein Auto? Ein Fahrrad?»

Er schüttelt den Kopf.

«Busfahrkarte?»

Er schüttelt wieder den Kopf.

«Anschlussticket?»

Man sollte meinen, vom vielen Schütteln müsste ihm der Kopf abfallen.

Ich nehme ihn mit um die Ecke zum 7-Eleven, wo ein Typ namens Down Damian neben dem Münztelefon steht, als würde er jeden Moment einen Anruf erwarten. Er will uns gerade jedem fünf Dollar in bar für unsere Methadonscheine geben, nachdem ich ihn von vier hochgehandelt habe, da sehe ich die Zigarette hinter seinem Ohr.

«Was ist mit Kippen?», frage ich ihn.

«Ist meine letzte», sagt er.

«Schwachsinn, Mann. Wir brauchen auch noch sechs von denen.»

«Oh Mann. Willst du mich fertigmachen? Zwei. Ich gebe euch zwei.»

«Treffen wir uns in der Mitte: vier.»

Wir einigen uns, aber das mit den Zigaretten hat ihm nicht gefallen. Er steckt die, die er hinterm Ohr hatte, gleich wieder in die Packung, nachdem er unsere vier herausgeschüttelt hat, damit nicht noch jemand auf die Idee kommt.

Ich habe versucht, gut zu sein, aber jetzt, wo ich mir wieder die Finger schmutzig mache, merke ich, wie sehr ich es vermisst habe.

Ich gehe hinein und hole uns zwei Anschlusstickets, Vierteldollar das Stück. Man muss keine richtigen Fahrkarten kaufen, wenn der Busfahrer nicht weiß, wo man zuletzt ausgestiegen ist. Damit kommen wir nach Lynwood, mit der Linie 60. Vom Rest des Geldes kaufe ich Feuerzeuge in verschiedenen Farben, die ich an Penner vertiвcken kann, die nach Feuer fragen, und ich schmiede einen Plan, wie ich Tommy loswerde.

BEWÄHRUNGSHELFER PHILLIP PETRILLO

21. DEZEMBER 1993, 18:40 UHR

55

Für einen Treffpunkt in Pedro ist das Fischrestaurant 22nd Street Landing am Sporthafen ziemlich nobel. Es hat eine Bar, aber der größte Teil des Ladens ist Restaurant, und die bodentiefen Fenster bieten einen Blick auf die Marina. Es ist so ein Laden mit weißen Tischdecken, wo ich meine Mutter an ihrem Geburtstag hinführen würde, und als ich die Treppe hinaufsteige, kriege ich das Gefühl, dass es sich um einen Test handeln könnte, vielleicht ist es mehr als bloß ein Geschäftsessen. Wenn ich Kristina gefalle oder zumindest das, was ich zu sagen habe, lädt sie mich zum Essen ein. Wenn nicht, hat sie einen Termin oder eine Verabredung, die sie nicht verschieben kann. Ich weiß, wie das läuft.

Die Aussicht auf die Marina ist gut: Weihnachtliche Lichterketten hängen an den festgemachten Booten, ein paar rote und grüne Lampen (aber größtenteils bloß weiße), die sich an den Stegen entlangziehen und vom dunklen Meer gespiegelt werden. Ich bin zwanzig Minuten zu früh, aber Kristina Mirkovich ist schon da – mit ihrem Bruder. Sie hat das Haar zu einem festen Knoten hochgesteckt, trägt einen frisch gebügelten schwarzen Blazer über einer hochgeschlossenen grünen Bluse (Seide), eine helle Jeans und hochhackige Schuhe.

Ich gehe zu ihnen und schaue zuerst John an. «Spielst du den Leibwächter?»

Das war eine schwere Fehleinschätzung. John Mirkovich starrt mich bloß an. Wahrscheinlich muss er schon sein ganzes Leben auf seine schöne Schwester aufpassen. Er hält es für seine Pflicht, und für einen großen Bruder (und noch dazu einen Sheriff) ist die Pflicht nie zum Lachen.

«Ich trinke», sagt er und schaut auf den Fernseher.

Kristina hält mir die Hand hin; ich schüttele sie genauso wie im Gericht.

«Tatsächlich haben wir uns gerade über Clintons Polizeizuschüsse unterhalten. Los Angeles kriegt vier Millionen.»

John grinst. «Das LAPD kriegt das ganze Geld. Der Bezirk wird wieder keinen Pfennig sehen. Ich sag's euch.»

«Ivica.» Ihr Tonfall bedeutet: Pass auf, was du in der Öffentlichkeit sagst.

Ich wiederhole den Namen, wie er sich für mich anhört. «Ivitza?»

«Ja», sagt John und schaut wieder mich an. «Mein Name.»

«Nicht John?»

«John können die Leute leichter aussprechen. Muss ich nie erklären oder buchstabieren. So wie jetzt zum Beispiel.»

«Verstehe.» Ich zeige auf sein viertelvolles Bier. «Willst du noch eins?»

«Nein», sagt er und trinkt es in einem Zug aus. «Tatiana kocht.»

Kristina umarmt ihren Bruder, der zwei Handbreit größer ist als sie, trotz ihrer Absätze. «Ach übrigens», fragt sie noch, «was hat Morgan für ihr Projekt über die spanischen Missionen in Kalifornien gekriegt?»

«Ein A, was ja im Grunde heißt, dass du es gekriegt hast, du Streberin.»

Die Dynamik zwischen den beiden ist klar: Sie ist der Star der Familie, er hält sie zusammen.

John hustet. «Übernimmst du, Kris?»

Er meint die Rechnung. Sie nickt, und er streckt mir die Hand hin. Als ich sie nehme, drückt er sofort viel zu fest zu und schaut dabei auf mich herab. Ein Männerding. Wirkt.

«Einen schönen Abend», sage ich.

«Klar», sagt er.

Auf dem Weg nach draußen geht er am hinteren Ende der Theke vorbei, wo ein alter Kerl ruhig sitzt und trinkt. Er schlägt ihm auf die Schulter. «Reiß dich am Riemen, Chuck. Du bist ja außer Kontrolle!»

Der Mann dreht sich um, und es ist Charles Bukowski, ein Glas Weißwein in der Hand, von dem er nicht einen Tropfen verschüttet hat, obwohl er so angehauen wurde. Er hebt die Hand und winkt halbherzig, wendet sich dann wieder zur Theke. Ich habe einmal versucht, *Ham on Rye* zu lesen. Bin nicht weit gekommen.

Als John weg ist, rückt Kristina näher zu mir und senkt die Stimme. «Welcher Kroate nennt seine Tochter Morgan?»

«Welcher Itaker nennt seinen Sohn Phillip?»

Sie lacht. «Einer, der seine Kinder zu Amerikanern machen will?»

Ich lächle, weil sie lächelt. «Will das nicht jeder?»

«Gut gesagt. Und wissen Sie was, gerade haben Sie mich daran erinnert, dass meine Großmutter den A-1 Market immer den Itaker-Laden genannt hat. Sie ist zwei Kilometer zu Fuß hingelaufen und mit allen Einkäufen wieder zurück. Wo ist sie hin? Zum Itaker-Laden. Wo kam sie her? Vom Itaker-Laden. Wo ging sie bald darauf hin?»

«Zum Itaker-Laden?», sage ich.

«Nein», sagt sie mit starkem kroatischem Akzent. «*Kirrche.*»

Ich lache, als sie lacht. Sie hat schon ein paar getrunken. Sie ist so entspannt, dass sie zugibt, mein Bild in ihrem Highschool-Jahrbuch gesucht zu haben, und wir gehen zum üblichen Kennenlern-Kram über. Es ist fast so, als wäre man bei ihr im Zeugenstand. Sie braucht alles (was, wo, wann). Ich bin an der Sixth Street aufgewachsen, unweit der Pacific Avenue. Ich habe Baseball gespielt: Little League am Knoll Hill, Highschoolteam an der San Pedro. Ich habe an der Cal State in Long Beach studiert (und mir beim Testspiel im zweiten

Jahr das Knie ruiniert), mein Examen in Kriminologie und Strafrecht gemacht.

Sie will mehr. Ich erzähle, dass ich danach nach Colorado gezogen bin, weil da in der Bewährungsbetreuung Leute eingestellt wurden und in Kalifornien nicht. Drei Jahre später bin ich zurückgekommen. Ich hatte genug Berufserfahrung, mich bei einer Stelle im County bewerben zu können, und ich habe das Wetter vermisst. Den Tod meines Vaters erwähne ich nicht, auch nicht die Pflege meiner Mutter, denn unser Treffen fühlt sich jetzt an wie ein Date, und es ist noch viel zu früh, um mit so was Vertrauenspunkte zu machen. Ich verschiebe den Fokus auf sie. Sie ist eine intelligente Frau, und die meisten intelligenten Frauen kriegen selten genug Gelegenheit, über sich selbst zu reden. Dafür leben sie: für den Tag, wo ihnen jemand wirklich zuhört.

Ich bestelle einen Rum & Doctor (Rum mit Dr Pepper gemischt). Sie macht sich darüber lustig, probiert und bestellt dann selbst einen.

Ihre Familie besaß ein Haus gleich neben der Thirteenth Street. Als sie noch klein war, sind sie nach South Shores gezogen. Dort ist sie zur Grundschule gegangen, hat Ballettunterricht gehabt, bis sie siebzehn war, als klar wurde, dass ihre Knöchel es nicht mehr aushalten. Wir trinken auf unser beider Beinprobleme. Sie hat immer gern gelesen (vor allem Dickens). Tatsächlich ist der Autor schuld daran, dass sie Jura studiert hat. Ob ich *Bleak House* gelesen habe? Ich sage, ich werde es lesen, damit sie weitererzählt: Studium angefangen an der USC (Britische Literatur), dann Loyola Law School, dann direkt bei der Staatsanwaltschaft angefangen und es nie bereut.

«Also», fragt Kristina, «was wollen Sie beruflich erreichen? Was ist der nächste Schritt?»

«Das sollten wir vielleicht ein andermal bereden.»

«Eine hervorragende Idee. Haben Sie Hunger? Wir könnten das ‹ein andermal› gleich dranhängen.»

In der letzten halben Stunde sind die Tische voller geworden, und Essen wird serviert: Schwertfisch, Steaks, Kartoffelbrei, grüne Bohnen mit Knoblauch. Sie sieht, dass ich zögere.

«Ist bloß ein Abendessen», sagt sie. «Natürlich werden wir über die Prozessstrategie reden. Wir werden uns ausführlich darüber unterhalten, wie wir Augustine Clark schützen können. Außerdem bezahlt der Bezirk.»

Ich habe Hunger, die Lichter blinken, warum also nicht, denke ich mir. Es gibt weit Schlimmeres als ein Abendessen mit einer schönen Frau, die mir beruflich weiterhelfen könnte.

Als wir zum Empfangstisch kommen, sehe ich überrascht, dass Kristina Mirkovich schon einen Tisch für zwei am Fenster reserviert hat.

Und natürlich wartet sie, bis wir sitzen und bestellt haben, ehe sie sich vorbeugt und ganz nüchtern sagt: «Ich muss alles über die Beschwerde von Renee Sifuentes in Ihrer Akte wissen.»

Mein Gesicht wird heiß. Wut packt mich.

Sie hält sich für so schlau, dass sie mich erst mit Drinks einlullt, damit ich in ihre Falle tappe. Sie braucht mal eine Lektion, dass man Menschen nicht so in den Hinterhalt lockt, wenn man im selben Team spielt. Und die würde ich ihr liebend gern erteilen.

Ich sollte meine Worte im Griff haben. Habe ich aber nicht. «Was *soll* die Scheiße, Kristina? Ich habe Ihnen *geholfen*.»

Kristina grinst und zieht einen Notizblock aus der Tasche. «Ich bin nicht sauer. Beschwerden gibt es ständig, aber ich möchte die Sache gern von Ihnen hören. Jetzt.»

Ich schaue zum Ausgang. Ich möchte ihr die Nase einschlagen, aufstehen und sie blutend hier liegen lassen, aber sie ist zu mächtig, um sie so behandeln zu können. Und das weiß sie auch. Kristina Mirkovich ist eine Killerin. Sie hat die ganze Zeit darauf hingearbeitet, mich die ganze Zeit überprüft, und sie fängt gerade erst so richtig an.

ANGELA ALVAREZ

21. DEZEMBER 1993, 19:38 UHR

56

Die Schule hat bis nach Weihnachten zu, aber ich versuche mir die von der Lehrerin vorgeschlagene Reihenfolge der Handgriffe zu merken, wenn man einen intravenösen Zugang legt. Die Abkürzung geht TWVSW-irgendwas.

Ich schaue in meine Aufzeichnungen. Ah! TWVSW-*KV*. Ich blättere um, damit ich die Auflösung nicht sehen kann. Ich rufe mir ins Gedächtnis, dass es sich so ein bisschen reimen sollte.

Tourniquet. Das ist leicht. Abbinden den Scheiß.

Wählen. Eine Stelle aussuchen. In weniger als zehn Sekunden, wenn möglich.

Vene ertasten. Die guten sind nicht immer sichtbar, also nehme ich die Fingerspitzen von Zeige- und Mittelfinger.

Das *S* steht für *Spannung*. Ich muss darauf achten, dass die Haut total gespannt ist, damit die Nadel nicht herumrutscht. Gestrafft. An das Wort erinnere ich mich noch genau, denn als sie es im Unterricht benutzt hat, habe ich es mit einem f aufgeschrieben, und als sie das gesehen hat, hat sie drüber gelacht. *Gestraft bin ich mit euch*. Ich kam mir ziemlich dämlich vor, aber jetzt ist alles gut, weil ich mich so dran erinnere.

W steht für *Winkel*. Spitz muss er sein. Nicht von oben in die Haut stechen. Ist ja kein Plattenspieler. Die Nadel parallel an der Haut entlangführen, ehe man reingeht.

KV. KV. KV. Wofür steht das noch?

Ich blättere meine Notizen wieder um.

Mist. *Katheter voran.* Der Katheter wird vorwärtsbewegt, nicht die Nadel zurück. Den Teil verstehe ich immer noch nicht ganz. Meine Lehrerin meint, das verstehe ich vielleicht erst richtig, wenn ich es mit eigenen Händen mache, aber wichtig ist, sich die Reihenfolge richtig zu merken. TWVSW-KV. TWVSW-KV.

Ich muss dieses Zertifikat kriegen, damit ich einen Job in der Altenpflege bekomme und ausziehen kann und mir nie mehr Sorgen machen muss, dass Gangster wie Scrappy mir auf dem Parkplatz den Weg versperren.

Ich schaue aufs Telefon. Jellybean hat schon seit Tagen nicht mehr angerufen, und ich frage mich, was wohl mit ihm los ist, ob bei ihm alles okay ist, als es plötzlich an der Haustür klopft.

Ich gehe zum Fenster und sehe, es ist Johnny von weiter unten an der Straße, der Junge von Adalberto. Der immer im Vorgarten Fußball spielt. Durch die Fensterscheibe sagt er: «Hey, Miss Angela, ich habe dieses Schuldings für Sie.»

Aber das Problem ist, ich habe nach gar nichts gefragt.

Johnny hält so eine blaue Fächermappe hoch und schwenkt sie hin und her wie ein Schiff auf stürmischer See.

Hinter ihm steht mit eingeschalteten Scheinwerfern ein Auto am Bordstein, das ich nicht kenne.

Mir schnürt sich die Luftröhre zu, und ich will die Tür nicht aufmachen, nicht mal, um das zu nehmen, was er mir geben will.

Mein erster Gedanke ist, dass Scrappy sich irgendeinen Scheiß ausgedacht hat, aber ich kann mir nicht denken, warum, weil ich Jerry auf jeden Fall gesagt habe, dass sie die Jungs treffen will. Es könnten sich Leute verstecken, die nur wollen, dass ich für Johnny die Tür aufmache, damit sie zu mir reinkommen können.

«Das ist nicht für mich», sage ich durchs Fenster.

«Doch, ist es.» Johnny nickt.

Genau da klingelt das Telefon und rasselt in seinem kleinen Häuschen. Ich zucke zusammen. Ich gehe vom Fenster weg und ans Telefon.

Jerry ist dran. «Mach die Scheißtür auf, Angela.»

Er legt wieder auf, ich also auch, und ich gehe wieder zur Tür. Ich will die Tür nicht aufmachen, aber ich tue es.

Draußen lacht Johnny und sagt: «Von Jose», reicht mir die blaue Mappe und rennt zum Auto zurück.

Ich mache die Tür zu und schließe ab. Ich muss mich mit der Hand dagegen stützen, um mich zu beruhigen.

Solchen Scheiß kann ich am Abend gar nicht gebrauchen. Das ist mir echt zu viel.

Ich gehe zur Couch zurück und will die Mappe gar nicht aufmachen, tue es aber doch. In jedem Fach steckt grünes Papier. Und dann kann ich erst recht nicht mehr atmen.

Es ist nämlich Geld. Eine Menge Geld.

Ich zähle es auf dem Tisch nach, auf meinen Notizen.

Es sind sechstausend Dollar in Zehnern und Zwanzigern.

Sechstausend.

Ich zähle es noch mal, und es ist immer noch so viel.

TEIL 7

WAYSIDE

Lassen Sie mich schließen mit einem abgewandelten Zitat von William Blake: «Gefängnisse sind der Beton der Gerechtigkeit.» Gefängnisse sind ganz eindeutig Teil der realen Welt. Oft herrscht die Neigung, gerade bei sehr sensiblen Menschen, über Justiz und Gerechtigkeit nur in luftigen und abstrakten Begriffen zu denken: zum Beispiel der Gedanke, dass trotz aller Verbrechen alle Menschen grundsätzlich gut sind. Doch wenn es um Verbrechen geht, ist es unklug, im Abstrakten zu bleiben. Die meisten Menschen sind gut. Aber einige, machen wir uns nichts vor, sind es nicht.

Präsident George H. W. Bush bei der Einweihung der North County Correctional Facility (NCCF) in Wayside Honor Rancho am 10. März 1990

JACOB SAFULU ALIAS DREAMER

22. DEZEMBER 1993, 06:17 UHR

57

Als ich aus dem Loch komme, trage ich Blau. Und sie verlegen mich nicht mal. Schicken mich direkt zurück in die 4700, als wäre alles wie vorher. Ist es aber nicht. Ich erfahre ziemlich schnell, was passiert ist.

Peeper ist weg. Ein Wärter hat gesehen, wie er Pretty Boy das Messer reingerammt hat. Er kriegt eine neue Anklage wegen Angriff mit gefährlicher Waffe, Mordversuch und so.

Pretty Boy hat es locker überlebt. Ist auf die Krankenstation gekommen, eine schlimme Schnittwunde und ein paar kleine Stiche. Nach zwei Tagen war er wieder draußen, danach direkt in die Geschützte.

Barrel Roll hat seine echte Fassrolle auch überlebt. Hat sich den rechten Knöchel gebrochen. Liegt noch in der Krankenstation. Isst besser. Kriegt Schmerzmittel. Redet mit Krankenschwestern. Das gute Leben. Übers Geländer geschubst zu werden war wahrscheinlich das Beste, was ihm hier drinnen je passiert ist.

Tim Muhammad ist in eine andere Anstalt verlegt worden. Aber alle sagen, diese Geschichte wird ihn verfolgen. Die wird durch Wände gehen. An ihm hängen bleiben.

Außerdem finde ich raus, dass Wizard nicht mehr hier ist. Er ist in die Gang-Abteilung verlegt worden, als Rädelsführer. Das war gut für ihn. Festigt seinen Ruf. Und was ich getan habe, war auch gut für mich. Ich weiß aber, jetzt bin ich auf mich gestellt. Und das Komische ist, ich bin froh drüber.

Ich meine, ich sehe allmählich klarer. Erkenne Sachen. Füge die Teile zusammen. Das erinnert mich an etwas, was ich mal gehört habe; was der Kommentator bei einem Spiel der Raiders gesagt hat. Das Problem für Neulinge ist, meinte er, dass Profi-Football zu schnell für sie ist.

Mit der Zeit wird das Spiel langsamer für sie, sagte der Kommentator dann, und das werde ich nie vergessen. Weil ich das damals so dumm fand. Das Spiel kann nicht langsamer werden. Das ist immer gleich schnell! Ich glaube, das habe ich sogar zum Fernseher gesagt. Erst jetzt entdecke ich, dass er was anderes meinte: in ihrem Hirn. Für sie fühlt es sich an, als würde das Spiel langsamer, obwohl es im gleichen Tempo abläuft. Man sieht mehr. Schaut voraus, wie Wizard gesagt hat. Sieht schon vorher, was kommen wird.

Und ich habe auch Glück gehabt. Ich habe wegen dem, was ich angestellt habe, keine neuen Anklagen bekommen. Ich glaube, ich war noch nie im Leben so glücklich wie in dem Augenblick, als sie mir das mitgeteilt haben! Das war wie zehn Geburtstage auf einmal. Ich war so glücklich, dass ich geweint habe. Ich war allein im Loch, deshalb hat es keiner mitgekriegt oder so. Ich habe es einfach passieren lassen und geheult. Habe versucht, alles Schlechte rauszulassen. Alles außer der Wut. Weil, die brauche ich noch.

So ein Sergeant hat mich lang verhört, bevor sie ihre Entscheidung getroffen haben. Er wollte wissen, wer das organisiert hat. Und Wizard würde ich nie verraten, auch wenn sie sowieso wissen, dass er es war.

Ich habe bloß gesagt, dass Tim Muhammad sich einmal in der Schlange für die Hanteln vorgedrängelt hat. Meinte, er bräuchte das Training dringender, weil er wieder Football spielen würde, wenn er rauskommt. Dabei hat dieser Idiot seinem Mädchen den Kopf weggeschossen. Wenn der glaubt, er kommt hier wieder raus, ist er nicht ganz dicht. Also halte ich mich zurück und warte. Ich melde es nach oben an die Leute, die was zu sagen haben. Aber das Problem war, Big Dev war verlegt worden. Und keiner von den *ma-*

yates konnte die Sache regeln. Darum haben sie auf dem Laufgang einen neuen König gesucht. Und da habe ich meine Chance gesehen, es direkt mit ihm zu klären. Den Streit um die Hanteln wie Männer auszutragen.

Es war auch ganz hilfreich, dass es noch eine Prügelei gab, als ich im Loch war, und diesmal noch größer. Bloods und Crips versuchten, es der *Raza* heimzuzahlen. Nachdem der Sergeant hatte, was er wollte, erklärte er mir, wie meine Disziplinarstrafe aussieht. Er ließ mich ein Papier unterschreiben, in dem ich erklärte, dass ich es verstand. Auch wenn du überhaupt keine Wahl hast, musst du ihnen trotzdem die Erlaubnis geben, dich wegzusperren …

Auf dem Weg zurück merke ich, dass die Braunen mich anders anschauen. So mit Respekt. Als wäre ich jetzt bekannt.

Und das nehme ich gern mit. Wenn es mich schützt, wenn es sich deshalb Typen, die mir weh tun wollen, zweimal überlegen, dann nehme ich es gern.

Alle meine Zellengenossen nicken mir zu, als ich reinkomme. Es sind immer noch sechs. Vier sind neu. Einer krampft wie verrückt auf einem unteren Bett, zuckt und redet mich sich selbst. Es ist das Bett, wo vorher das Weißbrot Moore gelegen hat. Ich find's schade, dass er weg ist.

Mit ihm hatte ich nie ein Problem. Er hat mir Geschichten aus Tennessee erzählt, von den vielen Bäumen, die es da gibt. Und wie er früher ganz locker Autos geklaut hat, wie er manchmal aus Versehen zu viel getrunken hat und wie er dann beides zusammengeführt hat. Die Bäume und die Autos. So haben sie ihn erwischt, hat er gesagt. Mir haben seine Geschichten gefallen. Aber es klang auch wie ein ganz anderes Land als das, aus dem ich komme.

Ich zeige auf den Krampfer.

«Was ist denn mit dem los?», frage ich den einen Kerl, den ich noch kenne, Carlos.

«Keine Ahnung. Bin kein Arzt», sagt er.

Eine Menge Leute denken, Carlos hätte den Typen erstochen, der seine Alte gefickt hat. Hat er aber nicht. Er ist ein studierter Mexikaner, der wegen Scheckbetrug oder so sitzt. Hat ein Jahr an der Cal State Long Beach studiert und alles. Aber jetzt, wo er mit den richtig bösen Arschlöchern hier drinnen sitzt, tut er nichts anderes als den Hofgang schwänzen und seine Matratze ficken. Ist mir aber alles egal. Wichtig ist nur, dass er auf meine Sachen aufgepasst hat, damit kein Geier sie holt. Und als ich aus dem Loch zurückkam, hatte ich sogar mehr als vorher. Zehn neue Suppen aus der Gemeinschaftstüte. Briefmarken. Zwanzig Stück. Und *pruno,* so eine braungelbe Sorte.

Trotzdem zieht es mich runter, wieder in meiner Zelle zu sein. Im Loch brauchst du keinen Aufpasser.

Da habe ich wie ein Baby geschlafen, wenn draußen im Gang keiner geschrien hat. Habe auch eine Menge Briefe geschrieben, sogar ein paar an Angela, die ich nie abschicken werde.

Darin habe ich ihr erzählt, wie sehr ich mir wünsche, ich hätte nie mit ihr zusammengelebt. Und wüsste nicht, wie es ist, neben ihr zu schlafen, weil ich es so sehr vermisse. Wie sie mir immer die Hand auf die Schulter gelegt hat, wenn sie gerade einschlief. Ich vermisse ihre warme Handfläche. Und wenn ich sie am meisten vermisste, bin ich einfach eingeschlafen.

Im Loch habe ich eine Menge geschlafen. Ich habe gelernt, wie viel Scheißenergie es verbraucht, sich die ganze Zeit Gedanken darüber zu machen, dass man im Knast ist. Und sauer und wütend und durcheinander zu sein wegen Wizard. Aber auch dankbar. Dass er meistens auf mich aufpasst. Und dann muss man auch noch die ganze Zeit auf Sachen achten, ständig in höchster Alarmbereitschaft, dass irgendwo irgendwas losgeht. Als ich im Loch war, konnte ich zum ersten Mal ausruhen, mich zum ersten Mal ein bisschen entspannen, seit ich hier drin bin. So komisch sich das anhört.

Manchmal stand ich auch auf. Versuchte ein Buch zu lesen, das mir ein Hilfswärter gebracht hat. War aber langweilig und anstrengend. *Villette.* Kam ich nicht rein.

Ich nahm meine Mahlzeiten allein. Ich dachte wieder über Angela nach. Und dann wurden meine Augen schwer. Es machte mir nie was aus, allein zu sein.

Und ich bekam auch eine Stunde Hofgang im Käfig. Und ich konnte telefonieren, mit allen, die im Haus Matta wohnen. Mit Jimena. Mit Little. Und wenn keiner von ihnen da war, dann machte ich Barrenstütze, bis ich nicht mehr konnte, hauptsächlich, damit alle mich dabei sehen konnten.

Meine Telefonkarten hielten mich bei Laune. Als ich Little anrief und mich bedankte, dass er Geld auf mein Konto gezahlt hatte, sagte er, das wäre nicht er gewesen, sondern Angela. Das hat mich fertiggemacht. Macht es immer noch. Mit Little konnte ich mich gut unterhalten. Nie über irgendwas, was mit dem Fall zu tun hatte. Bloß darüber, wie es ihm geht. Dass er besser mit sich selbst klarkommt. Dass er zum ersten Mal in seinem Leben trainiert. Liegestützen und so. Ich erzähle ihm von meinem Knast-Work-out. Er sagt, das würde er auch mal probieren. Ich vermisse den Kerl wie einen Bruder, den ich mir immer gewünscht habe. Am meisten vermisse ich das Essen seiner Mutter.

Einmal hat ein Wärter, der mich vom Käfig wieder rauf in meine Zelle führte, zu mir gesagt: «Den Nigger hast du sauber ausgeknockt.»

Er meinte Tim Muhammad. Dabei beließ er es. Eine Menge Wärter hassen die Schwarzen. Dass sie hier drinnen alles unter Kontrolle haben. Viele von den Wärtern sind Weißbrote.

Hier im Knast ist es hundertmal wilder als draußen auf der Straße. So als ob von allen heftigen Ecken aus allen üblen Hoods die schlimmsten Typen rausgeschüttelt wurden und hier drin gelandet sind. Alle ganz eng zusammengesperrt. Das kann nie gutgehen. So habe ich was über Menschen gelernt. Durch Anschauen. Wie sie wirklich sind, wenn man den menschlichen Teil ganz klein prügelt und es ihnen bloß noch ums nackte Überleben geht …

In meiner Zelle drehe ich allen den Rücken zu und achte darauf, dass Carlos die Sicht auf mich verdeckt, ehe ich einen Schluck *pruno* nehme. In Gedanken trinke ich auf Angela. Für die Telefonkarten. Dafür, dass ich in der Stunde, die ich aus dem Loch rausdurfte, mit Little reden konnte. Das hat mich gerettet. *Sie* hat mich gerettet. Und ich weiß gar nicht, wie ich das finden soll.

Der *pruno* schmeckt ein bisschen nach Essig. Als hätte das Brot noch nicht genug Zeit gehabt, durch die Bananen zu dringen. Aber mir wird warm in der Brust. Und das ist schön. Hab schon Schlimmeres gefühlt.

Dann trinke ich auch auf Little. Für alles, was er tut, um was rauszukriegen. Das gibt mir Hoffnung, wie viel Mühe er sich macht.

Sollte es vielleicht nicht. Weil ich weiß, ich stecke so tief in diesem Leben fest wie nur je irgendwer. Und verlassen kann ich mich nur auf eins: dass es mich immer wieder aus der Bahn werfen wird. Darum bin ich auch gar nicht überrascht, als mein Name zur Überführung aufgerufen wird.

Ich meine, ich bin noch keine Viertelstunde wieder da, als das passiert.

«Wohin denn, Boss?», frage ich also.

«Heute ist Wayside-Tag», sagt der Wärter.

Und das war's. Ich muss packen.

Und kann bloß denken: *Ich hoffe, meine Geschichten kommen mit. Ich hoffe, wenn ich da reinmarschiere, wissen schon alle, dass ich Tim Muhammad eiskalt ausgeknockt habe …*

OMAR TAVIRA ALIAS WIZARD

22. DEZEMBER 1993, 08:30 UHR

58

Ich bin direkt aus dem Loch in eine neue Abteilung verlegt worden. Jetzt ist Schluss mit lustig. Sie haben mich direkt in die Gangster-Einheit gesteckt. Den verdammten Thunder Dorm. Das Gute ist, ich habe bloß drei Zellengenossen, und die sind cool. Alle von der Southside. Als ich die zum ersten Mal gesehen habe, dachte ich, die Wärter wollen mich irgendwie reinlegen, also hab ich drauf geachtet, über nichts Wichtiges mit ihnen zu reden, falls sie mich bloß bespitzeln wollen, aber nach ein paar Tagen war mir klar, alle drei sind ehrliche Motherfucker.

Noch besser: Ich kann weiter Blau tragen. Ich kann *La Virgencita* ein fettes Dankgebet schicken, dass ich in keinen roten Overall gesteckt werde. Nicht allein laufen können, außerhalb der Zelle Handschellen tragen, immer zwei Wärter und einen Sergeant zu brauchen, wenn ich irgendwohin will – das hätte ich nicht ausgehalten. Jetzt grad bin ich oben im Hof mit meiner Einheit, und es kommt mir richtig leer vor, weil hier so viel weniger Leute sind als drüben in der 4700 bei den normalen Häftlingen. Wahrscheinlich können sie uns so leichter im Auge behalten. Es gibt auch mehr Wärter auf Patrouille hier, die rumlaufen, zuhören, die Augen offenhalten.

Ich gehe zu einem der Telefone und rufe mit meiner Karte Jerry an. Er wusste, ich würde anrufen, darum ist er beim ersten Klingeln dran.

Ich sage keinen Namen. Ich lege einfach los: «Was geht ab mit deinem Alten, Mann? Ist der immer noch mit deiner blöden *fresa* zusammen?»

«Klar, Mann, aber sie hat ihn abgestochen.»

Darauf lache ich laut los, und ein paar Leute drehen sich um, aber ich zucke kurz mit dem Kinn, dass sie sich um ihren eigenen Scheiß kümmern sollen. «Was ist passiert?»

«Seine Geschichte ist total wirr. Er sagt, er war draußen im El Farallon und hat eine *quebradita* getanzt, und dann kam irgendeine alte Bekannte zu ihm rüber und hat ihn umarmt, und da hat die Schlampe ihm gleich die Nagelfeile in den Bauch gerammt. Sticht ihn direkt auf der Tanzfläche ab. Ohne zu zögern. Aber dann hat er mir auch noch erzählt, dass er versucht hat, diese alte Bekannte an der Bar anzugraben, und dann kommt wie aus dem Nichts sein Mädchen an und steckt ihm die Feile rein. Er ist 'n Säufer, Mann. Ich glaube, er weiß selbst nicht genau, was passiert ist.»

Ich pfeife anerkennend. «Ich habe sie ja nur einmal gesehen, aber sie sah so aus, als könnte man ihr das zutrauen.»

«Ja.» Jerry wechselt das Thema. «Schreibst du noch Raps?»

Das trifft, als hätte der Arsch mir direkt auf einen blauen Fleck gehauen. Ich habe ein paar Zeilen hingekritzelt, hier und da so unfertiges Zeugs, aber all meine anderen Sachen sind verschwunden, als sie mich ins Loch gesteckt haben. Konfisziert. *Fuck.* Den Verlust spüre ich immer noch direkt im Bauch. Nichts hat mich so traurig gemacht wie das – alle meine Verse zu verlieren.

«Da triffst du einen Nerv, Mann», sage ich. «Ich schreibe eigentlich nicht richtig. Das frisst echt an mir.»

Als ich in Einzelhaft war, hätte ich fast darüber geschrieben, was Muhammad mit Barrel Roll angestellt hat und was danach abging, aber selbst ich bin nicht so bescheuert, einen Rap zu schreiben, der als Beweis gegen mich verwendet werden kann, wenn ein Wärter mein Zeug durchsucht. Aber das ist scheiße, weil ich eigentlich gewohnt bin, über das zu schreiben, was ich sehe, was *real* ist, was abgeht.

Jerry hakt nach. «Wieso nicht? Kommt zu viel Politik dazwischen?»

Die Antwort ist Ja. Verrückte Politik. Jeden Tag dreht sich das in meinem Hirn. Nach der kleinen Auseinandersetzung neulich hat sich was verändert. Das spüre ich, aber das werde ich Jerry nicht erzählen. «Ist es schon Viertel vor neun?»

«Nee.» Jerry kaut irgendwas. Vielleicht Frühstück. «Paar Minuten noch.»

«Wie sieht's bei Little aus? Was kriegt er draußen so auf die Reihe?»

Soll heißen: Wie nah sind wir an einer Antwort auf die Frage, welches Arschloch die Pistole in meinem Haus versteckt hat, nachdem ich sie bei Scrappy fallen gelassen habe? Jerry versteht, was ich meine, auch wenn er bei einem überwachten Gespräch nicht direkt darauf antworten kann.

«Ach, der Idiot.» Jerry macht so *psssch* durch die Zähne. «Der nennt sich jetzt Dulce.»

«Was?»

«Keine Ahnung, Homeboy. Er wird richtig frech und so.»

«So ein Name bringt Ärger, Mann. Sag ihm, ich hätte gesagt, er soll das lassen.»

«Ich versteh dich. Absolut. No Neck und ich haben ihm schon sehr deutlich gesagt, dass der Name gar nicht geht, aber er steht *voll* drauf. Ist absolut überzeugt. Ich glaube, er lässt sich jetzt nicht mehr davon abbringen. Im Ernst. Aber er ist clever, Mann. Der Typ hat was auf dem *Kasten*. Und ist richtig mutig.»

Mutig? So was sagt Jerry normalerweise nicht. Da steckt eine Geschichte dahinter, aber danach kann ich jetzt nicht fragen, also lasse ich es.

Jerry sagt, dass es Zeit wird, und ich antworte bloß: «Cool.»

Macht mich richtig verrückt, dass Little denkt, er kann sich einfach Dulce nennen und dafür nicht umgelegt werden. Scheiße, er soll da draußen ein U-Boot für mich sein und heimlich Torpedos abschießen, kein höllenlauter Kreuzfahrtdampfer mit Lichtern und Party, der alle Aufmerksamkeit auf sich lenkt.

Jerry startet das Dreiergespräch. Er bläst Luft in den Hörer, um das Telefonsystem auszutricksen, und dann kann er mit mir im County Jail mitten in Los Angeles reden und uns zugleich mit Quentin verbinden, dem Staatsgefängnis oben im Norden, und alles durch Jerrys beschissenes Haustelefon. Wunderbar. Ein Dreiecksgeschäft, gegen das die Gefängnisse bisher nichts unternehmen konnten.

Als die zweite Leitung klick macht, sagen wir keine Namen. Ich spreche zuerst. «Hey, Mann, ist lange her.»

Ist es gar nicht. Ich kenne den Typen gar nicht. Das ist bloß jemand, mit dem Big Fate zusammenarbeitet und von dem er Anweisungen kriegt. Ein ganz großer Junge. Eher schon ein General.

«Viel zu lange.» Seine Stimme klingt echt rau. «Das Ding ist noch nicht fertig.»

Aber das bedeutet, dass es fertig ist. Es geht los.

Ich frage, was ich fragen soll. «Wann kann ich dich also anrufen?»

Es wird keinen weiteren Anruf geben. Ich habe schon eine *wila* gekriegt, in der stand, dass ich fragen soll, wann ich zurückrufen kann, und was mir dann gesagt wird, ist die Antwort.

«Vielleicht können wir es in zwei Wochen oder so probieren?»

Also, das ist keine Frage, und es gibt auch kein «Oder so». Das ist ein Befehl. In genau zwei Wochen. Dann geht der Scheiß los.

«Das wird gehen», sage ich ihm, und er legt auf.

Jerry hustet. «Pass auf dich auf, Mann.»

«Ich ruf dich an.» Ich lege auf, und das war's.

AUGUSTINE CLARK ALIAS AUGIE

22. DEZEMBER 1993, 08:57 UHR

59

Ich kriege einen Kuss auf die Wange und dann einen auf den Hals, ehe meine Augen richtig auf sind, und dann sagt Irma was: «Bin gleich wieder da, Baby», sagt sie. «Muss dir ein paar Donuts besorgen.»

Und vielleicht eine Sekunde lang fühlt es sich gut an, so genannt zu werden, aber dann denke ich mir, so hat sie mich noch nie im Leben genannt, also werde ich blinzelnd wach. Ist schwerer als gedacht.

In mir ist alles noch ganz dicht. Ich habe schon so, so lang nicht mehr geschossen, im Knast habe ich bloß zweimal so schwaches Zeug gehabt und dann nur noch Methadon in der Einrichtung, wenn dann also der richtige Stoff reinkickt wie gestern Abend, dann ist das, als wäre ich in den Scheißfluss gefallen, und hier hat er mich wieder angespült, in meinem alten Bett, in meinem alten Zimmer, das sie behalten hat, mit allen meinen alten Verstecken für das Zeug.

Es ist schlimm, aber die Art von schlimm, wo du genau weißt, es war gut, jedenfalls eine Zeit lang, und jetzt ist eben die Katerphase, wo ich genau weiß, ich muss den Kreislauf wieder anschmeißen.

Sie hat mich noch nie Baby genannt. Sie ist nicht so der Typ für Kosenamen. Das schabt jetzt an meinem Hirn wie ein Sägeblatt.

Aber dann überlege ich, ob sie sich vielleicht wieder neu in mich verliebt, nachdem ich zu ihr zurückgekommen bin.

Weiß nicht. Vielleicht nicht. Aber vielleicht schon.

Was ich aber weiß: Es ist Morgen. Da kommt Sonnenlicht durch die Jalousie mit den kaputten Streifen neben der Tür.

Meine inneren Erdbeben sind noch nicht da, aber sie kommen. Irgendwie weiß ich, wo die Samen davon in meine Knochen gepflanzt sind. Die Erdbebensamen. Die sitzen in meinen Hüften, in meinen Rippen, das ganze Rückgrat runter. Ich muss mir irgendwas anderes reinziehen, sonst bin ich erledigt.

Ich glaube, ich will mit was Kleinem anfangen, also suche ich in meiner Jeans nach einer losen Kippe, finde aber keine. Ich schaue auf dem Tisch beim Bett. Da liegt nichts außer einem roten Feuerzeug.

Ist mein letztes. Die anderen waren schnell weg. Wenn du mit einer brennenden Zigarette durch Long Beach läufst, fragen dich die Leute. Manchen Leuten gehst du aus dem Weg, weil du weißt, die wollen bloß eine Kippe schnorren. Ein Typ hat sich einfach eins gegriffen, nachdem ich sie ihm gezeigt hatte. Hat mir das Feuerzeug einfach aus der Hand gerissen und ist weggerannt. Ich weiß noch, dass ich ihm hinterhergerufen habe, wenn er so dringend eins braucht, kann er's behalten. Da hat er aufgehört zu rennen, sich aber noch ein paarmal umgeguckt, ob das kein Trick war und ich ihm hinterherlaufe oder so.

Jetzt bewegen sich meine Beine nicht so, wie ich es ihnen sage. Ich sage: *Nach links und aus dem Bett, und haltet mich aufrecht, damit ich bis zu der Fußleiste komme und nachschauen kann, was dahintersteckt,* aber meine Beine liegen einfach da.

Sie hat mich noch nie Baby genannt. Irma. Und noch was anderes schleicht sich in meine Gedanken. *Ich* habe immer die Donuts geholt. Hat sie nicht einmal gemacht.

Da klopft es an der Tür. Laut. Dreimal.

Mein erster Gedanke: Das ist Tommy, denn der wusste schließlich, wo Irma war. War ganz leicht, Tommy abzuschütteln. Ich bin schnell in die Tauschbörse, zweimal links abgebogen in den Gängen und hinten wieder raus. Ich wundere mich eher, dass er nicht schon früher aufgetaucht ist, der beschissene Möchtegern-Surfer.

«Einen Augenblick», sage ich an der Tür, und dann denke ich, wie bescheuert.

Wenn das Tommy ist, wär's besser, wenn er denkt, es ist keiner da.

Jetzt bin ich auf. Einigermaßen. Eine Hand an der Wand. Zwei Füße auf dem Boden.

Draußen höre ich Stimmen murmeln.

Nicht bloß eine. Mehrere.

Dann höre ich einen Schlüssel ins Schloss gleiten.

Ich schaue zur Tür, ob das Stangenschloss zu ist, aber ist es nicht. Kann es ja auch gar nicht sein, Irma ist gerade rausgegangen, und von draußen kann man das nicht schließen.

Der Riegel gleitet auf, und der Knauf dreht sich ebenfalls, und die Tür geht auf.

Und es steht nicht Irma dahinter.

JEOVANNI MATTA ALIAS DULCE

22. DEZEMBER 1993, 09:03 UHR

60

Ich danke dem Manager nicht, weil er die Tür aufgeschlossen hat. Wenn er das für Wizard getan hätte, dann sollte er es auch für mich tun. Ganz einfach. No Neck geht als Erster rein. Ich dahinter. Jerry deckt mir den Rücken. Er zieht die Tür hinter sich zu und schließt ab. Dieses Motelzimmer sieht einfach nur traurig aus. Die Möbel sind hinüber. Der Wandschrank hat keine Tür mehr. Und Augustine Clark steht nackt neben dem Bett. Er ist abgemagert, ausgemergelt, hat auf einem Arm ein Pfauentattoo und überall auf dem rechten Fuß so was wie Mückenstiche.

Wenn er nicht zu Boden starren würde, könnte ich ihm in die Augen schauen. «Hi, Augie.»

Er zuckt zurück, als hätte ich ihn geschlagen, bleibt aber stehen.

Er sieht aus wie jemand, der sein ganzes Leben geschlagen wurde. Das Gefühl kenne ich. Bis vor kurzem war ich auch so einer. Darum weiß ich, dass ich sanft mit ihm umgehen muss, denn so ein Typ kann leicht brechen. Wir haben abgemacht, dass ich rede. Damit waren No Neck und Jerry von Anfang an einverstanden.

Y ahora gehe ich zu einem Stuhl, nehme die Jeans runter, die Augie angestarrt hat, und gebe sie ihm. Er nimmt sie und lässt sich aufs Bett fallen. Ich schaue zu, wie dieser traurige, ausgelutschte Typ versucht, sie im Liegen anzuziehen. No Neck und Jerry gucken gar nicht hin. Sie starren an die Wand, bis Augie seine Beine geordnet kriegt und sich hinzusetzen versucht, es beinahe schafft, wieder aufgibt und sich halb auf die Kissen mitten im Bett legt.

«Setz dich gerade hin, sonst setzen wir dich hin.» Ich deute mit dem Kopf auf No Neck.

Augie tut, was ich sage. Er rutscht mit dem Rücken an die Wand und sagt dann: «Ich weiß, wer ihr seid. Oder jedenfalls weiß ich, was ihr wollt.»

«Und das wäre?»

Er sieht müde aus. «Wie die Pistole dahin gekommen ist, wo sie war.»

«Und wieso sollten wir uns das fragen?»

«Geht es Irma gut?» Das sagt er laut und schnell, als ob ihm jetzt erst einfällt, dass wir sie gekidnappt haben könnten.

Ich sage ihm, dass es ihr gut gehen könnte, aber dass es an ihm liegt.

Er starrt an die Decke. «Ich war dabei, Mann. Als Scrappy die Kugeln gefangen hat.»

«Das wissen wir», sage ich. «Was ist passiert, nachdem du die Pistole und sämtliches Dope, das Scrappy bei sich hatte, genommen hast?»

«Bin hierhergekommen.»

«In dieses Motel.»

«Dieses Motel, dieses Zimmer», sagt er.

«Und was hast du hier gemacht?»

«I-ich hab mir einen Schuss gesetzt, Mann. Ging mir besser dann.»

Ich warte, ob noch mehr kommt, aber das war's. «Und wann ist Petrillo gekommen?»

Als ich den Namen sage, schaudert er. Er weiß, jetzt kommt er nicht mehr aus der Sache raus.

«Er kommt rein und durchsucht alles, dabei ist er gar nicht mein richtiger Bewährungshelfer, Mann, und er findet meinen Vorrat total schnell. Und da hab ich auch die Pistole versteckt, direkt daneben.»

«Die Pistole, mit der auf Scrappy geschossen wurde.»

«Ja.»

«Wieso hast du sie überhaupt mitgenommen?»

«Dachte, ich könnte sie verkaufen.»

«Okay.» Ich nicke. «Und als Petrillo sie gefunden hat, was hat er da getan?»

«Er hat mich bedrängt, Mann! Hat gesagt, jetzt würde ich wegen Waffenbesitz und Drogenhandel drankommen. Hat mir totalen Schiss gemacht.»

«Also hast du ihm erzählt, was du gesehen hast.»

«M-musste ich doch, Mann.»

«Und was hast du gesagt?»

«Zwei Männer haben auf Scrappy geschossen. Einer von ihnen war Wizard. Den anderen habe ich nicht gesehen. Und dann sagt er, wenn der eine Wizard war, dann war Dreamer auch dabei. Und ich sage, ich kenne keinen Dreamer.»

Ich schaue No Neck an. Der starrt vor sich hin.

Augie redet weiter. «Und Petrillo sagt, er nimmt alles mit, was ich geklaut habe, und lässt es verschwinden, außer Drogenkonsum, den wird er melden. Dafür braucht er von mir nur eins: Ich soll diesem Bullen Montero erzählen, dass ich die Schießerei gesehen habe und dass es Wizard und Dreamer waren. Das war's. Er meinte, er würde sich um die Waffe kümmern.»

Da haben wir es. Wir sind der Sache auf den Grund gekommen. Ich schaue Jerry an, Jerry schaut No Neck an, wir alle schauen einander an. Wir wissen, das ist das letzte Puzzleteil. Wir haben alle so ein Aha-Gefühl, und ich bin froh, dass wir endlich Bescheid wissen, aber gleichzeitig werde ich total wütend, weil dieses korrupte Schwein Petrillo Jacob reingelegt hat, und das nur, weil er ficken wollte, und jetzt wissen wir es mit Sicherheit. Mir ist so übel, dass ich beinahe aus dem Zimmer muss, aber ich bleibe. Muss ich. Denn so was wie das hier muss zu Ende gebracht werden.

Augie nimmt das Schweigen als Verhandlungsangebot. «I-ich kann verschwinden. Einfach abhauen.»

Jerry sieht mich an, und dafür liebe ich ihn. Dass er mich ansieht, als wäre ich der Boss und müsste entscheiden.

«Das hilft uns nicht weiter, Augie», sage ich. «Du hast eine Aussage unterschrieben. Wir brauchen deine Zeugenaussage, dass du dich geirrt hast. Du warst an dem Abend zugedröhnt und kannst dich eigentlich an nichts mehr erinnern.»

«Und wenn ich das tue, ist Irma okay?»

Es wäre grausam, ihm jetzt zu sagen, dass Irma ihn verraten und verkauft hat, das bringe ich nicht über mich. Es ist besser, wenn er glaubt, dass ihre Sicherheit davon abhängt, wie er sich von nun an verhält. Also sage ich ja.

«Und was passiert mit mir, wenn sie mich wegen Missachtung oder Meineid oder so drankriegen?»

«Missachtung kann ja nicht sein», sagt Jerry, «wenn du dich an gar nichts erinnerst.»

«Aber wahrscheinlich wandere ich direkt in den Bau, weil ich gegen meine Auflagen verstoßen habe. Und vors Drogengericht kann ich auch nicht.» Augie runzelt die Stirn und nickt. «Und wie kann ich euch vertrauen? Ich weiß ja nicht mal, wie ihr heißt. I-ich will gar nicht alle eure Namen wissen, aber deinen brauche ich.»

Er schaut mich an, sieht aber an meiner Miene, dass er den Namen nicht kriegt.

No Neck macht die Tür auf. Die Scharniere quietschen beim Aufgehen, und das Sonnenlicht fällt herein. Was auf dem Fußboden sichtbar wird, lässt mir die Fußsohlen in den Schuhen kribbeln. Ein zerknülltes Stück Verbandmull, blutig und schwarz. Ein ganzer Zehennagel. Irgendwas, was nach nassem Bindfaden aussieht.

«Bist du abfahrbereit oder was?», frage ich.

Jetzt hat er Angst. «Abfahrbereit wohin?»

«Dahin, wo du wohnst. Wir fahren dich nach Huntington Park.»

Irma hat uns erzählt, dass sie gestern Abend erfahren hat, wo er gewesen ist, und als ich das sage, erlischt der letzte Hoffnungsschimmer in seinen Augen. Nur daran hatte er sich noch geklammert: dass er hier rauskommt und wieder darin zurückkann, wo er sich versteckt hat, und dann war's das. Aber so läuft es nicht.

«Wir haben dich jetzt im Sack. Du gehörst uns. Und so wird es laufen.» Ich schaue Jerry an.

Jerry tritt vor. «Du hast einen Job, vorübergehende Aushilfe, weil sich wer krankgemeldet hat. Sie haben dir fünfunddreißig Dollar bezahlt fürs Kistenschleppen auf irgendeiner Laderampe, aber dann ist noch ein Lastwagen spät reingekommen, den musstest du auch noch ausladen, also hast du bis fünf Uhr morgens gearbeitet. Dafür haben sie dich doppelt bezahlt, noch mal siebzig zu dem, was du schon gekriegt hattest. Danach haben sie dich im Hinterzimmer schlafen lassen, weil du ihnen echt aus der Patsche geholfen hattest und weil du so müde warst. Der Chef will, dass du wiederkommst und weiter solche Springer-Jobs übernimmst, vielleicht sogar Vollzeit arbeitest. Das geht sogar in echt, wenn du willst. Er wird dich anstellen. Wir haben seinen Namen und seine Telefonnummer als Referenz für deine Einrichtung und deine Bewährungskontrolle. Er wird alles bestätigen. Jetzt musst du auf dem Rückweg irgendwo was frühstücken, damit du ihnen die Quittung vorzeigen kannst. Musst ein bisschen Essen in dich reinkriegen. Auf die Beine kommen. Die Geschichte auswendig lernen und üben. Die Frühstücksrechnung zahlst du mit dem Geld, das du fürs Arbeiten gekriegt hast, dann hast du also genau das Wechselgeld, wenn sie es sehen wollen. Und wir haben auch saubere Pisse für deinen nächsten Test, weil sie dir heute ganz bestimmt einen abnehmen wollen, um zu prüfen, ob deine ganze Geschichte nicht gelogen ist. Aber das ist sie nicht.»

Besteht immer noch das Risiko, dass sie ihn wieder einbuchten, weil er den Zapfenstreich in der Einrichtung missachtet hat, aber das wird bestimmt nicht passieren. Diese Staatsanwältin braucht ihn.

Jerry legt 105 Dollar in unterschiedlichen Scheinen und eine durchsichtige kleine Shampoo-Flasche, die noch mal in eine durchsichtige Plastiktüte gepackt ist, auf den traurigen kleinen Tisch neben dem Bett. Die Flüssigkeit schwappt und setzt sich dann zitternd im Licht, wirft dabei goldene Muster aufs Bett. Daneben stelle ich eine Dosis Methadon in einem geschlossenen Becher.

Y ahora starrt Augie das alles an, als kriegte er es noch nicht in seinen Kopf rein.

«Wir passen auf, dass du's nicht verkackst, Augie.» Ich nicke ihm zu. «Aber wenn du das für uns tust und am Ende doch wieder in den Bau musst, dann braucht dich keiner mehr vor uns zu beschützen. Dann wird alles gut. Denn dann beschützen *wir dich*.»

JACOB SAFULU ALIAS DREAMER

22. DEZEMBER 1993, 08:33 UHR

61

Sie drücken mir einen grünen Beutel in die Hand, in der meine persönlichen Sachen sind. Dann bringen sie uns auf demselben Weg raus, wie wir reingekommen sind. Durch hundert Korridore. Schlangen. Warten.

Im Bus bin ich an einen Typen aus der Southside gekettet. Wir sitzen im Transporter hinten getrennt: *Raza* ganz hinten. Weißbrote in der Mitte. *Mayates* vorn. Wahrscheinlich wollen sie keinen Ärger.

Leute starren mich an. Sie kennen mich. Oder haben gehört, was ich getan habe. Das ist gut.

Ich frage den Typen, mit dem ich zusammengeschlossen bin, nach seinem Namen. Und wo er herkommt.

«Lil Devil», sagt er. Er sieht so alt aus wie ich, vielleicht jünger.

Als der Bus auf die Straße einbiegt, sagt er noch, dass er zur Florencia gehört.

Danach reden wir eigentlich nicht mehr. Schließlich gibt es eine ganze Welt zu sehen.

Lil Devil sitzt am Fenster. Hat aber nichts dagegen, dass ich mich rüberlehne und rausgucke.

Ich krieg nie genug davon, Autos im Sonnenlicht zu sehen. Ein roter Cherokee. Ein schwarzer Fiero. Scheiße, ich sehe sogar einen Volvo, den ich nicht gleich hasse. Wenn es vier Räder hat, bedeutet es für mich Freiheit. Fahren, wohin man möchte. Nicht gefahren werden. Sobald ich rauskomme, besorge ich mir ein Auto. Ich fahre nicht mehr Bus. Ich leihe mir keins mehr. Ich kaufe eins. Muss sein.

Wir gleiten am Eingang der Union Station vorbei. Ich sehe Frauen über die Straße gehen, die Haare hochfrisiert. Röcke, die flattern. Absätze. Ich schnappe nach Luft, weil es so lange her ist, dass ich so was gesehen habe.

Lil Devil guckt mich an, die Stirn in Falten. Er nickt. Er spürt es auch.

Es ist ja nicht so, als würdest du vergessen, dass diese Welt existiert, sie fühlt sich bloß so viel weniger real an, je mehr Zeit du ohne Fenster verbringst …

Seit ich drin bin, bin ich ganz gut darin geworden, nichts zu wollen. Alles runterzudrücken, drin zu halten. Aber wenn ich die Welt da draußen sehe? Die Sonne? Die Menschen? Das zieht mir den Korken raus. Und dann will ich wieder alles.

Ich kann nichts dagegen machen. Es ist da. So nah.

Und es geht zu schnell vorbei. Sehr bald sind wir auf dem Freeway 101. Ich versuche von oben in jedes Auto reinzuschauen, jeden Fahrer zu sehen. Die Leute beim Leben zu sehen. Ich springe einfach immer zum nächsten, so als ob ich bloß ein paar Sekunden ins Kino gucken dürfte. Von einer alten Dame, die im VW Beetle singt, zu einem Typen, der in seinem Chevy-Pick-up raucht, zu zwei Teenagermädchen in einem alten Honda. Das Mädchen auf dem Beifahrersitz beugt sich rüber, weil die Fahrerin irgendwas im Auge hat. Und gerade als die Beifahrerin den Finger ganz nah am Auge hat …

Überholen sie uns. Und ich kriege nicht zu sehen, wie es ausgeht.

Wir fahren auf den Freeway 5. Je weiter man von L.A. wegkommt, desto buckliger wird das Land. Braune Hügel. Grüne Flecken drum herum, als wären sie in Bandanas gewickelt.

Die große Überraschung ist dann so ein Freizeitpark, der auf der linken Seite auftaucht. Da rücken alle im Bus rüber. Alle Augen wandern hin, alles Gewicht verlagert sich. Alle wären so gern dort.

Ganz vorn steht so ein roter Turm, riesig hoch. Darunter steht eine große weiße Achterbahn, die sich zur einen Seite nach unten neigt. Und daneben so ein blaues Ding, das so aussieht wie die Linie auf einem Herzmonitor. Rauf und runter. Da muss ich an Tiny Gangster denken. Und ich habe ein schlechtes Gewissen, weil ich schon so lange nicht mehr an ihn gedacht habe. Es war einfach alles zu verrückt. In Gedanken entschuldige ich mich bei ihm. Und sage: Ruhe in Frieden.

Neben mir nickt Lil Devil.

«Das fette weiße Teil ist der Colossus», sagt er. «Bin ich einmal gefahren. Mein Cousin und ich.»

Ich frage ihn, was das alles ist. Und als er mir erzählt, dass der Park Six Flags Magic Mountain heißt, da sind wir auch schon vorbei. Ein paar Typen versuchen sich umzudrehen und zurückzuschauen, es so lange wie möglich zu sehen. Aber ich nicht. Ist nichts mehr für uns.

Kurz darauf fahren wir vom Freeway ab. Überqueren eine Brücke. Dann schlängelt sich die Straße bis zu einem Wärterhäuschen, danach kommen wir an einem Schießplatz vorbei.

«Was ist das alles hier?», frage ich.

«Das ist eine Ranch, Mann. Wayside Honor Rancho besteht eigentlich aus drei verschiedenen Gefängnissen. Seit diesem Wärterhäuschen ist das alles hier bewachtes Gelände.»

Da sind Hügel. Felder. Straßen.

Scheiße. So viel Land auf einmal habe ich überhaupt noch nie gesehen! *Das System ist das ganze Scheißsystem*, geht mir da durch den Kopf.

Wir biegen in eine Straße namens *Dairy* ein. Molkerei? Wir kommen an einem Kraftwerk vorbei. Das macht mich echt fertig. Das Ding hat ein eigenes Kraftwerk? Verdammt. Ist wie eine kleine Stadt.

Wir fahren weiter so einen Erdhügel rauf, auf den mit weißen Steinen die Buchstaben NCCF gelegt sind. Wir kurven um die Flanke des Hügels herum und kommen zu einem riesengroßen hellbraunen Gebäude ohne Fenster.

Da werden wir alle aus dem Bus gescheucht und aufgeteilt. IPA nennen sie das. Erfassung und Verwaltung der Gefangenen. Drinnen stehen Metalltische. Und eine Theke. Da trennen sie uns nicht mehr nach Herkunft. Wir gehen alle in die Arrestzellen. So langsam begreife ich, wie das alles funktioniert. Es gibt in jedem Gefängnis Arrestabteilungen. Und solche Erfassungsstellen. Ein Riesensystem, um Leute zu verlegen. Aufzubewahren. Zu ernähren. Ich meine, Zellen sind einfach große Schließfächer, bloß für Menschen.

Als ich dran bin, überprüfen sie meine Nummer. Machen einen TB-Test. Röntgenaufnahmen und alles.

Im Gespräch über die Unterbringung sagt der Aufseher, er hat gesehen, dass ich im MCJ in Ärger verwickelt war. Ich erkläre, dass ich mich nur selbst schützen musste. Was auch stimmt. Aber nicht vor den *mayates*. Wenn ich nämlich nicht getan hätte, was von mir verlangt wurde, dann wäre ich von einem Haufen *Raza* windelweich geprügelt worden. Disziplin nennen sie das. Hätte ich mich gedrückt, hätte nicht mal Wizard mir den Arsch retten können. Hätte er vielleicht auch gar nicht versucht.

Der Aufseher fragt mich, ob ich Probleme machen würde, wenn ich in den Saal komme.

Ich war noch nie in einem Saal, darum sage ich bloß: «Nein, Sir.»

Das *Sir* ist wichtig. Wizard hat mir gesteckt, wie sehr Aufseher auf diese Art von Respekt stehen. Ich habe ihm geantwortet, dass jeder auf Respekt steht. Stimmt auch, hat er gesagt.

Ich kriege einen neuen blauen Overall, Bettzeug. Nichts als eine Matte, ein Laken, eine Decke.

Außerdem kriege ich einen Fischbeutel: Zahnbürste. Zahnpasta. Deo. Seife. Shampoo. Rasierer. Rasiercreme. Alles in einem Beutel.

Ich stelle mich mit den anderen 600ern in eine Reihe. Dann gehen wir gemeinsam los. Wir kriegen gesagt, dass wir beim Gehen die Hände in die Taschen stecken sollen. Aber nicht jetzt, wo wir unser Bettzeug tragen müssen. Später. Falls wir es vergessen, ist es an die Wände gesprüht, auf Englisch und Spanisch: MANOS EN TUS BOLSILLOS.

Ich bin in 617. Einer von vier Sälen, die im Halbkreis hinter einem Wachtisch angeordnet sind … 615, 616, 617 und 618.

Zuerst machen sie die Türen der kleineren Nummern auf, dann kommt 617, und ich werde hineingeführt. Durch einen glücklichen Zufall ist Lil Devil auch bei mir drin.

Das Gefängnis sieht ganz anders aus als die, in denen ich bisher war. Die einzelnen Zellen liegen nicht in langen Reihen wie in Firestone oder Downtown. Es ist bloß ein großer Raum mit hoher Decke.

Beim Reingehen sind auf beiden Seiten Kartentelefone. Und das Ganze hat zwei Ebenen, die Treppen gehen an der Wand nach oben, über einem Toilettenbereich. Da ist eine Klokabine. Ein Pissbecken. Und ein Waschbecken zum Händewaschen. Und dann sind an der hinteren Wand Dreier-Stockbetten aufgereiht, mit Nummern drüber, 1 bis 11. Dahinter kommt der Duschbereich.

Ich liege direkt daneben. Bett 11A, ganz unten am Ende. Über mir, im zweiten Stock, sind die Nummern 12–22.

Jetzt begreife ich erst, was ein Saal ist. Ein großer Raum. Eine Scheißmenge Betten.

Zweiundzwanzig mal drei ist sechsundsechzig. Das heißt, in diesem Saal liegen sechsundsechzig Typen.

In so einer Situation könnte man nachts alle Mögliche anstellen. Das sehe ich gleich. Und das ist ein Problem.

Jetzt bin ich nämlich nicht mehr bloß mit fünf Typen in einer Zelle.

Sondern mit *fünfundsechzig.*

Scheiße. Das gefällt mir überhaupt nicht …

Aber es ist eben, wie es ist. Kann nichts dran ändern.

Ich sitze gerade eine Minute auf meinem neuen Bett, als Nada ankommt. Er geht mir bis zur Brust. Rasierter Schädel. Tattoo am Hals wie eine große Nummer. Er schmeißt den Laden für die Braunen hier drinnen. Erzählt er mir. «Man nennt mich Nada», sagt er dann noch, «weil mich nichts juckt.»

Ich sage ihm, dass ich Dreamer bin. Er mustert mich. Ich merke gleich, er hat Fragen.

«Was bist du denn», fragt er, «aus Honduras oder was?»

Ich könnte aus Samoa sagen. Aber ich habe das Gefühl, das wäre für diesen Typen nicht die beste Antwort. Der ist *Raza* bis in den Tod.

«Aus Lynwood», sage ich.

«Ach, echt? Von da kenne ich ein paar gute Jungs. Richtig harte Motherfucker. Bist du auch ein harter Motherfucker?»

Ich schaue ihm weiter in die Augen. Das ist meine Antwort. Wenn er noch nicht von mir gehört hat, wird er es irgendwann.

Aber er grübelt immer noch über mich nach. Irgendwas stimmt nicht an meinem Aussehen, irgendwie steht meine Loyalität in Zweifel.

Ich überlege mir also eine Antwort, die für ihn okay klingen könnte. Ich denke an Little. Und an Mrs. Matta. Wenn Nada nachhakt, werde ich sagen, dass ich halb Samoa, halb Guatemala bin.

Aber ich habe Glück. Er wird abgelenkt.

«Hey», sagt Nada und zeigt auf die Narben an meinem Arm. «Was ist dir denn da passiert?»

«Das war ein Hund», sage ich.

«Echt jetzt? Was für einer?»

«Ein riesengroßer.»

Er lacht. «Ich meine, was für eine Rasse?»

Und dann redet er ellenlang über Hunde. Diese Sorte, jene Sorte. Boxer. Chow-Chows. Pitbulls. Verstehe: Er ist total besessen von Hunden.

Als er fertig ist, sage ich schließlich: «Ich habe keine Ahnung.

Kann so was nicht erkennen, wenn es Nacht ist und der Hund mich fressen will.»

Da nickt er, als wüsste er zwar immer noch nicht über mich Bescheid. Aber ich bin in Ordnung … jedenfalls erst mal.

Er gibt mir die Einweisung. Wo die *Raza* in der Kantine ist. Es gibt zwei kalte Mahlzeiten und abends eine warme. Wo wir im Hof hingehen, wenn wir rausdürfen. Was wir im Aufenthaltsraum machen, wenn wir drin sind. Er erklärt, wann Frühsport ist. Scheißfrüh. Aber das heißt, ich muss mitmachen. Drücken ist nicht. Fragen auch nicht.

«Cool», sage ich.

«Ah, verstehe», sagt er und sieht mich an, als ob er mich endlich versteht. «Du bist einer von diesen *soldados*. Meinst du, so einer bist du?»

Ich muss nicht ja sagen. Das sieht er auch so, wenn er mich bloß anschaut.

Er sieht das Scheißmonster, das in mir steckt, hinter meinen Augen, und das jetzt herauslinst.

ANGELA ALVAREZ

23. DEZEMBER 1993, 10:03 UHR

62

Meine Lunge fängt so ein bisschen an zu flattern, als wir zum Tor gehen und uns in der Schlange anstellen, und ich drücke meine Eintrittskarte ganz fest in der Hand, weil es sich immer noch nicht echt anfühlt, und dann muss ich sie in so einen kleinen Apparat stecken, wo sie am anderen Ende wieder rauskommt, und dann gehe ich durch so ein Drehkreuz, wie am Dodger Stadium, und dann starre ich das Schild an, auf dem auf beiden Seiten steht: DISNEYLAND und EINWOHNERZAHL: 300.000.000 und HÖHE ÜBER N.N.: 42 METER.

«Mir wird gerade klar, dass ich dir manche Sachen besser nie erzählen sollte», sage ich zu Phil, als er auch durch die Eingangskontrolle ist.

«Wieso nicht?»

«Weil dann solche Sachen passieren, und damit machst du einem Mädchen Hoffnungen.»

Er lächelt. Und ich werde ihm nicht sagen, dass ich mich komisch fühle, weil ich es nicht gewohnt bin, dass Menschen was Nettes für mich machen. Normalerweise muss ich so was immer für andere machen.

Dass ich jetzt also zum allerersten Mal am magischsten Ort der Welt bin, ist einfach total verrückt.

Ich hätte mir schon denken können, dass irgendwas im Busch war, als er sich wieder in Long Beach mit mir treffen wollte, aber diesmal am Flughafen. Als ich ankam, sollte ich mein Auto parken und in seins steigen, was ich beinahe nicht gemacht hätte, weil ich ihn noch gar nicht richtig kenne. Und ich bin stur geworden, sodass er sich schon fast verraten musste, ehe ich mich zu ihm reingesetzt habe. Dann fragt er mich, wo alle Teams hinfahren, wenn sie den Superbowl gewonnen haben. Ich sage Disneyland, und er nickt bloß, und ich sage, er soll mich bloß nicht verarschen, und er sagt, das macht er nicht. Er weiß, dass ich noch nie da war, weil er mich beim Essen im Potholder gefragt hat, was mein Lieblingsfilm ist, und ich habe *Dornröschen* gesagt, und er hat zurückgefragt, wieso nicht *Aladdin*, und ich meinte, der gefällt mir auch gut, aber *Dornröschen* bedeute mir mehr, weil ich den Film als Kind so oft mit meiner Tante gesehen habe. Er wollte wissen, ob ich jemals in dem großen Schloss in Disneyland war, weil das doch aus dem Film ist. Ich habe nein gesagt. Ich musste für die Schule lernen und Rechnungen bezahlen.

Auf der ganzen Fahrt war er still, also habe ich geplappert. Dass Elisa einen Schönheitssalon in South Gate gesehen hat, der pleite ist und zumacht. Sie haben sich nach den Unruhen richtig reingehängt, den Laden am Laufen zu halten, aber jetzt geben sie auf und verkaufen ihre Trockenhauben ganz billig, sogar einen richtigen Friseurstuhl, und jetzt überlegt sie, ob meine Garage wohl einen Stromanschluss hat und ob sie da drin einen Salon für die Nachbarschaft aufmachen und den Leuten die Haare schneiden kann. Nach einer Weile hörte ich auf, weil ich Angst hatte, dass er mich für dumm hält.

Aber er hat gesagt, er hört mich gern reden, und jetzt, wo wir hier sind, ist er genauso, beobachtet bloß ganz still, wie ich alles anschaue und merke, dass es wirklich so sauber ist, wie es aussieht. Und wie ich da so stehe und den Blumenduft rieche, kriege ich das Gefühl, dass es gar nicht so ist wie die Gegend, aus der ich komme. Alles so glänzend. So viele Weiße, dass es mich ganz nervös macht. Weiße mit Hip-Bags in allen Farben und mit weißen Schuhen, und ich in meinen schwarzen Nike Cortez und Jeans und Jacke und einem knappen Blüschen, weil ich dachte, wir gehen essen. Aber wenn man eine Eintrittskarte kauft oder wie in meinem Fall ein anderer sie für einen kauft, dann kann man mit allen anderen hier rein. Genau wie in Amerika.

Zu Anfang weiß ich gar nicht, wohin, aber er kennt sich so gut aus, dass er keinen Plan braucht. Er übernimmt die Führung und zeigt mir Dioramen in den Schaufenstern der Main Street. Peter Pan, der hoch über einem Haus schwebt. Cinderella, die mit dem Prinzen tanzt. Wir werfen einen Blick in ein dunkles Kino, wo alte Mickey-Maus-Cartoons laufen. Wir gehen dicht nebeneinander, berühren uns aber nicht. Ich möchte, aber ich tu's nicht. Wir nehmen den langen Weg um das Dornröschenschloss herum. Wir schauen uns die Enten an, und die Statuen von Schneewittchen, und einen Wunschbrunnen. Er wirft einen Cent hinein und will mir seinen Wunsch nicht verraten. Ich habe ein Fünf-Cent-Stück in der Tasche, also wird mein Wunsch fünfmal so viel wert sein wie seiner. Ich schließe die Augen, und bevor ich die Münze werfe, wünsche ich mir, dass ich immer so gut behandelt werde wie jetzt. Dann werfe ich sie, und weg ist sie.

Im Schloss sind dunkle Räume und Treppen, Seiten aus dem Bilderbuch, noch mehr Dioramen. Bei einem muss man runterschauen auf eine Menge brennender Räder, aber in Wirklichkeit sind es bloß rote und gelbe Tücher, die wie flackernde Flammen flattern. Dann gibt es eins mit der bösen Fee, das mich erschauern lässt. Sie schreit all ihre Dämonenhelfer an, und man sieht bloß ihre stachlig spitzen Schatten, die sich bewegen. Aber dann wird alles gut, weil bei Disney immer alles gut wird, und Aurora liegt schlafend auf ihrem Bett, und Prinz Phillip beugt sich über sie und will sie küssen, und da geht mir auf, wie dumm ich bin.

Das ist alles eine Falle, und ich bin geradewegs reingetappt. «Und was jetzt? Willst du etwa mein Prinz Phillip sein?»

Aber da beugt er sich zu mir und küsst mich im dunklen Gang, direkt vor der Bilderbuchseite, wo Prinz Phillip Aurora küsst.

Und es kommt mir falsch vor, aber *richtig*. Es ist warm. Und weich.

Und er war richtig schnell mit dem Kuss, aber als ich anfange, ihn zu erwidern, da zieht er sich wieder zurück, bevor irgendjemand kommen und alles ruinieren kann.

Es ist nur unserer, rasch und geheim, genau wie in der Geschichte.

63

Auf dem Karussell sitzt er außen und ich innen. Ich nehme den Lederriemen, mit dem man Kleinkinder anschnallen soll, und halte mich daran fest, während wir herumfahren, und das Schloss zieht viermal vorbei, bis die Runde zu Ende ist, und jedes Mal denke ich, das ist der Ort, an dem ich ihn zum ersten Mal geküsst habe, und so wird es immer bleiben. Und als meine Füße wieder auf festem Boden stehen, erkenne ich, was für ein Profi er ist, dass er meinen Lieblingsfilm benutzt hat, um an mich ranzukommen. Und ich will ihn dafür hassen. Ehrlich. Aber es fühlt sich auch toll an. Dass er so aufmerksam ist und sich solche Mühe gibt.

Wir versuchen, in die neue Toon Town zu kommen, aber da ist es so voll, dass wir sie uns nur von außen angucken, die bunten Häuser und die Hügel dahinter, die wie Zeichentrick aussehen. Wir kommen wieder zurück und gehen unter der Brücke hindurch, dann beschließen wir, es noch mal bei der Miniaturwelt zu versuchen, bei *It's A Small World After All*. Die Schlange ist nicht so schlimm. Wir reden die ganze Zeit, und mir wird klar, dass es gar kein so schlechter Ort für ein Date ist, weil es zwar jede Menge Sachen zu machen gibt, aber man muss immer drauf warten, darum muss man auch Geduld haben. Man muss sich Zeit lassen. Muss miteinander reden.

Ich kreische ein wenig, als wir in das kleine Boot steigen sollen, also steigt er zuerst ein und führt mich. Und als ich so neben ihm sitze, so dicht, dass ich spüre, wie viel größer er ist als ich, wie viel stärker, da fühle ich mich ganz sicher und warm und denke, das könnte tatsächlich was werden, er und ich. Was Gutes. Wir fahren um eine kleine Biegung in diesem künstlichen Fluss, und ich schaue mich gar nicht um. Ich schaue bloß seine Hand auf meinem Knie an, die sich die ganze Zeit noch nicht bewegt hat, und greife danach. Ich halte sie, und er zerstört den Moment nicht durch Reden, sondern schaut mich bloß an, und so ein dunkelrotes Licht zieht über sein Gesicht, dann wird es blau, und die Musik singt immer noch davon, wie klein doch die Welt ist. Es ist wie im Film.

Als wir danach durch den Souvenirladen hinausgehen, halten wir uns immer noch an den Händen. Ich habe nicht losgelassen. Er auch nicht. Und ich versuche gar nicht, auf die Figürchen zu schauen, aber irgendwie möchte ich eine mexikanische für meine Tante, die neben dem Telefon sitzen und mich an sie erinnern kann. Ich suche mir eine aus, und natürlich ist es ein Kind, keine alte Frau, aber das gefällt mir. Sie trägt ein rosa Kleid und hat einen Pferdeschwanz so an der Seite. Um den Hals hat sie einen Streifen Spitze.

Phil fragt, ob er sie mir kaufen darf, aber ich sage: Nein, die muss ich mir selbst kaufen.

Ich habe Bargeld im Portemonnaie, das aus der Mappe stammt. Ich wollte das Essen bezahlen, weil er letztes Mal bezahlt hat. Ich sollte das Geld wohl nicht ausgeben, aber es ist nun mal in meiner Tasche und wartet auf mich.

Ich rede mir ein, dass es in Ordnung ist, als ich zur Kasse gehe, und dann erstarre ich, weil da eine Frau steht, und auf ihrem Namensschild steht GLORIANA, und darunter LYNWOOD, CA.

Alle schönen Gefühle, die mich den ganzen Tag begleitet haben, verpuffen ganz plötzlich.

«Hallo! Darf ich Ihnen das abnehmen?» Und gleich danach erkennt sie mich, und ihre Miene verändert sich völlig. «Oh! Hi, Angela! Wie schön, dich zu sehen.»

Ich erkenne sie auch. Sie ist so eine aus dem Schulorchester. War ein Jahr unter mir an der Lynwood High, und wenn ich auf irgendeine aus meiner Bekanntschaft hätte tippen sollen, die für einen Job eine Stunde lang von Lynwood nach Disneyland pendelt, dann auf sie. Keine Frage. Sie steht so ungeheuer auf das alles hier. Und als ich sie jetzt hier sehe, fühlt sich das an, als wäre ich zu schnell mit dem Auto gefahren und gegen eine Wand geknallt, und dann kommen auch noch ein paar Backsteine durch die Windschutzscheibe und treffen mich.

Bevor ich sie sah, hätte ich mir so ein Leben für mich vorstellen können. Vielleicht ein gutes, ich weiß es nicht. Jedenfalls ein anderes. Mit einem erwachsenen Mann. Der einen Job hat, der Geld verdient, der mir zuhört, wenn ich erzähle, was ich gern mag, und dem ich so wichtig bin, dass er versucht, mich aus all dem herauszuholen, was ich nicht gern mag.

Aber als ich Gloriana sehe, ist das alles weg. Für mich gestorben. Weil sie nämlich Phil auch erkennt. Glorianas Onkel steckt auch schon lange im System. Er ist ein Dieb wie kein zweiter, nur leider lässt er sich viel zu oft erwischen. Er ist oft auf Bewährung gewesen, und sein Bewährungshelfer war zufällig auch der Bewährungshelfer meines Cousins, und so kommt eins zum anderen.

Glorianas Miene, die mir sagt, wie ich meine Herkunft, meine Umgebung verrate – da weiß ich, es ist vorbei.

Und das Schlimmste ist, dass ich es verdient habe. Ich habe diesen Blick von ihr verdient. Weil ich selbstsüchtig war. Weil ich dachte, das hier könnte etwas werden.

Es gab nie eine Möglichkeit, ehrlich damit umzugehen. Es gibt nur eine falsche Seite bei dieser Sache, und auf der bin ich. *Muy pequeño el mundo es.*

Ich muss Jeo schnell davon erzählen, ehe Gloriana es herumerzählt und dann irgendwer anders. Ich glaube, ihm sollte ich es als Erstes erzählen, und er kann es dann Jerry sagen, und vielleicht hat es dann keine schlimmen Folgen für mich.

Ich werfe noch einen letzten Blick auf die kleine mexikanische Puppe hinter ihrer Plastikverpackung, dann stelle ich sie auf den Tresen und gehe weg.

Phil folgt mir. Holt mich rasch ein. Er versucht, mich an die Schulter zu fassen, aber ich drehe mich weg.

Ich verschränke die Arme fest vor der Brust und sage: «Du musst mich jetzt zu meinem Auto zurückfahren, bitte.»

Auf dem ganzen Rückweg sage ich kein Wort, und er lässt mich schweigen, und als ich aussteige, sage ich: «Vielen Dank. Ich hatte einen schönen Tag.»

Und dann mache ich die Tür hinter mir zu und gehe. Das war's. Das war alles, was je daraus werden kann.

Ein Schloss. Ein Kuss. Händchenhalten.

Ende.

JEOVANNI MATTA ALIAS DULCE

25. DEZEMBER 1993, 10:04 UHR

64

Ich lasse mich von Jerry zu einer Bushaltestelle vor Wayside fahren und melde mich als Besucher an. Jerry kommt nicht mit rein, um nicht registriert zu werden. Wir sind ungefähr dreißig insgesamt, hauptsächlich Familien, auch ein paar Kinder, die auf einen Bus warten, der uns zum Besuchsbereich bringt. Dort gibt es Automaten mit Süßigkeiten und Getränken. Und dort muss ich warten, bis Jacob reingebracht wird. Als er bereit ist, lassen sie mich hineingehen. Ich bekomme Kabine fünfunddreißig zugewiesen und nehme den Hörer ab, sobald er von der anderen Seite eintritt.

Jacob sieht gut aus, finde ich, kräftiger, aber auch älter. Um die Augen. Er hat neue Fältchen und sieht mich anders an. Er versucht rauszufinden, was ich durchgemacht habe und noch durchmache, indem er mich bloß ansieht. Er sieht mich in meinem neuen schwarzen Calvin-Klein-Sweatshirt, hundert Prozent Baumwolle, mit Rundhalsausschnitt. Ist nicht so, dass er es nicht mag, aber er fragt sich, wo ich es herhabe. Früher hat er mich oder überhaupt irgendwen nie so angeschaut. Und ich frage mich, ob das Gefängnis ihn so verändert. Dass er aufmerksamer wird.

«Ist sauschwer, hier rauszukommen, Jacob», sage ich. «Ist wirklich *weit* draußen.»

«Stimmt. Kriegen nicht viel Besuch hier. Wie bist du hergekommen?»

«Mitfahrgelegenheit.»

Jacobs Blick sagt, er weiß, dass es entweder Jerry oder No Neck war, und ich habe den Eindruck, dass es ihm lieber wäre, wenn ich mich nicht so eng mit den beiden einlassen würde, aber darüber muss ich beinahe lachen, weil wir inzwischen so weit darüber hinaus sind. Und das schon ziemlich lange.

«Du wirkst anders.» Er nickt.

«Gut anders oder schlecht anders?»

«Weiß ich noch nicht. Geht es dir gut? Also, richtig gut?»

Ich sehe ihm direkt in die Augen. «Ging mir noch nie besser.»

Y ahora kriegt er so einen traurigen Gesichtsausdruck, als ich das sage, und das macht mich auch traurig, weil er wissen soll, wie dankbar ich bin, denn ich wäre nie Teil dieser Sache geworden, wenn er nicht bei Wizard für mich gebürgt hätte. Und dann wüsste ich nicht, wie es sich anfühlt, in einen Raum zu treten, wo die Leute mich sehen und dann auf ihre Schuhe starren müssen. Wenn sie je irgendwas Schlechtes über mich zu sagen hatten, dann jetzt ganz bestimmt nicht mehr. Vielleicht sagen sie es in Gedanken. Aber nie zu mir. Und diese Macht, dass die Leute ihr Gift und ihren Hass bei sich behalten, die macht mich high. Nichts gibt mir mehr Kraft. Aber es steckt auch noch mehr dahinter.

Ich wurde zu einer Party eingeladen. Ich bin nicht hingegangen, aber ich wurde *eingeladen*. Und einmal war ich bloß unterwegs, irgendwas mit Jerry erledigen, er musste was abholen, und da sind wir bei so einem Typen namens Danny Boy in Carson vorbeigefahren. Er ist schon älter, dreiundzwanzig oder so, und er ist mir nahegekommen, hat seine Hüfte ganz langsam ganz dicht an meine geschoben und wollte wissen, ob ich Single bin oder was. Da ist so ein kleiner Schauer durch mich gefahren. Danny Boy hat alte Akne-Narben wie Edgar James Olmos, aber sein Körper sieht gut aus, und in dem Augenblick wollte ich ihn. Und er hat mich richtig angebaggert, vor Jerrys Augen und so, und dann hat Jerry gesagt, er wartet im Wagen. Ich wollte was mit ihm anfangen. *Hätte* ich auch, wenn es da nicht Regeln gäbe, dass man nämlich immer wissen muss, mit wem man es zu tun hat. Ich hatte Danny Boy noch nie gesehen, und wir waren in seinem Revier, er hatte alle Vorteile auf seiner Seite, und das ist einfach keine gute Idee, gleich was mit irgendwem anzufangen, den ich nicht kenne und über den ich noch nichts in Erfahrung gebracht habe. Ich konnte auch nicht zulassen, dass er mir irgendwas anhängt, wo ich später nicht mehr rauskomme. Also war ich eine Minute später wieder draußen, ohne irgendwas gemacht zu haben, und Jerry hat kein Wort dazu gesagt. Es war einfach irgendeine Sache, die passiert ist und über die wir nicht weiter zu reden brauchten. Und damit war mir klar, wenn so was noch mal passierte und ich mehr als eine Minute brauchte, um zu entscheiden, was ich will, dann wäre das auch gut. Das war meine Sache. *Das* ist Freiheit.

Ich schaue Jacob in die Augen und versuche ihm ohne Worte klarzumachen, dass ich das alles so gerne mit ihm teilen würde, wie gut es sich anfühlt, endlich mal gut behandelt zu werden, wie ein Mann. Aber hier ist nicht der richtige Ort, nicht der richtige Moment. Es tut ihm schon weh zu sehen, dass ich in dieses Leben reinwachse und dass es mir gefällt. Ohne mehr Raum und Zeit zum Reden kann ich seine Reaktion nicht ändern, also versuche ich ihm bloß zu zeigen, dass mein Herz jetzt einen Panzer hat. Ich drehe nicht mehr bei jeder Kleinigkeit durch. Ich weiß jetzt, wer ich bin. Und wo ich hinwill.

Ich versuche alles das in ein paar Worten für ihn zusammenzubringen. «Niemand kommt mir mehr mit dummem Scheiß. Ich kann nicht mehr zurück dahin, wie es vorher war. Diese Beleidigungen und der Mist? Kann ich nicht mehr, Jacob. Im Ernst.»

«Lass dich nicht reinziehen. Willst du auf dieser Seite vom Glas enden oder was?»

Aus seinem Mund wirkt das wie ein Tiefschlag. Nachdem ich mit so vielen Leuten geredet und so viel rausgefunden habe? Mann! Ich gehe sogar morgen zu seinem Anwalt, damit er was erfährt, was für seinen Fall hilfreich sein könnte. Ich tue jetzt schon mehr auf der Straße, als er je getan hat, und habe mehr Macht und Autorität.

Wenn er wieder rauskommt, falls er wieder rauskommt, könnte er womöglich sogar für mich arbeiten. Und dann wird er dankbar sein.

Er fragt mich, was Angela macht. Er sieht wohl an meinem Blick, dass ich ihm eigentlich nichts erzählen will, wenn er die Information bloß nutzt, um traurig zu sein, also sagt er: «So meine ich es nicht. Ich will bloß wissen, ob es gut läuft bei ihr.»

«Es läuft gut. So gut wie schon lange nicht mehr.»

Y ahora will ich ihm eigentlich unbedingt erzählen, wie Angela zu mir gekommen ist und alles ausgepackt hat. Die Dates mit Petrillo. Dass sie auf ihn steht. Wie dumm sie sich vorkam, so als ob sie Wizard und Jacob verriet. Wie sie nach Disneyland fuhr und da von der bescheuerten Flötenspielerin Gloriana Nuñez gesehen wurde, die im Souvenirladen arbeitet. Wie sie dann sofort gegangen sind und auf der ganzen Rückfahrt kein Wort miteinander geredet haben, wie sie dann aus dem Auto gestiegen ist und die Tür hinter sich zugemacht hat und seitdem nichts mehr mit ihm zu tun hatte. Dass er zweimal angerufen hat und sie nie zurückgerufen hat und es auch nie tun wird, und darüber war ich so froh. Dass sie diese Entscheidung getroffen und sich daran gehalten hat. Ich habe es dann Jerry und No Neck erzählt, und sie fanden es gar nicht cool, aber sie haben mich entscheiden lassen, und meine Entscheidung war, nichts zu unternehmen. Wir beobachten sie weiter. Lassen wir vielleicht von Silencio oder Lil Puffer machen. Wir überzeugen uns, dass sie die Sache mit Petrillo wirklich beendet hat, und dann sehen wir, wie der Prozess läuft.

Jacob hängt seinen Erinnerungen an Angela nach, also wechsele ich das Thema. «Weißt du noch, die Sache?»

Dabei nicke ich. Er macht die Augen schmal, also lege ich den Hörer hin. Ich halte den Mund dicht ans Glas, halte die Hand über den Mund, sodass nur er ihn sehen kann, und forme mit den Lippen die Worte. *Augustine. Clark.* Seine Augen werden größer.

Ich greife wieder zum Hörer. «Ist jetzt alles geregelt.»

«Oh Mann», sagt er. «Das ist echt gut.»

Und jetzt schaut er mich endlich richtig an, so als wäre er zum ersten Mal froh, seit ich mich hingesetzt habe, und darum hole ich jetzt hervor, was ich extra für ihn zurückgehalten habe. Eine Feliz-Navidad-Karte, die meine kleine Schwester extra für ihn gemacht hat. Ich halte sie hoch, sie ist aus rotem Bastelpapier. In der Mitte ist ein ausgeschnittener grüner Baum aufgeklebt, darüber die Jungfrau Maria, die herabschaut, und unsere ganze Familie um den Baum herum. Ich, Jimena, Mamá, Tia, mein Bruder und direkt neben dem Baum Jacob. Jacob in der Familie. Jacob über dem Tisch mit dem Essen drauf. Er lächelt. Ich blicke auf die Karte, als ich ihn schniefen höre und wieder hochschaue.

Zum ersten Mal in meinem Leben sehe ich Tränen in Jacobs Augen. Am liebsten möchte ich ihn umarmen. Und weil ich weiß, dass er nicht getan hat, wofür sie ihn hier reingesteckt haben, möchte ich am liebsten das Scheißglas kaputtschlagen. Ich schwöre mir noch einmal, dass wir ihn hier rausholen werden. Und das ist alles wert, was ich tun muss, um ihn eines Tages frei zu kriegen. *Alles.*

RECHTSANWALT NICK PARK

27. DEZEMBER 1993, 15:00 UHR

65

Jeovanni Matta ist pünktlich auf die Minute. Er lässt seinen Schergen draußen im kleinen Vorraum warten, und als er mir im Büro gegenübersitzt, ist er höflich. Er fragt mich, wie mein Tag war, ob ich schöne Weihnachtstage hatte. Er sagt, ich erinnere ihn an einen Geschichtslehrer, den er mal hatte, und dass ihm gefällt, wie ich mich im Gericht kleide. Er ist nicht so, wie ich mir einen jungen Gangster vorgestellt habe, der verschlüsselte Informationen von einem Insassen des Men's Central Jail entgegengenommen und auf die Straße gebracht hat. Aber er will über den Fall sprechen, weshalb ich gezwungen bin, ihm mitzuteilen, dass ich das nur mit Familienangehörigen tun kann.

«Ich bin das Nächste an Familie, was er hat», sagt Matta.

«Das mag ja sein –»

Er hebt die Hand, als säße er im Schulunterricht. «Übernehmen Sie auch noch private Fälle?»

«So gut wie nie», sage ich. Ich habe letzte Woche ein paar Schriftsätze für einen Freund der Familie erledigt, aber das zählt kaum.

«Was kostet es, wenn ich Sie als Anwalt anheuern möchte?» Er fächert 500 Dollar auf den Schreibtisch, den ich mir mit vier anderen Pflichtverteidigern teile.

«Wie alt sind Sie, Mr. Matta?»

«Achtzehn.»

«Das heißt, Sie sind alt genug, um es besser zu wissen. Sie sollten das wieder einstecken und vergessen, dass Sie es versucht haben.»

Er steckt das Geld wieder dahin, wo es herkam. Ich sollte ihn rauswerfen, aber ich weiß, er hätte es nicht riskiert hierherzukommen, wenn er nicht irgendwas Wertvolles zu erzählen hätte, und die Versuchung ist einfach zu groß, denn von zwei Dingen bin ich immer noch überzeugt: 1.) Safulu ist nicht schuldig, und 2.) Kristina Mirkovich muss verlieren. Um das zu erreichen, bin ich bereit, ein paar unsaubere Methoden zu probieren.

«Ich sage Ihnen, was heute Nachmittag passiert ist», erkläre ich ihm. «Sie sind hergekommen und haben gefragt, ob Sie über den Fall reden können. Ich habe Ihnen gesagt, dass ich nur mit Familienangehörigen darüber sprechen kann, und Sie sind gegangen. Sollte irgendjemand, der etwas mit diesem Verfahren zu tun hat, Sie danach fragen, werden Sie genau das sagen. Sollte mich jemand fragen, werde ich genau das sagen. Darüber hinaus halten wir beide den Mund. Verstanden?»

Er lächelt, als spräche ich seine Sprache, und sagt: «Verstanden.»

Ich bedeute ihm fortzufahren.

«Augie Clark hat gesagt, dass der zweite Schütze in der Tatnacht, Dreamer, ein gelbes Laker-Sweatshirt trug, richtig? Also, so eins hat Jacob nie besessen. Das kann Angela bezeugen.»

«Woher haben Sie diese Information?», frage ich.

Matta beugt sich vor. «Wenn Sie eine Beweisliste zusammenstellen könnten, also eine Aufstellung sämtlicher Kleidungsstücke von Jacob, um zu zeigen, dass er nie ein gelbes Sweatshirt besessen hat, das wäre doch gut.»

Im Augenblick ist das bloß eine Idee. Eine solche Idee muss ich weder dem Gericht noch der Staatsanwaltschaft mitteilen. Wenn es Beweise gäbe, dann ja. Doch noch existiert eine solche Aufstellung nicht. Wir haben Fotos vom Inhalt der Schubladen, und ich kann behaupten, dass die mich auf diese Idee gebracht haben – denn so etwas muss plausibel und nachweislich wie meine eigene Idee klingen, ehe ich meinen Ermittler losschicke –, doch wenn wir eine solche Liste hätten, könnten wir versuchen, die Liste mit den Beweisfotos abzugleichen. Es bleibt jedoch das Problem, dass ich nicht wissen kann, ob die Liste vollständig ist. Matta und seine Helfer können bereits daran gedreht haben. Selbst Angela Alvarez weiß vielleicht nicht hundertprozentig, ob die Liste korrekt ist. Vielleicht sagt sie, dass niemand in dem Zimmer war, seit Jacob nicht mehr da ist, aber womöglich weiß sie das auch nicht. Sie könnten auch ohne ihr Wissen darin gewesen sein, aber selbst wenn das der Fall ist, ließe sich das nicht beweisen und wäre kein Hindernis.

«Die Staatsanwaltschaft wird sagen, dass er es verschwinden lassen hat», sage ich.

«Wie denn? Angela hat ihn in der Nacht rausgeworfen. Er ist nicht zurückgegangen, um sich Kleidung zu holen. Und ich weiß, dass sie nichts weggeworfen hat. Ich habe sie gefragt.»

Er hat sie *gefragt*. O Gott. Jetzt kann ich auch noch Zeugenbeeinflussung auf Mattas Lebenslauf schreiben.

«Wir hören jetzt auf», sage ich.

Er kümmert sich nicht darum. «Wenn Jacob also den Laufpass kriegt, aus dem Haus geht, von dort direkt zu Spider, wo ihn Leute sehen, können die dann mit Sicherheit sagen, in welcher Kleidung sie ihn gesehen haben? Ich weiß, Sie haben mit Spider gesprochen. Er meinte, Ihr Ermittlertyp sei bei ihm gewesen. Hat er gefragt, was Jacob anhatte?»

Das ist ein guter Hinweis, und ich antworte unwillkürlich. «Das müsste ich überprüfen. Allerdings wird die Staatsanwaltschaft immer noch sagen, er ist ihn irgendwie losgeworden.»

Ich sehe, dass er einige Überlegungen anstellt, ehe er fortfährt. «Wenn Augie nun sagen würde, dass er sich an nichts mehr erinnert, was an jenem Abend passiert ist? Er ist bloß angelaufen gekommen, als er laute Geräusche gehört hat, und hat dann jemandem im gelben Sweatshirt weglaufen sehen. Aber ganz bestimmt hat er nicht gesehen, wie irgendjemand auf irgendwen geschossen hat. Vielleicht kam er erst dazu, als Scrappy schon blutend dalag.»

Mir stehen die Nackenhaare zu Berge. «Wir hören *jetzt* auf.»

Wenn Augie im Zeugenstand widerruft, wird Kristina einfach sagen, dass er gezwungen wurde; sie wird den Gefängnisaufseher aufrufen, der gehört hat, wie Safulu Matta von Augustine Street und Clark Street erzählt hat. Sie wird Zeugenbeeinflussung behaupten. Und das wird sie den Geschworenen sehr deutlich machen.

Aber Matta hört nicht auf, sondern redet weiter. «Ich meine ja bloß, wenn Augie und das Sweatshirt das Einzige sind, was Jacob mit der Sache in Verbindung bringt, dann gibt es ohne diese beiden Faktoren vielleicht gar keine Anklage mehr!»

«Mr. Matta, darf ich Ihnen zunächst mal sagen, dass Ihre kleine Ermittlungsnummer vorbei ist. Sie dürfen nichts mehr unternehmen, mit niemandem reden, niemanden treffen.» Ich betone jedes Wort. «Lassen Sie uns von hier ab übernehmen. Sie dürfen mit *keinem* der Zeugen gesehen werden. Machen Sie unter keinen Umständen noch einen Gefängnisbesuch. Damit haben Sie es schon einmal verbockt. Machen Sie diesen Fehler nicht noch mal.»

Er lächelt, als hätte ich ihm da etwas beigebracht. «Okay, Mr. Park. Sie sind der Boss.»

«Nennen Sie mich nicht so», schimpfe ich. «Hören Sie zu: Es sind nicht bloß das Sweatshirt und die Zeugenaussage, die ihn mit dem Verbrechen in Verbindung bringen, sondern auch die Pistole in der Kommode.»

«Darauf werden keine Fingerabdrücke von Jacob zu finden sein. Er hat sie nie berührt.»

«Aber wie ist die Waffe dann dahin gelangt?»

Er grinst mich an. «Wir wissen beide, dass Wizard zu schlau ist, eine Waffe zu behalten. Er hat das Ding am Tatort fallen gelassen. Scrappy hat eine Prellung am Fuß, die das beweist.»

Ich erinnere mich an das Krankenhausfoto von der Schusswunde am Bein. Darauf war auch ein Hämatom am Fuß zu sehen.

«Würde sie das vor Gericht bezeugen?»

Sein Blick sagt, dass ich der größte Idiot überhaupt bin, wenn ich was anderes glaube, und das allein ist schon fast diese ganze

Schmierenkomödie wert. «Wenn sie aussagen muss, können Sie sie ja fragen.»

«Okay, also, wenn sie wirklich am Tatort abgelegt wurde, wie ist die Pistole dann ins Haus gelangt?»

«Da kann Ihnen ein Mädchen namens Gloriana Nuñez helfen, zwei und zwei zusammenzuzählen.» Matta legt einen gefalteten Zettel auf meinen Schreibtisch. «Das ist ihre Telefonnummer. Sie erwartet Ihren Anruf.»

Ich starre das Stück Papier noch lange an, nachdem er gegangen ist, dann greife ich zum Hörer.

JACOB SAFULU ALIAS DREAMER

30. DEZEMBER 1993, 05:35 UHR

66

Jeden Tag schaue ich die Karte an, die Jimena gebastelt hat. Sie steckt in meinem grünen Beutel. Manchmal hole ich sie heraus.

Hier lerne ich, dass das Leben schon losgeht, bevor das Deckenlicht aufleuchtet. Nada lässt uns alle aufstehen und im Dunkeln neben unseren Betten Liegestützen und Hocksprünge und beides kombiniert machen.

Wir sind vierundzwanzig im Saal 617. Wir sind die meisten. Wir haben fast die ganze untere Reihe.

Die Schwarzen sind oben, mit ein paar Weißbroten. Und noch ein paar anderen.

Die Zeit läuft anders hier …

Zeit misst sich in Gewohnheiten, also zähle ich die. Ich zähle die Tage nach Work-outs.

Und nach Mahlzeiten.

Einmal habe ich Lil Devil zugeguckt, wie er ein Extra macht, indem er alles Brot von den Sandwiches zusammenmantscht, die er aufgehoben hat. Drei braucht er, um was Anständiges hinzukriegen. Und die kleinen Tüten, in denen er sie bekommen hat, benutzt er auch gleich: Er haut einfach drauf und quetscht das Weißbrot, bis es aussieht wie eine dicke *tortilla*. Darauf legt er Fleischwurst und macht noch ein bisschen scharfe Soße drauf. Die Sorte, die man im Laden hier kaufen kann.

Das traf meine Zunge wie ein Touchdown-Pass. Ich meine, es ist noch keine *asada*, aber verdammt noch mal … es war *gut*.

Das Beste, was ich gegessen habe, seit Mrs. Matta versucht hat, ein dickes Kind aus mir zu machen.

67

Zuerst bin ich bloß Bankdrücker. Das heißt, ich verbringe meine Zeit in meinem Bett und warte. Wenn ich mit Warten fertig bin, warte ich noch ein bisschen.

Ich beobachte. Und höre zu.

Dann hat mich so ein Wärter aufgerufen. Wollte wissen, ob ich Lust auf Werkstatt habe. Als ich nachgefragt habe, was das ist, hat er mir erklärt, dass man hier nähen kann. Und drucken. Gibt große Werkstätten dafür. Die Druckwerkstatt macht alle offiziellen Mitteilungen des Bezirks Los Angeles.

Ich habe gesagt, ich würde es mal mit Drucken versuchen.

Das mache ich jetzt also von Montag bis Freitag. Papier schleppen. Tinte holen. Noch lässt mich niemand an die Maschinen. Sie sagen, das wird noch eine Weile dauern. Erst müsste ich mir Sporen verdienen, Zeit ableisten.

Ich habe gehört, manche Jungs sitzen fünf Monate lang hier oder im Central Jail und warten auf ihren Prozess. Manche sechs Monate oder gar sieben.

Das zieht mich natürlich runter, aber nicht allzu schlimm. Ich bin froh, dass ich schneller Bescheid wissen werde.

Es gibt hier so viele *Sureños*, es ist echt verrückt. Eine richtige kleine Armee. Schätze, deshalb fangen die *mayates* auch keinen Stress an, außer wenn es um was Wichtiges geht.

Tim Muhammad ist jetzt hier. Keine Ahnung, wo sie ihn vorher versteckt hatten. Er ist in den 700ern.

Er sieht mich beim Essen. Ich sehe ihn. Wir machen keinen Aufstand.

Aber die Leute reden darüber, was ich getan habe …

68

So ein Typ mit einem Tattoo den ganzen Arm runter, das wie dicke schwarze Messer aussieht, kommt im Aufenthaltsraum auf mich zu, wo ich drauf warte, beim Handball einsteigen zu können, und fragt, ob ich Uso bin.

Ich weiß, er ist auch in 617, ganz oben, Bett bei der Treppe. Habe ihn schon gesehen.

Als ich sage, dass ich *Sureño* bin, macht er ein Gesicht, als ob er mir nicht glaubt. Ich sage, dass ich gar nicht weiß, was Uso ist. Er sagt, jemand von den Inseln. Im Pazifik. Er sagt, das ist eine der Gruppen hier. Und er weiß, dass ich Samoaner bin. Er hat mich gesehen. Er will wissen, wieso ich immer mit den *Sureños* zusammen bin. Ich sage, weil ich daherkomme. Darauf antwortet er, dass ich daherkomme, wo mein Blut herkommt. Dabei belassen wir es.

Später denke ich darüber nach, dass er mit dem Blut recht hat. Und gleichzeitig auch nicht …

Am selben Abend vor dem Licht-Aus sehe ich etwas, das mir gar nicht gefällt.

Tim Muhammad wird in die oberste Reihe meines Scheißschlafsaals verlegt.

Und das ohne jeden erkennbaren Grund. Außer vielleicht, dass die Wärter uns gern wieder kämpfen sehen wollen oder so.

Am nächsten Morgen sehe ich ihn mit dem schwarzen Boss hier im Saal reden, den es natürlich auch gibt, und dann drehen sie sich um. Und sie gucken mich beide an.

Ich erzähle Nada davon, wie es sich gehört. Aber danach schlafe ich nicht mehr so gut.

69

Mann, Neujahr ist echt gar nichts.

70

Ich treffe den Schwarze-Messer-Typen. Er hat ein Buch für mich, sagt er. So ein abgegriffenes Lehrbuch für Samoanisch. Er sagt, ich muss die Sprache lernen, die mein Blut spricht. Er sagt, das ist magisch. *Gagana Sāmoa* heißt es. Ich nehme es. Ich bedanke mich.

Später am selben Tag oder vielleicht am nächsten, habe ich vergessen … sieht es Nada. Er fragt mich, was der Scheiß soll. Ich sage, dass ich zum Teil Samoanisch bin. Danach will er tatsächlich wissen, was für ein Teil, so als würde er wieder über Hunde und Rassen reden und so. Ich sage, Scheiße, mein Krieger-Teil natürlich, *homes*. Das ist cool, sagt er.

Aber ich weiß, dass er drüber nachdenkt. Ich weiß, er wird die Info in der Tasche behalten, bis er mich testen will.

Mann, so langsam hasse ich es hier drinnen. Ständig frage ich mich, was wohl das Schlimmste ist, was hier passieren kann, und dann versuche ich mich jedes Mal auf den Scheiß vorzubereiten.

71

Ich habe gelesen, das Wort *tinā* bedeutet *Mutter* auf Samoanisch. Darüber musste ich eine Weile nachdenken. Ich frage mich: Wenn ich das gewusst hätte oder sie je so genannt hätte, wäre sie dann geblieben? Oder hätte mich wenigstens mitgenommen …

Und ich frage mich, warum sie mir das Wort nie beigebracht hat.

Wollte sie einfach nicht, dass ich sie so nenne? Ich habe so viele Fragen an sie. Und ich weiß, dass sie nie beantwortet werden.

Das ist so wie auf der Busfahrt hierher, als ich diese beiden Mädchen gesehen habe. Als eine von den beiden etwas aus dem Auge der anderen rauszuholen versuchte. Bestimmt hat es geklappt. Bestimmt sind sie weitergefahren. Bestimmt geht es ihnen gut. Aber ich werde es nie erfahren. Ich habe das Gefühl, so ist es auch mit meiner Mutter. Sie sitzt in ihrem eigenen Auto, wahrscheinlich mit jemand anderem. Und sie ist schon längst an mir vorbei.

72

Nada kommt im Aufenthaltsraum auf mich zu. Er hat nachgedacht … er möchte, dass ich das geborgte Buch wegschmeiße. Oder ich kann mir eine *soft 39* abholen und mich dann den Usos in der obersten Reihe anschließen, den vier anderen. Ich antworte: *Todo está bien.* Ich werde das Buch wegwerfen.

Aber er lässt es mich vor den Augen der Usos machen, nur aus Spaß. Das gefällt mir nicht. Fühlt sich scheiße an, ihre Gesichter dabei zu sehen. Und außerdem will ich weiterlesen.

Aber so läuft der Scheiß eben.

Und ich glaube, der Typ mit den Tattoos schnallt es. Er redet danach nicht mehr mit mir, nicht nach dieser Respektlosigkeit.

Und er zieht sich auch zurück, er schützt mich, indem er mir keine weiteren Fragen stellt. Darüber bin ich froh.

Aber ehrlich, Scheiß auf diesen Laden.

Fick diesen Laden. Wieso muss ich überhaupt hier sein, wo ich doch nichts gemacht habe?

Fick diesen Laden und wozu er gehört.

Fick das System.

Fick das System, bis es krepiert.

73

Nada will noch was von mir. Ich soll Tim Muhammad fertigmachen.

Will ich nicht. Nicht, weil ich nicht kann. Eher, weil ich keinen Sinn darin sehe. Ich weiß aber, dass es für Nada so eine Art Machtspiel ist, also muss ich mitziehen.

Ich gehe die Treppe rauf und gehe auf Tim zu, als der auf seinem Bett sitzt. Ich bitte ihn um Suppe.

Nein, ich bitte nicht. Ich befehle es ihm. «Gib mir eine von deinen Suppen.»

Tim hat ein paar Schwarze um sich. Er baut sich groß vor mir auf. Er hat immer noch diesen Blick, als ob er weiß, was ich ihm antun kann. Aber er hat Rückendeckung, das war's also. Ich gegen sieben von ihnen um die Suppe, oder ich gehe wieder.

Ich kriege die Suppe nicht. Und ich bin sie hart angegangen, als ich so in ihr Revier eingedrungen bin. Das ist nicht gut. Danach gibt es jede Menge Muskelspielchen.

Und Nada findet es witzig. Er ist froh, dass ich es gemacht habe. Und vielleicht auch froh, dass nichts passiert ist, bevor die Wärter reinkamen.

Das ist so ein kleines Nachspiel dieser Scheiße mit dem Samoanisch-Buch. Er sieht, dass ich es getan habe. Das ist die Antwort auf die Frage, ob ich mutig genug bin. Ob ich loyal wäre.

Aber ganz bestimmt bin ich kein Hund. Und er kann mich auch nicht dressieren wie einen.

74

Lil Devil hat seinen Prozess verloren. Neun Monate hat er schon gesessen, bevor er wegen Totschlag verurteilt wurde.

Zu zwanzig Jahren Haft. Keine vorzeitige Entlassung auf Bewährung. Kein Straferlass wegen guter Führung möglich. Keine Anrechnung der U-Haft.

Und als er sein Bett räumt, weil er für die Haft nach San Quentin verlegt wird, lässt er mir ein Buch da, das er richtig gern mag.

Es hat keinen Umschlag mehr.

Es heißt *Hexen hexen.*

Es geht um so böse Hexen, die einen kleinen Jungen in eine noch kleinere Maus verwandeln. Und er glaubt, er muss für immer so bleiben, und darum denkt er sich: Scheiß drauf. Wenn ich nur noch kurz zu leben habe, dann auf die harte Tour.

Das trifft mich *echt.* Ich raffe total, wie er sich fühlt, als er in was anderes verwandelt wird. Sogar das Monster in mir drin wird ganz still, wenn ich lese. Ist wirklich verrückt.

Ich habe das Buch schon dreimal gelesen.

Da steht so eine Zeile drin, die habe ich im Kopf behalten. Ich denke jeden Tag drüber nach …

Es spielt keine Rolle, wer du bist oder wie du aussiehst, solange dich jemand liebt.

Das kriecht mir ins Hirn, wenn es still ist.

Danach starre ich oft Jeminas Karte an, bis ich die Umrisse hinter den Augenlidern sehe, wenn ich die Augen zumache. Ich denke an Mrs. Matta. Ich denke an Little und was er da draußen alles für mich tut.

Und ich war nie so der Typ fürs Beten. Aber Scheiße, jetzt bete ich. Mehr, als ich je für möglich gehalten hätte. Ich flehe bloß darum, hier rauszukommen.

Denn wenn Gott das nicht für mich tun kann, dann hoffe ich, dass Er es zumindest hinkriegt, dass ich rasch im Schlaf sterbe.

Damit ich das hier nicht länger machen muss.

75

Nada lässt uns früher aufstehen und noch mehr trainieren. Lässt uns zwischendurch noch Sit-ups machen, und das auf diesem harten Betonboden, der so kalt wird, dass du rote Flecken am Arsch kriegst, da, wo du drauf gesessen hast.

Und dieses neue Buch, das ich habe, *Die Schatzinsel*? So mit Piraten und allem? Und Segelschiffen? Wo es darum geht, so ein paar Wichser auszutricksen, die dir weh tun wollen?

Verdammt noch mal! Mehr kann ich dazu nicht sagen. Ich bin total süchtig danach.

Dabei habe ich vorher überhaupt nicht viel gelesen. Habe die Schule nie gemocht.

Aber hier drin hat man einfach viel Zeit für Sachen. Zeit, die ich rumkriegen muss, die ich hin und her schieben muss, mir einteilen muss. Zeit, was noch mal zu lesen, wenn ich muss. Sogar dreimal. Und keine Prüfungen. Geht nur darum, was ich aus etwas rausziehen kann.

Und wenn ich lese und wenn es gut läuft, dann ist das so, als würde die Zeit nicht existieren …

Ich lese so vier Kapitel nach dem Frühstück, vielleicht noch ein paar Stellen nachlesen zwischendurch oder zurückblättern. Dann ist Mittagessen. Und ich bin noch nicht mal im Aufenthaltsraum gewesen.

Lesen ist meine Zeitmaschine.

76

Mit der Druckwerkstatt habe ich aufgehört, weil mich niemand an die Maschinen rangelassen hat. Außerdem möchte ich lieber mehr lesen.

Ich mag Stevenson. Am Anfang war es hart, die Sprache. Aber ich habe mich dran gewöhnt.

Ich stecke ganz tief in *Dr. Jekyll,* als eine *wila* kommt, dass ich morgen nach dem Frühstück um 9 Uhr 30 Jerry anrufen soll. Steht sogar seine Nummer drauf, falls ich sie vergessen habe.

Habe ich aber nicht. Ich starre die Nachricht eine Minute lang an, ehe ich sie durchkaue und runterschlucke. Ist bloß Papier.

Aber es ist irgendwie auch das Erste, was mich in die Welt da draußen zurückruft …

Der erste Hinweis seit einiger Zeit, dass ich nicht vergessen wurde.

77

Ich kann die Zeit auf der Uhr über der Wachstation ablesen, also gehe ich genau um 9 Uhr 30 zu den Telefonen. Ich nehme das, was am nächsten an meinem Bett liegt. Ich lehne mich mit dem Rücken an die Wand. Und ich rufe Jerry genau dann an, als ich sollte. Es klingelt bloß einmal. Er hebt ab, als ob er neben dem Telefon gewartet hat.

Ich fange vorsichtig an. «Was geht? Alles klar?»

«Mir geht's echt gut, Mann. Und dir?»

So machen wir es also, denke ich. *Keine Namen.*

«Ich komm klar», sage ich. «Ging mir schon besser, verstehst du?»

«Sicher. Kenne ich. Verstehe ich.»

«Irgendwas Verrücktes passiert, seit ich hier abhänge?»

«Irgendwas ist immer», sagt er.

Und so weiß ich, dass er mir gern jede Menge erzählen würde. Dass er es bloß auf dieser Leitung nicht kann.

Da geht es los mit meinem schlechten Gefühl. Ich weiß, wir telefonieren nicht, weil er quatschen will oder so. Sondern weil ich wieder auf irgendwas angesetzt werde, was mein Leben wieder richtig in die Scheiße reiten könnte. Und da will ich am liebsten gleich auflegen. Die Sache aufschieben. Mich wegducken. Dafür sorgen, dass die Sache, was es auch sein mag, irgendwem anders zugeschoben wird.

Aber so läuft dieser Mist nicht. Wenn ich das mache – dann hat das Konsequenzen. Und das wären Nadas Konsequenzen. Und die will ich ganz bestimmt nicht. Darum frage ich bloß was ganz anderes. «Mann, wie geht es Little? Echt jetzt mal. Ich habe ihn vor einiger Zeit hier draußen gesehen.»

Ich weiß nicht, ob das genug Information ist, um Jerry dahin zu führen, wo ich ihn haben will. Aber ich versuche es. Ich will wissen, was draußen passiert ist, dass ich diesen Anruf machen sollte.

«Er hat sich einen neuen Namen zugelegt», sagt Jerry.

«Okay, was denn für einen?»

«Kann ich dir nicht sagen, Homeboy. Tut mir leid.»

«Ist gut. Kannst du mir sagen, wieso er ihn geändert hat?»

«Kann ich dir später erzählen. Aber jetzt musst du für mich in den Hörer pusten.»

«Was?»

«Blas in die Muschel, bis du wieder wen reden hörst.»

Das tue ich. Und zuerst rauscht es so, dann glaube ich ein Klicken zu hören, also puste ich einfach weiter, bis jemand «Hallo?» sagt.

Und das ist eine Stimme, die ich erkenne. Die mir den Magen bis in die Knie sinken lässt …

Wizards Stimme.

Die ich vermisst habe. Auch wenn ich mich jeden Tag verfluche, so zu fühlen. Eine Stimme, ohne die ich besser dran wäre, glaube ich.

Aber da ich sie jetzt wieder höre? Da macht sie mich irgendwie glücklich. Und ich weiß gar nicht, was ich mit dem Gefühl anfangen soll. Ist total verwirrend.

«Was geht?», frage ich. Ich will ihn fragen, ob er noch im County Jail ist. Aber sie überwachen diese Leitungen, also weiß ich, dass ich am besten den Mund halte, bis er sagt, was er will.

«Nicht viel.»

«Hast du von irgendwem gehört?»

«Ja, ich habe von ein paar Leuten gehört. Geht allen ganz gut.»

Sie sind so vorsichtig mit ihren Worten, erwähnen keine Namen, verhalten sich, als ob wir abgehört werden. Da bin ich froh, dass ich so losgelegt habe.

«Hey», sagt Wizard, «es könnte vielleicht heute was steigen gegen Mittag.»

Beim zweiten Häftlingsessen, denke ich. Ich frage nicht, was passieren soll. Ich *weiß* schon, was es ist, wegen der Art, wie er es sagt. So wie damals, als er mir gesagt hat, ich müsste auf den neuen König losgehen. Er meint, irgendein Stress geht ab im NCCF.

Scheiße. Ich spüre, wie mir das Blut ins Gesicht steigt, wie es dort heiß wird. Ich werde wieder gebeten auszurasten.

Nein, nicht gebeten. Angewiesen.

Und ich weiß nicht, ob es was mit Tim Muhammad zu tun hat oder was. Ist aber auch egal. Wenn es so weit ist, dann ist es so weit. Hart auf hart.

«Okay», sage ich.

«Wenn es passiert, dann passiert es», sagt er. «Beschütz einfach deine Leute.»

Es steckt so viel in dem, wie er es sagt. Es wird auf jeden Fall passieren. Das ist klar. Und wie er es sagt, hört es sich an, als müsste ich gar nicht anfangen.

Das ist tatsächlich beruhigend. Aber dass ich meine Leute schützen soll? Da geht es natürlich um *Sureños.* Sonst nichts. Er hat bestimmt gehört, wie diese Usos mich mit dem Buch ködern wollten. Und wie ich angefangen habe, es zu lesen. Und wie ich es vor ihren Augen wieder loswerden musste. Jetzt will er nur sichergehen, dass ich in der Hitze des Gefechts nicht den Überblick verliere.

Meine Hood muss ich vertreten. Sonst nichts. Darum geht es bei diesem Anruf. Eine eiskalte Erinnerung.

«Okay», sage ich. «Verstanden.»

«Das ist gut, Homeboy. Echt gut. Hey, wir sehen uns bald, richtig?»

«Richtig», sage ich. «Klar.»

Und dann lege ich einfach auf, denn ich kann nicht reden, wenn das Monster in mir sich bereitmacht. In meinem Hinterkopf zu reden anfängt. Bellt. Mir erzählt, wenn ich nur noch kurz zu leben habe, dann muss es auf die harte Tour sein.

TEIL 8

DER PROZESS

Wir müssen den Gedanken von uns weisen, dass jedes Mal, wenn ein Gesetz gebrochen wird, eher die Gesellschaft schuld ist als der Gesetzesbrecher. Es wird Zeit, das amerikanische Prinzip wiederherzustellen, wonach jedes Individuum für seine Taten zur Rechenschaft gezogen werden kann.

Ronald Reagan

OMAR TAVIRA ALIAS WIZARD

10. JANUAR 1994, 08:02 UHR

78

Ich komme vor Dreamer in die Arrestzelle im Strafgerichtsgebäude, weil ich aus der Nähe hingebracht werde und er aus weiter Ferne. Wir sitzen mit achtzehn Leuten darin, von denen keiner es wert ist, ein Wort an sie zu verschwenden, abgesehen von diesem einen Weißen. Der ist so ein Läufer. Immer hin und her. Ich habe keine Ahnung, wie man ihm das im Knast hat durchgehen lassen, also sage ich ihm, er soll seinen Arsch auf die Bank setzen, was er auch tut, aber dann fängt er an, mit den Beinen zu zittern. Oh Mann. Ich werfe ihm einen Blick zu, damit er auch damit aufhört. Das macht er, aber so, wie er meinen Blick erwidert, könnten wir ein Problem kriegen.

Zum Glück wird da Dreamer hereingeführt und kriegt die Handschellen abgenommen. Er sieht dünner, aber stärker aus, so als ob er den ganzen Tag Work-out macht.

«Scheiße, da ist ja mein Homeboy!», platze ich raus, und der Wärter neben Dreamer sagt sofort, ich soll das Fluchen lassen.

«Ist mir so rausgerutscht, Boss. Ich hab diesen Kerl ewig nicht mehr gesehen!»

«Klappe halten», weist er mich an.

«Alles klar, Boss, wird gemacht.»

Der Wärter markiert noch kurz den Harten und geht dann, also stehe ich von der Bank auf und treffe Dreamer auf halbem Weg. Ich sehe schon, dass irgendwas nicht stimmt mit ihm, als ich ihn umarmen will und er mir bloß so eine halbe Umarmung anbietet. Den

Scheiß spiel ich nicht mit. Ich ziehe ihn richtig an mich, damit muss er klarkommen. Als wir uns voneinander lösen und zurücktreten, sieht er mich nicht so richtig an. Er guckt auf den Boden oder in die Ecke. Ich frage mich, was da oben wohl mit ihm passiert ist, dass er so ist. So als ob er hier ist, aber nicht richtig, oder nicht hier sein will, so als ob er sich nicht ganz sicher ist, wie er zu mir steht. Das sehe ich, und es gefällt mir nicht. Ich will den alten Dreamer wieder. Aber ich kann euch sagen, ich habe schon gesehen, wie Typen sich so verändert haben, alles nach innen gekehrt, und manchmal kommen sie nicht wieder raus. Auf jeden Fall bin ich richtig froh und erleichtert, dass er nicht so mitgenommen aussieht von der Sache, die da abgegangen ist. Sein Gesicht ist unversehrt, nicht wie damals, als er den Knüppel abgekriegt hat, nachdem er Tim Muhammad umgehauen hatte. Verdammt. Ist echt gut, den alten Sack zu sehen! Ich haue ihm auf die Schulter. Er besteht nur noch aus Muskeln.

Ich ziehe eine Grimasse. «Was hast du denn getrieben? Tausend Liegestützen am Tag?»

Er antwortet ganz leise. «Nada lässt uns jetzt zwölfhundert machen.»

«Der Typ hat seinen Laden fest im Griff, höre ich.»

Dreamer nickt, und seine Augen wandern eine Sekunde weg von mir. Es gibt irgendwelchen Stress zwischen Nada und ihm.

«Aber mit dir ist alles in Ordnung? Du isst gut? Scheiße, sieht ganz so aus.»

«Hauptsächlich Ramen. Angela hat meine Kasse aufgefüllt.»

Ich überlege, ob ich was dazu sagen soll, lasse es aber. Ich bin bloß froh, dass sie das für ihn getan hat – mit ein bisschen von den sechs Riesen, die ich hart verdient habe. «Das ist doch richtig gutes Zeug. Was ist deine Lieblingssorte?»

«*Con pescado.* Die ist gut.»

Ich frage, was da alles drin ist, und er schaut wieder auf den Boden, bevor er antwortet. «Irgendeine Geschmacksrichtung Ramen, bisschen Mayo, Chili, Karotten, wenn welche da sind, und was man gerade an Fisch oder Muscheln kriegen kann. Ich hatte eine mit Sardinen aus der Dose.»

Er würde noch mehr erzählen, aber wir werden unterbrochen. Der Wärter, der Schimpfworte nicht leiden kann, kommt und bringt uns rauf in die Gerichtsetage. Ich habe schon erlebt, dass man dabei nicht wieder in Handschellen gelegt wird, aber dieser Wärter lässt nicht mit sich reden. Er lässt sie zuschnappen, und dann führen er und ein Partner uns beide zum Fahrstuhl in den neunten Stock, wo wir uns in einem kleinen Zimmer umziehen können, wie schon bei der Voruntersuchung, und als Dreamer die frisch gefalteten Sachen da für uns bereitliegen sieht, kann er es kaum fassen. Er deutet mit dem Kopf darauf. «Hat Angela die gebracht?»

Er sieht, dass es andere sind als bei der Voruntersuchung. Sie hat das Geld von Big Fate gut eingesetzt und mir eine schwarze Hose, schwarze Socken und Schuhe besorgt. Dazu ein gutes Hemd. So ein blassgelbes Seidenhemd mit einem Kragen, zu dem man keine Krawatte trägt, weil es bloß so ein Ring rund um den Hals ist. Bei Dreamer hat sie sich richtig ins Zeug gelegt. Graue Hose. Braune Schuhe. Brauner Gürtel. Blaues Seidenhemd, so ein Meeresblau. Ich ziehe mich rasch an, während Dreamer noch mit seinen Hemdknöpfen kämpft. Wir sehen aus wie Typen aus einem Musikvideo, wir beide.

«Ich habe gehört, es ist richtig rundgegangen da oben.» Ich muss gar nicht vom Krawall reden. «Ja», antwortet er bloß.

Ich sage, er soll mehr erzählen. Ich merke, er will nicht so recht. Sein Pech.

«Waren vielleicht ein paar hundert von uns dabei, haben sie gesagt. Pfeffergas-Kanister und so. Alles drin.»

«Bist du in irgendwelche Ermittlungen reingezogen worden?»

Er schüttelt den Kopf. «Ich glaube, es waren einfach zu viele beteiligt, um das überhaupt zu versuchen. Ich wurde verhört, aber dann haben sie mich gleich wieder zurückgeschickt. Aber Nada ist zur Strafe in die 900er geschickt worden.»

Ich nicke. Klingt korrekt. «Hat irgendwer ein paar *mayates* erwischt?»

«Ein paar. Keine großen Nummern. Aber Tim Muhammad hat so zwölf Leute ausgeknockt, als ob er was gutmachen wollte.»

«Bist du an ihn rangekommen?»

«Konnte ich nicht. Er war zu weit weg von mir, als die Sache losging.»

«Du bist aber nicht bewaffnet reingegangen, oder?»

«Doch. Nada meinte, ich müsste.»

«Scheiße, mach das nicht wieder beim nächsten Mal! Schmeiß das Ding gleich weg, wenn's losgeht. Ich fänd's richtig scheiße, wenn sie dir eine neue Anklage anhängen, gerade wenn das hier losgeht.»

Mit *das hier* meine ich den Prozess. Ich meine, dass wir hier in richtigen Klamotten sitzen, uns unterhalten, und zum ersten Mal, seit er reingebracht wurde, sieht Dreamer mich richtig an und hält den Blick. Da stecken jede Menge Gefühle drin, das merke ich. So war das auch bei meinem ersten Prozess. Große und kleine Gefühle. Alle aufeinandergestapelt. Alle kämpfen miteinander.

Seine Stirn legt sich in Falten. «Meinst du wirklich, dass ich hier eine Chance habe?»

Ich kann es nicht schönreden. «Ich glaube, wir sind am Arsch, Mann. Aber immer noch besser, bloß wegen einer Sache am Arsch als gleich wegen zweien, wenn sie dich auch noch erwischen, wie du jemanden abstichst.»

Dabei nickt er so schwer, dass es so aussieht, als würde ihm gleich der Kopf abfallen. Ich möchte am liebsten über was anderes reden. Irgendwas. Dreamer geht es anscheinend genauso, denn er sagt: «Schreibst du eigentlich irgendwas?»

«Nur wenn dazu auch zählt, anderen Typen zu sagen, was sie in *wilas* schreiben sollen.»

Er zieht eine Grimasse wie ein komischer Frosch. «Na ja, reimen sich die *wilas*?»

Ich lache. «Nee, *homes.*»

«Aber du kannst auch über andere Sachen schreiben, weißt du?», sagt er. «Muss ja nicht aus dem Leben sein. Können auch Sachen sein, die du dir ausdenkst. Ich habe gelesen.»

Ich boxe ihn auf den Arm. Er spannt die Muskeln an, bevor ich ihn treffe. Als meine Faust ihn trifft, ist er steinhart. Verrückt. «Ach, du hast *gelesen*? Schön für dich, Mann. Was ist denn dein Lieblingsbuch?»

Er guckt nach unten. Eine Weile starrt er auf seine Hände, so lange, dass ich schon denke, er wird überhaupt nichts mehr sagen, aber dann kommt doch noch was. «*Die Schatzinsel* hat mich echt weit gebracht.»

Darüber muss ich lachen, nicht über das, was er sagt, sondern weil er es so tonlos gesagt hat. Da muss ich reinstechen. «Ach was. Echt jetzt? Du klingst ja richtig begeistert.»

Er zuckt die Achseln und bückt sich, um die Schuhe zuzubinden. Die Schnürsenkel sind dünne braune Spaghetti zwischen seinen Fingern. So habe ich ihn noch nie gesehen, so scheißtraurig über alles. Kommt mir schräg vor. Ich weiß gar nicht, was ich sagen oder tun soll, um ihn aufzubauen.

«Du solltest mehr schreiben», sagt er zu mir und bindet sich die Schuhe zu, wie es Kinder tun, mit den Hasenohren-Schleifen. «Schreib eine Geschichte. Schreib ein Buch. Ich würd's lesen. Kannst sogar reimen, wenn du willst.»

Vielleicht, sage ich, aber ich habe noch nie daran gedacht, was anderes als Raps zu schreiben. Fühlt sich komisch an, bloß darüber nachzudenken, weil ich ja im Moment nicht mal das tue. Ich gucke ihm zu, wie er seine Schuhe bindet, und mache dann eine Kopfbewegung, dass er aufstehen und sich umdrehen soll. Das Hemd sieht gut aus, wenn es in die Hose gesteckt ist. Ich lege Dreamers Kragen um. Der war hinten ganz verknickt. Er hat keinen Schlips um, aber das Hemd bis obenhin zugeknöpft, also mache ich den obersten Knopf wieder auf und sage ihm, wieso. «So siehst du weniger nach Gangster aus.»

Dreamer nickt, und dann kommt der Gerichtsdiener rein, derselbe wie beim letzten Mal, und sagt: «Es ist so weit», und führt uns ohne Handschellen durch eine Tür, auf die eine schwarze 9 gemalt ist, dazu so kleine Schilder mit D102 und 9–305 drauf, in den Gerichtssaal.

STAATSANWÄLTIN KRISTINA MIRKOVICH

10. JANUAR 1994, 08:42 UHR

79

Wir sitzen wieder in der Abteilung D102, um die Geschworenen auszuwählen, und Ken Gibson assistiert mir. Ich hatte um Lisa Maroelli gebeten; die ist hervorragend im Kreuzverhör und beim Zusammenstellen von Jurys. Aber das wurde abgelehnt, weil sie bei einem Dreifachmord in einem russischen Restaurant gebraucht wird. Das zählt. Also sitzt Ken Gibson, der seinen Lunch gern flüssig zu sich nimmt, auf dem zweiten Stuhl der Staatsanwaltschaft. Er hat immerhin zweiundzwanzig Jahre Berufserfahrung, was ich so genau weiß, weil er es mir schon zweimal erzählt hat. Genau deshalb wurde ich überhaupt mit ihm verkuppelt. Ken Gibson soll meine Hand halten.

Ich ordne gerade meine Papiere und den Umschlag mit den Klebezetteln für jeden potenziellen Geschworenen, als Nick Park mit Michael Bertelsmann hereinkommt. Wir schütteln uns alle die Hände. Michael ist zu Taviras neuem Pflichtverteidiger bestellt worden. Mit Bertelsmann kann ich arbeiten. Der würde ruckzuck in einen Deal einwilligen.

Als Richterin Ayers hereinkommt, stehen wir auf.

«Douglas» – sie schaut ihren Sekretär an –, «bringen Sie bitte die möglichen Geschworenen herein.»

Die Prozession enthält jede Hautfarbe und Körperform, die unser Planet bietet, und die erste Gruppe nimmt hinter den ersten beiden Reihen Platz, die normalerweise für Angehörige und Presse reserviert sind. Das ist Los Angeles. Wir werden mit Sicherheit Probleme bekommen wegen Voreingenommenheit gegenüber den Strafverfolgungsbehörden. Seit das Video von Rodney King veröffentlicht wurde, halten sich alle für Experten in Sachen LAPD. Es ist meine Aufgabe, die Problemfälle zu finden und freizustellen. Ich werde alle zwischen achtzehn und dreiunddreißig ablehnen. Ich brauche eine Mehrheit aus älteren Frauen aus der oberen Einkommensschicht. Weiße Frauen sind der Heilige Gral. Sie haben vor allem Angst. Ich nehme aber auch Perserinnen, Armenierinnen und frische Einwandererinnen aus Osteuropa, sofern sie Englisch sprechen. Asiatische Frauen sind normalerweise auch verlässlich, aber seit den Unruhen haben sich die Haltungen unter den Koreanern verschoben. Aber eine hispanische Frau mit einem Kreuz um den Hals nehme ich mit Kusshand; die glauben bei solchen Angeklagten immer, es sei ihre Pflicht, die Bestrafungen nachzuholen, welche die Eltern versäumt haben. Schwarze Frauen sind fifty-fifty. Im Großen und Ganzen haben die Unruhen die Auswahl erschwert, die Atmosphäre vergiftet. Männer sind Männer, je älter, desto besser. Bei ihnen geht es um den Bildungsgrad, die Beschäftigung, und ganz wichtig ist, dass sie keinen Schimmer haben, was in South Central Los Angeles läuft.

«Wir geben zu Protokoll: Alle rechtlichen Vertreter sind anwesend. Angeklagte sind anwesend. Voraussichtliche Geschworene sind anwesend.» Richterin Ayers gibt ihrem Sekretär ein Zeichen. «Dann los, Douglas.»

Der Sekretär ruft Nummern auf. Die Aufgerufenen gehen zu den nummerierten Plätzen auf der Geschworenenbank.

Die Richterin hält ihren Vortrag. «Im Rahmen dieses Gerichtsverfahrens dürfen Sie sich bei Ihren Entscheidungen nicht durch Voreingenommenheit, Sympathie oder Gefühle, öffentliche Vorurteile oder ein mögliches Strafmaß leiten lassen. Das bedeutet, Sie dürfen Ihre Entscheidungen nicht auf negative Gefühle gegenüber einem Angeklagten gründen – dass Ihnen zum Beispiel seine Hautfarbe, seine Religion oder die Gegend, in der lebt, nicht gefällt. Umgekehrt dürfen Sie nicht aufgrund von Sympathie für die Angeklagten entscheiden. Die sind jung, aber aus gutem Grund hier. Sie dürfen sich nicht von der öffentlichen Meinung beeinflussen lassen, und Sie dürfen die mögliche Bestrafung nicht in Ihre Beurteilung einfließen lassen. Es wird später im Prozess auch ein Strafmaß festgelegt werden, sollten wir so weit kommen, aber das sollte Ihre Feststellung der Tatsachen nicht beeinflussen.»

Einige der möglichen Geschworenen nicken. Andere schauen die Deckenlichter an.

«Fangen wir an. Geschworener Nummer eins, bitte beantworten Sie die Fragen auf dem braunen Plakat.» Die Richterin zeigt auf ein Schild, das neben der Geschworenenbank an die Wand geklebt ist.

GESCHWORENE MÜSSEN ANGEBEN:

1. Name
2. Wohnort
3. Beruf
4. Ehestand
5. Beschäftigung des Ehepartners und erwachsener Kinder
6. Vorherige Erfahrung als Geschworene
   a. Zivilprozess?
   a. Strafprozess (inklusive Verkehrsdelikt)?

Die Richterin übernimmt die vorausgehende Befragung. Wir gehen zügig zwölf Bewerber durch und behalten drei davon. Besonders froh bin ich über eine ältere hispanische Frau, die in einem Gemeindezentrum als Erzieherin arbeitet. Nach der Berufsfrage hakt die Richterin nach, ob sie bei ihrer Arbeit Situationen erlebt, in denen sie entscheiden muss, ob Kinder die Wahrheit sagen.

Die Frau lächelt. «Jeden Tag.»

Ich will sie unbedingt. Ich knicke die Ecke des Post-it-Zettels um. Ken Gibson ist meiner Meinung.

Richterin Ayers fragt die möglichen Geschworenen, ob sie irgendwelche negativen oder positiven Erfahrungen mit Strafverfolgungsbehörden hatten. Die meisten verneinen. Manche heben als positiv hervor, dass sie auf dem Highway Hilfe von Polizisten bekommen haben. Als negative Erfahrung nennen einige das Rodney-King-Video. *Isus Krist.* Die Richterin weist sie an, sich auf ihre persönlichen Erlebnisse zu beschränken. Sie fragt außerdem, ob sich irgendjemand bei diesem Fall bereits eine Meinung gebildet hat. Alle verneinen, was plausibel ist. Hiervon stand nichts in der Presse. Der Presse ist es egal. Die letzte Frage ist die wichtigste: Haben Gangs irgendeinen Einfluss auf Ihr Leben gehabt? Alle sagen nein.

Bis zur Vormittagspause haben wir vier anständige Kandidaten auf den Plätzen: ein Taxifahrer aus Glendale, eine Lehrerin aus Burbank, die schon erwähnte Vorschul-Erzieherin aus Downtown und ein pensionierter weißer Maschinenführer aus Whittier. Letzterer gefällt mir, aber er wird auf keinen Fall durchkommen. Allen anderen wird für ihre Mitwirkung gedankt, und sie können hinunter in den ersten Stock zur Abmeldung.

Bei der zweiten Gruppe fliegen die Ablehnungen nur so hin und her. Wir können uns bloß auf zwei einigen: eine weiße Postangestellte aus Downey und eine vierundvierzigjährige schwarze Hausfrau aus Gardena ohne jegliche Berufserfahrung. An dieser Stelle tritt Bertelsmann die Auswahl der Geschworenen an Nick Park ab, weil er noch zu neu im Fall ist. Nick ist effizient. Er beherrscht den Saal. Er ist besser geworden, seit ich ihn zum letzten Mal gesehen habe. Und da dämmert mir, dass ich hier nichts als selbstverständlich betrachten kann. Eins aber begreife ich nicht an seiner Strategie: wieso er mir so viele Frauen zugesteht. Ich habe schon vier.

In der dritten Gruppe haben wir einen schwarzen Flughafenmitarbeiter, einen weißen Elektriker, zwei Studentinnen und jede Menge Leute, die Probleme mit dem LAPD haben. Das reicht vom

Lächerlichen – eine potenzielle Geschworene wirft einem Streifenpolizisten vor, ihre Post zu klauen – bis zum ernsthaft Beunruhigenden: Ein Mann gibt an, einen Zivilprozess gegen die Stadt Los Angeles gewonnen zu haben, weil er in der Arrestzelle im Polizeirevier 77th Street von Polizisten verletzt wurde. Er erhielt eine niedrige sechsstellige Summe als Schadenersatz. Die Richterin informiert alle potenziellen Geschworenen, dass in diesem Prozess keine Polizisten vom LAPD aussagen werden, sondern nur Sheriffs von der Bezirkspolizei. Aber alle diese Kandidatinnen und Kandidaten werden ohnehin abgelehnt.

In der vierten Gruppe stoßen wir zum ersten Mal auf ein Verständigungsproblem – bei einer zweiundfünfzigjährigen Reinigungsmitarbeiterin aus Chinatown, die aus Vietnam stammt. Die Richterin will wissen, ob die Frau den Unterschied zwischen unmittelbaren Beweismitteln und Indizienbeweisen begreift.

«Ein unmittelbarer Beweis wäre, dass es draußen regnet und Sie selbst draußen sind, während das geschieht. Sie sehen es, Sie spüren es; daher regnet es.»

«Aber heute ist sonnig», sagt die Reinigungsfrau.

Im Gerichtssaal wird gelacht.

Auch die Richterin lacht. «Ja, das weiß ich schon. Das müssen Sie sich einfach vorstellen. Tun Sie so, als würde es draußen regnen.»

«Okay.» Die Reinigungsfrau schließt die Augen.

Die Richterin gibt ihr ein Beispiel: «Sie stehen unten im Foyer dieses Gebäudes, in der Nähe der Fahrstühle. Sie können von Ihrem Standpunkt aus die Fenster nicht sehen, aber die Menschen, die hereinkommen, sind nass. Ihre Schuhe sind nass. Sie haben Regenschirme in der Hand, die ebenfalls tropfnass sind. Sie können aus den Umständen Ihrer Umgebung darauf schließen, dass es draußen regnet, selbst wenn Sie es nicht mit eigenen Augen sehen. Verstehen Sie diesen Unterschied?»

Die Frau versteht ihn nicht. Die Richterin fragt alle anderen Geschworenen, ob sie den Unterschied verstehen. Alle bejahen.

Wir fahren fort. Vier werden aus triftigen Gründen abgelehnt, darunter auch die Reinigungsfrau.

Die Staatsanwaltschaft lehnt daraufhin einen Mann mit hispanischem Hintergrund aus Carson ab, weil er wahrscheinlich zu viel Mitgefühl für die Angeklagten entwickeln würde.

Beide Verteidiger lehnen einen weißen Mann ab, früher Marinesoldat, jetzt Versicherungsvertreter. Auf keinen Fall wollen sie den in die Nähe ihrer kleinen Ganoven kommen lassen.

Die Staatsanwaltschaft lehnt eine siebenunddreißigjährige asiatische Krankenschwester ab, weil mir nicht gefiel, wie sie sich auf ihrem Sitz hin und her wiegte, als Nick Park sprach.

Beide Verteidiger lehnen einen vierundvierzigjährigen schwarzen Lagerhausleiter ab, bei dem ich gehofft hatte, dass ihn das rassistische Motiv für den Anschlag auf Scrappy ausreichend aufregen könnte. Das tut weh.

Die Staatsanwaltschaft verweigert weitere Ablehnungen. Die Verteidigung ebenfalls.

Wir machen Mittagspause.

Sogar Richterin Ayers ist verwundert, als wir uns schon um 16 Uhr 18 auf die Geschworenen geeinigt haben. Sie teilt den verbleibenden Kandidaten und Kandidatinnen mit, dass sie nach unten gehen sollen, dankt der Staatsanwaltschaft und der Verteidigung für einen so zügigen Auswahlprozess und zieht sich zurück. Ken muss zum Mittag einen Drink mehr genommen haben, weil er die Auswahl so frohgemut zur Kenntnis nimmt. Von den zwölf sind sieben Frauen, wie auch zwei von den drei Ersatzgeschworenen. Ich habe meine zwei Favoritinnen bekommen. Ich weiß nicht genau, wieso Nick Park sie zugelassen hat. Vielleicht denkt er, die Verteidigung bekommt Mitleidspunkte, denn auch wenn die Richterin die Geschworenen dagegen belehrt hat, klappt das manchmal. Doch dieses abscheuliche Gang-Verbrechen wurde an einer Frau begangen, und ich setze darauf, das emotional auszuschlachten.

Unsere Geschworenen setzen sich wie folgt zusammen:

Nr. 1: Schwarzer Wachmann, Los Angeles.
Name: Bundridge.
Nr. 2: Weißer (armenischer) Taxifahrer, Glendale.
Name: Barsamian.
Nr. 3: Asiatischer Drogist, Los Angeles.
Name: Murayama.
Nr. 4: Weiße Postmitarbeiterin, Downey.
Name: Vincent.
Nr. 5: Weiße pensionierte Grundschullehrerin, Burbank.
Name: Francis-Stuckey.
Nr. 6: Weißer (arabischer) Krankenpfleger, Glendale.
Name: Ghazali.
Nr. 7: Hispanische Erzieherin, Los Angeles. Name: Ramos.
Nr. 8: Asiatische Telefonverkäuferin, Alhambra.
Name: Wu.
Nr. 9: Weiße pensionierte Bibliothekarin, Lincoln Heights.
Name: Coretti.
Nr. 10: Hispanischer Kettenrestaurantbesitzer, Los Angeles.
Name: Maldonado.
Nr. 11: Weiße Bauingenieurin, West Los Angeles.
Name: Leitner.
Nr. 12: Schwarze Hausfrau, Gardena.
Name: Sharp.
Nr. 13: Hispanischer Computertechniker, Los Angeles.
Name: Duran.
Nr. 14: Schwarze Studentin, LS.
Name: Hall.
Nr. 15: Weiße Zahntechnikerin, West Los Angeles.
Name: Campbell.

JACOB SAFULU ALIAS DREAMER

10. JANUAR 1994, 21:17 UHR

80

Scheiße. Einen Tag lang durfte ich wieder ein Mensch sein! Ich konnte eine Zeit lang im Licht sein. Konnte den Sonnenaufgang über dem Magic Mountain sehen. Wie der ganze Himmel dunkelrot und lila wurde. Und orange. Und sich wie eine Decke ausbreitete. Aber ich konnte den Blick nicht von den glänzenden Kurven der Achterbahn losreißen. Ich wollte so gern über diese Schienen brettern. Den Wind spüren, wenn die Wagen richtig schnell fuhren.

Und im Gericht war auch alles neu. Die Gefängnisse und die Wärter behandeln dich alle, als wärst du so was von schuldig. Das Gericht aber nicht. Da darfst du dich normal anziehen. Darfst von der Arrestzelle im Gericht zur Anklagebank ohne Handschellen laufen.

Verdammt. Nicht mal Wizard zu treffen war so richtig schlimm. Dass er mir gesagt hat, ich solle keine Waffen mehr dabeihaben, das hat mich echt umgehauen.

Aber das Beste war, richtige Klamotten tragen zu können. Frische Kleidung. Die Angela ausgesucht hat. Weil es ihr wichtig genug ist.

Und sich neben Mr. Park zu setzen und mit ihm darüber zu reden, was mir an den Geschworenen auffällt, während er sich Notizen macht. Und manchmal hat er sogar aufgeschrieben, was ich gesagt habe. Ich habe diese Geschworenen die ganze Zeit beobachtet. Habe mich gerade hingesetzt, wie Mr. Park es mir gesagt hat. Hände in den Schoß. Immer wenn mich jemand angesehen hat, habe ich gelächelt. Und darüber waren sie echt überrascht! Ich war nicht so sicher, was ich davon halten soll, als Mr. Park mir sagte, dass ich das machen soll.

Er meinte, es geht um den ersten Eindruck. Dass der allererste Augenblick, wo dich jemand anschaut, ein guter sein sollte. Das schafft ein psychologisches Grundmuster, hat er gesagt. Der erste Eindruck sollte ein guter sein, also lächelt man. Und bitte ein echtes Lächeln.

Das war leichter als gedacht. Das Lächeln. Ich war so froh, hier zu sein. Froh, nicht hinter Gittern und Glas zu sitzen. Froh, mich nicht ständig umgucken zu müssen, weil irgendein Scheiß losgehen könnte. Also habe ich alles beobachtet und gelächelt. Und sehr bald schon tat mir das Gesicht davon weh, weil ich das so scheißlange nicht gemacht habe.

Ich war so wach im Gericht. So viele Lichter an der Decke. So viele Leute, die alle dafür verantwortlich sind, dass meine Rechte gewahrt werden und ich ein faires Verfahren kriege. In diesem Gericht zu sitzen war so ähnlich wie Bücher lesen. Mein Hirn arbeitet, weil es gefordert wird. Ich weiß nicht, was alle Worte bedeuten, die sie benutzen, und niemand unterbricht die Sache, um sie mir zu erklären, also musste ich mir das selbst zurechtreimen aus dem, was um mich herum passierte.

Und das habe ich ganz gut hingekriegt. Manches wurde gleich klar, wenn ich bloß kurz drüber nachgedacht habe. Das fand ich toll. Ich glaube, ich habe mich früher nie für besonders schlau gehalten. Little war immer der Schlaue. Jetzt merke ich, dass ich das auch selbst hinkriegen muss. Mein Hirn trainieren, so wie ich Work-outs für meinen Körper mache. Das Hirn über schwierige Sachen nachdenken lassen. Und das jeden Tag. Wörter aufschreiben, die ich nicht kenne, und Mr. Park danach fragen. Beobachten. Menschen lesen, als wären sie Bücher, bis ich immer besser darin werde.

Das habe ich bei der Geschworenenauswahl gemacht. Ich habe

Mr. Park erzählt, dass der Notfallsanitäter so ein Zucken hat. Vielleicht fehlt ihm sein Speed, denn schließlich arbeitet er die Nächte durch. Oder ich habe ihm erzählt, dass mir der Restaurant-Typ gefällt. Ich habe schon mal in einem seiner Läden gegessen. Alle reden davon, dass er nach einem langen Tag noch übrig gebliebenes Essen an Obdachlose verteilt, damit sie nichts wegschmeißen müssen. Und das macht ihn vielleicht zu einem freundlichen Menschen. Das schreibt Mr. Park auf. In Kurzversion. Oder diese Lehrerin, die sagt, sie kennt sich mit Lügen aus? Sie hat mich sehr oft angeguckt. Nicht böse oder so. Mehr so, als ob sie mich verstehen will. Und ich denke mir, das ist doch richtig gut, weil ich ja gar nichts getan habe. Ich hoffe vor allem, dass sie das in mir erkennen kann, diese Ehrlichkeit.

Das Einzige, was mich wirklich störte, als wir mit den Geschworenen fertig waren: Es war keiner aus der Gegend dabei, aus der wir kommen. Niemand aus South Gate. Aus Paramount. Ganz bestimmt nicht aus Lynwood. Nicht mal aus South Central. Wie soll das irgendwer verstehen, wenn nicht ein Mensch auf ihrer Seite davon erzählen kann, dass manche Sachen ganz normal sind, wo wir herkommen, und andere Sachen eben nicht?

Das hat mich die ganze Zeit echt fertiggemacht, bis der Tag vorbei war. Danach musste ich die schönen neuen Sachen ausziehen. Morgen kann ich ein neues Hemd anziehen, hat der Gerichtsdiener gesagt. Der ist cool.

Ich habe wieder mein Knastblau angezogen. Wizard auch. Wir haben uns verabschiedet. Und wir haben uns nicht umarmt oder so. Aber ich habe ihm in die Augen geschaut.

Und dann kamen die Handschellen. Wieder gefesselt. In den Bus …

Auf der Rückfahrt gehe ich den ganzen Tag im Kopf durch. Noch mal. Und noch mal.

Es ist schon richtig dunkel draußen, als wir wieder eingecheckt werden. Ich bin nicht mal sauer, als ich mich wieder ganz ausziehen muss und sie jede Stelle überprüfen, wo der menschliche Körper was verstecken kann.

Das ist eben Routine. Sie gewöhnen dich dran. Also machst du mit, ohne nachzudenken.

Aber das Schlimmste ist, dass sie mich nicht duschen lassen. Dabei ist die Dusche direkt neben meinem Bett und so. Ist zu spät, sagen sie. Sie wollen mich nicht mehr überwachen, wenn ich aus dem Gericht zurückkomme. Angemessene Duschzeit von sechs bis zehn, sagen sie. Also werden wir zu unseren Betten geführt, nachdem das Licht schon aus ist. Und ich weiß gar nicht, wie viel Schlaf ich kriegen werde, weil morgen ja wieder wie Weihnachten ist: früh aufstehen. Morgens bisschen Fernsehen. Busfahrt im Morgengrauen. Neue Klamotten …

Als der Wärter weg ist, der mich hergebracht hat, fragt mein Nachbar aus dem Mittelbett, Slow Poke, was geht. Er kommt aus Bell Gardens. Als er reinkam, haben wir uns ein paar Extras geteilt. Er redet nur, wenn er muss. Gefällt mir.

«Was geht?», frage ich zurück. Ich schaue mich um, ob niemand in meiner Reihe was klauen will, dann stehe ich auf. Ich halte mein Ohr dicht an ihn ran, damit sonst keiner hört, was er zu sagen hat.

«Nada kriegt *wilas,* und darin steht, dass wir hart zurückschlagen müssen. Müssen bloß auf den richtigen Zeitpunkt warten. Die *Paisas* machen schon Messer, Tag und Nacht.»

Und das, das haut mir echt die Luft raus.

Das ist eine richtig fette Sache.

Aber ich verziehe keine Miene.

Ich schaue Poke an. Und ich nicke ihm zu, so: *Verstanden.* So: *Todo está bien.*

Aber als ich wieder auf meinem Bett liege, sind alle guten Gefühle vom Tag aus mir rausgezischt wie die Luft aus einem aufgeschlitzten Reifen.

Und ich weiß, vorher war ich total aufgedreht und habe gedacht, ich bin ein Mensch, und jetzt bin ich bloß …

Ich bin eine Scheißfaust, mit der jemand anders zuschlägt.

Und wenn ich im Kampf kaputtgehe, dann kommt eben eine andere Faust. Und eine andere.

Ich bin also eigentlich bloß wie die Rasierer, die man hier drinnen kriegt. Die funktionieren bloß eine gewisse Zeit.

Wenn man sie benutzt, werden sie stumpf. Und dann muss man sie wegschmeißen.

Und wenn ich es so betrachte, dann bin ich wohl nur für eine kurze Zeit gut, und dann –

Dann bin ich wohl nichts mehr wert.

RECHTSANWALT NICK PARK

11. JANUAR 1994, 10:04 UHR

81

Safulu erzählt mir, die Wärter in Wayside haben ihm nicht zu duschen erlaubt, weil sie sagen, er steht morgens zu früh auf und kommt abends zu spät zurück. Das ist inakzeptabel. Als Allererstes beantrage ich bei der Richterin, dass meinem Mandanten die Möglichkeit gegeben wird, sich für die Verhandlung zu waschen und präsentabel zu machen. Noch bevor die Geschworenen hereingeführt werden, gibt Richterin Ayers meinem Antrag statt. Danach führt der Gerichtsdiener die Geschworenen herein. Sie nehmen bei ihren Nummern Platz, ich setze mich und bereite mich vor, Notizen zu machen, als Kristina aufsteht.

Ihre Eröffnung läuft wie erwartet. Sie versucht die Geschworenen mit ihrer Verschwörungstheorie zu beeindrucken, dass jemand aus dem Gefängnis einen Gang-Mord an Lucrecia Lucero angeordnet hat, ohne ein Motiv zu liefern, doch sie deutet eins an, und ich bin sicher, das wird von ihrem ersten Zeugen nachgereicht werden.

Das tatsächliche Beweisstück, das sie während der Beweisaufnahme präsentiert, ist ein zerknitterter Zettel, ungefähr doppelt so groß wie die Dinger aus Glückskeksen. Darauf steht vorn und hinten in mikroskopisch kleiner Schrift: 1.) dass Scrappy alias Lucrecia Lucero irgendwie gegen den Kodex der Gang verstoßen hat, womit genau, wird allerdings nicht erwähnt, und 2.) dass für Scrappy jetzt «grünes Licht» gilt.

Richterin Ayers schaut mich an, als Kristina fertig ist. «Mr. Park, wenn Sie so weit sind.»

«Jawohl, Euer Ehren», sage ich. «Vielen Dank.»

Ich nehme meinen Vortrag mit zum Podium. «Die Staatsanwaltschaft spricht von Gefängnis-Verschwörungen, weil sie hofft, Sie damit von einer anderen Tatsache ablenken zu können: Die Verschwörungsvorwürfe gegen meinen Mandanten sind so dünn und fadenscheinig, dass ein Windhauch sie davonwehen könnte. Richterin Ayers hat Ihnen mehrfach erläutert, dass Sie sich nicht von Gefühlen oder Vorurteilen leiten lassen, sondern nur die Fakten des Falles in Betracht ziehen sollen. Hier sind die Fakten zu diesen Verschwörungsvorwürfen.» Es ist nicht warm im Gerichtssaal, aber ich schwitze schon. «Es gibt keine einzige *Tonaufzeichnung,* die meinen Mandanten Jacob Safulu mit der Planung dieses Verbrechens in Verbindung bringt. Es gibt keine einzige *Videoaufzeichnung.* Es gibt keinen einzigen *Zeugen* dafür, dass irgendjemand Verabredungen getroffen hat. Angesichts des völligen Fehlens so entscheidender, nachweisbarer Fakten hat die Staatsanwaltschaft bei ihren Schlussfolgerungen einen Sprung ins Ungewisse gewagt und ist dabei von einer Klippe gestürzt. Ich möchte Sie dringend warnen, ihr dabei nicht zu folgen.»

Drei Geschworene lächeln bei diesen Worten.

«Es gibt *nicht den geringsten Beweis,* dass mein Mandant Teil einer Verabredung zu einem Verbrechen ist.»

Ich verlasse das Podium und nehme bloß zwei Karteikarten mit. Jetzt bin ich im Flow.

«Die Staatsanwaltschaft will Sie glauben machen, der Dreh- und Angelpunkt dieser Verschwörung liege in einem konfiszierten Kassiber aus dem Gefängnis, in dem zufällig das Opfer Lucrecia Lucero erwähnt wird. Doch die Person, die diese Nachricht abgeschickt hat, steht hier gar nicht vor Gericht und wird auch nicht als Zeuge auftreten, um uns zu erklären, was sie mit ihren Worten gemeint hat. Noch entscheidender: Der Name meines Mandanten taucht überhaupt nicht auf, genauso wenig Mr. Taviras Name. Und auch ihre angeblichen Gang-Namen sind darin nicht genannt.

Die Staatsanwaltschaft wird Sie nun auffordern, den Sprung ins Ungewisse mitzumachen und zu glauben, dass die Angeklagten irgendwie von dieser Nachricht Kenntnis erhalten – denn sie wurde ja *nicht* in ihrem Besitz beschlagnahmt – und die Ausführung der darin enthaltenen Anweisung auf sich genommen haben. Auch dafür gibt es *nicht den geringsten Beweis.* Tatsächlich gibt es nur zweierlei, was meinen Mandanten mit all diesen Verbrechen in Verbindung bringt: die Aussage eines verurteilten Straftäters namens Augustine Clark und eine Waffe, die in seiner Kommode gefunden wurde, in seinem unverschlossenen Schlafzimmer, zu dem auch Mr. Tavira selbst Zugang hatte.»

Ich schüttele den Kopf. «Es gibt jedoch ein schwerwiegendes Problem mit dem Fundort der Tatwaffe, denn wenn man Ihnen nachher die Fotos von Miss Luceros Verletzungen aus dem Krankenhaus zeigt, dann werden Sie eine Prellung an ihrem linken Fuß sehen, die sich am besten durch folgenden Hergang erklärt: Die Waffe wurde nach der Ausführung der Tat auf ihren Fuß fallen gelassen. Aber wie ist sie dann quer durch Lynwood gereist, um wie von Zauberhand am nächsten Tag in einem Haus zwanzig Straßen entfernt aufzutauchen?»

Ich weiß, dass ich mich hier auf dünnem Eis bewege. Ich spüre schon, dass Kristina gleich Einspruch erheben wird, aber jetzt darf ich meinen Schwung nicht verlieren.

«Man wird Sie bitten, sich zu überlegen, ob womöglich jemand anderes ein ausreichendes Motiv, Mittel und Möglichkeit hatte, Jacob Safulu die Waffe in seinem Haus unterzuschieben, um ihm das Verbrechen anzuhängen, für das er nun angeklagt ist.»

Hinter mir kritzelt Kristinas Stift hektisch. *Gut.*

«Im weiteren Verlauf des Verfahrens werden Sie feststellen, dass dieser Fall einfacher gelagert ist, als die Staatsanwaltschaft Sie glauben machen will. Mein Mandant war *nicht* Teil einer wie immer gearteten Verschwörung oder Verabredung, und die Staatsanwaltschaft kann auch nichts dergleichen beweisen; stattdessen wird sie von Ihnen verlangen, sich auf Meinungen anstelle von Fakten zu stützen. Mein Mandant war *nicht* am Mordversuch an Lucrecia Lucero beteiligt. In Wahrheit war er an jenem Abend mit seiner Freundin zu Hause, und zur ermittelten Tatzeit beendete Mr. Safulus Freundin gerade ihre fast ein Jahr währende Beziehung.»

Diese Mitgefühlsbombe trifft einige Ziele in der Geschworenenbank. Mindestens die Hälfte der Geschworenen – nein, mehr: sieben, vielleicht acht – verändern sichtbar ihre Sitzhaltung, als ich das sage. Das gefällt mir.

«Dies jedenfalls ist wahr: Angela Alvarez hat mit Jacob Safulu fast genau zu dem Zeitpunkt Schluss gemacht, als Miss Lucero in drei Kilometer Entfernung angeschossen wurde. Wir haben Miss Alvarez' Zeugenaussage dazu. Sie war eine der besten Schülerinnen ihres Jahrgangs und ein Star des Highschool-Laufteams; derzeit absolviert sie eine Ausbildung zur Altenpflegerin.»

Ich beobachte, wie diese Fakten bei der Krankenschwester ankommen. Ich kann jetzt schon sehen, dass sie dazu neigen wird, Angela Alvarez zu glauben.

«Sie werden abwägen müssen, ob ihre Aussage» – dabei strecke ich die Rechte mit der Handfläche nach oben zur Seite – «glaubhafter ist als die eines verurteilten Straftäters.»

Für Augustine Clark halte ich die Linke ebenso hin. Dann lasse ich eine Seite wie bei einer Waage sinken und zeige ihnen, dass es im Grunde keiner wirklichen Entscheidung bedarf. Die korrekte Wahl, das größere Gewicht in Sachen Wahrheit, kann nur auf Miss Alvarez' Seite liegen. Ich starre noch einen Augenblick auf meine rechte Hand, um das richtig sacken zu lassen.

«All diese Fakten werden Sie zu einer schlichten Wahrheit führen.» Ich lasse den Blick über die Geschworenenbank schweifen und schaue jeder und jedem einzelnen Geschworenen und Ersatzgeschworenen in die Augen. «Es gibt keinerlei Hinweise, dass mein Mandant den Mordanschlag auf Miss Lucero mitgeplant hat. Es lässt sich nicht beweisen, dass Jacob Safulu die Waffe besorgt hat.

Es gibt keine Registrierung, keine Quittung. Es ist auch nicht zu beweisen, dass er die Waffe benutzt hat. Seine Fingerabdrücke wurden nicht darauf gefunden. Die einfache Erklärung ist in diesem Fall die Wahrheit: Es gibt keine Beweise, dass Jacob Safulu am 6. Dezember 1993 um etwa neun Uhr abends an der Josephine Street ein Verbrechen begangen hat, weil er einfach *nicht dort war.*»

Ich schiebe meine Aufzeichnungen zusammen. Ich drehe mich um und sehe, wie Kristina mich mit kontrollierter Wut anstarrt. Ich gehe langsam an ihr vorbei, genieße dieses Gefühl. Wenn sie bisher nicht gedacht hat, dass es ein harter Kampf wird, dann weiß sie es jetzt, und das geschieht ihr ganz recht, weil sie nicht nur den falschen Mann angeklagt hat, sondern auch noch zu vieler Taten.

«Mr. Bertelsmann?», sagt Richterin Ayers.

Während ich mich wieder hinsetze, steht Michael auf, um seine Eröffnungserklärung für Mr. Tavira abzugeben.

DETECTIVE SERGEANT WILLIAM «WILLIE» MONTERO

11. JANUAR 1994, 13:55 UHR

82

Nachdem ich aufgerufen und vereidigt worden bin, fängt Kristina mit ihren Fragen zu meinem beruflichen Hintergrund und meinen Erfahrungen an, und dann legen wir die Fakten des Kassibers und der Tatwaffe dar – genauer gesagt, den ballistischen Untersuchungsbericht, der bestätigt, dass die Kugeln, die Scrappys Körper durchschlagen und im Vorgarten gelandet sind, zur Waffe passen –, ehe wir zu Beweisstück zwei der Staatsanwaltschaft schreiten.

Kristina zeigt auf den Bildschirm. «Detective Montero, erkennen Sie dieses Schriftstück?»

«Ja», sage ich.

«Worum handelt es sich?»

«Das ist eine Augenzeugenaussage unter Eid.»

«Vielen Dank, und warum kennen Sie die?»

«Weil ich Mr. Clark verhört habe. Ich war im selben Raum, als er das aufgeschrieben und unterzeichnet hat.»

«Gibt es für Sie irgendeinen Grund, an Mr. Clarks Aussage zu zweifeln?»

«Nein.»

«Und warum nicht?»

«Weil sie sich mit allen am Tatort gefundenen Spuren deckt.»

«Das wäre die Josephine Street am Abend des 6. Dezember letzten Jahres?»

«Ja.»

«Und womit deckt sich die Aussage da?»

«Mit allen wesentlichen Erkenntnissen. Miss Lucero ist von drei Kugeln getroffen worden. Sie hatte einen Druckverband am Bein, der ihr das Leben gerettet hat.»

«Detective, könnten Sie bitte die unterstrichene Passage vorlesen?»

«‹Außerdem hat sie ‹Motherfucking Wizard› gesagt, weil sie wusste, dass er auch auf sie geschossen hat.›»

«Detective, was stellt das in Ihren Augen dar?»

Ich sage das, was Kristina von mir hören will, genau wie besprochen. «Ich glaube, das ist eine Erklärung im Angesicht des Todes.»

«Sie hat damit also den Menschen identifiziert, von dem sie glaubte, dass er sie ermordet hat?»

«Ja.»

«Detective, aufgrund Ihrer Ausbildung und Ihrer Berufserfahrung: Wie gut muss sie ihn kennen, dass sie so eine Aussage machen kann?»

«Einspruch», sagt Park. «Aufforderung zur Spekulation.»

Die Richterin sieht Kristina an. «Müssen wir am Richtertisch sprechen, oder haben Sie einen guten Grund, Frau Staatsanwältin?»

«Euer Ehren, wir haben bereits festgestellt, dass Detective Montero ausgewiesener Experte im Bereich Gang-Kriminalität ist. Er hat früher als Sheriff im Bezirksrevier von Lynwood gearbeitet. Er hat in verschiedenen Task Forces der Initiative *Operation Safe Streets* mitgearbeitet, hat eine davon sogar geleitet. Es gibt nur wenige Menschen innerhalb der Bezirkspolizei von Los Angeles, die so qualifiziert sind wie er, etwas über den Hintergrund der Bandenkriminalität in dieser Gegend zu sagen.»

«Also gut. Ich gestatte die Frage», sagt Richterin Ayers.

Park wirkt nicht sonderlich glücklich darüber, aber er kann nichts daran ändern.

Kristina wendet sich wieder an mich. «Woher sollte das Opfer Mr. Tavira kennen, sodass sie ihn als Angreifer identifizieren konnte, Detective?»

«Miss Lucero ist ein bekanntes Gang-Mitglied, und Mr. Tavira ist Mitglied der nächsten und unmittelbar mit ihrer rivalisierenden Gang. Die beiden haben gut dokumentierte kriminelle Vorgeschichten und tragen deutlich erkennbare Gang-Tattoos. Ihre beiden Gangs haben eine gemeinsame Reviergrenze in Lynwood. Da kommt es ganz unvermeidlich zu Zusammenstößen, und ihr Kodex verlangt gewaltsame Vergeltung.»

Kristina unterbreitet Fotografien ihrer Gang-Tattoos als Beweisstücke, ehe sie fortfährt. «Detective, angesichts Ihrer Erfahrungen mit diesen Gangs – mit ihrer historischen Feindschaft und ihrer Gewaltneigung –, würden Sie da sagen, dass Omar Tavira und Jacob Safulu, wenn sich ihnen die Gelegenheit böte, schon wegen ihrer Gang-Zugehörigkeit versuchen würden, Lucrecia Lucero umzubringen?»

«Ich würde sagen, das wäre nur eine Frage der Zeit.»

«Keine weiteren Fragen.»

Nick Park erhebt sich zum Kreuzverhör. Ich mochte ihn, als er noch auf unserer Seite war, als Staatsanwalt. Jetzt, als Pflichtverteidiger, kann ich ihn deutlich weniger leiden.

«Euer Ehren», sagt er, «darf ich den Zeugen noch einmal zu Beweisstück zwei der Staatsanwaltschaft befragen?»

«Sie dürfen.»

«Vielen Dank, Euer Ehren.»

Park reicht mir eine Kopie von Augie Clarks Aussage. «Können Sie bitte noch einmal die Zeile vorlesen, die Miss Mirkovich Sie bereits lesen lassen hat?»

«‹Außerdem hat sie ‹Motherfucking Wizard› gesagt, weil sie wusste, dass er auch auf sie geschossen hat›», lese ich.

«Detective, in dieser Aussage wird nur eine Waffe und nur ein

Schütze erwähnt. Omar ‹Wizard› Tavira. Warum sollte Mr. Clark also das Wörtchen ‹auch› einschieben?»

«Weiß ich nicht.»

«Haben Sie sich da geirrt? Einen Satz hingeschrieben, der auf zwei Schützen hindeutet, obwohl die Zeugenaussage selbst nur von einem spricht?»

«Nein.»

«Und warum nicht?»

«Weil das die Worte des Zeugen selbst sind, nicht meine.»

«Detective, könnten Sie bitte die weiteren Zeilen lesen, die ich auf Ihrer Kopie markiert habe?»

Ich lese vor. «‹Dreamer hatte ein gelbes Lakers-Kapuzenshirt an, das konnte ich sogar in der Nacht sehen, weil es so geleuchtet hat.›»

«Detective, wer ist Dreamer?»

«Dreamer ist der Gang-Name von Jacob Safulu.»

«Das behaupten Sie, aber können Sie beweisen, dass mein Mandant zu einer Gang gehört?»

«Vor dieser Tat nicht, nein.»

«Detective, fotografiert die Bezirkspolizei von Los Angeles die Tattoos von Gang-Mitgliedern? Ist das Ihre übliche Vorgehensweise?»

«Ja.»

«Wurde Jacob Safulu fotografiert?»

«Ja.»

«Hatte er *irgendwelche* Tätowierungen, die Omar Taviras angeblicher Gang zugeordnet werden?»

Ich rutsche zur Seite. Will ich eigentlich nicht, tue ich aber. «Nein. Mr. Safulu hatte keine Tattoos mit Gangbezug.»

«Da haben Sie sich in der Zeitform vertan, Detective. Korrekt oder nicht korrekt: Jacob Safulu *hat* keinerlei Tattoos mit Gangbezug?»

«Korrekt.»

«Verstehe. Und ist Jacob Safulu wegen irgendwelcher Straftaten verurteilt worden, die zu den bekannten Aktivitäten dieser angeblichen Gang gerechnet werden könnten?»

«Nein.»

«Vor dieser Anklage hatte er *überhaupt keine Vorstrafen;* ist das korrekt?»

«Das ist korrekt, aber –»

«Euer Ehren!» Park wirft die Hände in die Luft und wendet sich an die Richterin, als ich gerade sagen will, dass wir ihn als aktives jüngeres Mitglied der Gang kennen, der sich um Aufstieg bemüht, weil wir aus verschiedenen Kanälen gehört haben, dass er eine Schlüsselrolle bei verschiedenen Ausschreitungen gespielt hat.

«Detective Montero», sagt die Richterin. «Ich muss Sie anweisen, nur die gestellte Frage zu beantworten. Ihre nicht zur Sache gehörigen Bemerkungen brauchen keinen Eingang ins Protokoll zu finden. Ich bin sicher, die Staatsanwaltschaft wird Ihnen beim Gegenverhör ausreichend Raum geben, Ihre Gedanken darzulegen. Fahren Sie fort, Mr. Park.»

«Detective, als Sie das Haus durchsucht haben, in dem Mr. Safulu gemeinsam mit Angela Alvarez und Omar Tavira lebt, haben Sie da seine Kleidung katalogisiert?»

«Nein.»

«Und warum nicht?»

«Weil ich es nicht für notwendig hielt.»

«Warum nicht?»

«Als wir das Haus durchsuchten, fanden wir keinerlei Kleidung, die wahrscheinlich bei der Begehung des Verbrechens getragen worden war.»

«Verstehe. Sie haben also nach einem gelben Lakers-Kapuzenshirt gesucht?»

«Ja.»

«Und haben Sie es gefunden?»

«Nein.»

«Detective, da Sie ja auch als Sachverständiger hier aussagen, können Sie uns doch sicher sagen, welche Farben der Gang zugeordnet werden, zu der Mr. Tavira angeblich gehört?»

«Die Mitglieder bevorzugen Schwarz und Grau, manchmal auch Silber.»

«Verstehe. Also nicht Gelb?»

«Nein.»

«Ist Ihnen dieses Detail nicht eigenartig vorgekommen, als Sie es in Mr. Clarks Zeugenaussage gelesen haben?»

«Nein.»

«Verstehe.» Park starrt mich noch eine Weile an, ehe er sich wieder zur Anklagebank wendet. «Euer Ehren, an dieser Stelle würde ich gern die Beweisstücke A und B der Verteidigung einführen. Bei Ersterem handelt es sich um eine vollständige Liste aller Kleidungsstücke, die Mr. Safulu im Haus zurückgelassen hat, von denen er keines mitgenommen hat, als er das Haus verließ, und das zweite Beweisstück ist eine mehrseitige fotografische Dokumentation dieser Kleidungsstücke.»

Er projiziert die Liste an die Wand, damit alle sie sehen können.

«Darf ich diese an die Geschworenen verteilen, Euer Ehren?»

«Sie dürfen.»

Park reicht dem nächsten Geschworenen einen Stapel Kopien, und der reicht sie an alle weiter.

«Detective Montero, sehen Sie auf dieser Liste ein gelbes Sweatshirt?»

Ich schaue Kristina an. Sie wirkt ruhig, also kann diese Liste für sie nicht überraschend kommen. «Nein», sage ich.

«Detective, sehen Sie irgendwelche Kleidungsstücke mit dem Logo der Lakers darauf?»

Ich überfliege die Liste. Sie ist nach Farben geordnet. Marken und Team-Namen werden erwähnt. «Nein.»

«Verstehen Sie die Farbzuordnungen auf der Liste?»

«Ja.»

«Und sehen Sie da irgendwelche gelben Kleidungsstücke?»

«Nein.»

«Wollen Sie mir erzählen, dass ein fanatischer Lakers-Anhänger in Los Angeles kein weiteres Lakers-Kleidungsstück besitzt und sich in seiner gesamten Garderobe sonst *nichts Gelbes* findet? Das scheint doch unglaublich.»

Kristinas Kopf fährt hoch. «Einspru–»

«Frage zurückgezogen.» Park ist clever. «Euer Ehren, ich würde nun gern das nächste Beweisstück der Verteidigung einführen, die Niederschrift von Detective Monteros Verhör von Angela Alvarez.»

Die Richterin macht sich eine Notiz. «Das wäre fürs Protokoll Beweisstück C der Verteidigung.»

«Erkennen Sie das wieder, Detective Montero?»

«Ja.»

«Und woher?»

«Das ist die Niederschrift des Verhörs, das ich mit Angela Alvarez im Bezirksrevier Firestone Park geführt habe.»

«Detective Montero, als Sie Miss Alvarez verhört haben, hat sie Jacob Safulu da ein Alibi für die Zeit des Mordanschlags geliefert?»

Ich habe keine andere Wahl. «Ja.»

Park lächelt. «Keine weiteren Fragen.»

Während Kristinas Gegenverhör erläutere ich, dass sich die Straßengangs infolge der Rodney-King-Unruhen verändern; sie werden klüger und raffinierter. Ein entscheidender Teil ihrer kriminellen Strategie ist es nun, unerkannt zu bleiben. Jüngere Mitglieder wie Safulu werden oft sogar explizit aufgefordert, sich *nicht* zu tätowieren, damit sie die Zugehörigkeit zu einer Gang abstreiten können, sollte es nötig sein, wie zum Beispiel vor Gericht.

Sie fragt mich, wieso wir bei unserer Spurensuche in der Umgebung des Tatorts kein gelbes Sweatshirt gefunden haben und ebenso wenig im Haus, das Safulu und Tavira mit Alvarez bewohnten. Ich antworte, dass Safulu, wenn er tatsächlich gerade ein Verbrechen begangen hatte, natürlich großes Interesse daran hatte, seinen Anteil daran zu verbergen, wobei es hilfreich sein musste, das Sweatshirt verschwinden zu lassen.

Kristina fragt mich, ob ich Miss Alvarez' Alibi für Mr. Safulu für glaubhaft halte. Das tue ich nicht. Und warum nicht? Wegen ihrer engen persönlichen Beziehung zum Angeklagten, und außerdem ist es logistisch unmöglich, den Zeitpunkt des Überfalls auf die Minute genau festzulegen, es lässt sich nur ein Zeitrahmen eingrenzen. Es wäre Safulu dennoch möglich gewesen, sich an der Tat zu beteiligen. Noch dazu halte ich es angesichts des problematischen Inhalts ihres Gesprächs für wahrscheinlich, dass er das Haus wütend verlassen hat und bereit war, etwas Unbesonnenes zu tun.

Nick Park geht dazwischen. «Einspruch. Aufforderung zu Spekulationen über die Geistesverfassung meines Mandanten.»

«Stattgegeben.»

«Euer Ehren, ich möchte darum bitten, dass das aus dem Protokoll gestrichen wird.»

«Ich stimme Ihnen zu, Mr. Park. Ich weise auch die Geschworenen an, Detective Monteros letzte Bemerkung über den möglichen Seelenzustand des Angeklagten in der Tatnacht zu ignorieren.»

Kristina fragt weiter. «Detective, haben Sie irgendwelche Zweifel, dass Jacob Safulu Gangmitglied ist?»

«Absolut keine. Ich bin der Ansicht, dass seine Beteiligung an der Aufdeckung des Zeugennamens Augustine Clark an einen möglichen Gang-Komplizen mit Hilfe verschlüsselter Äußerungen im Men's Central Jail seine Gang-Verbindung eindeutig beweist.»

«Einspruch.»

Die Richterin schaut Park an. Sie wartet auf eine Begründung, doch die kommt nicht. «Auf welcher Grundlage?»

Er kommt ins Schwimmen. «Spekulation.»

Sie reagiert schnell. «Nein, Mr. Park. Das ist es nicht. Abgewiesen.»

Ein Punkt für die Guten.

BEWÄHRUNGSHELFER PHILLIP PETRILLO

12. JANUAR 1994, 09:33 UHR

83

Ich war schon vor Gericht, aber noch nicht im neunten Stock des Strafgerichts. Ich gehe zu Anhörungen bei Verstößen gegen Bewährungsauflagen. Dann sitze ich neben meinem auf Bewährung Freigelassenen vor einem Beamten des CDC, der für die Bewährungskommission arbeitet. Die ist der erste richtige Strafprozess, bei dem ich in den Zeugenstand muss. Ich bin erleichtert, Angela nicht unter den Zuschauern zu sehen. Der kleine Drecksack, den ich schon mal neben ihr sitzen sehen habe, ist aber da, und eine ältere Frau (vielleicht seine Mutter). Wizard und Dreamer haben sonst keine Zuschauer.

Kristina hat mich gestern vorbereitet. Nach ihrem Hinterhalt im Restaurant hat sie sehr deutlich gemacht, dass wir über die Sache mit Renee gleich zu Beginn ganz offensiv sprechen müssen, bevor die Verteidigung sie gegen mich verwendet. Sie hatte recht.

Sie startet mit Fragen über meinen beruflichen Hintergrund und meine Berufserfahrung (wie lange ich schon in diesem Job arbeite, wo, Empfehlungen), ehe sie fragt: «Gab es jemals eine offizielle amtliche Untersuchung einer gegen Sie gerichteten Beschwerde?»

«Ja. Eine Voruntersuchung.»

«Wurde Ihnen offiziell Fehlverhalten im Dienst vorgeworfen?»

«Nein.»

«Warum nicht?»

«Die Beschwerden wurden überprüft und erwiesen sich als grundlos.»

Es stand Aussage gegen Aussage. Ich nahm keine Drogen, also glaubten sie mir, als ich ihnen sagte, dass Renee hinter mir her gewesen sei, mich zu verführen versucht hätte. Ich blieb standhaft und sagte aus, als sie merkte, dass sie mich nicht kriegen würde, habe sie mich in eine Falle gelockt.

«Was würden Sie sagen», fragt Kristina nach, «wie viele Beschwerden sind während Ihrer Arbeit hier im Los Angeles County gegen Sie eingereicht worden?»

«Fünfzehn.»

«Wie viele davon sind über eine Voruntersuchung hinausgegangen?»

«Keine.»

«Und warum ist das so, aus Ihrer beruflichen Erfahrung gesprochen?»

«Fadenscheinige Beschwerden gehören zum Job. Wir haben ein eigenes Ausbildungsmodul dazu, wie man mit ihnen umgeht, denn wir überwachen und betreuen schließlich die Freilassung verurteilter Straftäter. Im Allgemeinen waren diese Menschen schon in der Vergangenheit ernsthaft unehrlich, und womöglich sind sie es immer noch. Nach meiner Erfahrung würden die meisten alles Mögliche tun und sagen, um jemanden anzuschwärzen, der sie ihrer Ansicht nach in der Betreuung zu hart angefasst hat.»

Kristina wirkt heiter und sehr zufrieden mit meinen Antworten. Sie fährt fort und lässt mich erzählen, wie ich in den Fall verwickelt wurde: dass mir Augustine Clark zugeteilt wurde, als Agentin Martinez in den Mutterschutz ging, dass ich den Drogenabhängigen bei meinem ersten Besuch berauscht vorfand, dass ich daraufhin seine Wohnung durchsuchte (denn er wohnte nicht in der empfohlenen Resozialisierungseinrichtung) und Drogen fand, woraufhin Mr. Clark in Panik verfällt und gesteht, dass er Zeuge einer Schießerei geworden ist, an der auch einer meiner aktuellen Bewährungsfälle, Omar «Wizard» Tavira, beteiligt war.

«Und was haben Sie dann getan, Agent Petrillo?»

«Ich habe Mr. Clark in Gewahrsam genommen und zur Bezirkswache Firestone gebracht.»

«Warum sind Sie mit ihm nicht zur Wache in Lynwood gefahren? Die liegt näher.»

«In Firestone kenne ich Detective Montero. Er hat früher in Lynwood gearbeitet. Ich wusste, dass er persönliche Erfahrungen mit den fraglichen Gangs gemacht hat. Ich hatte ihn schon vorher um Rat gefragt, wie ich mit Mr. Tavira umgehen soll, und er hatte sein Wissen großzügig geteilt.»

«Wie war denn Detective Monteros Ansicht zu –»

«Einspruch.» Das ist der asiatische Anwalt. «Wenn die Staatsanwaltschaft Detective Monteros Ansichten zu Mr. Tavira fürs Protokoll festhalten wollte, hätte sie ihn selbst danach fragen sollen, solange er im Zeugenstand war.»

«Stattgegeben», sagt die Richterin, «aber ich werde keine weiteren derartigen Einsprüche mehr von Ihnen gestatten, Mr. Park. Sie müssen bitte die juristische Begründung nennen.»

«Ich formuliere die Frage um», sagt Kristina. «Was hat Detective Montero Ihnen persönlich empfohlen, was Mr. Taviras Bewährungsauflagen angeht?»

«Er hat eine sehr enge Überwachung empfohlen.»

«Und haben Sie sich daran gehalten?»

«Ja.»

«Lag es auch an diesem Überwachungsregime, dass Sie gleich nach Ablieferung des Zeugen Mr. Clark in Firestone nach Ihrem Klienten geschaut haben?»

«Ja.»

«Sind Sie allein hingefahren?»

«Nein.»

«Warum nicht?»

«Weil eine schwere Straftat im Raum stand, hielt ich es für geboten, mich polizeilich unterstützen zu lassen, nicht nur aus Sicherheitsgründen, sondern auch, um den Verdächtigen womöglich festzunehmen, sollten wir ihn zu Hause antreffen.»

Als ich das sage, grinst Wizard mit gesenktem Kopf.

«Wer hat Sie denn zum Haus an der Virginia Avenue begleitet?»

«Deputy Jackson war dabei.»

«Deputy William Jackson Jr.?»

«Ja.»

Wir beenden die Befragung mit meiner ausführlichen Schilderung, wie ich die Waffe gefunden habe und wie ich zugesehen habe, als Deputy Jackson das Fundstück dokumentierte. Danach fragt sie mich nach meiner beruflichen Einschätzung von Omar Tavira. Ich sage, dass ich ihn immer schon für einen Kriminellen mit großer Gewaltbereitschaft gehalten habe, was einerseits auf seinen Vorstrafen (für schweren Raub und Körperverletzung) und auf meiner eigenen persönlichen Beobachtung beruht.

«Wissen Sie zufällig, wie Omar Tavira seinen Gangnamen Wizard bekommen hat?»

«Ja.»

«Und, warum wird er so genannt?»

«Man nennt ihn Wizard, weil er Dinge verschwinden lässt.»

Wizards Anwalt macht den Mund auf, um Einspruch zu erheben, aber Kristina kommt ihm zuvor. «Keine weiteren Fragen, Euer Ehren.»

Der asiatische Anwalt steht auf und kommt auf mich zu. «Agent Petrillo», fragt er, «waren Sie allein im Zimmer, als Sie die Waffe gefunden haben?»

«Ja.»

«Wie oft hatten Sie das Haus vorher in Ausübung Ihrer üblichen Überwachungspflichten bereits durchsucht?»

«Fünfmal.»

«Haben Sie bei irgendeiner vorherigen Durchsuchung irgendetwas Illegales gefunden?»

«Nein.»

«Hat Sie das zu der Erkenntnis geführt, dass Mr. Tavira seinen persönlichen Lebensraum besonders gewissenhaft geschützt hat?»

«Ja.»

Er macht auf dem Absatz kehrt und schaut die Geschworenen an. «Kennen Sie meinen Mandanten Jacob Safulu?»

«Ja.»

«Und wo sind Sie ihm begegnet?»

«Mehrmals in Omar Taviras Wohnhaus an der Virginia Avenue.»

«Hat irgendjemand Ihnen Mr. Safulu als Dreamer vorgestellt?»

«Nein.»

«Hat er selbst sich als Dreamer vorgestellt?»

«Nein.»

«Woher wussten Sie dann eigentlich, wer Dreamer war, als Mr. Clark den Namen nannte?»

«Ich hatte ihn schon dort im Haus gehört. Mr. Tavira hat ihn so genannt.»

Wizard schüttelt neben seinem Anwalt auf der Anklagebank den Kopf.

Der asiatische Anwalt fährt fort. «Agent Petrillo, was ist am 13. April 1992 passiert, während Sie im Dienst waren?»

«Eine Angehörige einer Bewährungsklientin, die ich überwachte, hat eine Beschwerde gegen mich eingereicht.»

«Und wann sollte sich der Vorfall ereignet haben, auf den sich die Beschwerde bezog?»

«Am Tag zuvor.»

«Und wie lauteten die Vorwürfe?»

«Dass ich mich unangemessen verhalten hätte.»

«In welcher Weise?»

«Es wurde behauptet, ich hätte die Bewährungsklientin gegen

ihren Willen geküsst.» Dabei lächle ich nicht. Ich würde gern, aber ich tue es nicht. In Wahrheit habe ich noch so viel mehr getan. Ich war so oft in ihrer labbrigen Muschi, wie ich nur wollte, habe mir alles geholt, was sich da noch lohnte. Und sie hat es geliebt. Sie hat immer nach mehr gebettelt, und ich habe dieser kleinen Latinoschlampe den besten Sex verschafft, den sie je hatte. Das ist Fakt.

«Und haben Sie, Agent Petrillo, die Frau gegen ihren Willen geküsst?»

«Nein», antworte ich.

Sie hat mich hintergangen. Als sie nicht mehr wollte, hat sie mich vor ihrer Mutter geküsst, die sofort losgeschrien und von einer Beschwerde gefaselt hat. So hat Renee mir gezeigt, was sie wirklich ist: eine Nutte und Lügnerin. Dabei habe ich ihr sogar ein silbernes Halsband gekauft. Das war hübsch, aber nicht allzu teuer. Ich hätte ihr aus dem Drecksloch raushelfen können, in dem sie lebte, aber sie war einfach zu dumm, das zu begreifen.

«Dennoch», sagt der asiatische Anwalt, «hat die Mutter der jungen Frau offiziell Beschwerde gegen Sie eingereicht.»

«Ja.»

«Und wie alt war die junge Frau zum Zeitpunkt dieser Beschwerde?»

«Das weiß ich nicht mehr.»

Er blättert in seinen Papieren. «In der Beschwerde steht, dass sie zweiundzwanzig Jahre alt war. Wie alt ist Miss Angela Alvarez?»

«Einspruch», sagt Kristina. «Relevanz?»

«Frage zurückgezogen.» Der asiatische Anwalt geht zurück zu seinem Tisch. «Euer Ehren, wir würden gern Beweisstück E der Verteidigung vorlegen.»

«Einspruch», sagt Kristina wieder. «Relevanz?»

«Euer Ehren, wenn ich erläutern darf: Dies beleuchtet ganz grundsätzlich Agent Petrillos berufliche Glaubwürdigkeit, vor allem in seiner Beziehung zu Frauen.»

«Miss Mirkovich, die Staatsanwaltschaft hat dies während der

Beweisaufnahme gesehen und ihn dennoch in den Zeugenstand gerufen. Ich lasse den Beweis zu.»

Der Anwalt zeigt das Dokument auf der Leinwand zu meiner Linken. Es ist riesig, der ganze Saal kann es sehen.

«Hier steht, der Vorwurf lautet auf Fehlverhalten.» Er umkreist das Wort auf der Folie. «Hier steht, dass Sie unangemessene Kontakte sexueller Natur mit der Ihnen anvertrauten Klientin geknüpft haben. Agent Petrillo, können Sie bestätigen, dass dieses Dokument eine offizielle Anzeige wegen Fehlverhaltens gegen Sie ist?»

Darauf stehen auch Aussagen von Renee, aber nach denen fragt er mich nicht. Sie sagt, ich hätte ihr Geschenke gemacht, wobei sie sich unwohl gefühlt hätte, und dass sie nicht gewusst hätte, was sie tun soll. Damals wusste sie genau, was sie tun sollte. Sie hat sie angenommen!

«Ja», antworte ich. «Es ist eine Anzeige, aber kein Urteil.»

Er nimmt die Folie nicht weg. Er lässt sie weiter von der Wand leuchten. Es ist unfair, seine Vergangenheit so vor den Geschworenen ausgebreitet zu sehen, wenn man nicht mal selbst angeklagt ist.

«Dürfte die Staatsanwaltschaft um eine Unterredung bitten, Euer Ehren?»

«Ja, Miss Mirkovich.»

Die Richterin und alle Anwälte stecken am Tisch des Sekretärs die Köpfe zusammen. Irgendeiner der Geschworenen hustet. Als die Juristen ihr Gespräch beendet haben, bleibt der asiatische Anwalt stehen. Seine Miene sagt, dass er gleich eine Überraschung für mich hat.

«Stimmt es, Agent Petrillo, dass Sie mit Angela Alvarez, Cousine des Angeklagten Omar Tavira und ehemalige Freundin des Angeklagten Jacob Safulu, am 23. Dezember des vergangenen Jahres Händchen haltend in Disneyland beobachtet wurden?»

Unruhe entsteht. Kristinas Einspruch schallt hindurch: nicht durch Beweise gestützte Behauptung.

Der asiatische Anwalt antwortet, bevor die Richterin es kann.

«Euer Ehren, die Verteidigung wird eine Zeugin präsentieren, die genau diese Angaben bestätigen kann: eine Angestellte im Disneyland namens Gloriana Nuñez, die Miss Alvarez aus ihrer gemeinsamen Schulzeit kennt. Ihr Name steht auf Seite zwei unserer eingereichten Zeugenliste.»

Die Richterin weist mich an, die Frage zu beantworten.

Wut: kalt und hart; Eis im Bauch. Ich halte meine Miene ruhig. Ich konzentriere mich auf Kristina, deren Mund eine schmale Linie ist.

«Nicht dass ich wüsste», sage ich.

Der Asiate lächelt. «Agent Petrillo, ist es angesichts Ihrer Geschichte grenzwertigen Verhaltens gegenüber Frauen in dienstlichem Zusammenhang nicht naheliegend, dass Sie so weit gehen würden, jemandem eine Tatwaffe unterzuschieben, um sich auch bei Angela Alvarez eine solche Gelegenheit zu verschaffen?»

Kristina schießt von ihrem Sitz hoch. «Einspruch, Euer Ehren! Rein argumentative Herleitung, die an üble Nachrede grenzt.»

Ihr Blick sagt: *Sagen Sie kein einziges verdammtes Wort mehr.*

Der asiatische Anwalt grinst. «Unterredung, Euer Ehren?»

«Hervorragende Idee», sagt die Richterin.

Ich kann nicht hören, was sie besprechen, aber ich sehe, dass Safulus Anwalt den Kopf senkt, als würde er getadelt, ehe er dagegenhält, und anscheinend macht er die Richterin einen Augenblick nachdenklich. Alle kehren zu ihren Plätzen zurück.

«Dem Einspruch der Staatsanwaltschaft wird stattgegeben», sagt die Richterin, ehe sie sich an den Protokollanten wendet. «Ich ordne außerdem an, dass diese Passage aus dem Protokoll gestrichen wird, und weise die Geschworenen an, diese letzte Frage von Mr. Park zu ignorieren.»

Aber er macht schon weiter. «Gehen wir die Sache anders an. Agent Petrillo, bevor Sie die Waffe gefunden haben, da waren Sie allein im Zimmer, richtig?»

«Einspruch», sagt Kristina. «Bereits gefragt, bereits beantwortet.»

«Stattgegeben.»

«Ich fahre fort. Agent Petrillo, wenn Sie irgendetwas in diese Schublade gelegt hätten, hätte Sie jemand dabei gesehen?»

Ich schaue Kristina an. Sie ist rot im Gesicht. «Einspruch, Euer Ehren! Nicht durch Beweise gestützte Behauptung.»

«Also gut, Mr. Park, Sie haben meine Geduld genug strapaziert», sagt die Richterin. «Dafür gibt es keine Beweise. Die Geschworenen werden diese Ausführungen während ihrer Beratungen nicht berücksichtigen, und ich ordne an, dass sie aus dem Protokoll gestrichen werden. Haben Sie noch weitere Fragen?»

«Nein, Euer Ehren», sagt er. «Keine weiteren Fragen.»

«Haben Sie Fragen, Mr. Bertelsmann?», fragt die Richterin.

«Nein, Euer Ehren.»

«Gegenfragen, Miss Mirkovich?»

Kristina wirkt angeschlagen. «Nein, Euer Ehren.»

«Kann der Zeuge dann entlassen werden?»

«Ja, Euer Ehren», sagt der asiatische Anwalt, «aber die Verteidigung würde sich gern vorbehalten, ihn erneut in den Zeugenstand zu rufen, sollte es notwendig sein.»

«Verstanden. Agent Petrillo, Sie können gehen. Sie müssen sich weitere vier Tage zur Verfügung halten. Wenn Sie bis dahin nicht wieder vorgeladen wurden, sind Sie entlassen.»

Ich trete aus dem Zeugenstand. Kristina will mich nicht anschauen. Sie umklammert mit weißen Fingerknöcheln einen Stift. Hinter ihr sitzt Montero auf seinem blauen Stühlchen vor der Wand, die den Gerichtsbereich von den Zuschauern trennt. Wir tauschen einen Blick: Es ist ihm scheißegal, was ich mit Angela angestellt habe, ihn interessiert nur, dass ich mich habe erwischen lassen, dass es eine Zeugin gibt und dass es seinen Fall platzen lassen könnte (und wenn das passiert, ist es verdammt noch mal meine Schuld).

OMAR TAVIRA ALIAS WIZARD

12. JANUAR 1994, 17:17 UHR

84

Anstatt mich wieder einzuchecken, als ich zum Gefängnis zurückkomme, stecken sie mich mit vierzehn anderen Typen in eine Arrestzelle und sagen mir nicht, wieso. Könnte sein, dass mein Zellenblock abgesperrt ist oder dass Quarantäne verordnet wurde; was es auch ist, es heißt warten. Nach einer Weile kommt ein Wärter rein und sagt, es wird ein Bustransport eingesetzt. Wohin, sagt er nicht. Da denke ich mir, wenn sie mich irgendwohin schicken, dann rauf nach Wayside, denn hier unten ist es total überfüllt. Meine Ohren in den verschiedenen Blöcken haben mir geflüstert, dass Leute schon in Schlafsäcken auf den Gängen schlafen. Ist echt so, als ob die Wärter zum Campingladen gerannt wären und so ein Zeug gekauft hätten, damit die Häftlinge hier auf dem Betonfußboden schlafen können. So läuft es auf jeden Fall in der 4700. Kopf an Fuß. Die ekligen Füße von irgendeinem Typen gleich neben deinem Kopf, während du zu schlafen versuchst, und dann tritt er dich auch noch. Ist echt scheiße, mein Leben.

Mann, Dreamers Anwalt legt sich echt ins Zeug da draußen. Ich gehe ein paar von den irren Momenten im Gericht noch mal im Kopf durch. Habe ja sonst nichts zu tun. Er gewinnt nicht jeden Kampf, diese Ablehnungen und so, und ich merke auch, dass die Richterin seine Einsprüche nicht immer gut findet, aber immerhin versucht er alles. Und was er mit Petrillo angestellt hat? Verdammt noch mal. Das war *echt* stark. Aber mein Anwalt? Bartlesmann oder wie er heißt? Der ist ja erst spät dazugekommen, weil der erste zurückziehen musste, nachdem er Augustine Clarks Namen durchsickern lassen hat, und als Erstes sagt er mir, dass er noch vier andere Fälle am Hacken hat. Noch einen hier im zentralen Gericht, aber in Abteilung 34 bei Richter Firenze. Einen in Torrance. Einen in Pomona. Am Ende sagte er dann, Gott sei Dank müsste er nicht nach Lancaster fahren. Mann, das ist mir doch alles egal! Mach deinen Job. Heute erzählt er mir, er würde krank, so als ob ich Mitleid haben sollte. Als ob er sich schon im Voraus entschuldigen wollte, falls wir verlieren, und es ist echt scheiße, vor Gericht so lahmarschig vertreten zu werden, wenn Park im selben Saal kämpft und den Arschlöchern die Stirn bietet. Park macht mir echt Hoffnung. Ich überlege schon, wenn die Geschworenen Petrillo überhaupt nicht mehr glauben, dann habe ich immerhin noch die Chance, dass sie sich nicht einig werden und zu keinem Urteil kommen.

Ich bin froh, dass ich den Mist mit Angela schon vorher gehört hatte. Lil Puffer ist zu Besuch gekommen und hat mir alles erklärt, weil Little es ihm aufgetragen hat. Ich werde den Typen nicht Dulce nennen. Niemals. Aber macht gute Arbeit da draußen. Ist loyal. Da habe ich echt Glück. Ich finde es gut, wenn ich Sachen im Voraus weiß, vor allem, wenn es um Familie geht. Wenn ich das mit Angela in Disneyland im Gericht zum ersten Mal gehört hätte, wäre ich komplett ausgerastet. Sie hat mich seitdem nicht mehr besucht. Aber ich nehme es ihr nicht übel. Zuerst war ich superwütend. Ich wollte sie sehen und rausfinden, wie sie das passieren lassen konnte, aber als ich dann gesehen habe, wie Mr. Park diesen Petrillo ins Kreuzverhör genommen hat, da habe ich mir gedacht, vielleicht war es das Beste, was uns passieren konnte, dass sie mit ihm ausgegangen ist. So ist Petrillo angreifbar geworden. Das war perfekt, wie ihm das um die Ohren geflogen ist. Scheiße. Das war so gut, wie er sich da im Zeugenstand gewunden hat, dass ich mir fast wünsche, ich hätte mir die ganze Nummer ausgedacht und Angela gebeten, mit ihm auszugehen.

Die Tür zu unserer Arrestzelle geht auf, ein Wärter sagt uns, wir sollen uns in einer Reihe aufstellen. Er sagt, wir steigen wieder in die Busse, und ein anderer Wärter kommt mit den Handschellen.

So ein Typ mit rosa Gesicht kann sich die Frage nicht verkneifen. «Und was ist mit meinen Sachen, Boss?»

Wir kriegen so eine Erklärung, dass eine Wasserleitung geplatzt ist und die Überschwemmung die Verlegung nötig macht. Ist ein scheißaltes Gebäude. Sie haben schon zu wenig Matratzen und Bettzeug, weil sie den ganzen Kram trocknen müssen. Ich überlege, wie man überhaupt fünfzig Matratzen trocknen würde, wenn so viele nass wären. Die brauchen so viel Platz. Stellt man sie vor eine Reihe riesiger Teppichtrockner? Oder schleppt man sie raus auf den Hof und schmeißt sie alle auf das Maschendrahtdach vom eingezäunten Hof, damit sie von beiden Seiten trocknen können? Bei dem Gedanken muss ich lächeln. Jetzt habe ich so ein Bild im Kopf von einer Decke aus lauter Matratzen, so als wären die Wolken herabgefallen und vom Zaun aufgefangen worden.

Ich werde nicht erfahren, ob das der echte Grund ist, ob es wirklich eine Überschwemmung gab, bis ich nicht mit ein paar Homies darüber sprechen kann. Jetzt weiß ich bloß, falls meine Suppen und sonst irgendwas von meinen Extras überlebt hat, wird das jetzt unter meinen Zellengenossen aufgeteilt und ein bisschen übriggelassen, falls neue von der *Raza* reinkommen. Ist gar nicht schlecht, es so zu sehen. Immerhin ist das Zeug dann noch von Nutzen. Was mir nicht so gefällt, ist, dass ich ohne meinen Papierkram vom Gericht wegmuss, aber der Wärter sagt uns, wir könnten beantragen, dass alles ersetzt wird. Er sagt nicht, wann das passieren wird, weil das nicht seine Sache ist. Was aber seine Sache ist: uns immer zu zweit mit Handschellen aneinanderzufesseln und dann den Korridor runterzuführen, wo ich sehe, dass noch drei Arrestzellen gleichzeitig geleert werden. Wir steigen alle in denselben Bus und machen ihn voll. Wir fahren auf dem Freeway 101 Richtung Norden, und jetzt weiß ich sicher, dass es nach Wayside geht, und jetzt kann ich bloß noch an eines denken: Wenn sie mich in die richtige Abteilung stecken, werde ich Dreamer wiedersehen, und wie gut das sein wird.

AUGUSTINE CLARK ALIAS AUGIE

13. JANUAR 1994, 09:22 UHR

85

Als Erstes kommt die hübsche Anwältin zu mir. Miss Mirkovich. Der Gerichtsdiener macht das mit dem Schwören. Ich muss sagen, dass ich die Wahrheit und nichts als die Wahrheit sagen werde, so wahr mir Gott helfe. Und das ist es eben: Ich glaube, Gott würde verstehen, was ich jetzt tun werde. Dass ich es muss. Und wenn ich nein gesagt hätte, wär ich vielleicht irgendwo in den Fluss geschmissen worden.

Sie kommt auf mich zu und riecht nach so einem Parfüm, wo zwei Blumen miteinander kämpfen, und die eine gewinnt, und die andere stirbt. Gerüche kommen bei mir immer als Letztes zurück. Aber dann richtig stark. Ist echt komisch. Ich bin noch nicht mal einen ganzen Monat clean, aber ich habe jeden Tag mein Methadon genommen, und ich leg auch gar nichts mehr drauf. Ich arbeite bei dieser Transportfirma, wo sie mir den Job besorgt haben. Da ist so ein Typ namens Jesse. Der Vizechef des Unternehmens oder so was. Er hatte Probleme mit Alkohol und auch mit dem Gesetz, und deshalb hat er Verständnis. Er versteht zwar nicht fünf Schuss am Tag, aber er weiß, wie es ist, wenn dich was anderes im Griff hat und dich dazu bringt, Dinge zu tun. Er sagt, solange ich zu meinen Treffen und vors Drogengericht gehe und dort sehe, was passiert, und auch wenn ich aus irgendeinem Grund wieder in den Knast muss, dann wird er für mich Freigang beantragen, wo ich dann tagsüber arbeiten und gutes Geld verdienen kann und mich nachts wieder im Gefängnis melde und hinter Gittern schlafe. Ist ein guter Mann, dieser

Jesse. Ich weiß nicht, womit die kleinen Gangster ihn in der Hand haben, aber ich habe auch nicht gefragt. Und werde ich auch nie.

Sie möchte, dass ich fürs Protokoll meinen Namen nenne.

«Augustine Patrick Clark», sage ich. «Meine Mutter kommt aus Wales. Da gibt es aber, glaub ich, gar keine Wale.»

Ein paar Geschworene lachen, und das gefällt mir.

Die Richterin erinnert mich daran, nur die Frage zu beantworten und keinen Kommentar hinzuzufügen.

«Jawohl, Richterin», sage ich.

Und sie sagt: «Euer Ehren.»

«Euer Ehren», sage ich also.

Sie nickt Miss Mirkovich zu, und weiter geht's. Ich sage, wo ich in der fraglichen Nacht war, am Block mit den 3500er-Nummern der Josephine Street. Ich erzähle, was mich dahin getrieben hat, nämlich die Suche nach Drogen. Welche Art Drogen? Heroin. Bin ich abhängig? Ja, aber ich bin in Behandlung und seit ungefähr einem Monat clean. Ich zittere schon gar nicht mehr. Und kenne ich Lucrecia Lucero? Ja, die kenne ich gut. Sie hat mir oft Drogen verkauft, aber jetzt nicht mehr. Das sind alles noch Aussagen, bei denen mir Miss Mirkovich geholfen hat, und man sieht an ihrer Miene, dass sie glaubt, alles läuft gut, und darum habe ich beinahe ein schlechtes Gewissen, weil ich weiß, das wird es gleich nicht mehr, als sie mich fragt, wie mein Entzug und meine Genesung laufen. Der Plan war, mich zu einem glaubhafteren Zeugen zu machen, aber jetzt wird daraus gleich etwas anderes.

«Ja, Ma'am. Ich gehe zu Gruppentreffen.»

«Und finden Sie das hilfreich?»

«Ja, Ma'am.»

«Jetzt würde ich gern mit Ihnen über den Abend des 6. Dezember letzten Jahres reden, über Ihre Erinnerungen an die Ereignisse. Haben Sie mit eigenen Augen gesehen, wie an der Josephine Street auf das Opfer Lucrecia Lucero dreimal aus immer kürzerer Entfernung geschossen wurde?»

Ich war noch nie vorher im Zeugenstand. Ich beuge mich zu weit vor und komme bei meinem nächsten Satz mit dem Mund zu dicht ans Mikrofon. «Nein, das habe ich nicht», schallt viel zu laut durch den Saal.

Ich lehne mich zurück und schaue zur Richterin hinauf, die mich mit großen Augen anstarrt. Vor mir bekommt Miss Mirkovich erdbeerrote Wangen.

«Euer Ehren», sagt sie, «bitte gestatten Sie mir einen Augenblick.»

Dann markiert sie ein paar Dinge auf dem Tisch mit einem Stift. Zettel und so.

«Euer Ehren, darf ich Beweisstück eins der Staatsanwaltschaft auf die Leinwand projizieren?»

«Sie dürfen, Miss Mirkovich.»

Der Gerichtsdiener zieht die Leinwand herunter, der Projektor springt an, man hört so einen kleinen Ventilator surren, und dann stehen meine Worte ganz groß auf der Leinwand über der Tür an der hinteren Wand, wo die Angeklagten zum Warten hingehen, bevor sie vor Gericht erscheinen. Das Zimmer kenne ich nur zu gut.

«Und darf ich», fragt sie noch, «dem Zeugen eine Kopie desselben unterbreiten?»

«Sie dürfen.»

Sie bringt mir ein Blatt Papier. «Können Sie fürs Gericht bitte die Zeilen vorlesen, die ich markiert habe?»

Ich lese die Zeilen vor. Es sind die, worin steht, dass ich Dreamer und Wizard gesehen habe und Wizard auf Scrappy geschossen hat und sie dann die Pistole mitgenommen haben, und wie ich dann zu Scrappy gegangen bin und sie Motherfucking Wizard gesagt hat, weil sie wusste, dass der auf sie geschossen hat.

«Und können Sie außerdem noch die letzte Zeile am Ende Ihrer Aussage lesen, Mr. Clark?»

«‹Ich schwöre›», sage ich, «‹dass die obigen Aussagen wahr und vollständig sind.›»

«Und jetzt sagen Sie, dass sie nicht mehr wahr und vollständig sind?»

«Genau das sage ich.»

«Und warum hat sich Ihre Geschichte geändert?»

«Es ist einfach so, dass ich viel in der Bibel gelesen habe, seit ich in Behandlung bin, und ich finde es wichtig, etwas wiedergutzumachen, für Gott und für mich selbst.»

Sie verschränkt die Arme. «Und was ist das für eine neue Wahrheit über jenen Abend, die Sie in der Zwischenzeit entdeckt haben?»

Dabei klingt sie irre sarkastisch, so als ob sie glaubt, dass ich ein Riesenlügner bin, und ich weiß gar nicht, ob so was vor Gericht überhaupt erlaubt ist, aber die Richterin sagt nichts, also erzähle ich ihr, dass ich es überhaupt nicht gesehen habe. Ich habe bloß Schüsse gehört und bin hingelaufen, und als ich hinrannte, habe ich zwei Leute von hinten wegrennen gesehen, und dann kam ich hin, und es war vor Scrappys Haus, Entschuldigung, Miss Luceros, und sie war schlimm verletzt, also habe ich versucht, ihr zu helfen, und von da an ist alles das Gleiche. Der Druckverband und ihre Schmerzen und all das, nur dass ich mich diesmal nicht daran erinnere, dass sie was gesagt hat. Sie war zu schwer verletzt.

Ich weiß nicht genau, ob das überhaupt möglich ist, aber Miss Mirkovich ist jetzt noch röter als vorher. Sieht aus, als ob ihr ganzes Gesicht in Flammen steht. «Als Sie Ihre Aussage, Beweisstück eins der Staatsanwaltschaft, mit Ihren eigenen Worten niederschrieben, da haben Sie geschworen, dass sie wahr und vollständig ist, oder etwa nicht?»

Sie betont ganz besonders den Teil *mit Ihren eigenen Worten.*

«Aber –»

«Kein Aber, Mr. Clark. Haben Sie es geschworen?»

«Ja.»

«Und haben Sie die Aussage dann mit Ihrem vollen Namen unterzeichnet, um diese Wahrheit vollends zu bekräftigen?»

«Ja.»

«Das ist also Ihre Unterschrift auf dem Aussageprotokoll?» Sie zeigt auf meinen Namen, den ich da hingeschrieben habe, wo er jetzt auf der Leinwand zu sehen ist.

«Ja», sage ich.

«Ich habe keine weiteren Fragen», sagt sie.

«Guten Morgen.» Das ist Dreamers Anwalt, der mir guten Morgen sagt, weil der mir jetzt Fragen stellen darf.

«Guten Morgen», antworte ich.

«Sie haben in Ihrer Zeugenaussage – Beweisstück eins – erklärt: ‹Dreamer hatte ein gelbes Lakers-Kapuzenshirt an, das konnte ich sogar in der Nacht sehen, weil es so geleuchtet hat.› War das auch unwahr?»

«Na ja, dass Dreamer es getragen hat, schon, weil ich eben nicht weiß, ob er es war. Ich habe bloß einen Rücken gesehen. Aber das gelbe Shirt habe ich sicher gesehen.»

«Sie haben außerdem erklärt, Sie hätten meinen Mandanten erkannt. Mr. Clark, kennen Sie meinen Mandanten persönlich?»

«Nein.»

«Verstehe. Haben Sie meinen Mandanten jemals in Lynwood gesehen.»

«D-das habe ich bestimmt. Ist ja nicht so groß. Da trifft man schon mal Leute.»

«Können Sie mit absoluter Sicherheit sagen, dass Sie meinen Mandanten vor dem fraglichen Abend vom Sehen kannten und – das ist der wichtige Teil, Mr. Clark – ihn wiedererkennen konnten? Das bedeutet, dass Sie genau wussten, wie er aussah, und ihn sofort und ohne Zögern identifizieren konnten.»

«Nein. Nicht so richtig sicher.»

«Sie haben meine Frage mit Nein beantwortet, dennoch haben Sie meinen Mandanten in Ihrer Aussage eindeutig identifiziert und bei einem Namen genannt, den nur wenige Menschen – wenn überhaupt welche – kannten. Ist das korrekt?»

«I-ich habe da Dreamer gesagt. Ich weiß nicht, ob andere Leute den Namen kannten.»

Er geht zu den Geschworenen. Er guckt dabei total verwirrt. «Vielleicht könnten Sie mir da ein wenig auf die Sprünge helfen, Sir, denn ich bin ganz und gar verwirrt. Wie ist es Ihnen möglich, einen jungen Mann zu identifizieren, den Sie überhaupt nicht persönlich kennen und den Sie auch nicht sicher erkennen würden?»

«I-ich muss wohl von ihm gehört haben.»

«Verstehe. Und hat diese Person, die Ihnen von meinem Mandanten erzählt hat, ihn auch in physischen Details beschrieben?»

«Entschuldigung. Wie bitte?»

«Sie haben gesagt, Sie hätten von ihm gehört. Müssten Sie wohl. Die Richterin kann das Protokoll der letzten Antwort gern noch mal verlesen lassen, wenn Sie Ihre Erinnerung auffrischen müssen.»

«Nein. Schon okay. Ich weiß, was ich gesagt habe.»

«Ich fürchte, das führt mich zu einer schrecklich wichtigen Frage, Mr. Clark, und ich möchte gern, dass Sie gut darüber nachdenken, ehe Sie antworten. Hat Sie jemand aufgefordert, meinen Mandanten zu identifizieren?»

«Nein.»

«Ist jemand auf Sie zugekommen und hat Ihnen nahegelegt, meinen Mandanten zu identifizieren?»

Das gefällt Miss Mirkovich nicht. «Einspruch, Euer Ehren. Frage wurde bereits beantwortet.»

Park macht trotzdem weiter. «Ich formuliere die Frage neu. Hat Ihnen jemand den Spitznamen meines Mandanten genannt und entweder vorgeschlagen oder vielleicht gar verlangt, dass Sie meinen Mandanten zusammen mit Mr. Tavira identifizieren?»

«Nein.» Das sage ich sehr schnell. Und ich habe ein sehr gutes Gefühl dabei.

«Ich habe keine weiteren Fragen, Euer Ehren.»

Jetzt ist der andere Anwalt dran. Zuerst mal hustet er. Er hustet eine ganze Weile, und die Richterin fragt, ob er ein wenig Zeit braucht, um sich zu sammeln, aber er sagt nein. Er geht zum Tisch des Sekretärs, wo eine Packung Kleenex steht, schnäuzt sich laut und wirft das gebrauchte Taschentuch in den kleinen Mülleimer neben dem Tisch. Dann kommt er zu mir.

«Vielen Dank, Euer Ehren», sagt er. «Ich bitte um Entschuldigung.»

Er will wissen, woher ich Wizard kenne. Ich sage, jeder kennt Wizard. Ich kenne seinen Namen, und ich kenne sein Gesicht. «Er ist berühmt in Lynwood.»

«Berühmt in Lynwood?»

«Ja, Sir. Das heißt, dass einen dort alle kennen, aber wenn man irgendwo anders hingeht, dann erkennt einen vielleicht keiner.»

«Und wodurch wird man berühmt in Lynwood?»

«Ich weiß nicht, ob ich das sagen sollte.»

«Das ist schon in Ordnung, Mr. Clark. Sie können es sagen.»

«Ich schätze, wenn man ein harter Typ ist und sich der Name herumspricht.»

«Mr. Clark, wenn jemand berühmt in Lynwood ist, wäre es dann möglich, dass andere neidisch sind auf diesen lokalen Ruhm?»

«Vielleicht.»

«So neidisch, dass sie sich vielleicht Geschichten über diesen Menschen ausdenken?»

«Davon weiß ich nichts.»

«In Ihrer neuen Version der Ereignisse, Mr. Clark, da behaupten Sie, keine Schießerei gesehen zu haben. Stimmt das?»

«Ja.»

«Sie sagen, Sie seien erst am Tatort eingetroffen, als Lucrecia Lucero bereits verwundet war. Korrekt?»

«Ja.»

«Als Sie dort eintrafen, haben Sie da eine Pistole am Boden liegen sehen?»

«Nein.»

«Sie haben die angebliche Tatwaffe nicht gesehen?»

«Nein.»

«Sie haben dort einige Zeit am Boden verbracht. Sie haben dem Opfer das Bein abgebunden. Sind Sie sicher, dass Sie keine Pistole bemerkt haben?»

«Ja, Sir. Wenn das irgendwer wüsste, dann wohl ich, aber es war sehr dunkel, und ich war beschäftigt. Ich habe aber keine Waffe gesehen.»

Von dieser Gang hat mir keiner je erzählt, was ich über die Waffe sagen soll: ob ich sie gesehen habe oder nicht. Darum habe ich mir gedacht, ich sage am besten, ich habe sie nicht gesehen, dann muss sich niemand Gedanken über meine Verbindung zu Petrillo machen, und ob ich sie ihm übergeben habe. Dann wäre ich auf der sicheren Seite. Und dann würde Petrillo auch nichts weiter von mir wollen. Ich war einfach der barmherzige Samariter, der ein paar Drogen vom Boden aufgehoben und sie genommen hat, nachdem er jemandem das Leben gerettet hat. Beinahe ein Held.

«Wenn Sie die Pistole also nicht auf dem Boden liegen sahen, haben Sie dann gesehen, wie die beiden flüchtenden Männer sie mitnahmen?»

«Nein. Es ging alles so schnell. Da war jede Menge Blut.»

«Mr. Clark, könnten Sie mir bitte erklären, warum Sie in Ihrer Zeugenaussage gelogen haben?»

«Warum ich gelogen habe?»

«Ja. Warum haben Sie bei einer Aussage unter Eid gelogen, wo doch diese Aussage den wichtigsten Grund für die Verhaftung meines Mandanten bieten würde?»

«I-ich habe gelogen, weil ich wahrscheinlich durcheinander war, glaube ich. Ich hatte in der Nacht davor wieder Drogen genommen, und ich war auch sehr lange auf diesem Polizeirevier. Es ging mir gar nicht gut, als ich das alles geschrieben habe.»

«Und haben Sie auch gelogen, als Sie ausgesagt haben, dass Miss

Lucero Mr. Tavira mit den Worten, ich zitiere, ‹Motherfucking Wizard› identifizierte?»

«Ja. Das habe ich nicht gehört.»

«Sie haben also nicht gesehen, wie Mr. Tavira eine Pistole auf Miss Lucero abfeuerte?»

«Nein.»

«Sie haben auch nicht gesehen, wie Mr. Tavira die besagte Pistole nach den Schüssen Mr. Safulu gab?»

«Nein.»

«Keine weiteren Fragen», sagt er und hustet dann noch mal sehr heftig.

Miss Mirkovich wirkt nicht sehr zufrieden mit mir, als sie aufsteht, aber das ist unter der Oberfläche. Darüber zeigt sie nur Anteilnahme, fast so, als würde sie sich Sorgen um mich machen, und so klingt auch ihre Stimme.

«Mr. Clark, Ihnen ist ja bewusst, dass es sich um einen Fall von Bandenkriminalität handelt, darum muss ich Sie das fragen: Ist es möglich, dass Sie von Gang-Mitgliedern eingeschüchtert wurden, heute eine Aussage zu machen, die Ihrer polizeilichen Aussage widerspricht?»

«Nein.»

«Mr. Clark, ist Ihnen bewusst, dass Sie sich der Missachtung des Gerichts schuldig machen, wenn sich herausstellt, dass Sie falsche Angaben gemacht haben?»

«Nein.»

«Können Sie aber. Darüber hinaus können Sie auch wegen Falschaussage oder sogar Meineids belangt werden. Beides stellt einen Verstoß gegen Ihre derzeitigen Bewährungsauflagen dar. Sind Sie sich darüber im Klaren?»

«Das wusste ich nicht.»

«Und da Sie es nun wissen, wollen Sie dennoch bei Ihren heute getätigten Aussagen bleiben?»

«Ja.»

Sie zieht eine ihrer strengen Augenbrauen hoch. «Mr. Clark, Sie haben vorhin erwähnt, dass Sie bei Gott etwas wiedergutmachen wollen?»

«So in der Art. Ja, Ma'am.»

«Meinen Sie, das haben Sie heute getan?»

«Ich habe es versucht.»

Sie seufzt so laut, dass die Geschworenen es hören können, und sagt der Richterin, dass sie keine weiteren Fragen hat, aber sich das Recht vorbehält, mich noch einmal in den Zeugenstand zu rufen. Dann fragt die Richterin noch einmal bei den Verteidigern nach, ob sie noch etwas von mir wollen, aber beide sagen nein, und dann fragt die Richterin, ob es in Ordnung wäre, mich zu entlassen, und alle Anwälte sagen ja, also sagt mir die Richterin, dass ich entlassen bin, dass ich aber die nächsten beiden Tage im Gericht bleiben muss. Ich darf wieder runtersteigen auf den Teppichboden und um die Gerichtsschreiberin herumgehen, die wie eine ältere Version von Christie Brinkley aussieht, nur mit Brille, und dann durch die kleine Schwingtür und den Mittelgang runter, an den Zuschauern vorbei, und dabei achte ich drauf, den kleinen Typen aus dem Motelzimmer nicht anzugucken, denn er schaut auf jeden Fall kein bisschen in meine Richtung.

STAATSANWÄLTIN KRISTINA MIRKOVICH

13. JANUAR 1994, 11:11 UHR

86

Ach, Mr. Clark, ich wusste, es ist möglich, aber ich habe es trotzdem nicht kommen sehen. Petrillo sagt, Clark hat keinen Meldetermin verpasst. Seine Bewährungskontrolle ist jedes Mal abgezeichnet. Er hat auch keinen einzigen positiven Drogentest. Er geht zu seinen Treffen. Sein Job ist echt, und die Berichte seines Vorgesetzten sind hervorragend. Wie sind die also an ihn rangekommen, verdammte Scheiße noch mal?

Offensichtlich hat er große Angst, und das ist verständlich und sehr traurig. Das richtige Problem ist allerdings, wie ich mich dazu verhalten soll, dass er mehr Meineide geschworen hat als ein professioneller Heiratsschwindler. Wenn ich ihn deswegen anklage, muss ich mir überlegen, wie das für die Richterin aussieht, nachdem ich sie gedrängt habe, ihn mit Hilfe des Drogengerichts vor einem richtigen Prozess zu bewahren, vor allem, weil Clark sowieso schon einen Termin dafür hat. So eine Scheinheiligkeit würde Ayers bestimmt missfallen, erst recht, wenn Clark sonst alles richtig macht, und außerdem muss ich auch in Betracht ziehen, dass sie noch ein Jahrzehnt hinterm Richtertisch vor sich hat. Ich werde noch öfter in ihrem Gerichtssaal stehen. Riskiere ich also einen zukünftigen Nackenschlag, oder hebe ich die Hände zum Himmel und sage: Er hat sein Bestes getan, aber er hatte zu viel Angst und ist eingeknickt? Nur Letzteres macht politisch Sinn.

Richterin Ayers sieht mich an. «Machen wir nach Plan weiter, Miss Mirkovich?»

«Ja, Euer Ehren. Die Staatsanwaltschaft möchte Lucrecia Lucero in den Zeugenstand rufen.»

«Sehr gut. Wenn ich mich nicht irre, wartet sie draußen im Gang. Würden Sie sie hereinholen, Gerichtsdiener?»

Der Gerichtsdiener geht hinaus und kommt mit einem Rollstuhl wieder herein, in dem Lucrecia Lucero sitzt, die dunklen Haare zu zwei Zöpfen links und rechts geflochten, die auf ein dunkles Sweatshirt fallen.

Als sie in den Zeugenstand gefahren worden ist, frage ich sie, ob sie unter der Adresse in der Josephine Street lebt, wo die Tat sich ereignet hat. Tut sie. Wir stellen fest, dass am sechsten Dezember des letzten Jahres dreimal auf sie geschossen wurde, und ich unterbreite Fotos von Miss Luceros Verletzungen als nächste Beweisstücke der Staatsanwaltschaft.

Richterin Ayers macht sich eine Notiz. «Die werden als Beweisstücke 17, 18 und 19 der Staatsanwaltschaft vermerkt.»

Ich frage nach Miss Luceros Mitgliedschaft in einer Gang. Sie sagt, sie sei in keiner, also zeige ich ihr Vorstrafenregister: Sie hat sich schuldig bekannt, als Komplizin an einem Raub teilgehabt zu haben, und durch einen Deal ihre Strafe auf dreizehn Monate reduziert, verbüßt durch Untersuchungshaft; und derzeit ist eine Anklage wegen Drogenbesitzes anhängig, noch nicht verhandelt. Sie kann sich an keins von beiden erinnern und sagt, da müsse sie erst in die Akten schauen. Willie quietscht mit dem Stuhl hinter mir. Das ist seine Art, mir zu sagen, dass ich die Gangart wechseln sollte.

«Euer Ehren, die Staatsanwaltschaft möchte die Zeugin als gegnerische Zeugin behandeln.»

«Fahren Sie fort.»

«Stimmt es, dass Ihr Bruder, ebenfalls Gang-Mitglied, am 12. Juni 1992 ein Mitglied von Mr. Taviras Gang umgebracht hat?»

«Dafür wurde mein großer Bruder verhaftet. Er wehrt sich gerade gegen die Vorwürfe.»

«Gibt es nicht einen Kodex in Ihrem Viertel, der bei vermeintlich zugefügtem Unrecht Vergeltung fordert?»

«Nein.»

«Kennen Sie Omar Tavira?»

«Ich würde ihn erkennen.»

«Befindet er sich in diesem Gerichtssaal?»

«Ja.»

«Miss Lucero, hat Ihnen jemand Gewalt angedroht, um Ihre Aussage zu beeinflussen?»

«Nein.»

«Kennen Sie irgendeinen Grund, wieso die Angeklagten Ihnen weh tun sollten?»

«Nein, weil sie das auch nicht haben.»

Da ist es. Der direkte Widerspruch, zu dem ich sie gelenkt habe. «Wollen Sie behaupten, dass keiner der beiden Beschuldigten am Abend des 6. Dezember die Waffe auf Sie abgefeuert, Sie getroffen und beinahe umgebracht hat?»

«Ja. Das behaupte ich.»

Ich gebe Ken ein Zeichen, den Projektor anzuwerfen. «Wenn ich darf, Euer Ehren?»

«Sie dürfen, Miss Mirkovich.»

Ken wirft eine Kopie des Beweismittels zwölf an die Wand. Die Nachricht wurde vergrößert, um sie lesbarer zu machen. Ich fasse kurz zusammen, wie *wilas* verwendet werden, um die Geschworenen noch einmal daran zu erinnern.

«Dies ist eine sogenannte *wila*, eine bei einem Häftling in San Quentin beschlagnahmte Nachricht. Darauf steht Ihr Gang-Name.» Ich unterstreiche das Wort *Scrappy* auf der Folie. «Miss Lucero, warum steht Ihr Name auf diesem Zettel?»

«Keine Ahnung. Ich bin nicht die einzige Scrappy, die es gibt.»

Ich setze nach. «Und was sagt Ihnen der Ausdruck *grünes Licht*, Miss Lucero?»

«Nichts.»

«Wir haben in Detective Monteros Zeugenaussage gehört, dass ‹grünes Licht› ein Code für Mord ist; der Ausdruck ist sozusagen ein Startsignal für die potenziellen Mörder. So wie ein rotes Licht *Stopp* bedeutet, sagt das grüne Licht: *Los*. Dieses Beweisstück bestätigt also, dass Sie zum Tod verurteilt worden sind, richtig?»

«Ich habe keine Ahnung.»

«Wir haben aus weiteren solchen Mitteilungen – Beweisstücke dreizehn und vierzehn der Staatsanwaltschaft – das explizite Motiv für die angeordneten Schüsse auf Sie entnehmen können: Sie haben Drogen an eine rivalisierende Gang, und ich zitiere, voller *‹mayates›* verkauft. Miss Lucero, was bedeutet *mayate* auf Englisch?»

«Das ist so ein Käfer.»

«Was hat er für eine Farbe?»

«Manche sind schwarz.»

«Ist es eine im Spanischen übliche abwertende Slang-Bezeichnung für Afroamerikaner?»

«Nein.»

«Detective Montero hat bereits dazu ausgesagt und diese Bedeutung bestätigt, ebenso Deputy Jackson, als er im Zeugenstand war. Wollen Sie Ihre Antwort vielleicht revidieren?»

«Nein.»

«Miss Lucero, ist Ihr Kind halb schwarz?»

«Einspruch, Euer Ehren. Relevanz?» Nick weiß, ich habe was im Ärmel, und ist besorgt.

Ich wende mich an die Richterin. «Euer Ehren, wenn die ethnische Zugehörigkeit beim Mordbefehl gegen Miss Lucero eine bedeutende Rolle spielte, dann ist es das wert, näher beleuchtet zu werden.»

«Ich lasse die Fragerichtung zu, aber kommen Sie zum Punkt, Miss Mirkovich. Bitte beantworten Sie die Frage, Miss Lucero.»

«Ja, mein Kind ist *blaxican.*»

«Das wäre eine Zusammensetzung von *black* und *Mexican*?»

«Genau.»

«Sind Sie deshalb in Ihrem Viertel stigmatisiert worden, sowohl Sie als auch Ihr Kind?»

Sie rutscht auf der Zeugenbank zur Seite. «Nein.»

«Detective Montero hat ausgesagt, dass der Mann, der diese Nachricht geschrieben hat, den Teil von Lynwood kontrolliert, in dem auch die Herren Tavira und Safulu leben, und zwar durch ein komplexes System organisierter Erpressung, das ‹Steuern› oder ‹*cariño*› genannt wird. Kurz gesagt, profitieren die beiden von seinem Schutz. In anderen Nachrichten von diesem Häftling, die abgefangen wurden, hat er den Straßenkrieg gegen schwarze Gangs erklärt. Krieg gegen *mayates.*»

Nick Park erhebt sich. «Einspruch. Das ist keine Frage, sondern eine Erklärung, Euer Ehren, und zwar eine, die vor allem die Gemüter erhitzen soll, wenn ich das hinzufügen darf.»

«Das dürfen Sie nicht, Mr. Park, aber ich gebe Ihrem Einspruch statt. Kommen wir noch zu einer Frage, Miss Mirkovich?»

«Ja, Euer Ehren. Miss Lucero, fürchten Sie um Ihr Leben, weil Sie heute hier sind?»

«Nein.»

«Zwei Bewaffnete sind in der Tatnacht auf Sie zugekommen. Haben Sie die beiden erkannt?»

«Nein.»

«Euer Ehren, ich würde der Zeugin gern Beweisstück eins der Staatsanwaltschaft vorlegen.»

«Nur zu.»

Ich nicke Ken zu, der statt des Kassibers Augies Aussage auf den Projektor legt. «Miss Lucero, könnten Sie bitte die unterstrichene Passage lesen?»

«Das lese ich nicht.»

Ich beuge mich vor. «Wenn ich darf, Euer Ehren? ‹Sie hat gestöhnt, sie hatte große Schmerzen. Außerdem hat sie ‚Motherfucking Wizard' gesagt, weil sie wusste, dass er auch auf sie geschossen hat.› Erinnern Sie sich, das gesagt zu haben, Miss Lucero? ‹Motherfucking Wizard›?»

«Nein.»

«Man nennt so etwas in der Rechtssprache Erklärung im Angesicht des Todes. Glaubten Sie in dem Moment, dass Sie sterben würden?»

«Sind Sie schon mal angeschossen worden, Miss?»

«Euer Ehren, ich möchte Sie bitten, die Zeugin anzuweisen, meine Frage zu beantworten.»

Sie starrt mir direkt in die Augen und beugt sich vor. «Miss, ich habe Sie gefragt, ob Sie schon mal angeschossen wurden?»

«Das reicht, Miss Lucero. Ich weiß, das ist nicht leicht für Sie, aber Sie müssen die Frage beantworten.»

Lucero fixiert mich weiter. «Ich habe gar nichts gedacht. Auch nichts gesagt. Ich habe bloß geblutet und weiter nichts, verfluchte Scheiße.»

Die Richterin schlägt den Richterhammer aufs Holz, um für Ruhe zu sorgen, und ich lasse die Stille über den Saal sinken. Ich sehe, wie die Geschworenen Luceros Gesicht beobachten, den Schmerz darin. Ich schaue auf meine Aufzeichnungen, um den Augenblick noch in die Länge zu ziehen, damit die Geschworenen sie noch länger anschauen können, und dann wieder zur Leinwand, auf die Clarks Zeugenaussage projiziert wird, die ihnen die wahrste Nacherzählung des Geschehens bietet, die sie bekommen werden.

«Ich habe im Augenblick keine weiteren Fragen, Euer Ehren.»

Ken und ich essen im Smeraldi's zu Mittag. Wir nehmen ein Taxi. Hinten an der Wand wartet schon ein reservierter Tisch auf uns.

Ken starrt grimmig in seinen Tom Collins. «Diese ganze Verhandlung ist ein Haufen Scheiße, aber war ja klar, dass es kein Spaziergang wird. Jetzt geht es vor allem darum, was du noch retten kannst. Womöglich verlierst du Safulu, weil du keine Mehrheit der Geschworenen kriegst, aber kannst du Tavira festnageln?»

«Weiß ich nicht. Fast jeder Zeuge widerspricht allen anderen Zeugen. Es gibt keine kohärente Erzählung.»

«Das ist aber dein Job, das zu wissen. Im Ernst, was war denn das für ein Scheiß mit Petrillo? Er hat diese Alvarez angebaggert? Herrgott noch mal.»

Was für ein Albtraum. Ganz persönlich finde ich die Vorstellung widerwärtig, dass Phillip Petrillo gewohnheitsmäßig jungen Frauen aus dem *barrio* nachstellt. Und auf beruflicher Ebene musste ich bei der Verbindung, die Park da zwischen Petrillos erster Beschwerde und einem ernstlich unmoralischen Verhaltensmuster zog, das sich nun auch auf Angela Alvarez erstreckt, an die in Flammen aufgehende *Hindenburg* denken.

«Was soll ich dazu sagen, Ken? Ich habe ihn befragt. Er hat kein Wort davon gesagt. Warum sollte er auch?»

Ken schaut wieder tief in seinen Longdrink. «Und dieses Mädchen, die sie in Disneyland gesehen hat, die war irgendwo auf Seite zwei versteckt. Nach der hätten wir fragen sollen.»

«Ich *habe* nach Gloriana Nuñez gefragt. Sie war zu Besuch bei einer kranken Verwandten. Hatte noch keine Aussage gemacht. So hat Park das vor einer Woche verkauft, und die Richterin hat es ihm abgenommen, das ist also alles, was wir haben.»

«Das stinkt zum Himmel.»

«In der Tat. Aber lohnt es sich jetzt noch, Petrillo wegen Zeugenbeeinflussung bei Alvarez anzuklagen? Und auf Ungültigkeit wegen Verfahrensverstoß zu gehen?»

Er seufzt. «Das ist dein erster Fall als AHD, Kris. Willst du darauf setzen, dass Garcetti Mittel für einen weiteren Prozess freigibt? Wenn du aus der Sache mit einer Verurteilung Taviras rausgehst, obwohl der Prozess so beschissen gelaufen ist, dann kannst du in der oberen Etage immer noch ein paar Punkte machen.»

Ken ist ein alter Säufer, aber mein Bauchgefühl sagt, dass er recht hat.

«Wir wussten, sie würden Petrillo so aussehen lassen, als habe er sein Amt missbraucht, aber das hat uns zu Anfang nicht bekümmert, und das macht mir jetzt auch keine Sorgen. Kein Mensch glaubt Junkies und Knackis, wenn sie solche Beschwerden gegen ihre Bewährungshelfer oder Aufseher einreichen, und das werden die Geschworenen auch nicht tun. Das größere Problem ist, welche gewagte Schlussfolgerung Park mit dieser Info über Alvarez gezogen hat: dass Petrillo die Pistole Safulu unterschiebt, um Hindernisse zwischen ihm und dem Mädchen beiseitezuräumen. Spielt keine Rolle, dass es aus dem Protokoll gestrichen wurde. Er hat die Frage untergebracht, ob ihn niemand dabei beobachten konnte.»

Ken hat nur noch Eiswürfel im Glas. «Und das haben die Geschworenen jetzt gehört. Das kriegst du ihnen nicht mehr aus dem Hirn.»

«Nein.»

«Beim ersten oder zweiten Plädoyer müssen wir ihnen *noch mal* die Tatsache einhämmern, dass Petrillo nie einen formellen Tadel gekriegt hat.»

«Übernimmst du immer noch das erste und ich das Schlussplädoyer?»

«Ja.» Ken rührt im Eis herum. «Wir müssen außerdem festklopfen, dass er für eine Arbeit mit dieser Task Force belobigt wurde. Wann war das, neunundachtzig? Den Nagel müssen wir richtig einschlagen.»

Mir fällt jetzt erst auf, dass Ken ständig von Hämmern und Nägeln redet.

«Das war achtundachtzig.»

«Richtig. Also, irgendwas müssen die Geschworenen glauben. Und darum musst du ihnen ganz unabhängig von Petrillo einhämmern, dass wir die verlässlicheren Zeugen haben. Scheiße. Sogar Clark und Lucero sagen verlässlich *nicht* die Wahrheit. Vielleicht können wir daraus noch Profit schlagen. Klar, sie lügen, aber wieso? Was gewinnen sie dadurch?»

«Ihr Leben?» Ich nippe an meinem Eistee. «Aber es geht weniger darum, was sie persönlich zu gewinnen haben; eher darum, was die Geschworenen glaubhaft finden.»

RECHTSANWALT NICK PARK

13. JANUAR 1994, 13:32 UHR

87

Während der Mittagspause merke ich, dass ich mich schon vor zu viel Optimismus hüten muss. Petrillo ist spektakulär baden gegangen, Clark ist ebenfalls zerbröselt, und nicht mal Lucero – das eigentliche Opfer – hat Kristina irgendwas geliefert und sich geweigert, die Täter zu identifizieren, obwohl sie offensichtlich weiß, wer es war. So langsam glaube ich, keine Mehrheit ist schon das Worst-Case-Szenario, und ein Freispruch für meinen Mandanten wird immer wahrscheinlicher. Darüber denke ich in der Kantine im fünften Stock nach, als ein junger Mann auf mich zukommt, den ich noch nie gesehen habe, während ich gerade in mein Sandwich beißen will. Er ist anständig gekleidet, Polohemd, Jeans, Lederschuhe. Er ist Latino, wirkt aber nicht wie ein Gang-Mitglied.

«Aus Ihrem Büro», sagt er und reicht mir einen gefalteten Zettel, eher er wieder rausgeht.

«Danke.» Das ist ganz und gar nicht vorschriftsmäßig.

Neben mir sitzt ein Sheriff auf einem Barhocker. Er füllt ein Formular aus und trinkt dabei eine Tasse Kaffee. Er hebt nicht mal den Kopf, als ich an ihm vorbei zur Toilette gehe.

Ich falte den Zettel in einer Kabine auf. Die Nachricht ist nicht unterschrieben, aber sie ist eindeutig von Matta.

Dort steht: *Fragen Sie LL, was am 6.12. passiert ist. Sie wird es sagen.*

LL ist Lucrecia Lucero. Man legt mir eindeutig nahe, sie die Ereignisse der Tatnacht beschreiben zu lassen. Das würde sie für die

Staatsanwaltschaft nicht tun, und wenn sie es für mich täte, wäre das ein echter Coup. Es gibt allerdings ein doppeltes Problem: 1.) habe ich keine Ahnung, was Miss Lucero sagen wird, und 2.) ist dies ein klarer, materieller Beweis von Zeugenbeeinflussung.

Einen ganz kurzen Augenblick lang spiele ich mit dem Gedanken, die Nachricht der Richterin auszuhändigen. Das wäre ein möglicher Verfahrensfehler, der eine neue Anklage notwendig macht, aber dann würde ich gefragt werden, wie die Nachricht an mich gelangt ist. Hatte ich zuvor Kontakt mit Matta, der ganz offensichtlich bei dieser Sache in Taviras Gang die Fäden in der Hand hat? Wenn das untersucht wird, steht sein Name wegen unseres Treffens letzten Monat in meinem Kalender. Die Richterin wird wissen wollen, wieso ich mich mit einem möglichen kriminellen Komplizen der Angeklagten treffe, dem von Mr. Safulu die Information über Augustine Clark zugespielt wurde – ein Thema, das sie nach dem Ausscheiden von Taviras vorherigem Anwalt für erledigt hielt –, und was bei diesem Treffen besprochen wurde. Es wird zu Nachforschungen kommen. Wenn ich nicht mitspiele, könnte ich eine Rüge kassieren. Wie es auch läuft, es verspricht eine Menge Ärger.

Um all diese Unannehmlichkeiten zu vermeiden, lasse ich die Nachricht in die Toilette fallen und spüle. Ich schaue zweimal nach, ob sie auch weg ist, und spüle dann zur Sicherheit noch einmal.

Als Lucrecia Lucero wieder in den Zeugenstand gefahren worden ist, überlege ich mir, dass ich vielleicht Pluspunkte machen könnte, wenn ich die Frau, die vor kurzem von drei Kugeln getroffen wurde, nicht so bedränge wie Kristina. Außerdem ist Scrappy offensichtlich ein Star. Sie hat Charisma und ist eloquent. Wenn sie nicht zu angespannt ist, wenn sie sich ein wenig gehen lässt, kann niemand im ganzen Saal den Blick von ihr wenden – nicht mal die Gerichtsdiener, und das will was heißen. Gerichtsdiener sehen alles und lassen sich von nichts beeindrucken, aber sogar die schenken ihr Aufmerksamkeit, auch wenn sie still ist.

«Guten Tag, Miss Lucero.»

«Guten Tag.»

«Sie haben in der vorherigen Befragung ausgesagt, dass Sie Mr. Tavira kennen, aber kennen Sie auch Mr. Safulu?»

«Nein.»

«Haben Sie ihn überhaupt schon einmal gesehen?»

«Nein.»

«Miss Lucero, können Sie mir in Ihren eigenen Worten schildern, was Ihnen an jenem Abend zugestoßen ist?»

Kristina sitzt ungefähr drei Meter von mir entfernt am Tisch der Staatsanwaltschaft, aber ich schwöre, sie wirkt angespannt.

«Ich erinnere mich nicht an alles, ich war ziemlich high.»

«An was erinnern Sie sich denn?»

«Jemand hat gegen mein Haus gehämmert und mich aufgeweckt.»

«An die Haustür, meinen Sie?»

«Ja. Ich bin an die Tür gegangen, habe durch die Scheibe geguckt und einen Mann draußen gesehen, und dann habe ich ihm gesagt, er soll abhauen.»

«Wer war das?»

«Das war Augie.»

«Fürs Protokoll, die Zeugin hat Augustine Clark gemeint. Was wollte Mr. Clark?»

«Drogen.»

«Warum hat er zu diesem Zweck an Ihre Tür geklopft?»

«Mein Bruder hat manchmal was verkauft.»

«Und was ist dann passiert?»

«Ich habe Augie weggeschickt, aber er wollte nicht gehen. Er hat beinahe die verdammte Dachrinne vom Haus meiner Mutter gerissen, weil er wollte, dass ich rauskomme.»

«Und sind Sie rausgegangen?»

«Ja.»

«Um was zu tun?»

«Um ihm den Arsch zu versohlen, weil er Mamas Haus kaputt gemacht hat.»

Die Geschworenen Ramos und Bundridge halten sich die Hand vor den Mund, um ihr Lächeln zu verbergen, als Miss Lucero das sagt, und jetzt kommt sie in Fahrt. «Der Bengel kann nicht kämpfen. Ich meine, Sie haben ihn ja gesehen, was für ein magerer Hering er ist.»

Die männlichen Geschworenen finden das witzig. Die weiblichen – vor allem Hall – weniger.

Ich muss das umformulieren. «Nachdem Sie Ihr Eigentum verteidigt hatten, was ist dann passiert?»

«Er ist weggegangen. Ich habe gesehen, wie sein dürrer Hintern die Straße runter verschwand.»

«Und sind Sie da in Ihr Haus zurückgegangen?»

«Hab ich versucht. Aber dann hat jemand meinen Namen gerufen, ich hab mich umgedreht, und dann fielen die Schüsse.»

«Hat die erste Kugel Sie gleich getroffen?»

«Mann, die haben mich alle getroffen. Sie haben doch die Fotos gesehen. Ich bin zu Boden gegangen, als hätte mich einer umgeschmissen.»

Die Geschworenen hängen an ihren Lippen.

«Erinnern Sie sich an noch etwas?»

«Als es zu Ende war, kein Blitzen und Knallen mehr, hab ich gemerkt, wie mir was Hartes auf den Fuß fällt. Es war schwer und heiß. Richtig heiß.»

Wow. Ich versuche, die Fassung zu bewahren. Die Pistole war heiß? Was für ein Detail! «Entschuldigung, Miss Lucero. Wollen Sie sagen, dass die Waffe *fallen gelassen* wurde, und zwar auf Ihren Fuß, und dass sie vom Feuern noch heiß war?»

«Muss sie wohl. Ich hatte keine Schuhe an, darum hab ich es gespürt.»

«Euer Ehren, dürfte ich die Fotos der Staatsanwaltschaft von den Beinverletzungen zeigen?»

«Sie dürfen, Mr. Park. Das wäre Beweisstück neunzehn der Staatsanwaltschaft.»

Ich lasse es an die Wand werfen. Ich mache alle auf die dunkler werdende Druckstelle auf ihrem Fuß aufmerksam, das erste Stadium eines dicken blauen Flecks.

«Wodurch wurde diese Verfärbung hervorgerufen, Miss Lucero?»

«Eine Pistole. Muss sie gewesen sein. Die sind schwer.»

«Wissen Sie, was hinterher mit der Waffe geschehen ist?»

«Nein, weiß ich nicht. Jemand hat sie genommen und weggeschafft?»

«Einspruch», sagt Kristina. «Spekulation.»

«Stattgegeben.»

«Nur noch eins, Miss Lucero. Haben Sie Angst vor den Angeklagten?»

«Nein.»

«Fürchten Sie, dass sie Ihnen Gewalt antun könnten?»

«Absolut nicht.»

Als sie das sagt, schaut sie mir ungerührt in die Augen, und ich glaube ihr. Sollte sie tatsächlich Gewalt fürchten, ist sie die beste Schauspielerin der Welt.

Die Gegenbefragung läuft leichter für Lucrecia Lucero, als ich gedacht habe. Ken Gibson vermag gerade mal anzufechten, dass sie wirklich erkennen konnte, ob ihr eine Pistole auf den Fuß gefallen war oder etwas anderes. Damit legt er schon ein bisschen mehr Fundament für das Plädoyer der Staatsanwaltschaft; sie werden sich ganz bestimmt sehr auf die Frage versteifen, warum die Zeugen ihre Aussagen geändert haben. Das ist in Ordnung. Ich werde dagegenhalten, indem ich mich ganz auf Petrillos übergriffiges Verhalten konzentriere.

Nachdem Miss Lucero aus dem Zeugenstand entlassen wird, regelt Richterin Ayers ein paar Terminfragen. Einer der Geschworenen muss morgen früh eine Geschäftsreise antreten, die er nicht absagen kann, also entlässt ihn die Richterin aus seiner Pflicht und beruft einen Ersatz. Geschworener Nr. 3, mein fernöstlicher Freund, geht also und wird durch Nachrückerin Nr. 3, die weiße Zahntechnikerin aus der Vorstadt, ersetzt. Kristina kann ihre Freude darüber kaum verhehlen. Ich hatte eine Zweidrittelchance, einen Latino oder eine Afroamerikanerin zu kriegen, doch stattdessen habe ich den feuchten Traum der Staatsanwaltschaft bekommen: weiß, weiblich, anständiges Einkommen. Dumm gelaufen.

Als wir uns endlich vertagen, sage ich Bertelsmann, er soll mal zum Arzt gehen, und besuche Safulu in der Arrestzelle. Ich bringe ihm eine Plastiktüte voller Kleidung. Normalerweise würde das der Gerichtsdiener machen, aber heute biete ich an, die Sachen mitzunehmen, weil ich ihn sowieso sprechen muss. Wizard ist schon weiter hinten, jenseits der grünen Schleuse, darum sitzt Safulu allein in der Zelle.

«Noch mehr Sachen», sage ich und reiche ihm die Tüte.

«Von Angela?»

Ich nicke.

«Wie kommt das denn?», fragt er.

«Sie kümmert sich?»

«Ist wohl so.»

«Die richterlichen Anweisungen zum Duschen werden befolgt, ja?»

«Wir dürfen jetzt abends rein.»

«Was meinen Sie, wie es heute gelaufen ist?»

Er zuckt die Achseln. «Keine Ahnung. Ich bin kein Anwalt.»

«Dann glauben Sie es mir: Es ist gut gelaufen. Wie gut, weiß ich noch nicht, aber wenn Mirkovich uns bald einen Deal anbietet, müssen wir uns darüber Gedanken machen.»

«Okay», sagt er, ist aber mit den Gedanken woanders, also verlasse ich ihn und fühle mich irgendwie unbefriedigt, weil ich diesen sehr guten Tag für seine Verteidigung nicht mit ihm feiern konnte.

JACOB SAFULU ALIAS DREAMER

13. JANUAR 1994, 21:44 UHR

88

Hier drin läuft es so: Wenn du eine gerichtliche Verfügung hast, dass du duschen darfst, falls du spät vom Gericht kommst, dann lassen sie dich. Wenn nicht, dann nicht. Dann läuft es einfach nicht. Es sind bloß Wizard und ich. Das war's. Und weil wir nur zu zweit sind, werden wir weitergeführt zum 900er-Block, der Disziplinarabteilung. Zuerst bin ich total gestresst, weil ich denke, wir kriegen Ärger, aber dann wird mir klar, dass da drin Duschen sind und niemand mehr da, weil es schon so spät ist. So ein kleiner T-förmiger Raum. Man geht rein, und dann ist links eine Dusche und rechts eine. Die sind voneinander abgewandt, und davor so kleine Metallbänke.

Eigentlich hat Wizard keine Verfügung zum Duschen, aber er ist grad erst hier angekommen, und ich glaube, der Chef der Aufseher weiß, dass wir zusammen vor Gericht stehen, und will Richterin Ayers nicht verärgern, denn wenn er Wizard nicht duschen lässt, kriegt er bestimmt was zu hören.

«Mann, wie kann ich denn nach einem Tag schon diesen Fußpilz haben, der hier in Wayside rumgeht? Dabei trage ich doch Badelatschen und alles!»

Wizard redet über die Schulter mit mir. Ich höre es über das Heißwasserrauschen. Eigentlich rauscht es gar nicht, weil der Druck hier so schwach ist. Im Central Jail ist es genauso. Ich glaube, das machen sie mit Absicht. Damit du härter dafür arbeiten musst, sauber zu werden. Vielleicht ist das also ein psychologischer

Trick, vielleicht versuchen sie auch bloß Geld zu sparen. Keine Ahnung.

«Hey, Deputy», sagt Wizard, diesmal lauter.

Es ist ein älterer Typ. Weiß. Rasierter Schädel. Er füllt auf der Metallbank irgendwelche Papiere aus. «Ja, Häftling?»

«Was ist der verrückteste Scheiß, den Sie hier drinnen je gesehen haben?»

Er schaut von seinen Papieren auf, starrt Wizard an und senkt den Kopf wieder.

Aber Wizard redet weiter und ist vielleicht sogar noch angestachelt, weil er wegen des Schimpfworts nicht zurechtgewiesen wurde. «Das Verrückteste, was ich erlebt habe, das war nicht hier, sondern unten im Central Jail, da waren so drei Typen, die irgendeinen Zirkusscheiß abgezogen haben, haben sich alle aufeinandergestellt, so auf die Schultern, um irgendwas aus der Decke zu holen, keine Ahnung, was, ein Stück Metall oder so, jedenfalls suchten sie da unter den Deckenplatten herum. Drei nasse Jungs, alle nackt, und der oberste ist wohl zu gierig und wild gewesen, oder es hat zu lange gedauert, jedenfalls werden sie erwischt!»

Ich schaue wieder zum Wärter, und jetzt hört er zu. Er arbeitet nicht mehr an seinen Papieren.

«Der Wärter ruft ihnen zu: ‹Was soll die Scheiße, Häftlinge? Was macht ihr da? Sucht ihr Metall, um Messer zu machen?› Und der unterste, oh Mann! Ich glaube, er hat sich erschreckt oder so, jedenfalls rutscht er aus! Er ist ja in der Dusche, ein paar von denen laufen noch und spritzen überall Wasser hin. Und als der Sockel von diesem Totempfahl weg ist, Mann, da kracht natürlich alles runter. Der oberste Typ stürzt voll ab, vielleicht fünf Meter, und er knallt so hart auf den Boden! Laut wie ein Bauchklatscher im Pool. Kennt ihr so ein Geräusch, von dem man sich krümmt? Weil man es beinah selbst spürt? Genau. *So* ein Geräusch. Und als der Typ von ganz oben so runterklatscht, spritzt das Wasser überall hin. Echt, Mann. Scheiße. Dem Typen ganz unten ist nichts passiert, der hat sich bloß den Kopf ein bisschen aufgeschlagen. Der in der Mitte hat sich fies den Knöchel verstaucht, aber viel schlimmer war, dass ihm eine Rippe in die Lunge gestochen ist, als der obere halb auf ihn draufgefallen ist. Und der von ganz oben war einen Monat lang auf der Krankenstation. Arm gebrochen. Kiefer gebrochen. Ich weiß noch, wie sie da alle auf dem Boden rumgehampelt sind, total kaputt, und das Wasser spritzt noch, ein bisschen Blut fließt auch und läuft in den Abfluss. Scheiße, Mann. Da sieht man's wieder: Wenn du fällst, solltest du nicht von ganz oben fallen. Das macht dich kaputt!»

Wizard lacht, und der Wärter lacht mit. Ihr Lachen hallt zusammen von den Wänden wider.

Als ich nicht mitlache, spricht Wizard mich an. «Hey Dreamer, ich hab die Geschichte erzählt, um dich aufzuheitern, Mann. Du siehst schon den ganzen Tag so down aus, und jetzt immer noch? Wieso? Heute ist es doch gut für dich gelaufen.»

«Meinst du?», frage ich ihn.

«Ja, Homeboy, das meine ich.»

Ich soll ihm erklären, wieso ich so niedergeschlagen aussehe, aber er wird es mir überlassen, wie und wann ich reagiere. Da merke ich, wie die Wut in mir aufsteigt. Ganz warm, aber ich schlucke sie wieder runter. Mir fehlen nämlich die richtigen Worte, um überhaupt zu sagen, wie ich mich in seiner Gegenwart fühle, und vielleicht werde ich die auch nie finden. Er ist es, der mit Worten umgehen kann. Ich bin bloß derjenige, der in seiner Nähe sein muss, weil wir zusammen in dieser Sache stecken, dabei bin ich total unschuldig, verdammt, und er hat noch nie irgendwas dafür getan, dass ich aus der Sache rauskomme, und wieso schnallt er das nicht? Verarscht er mich bloß? Ist das ein Spiel oder so was?

«Zwei Minuten», sagt der Wärter.

«Oooh Mann!», sagt Wizard. «Ehrlich, Sir? Hab ich uns mit der Geschichte nicht ein bisschen Extrazeit verdient?»

«Nein.»

«Das ist hart, Mann. Sie haben jetzt eine Hammergeschichte, die

Sie Ihren Kollegen erzählen können, und wir kriegen nicht mal ein paar Minuten extra dafür.»

Ich seife mich fertig ein und beeile mich, damit das Wasser noch zum Abspülen reicht.

Ich erkläre Wizard überhaupt nichts mehr, was mich angeht. Besser still bleiben und gar nicht davon anfangen. Ich meine, wenn er mich kennen würde, wenn er echt mein Homie wäre, dann wüsste er, was los ist. Dann müsste er nicht fragen. Und er hat schon gesessen, darum müsste er eigentlich wissen, dass mich nicht bloß er und sein Verhalten runterziehen, sondern wie diese ganze Überwachung und Kontrolle mir allmählich normal erscheint. Dieses Eingesperrtsein sickert langsam ein. Verändert mich innerlich. Und wenn ich manche Sachen nicht kriege, zum Beispiel an einem bestimmten Tag nicht lesen kann oder so, nicht im Kopf hier rauskommen kann, dann wird mir einfach die Brust schwer. Die Schultern auch. Ich kann nicht mehr richtig atmen. Alles wird eng. Ich fühle mich wie in der Falle. Ich kann das nicht gut erklären, denn ich *bin* ja auch in der Falle. Das liegt ja auf der Hand. Scheiße, das Gefängnis *ist* die Falle.

Und ich stecke jetzt schon lange genug drin, dass ich das auch im Inneren fühle. Ich trage es mit mir herum. Also ständig. Und es ist ja eine Sache, sich im Gefängnis in der Falle zu fühlen. Wo es Gitter gibt. Handschellen. Wo dir die Wärter folgen. Wo du aus den Wachhäusern beobachtet wirst. Wo dein Bett durchsucht wird. Wo die Wärter immer zu zweit Patrouille laufen. Wo das Licht an- und ausgeschaltet wird. Aber jetzt merke ich, dass ich mich sogar im Gericht so fühle. Wenn ich schöne Sachen anhabe. Wenn ich keine Handschellen trage und mich im Gerichtssaal eher wie ein normaler Mensch fühlen sollte, schaffe ich das nicht. Es fühlt sich überhaupt nicht an wie ein Moment der Freiheit, wo ich wieder ein Mensch sein kann. Allmählich fühle ich mich da genau wie im Transportbus oder hier drinnen. Es zieht mich einfach alles runter … Weil das System jetzt in mir drinsteckt. Und das ist wie Beton, der immer härter wird, je länger er rumliegt. Und das wird dann so ein Riesengewicht, so schwer, dass ich bloß den ganzen Tag in meinem Bett rumliegen will. Ich will nicht aufstehen und mit den Homeboys trainieren. Ich will bloß schlafen und nicht mehr aufwachen. Einfach für immer träumen, versteht ihr?

Das Verrückte ist: Genau in dem Moment ist es so, als könnte Wizard Gedanken lesen. «Du bist doch nicht wieder bei diesen Scheißträumen, oder?»

«Nee», antworte ich.

Aber ja. Er hat mich erwischt. Er hat mich durchschaut, ohne mich überhaupt anzugucken. Aber das werde ich ihm nicht erzählen. Das kann ich nämlich nicht vertragen. Nicht, solange wir nicht alles geklärt haben.

Früher war ich im Viertel einfach bloß Jacob, und weil sonst niemand einen Jacob kannte, war das okay, aber als meine Mutter abgehauen ist, da bin ich total abgestürzt. Und Wizard wusste, was los war, hat aber kein Wort gesagt. Er wusste, wie traurig ich war. Warum ich praktisch nicht mehr zur Schule ging. Wusste, dass ich den ganzen Tag verschlief. Und wenn er in der alten Wohnung vorbeikam, bevor ich wegen Mietrückstand rausgeschmissen wurde, hat er mich immer gefragt, wovon ich gerade geträumt habe. Ich müsste echt große Träume haben, wenn ich so viel schlafen könnte; das hat er jeden Tag gesagt. Darum hat er mich Dreamer genannt. Scheiße. Um mich dran zu erinnern, dass ich auch was anderes machen muss als schlafen, darum hat er mich so genannt. Und damit ich nicht darin zurückfalle, damit was Gutes daraus wird. Danach hat er mich so ein bisschen unter seine Fittiche genommen und die Mattas gebeten, mich aufzunehmen, und er hat mich auch viel in seiner Wohnung sein lassen, weil er wusste, wie es ist, wenn einem die Mutter fehlt. Er hat es bei mir gemerkt, weil er es selbst durchlebt hatte. Und Angela hat gekocht, und bei jedem Abendessen habe ich sie besser kennengelernt. Jedes Mal, wenn ich bei ihnen war, Filme geguckt und Gras geraucht habe. Das war einfach gut. Wir drei.

«Die Sache mit Angela macht mich fertig», sage ich über die Schulter.

Und das stimmt, aber auch wieder nicht. Ich meine, das ist nicht alles. Aber immerhin etwas.

«Als du gehört hast, dass sie ein Date mit Petrillo hatte, ja? Das ist echt kranke Scheiße.»

Dazu muss ich gar nichts sagen. Wizard hat alles gesagt. Das Ding ist, Angela ist ja gar nicht mehr meine Freundin. Ich habe ihr nicht zu sagen, was sie zu tun und zu lassen hat. Gefällt mir, was sie gemacht hat? Oh nein, ganz bestimmt nicht. Aber es ist eben nicht meine Sache. So ist das Leben. Da bin ich eigentlich schon drüber hinaus. Ich will nicht zurückschauen, aber in dem Moment musste ich. Lag ja im Gericht direkt vor meiner Nase.

Das Wasser geht aus. Wir trocknen uns ab und ziehen unsere blauen Overalls an. Wir werden zusammen zurückgebracht, weil wir nämlich im selben Saal liegen, so als ob sie wirklich wollen, dass wir irgendwas mit Tim Muhammad vom Zaun brechen, damit sie uns endgültig wegsperren können. Vielleicht liegt es daran, dass Wizard sich gut benommen hat und es im CJ keine Vorfälle gab, vielleicht auch daran, dass alles voll ist, die 700er, die 800er, aber das sind bloß Vermutungen. Ich habe ein schlechtes Gewissen, weil es sich gut anfühlt, mit ihm zusammen durch die Tür von 617 zu treten. Man spürt die Nervosität in der Luft. Wie die schwere Atmosphäre vor dem Regen. Selbst im Halbschlaf grüßen ihn Typen mit einem Kopfnicken. Es ist gleich besser geworden, seit er hier ist, weil Nada sich ein bisschen zurückhalten musste, aber er hat immer noch das Sagen, weil sein Cousin drüben in Calipatria den Schlüssel hat.

Wizard liegt drei Betten von mir weg, genau in der Mitte, 8B. Als wir reinkommen, schaue ich hoch zum zweiten Stock, wo ein paar Bloods liegen, und ich merke, wie mein Bauch sich verkrampft und ich bereit bin loszuschlagen, wenn nötig. Einer von ihnen hat die Augen offen und starrt mich an, Hass im Blick. Hass und Versprechen. Nach dem letzten Clash in der Kantine sind vierzig Typen in der Krankenstation gelandet. Mehr als die Hälfte Schwarze. Sie werden zurückschlagen. Das weiß ich. Wizard weiß es. Nada weiß es. Bei nächster Gelegenheit wird es richtig rundgehen. Und ich weiß nicht, was ich tun muss, wenn der Zeitpunkt kommt, aber ich weiß, das muss das Scheißmonster in mir erledigen.

ANGELA ALVAREZ

14. JANUAR 1994, 08:57 UHR

89

Mr. Park hat mir als Erster erzählt, was Phil, ich meine Agent Petrillo, getan hat. Dass er es auf Frauen abgesehen hat, über die er irgendwie Macht ausüben konnte. Er hat mir von Renee Sifuentes' Beschwerde erzählt, dass sie älter war als ich und seine Klientin. Aber er hat mir auch ein Bild von ihr gezeigt, und das war echt gruselig, weil wir uns so ähnlich sehen. Dieses Foto hat *alles* verändert. Das hat mich innerlich verletzt. Das hieß, ich war nichts Besonderes, ich passte bloß ins Muster. Als ich das hörte, war ich so scheißsauer auf mich selbst, dass ich mich so verarschen lassen habe. Weil es sich ja von Anfang an so falsch angefühlt hat, ich das aber ignoriert habe! Ich hatte so viel Aber im Kopf. Aber ich habe ihm im Zweifel immer alles zugutegehalten.

Und dann kam die Wut. Nicht bloß auf mich selbst, sondern auf ihn. Als ich mich daran erinnerte, wie oft er mein Zimmer durchsucht hatte, kam es mir wie ein Übergriff vor. Wahrscheinlich wusste er deswegen schon so viel über mich, bevor wir überhaupt ein Wort gewechselt hatten. Und als Mr. Park mir dann noch erzählte, dass Agent Petrillo womöglich die Pistole selbst da versteckt hat, bloß um Jacob und Omar aus dem Haus zu haben, damit er mit mir allein sein kann, da habe ich meine Kaffeetasse fallen lassen und alles verschüttet.

Ich bin bei einer Therapeutin gewesen. Und sie hat gesagt, dass ich in dem Augenblick eine Panikattacke hatte. Als es passierte, wusste ich nur, dass es mir schlecht ging. Dass ich mich krank fühlte, ganz tief drin, so tief es nur geht. Bis in die Seele. Auf mir lag eine Schuld, der ich nicht entkommen konnte. Es war meine Schuld, dass Jacob in dieser Lage und nicht frei war. Ich meine, ich weiß, das stimmt nicht, aber es hat sich so angefühlt. Fühlt sich immer noch so an. Und vielleicht wird es immer so bleiben, wenn er nicht freikommt.

Ich laufe nervös im Flur vor dem Gerichtssaal auf und ab und warte darauf, vom Gerichtsdiener hereingerufen zu werden. Das einzig Gute ist, dass die Richterin Agent Petrillo nicht erlaubt hat, bei meiner Aussage anwesend zu sein. Mrs. Matta und Jeo gehen auf dem Weg hinein an mir vorbei. Jeo schaut mich nicht an. Aber Mrs. Matta hat dicke Ringe unter den Augen, als sie mir auf Spanisch sagt, dass sie die ganze Nacht nicht geschlafen hat. Sie hat zum heiligen Leonhard gebetet. Dem Schutzheiligen der Gefangenen. Nicht um ein Wunder, sagt sie, sondern um die Wahrheit.

Auch die Geschworenen gehen an mir vorbei, und ich muss noch ein paar Minuten warten, bis der Gerichtsdiener herauskommt und mich in den Zeugenstand führt. Ich weiß allerdings gar nicht, wieso der so heißt, weil ich mich da in der Box neben dem Richtertisch bloß auf einen kleinen Holzstuhl setze. Der Sekretär vereidigt mich, und ich schwöre, die Wahrheit zu sagen. Dann mache ich den Fehler, zu Mrs. Matta zu schauen, die mich anlächelt wie früher meine Tante. Und Jellybean nickt mir zu. Und ich weiß, ich sollte nicht, aber dann schaue ich auch zu Jacob. Ich habe so oft auf seinen Hinterkopf und ab und zu sein Profil gestarrt in letzter Zeit, dass es ganz komisch ist, ihn so von vorn zu sehen. Er sieht älter aus. Muskulöser. Und als würde er eine Last in sich tragen. Da werde ich wieder ganz traurig, also schaue ich nach unten. Konzentriere mich auf meine Hände. Auf den Ring meiner Tante am rechten Ringfinger, wo sie ihn auch getragen hat, und ich verspreche ihr oben im Himmel, dass ich sie stolz machen werde.

Mr. Park hat gesagt, es würde ganz locker anfangen. Langsam. Gemessen. Ich bin Zeugin der Verteidigung, also darf Mr. Park mich zuerst befragen. Mr. Bertelsmann und er haben schon entschieden, dass Mr. B. mir keine Fragen stellen wird. Als Leumundszeugin, wie das heißt, kann ich Jellybean im Grunde kaum helfen, hat er gesagt, also konzentrieren wir uns darauf, Jacob zu helfen und zu bestätigen, dass Agent Petrillo bei uns im Haus allein war und wie er sich verhalten hat.

«Guten Morgen, Miss Alvarez», begrüßt mich Mr. Park.

«Guten Morgen, Sir.»

Es folgen eine Menge einfacher Ja-nein-Fragen. Gehe ich auf die Pflegeschule? Ja. Bin ich an dieser Adresse wohnhaft? Ja. War ich am 7. Dezember anwesend, als die Waffe gefunden wurde? Ja. War Agent Phillip Petrillo ebenfalls anwesend? Ja. Und war Deputy Jackson anwesend? Ja. Dann kommen wir zur Sache.

«Was würden Sie schätzen, wie lange hat Agent Petrillo gesucht, bis er die Waffe gefunden hat?»

«Ich würde sagen, siebzehn Minuten.»

«Und woher wissen Sie das so genau?»

«Ich habe auf die Uhr geschaut, als er kam. Da war es neun Uhr eins.»

«Und warum haben Sie auf die Uhr geschaut, als er eintraf?»

«Weil Omar immer gesagt hat, es sei besser, sich die Zeiten zu merken, zu denen Beamte und dergleichen ankommen und wieder weggehen, und deshalb habe ich mir das so angewöhnt.»

«Und woher wissen Sie aber, wie viel Zeit bis zum Fund vergangen ist?»

«Als Deputy Jackson mich ins Schlafzimmer geführt hat, habe ich meine Digitaluhr auf der Kommode stehen sehen, und die zeigte neun Uhr dreiunddreißig.»

«Und war Agent Petrillo die ganze Zeit allein?»

«Nicht, solange er in der Küche oder im Wohnzimmer war, aber danach ja.»

«Können Sie schätzen, wie lange Agent Petrillo allein war?»

«Etwa sechs oder sieben Minuten.»

«Verstehe. Miss Alvarez, würden Sie sagen, dass Sie Zeit gut im Griff haben?»

«Ja.»

Dann gehen wir den zeitlichen Ablauf des Abends durch, an dem auf Scrappy geschossen wurde. Ich muss sagen, dass Jacob kein Lakers-Fan ist und nie ein gelbes Sweatshirt besessen hat. Ich erzähle in allen Einzelheiten, was ich zu Jacob gesagt habe und warum, und es ist ein schreckliches Gefühl, *das* im Gericht auszubreiten, zu Protokoll zu geben, vor Zeugen zu berichten, wie ich mit ihm Schluss gemacht habe. Aber ich halte mich an meine Zeitangaben. Die kriege ich haargenau richtig hin. Genauso wie bei der Befragung durch Detective Montero, die Mr. Park dann an die Leinwand wirft.

«Erkennen Sie diese Aussage? Ist das die Aussage, die Sie gemacht haben?»

Ich muss einen Augenblick lesen, bevor ich «Ja» sage.

«Könnten Sie wohl die markierte Stelle vorlesen?»

Ich lese die Stelle, wo der Detective mir sagt, dass um 21 Uhr 30 auf Lucrecia Lucero geschossen wurde, und ich antworte, dass es dann nicht Jacob gewesen sein kann, weil er bei mir war. Er fragt, ob ich da sicher bin, und ich sage, hundertprozentig. Danach wechselt Park das Thema.

«Miss Alvarez, wann ist Agent Petrillo auf Sie zugekommen, um sich mit Ihnen zu verabreden?»

«Ganz so einfach war es nicht.»

Ich erkläre alles. Ich erzähle dem Gericht, wie es damit anfing, dass er an meine Tür klopfte, dass ich gelangweilt war und ihn ein bisschen necken wollte, indem ich ihn fragte, wie alt er sei, und dass ich ihn dann anders und irgendwie interessant fand. Ich überwinde meine Scham, dass Omar und Jacob das jetzt und hier hören müssen. Aber die Wahrheit muss ans Licht. Ich gebe zu, dass ich Phil meine Telefonnummer gegeben habe. Ich gebe zu, dass ich mich mit ihm im Potholder getroffen habe. Ich gebe zu, dass ich mit ihm am 23. Dezember nach Disneyland gefahren bin. Ich gebe zu, dass ich seinen Kuss erwidert habe, als er mich im Dornröschenschloss küsste, und Jacobs Miene bei *diesen Worten* bricht mir schier das Herz.

Als dann Miss Mirkovich dran ist, setze ich mich noch ein bisschen aufrechter hin. Mr. Park hat mir geraten, so höflich wie nur möglich zu sein. Er hat gesagt, Höflichkeit ist wie eine Superkraft, die man gegen Weiße einsetzen kann, weil sie die für so wichtig halten. Sie rechnen nicht damit, und sie wissen nicht immer, was sie damit anfangen sollen, wenn man ihnen damit kommt, vor allem vor Gericht.

«Miss Alvarez, guten Morgen.»

«Guten Morgen, Ma'am.»

Sie verzieht ein klein wenig das Gesicht, ehe sie fortfährt. «Sie haben Agent Petrillo am 10. Dezember in Tom's Burger Ihre Telefonnummer gegeben, die nicht im Telefonbuch steht. Ist das korrekt?»

«Das genaue Datum weiß ich nicht mehr, aber ich glaube, schon, Ma'am.»

«Und hatten Sie Agent Petrillo schon kennengelernt, bevor die Pistole in Ihrem Haus gefunden wurde?»

«Ja, Ma'am.»

«Wann war das?»

«Als er vorbeikam, um nach Omar zu sehen und zu kontrollieren, ob er seine Bewährungsauflagen erfüllt.»

«Hat er bei diesen Gelegenheiten das Haus durchsucht?»

«Ja, Ma'am.»

«Und haben Sie bei diesen Gelegenheiten mit ihm gesprochen?»

«Nur zu Anfang, als ich ihm erklärte, wer ich bin, und dass ich die rechtmäßige Eigentümerin des Hauses bin, seit meine Tante verstorben ist.»

«Sie haben sich also vorher nicht wirklich unterhalten?»

«Nein, Ma'am.»

«Sie haben dafür gesorgt, dass sich das ändert, als Agent Petrillo am 8. Dezember vor Ihrer Tür stand, richtig?»

«Ja, Ma'am.»

«Warum haben Sie da persönliche Fragen gestellt?»

«Einspruch», sagt Mr. Park. «Bereits gefragt und beantwortet.»

Miss Mirkovich schnaubt direkt neben mir. «Ich formuliere die Frage um. Nachdem Sie Agent Petrillo persönliche Fragen gestellt haben, hat er sich da anders Ihnen gegenüber verhalten?»

«Ja, Ma'am.»

«Halten Sie es für möglich, dass Sie ihn ermuntert haben und sich sein Verhalten deshalb geändert hat?»

«Das ist möglich, Ma'am.»

«Und am 10. Dezember, als Sie ihm Ihre geheime Telefonnummer gaben, da hatte er nicht danach gefragt, richtig?»

«Ja, Ma'am.»

«Das haben Sie aus eigenem Antrieb getan?»

«Ja, Ma'am.»

«Keine weiteren Fragen.»

RECHTSANWALT NICK PARK

14. JANUAR 1994, 13:30 UHR

90

Kristina hat meinem Mandanten keinen Deal angeboten. Sie hat nicht mal um eine Unterredung gebeten, nachdem Angelas Zeugenaussage so erfreulich gelaufen ist. Ich glaube, sie wusste schon, dass es sinnlos wäre, weil ich Jacob schon aus Prinzip geraten hätte, jedes Angebot abzulehnen. Und damit hätte sie recht gehabt. Sie hätte meinen Mandanten gar nicht erst anklagen sollen. Es gab nie eine ausreichende Beweislage, und ich freue mich schon auf die Gelegenheit, das den Geschworenen ein letztes Mal klarzumachen.

Da Mr. Gibson sein Plädoyer vor dem Mittagessen gehalten hat, fragt die Richterin mich nun, ob ich bereit für meines bin.

«Ja, Euer Ehren», sage ich, «vielen Dank.»

Ich trete vor und stelle mich rechts vom Podium auf.

«Lassen Sie uns – rein theoretisch – einmal überlegen, welche materiellen Beweise Sie in diesem Fall *hätten sehen können,* wenn sie denn existierten. Vielleicht einen Schuhabdruck, der im Vorgarten von Miss Luceros Haus in der Josephine Street gefunden wurde?»

Ich schaue den Geschworenen Nr. 1 an.

«Den hatten wir nicht, Mr. Bundridge.»

Er wirkt schockiert, dass ich mich von der Auswahl an seinen Namen erinnere, und das ist hervorragend, denn das ist meine beste Waffe. Ich kenne alle ihre Namen. Und ich werde jeden einzelnen verwenden. Ein alter Trick aus meiner Zeit bei der Staatsanwaltschaft.

«Nicht nur fehlen uns Schuhabdrücke, sondern auch Schuhe, die zu solchen nicht vorhandenen Abdrücken gehören könnten. Warum, Miss Vincent? Weil *solche Beweise nicht existieren.* Es gibt keinerlei materielle Beweise gegen meinen Mandanten.

Seine Fingerabdrücke waren nicht auf der gefundenen Tatwaffe, Mrs. Francis-Stuckey. Keine. Null. Keine Fingerabdrücke, und das, obwohl die Pistole in der Kleiderkommode gefunden wurde, die Mr. Safulu und Miss Alvarez sich teilten.

Wenn aber ein Straftäter raffiniert genug ist, entweder Handschuhe zu tragen oder die Fingerabdrücke von der Waffe zu wischen oder auf andere Weise zu beseitigen, warum sollte er diese Waffe dann behalten? Das Opfer selbst, Lucrecia Lucero, hat im Zeugenstand bestätigt, dass die Pistole am Tatort zurückgelassen wurde. Sie sagte, sie sei *auf ihr gelandet.*»

Bertelsmann legt das Foto von ihrem Bein auf den Projektor. Ich zeige auf die Prellung, die auf Beweisstück neunzehn der Staatsanwaltschaft zu sehen ist.

«Dieser blaue Fleck, gibt sie an, stammt von genau diesem Geschehen. Miss Coretti, wir wissen vielleicht nicht, wie die Waffe in das Haus an der Virginia Avenue gelangt ist. Ich habe jedenfalls keine vernünftige Erklärung gehört; keine, die zu der Tatsache passt, dass das Opfer selbst angibt, die Pistole sei am Tatort fallen gelassen worden.

Es ergibt schlicht keinen Sinn, Miss Sharp. Es sei denn natürlich, meine Damen und Herren, wir ziehen einen wichtigen Tatbestand in Betracht: Mr. Tavira und Mr. Clark haben denselben Bewährungshelfer, Agent Phillip Petrillo, und das könnte sehr gut –»

«Mr. Park», unterbricht mich die Richterin, «muss ich Sie ermahnen, sich ausschließlich an die relevanten und nachgewiesenen Fakten des Falls zu halten?»

«Euer Ehren, ich halte mich immer und ausschließlich an die nachgewiesenen Fakten des Falles», erwidere ich.

Sie schaut mich streng an. «Fahren Sie fort, aber umsichtig.»

«Vielen Dank, Euer Ehren. Am Morgen des 7. Dezember hat Agent Petrillo den Fall Augustine Clark von seiner Kollegin übernommen. Das Opfer sagt aus, dass die Pistole auf ihren Fuß gefallen ist, doch der Zeuge, der ihr das Bein verbunden hat, Mr. Clark nämlich, behauptet, sie habe nicht auf dem Boden gelegen.

Meine Damen und Herren, Sie haben den zeitlichen Verlauf des Geschehens in den Ausführungen der Staatsanwaltschaft gehört. Wir wissen, dass Petrillo Clark zum Verhör durch Detective Montero zur Bezirkswache Firestone gebracht hat. Dann fährt er sofort mit Deputy Jackson zum Haus an der Virginia Avenue, und was soll ich sagen, Mr. Barsamian? Er findet dort eine Pistole.

Das ermöglicht eine Strafanzeige, aufgrund deren Mr. Tavira und Mr. Safulu verhaftet werden können, aber was noch wichtiger ist – was ergibt sich dadurch an der Virginia Avenue? Ein leeres Haus, in dem Agent Petrillo Angela Alvarez nachstellen kann. Wir haben Gloriana Nuñez bezeugen hören, dass sie in Disneyland Händchen gehalten haben. Das ist die einzige mögliche Erklärung, die mir plausibel erscheint, Miss Leitner.

Alle anderen Erzählungen über die Ereignisse in der Josephine Street am Abend des 6. Dezember, die wir hier im Gericht gehört haben, wirken wie Schweizer Käse: Sie haben alle zu viele Löcher.»

Das bringt ein vergnügtes Glucksen, sogar ein Lächeln hier und da.

«Hier hingegen ist das, was wir wissen: Abgesehen von dieser Pistole, entdeckt unter höchst verdächtigen Umständen von einem nicht gerade vorbildlichen Bewährungshelfer, gibt es *keinerlei materielle Beweise*, die meinen Mandanten mit dieser Straftat in Verbindung bringen, Mrs. Ramos. Keinen einzigen.»

Ich lasse den Blick über die Jury schweifen.

«Was *hat* die Anklage also? Hat sie Tonaufnahmen oder Bildaufnahmen oder handgeschriebene Nachrichten, die zwischen Mr. Safulu und Mr. Tavira ausgetauscht wurden und die angebliche Verabredung und Verschwörung belegen können?

Nein, hat sie nicht. Darum müssen Sie zu dem Schluss kommen, dass es keine Verabredung gab. Das sagen Ihnen die Fakten.

War mein Mandant an jenem Abend am Tatort? Nein, war er nicht, Mr. Maldonado. Angela Alvarez hat das im Zeugenstand bestätigt, und ich jedenfalls glaube ihr das voll und ganz. Denn was ist die Alternative, Mr. Ghazali? Sollen Sie einem Bewährungshelfer glauben, der selbst eingestanden hat, dass bereits *fünfzehn Beschwerden* wegen seines Verhaltens im Dienst gegen ihn eingereicht wurden? Fünfzehn, meine Damen und Herren Geschworenen. Zwei mögen angehen. Drei vielleicht auch. Aber fünfzehn? Das ist ein *Verhaltensmuster.*

Gegen Agent Petrillo sind von einer jungen Frau, die er betreut hat, schwere Vorwürfe erhoben worden, und er hat Miss Alvarez nachgestellt, der Angehörigen eines Mannes, den er gerade ins Gefängnis befördert hatte. Das sind Fakten. Beides.

Oder Sie glauben den Worten des verurteilten Straftäters Mr. Clark, der sich nach eigenen Angaben des schweren Missbrauchs illegaler Drogen schuldig gemacht hat – und nicht irgendwelcher Drogen, sondern Heroin, der extrem abhängig machenden und gefährlichsten aller im Betäubungsmittelgesetz genannten Substanzen? Die Staatsanwaltschaft möchte, dass Sie *ihm* glauben, Mrs. Campbell? Die Staatsanwälte wollen, dass Sie Mr. Clarks Version der Ereignisse glauben, nach der er meinen Mandanten am Tatort gesehen haben will, obwohl er hier unter Eid ausgesagt hat, *dass er Mr. Safulu nicht einmal vom Sehen kennt?*»

Ich verziehe das Gesicht, und meine Miene sagt den Geschworenen deutlich, dass dies die verrückteste Behauptung ist, die ich im Leben gehört habe.

«Die Staatsanwaltschaft will, dass Sie eher ihm glauben als einer Pflegeschülerin? Einer Spitzenschülerin an der Highschool, einer ausgezeichneten Sportlerin, die in ihrem ganzen Leben noch keiner Straftat bezichtigt wurde, obwohl sie in einem Gang-Viertel lebt und das Haus mit einem angeblich aktiven Gang-Mitglied teilt?

Ergibt das für Sie irgendeinen Sinn, meine Damen und Herren? Für mich nicht, und ich kann Ihnen hier und jetzt versichern, dass ich in meinen sieben Jahren in der Strafjustiz kaum mutigere Auftritte im Zeugenstand gesehen habe als den von Angela Alvarez.

Sie hat eine schmerzliche Wahrheit präsentiert, die sie selbst nicht sonderlich gut aussehen ließ. Und das vor den Augen und Ohren ihres Ex-Freundes, wohl wissend, dass sie ihm damit neuerlichen Schmerz zufügen musste; doch sie hat es getan, weil es die Wahrheit war.

Es war die Wahrheit. Das wissen Sie so gut wie ich. Jacob Safulu war an jenem Abend nicht in der Josephine Street. Er war fast drei Kilometer entfernt in der Virginia Avenue – was Miss Alvarez' Aussagen im Verhör und hier im Zeugenstand bestätigen.

Meine Damen und Herren, Sie haben es immer wieder im Verlauf dieser Verhandlung gehört, die Richterin hat es gesagt, ich habe es ebenfalls gesagt: Die Staatsanwaltschaft muss ihre Vorwürfe über jeden begründeten Zweifel hinaus beweisen. Und das bedeutet, Mrs. Wu, Sie müssten mit großer Sicherheit überzeugt sein, dass mein Mandant zur Tatzeit am Tatort war, und angesichts der vorliegenden Beweise ist das schlicht nicht möglich.

Die Staatsanwaltschaft hat ihre Vorwürfe gegen meinen Mandanten nicht belegen können, und daher müssen Sie Jacob Safulu in allen Anklagepunkten freisprechen.

Nicht schuldig der Verabredung zum Mord.

Nicht schuldig des Mordversuchs.

Nicht schuldig des Angriffs mit einer gefährlichen Waffe.

Nicht schuldig der gefährlichen Körperverletzung.

Sie müssen Ihren begründeten Zweifeln Raum geben, wenn Sie die sehr dünne Beweislage dieses Falles auf die Waage des Gesetzes legen.

Dann, und nur dann, müssen Sie einen Unschuldigen freisprechen.»

JACOB SAFULU ALIAS DREAMER

17. JANUAR 1994, 04:31 UHR

91

Als ich die Augen aufschlage, wackelt alles. Mein Bett schlittert über den Boden.

Zuerst denke ich, das muss Slow Poke sein.

Ist er aber nicht.

Ich sehe Pokes Hand über mir, die sich am Bettrahmen festklammert. Das oberste Bett ist leer.

Genau da weiß ich, das kann nur eins sein.

Ein scheiß Erdbeben.

Und ich sage mir: *Steh es einfach durch.*

Ich sage mir: *Das ist nicht das erste, das du erlebst.*

Aber es hört nicht auf. Sechs Sekunden. Sieben.

Es wird stärker. Als der Boden wankt, höre ich auf zu zählen.

Es benimmt sich wie das Meer. Rauf und runter und zur Seite.

Das macht einem Scheißangst.

Andere müssen es auch fühlen, weil Stimmen im Saal laut werden.

«Yo, das ist ein Beben!» und «Das ist ein großes Ding, ihr Penner!» und auch reines Schreien.

Ich klammere mich fest an das metallene Stockbettgestänge neben meinem Kopf.

«Alles klar, Poke?», frage ich.

Poke fällt aus dem Bett und knallt auf den Boden. Und stöhnt auf.

«Alles klar, Poke?», frage ich wieder.

«Hab mir heftig den Knöchel verstaucht», sagt er. «Vielleicht auch gebrochen.»

Es hört nicht auf, denke ich.

Es geht weiter, wird stärker.

Sehr lange. Sehr starke Wellen.

Anders als alle Erdbeben, die ich bisher erlebt habe.

Und darunter liegt so ein Geräusch. So ein Knirschen unter uns. *Kriiieek.*

Als würde die Erde mit den Zähnen knirschen.

Und um uns herum sind noch alle möglichen anderen Geräusche zu hören.

Betten knarren und rutschen.

Lampen klappern in ihren Gitterkästen.

Duschköpfe rütteln rasselnd an ihren Wasserleitungen in den Wänden.

Noch mehr Wichser fallen aus ihren Betten und klatschen auf den Boden.

Und Geschrei.

Aber es sind zwei Sorten von Schreien.

Da sind die Typen, die sich weh getan haben oder ausrasten.

Und die, die andere zum Ausrasten bringen wollen.

Der Boden bewegt sich immer noch. Und ich frage mich, ob er je wieder aufhören wird. So fühlt sich das alles an.

Und dann wird mir langsam klar, dass hier gleich richtig die Scheiße abgeht.

Schlimmer als bei der Randale letzte Woche.

Es wird Chaos geben. Blut wird fließen, verdammt.

Denn hier drinnen geht es immer um Gelegenheiten.

Bietet sich eine Chance? Ein Augenblick?

Dann packst du zu.

Und dieser Scheiß hier wird uns jede Menge Augenblicke bieten.

Ich weiß überhaupt nicht mehr, wie lange es jetzt schon wackelt.

Eine Minute? Zwei? Keine Ahnung.

Aber dann gibt es einen heftigen Stoß unter uns.

Und Poke geht wieder zu Boden.

«Scheiße, Mann», sagt er.

Und dann hört es auf.

Und da weiß ich, wenn wir uns jetzt nicht in Bewegung setzen, geraten wir ins Getümmel.

«Zieh dir Schuhe an. Jetzt», sage ich zu Poke.

Ich schlüpfe in meine.

Er zieht einen selbst an. Beim anderen muss ich ihm helfen.

Dann springt endlich die Sirene an.

Ich schreie darüber hinweg: «Poke, kannst du laufen?»

«Geht», sagt er.

Geht aber nicht. Er humpelt wie ein Scheißkrüppel neben mir her. Also schleife ich ihn einfach mit.

Ich ducke mich und bewege mich zu Wizards Bett.

Mein Adrenalinspiegel ist ganz oben. Sodass ich am liebsten losrennen will. Losrennen muss.

Aber jetzt bin ich tatsächlich dankbar für Nadas irres Training.

Weil Poke mir leicht wie eine Feder vorkommt.

Ich muss zu Wizard. Das ist mein einziger Gedanke.

Beim Gehen kriege ich Sachen in kleinen Splittern aus den Augenwinkeln mit.

Ein Typ, der seine kaputte Hand anstarrt. Ein blutiger kleiner Finger, der fast abgerissen ist.

Ein Typ, der seinem Nachbarn den Ellbogen an den Kopf rammt.

Ein Typ, der den Arm bis zum Ellbogen im Klo unter der Treppe stecken hat.

Ein Typ, der das Essen von irgendeinem Wichser plündert, das der unter seinem Bett versteckt hat.

Ein Typ, der seine Bettdecke wie ein Cape umhängen hat und auf seinem Bett ganz oben steht, als würde er surfen oder so was.

Und als ich endlich da ankomme, wo Wizards Bett sein müsste …

Da ist er nicht da.

Da liegt einfach bloß sein Kissen ohne Bezug.

Scheiße!

Ich schaue nach links. Nach rechts.

Auf der Treppe kriegt so ein armes Schwein von Uso grad von einem riesigen Weißbrot ein Messer reingerammt.

Ich blinzle.

Das ist der Typ, der mir das Buch gegeben hat. Das Sprachlehrbuch.

Und da kann ich nicht mehr an mich halten.

Ich lasse Poke auf Wizards Bett liegen.

Ich rase die Treppe hoch, direkt auf den Weißen zu.

Ich trete das Nazischwein so heftig vors Knie, dass ich es brechen höre. Ich schwöre.

Er geht unsanft zu Boden. Mit aufgerissenem Mund fällt er die Treppe runter.

Ich folge ihm.

Und trete ihn, als ich an ihm vorbeirenne und ein Laken vom unteren Bett schnappe.

Das wickele ich dem Uso fest um die Taille, wie einen Verband, als zwei weitere Usos angerannt kommen.

Sie nehmen ihn mir ab, tragen ihn die Treppe runter und an die Wand, dahin, wo die Telefone hängen.

Sie versuchen sich aus dem Scheiß rauszuhalten. Kann ich verstehen.

Aber der mit der Stichwunde, bevor er weggebracht wird, wirft er mir einen Blick zu, der so viel sagt.

Vor allem *Danke*.

Das ist das Wichtigste. *Danke dir.*

Aber jetzt gehe ich. Keine Zeit mehr für irgendwas anderes.

Ich renne zu Poke zurück. Er ist immer noch in Wizards Bett. Aber kein Wizard da.

Die Notlichter gehen an. Endlich.

Kleine gelbe Kreise hoch oben an den Wänden.

Wir beschließen auszubrechen.

Wir kommen keine zehn Meter weit, ehe wir eine kleine Truppe *Raza* treffen, angeführt von Wizard.

Mit einer weißen *bandito*-Maske vor dem Gesicht.

Aus einem Kissenbezug gebastelt.

Er umarmt mich so halb, weil ich immer noch Poke schleppe.

Scheiße, denke ich. *Ist echt gut, den Typen zu sehen.*

Dann kommen so runde Granaten durch die Gitter geflogen. Die nehmen sie bei Randale, mit Gummigeschossen drin. Von Wärtern geworfen.

Und sie gehen los.

Meine linke Seite brennt, als würde daran Feuerwerk explodieren.

Hält mich aber nicht auf.

Ich laufe mit den anderen. Wir schnappen uns die Dreierbetten. Wir schleppen sie zu den Gittertüren, damit die Wärter nicht reinkönnen.

Wir schieben sie ganz an die Gitter ran, um die Türen zu blockieren. Und die anderen halten sie fest.

Dann stellen sie die Matratzen hochkant vor die Gitter, damit keine Granaten mehr reinfliegen können.

Ich drehe mich um, und Wizard steht da, mit noch einem Kissenbezug für mich.

Er wickelt ihn mir um den Kopf. Ist zu eng.

Schneidet mir in die Nase.

Kann aber nichts dagegen machen.

«Wo sind die verdammten Messer?», schreit Wizard.

Ich nicke ihm zu, mir zu folgen. Wir sind jetzt zu acht.

Eine schöne kleine Crew, mit der sich niemand anlegen will.

Ich zeige Wizard, dass wir die Messer im Duschabfluss versteckt haben, am Abflussgitter, festgebunden mit so einer Schnur aus durchsichtigen Plastiktüten, von *paisas* geflochten.

Und es sind gute Messer. Nicht bloß so ein Scheiß aus Rasierklingen an geschmolzenen Zahnbürsten, sondern aus einem Stück Sägeblatt, das ein Arbeiter weggeworfen hat. Und das einer sich geschnappt hat, als er den Müll weggebracht hat.

Wizard holt sie rauf, behält eins. Und gibt eins dem sitzenden Poke.

Ich strecke die Hand aus.

Wizard schaut mir fest in die Augen.

Komm mir nicht dumm.

Er schreit in mein Ohr: «Ich will dich nicht mit einer Scheißklinge sehen!»

Und ich höre ihn. Sehr gut sogar.

Und während mir das noch durchs Hirn spukt …

So: *Kümmert er sich jetzt endlich um mich?*

So: *Versucht er mich jetzt zu schützen oder was?*

Da schwankt der Boden wieder.

Seitwärts.

Ein Nachbeben.

Alle greifen nach irgendwas.

Boden. Bettgestell. Einander. Egal was.

Wir stehen es durch.

Als es vorbei ist, steht Nada direkt neben uns.

Er hat noch sechs *cholos* dabei. Richtig üble Gestalten. Die keine Fragen stellen.

Jetzt sind wir also dreizehn ohne Poke.

Und ich sehe, wie Wizard und Nada einander ansehen.

Und ich weiß …

Wir gehen jagen.

92

Ich weiß, wo wir hingehen. Die Treppe rauf. Auf die *mayates* los.

Bloods. Crips. Scheißegal.

Wer schwarz ist, wird aufgemischt.

Ich spüre es im Bauch. Spüre die Kälte, die sich in mir windet.

Als wir der hinteren Ecke näher kommen, wird das Brennen an meiner Seite schlimmer.

Mehr Granaten kommen ganz oben durch die Gitter.

Als ob die Wichser, die sie werfen, auf Leitern stehen.

Die Luft wird grau vom Rauch.

Sie machen unsere Belüftung zu.

Als Nächstes kommt Gas.

Davon wird die Luft weiß.

Das reicht den Wärtern im Augenblick. Mehr machen sie nicht.

Sie kommen nicht rein.

Scheiße, würde ich auch nicht.

Sie wollen, dass wir uns erst gegenseitig fertigmachen. Müde werden. Dann können sie aufräumen.

Meine Augen werden trübe. Tränen fließen.

Immerhin haben wir die Kissenbezüge über Mund und Nase.

Immerhin haben wir was zwischen unserer Lunge und diesem Brennen.

Wir halten es aus.

Wir gehen mittendurch in die hintere rechte Ecke.

Wir gehen die Treppe rauf. Nasse Stufen. Und ich denke: *Warum ist die Scheißtreppe nass?*

Wir geben einander Deckung.

Auf halber Treppe legt Nada einen Typen flach.

Tritt ihn einfach in den Bauch. Der Typ klappt nach vorn. Dann holt er weit aus und haut ihn mit einem Haken übers Geländer. Für seine Größe hat er echt Kraft.

Wir kommen nach ganz oben. Da ist es noch nasser.

Macht uns langsamer. Wir versuchen, nicht auszurutschen.

Ganz hinten in der Ecke finden wir sie. Bei den 20er-Betten.

Sie haben so was Tierisches an sich.

Aufgerissene Augen. Aufgeplustert. Rücken an der Wand. Bereit zu sterben.

Ich sehe den Boss neben einem der oberen Klos stehen, das sie mit irgendwas verstopft haben.

Und er spült. Und spült.

Da verstehe ich. Die Überschwemmung.

Das Wasser auf der Treppe. Das über den Metallboden schwappt. Durchtropft.

Und ich denke, wie clever ist das denn. Verändert die Lage.

Macht es schwieriger, sie anzugreifen, denn sie wissen ja schon, dass sie zahlenmäßig unterlegen sind.

Aber jetzt sind wir oben.

Nada wirft die Hände in die Luft, provoziert. Dreht richtig durch.

Kein Schwarzer geht drauf ein.

Sie rühren sich nicht. Sie halten ihre gute Stellung.

Aber eins beschäftigt mich …

Sie sind zu still.

Als ob sie warten.

Und noch was macht mich fertig. Ich kann Tim Muhammad nicht sehen.

Ich blinzele. Ich gucke hin. Und dieser zu enge Kissenbezug wird ganz nass und rutscht.

Ich schaue mich um, ob nicht noch eine zweite Crew hinter uns auftaucht und uns in die Zange nimmt.

Dann gucke ich nach oben …

Und da kauert Muhammad und springt genau in dem Augenblick von dem nächsten oberen Bett!

Der Typ rammt mich voll.

Ich knalle direkt ins Geländer und dann auf den nassen Boden. Werde sofort selbst nass.

Und da stürzen die Wichser auf uns los.

Überraschungsmoment.

Nada rennt mit dem Kopf voran in einen rein.

Und dann sehe ich bloß noch Beine um mich herum.

Wasser spritzt auf.

Ich versuche, auf die Füße zu kommen …

Aber Muhammad schlägt schon auf mich ein.

Der erste Haken, mit dem er mich erwischt, lässt die Sirene verstummen.

Mir klingeln die Ohren.

Ich versuche mich aufzurappeln.

Aber ich kriege nichts zu fassen, solange er auf mir draufliegt.

Nada versucht ihn abzustechen, verfehlt ihn aber.

Worauf Tim ihn mit einem Hieb trifft, der ihn in den Knien einknicken lässt.

Nada geht zu Boden.

Und Tim schlägt wieder auf mich ein.

Trifft mich sauber in die Rippen. So gut, dass mir die Luft wegbleibt.

Ich sehe ihn lächeln.

Ich sehe ihn denken, sein ist die Rache.

Und da sehe ich Wizard.

Hinter ihm.

Blutspritzer auf der Banditenmaske.

Kommt mit seinem Messer und haut es Muhammad sauber in den Rücken. In die Flanken. Oben dicht an die Kehle, als der den Schmerz spürt und sich umdreht.

Einfach so *bap, bap, bap …*

Danach will Muhammad nicht mehr kämpfen.

Er will nur noch seinen Hals halten.

Sich schützen.

Wegrennen.

Und das tut er.

Er springt auf. Saust davon in eine Gruppe *mayates,* die grad hinten in der Ecke Stockbetten umschmeißt.

Eine Burg daraus baut.

Und der will ich nicht zu nahe kommen.

Ich ziehe mich am Geländer hoch. Rutsche ab.

Und Wizard packt mich hinten am Hemd.

Zieht mich.

Rettet mich.

Als wir uns zurückziehen.

OMAR TAVIRA ALIAS WIZARD

18. JANUAR 1994, 03:43 UHR

93

Nach dem ganzen Aufruhr wird der Prozess nicht mal einen Tag unterbrochen. Das erfahren wir, als die Wärter früh am Morgen laut und schwer reinpoltern, immer noch in Kampfausrüstung, und uns wecken, damit wir runter zur IPA gehen, Erfassung und Transport. Als die Wärter gestern Abend wieder reingingen, haben sie uns noch verprügelt und dann nach Hautfarbe getrennt. Sie haben alle Schwarzen aus 617 rausgeholt. Ich weiß nicht, ob jemand gestorben ist, aber ich weiß, dass Typen ins Krankenhaus gebracht wurden, und die Krankenstation hier ist so voll, dass Betten auf dem Flur stehen. Mehr wusste keiner von uns. Anrufe waren verboten. Keine Zeitungen beim Friseur. Das war Strafe. Wir haben uns alle Sorgen um unsere Familien und unsere Viertel gemacht, konnten aber nichts rausfinden, und deshalb reden alle über nichts anderes. Es lag bei Stärke 9 auf der Richterskala, sagen die Leute, aber ich habe keine Ahnung, wo sie diese Information herhaben. Ich kann mir nur denken, es wird schon alles in Ordnung sein, sonst würden sie uns nicht gleich wieder ins Gericht fahren.

Wir müssen im Stockdunklen aufstehen, und sie lassen uns nur abgekochtes Wasser trinken. Davon steht ein Riesentopf auf einem Tisch mit ein paar Bechern daneben zum Reintauchen, weil sie uns wahrscheinlich kein Wasser vorenthalten dürfen. Wenn sie könnten, würden sie das auch. Wir dürfen in der Arrestzelle, wo wir warten, auch nicht fernsehen. Manche beschweren sich darüber, aber keiner der Wärter hört hin, würde ich auch nicht, wenn ich gerade so eine Randale niedergeschlagen hätte. Aber eins ist interessant: Sie stecken uns in eine Arrestzelle nur mit *Raza*. Das heißt, sie haben anderswo eine Zelle nur für Schwarze. Das erzeugt so ein friedliches Gefühl, und die Wärter wundern sich, wie ruhig wir dasitzen. Die meisten schlafen einfach oder versuchen es, weil es zum ersten Mal, seit die Sache losging, so absolut sicher ist: ein kleiner Raum, nur von deinen eigenen Leuten umgeben, viel weniger Stress.

Dreamer und ich sitzen nebeneinander, aber wir müssen nicht reden. Ich meine, er bedankt sich einfach nur bei mir und guckt mich dabei an, als wüsste ich schon, wofür er danke sagt, aber ich sage ihm, er soll bloß das Maul halten. Muss ja keiner erfahren, dass ich ihm gesagt habe, er solle kein Messer nehmen, oder was ich getan habe, damit er keins braucht. Den Scheiß braucht außer uns niemand mitzukriegen, aber Mann, es ist schon gut zu wissen, dass er weiß, ich stehe hinter ihm, wenn's drauf ankommt. Als es richtig losging, da habe ich was getan, ohne ihn drum zu bitten oder ihn zu zwingen. Ich hatte keine andere Wahl. Ich meine, so gut, wie der Prozess für ihn läuft? Scheiße. Da müsste ich schon ein eiskaltes Arschloch sein, wenn ich ihn da eine neue Anklage wegen irgendwelcher Knastrandale einfangen lasse. Er könnte schließlich rauskommen, klar? Mann, vielleicht schafft er's, und wenn das heißt, dass ich es nicht schaffe, dann scheiß drauf. Vielleicht heißt das einfach, wir sind quitt. Sie haben gegen mich eine Disziplinaruntersuchung eingeleitet, weil ich den Wichser Muhammad abgestochen habe. Nada ist auch dran, aber Dreamer nicht, und das ist gut. Ich bin schon verhört worden. Hab gesagt, es war das reine Chaos, wollte mich bloß selbst schützen, aber wenn einer von den schwarzen Scheißern mich dabei gesehen hat und bei den Wärtern redet, dann sitz ich lange im Bau. Wenn sie mich kriegen, dann kriegen sie mich, so sehe ich das. Sollen sie doch kommen mit ihrer Anklage. Juckt mich nicht.

Wir werden ziemlich schnell wieder aus den Arrestzellen geholt.

Wir müssen kurz hocken und husten, dann kriegen wir Handschellen und werden abgemeldet – und raus in den Bus. Die Schwarzen nach vorn, *Raza* ganz hinten, dazwischen ein Puffer aus Weißbroten und Asiaten. Wir steigen zuerst ein, um den Bus von hinten nach vorn zu füllen, und Dreamer geht hinter mir. Ich nicke ihm zu, so: *Wir sehen uns, wenn das hier vorbei ist,* und der Typ, der mir so lange die kalte Schulter gezeigt hat, der nickt tatsächlich zurück. Endlich, versteht ihr? Wird ja auch langsam Zeit, dass ich ein bisschen Respekt kriege. Normalerweise würde der Bus einfach auf den Freeway 5 fahren, aber diesmal nicht. Wir fahren nur auf Straßen am Boden, ohne Stützpfeiler oder so, und alle starren aus dem Fenster. Ist saudunkel, bloß ein paar Straßenlampen an, aber nicht alle, und ich kann manches erkennen, aber eigentlich sehen wir nicht viel, bis wir an einer Shoppingmall vorbeikommen und jemand schreit: «Ach du Scheiße!»

Das Dach des Kaufhauses Bullock ist eingestürzt und hat die ganze Fassade mitgerissen. Man sieht auf zwei Stockwerken ins Innere des Gebäudes. Die Röhren der Klimaanlage hängen raus, als hätte ein Riese reingegriffen und sie rausgezerrt, um damit zu spielen, aber dann das Interesse verloren und alles hingeschmissen. Draußen hängen noch die weißen Buchstaben des Namens, aber da steht bloß noch BULLO und sonst nichts mehr, der Rest ist weg. Irre. Sieht alles aus wie aus einem Film.

Und so bleibt es auch. Wir sehen Parkhäuser, bei denen mehrere Stockwerke einfach platt sind, alles mit gelbem Polizeisperrband abgespannt, damit keiner reinläuft. Auf einer Straße fahren wir durch eine Pfütze so breit wie die ganze Straße. Alle sitzen kerzengerade und fragen sich, ob wir es wohl dadurch schaffen werden oder ob mittendrin der Motor absäuft, aber es geht gut. Der Typ, mit dem ich zusammengefesselt bin, dessen Onkel arbeitet für die Stadt, und der sagt, so was passiert immer bei Erdbeben. Wasserleitungen platzen. Überfluten alles, wo man gar nicht damit rechnet. Wir kommen an einem CD-Laden namens *Wherehouse* vorbei, und das ganze Vordach und Dach ist bis auf den Parkplatz daneben runtergeknickt, der Rest des Gebäudes lehnt so daran, als würde er jeden Moment umkippen. Wir fahren auf einer Seitenstraße ziemlich dicht an den Freeway ran, und da sieht man, dass ein ganzes Stück davon einfach runtergefallen ist. Ein Abschnitt so groß wie ein Football-Feld ist fünfzehn Meter in die Tiefe gestürzt! Liegt jetzt alles in Trümmern unten, eine Riesenmasse aus Steinen und Beton. Wir kommen an einer anderen Brücke vorbei, die ist einfach in der Mitte durchgebrochen. An der Bruchstelle hängen lauter so Stahlseile runter, und das ist mir neu: Ich wusste gar nicht, dass da so viel Metall drinsteckt, in den Brücken und Straßen, so innen drin wie Gedärme. Ich dachte, die wären einfach aus massivem Beton, aber das erinnert mich daran, was passiert, wenn man einen Messerstich abkriegt und merkt, wie viel da eigentlich unter der Haut ist, was alles zusammen und am Laufen hält. Muss wohl erst was Schlimmes passieren, bevor man die Wirklichkeit mancher Dinge sieht.

Als wir durch all das durch sind, wird es ziemlich normal, jedenfalls da, wo wir fahren. Die Straßenlampen brennen, die Fahrbahn ist in Ordnung, der Rest der Welt macht weiter, als sei nichts passiert, weil es sie nicht so schlimm erwischt hat wie den Norden der Stadt, und das beschäftigt mich eine Weile, als ich etwas spüre, was ich sehr lange nicht gespürt habe. Worte. Sie steigen in halben Zeilen hoch, die davon handeln, durch die Hölle zu gehen und leere Hüllen zu sehen. Ich bin eingerostet. Ist noch nicht gut. Wird es vielleicht auch nie, aber es ist immerhin was. Das heißt, ich bin noch da. Lebendig. In Ketten, aber auch denkend. Ist nichts Großes, aber *etwas*.

STAATSANWÄLTIN KRISTINA MIRKOVICH

18. JANUAR 1994, 13:55 UHR

94

Das Urteil ist gefallen. Die Geschworenen haben bloß den Vormittag bis über Mittag beraten, und ich gehe gerade meine Hauptpunkte aus dem zweiten Plädoyer noch einmal durch, als die Tür neben ihrer Bank aufgeht und der Geschworene Nummer 1 mit gesenktem Kopf hereingeschlurft kommt. Ich bete, dass ein paar meiner Worte bei ihnen hängengeblieben sind und sie geleitet haben.

Tatsache: Lucrecia Lucero wurde vor dem Haus ihrer Mutter angeschossen. Das beweisen die Fotos. Darum hat jemand dieses Verbrechen begangen.

Nummer 2 fummelt an seiner Armbanduhr herum. Meine Interpretation: Der Taxifahrer aus Glendale will endlich wieder an die Arbeit.

Eine Nachricht von einem inhaftierten hochrangigen Gang-Mitglied forderte namentlich ihren Tod. Wizard Taviras Gruppe wurde von Detective Montero direkt dieser Gang zugeordnet.

Nummer 3 ist die eingesprungene Ersatzgeschworene. Sie sieht aus, als hätte sie nicht geschlafen. Wieso nicht? Schuldgefühle? Sorgen? Dann fällt es mir ein. Sie wohnte von allen Geschworenen dem Epizentrum am nächsten. Wir können von Glück sagen, dass sie noch da ist.

Tatsache: Ein Gefängnisaufseher hat ausgesagt, dass Mr. Safulu den Namen Augustine Clark in verschlüsselter Form an ein mögliches Mitglied seiner Gang weitergegeben hat.

Nummer 4 macht mir Hoffnung. Ihre Miene wirkt entschlossen. Da sie bei der Post arbeitet, habe ich mir gedacht, Schießereien und Gewalt sind für sie keine fernliegenden Phänomene, gerade am Arbeitsplatz.

Was geschah, als die Gang Mr. Clarks Namen erfuhr, das haben wir im Ergebnis hier gesehen.

Nummer 5 wirkt ausdruckslos, oder jedenfalls kann ich ihrer Miene nichts entnehmen. Verdammte Grundschullehrerinnen. Wenn sie wollen, können sie undurchdringlich sein.

Clark hat seine Aussage geändert, weil er Angst hatte; und weil er all das miterlebt hat, was er in seiner ersten Aussage unter Eid bei der Polizei schilderte, weiß er genau, zu welcher Form der Vergeltung diese Gang fähig ist.

Nummer 6 ist unser Krankenpfleger, der ebenfalls aussieht, als hätte er nicht sehr gut geschlafen.

Tatsache: Wir haben eine Erklärung im Angesicht des Todes, gehört und wiedergegeben von Mr. Clark, als er Miss Lucero das Leben rettete.

Nummer 7 ist die Sprecherin der Geschworenen, die hispanische Erzieherin. Diese Wahl überrascht mich immer noch und macht mir auch ein wenig Kummer, und wenn sie davonkommen, werde ich ihr die Schuld geben.

Tatsache: Wir wissen, dass Wizard Tavira am Tatort war. Er hatte kein Alibi.

Nummer 8 streicht ihre Haare zurück, greift nach einer Haarnadel, die sie zwischen den Zähnen hat, und steckt die Haare fest.

Sie haben von Agent Petrillo erfahren, woher Mr. Tavira seinen ominösen Spitznamen Wizard hat: Er lässt Dinge verschwinden. Das hat er definitiv auch mit Miss Lucero versucht.

Nummer 9 sitzt kerzengerade, die Hände im Schoß, die Stirn leicht gerunzelt, fast als würde sie sich besorgt fragen, ob sie alle die richtige Entscheidung getroffen haben.

Tatsache: Die Tatwaffe wurde in dem Haus gefunden, in dem

Wizard Tavira und Dreamer Safulu lebten, im Boden einer Kommode versteckt. Die Geschosse, die auf dem blutgetränkten Boden gefunden wurden, dort, wo auf Lucrecia Lucero geschossen wurde, sind mit dieser Waffe abgefeuert worden; das hat Detective Montero bezeugt.

Nummer 10 starrt Safulu direkt an, und Safulu bemerkt es nicht. Ihr Blick wirkt nicht unfreundlich, was ich besorgniserregend finde.

Dies ist ein einfacher Fall, der erst durch Zeugenbeeinflussung kompliziert wurde. So sind die Tatsachen schwieriger zu erkennen, aber sie sind nicht unsichtbar geworden.

Nummer 11 legt die Hände auf das niedrige Geländer vor ihr. Das hat sie während der gesamten Verhandlung nicht ein einziges Mal gemacht.

Sie müssen nun diese Tatsachen abwägen und dann zu dem Schluss kommen, dass ein solches Vorgehen – geplant und bewusst auf einen anderen Menschen zu schießen, um den ruchlosen Absichten der eigenen Gang zu dienen, und dann aus dem Gefängnis heraus einen Augenzeugen einzuschüchtern – von einer zivilisierten Gesellschaft nicht geduldet werden kann.

Ich sehe, wie die letzte Geschworene, Nummer 12, ihren Platz einnimmt; dabei hält sie ihre schwarze Handtasche vor sich auf dem Schoß, beinahe so, als wollte sie jeden Augenblick aufstehen und gehen.

Meine Damen und Herren Geschworene, Sie können nur zu einem Urteil gelangen: in allen Anklagepunkten schuldig.

Richterin Ayers schaut die Geschworenen an. «Damen und Herren, ich nehme an, Sie sind zu einem Urteil gelangt.»

Der Gerichtsdiener bringt ihr die Papiere. Sie überfliegt sie. Der Sekretär stellt sich neben sie und schaut ebenfalls darauf.

Ich schaue mich nach Willie um. Er zeigt mir ein schmales Lächeln. Es wirkt nicht sehr hoffnungsfroh.

DETECTIVE SERGEANT WILLIAM «WILLIE» MONTERO

18. JANUAR 1994, 13:58 UHR

95

Ich mache meinen Job schon lange genug, um eins zu wissen: Man kann sich nicht darauf verlassen, dass die Geschworenen es richtig machen. Was die Richterin ihnen gesagt hat über Voreingenommenheit oder Sympathie oder ein mögliches Strafmaß für diese Bösewichte, die sie alle nicht beachten sollen, wenn sie Tatsachen und Gesetzesvorschriften abwägen – so läuft das einfach nicht. Es ist eine Sache, so etwas in der Hoffnung zu sagen, dass sie sich davon leiten lassen, aber etwas ganz anderes, einer Gruppe von Erwachsenen zuzuschauen, die meisten davon mit unterdurchschnittlicher Intelligenz und unklarer Sprachkompetenz, wie sie ausschließlich auf ihre Meinungen zurückfallen und auf die Frage, ob sie die Angeklagten *mögen.*

Ich habe es in den vergangenen dreizehn Jahren schrecklich oft falsch laufen sehen. Letztlich sind die Geschworenen bloß ein Haufen Menschen und am Ende der Beweisaufnahme immer erschöpft, weil sie mit komplexen juristischen Informationen überhäuft wurden, mit denen sie eigentlich in ihrem ganzen Leben nie etwas zu tun haben wollten. Bei diesem Haufen habe ich so meine Bedenken. Ich habe gesehen, wie sie auf das Drama um Angela Alvarez reagiert haben, das Safulus Verteidiger angerührt hat, und auch auf Lucrecia Lucero. Beides könnte den Ausschlag gegeben haben.

Wie dem auch sei, ich habe die Sache nicht mehr in der Hand. Jetzt kann ich bloß noch aufstehen, als wir dazu aufgefordert werden, den obersten Knopf meines Sakkos zuknöpfen und wie verrückt hoffen, dass es Schuldsprüche gibt. Vor allem hoffe ich für Kristina, dass sie gewinnt, denn wenn sie verliert, wird sie unerträglich sein. Das wäre noch ein Scheitern, das wir gemeinsam ertragen müssten, sie und ich, noch etwas, was sie mir nicht verzeihen kann.

RECHTSANWALT NICK PARK

18. JANUAR 1994, 13:59 UHR

96

Ich schaue jeden einzelnen Geschworenen an. Ich habe das Gefühl, Nr. 1 haben wir in der Tasche, den Wachmann. Er wirkte von Angelas Aussage am meisten beeindruckt. Seine Körpersprache – vor allem das Nicken – war positiv. Die Bauingenieurin und die Hausfrau haben ähnlich reagiert, auch die pensionierte Grundschullehrerin. Die Sprecherin, die von der Richterin gefragt wurde, wie oft sie mit lügenden Kindern umgehen muss, war immer die wichtigste Figur. Sie war von Angela Alvarez' Vorstellung im Zeugenstand sichtlich am meisten beeindruckt, und dann ist sie ins Beratungszimmer gegangen und hat die Diskussion geleitet. Wenn Jacob Safulu heute freigesprochen wird, dann war sie der Schlüssel dazu. Ich hoffe darauf, aber bis ich es wirklich erfahre, hilft nur Warten. Warten und nicht zu Kristina Mirkovich schauen, die so steif in ihrem perfekt geschnittenen blauen Kostüm dasteht, denn ihren Gesichtsausdruck, wenn sie gewinnt, könnte ich absolut nicht ertragen.

JEOVANNI MATTA ALIAS DULCE

18. JANUAR 1994, 14:00 UHR

97

Y ahora halte ich die Hand meiner Mutter, während sie für Jacob betet. Aber was Wizard angeht, frage ich mich nur eins: Wenn er länger eingebuchtet wird, wer kriegt dann die Schlüssel? Womöglich ich. Ich wüsste nicht, wer es sonst werden soll. Nicht Jerry. Nicht No Neck. Vielleicht irgendwer anders, den Big Fate haben will, aber ich habe mich schon bewiesen. Ich habe alles getan, was getan werden musste, und noch mehr. Ich habe den Anwalt auf die richtige Spur gesetzt. Wenn Jacob freigesprochen wird, dann liegt das an mir. Das werden die Leute wissen. Die richtigen Leute. Die Leute, auf die es ankommt.

OMAR TAVIRA ALIAS WIZARD

18. JANUAR 1994, 14:01 UHR

98

Es ist nicht das erste Urteil, das über mich gesprochen wird, aber es ist besser ohne meine Mutter im Saal. Ich bin froh, dass sie diesen Mist nicht zu sehen kriegt, aber dass Angela ihren Platz einnimmt, macht es nicht viel besser. Ich schaue mich über die Schulter zu ihr um, aber meine kleine Cousine sieht mich nicht an. Ihr Gesicht ist ganz rot, als würde sie gleich heulen oder explodieren. Sie schaut auf das große Siegel über dem Kopf der Richterin, der große Metallkreis des Bundesstaates Kalifornien, und dann starrt sie auf Dreamers zerbeulten Hinterkopf. Sie sorgt sich mehr um ihn als um mich. Scheiße. Ich auch. Ich schaue zu den Geschworenen, von denen mich keiner ansehen will. Das ist schlecht. Das ist auch passiert, als sie mich nach Chino geschickt haben. An dem Tag musste ich innerlich sterben, um weiterleben zu können, also habe ich sozusagen Übung. Könnte ich wieder tun. Ich könnte mich von allen Wünschen und Hoffnungen verabschieden, die ich noch habe. Könnte meine nächste Haft mit geschwellter Brust antreten und das Spiel mitspielen. Wenn sie mich heute schuldig sprechen, habe ich nichts zu befürchten. Ich fahre als König wieder ein, nach dem, was in Wayside abgegangen ist. Ich werde derjenige sein, der alles richtig gemacht hat. Ich werde was zu sagen haben, vielleicht sogar meinen eigenen Block führen. Wenn sie mich schuldig sprechen, ist das keine große Sache. *Mi raza* kontrolliert jetzt alles hinter den Gefängnismauern. Es gehört uns.

ANGELA ALVAREZ

18. JANUAR 1994, 14:02 UHR

99

Mein Herz schlägt zu schnell. Bis in meine Kehle. In meinem Kopf. Hinter meinen Augen. Ich falle gleich in Ohnmacht. Mein Atem ist nicht mehr mein eigener. Er fährt in mich hinein und schnell wieder hinaus. Bleibt kurz hängen, schießt dann wieder raus.

Ich will Urteile und auch wieder nicht. Beide Wünsche hüpfen in mir herum, dazu schlimme Gedanken und Hoffnung.

Mrs. Matta hält meine Hand zu fest, doch das ist mir egal. Unsere Handflächen liegen zu warm und verschwitzt aneinander, ihre Haare riechen nach schwarzen Oliven aus der Dose, wie das Metall der Dose. Mit der anderen Hand hält sie Jeos Hand. Ich kann nicht hinsehen. Ich lausche bloß dem Spanisch, das von ihren Lippen strömt, als wäre sie ein Wasserhahn, aus dem ununterbrochen Gebetswasser strömt und zum heiligen Leonhard fließt, den sie um Hilfe bei der Freisprechung Jacobs bittet.

Sie sagt es so: *Höre mich an, Heiliger.* Wie ein Gedicht.

So: *Er ist ein guter Junge,*
er wird sich bessern,
er wird mehr als dies sein,
so viel mehr,
wenn ihr ihn nur lasst.

JACOB SAFULU ALIAS DREAMER

18. JANUAR 1994, 14:03 UHR

100

Die Sprecherin macht den Mund auf. Und zum Anklagepunkt Verabredung zum Mord sagt sie nicht schuldig?

Ich glaube, das sagt sie.

Nicht schuldig für Omar Armando Tavira und Jacob Aaron Safulu.

Ich starre auf ihren Mund. Bin nicht sicher, ob sie wirklich gesagt hat, was ich glaube.

Und dann packt mich Mr. Park und legt den Arm um mich. Also muss es stimmen.

Nicht. Schuldig.

Jemand im Saal schreit. Ich weiß nicht, wer. Aber es ist eine hohe Stimme.

Ist es Angelas? Mrs. Mattas?

Ich schaue Wizard an, Wizard schaut mich an.

Unsere Blicke treffen sich.

Des Mordversuchs befinden die Geschworenen Omar Armando Tavira für *schuldig*.

Das fühlt sich an wie eine Kugel in die Brust. Mir wird alles schwer. So als würde ich im Stehen fallen …

Und sie befinden Jacob Aaron Safulu für *nicht schuldig*.

Und jetzt ist es, als würde ich von fremden Händen aufgehoben und könnte wieder atmen. Aber ich starre Wizard an, zu ihm hinüber, und er schaut nach unten, und …

Nichts ist wahr.

Das alles hier ist nicht wahr.

Des Angriffs mit einer gefährlichen Waffe befinden die Geschworenen Omar Armando Tavira für schuldig.

Es ist nicht wahr.

Ebenfalls des Angriffs mit einer gefährlichen Waffe befinden die Geschworenen Jacob Aaron Safulu für nicht schuldig.

Das ist echt nicht wahr.

Mr. Park drückt meine Schulter noch fester.

Ich drehe mich zu ihm. Starre auf seine Lippen, als er sagt: «Zur gefährlichen Körperverletzung kommt auch kein Schuldspruch, wenn bei den ersten dreien keiner kam.»

Und dann befinden die Geschworenen Omar Armando Tavira der gefährlichen Körperverletzung für schuldig, und sie befinden mich nicht schuldig der gefährlichen Körperverletzung, und dann können die Geschworenen gehen.

Und Omar Armando Tavira bleibt in Gewahrsam, bis er zu einem späteren Zeitpunkt zu einer Haftstrafe in einem kalifornischen Staatsgefängnis verurteilt wird.

Und ich, Jacob Aaron Safulu, kann das Gericht als freier Mann verlassen, wenn mich keine anderen Verpflichtungen halten.

Doch es gibt keine. Sagt der Sekretär.

Über meinem Kopf schwebt nichts mehr.

Und es ist echt nicht wahr, sag ich euch!

Der Deputy streckt den Arm aus, um Wizard zurück in die Arrestzelle zu führen. Um ihm die Handschellen anzulegen.

Und es tut mir weh, das auch nur zu sehen, also drehe ich mich um und schaue zu der kleinen hölzernen Schwingtür, durch die ich nie gehen durfte, von der mir der Deputy am ersten Tag gesagt hat, wenn ich das versuchte, würde er mich erschießen.

Auf der anderen Seite der Tür ist Little. Und er weint. Und Mrs. Matta weint auch. Und Littles älterer Bruder guckt mich an, als könnte er den Scheiß ganz und gar nicht glauben.

Und Angela weint auch. Sie hält Mrs. Mattas Hand. Und sie

zeigt auf mich, auf mein Gesicht, und so merke ich, dass ich auch weine.

Also wische ich mir die verdammten Tränen mit dem Ärmel ab, denn es sind auch ein paar traurige dabei …

Weil meinem Homeboy gleich neben mir Handschellen angelegt werden.

So nah, dass ich sie klicken höre.

Und er schaut zu mir auf, und unsere Blicke treffen sich wieder.

Und wir starren einander bloß an.

Keine Worte können ausdrücken, was wir fühlen.

Nicht mal die Oberfläche berühren.

Die ganze Freude und Trauer, die uns beide gleichzeitig überfallen.

Und ich sehe diesen Typen, wie ich ihn noch nie zuvor gesehen habe.

Wie er mich davor bewahrt hat, ein Messer zu tragen.

Wie er mich vor Tim Muhammad gerettet hat.

Wie er mich vor noch mehr Gefängnis bewahrt hat.

Und mein Herz kann kaum ertragen, wie es schlägt, und die Worte steigen mir nicht auf die Zunge, sondern in die Augen. Und ich richte sie an ihn, werfe ihm zu: *Halt den Kopf oben!*

Ich tu dir was aufs Konto. Einmal die Woche werde ich dir Geld einzahlen. Alles, was du brauchst. Ich halte zu dir.

Und er zuckt nur die Achseln, so: *Was soll's?*

So: Er hat alles im Griff.

Und es ist nicht so schwer, dass er es nicht tragen kann.

Und im Knast wird er ein gemachter Mann sein.

Egal, in welchem.

Und sie führen ihn rückwärts aus dem Gerichtssaal.

Und er sagt zu mir …

«Kümmere dich um alle», sagt er.

Und dann ist er raus.

Und die Tür geht zu.

Und fällt ins Schloss.

Und hinter mir sagt Richterin Ayers, dass ich gehen kann, sobald wir den Papierkram erledigt haben. Sobald ich mein *CoR* bekommen habe. Meinen Freispruch.

Und das ist alles nicht wahr.

So eine Angst schleicht sich wieder an, dass sie mich wieder in einen Overall stecken wollen,

mich wieder in Handschellen legen wollen

mich wieder essen lassen wollen, wann sie es mir vorschreiben,

schlafen, wann sie es mir vorschreiben

und wo sie es mir vorschreiben,

und dass ich mich nur waschen kann, wenn sie es mir erlauben,

und dass das hier alles nicht wahr ist.

Kann es nicht sein.

Ist es nicht.

Bin ich nicht.

Frei?

TEIL 9

SAMEN

Siehe, es ging ein Sämann aus zu säen. Und indem er säte, fiel etliches an den Weg; da kamen die Vögel und fraßen es auf. Anderes fiel auf felsigen Boden, wo es nicht viel Erde hatte, und ging bald auf, weil es keine tiefe Erde hatte. Als aber die Sonne aufging, verwelkte es, und weil es keine Wurzel hatte, verdorrte es. Anderes fiel unter die Dornen; und die Dornen wuchsen empor und erstickten es. Anderes fiel auf das gute Land und brachte Frucht, etliches hundertfach, etliches sechzigfach, etliches dreißigfach.

Matthäus 13, 3–8

ANGELA ALVAREZ

18. JANUAR 1994, 19:18 UHR

101

Ich hatte gar nicht erwartet, zur Feier eingeladen zu werden, nach allem, was passiert ist, aber Mrs. Matta selbst bittet mich zu kommen, und als ich ankomme, macht sie mir die Tür auf und nimmt mich in den Arm. Eine gute Umarmung. Sie drückt mich ein bisschen zu lange und zu fest, aber ich finde es toll.

«Komm herein», sagt Mrs. Matta, nachdem sie losgelassen hat, «komm, komm herein!»

Jacob ist schon da. Wir quetschen uns alle in den Flur und schauen uns eine Kopie seiner Entlassungsurkunde an, sein Formular SH-AD-516. Er hat das Blatt zusammengefaltet, damit er es überall mit hinnehmen kann. Er muss die Urkunde der Polizei zeigen, wenn er je wieder wegen irgendwas aufgegriffen wird. Das Original ist nicht gefaltet. Das bleibt im Haus, in dem er irgendwann wohnen wird.

Das Essen steht schon auf dem Tisch. Es würde für Tage reichen. Reis und Tortillas und Bohnen und Rindfleisch und Hühnchen. In der Küche treffe ich die Tante, die ich noch nicht kenne, weil sie immer auf das kleine Mädchen aufgepasst hat, wenn der Rest der Familie ins Gericht gegangen ist. Es gibt einen Schreckmoment, als das kleine Mädchen sich auf die Küchenfliesen setzen muss und einen Krampfanfall kriegt, aber der große Bruder setzt sich hinter sie und hält sie fest, und Jacob kniet sich vor sie und streicht ihr übers Haar, als würde er sich überhaupt keine Sorgen machen. Diese Seite von ihm habe ich noch nie gesehen, diese Sanftheit.

Als es der Kleinen wieder besser geht, setzen wir uns an den Tisch. Ich frage, ob ich bei irgendwas helfen kann, aber man sagt mir, ich sei Gast, ich solle mich einfach hinsetzen. Ich sitze am langen Ende des Tisches, weit weg von Jacob. Ich sitze bei den Frauen, neben Mrs. Mattas leerem Stuhl. Er sitzt bei den Jungs. Ich beobachte ihn mit ihnen, wie sie leise über Dinge reden, die sich im Viertel geändert haben, während er weg war. Ich sehe, dass Jacob nicht mehr über dämliche Witze lacht. Er sitzt einfach still auf seinem Stuhl. Er hüpft nicht rum oder zuckt mit dem Bein. Und er kann jetzt zuschauen, so *richtig* hinsehen. Er kann sich konzentrieren, auf Sachen achten. Wenn er zum Beispiel bemerkt, dass jemand nicht mehr viel Wasser im Glas hat, dann greift er zum Krug und schenkt nach, ohne dass irgendwer darum bitten muss. Das hat es vorher nicht gegeben.

Mrs. Matta kommt mit dem letzten Gericht aus der Küche, es sieht aus wie irgendwelche Nudeln, und als sie sich gerade hinsetzt, beschließt Jacob, dass er etwas sagen will.

«Es gibt da so einen Satz aus einem Buch, den ich mit euch allen teilen will, weil, ähm …» Er räuspert sich. «Weil er mir da drinnen eine ganze Menge bedeutet hat. Und jedes Mal, wenn ich ihn gelesen oder darüber nachgedacht habe, musste ich an irgendwelche Mattas denken.»

Das sagt er, und dann sieht er mich an, und ich kann nicht sagen, ob er einfach bloß in meine Richtung schaut oder ob er sagen will, dass er auch an mich gedacht hat, das aber nicht laut sagen wollte, nicht in diesem Haus, und mir wird so ein bisschen heiß an der Kehle, als er mich anschaut, und das ist kein schlechtes Gewissen mehr, sondern was anderes.

Er redet weiter. «Das stammt aus einem Buch namens *Hexen hexen.* Der Autor heißt Raoul Doll.»

«Roald Dahl.» Jeo stößt ihm den Ellbogen in die Rippen. «So spricht man das aus.»

«Na gut. Vielen Dank, Superhirn.»

«Gern geschehen.»

Darauf lachen alle, und als das Lachen verebbt, wird es still, und Jacob kann weitersprechen.

«Es spielt keine Rolle, wer du bist oder wie du aussiehst, solange dich jemand liebt.» Dann nickt er, versucht sich zusammenzureißen, und er spielt mit irgendwas in seinem Schoß herum, bevor er die Hände hebt und allen eine selbstgebastelte Weihnachtskarte zeigt. «Ich habe deine Karte gekriegt, Jimena. Die habe ich jeden Tag angeschaut. Sie hat mir Kraft gegeben. Vielen Dank.»

Sie lächelt ihn an. Die Brüder nicken. Die Tante tupft sich die Augen trocken. Und Mrs. Matta schluchzt, als sie das sieht, und sagt, sie weiß ja, dass Jacob seine Mutter verloren hat, aber dass er jetzt eine *madre* hat. Und sie sagt es halb auf Spanisch, so: «Du hast eine Mutter verloren, *pero ahora tu tienes una madre.*»

Sie schaut ihn über den Tisch hinweg an, die Augen voller Tränen, und formt die Worte mit den Lippen: *«Ich bin es. Ich bin jetzt deine madre.»*

Und das sitzt, versteht ihr? Das trifft alle. Ich sehe es um den ganzen Tisch gehen und bei Jacob landen. Ich sehe, wie er zusammensackt und weint, zum zweiten Mal in meinem Leben. Erst im Gericht und jetzt hier. Das ist so schön, dass es mich auch erwischt, und ich muss mich entschuldigen und ins Bad gehen.

Ich schaue in den Spiegel und will mir die Augen mit diesem Eyeliner von L'Oréal nachziehen, den ich gerade erst letzte Woche für die Verhandlung gekauft habe, und um mich ein bisschen aufzumuntern nach allem, was passiert war. Ich streiche mir die Haare zurück, aber dann lasse ich den Stift wieder sinken, weil es mir nicht gefällt. Und zwar wegen Jacob. Er ist jetzt anders. Ernster. Er hat Sachen gesehen. Durchgemacht. Und das trägt er jetzt in sich. Ich weiß nicht genau, wie das geht, aber dadurch ist er besser geworden. Ich meine, er liest jetzt! Das hat mich echt umgehauen. Als wir zusammen waren, hat er Bücher überhaupt nicht *angeguckt,* und jetzt liest er von ganz allein. Davon kommen mir solche Gefühle, die ich nicht haben darf. Und ich sage mir selbst im Spiegel, dass zwischen ihm und mir nichts laufen wird. Niemals. Nicht nach dem, was ich getan habe.

Als ich fertig bin, knipse ich das Licht aus und die Lüftung auch. Ich trete aus der Tür und kann nur einen Schritt in den dunklen Flur machen, ehe ich Jeo direkt vor mir stehen sehe, als hätte er dort *gewartet,* um mich zu Tode zu erschrecken.

Ich zucke zusammen und zische ihn an. «Jeo!»

Aus dem Wohnzimmer dringen die Essensgeräusche zu uns, als er mir etwas ins Ohr flüstert. «Du müsstest jemanden für mich anrufen.»

Und wie er das sagt, weiß ich sofort, dass ich keine Wahl habe. Das ist ein Befehl. Ich weiß, so zahle ich zurück, was ich ihm schulde.

BEWÄHRUNGSHELFER PHILLIP PETRILLO

18. JANUAR 1994, 20:27 UHR

102

Ich habe vor dem Polly's in Long Beach geparkt, der Schlüssel steckt im Zündschloss. Rush Limbaughs Tape läuft, er erzählt, wie die Dinge eigentlich sein sollten. Ich bin rückwärts in eine Bucht am hinteren Ende des Parkplatzes gefahren, wo ich so viel wie möglich sehen kann: die Eingangstür an der Seite, dahinter die Atlantic Avenue, rechts die Thirty-Fifth Street, die Hintertür des Gebäudes, die Leiter aufs Dach, die Mülleimer aus Metall. Die meisten Gäste parken in den schrägen Parkbuchten beim Seiteneingang, wo ihre Autos von rechteckigen Flutlichtern beleuchtet werden, die an so einem seltsamen Zaun auf dem Dach befestigt sind. Wo ich bin, ist es dunkel: lieber sehen und nicht gesehen werden. Ich schalte die Kassette aus und lasse das Seitenfenster herunter. Auf dem leeren Grundstück hinter mir knarrt eine Ölpumpe im Dunkeln, während ich das Kommen und Gehen registriere. Das Abendessen ist vorbei. Jetzt kommen andere Gäste: Teenager auf Dates, eine weiße Familie mit zwei Kindern, ältere Frauen. Ich schaue auf die Uhr. Es ist 20 Uhr 36. Wir haben uns um 21 Uhr verabredet.

Ich bin früher gekommen, um das ganze Gelände und das Restaurant einmal abzulaufen und sicherzugehen, dass es keine Falle ist. Vielleicht bin ich übervorsichtig, aber ich weiß, es birgt Risiken, mich weiter für Angela Alvarez zu interessieren. In gewisser Weise sind diese Risiken sogar noch größer geworden. Angela war nicht da, als Dreamers Anwalt mich vor Gericht verleumdet und behauptet hat, ich hätte ihm die Waffe untergeschoben (sie war in der Pflegeschule, habe ich überprüft), aber sie hat garantiert davon gehört. Danach habe ich beschlossen, mich erst mal zurückzuhalten und zu warten, bis sie sich wieder meldet. Ich wusste, das würde sie, denn wenn nicht, hätte ich bei ihr vorbeigeschaut. Ich weiß ja schließlich, wo sie wohnt.

Aber sie hat mich angefunkt. Und zwar schneller als erwartet. Als die Nummer auf meinem Pager erschien, war mein erster Gedanke: Sie hat meine Nummer an irgendwen anders weitergegeben, an die falschen Leute, die mich jetzt finden wollen. Aber den habe ich nach einigem Nachdenken wieder verworfen. Dreamers Gangsterfreunde sind sicher überzeugt, dass ich was angestellt habe, aber sie können es mir niemals nachweisen, und ganz bestimmt können sie keine Hand an mich legen und hoffen, ungeschoren davonzukommen, also scheiß auf sie. Ich habe eine Stunde gewartet und sie dann zurückgerufen.

Sie nahm mitten im zweiten Klingeln ab und war froh, meine Stimme zu hören, und sie sagte, sie sei endlich bereit, mit mir zu reden. Ich antwortete mit Schweigen, das sie füllte: Sie hatte mein Gesicht in der Verhandlung vermisst, als sie in den Zeugenstand musste und das Urteil gesprochen wurde, aber sie hatte sich gedacht, ich müsse sicher arbeiten und habe davon gehört. Das bestätigte ich. Dreamers Freispruch hatte ihr eine Last von den Schultern genommen (angesichts der Erleichterung in ihrer Stimme halte ich das für wahr). Sie sagte, sie hätte sich selbst nie verziehen, mit mir ausgegangen zu sein, wenn er eingesperrt worden wäre für etwas, was er doch nicht getan hatte, wie sie wusste, aber da dieses Unrecht jetzt abgewendet ist, wollte sie mir sagen, dass sie aus Lynwood wegzieht. Sie wird das Haus ihrer Tante vermieten, in dem sie so lange gelebt hat. Als sie diese Entscheidung traf, war auch ein Beweggrund, dass zwischen uns etwas Besonderes war, und sie würde sich auch nie verzeihen, wenn sie der Sache nicht noch wenigstens eine Chance gäbe. Sie machte den Kuss dafür verantwortlich (das klang wahrhaftig). Sie sagte, sie habe ununterbrochen daran gedacht. Sie meinte, unser Date in Disneyland sei das beste gewesen, das sie je gehabt habe (auch das war offenbar ehrlich). Als wir dieses Mädchen aus Lynwood getroffen hatten, das sie erkannte, da hatte sie erst Angst um ihre Sicherheit bekommen, aber jetzt sei das alles verpufft. Die Leute sind nicht direkt froh über ihr Verhalten, aber sie wissen auch, dass sie erwachsen ist. Sie ist ein guter Mensch, sie arbeitet hart und kann machen, was sie will, und sie will ihren Prince Phillip wiedersehen (das hat mich gerührt). Sie klang so verletzlich und besorgt, dass ich womöglich nein sagen könnte, als sie mich fragte: «Können wir? Ich meine, willst du überhaupt? Ich würde schon verstehen, wenn du nicht willst.» Ich hätte sowieso ja gesagt, aber ich wollte sie noch ein paar Augenblicke bestrafen, ehe ich ihr vorschlug, sich heute Abend bei Polly's Pies zu treffen. Sie sagte, das passe perfekt.

Es ist 20 Uhr 41. Die Familie verlässt lachend das Restaurant. Sie steigen in einen Minivan. Der Vater öffnet seiner Frau die Tür, ehe er zur Fahrerseite geht.

Auf der Thirty-Fifth herrscht praktisch kein Verkehr (von der Seite sind keine neuen Autos auf den Parkplatz eingebogen, aber ich sehe eine Bewegung auf dem Bürgersteig: eine schlurfende, schwankende Gestalt, die sich an einer Hauswand aufrecht hält. Als er sich abstößt, könnte ich schwören, dass es Augustine Clark ist.

«Was zum Teufel?», rutscht es mir heraus.

Es kann niemand sonst sein, und Augie ist entweder betrunken, high oder beides (ein klarer Verstoß gegen seine Bewährungsauflagen). Ich habe keine Wahl, ich muss ihn deswegen hochnehmen, und ich muss sagen, ich werde es genießen, ihn wieder in den Bau zu schicken, nachdem er im Zeugenstand so jämmerlich eingeknickt ist.

Ich lasse den Blick über den Parkplatz schweifen: immer noch leer. Ich beobachte Augie, der es bis zu den Mülleimern schafft, sich wieder abstößt und aufs Restaurant zutaumelt.

Er bewegt sich wie Wackelpudding auf Beinen. An diesem Stück Dreck ist einfach alles so traurig und vorhersehbar. Der ganze Abschaum aus Compton und Lynwood kommt irgendwann die Atlantic Avenue runter und wird hier angeschwemmt. Ich kann es ihm nicht verdenken, sich nach Süden zu verpissen, nachdem Kristina ihm seinen Verstoß gegen die Abmachungen hat durchgehen lassen (für eine so harte Nuss hat sie ihn wirklich sanft angefasst); er hatte Angst vor der Gang, das fand sie verständlich, sogar bemitleidenswert; sie hatte gehofft, das Drogengericht würde ihm eine letzte echte Chance bieten, aber jetzt stolpert er hier dem Ozean entgegen. Beschissene Junkies. Ändern sich nie.

Ich ziehe den Schlüssel aus dem Zündschloss, steige aus, schließe den Wagen ab. Ich gehe auf Augie zu, als der es halb über den hinteren Parkplatz geschafft hat und auf die Eingangstür zuschwankt.

Ich sage seinen Namen, was keine Reaktion hervorruft. Ich gehe auf ihn zu.

«Augie», sage ich, «was zur Hölle treibst du hier?»

Er dreht sich um. Seine Pupillen sind geweitet. Er hat gespritzt.

Er faselt Unverständliches, stellt sich gerade hin und lehnt sich dann aggressiv nach vorn. Ich nehme Verteidigungshaltung ein.

«Willst du dich mit mir schlagen, Augie?»

Darüber muss er nachdenken. Er schaut den leeren Parkplatz an, dann die Atlantic Avenue, wo die Autos schnell vorbeifahren, ehe er Worte findet. «Sie sollten abhauen.»

Ich lache. «Vor *dir* abhauen? Ja, sicher.»

Aber es liegt so etwas in seinem Blick. Angst, aber nicht vor mir.

Er wiederholt seinen Satz, aber langsamer. «Sie. Sollten. Abhauen.»

Da begreife ich: Er meint nicht vor ihm weglaufen.

Er meint, irgendwer ist hinter mir her.

Ich mache einen Schritt zurück und pralle gegen etwas, das mich überragt, und ich kann meine Füße nicht richtig aufstellen. Ich versuche meine Waffe zu ziehen, aber etwas knallt mir ins Gesicht:

hart, massiv (Beton oder Metall). Der Kopfschmerz setzt sofort ein. Meine Ohren klingeln. Alles wird langsamer. In meinem Mund ist irgendwas gebrochen. Weiße Zahnsplitter strömen mit dem Blut heraus. Wieder greife ich nach der Waffe, aber mein Halfter ist leer. Ich schaue nach unten. Etwas trifft von hinten meine Knie, wirft mich nach vorn auf den Asphalt.

Ich versuche mich hochzudrücken, aufzustehen, aber Nässe schlägt gegen mein Gesicht, erstickt mich (Nase, Mund). Kann nicht atmen. Dämpfe ziehen mir schnell in die Lunge. Ich huste, aber kann sie nicht draußen halten.

Nässe geht weg, Lichter verschwimmen. Blickfeld wird kleiner. *Nein.* Das einzige Wort, was ich sagen will, aber das kommt einfach nicht raus. *Nein, nein, nein.*

Ein Auto fährt dicht heran, rollt beinah gegen mich. Ich spüre Hitze. Eine Tür geht auf.

Eine Stimme (weiblich) sagt: «Scheiße, Vulture! Jetzt müssen wir sein Gesicht ganz kaputthauen, um das zu vertuschen.»

JACOB SAFULU ALIAS DREAMER

18. JANUAR 1994, 22:19 UHR

103

Little möchte, dass ich zum Islands Motel rüberkomme, aber ich habe gar keine Fahrgelegenheit, also bringt Angela mich in ihrem Auto hin. Little hat mir gesagt, ich solle mir keine Gedanken darüber machen, südlich des Freeway 105 zu sein. Hat gesagt, er hätte eine Vereinbarung mit Scrappy und ihrer *clica*. Lynwood sei jetzt vereint. Nicht mehr Nord und Süd. Die und wir. Das sei jetzt alles eins, hat er gesagt. Ich wusste überhaupt nicht, was ich von dem Scheiß halten sollte, also habe ich mich rausgehalten.

Aber ich habe Angela erzählt, dass ich kein gutes Gefühl bei der Sache hätte. Dahinzufahren und ihn dort zu treffen. Ich glaube, ihr ging es genauso.

Angela hat mir beim Abendessen bei Mrs. Matta erzählt, dass es eine Verfilmung der *Schatzinsel* gibt. Sie meinte, wenn ich Lust hätte, könnte ich rüberkommen und den Film zusammen mit Elisas Kindern Marisela und Rowland angucken, weil sie morgen auf die beiden aufpassen muss. Und ich habe mich bedankt, dass sie an mich gedacht hat, aber das geht nur, wenn ich zum Essen wieder zu Hause bei Mrs. Matta sein kann, weil ich ihr das versprochen habe.

Das geht in Ordnung, hat sie gesagt. Sie weiß, dass ich keine Versprechen breche, die ich Mrs. Matta gegeben habe. Dieser Frau gegenüber werde ich niemals ein Versprechen brechen, solange ich lebe. Da muss man mich schon erst umbringen.

Weil ich nie vergessen werde, wie sie mir gesagt hat, ich hätte eine Mutter verloren, aber jetzt eine *madre*. Das war das Größte, was ich im Leben je gehört habe. Ich wusste gar nicht, dass ich das gebraucht hatte, bis es mir jemand gesagt hat. Und seitdem bin ich anders. Irgendwie neu.

Als Angela am Bordstein vor dem Motel parkt, sagt sie: «Bitte geh nicht, Jacob. Das gefällt mir *echt* nicht.»

«Mir auch nicht», sage ich. «Aber ich muss. Er hat mich gebeten. Und ich schulde ihm was.»

Als ich aussteigen will, packt sie mich am Arm. Ihre Finger klammern sich an den Stoff, als ob sie mich festhalten wollte, aber ich nicke ihr zu. Als sie loslässt, ist der Ärmel ganz zerknautscht.

«Willst du irgendwann mal mit mir zum Six Flags Magic Mountain fahren? Nur so als Freunde.»

Ehe sie antworten kann, steige ich aus und gehe. Ich schaue ihr nicht ins Gesicht.

Ein Nein ist okay. Ich kann mit einem Nein leben. Aber nicht vor dieser Sache.

Die will ich erst aus dem Weg haben.

Außerhalb des Autos ist es so viel lauter. Wenn du aus dem Knast kommst, sagt dir kein Mensch, dass die Welt viel lauter geworden ist, als du weg warst. An manchen Tagen ist es echt zu viel.

Ich setze die Kapuze auf.

Es ist kalt. Vielleicht zwölf, dreizehn Grad. Ich gehe durch den Torbogen auf den Parkplatz, wo Little wartet. Als ich auf ihn zustapfe, geht eine Tür auf. Eine Frau steckt den Kopf raus.

«Hey, Schlampe», ruft Little sofort, «mach, dass du wieder reinkommst!»

Das tut sie. Sie macht die Tür zu.

Ich schlucke die aufsteigende Panik herunter, die mich überkommt, weil jemand so nah an meinem Gesicht brüllt. Ich schäme mich, dass ich am liebsten wegrennen will. Dass mir der Knast noch in den Knochen steckt.

Und ich will Little bestimmt nicht erzählen, was er wie tun soll.

Aber er verändert sich. Scheiße, Mann. Er *hat* sich verändert. Der alte Little wäre nie so plötzlich ausgerastet.

Dann ist er jetzt wohl Dulce, denke ich. Ein total anderer Typ.

Und in dem Augenblick tut mir Mrs. Matta total leid. Ich will mir gar nicht vorstellen, was es für sie heißen würde, wenn sie ihren Jeovanni verliert.

Weil, es ist ganz allein meine Schuld, dass er so ist.

«Du willst mir was zeigen?», sage ich.

«Genau, Mann», sagt er. Er lächelt ganz breit.

«Was denn?»

«Etwas. Wirst schon sehen.»

«Hast du es bei dir, oder …»

«Ist in dem Zimmer da drüben.»

Er zeigt auf eine Tür, Nr. 14.

Ich weiß sofort, dahinter ist was Schlimmes.

Man kriegt im Gefängnis oft genug dieses Gefühl, irgendwo besser nicht reinzugehen. Das Problem ist nur, im Gefängnis kann man es nicht immer vermeiden. Es wird einem vielleicht sogar befohlen. Man muss womöglich.

«Es wird dich froh machen, das schwör ich.»

Ich schaue ihm direkt in die Augen. «Ich kann nicht, *hermano. Lo siento.*»

Er macht einen Schritt zurück, als hätte ich ihn geschlagen.

«Was soll der Scheiß?», sagt er. «Du musst. Jetzt ist der Moment. Wo alle noch durch den Wind sind von diesem Erdbeben. Wenn du jetzt nicht reingehst, kriegst du diese Chance nie wieder.»

Ich senke den Kopf, als ob ich nachdenke.

Aber ich denke überhaupt nichts …

Ich gehe nicht durch diese Tür, wenn es mir niemand mit Handschellen und einer Pistole befiehlt. Ich muss nämlich nicht mehr das Monster sein. Ich habe jetzt wieder die Wahl.

Und diesen Scheiß mache ich nicht mit.

«Dann kriege ich sie wohl nicht», sage ich.

Er legt die Stirn in dicke Falten. So sauer habe ich ihn noch nie gesehen. Sauer auf mich, weil ich so blöd bin. So undankbar.

«Ich habe das für dich getan», sagt er. «Ich habe Dinge erledigt. Habe Versprechen gegeben. Das muss jetzt gemacht werden. Da kommst du nicht raus.»

Ich will ihn an der Schulter packen. Aber er weicht aus.

«Ich verstehe, wie viel du für mich getan hast», sage ich. «Dass du eine Menge Sachen gemacht hast, von denen du mir nie erzählen wirst.»

«Du verstehst *überhaupt nichts.*»

Ich sehe ihn an. Sehe seinen Schmerz. Seinen neuen Stolz, der ihn aufplustert.

Ich würde ihm am liebsten die Luft rauslassen. Einfach reinpiksen. Aber das bringe ich nicht übers Herz.

«Du hast recht», sage ich. «Ich verstehe es nicht. Der Scheiß kann auch ohne mich erledigt werden.»

«Du musst dabei sein.»

«Sagt wer?»

«Sag *ich*, verdammte Scheiße.» Er ist ganz rot geworden.

Beinahe fürchte ich, wir müssen uns schlagen. Gleich hier.

«So ist es also?», frage ich.

«So ist es», antwortet er sofort.

Ich überlege, ihm zu erzählen, was ich im Knast alles gemacht habe. Im CJ. In Wayside. Dass die großen Jungs jetzt meinen Namen kennen. Dass sie wissen, ich mache meinen Job, ohne zu zögern. Aber als ich ihn so vor mir sehe, weiß ich, das würde überhaupt keinen Unterschied machen.

Darum sage ich was anderes. «Als das Scheiß-Erdbeben losging, sind wir auf dem Beton gesurft. Der Fußboden hat Wellen geschlagen wie das Meer.»

Damit hat er nicht gerechnet.

Ich sehe in seinen Augen, dass er hin- und hergerissen ist: Er will mich unterbrechen, und er will mehr hören. Dann gibt er nach.

«Und was ist dann passiert?», fragt er.

«Alle haben sich geprügelt. *Fünfundsechzig Mann.* Alle eingeschlossen. Riesenrandale. Leute wurden abgestochen. Dann haben sie Gas reingeschmissen …»

Ich merke, er fragt sich langsam, warum ich ihm diese Geschichte erzähle, also komme ich auf den Punkt.

«Ich hätte da drin sterben können», sage ich. «Ständig wurde ich irgendwo reingezogen, wo ich gar nicht reinwollte. Aber ich musste, ich saß ja in einem beschissenen Käfig. Und ich respektiere dich, *hermano,* aber diesen Scheiß hier muss ich nicht machen. Ich habe die Wahl. Das heißt nicht, dass ich dich nicht schätze und achte. Ich liebe dich für alles, was du getan hast, aber … ich *kann nicht* durch diese Tür gehen.»

Er nickt. Aber irgendwie zu schnell, als würde er sich in was reinsteigern.

«Aber ich habe das hier für dich getan. Für die Gerechtigkeit», sagt er.

«Das glaube ich dir, *hermano.*» Mir kommen fast die Tränen. «Aber ich habe meine Gerechtigkeit schon gekriegt, verstehst du? Die Geschworenen haben mich freigesprochen. Ein einziges Mal hat das Scheißsystem das Richtige gemacht.»

Er sieht mich an, als würde ich nicht das ganze Bild sehen. Nicht aus seinem Blickwinkel. Aber das ist okay. Das will ich nämlich gar nicht.

Ich weiß, dass er hier draußen getan hat, was getan werden musste. Das lese ich aus seinen Blicken.

Darum sage ich: «Ich wäre nicht hier, wenn du das nicht alles getan hättest. Das musst du mir gar nicht erzählen, das weiß ich auch so.»

Er nickt langsam. Er kann mir folgen. Er versteht mich. Ich sehe, dass auch ihm Tränen in die Augen steigen. Aber er kämpft dagegen an.

«Dann muss ich es für uns beide tun», sagt er.

Er dreht sich um. Geht zu der Tür. Ich starre auf seinen Rücken, als er in die Nummer 14 geht. Und die Tür schließt sich.

Ich weiß, jetzt ist er weg. Der Little, den ich kannte.

Und vielleicht für immer.

Ich weiß, er hat seine besten Seiten eingetauscht, um mich zu befreien. Und das werde ich ihm nie zurückzahlen können.

Und diese Schuld werde ich tragen, bis ich tot bin …

Anscheinend bleibe ich zu lange stehen und grüble, weil die Frau von vorhin wieder den Kopf aus ihrer Tür steckt. Und mir sagt, ich soll zu ihr rein ins Warme kommen. Sie würde sich um mich kümmern und mir sogar Rabatt geben.

«Nee, lass mal», sage ich. «Danke.»

Sie geht wieder rein. Aber die Jalousie geht hoch. Und sie beobachtet mich durchs Fenster.

Ich nicke ihr zu. Und dann wende ich mich ab.

Denn da kommt mir so ein Gefühl. Solche Orte sind nichts mehr für mich. Zu viele Leute können hier aus allen Richtungen auf dich losgehen. Und alle wollen irgendwas.

Ich will eigentlich bloß wieder zu Mrs. Matta. Mein Elektriker-Lehrbuch durcharbeiten. Mit Jimena Filme gucken. Einen Scheiß-Donut von Jack's essen und Kaffee dazu trinken.

Ich will ein neues Buch. Eins, das neu *riecht.* Nicht wie im Knast. Keins, das schon zehntausend andere in den Fingern hatten.

Ich fasse in meine Tasche, wo die Kopie meiner Entlassungsurkunde steckt. Ich berühre sie, nur um sie zu berühren. Ich lege die ganze linke Hand darauf. Der Sekretär, der sie mir gegeben hat, meinte, das sei meine Freiheitsquittung. Die sollte ich immer bei mir tragen, falls ich irgendwelchen Gesetzeshütern irgendwann mal beweisen muss, dass meine Haftbefehle erloschen sind.

Das Wort gefällt mir. *Freiheitsquittung.* Denn ich musste ja auch dafür bezahlen. Eine ganze Menge.

Und dabei kommt mir der Gedanke, dass ich jetzt vielleicht genug bezahlt habe.

Wenn ich zu dieser Sache hier nein gesagt habe, dann kann ich zu anderen Sachen nein sagen. Vielleicht.

Und als Angela mich durch den Torbogen kommen sieht, hellt ihr Gesicht sich auf. Sie hat mich noch nie so angelächelt. Das ist neu. Sie ist überrascht. Und glücklich. Und vielleicht auch stolz.

Sie lässt den Wagen an. Der Motor springt an. Und spuckt ein bisschen blauen Rauch aus dem Auspuff.

Da verbrennt Öl. Kann ich ihr morgen reparieren, wenn sie will.

Aber jetzt? Jetzt wird es Zeit, wegzufahren. Und sie ist bereit. Und ich bin bereit.

Das war es also.

Wir fahren.

JEOVANNI MATTA ALIAS DULCE

18. JANUAR 1994, 22:27 UHR

104

Y ahora gehe ich durch die Tür und mache sie schnell hinter mir zu. Riecht schlimm hier drin. Keine Luft. Kein Ventilator. Ziemlich voll für so ein kleines Motelzimmer. Vulture sitzt auf dem Bett, die Füße hoch, als ob es ihm egal ist, wie dreckig die Überdecke wird. Er wartet nur darauf, dass die Sache über die Bühne geht. No Neck hat sich ein Handtuch untergelegt, bevor er auf dem einzigen Stuhl neben dem Bett Platz genommen hat. Vor seinen Füßen liegt Petrillo, total ausgeknockt. Er hat dicken Schorf an der Oberlippe, wo Vulture ihn mit dem Schlagring erwischt hat. Vor seinen Knien kauert Irma, neben seinem Kopf hockt Augie, der schwitzt, als ob er gerade gerannt wäre. Hinter ihm lehnt Scrappy an der Wand. Man sieht ihren Gehstock gar nicht, weil sie den hinter einem Bein versteckt. Sie sieht meinen Blick, ehe irgendwer anders was bemerkt.

«Ich wusste, er kommt nicht», sagt sie.

«War nicht sein Ding.»

Sie zuckt die Achseln. «Alles gut. Ändert auch nichts.»

Sie hat recht. Was getan werden muss, muss immer noch getan werden, ob Jacob zuguckt oder nicht.

Ich wollte ihn gern dabeihaben. Wäre toll gewesen, wenn er gesehen hätte, wie weit ich es gebracht habe, und dass dieser kranke Scheiß, der ihm passiert ist, keinem hier mehr passieren wird, sobald alle sehen, wie wir solche Sachen regeln.

Irma schlägt Augie auf den Arm. «Was hast du ihm denn gegeben, dass er so total weg ist?»

Augie verzieht das Gesicht. «Willst du nicht wissen.»

Sie will es aber wissen. Sie hat ihn schon dreimal gefragt. Ich kriege allmählich das Gefühl, sie versucht das rauszukriegen, damit sie das Zeug selbst probieren kann.

Ich sehe Augie an. «Kannst du ihn wieder wach machen?»

«Klar», sagt Augie. «Will ich echt nicht, aber kann ich, klar.»

Augie macht die Tüte Riechsalz auf, die er im Drogeriemarkt geklaut hat, und wedelt damit vor Petrillos Gesicht herum.

Zuerst passiert nichts. Kein Zucken. Keine Augenbewegung unter den Lidern. Nichts.

No Neck lacht. «Soll das Zeug nicht sofort wirken?»

«Wart's ab.» Augie schwenkt den Beutel weiter unter der Nase hin und her.

Erst zieht Petrillo die Nase kraus. Dann niest er und bläst Augie den kleinen Beutel direkt aus der Hand. Er landet auf einem klebrigen Stück Teppich einen halben Meter weiter.

«Ha.» Das sagt No Neck eher, als dass er lacht.

Vulture grinst ihn an.

Unten, halb im saudreckigen Teppich versunken, blinzelt Petrillo. Er versucht sich zu bewegen, schafft es aber nicht. Sein Arm schiebt sich einen Zentimeter Richtung Bein.

Vulture beugt sich zu ihm. «Das ist nichts als ein leerer Halfter.»

No Neck mischt sich auch noch ein. «Genau. Wir haben deine Pistole schon, du Idiot.»

Der Rest von Petrillos Gesicht krampft sich zusammen, als wollte er gleich losheulen, aber er holt tief Luft und kann den Kopf in Richtung Augie drehen. Man kann ihn beinahe denken hören, dass es eine gute Idee wäre, bei Augie um Gnade zu flehen, als hätte der Junkie in dieser Angelegenheit irgendwas zu sagen.

«Ich war gut zu dir», sagt Petrillo. «Ich war gut zu dir, Augie. Ich habe dich gerettet.»

Augie sagt nichts, schaut bloß zur Seite, und ungefähr da weiß

Petrillo, dass er erledigt ist. Hier wird es keine Wende mehr geben. Dies ist eine Einbahnstraße.

«Beinah wärst du mit deiner Nummer durchgekommen, Dreamer was anzuhängen.» Ich schaue mich in dem Zimmer um, wo er beschlossen hat, die Pistole zu nehmen und Jacobs Leben zu zerstören. «Jetzt sind wir dran. Das hier ist für Dreamer. Das ist Gerechtigkeit.»

Petrillo weiß nicht, was ich meine. Er sieht total verwirrt aus. Aber dann sieht er, wie Augie die Spritze vorbereitet. Die ist voll mit Heroin, das er schon aufgezogen hat. Viel zu viel H. Damit könnte man ein Pferd umbringen. Und dafür musste er zu Scrappy gehen und es ihr bezahlen. Aber als sie ihr Geld gekriegt hat, beschließt sie, dass sie auch dabei sein und es sehen will. Dann holt sie noch Vulture als Fahrer dazu, und so nimmt der Plan Gestalt an.

In Petrillos Arm kommt es aber nur, wenn Augie einen *hot shot* aufzieht, einen tödlichen Schuss, gut zielt und ihn reinjagt.

Er hat ein weißes Unterhemd an, und der Pfau auf seinem Arm tanzt, als er auf eine Vene mitten auf Petrillos linkem Arm klopft.

«Nein!», sagt Petrillo so laut, wie er kann. «Nein!»

Scrappy lacht. «Hier juckt es niemanden, ob du schreist. Da kannst du dir genauso gut ein bisschen Würde bewahren. Abtreten wie ein Mann. Scheiße, echt.»

Petrillo hält das Maul, aber sein Gesicht wird knallrot, als er sich müht, hochzukommen und abzuhauen, aber das wird nicht passieren. Nicht jetzt. Augie findet eine Vene und sticht die Nadel sauber rein. Mit dem Daumen auf dem Kolben schaut er mich an, und ich nicke ihm zu. Mach es.

Und er macht es. Er drückt den Kolben bis ganz nach unten.

«Fuck», flüstert Irma, «Fuck, Fuck, Fuck.»

Sie ist stinksauer wegen der Verschwendung, keine Frage, aber sie weiß auch, wo das herkam, da ist noch mehr. Viel mehr. Genug, um sie für immer über Wasser zu halten, wenn sie ihren Part richtig spielt. Das arme Mädchen weiß noch gar nicht, dass ihre Zukunft auch so einen *hot shot* bereithält.

Y ahora sehen wir alle zu, wie Petrillo abtritt. Ich weiß nicht, was ich erwartet habe, aber es ist gar nicht abgedreht. Kein Geschrei mehr. Sein Kopf sackt zur Seite, er sinkt weg, dann zittern seine langen Wimpern, sein Atem wird schwerer und langsamer, und dann hört er auf.

«Ist nicht die schlimmste Art abzutreten.» Augie verzieht schmerzlich das Gesicht, als ob es ihm schon weh tut, das nur zu sagen.

Und ich habe das Gefühl, dass Augie zwar kein Problem damit hat, sich selbst langsam umzubringen, aber jemand anderem die Nadel reinzujagen, das ist noch mal ein ganz neuer Schock.

Eine Minute vergeht, dann sind es zwei. Petrillo hat nicht einmal geatmet.

Wir beschließen, noch ein bisschen länger zu warten, aber wir haben ganz bestimmt keine Lust, ihn dabei anzustarren, also schaltet Scrappy den Fernseher an. Sie zappt ein bisschen herum. Bleibt beim Kabelsender hängen. Sie landet bei einer Folge von *Unser lautes Heim*. Mike Seaver ist in irgendeinen Mist mit einem Mädchen verwickelt, das auf ihn steht, aber er nicht auf sie. Vulture findet es zum Totlachen. Er lacht. Er spricht Dialogzeilen nach. Wir anderen ertragen es und gucken uns den Scheiß an, bis Scrappy auf die Quizshow *Pyramid* umschaltet.

Als Werbung läuft, drückt Irma einen Daumen sehr fest gegen die Stirn und fragt dann: «Kann ich jetzt den Rest von meinem Stoff kriegen?»

Ich sage ihr, wie es läuft. «Den kriegst du, wenn du die Sache morgen zu Ende bringst.»

Irma schaut Scrappy an, so wie wenn du irgendwas nicht vom Papa kriegst, fragst du eben Mama.

Aber Scrappy lässt sich auch nicht drauf ein. «Was glotzt du mich so blöd an? Du hast ihn doch gehört, Schlampe. Du wirst erst bezahlt, wenn du die Sache durchgezogen hast.»

Danach warten alle auf ihre eigene Art. Ich denke an Danny Boy, und dass alle Leute, bei denen ich mich über ihn erkundigt habe, für ihn die Hand ins Feuer gelegt haben, er ist ein guter Typ, sagen sie, und vielleicht sollte ich ihn anrufen, vielleicht sollten wir es mal versuchen, er und ich.

So zwanzig Minuten lang sagt keiner ein Wort, und die ganze Zeit liegt Petrillo bloß da, den Kopf zu einer Seite. Rührt sich nicht. Wir sehen alle, dass sein Körper bloß noch eine leere Hülle ist. Da ist kein Mensch mehr drin. Kein Zweifel.

Ich schaue Scrappy an, sie schaut mich an. Wir wissen, es ist Zeit.

Sie stößt sich von der Wand ab und marschiert los mit ihrem Stock. «Ich bin dann weg.»

«Ich auch», sage ich und halte ihr die Tür auf.

Aber auf dem Weg nach draußen schaue ich No Neck und Vulture an, und sie nicken mir zu. Sie wissen, wo sie Petrillo hinbringen, wenn es richtig spät wird. Sie wissen haargenau, was sie zu tun haben.

DEPUTY IVICA «JOHN» MIRKOVICH

19. JANUAR 1994, 14:52 UHR

105

Louis und ich sind kurz vor dem Ende einer Zehn-Stunden-Schicht, fünf bis fünfzehn Uhr, als wir angefunkt werden, um mögliche menschliche Überreste im Becken des Los Angeles River zu untersuchen. Wir versuchen uns wegzuducken, denn kein Mensch will Überstunden machen, bloß um für den Gerichtsmediziner eine Leiche zu babysitten, aber die Zentrale prüft andere Streifenwagen und sagt, wir seien am nächsten dran – eine Leiche ist eine Leiche; wir müssen sofort reagieren.

Wir kommen als Erste an den Fundort. Zwischen uns und dem Fluss ist ein Zaun, und ich habe keine Lust, mit Gurt und Weste darüberzuklettern. Louis auch nicht, also bleibt er im Wagen, und ich laufe ein paar hundert Meter nach oben zu einer Lücke im Zaun, weiche dabei kaputten Bierflaschen, gebrauchten Spritzen und Penner-Müll wie Klopapier aus Zeitungen aus, ehe ich mich hindurchzwänge. Selbst von meinem Ausgangspunkt flussaufwärts kann ich schon sehen, was ich finden soll, und laufe nach Süden. Die offenbar männliche Leiche liegt ausgestreckt in der Sonne, einen Arm über dem Kopf, den anderen darunter. Die Beine sind gespreizt. Er liegt von mir abgewandt. Er hat weder Schuhe noch Socken an, bloß eine zerrissene Hose und ein Unterhemd. Als ich schließlich auf seiner Höhe bin, sehe ich das bleiche, zur Seite gewandte Gesicht. Der Anblick ist wie ein Schlag in die Magengrube.

Es ist Phil Petrillo.

Ich winke Louis zu, er soll näher heranfahren, was er auch

tut. Er steigt aus und ruft durch den Zaun: «Mirk, ist es ein Leichnam?»

«Ja», sage ich.

Wir sichern den Fundort, so gut es eben geht, wenn man eine Leiche am Grunde des größten Betongrabens auf dem Planeten findet, das heißt, wir fädeln Absperrband durch den Zaun in der Nähe eines Penner-Camps, und Louis und ich debattieren, ob ich runtergehen sollte oder nicht, wenn ich es ohne Ausrutscher und Sturz schaffen kann.

«Ich kann auch von hier durch Augenschein feststellen, dass es sich um einen Toten handelt», sage ich. «Ich kann keinen Atemrhythmus feststellen. Er hat Leichenflecken. Mach Meldung.»

Während er das tut, nimmt jemand anderes seinen Platz am Zaun ein – weiblich, wirre schwarze Haare, blutunterlaufene braune Augen, eins siebzig.

«Officer», sagt sie, um meine Aufmerksamkeit zu bekommen, «Officer. Ich weiß, was passiert ist.»

Ich habe keine andere Wahl, als sie an Ort und Stelle zu verhören. Petrillo geht sicher nirgendwohin. Louis verhandelt mit der Wache, wie lange wir wohl warten müssen, bis jemand von ihnen kommt und sich die Leiche anschaut, also nehme ich die Aussage der Frau auf. Sie heißt Irma Sanchez. Manchmal wohnt sie im Islands Motel am Long Beach Boulevard. Das ist eine bekannte Prostitutionsadresse, was zu ihrer Erscheinung und ihrem Verhalten passt. Sie sagt, dass sie manchmal in diesem Lager Partys feiert, was sich zweifelhaft anhört, aber ich lasse sie weiterreden. Sie kennt seinen Namen. Sie nennt ihn Peedro Phil und behauptet, er habe gelegentlich mal mit ihr und einigen seiner Bewährungsklienten Heroin geraucht. Fast will ich den Namen Augustine Clark einwerfen, aber sie ist kaum zu stoppen, also schreibe ich bloß mit.

Peedro Phil war gestern Abend total am Boden, weil eine junge Frau sich nicht mehr mit ihm treffen wollte, Angela Soundso. Er war so verletzt und fertig, dass er beschloss, sich zum allerersten

Mal einen Schuss zu setzen. Sie hat ihn gewarnt, dass er zu viel genommen hätte, aber das war ihm egal. Er spritzte, und dann starb er. Der örtliche Drogenrat fand es nicht so erfreulich und geradezu respektlos, dass jemand an ihrem Treffpunkt starb, also schleiften sie Phils Leiche zum Flussufer – nachdem sie ihm Schuhe, Socken, Jacke und Hemd abgenommen hatten – und schubsten ihn runter. Ich frage, wie sie das geschafft hätten. Sie sagt, vier Leute seien durch ein Loch im Zaun gekrochen. Sie zeigt darauf und erzählt mir, das sei nicht das erste Mal gewesen, dass jemand ins Flussbecken runtergeschubst worden sei, wenn er mit seinem Rausch nicht klarkam. Das bezweifle ich nicht.

Louis kommt zurück, und ich sage Irma, sie solle Deputy Louis noch mal erzählen, was sie mir erzählt habe, aber mein Blick sagt ihm, er soll sie die Taschen ausleeren lassen, ob sie keine Drogen oder zugehörige Utensilien bei sich hat. Er versteht. Er sagt, sie solle am Wagen warten, und berichtet mir dann, dass es im Ham Park in Lynwood eine Schießerei gegeben habe. Irgendein Gangbanger hat ins Gras gebissen. Ein Tatort mit Spurensicherung, ein glasklarer 187, darum sind alle dort. Wir werden wohl eine Weile auf ihre Dienste warten müssen.

«Ist nicht Scrappy, falls du das gedacht haben solltest», sagt Louis. «Der Verstorbene ist männlich. Noch nicht identifiziert.»

Das hatte ich gar nicht gedacht, aber jetzt schon. Ich überlege, ob die Sache im Ham Park wohl nur zur Ablenkung dienen sollte, aber dann schaue ich Petrillo noch mal an, und ich bin zwar kein Pathologe, aber er sieht so aus, als würde er schon eine Weile da liegen. Die andere Schießerei ist wahrscheinlich bloß Zufall.

«Harm Park hat wieder zugeschlagen, was?» Ich kratze mich an der Nase. Kein Polizist nennt den Park noch Ham. «Das riecht hier sehr nach Beseitigung.»

Louis stimmt nicht zu, widerspricht aber auch nicht. Er geht zum Wagen zurück, um Irma zu befragen, als ein Streifenwagen ohne Nummer heranfährt. Es ist Willie Montero.

«Isus *Krist*», sagt Montero, als er an den Zaun tritt. «Wieso habt ihr nicht Lynwood angefordert?»

«Lynwood hat schon eine Leiche. Harm Park. Noch nicht davon gehört?»

«Eine Leiche kommt selten allein. Scheiße. Wo geht's rein?»

Ich zeige ihm das Loch, auf das Irma mich hingewiesen hat. Willie braucht nur halb so lange zur Leiche wie ich. Er geht zum Rand des Beckens, schaut hinunter, erkennt Petrillo. «Gottverdammte Scheiße.»

«Genau», sage ich. «Da hat jemand ziemlich lange mit dem Anruf gewartet.»

«So ist das hier, Deputy. Keiner sieht je irgendwas. Die ganze verfluchte Stadt guckt gern weg, wenn es nötig ist.»

Ich nicke in Richtung der Leiche.

«Ganz schön weit da runter», sage ich.

«Ganz schön weit», stimmt er zu. «Ist er gerollt oder was?»

«Logistisch würde ich sagen, wahrscheinlich gerutscht.»

«Mit dem Gesicht voran? Ist ja eine beschissene Art, den letzten Weg anzutreten.» Willie legt den Kopf schräg und schaut wieder zum Zaun. «Meinst du, er wurde durchgeschleift?»

Ich zeige zum Streifenwagen, wo Irma Sanchez in der offenen Hintertür sitzt. Der Inhalt ihrer Tasche ist auf der Kofferraumklappe ausgebreitet. «Hab eine Zeugin für dich», sage ich. «Sagt, sie hat Petrillo regelmäßig getroffen. Peedro Phil hat sie ihn genannt.»

«Ach du Scheiße, ich wette, sie hat *alles* gesehen.» Montero spart nicht an Sarkasmus. Er will mir sagen, dass ihm alles viel zu sauber und glatt erscheint, als dass es stimmen könnte.

«Genau das sagt sie. Sie will eine Aussage machen.»

«Na sicher. Gib mir die Kurzversion.»

«Sie sagt, ein paar alte Säcke im Penner-Camp waren nicht glücklich darüber, dass eine Überdosis ihnen die Freude am Lager verdirbt.»

«Natürlich.» Willie mustert das kleine Lager mit einer halben

Eisenbahnschwelle als Sitzbank und einem Feuerfass in der Mitte. «Was hat unsere hilfreiche Mitbürgerin Irma sonst noch zu sagen?»

«Dass Petrillo gelegentlich Heroin geraucht hat, aber vor dieser Nummer eine Weile clean war.»

Willie grinst seinen Notizblock an. «Eine praktische Erklärung für das Fehlen von Einstichen oder Anzeichen von längerem fortgesetztem Konsum, wenn wir ihn auf den Tisch legen. *Fantastisch.*»

Ich gehe den Rest meiner Notizen mit ihm durch. Sie sagt, sie war dabei, als er gespritzt hat. War sein erstes Mal. Sie hat versucht, es ihm auszureden, aber er war total fertig wegen einer Angela – wahrscheinlich Angela Alvarez –, die nichts mehr von ihm wollte.

Wieder grinst Montero. «Und er ist direkt dort gestorben, und dann hat der Penner-Rat beschlossen, sie müssten ihn runterwerfen.»

Montero schaut hinunter in die Mitte des Flussbeckens. Wasser fließt nur in der Mitte der Hauptrinne, keine drei Meter breit. Es ist ein toter Fluss, und jetzt liegt auf der Lynwood-Seite davon ein toter Mann.

«Ich gehe runter», sagt er.

Ich sehe zu, wie er in schiefer Haltung und im Zickzack die Betonschräge hinuntergeht. Als er unten ankommt, geht er zu Petrillo und untersucht alles mit der Spitze seines Kugelschreibers – hebt ein Hosenbein an, prüft den Arm. Es dauert ein paar Minuten, bis er auf dem gleichen Weg wieder oben ist.

Als er dort ankommt, strecke ich die Hand aus, und er nimmt sie. Ich ziehe ihn das letzte Stück hinauf und frage: «Was hältst du von Irmas Version?»

«So weit, so gerade. Er hat einen Einstich am rechten Arm, innen am Ellbogen. Ist sicher eine Überdosis.» Er ist ein wenig außer Atem, Schweiß perlt auf seiner Stirn. «Sehr offensichtlich. Kein Hinweis auf Fremdeinwirkung. Der Gerichtsmediziner wird uns sagen müssen, ob es Heroin war. Inzwischen werde ich Irmas Geschichte aufnehmen, nur so aus Spaß.»

Bevor er geht, stelle ich die einzige wichtige Frage. «Was sagen wir Kristina?»

Willie seufzt. «Wir sagen ihr die Wahrheit.»

Er nickt mir zu, und ich nicke zurück. Ich verstehe, was er meint. Ich soll ihm Rückendeckung geben.

«Menschen machen krankes Zeug, wenn sie nicht nüchtern sind», sage ich. «Ich wusste gar nicht, dass Petrillo Drogen genommen hat. Er konnte es so gut verbergen.»

Willie runzelt die Stirn, nickt aber wieder. «Wir wissen nie wirklich um den persönlichen Schmerz anderer Menschen, Deputy.»

Er dreht sich um und geht zurück dahin, wo er hergekommen ist.

Ich rufe ihm hinterher. «Erst den Mediziner anrufen oder die Feuerwehr?»

«Den Gerichtsmediziner», ruft er über die Schulter zurück. «Weiter oben gibt es eine Zufahrt. Sie können mit dem Auto ran.»

Louis ist fertig mit Irmas Verhör, also rufe ich ihn zu mir. Er kommt, ohne ihr den Rücken zuzuwenden. Ich sage, er soll den Gerichtsmediziner herbestellen. Es ist kein Tatort mehr, und die Leiche muss bloß noch abgeräumt, untersucht, katalogisiert werden. Er sagt, er sei schon dabei. Dann drehe ich mich wieder zum Fluss um, damit ich den Leichnam im Auge behalten kann, der mit dem Gesicht nach unten am Fuß der Schräge liegt. Petrillo war nicht der Erste, der seine Dienstmarke ausgenutzt hat. Und er wird nicht der Letzte sein. Diese Stadt bringt solche Leute hervor und verschlingt sie auch wieder, und keinen schert es, wenn sie weg sind.

Ich betrachte die Hügel im Süden. Wenn Smog herrscht, sagt meine kleine Tochter immer, sie sind verschmiert, und so sehen sie jetzt gerade auch aus. *Verschmiert.* Ich sehe Vögel kommen und gehen. Drei Enten schwimmen in der Hauptrinne an der Leiche vorbei, ohne sie überhaupt zu bemerken. Ich versuche nicht darüber nachzudenken, wie lange es wohl dauert, bis jemand aus der Gerichtsmedizin hier ist. Ich frage mich, ob sie überhaupt schon im Harm Park sind oder auf dem Weg von der USC noch im Stau stecken. Ich schaue zu den Streifenwagen und sehe, dass Irma weg ist und Louis mit Montero redet. Im Flussbett zeigt eine einzelne Krähe Interesse an Petrillo, aber ich finde ein paar Betonbrocken zum Werfen, mit denen ich sie vertreiben und zum Aufflattern bringen kann. Als sie weg ist, bleibt als Geräusch nur noch das stete Brummen des Verkehrs auf dem Freeway 710 und ein Flugzeug im Landeanflug auf den Long Beach Airport.

Bis ein großer weißer Vogel herabstößt und im Fluss landet. Es ist ein Reiher, ein Silberreiher oder ein Schmuckreiher. Ich weiß nicht genau, welcher von beiden, aber es ist ein wunderschöner Vogel – lange Beine, langer Hals, ein gelber Schnabel so lang wie ein Springmesser. Der Tote ist ihm vollkommen egal. Er schaut ihn nicht mal an. Er will bloß das Wasser und was darin ist. Er stakst von Osten nach Westen und fischt, sticht mit dem Schnabel in die Strömung, wenn er etwas entdeckt, schnappt er zu und reckt dann den Kopf gen Himmel, pumpt mit dem Hals, um das Schlucken zu befördern. Ich stehe sicher zwanzig Minuten so und beobachte ihn, bis er genug gefressen hat. Danach bleibt er stehen. Er dreht sich flussaufwärts und steht auf einem Bein im Wasser, still und groß – ein siegreicher Jäger.

GLOSSAR

1, 2, 3 …

10-97: Funk-Code des Los Angeles Sheriff's Department (LASD) für die Meldung «Vor Ort eingetroffen».

187: bezieht sich auf den § 187 des Kalifornischen Strafgesetzbuchs, in dem es um die Straftat Mord geht.

4700: Eine Abteilung des Men's County Jail des Bezirks Los Angeles, in der für gewöhnlich normale Häftlinge ohne Sonderstatus untergebracht werden.

5150: Kurz für Abschnitt 5150 des Kalifornischen Sozial- und Gesundheitsgesetzes, der einem Polizeibeamten oder Klinikarzt gestattet, eine Person gegen ihren Willen in die Psychiatrie einzuweisen, wenn Grund zu der Annahme besteht, dass die Person unter einer psychischen Störung leidet, die sie zu einer Gefahr für sich selbst oder andere Menschen macht.

A

A mal nudo, mal cuño: wörtl. «Für einen schlechten Knoten (im Holz) ein schlechter / böser Keil (zum Holzspalten)», entspricht der deutschen Redensart «Auf einen groben Klotz gehört ein grober Keil», also: Gewalt und Härte muss mit Gewalt und Härte beantwortet werden.

abuela: «Großmutter».

abuelita: Kosename für die Großmutter («Großmütterchen»); auch: eine ältere Frau, die wie eine Großmutter aussieht.

AdSeg: kurz für «Administrative Segregation», auch Isolationshaft oder «das Loch» genannt.

ADW: Abk. für die Straftat «assault with a deadly weapon», also Angriff mit einer gefährlichen Waffe.

agua(s) fresca(s): wörtl. «frische(s) Wasser», nichtalkoholische Getränke aus Früchten, Getreide, Blumen oder Samen, die mit Zucker und Wasser vermischt werden und in Mexiko sowie den USA sehr beliebt sind.

AHD: Abk. für «assistant head deputy»; etwa «stellvertretende(r) Abteilungsleiter(in)», in diesem Fall eine Position in der Staatsanwaltschaft des Bezirks Los Angeles.

Attaboy(s): wörtl. «braver Junge», meist zu Hunden gesagt; informelle Belobigung in der Firestone Park Station des LASD.

Awshit: wörtl. «Ach du Scheiße»; informeller Tadel in der Firestone Park Station des LASD, der alle vorherigen Anerkennungen auslöscht.

B

bala: «Kugel, Geschoss».

Bankdrücker: Ein neuer, unbekannter oder unzuverlässiger Gefangener wird vom Boss der jeweiligen Häftlingsgruppe dadurch diszipliniert, dass er die frei verfügbare Zeit auf seinem Bett verbringen und oft anderen Gang-Mitgliedern einen Teil seiner Essensrationen abgeben muss; das wird als «Bankdrücken» bezeichnet.

barrio: wörtl. «Viertel, Nachbarschaft», im Spanischen in etwa gleichbedeutend mit dem englischen «Hood» verwendet.

Bewährungskommission: im engl. Original «Board of Prison Terms»; eine inzwischen aufgelöste Körperschaft des Bundesstaates Kalifornien; ein Komitee aus neun Mitgliedern, das über die Freilassung auf Bewährung verurteilter Straftäter, die Aufhebung und / oder den Widerruf der Aussetzung einer Haftstrafe auf Bewährung sowie Gnadengesuche entschied.

Bloods: vor allem afroamerikanische Gang, gegründet Anfang der 1970er Jahre in Los Angeles als Gegengewicht zum Gang-Verbund der *Crips*; traditionell erkennbar durch rote Bandanas und mit den *Crips* verfeindet (blaue Bandanas).

bolillo(s): «Brötchen», eine Art mexikanisches Baguette, im Steinofen gebacken.

bolsillo(s): «Tasche(n), Täschchen».

bravada: «tapfer, mutig».

brocha: wörtl. «Quast, Pinsel»; auch Bezeichnung für einen buschigen Schnurrbart.

C

Calipatria: Stadt im Imperial County, Kalifornien, vor allem bekannt für das Calipatria State Prison, eine Haftanstalt für Männer mit viertausend Insassen, die etwa die Hälfte der Stadtbevölkerung ausmachen.

callate: «sei still», «bleib ruhig» oder «halt den Mund».

camarone(s): «Garnele(n)».

cariño: wörtl. «Liebe», «Freundlichkeit» oder «Wohltätigkeit»; bezeichnet eine Form der Respektsbekundung durch Geldzahlung, kann aber auch (Schutzgeld-)Erpressung bedeuten, je nach Zusammenhang; s. a. *Steuern*.

carne guisada: Fleischeintopf, typischerweise aus Rindfleisch, Tomaten, Knoblauch, Zwiebeln und Paprika zubereitet.

carnicería: Fleischmarkt oder Fleischerladen, in dem auch andere Lebensmittel zum Verkauf stehen können.

casa: «Haus».

CCB: veraltete Abk. für das Criminal Courts Building (Strafgerichtsgebäude) an der Temple Street in Los Angeles; seit 2002 ist das Gebäude unter dem Namen «Clara Shortridge Foltz Center for Criminal Justice» bekannt.

CDC: Abk. für «California Department of Corrections», die kalifornische Strafvollzugsbehörde.

CDC-Nummer: vom *CDC* vergebene Gefangenen-Identifikationsnummer. (*Notabene*: Diese Nummern beginnen normalerweise mit dem Buchstaben J; in diesem Text jedoch wurde der Buchstabe R verwendet, um die Möglichkeit auszuschließen, dass die fiktive Nummer von Augustine Clark sich auf einen realen Gefangenen bezieht oder in Zukunft beziehen könnte.)

cena: «Abendessen».

Ćevapčići: vom Balkan stammende Bratwurst ohne Darm aus Hackfleisch, Eiweiß und unterschiedlichen Kombinationen von Salz, Knoblauch und Gewürzen.

Chapín: Slang-Bezeichnung für einen Menschen guatemaltekischer Herkunft.

chavala: wörtl. «Mädchen» oder «junge Frau»; Slang-Bezeichnung für jemanden, der sich wie ein Gangster kleidet (oder benimmt oder redet), ohne dass viel Substanz dahintersteckt.

chiba: span. Slang für Marihuana.

Chicano: früher abwertende, heute allgemeiner verwendete Bezeichnung für in den USA lebende Menschen mexikanischer Herkunft; abgeleitet von der spanischen Aussprache des Wortes «Mexicanos».

Chinga tu madre: «Fick deine Mutter.»

chingón: wörtl. «Ficker»; auch Slangausdruck für «cool» oder «großartig».

Chivas: wörtl. «Ziegen», Spitzname des Club Deportivo Guadalajara, eines sehr populären Fußballvereins in Jalisco, Mexiko.

cholo: meist Bezeichnung für Chicano-Gangster, wird aber manchmal auch für Latinos im Allgemeinen verwendet.

chorizo: scharfe mexikanische Wurst, meist aus Schweinefleisch.

chuchito: wörtl. «kleiner Hund»; guatemaltekische Tamale, in Maisblätter gewickelt *(hoja de elote de máiz)*.

ciruela: «Pflaume».

Citation 4457: Verwarnung für das Nicht-Ersetzen eines gestohlenen, verlorenen, beschädigten oder unlesbaren Nummernschilds oder Fahrzeugscheins.

Citation 4464: Verwarnung für das Anbringen eines Nummernschildes, dessen Originalbeschriftung verändert wurde.

clica (oder click): entweder eine Gang oder die lokale Abteilung einer größeren Gang.

CO: Abk. für Correction Officer, also Vollzugsbeamten.

Code Seven: kalifornischer Polizeijargon für Mittags- oder Essenspause.

compadre: «Kumpel» oder «Freund».

CoR: Abk. für Certificate of Release: Entlassungsurkunde, die jeder Häftling nach seiner Entlassung aus der Haft bekommt.

crew: innerhalb einer Gang oder *clica* Bezeichnung für eine kleinere Gruppe oder Einheit.

Crips: vor allem afroamerikanische Gang, gegründet von Raymond Washington in den 1970er Jahren in Los Angeles, inzwischen ein größerer Verbund verschiedener Straßengangs, die zum Teil untereinander verfeindet sind. Eine der größten und gewalttätigsten Verbände von Straßengangs in den USA mit geschätzten 35 000 Mitgliedern; traditionell erkennbar durch blaue Bandanas und mit dem Gang-Verbund der *Bloods* verfeindet (rote Bandanas).

cuete: wörtl. «Feuerwerk»; Slang-Bezeichnung für Schusswaffe, meistens Handfeuerwaffe.

D

dago: rassistische Beleidigung für Italiener.

Drogengericht: Ein Programm der kalifornischen Justizbehörden, das im Jahr 1994 initiiert wurde und es nicht gewalttätigen Drogentätern mit chronischen Suchtproblemen ermöglicht, anstatt einer Haftstrafe eine überwachte Behandlung und Rehabilitation zu beginnen; Ziel des Programms ist es, die Kosten des Strafvollzugs zu reduzieren und suchtkranken Menschen die Chance zu geben, wieder produktive Mitglieder der Gesellschaft zu werden.

E

elegante: «elegant».
en serio: «im Ernst».
entiendes: «Verstehst du?»
es obvio: «Das ist offensichtlich / liegt auf der Hand.»
ese (oder esé): wörtlich «der da»; im Chicano-Slang wird es unter Männern meist in der Bedeutung «Typ» oder «Mann» verwendet; kann auch abwertend (dann mit Akzent / Betonung auf dem zweiten e, also *esé*) oder einfach vertraulich und nicht drohend gemeint sein.
Extra: eine von Häftlingen selbst zubereitete Mahlzeit aus allen möglichen verfügbaren Nahrungsmitteln; kann z. B. «Tortilla» aus zerdrücktem Brot enthalten oder «Tamale» aus zerdrückten Maischips oder Top-Ramen-Fertigsuppe als Grundlage mit zusätzlichen Zutaten; der Ausdruck kann auch verschiedene Dinge bezeichnen, die bei einer einzigen Mahlzeit zusammen gegessen werden, vielleicht zur Feier einer Entlassung oder Freilassung auf Bewährung.

F

Fischbeutel: Hygieneartikel, die ein neuer Häftling im Strafvollzug ausgehändigt bekommt.
flaca: wörtl. «Dünne»; meist Bezeichnung für dünne Frauen (männl. Form: *flaco*).
Folsom: Folsom State Prison, ein Hochsicherheitsgefängnis, eröffnet 1880 und damit (nach dem San Quentin State Prison)

die zweitälteste Strafvollzugsanstalt im Bundesstaat Kalifornien.

FPK: Firestone Park Station, ein Revier des Los Angeles Sheriff's Department, das vor seiner Schließung im Viertel Florence lag.

fresa: wörtl. «Erdbeere», auch Slang-Bezeichnung für Prostituierte.

G

G: Kurzform von Gangster; s. auch *OG*.

gabacho: abwertende Bezeichnung für englischsprachige Personen europäischer Abstammung.

Gagana Sāmoa: Lehrbuch für Samoanisch, verfasst von Galumalemana Afeleti Hunkin; Erstveröffentlichung 1988.

ganas: wörtl. «Gonaden, Keimdrüsen», auch Slang-Bezeichnung für Mumm oder große Entschlossenheit.

Garcetti, Gil: 40. Generalstaatsanwalt des Los Angeles County vom 7. Dezember 1992 bis 4. Dezember 2000; Vater des aktuellen Bürgermeisters von Los Angeles, Eric Garcetti.

Guate: kurz für Guatemalteke, guatemaltekisch.

H

hermano: «Bruder».

HG: Abk. für *hardcore gang*.

hilacha: wörtl. «Fetzen»; guatemaltekischer Eintopf aus geschabtem Rindfleisch.

Hood: Abk. für *neighborhood*; ein Viertel oder eine Nachbarschaft mit besonderen Eigenschaften, vor allem was die ethnische und soziale Eigenschaft der Bewohner angeht; oft auch gleichbedeutend mit «Ghetto» oder «The Projects» (Sozialsiedlungen) verwendet.

hot shot: eine große, tödliche Dosis Heroin, die ohne Wissen oder gegen den Willen des Empfängers präpariert oder verabreicht wird, um den Tod wie eine versehentliche Überdosis wirken zu lassen.

I

indecente: «unanständig».

IPA: Abk. für Inmate Processing Area; der Bereich im Strafvollzug, wo Gefangene in das System aufgenommen, an- und abgemeldet und wieder entlassen werden.

INS: Abk. für Immigration and Naturalization Service, eine Agentur, die dem US-Justizministerium untersteht und für Einwanderung und Einbürgerung, aber auch Abschiebungen und Grenzschutz zuständig ist. Diese Agentur wurde am 1. März 2003 aufgelöst, und die neu gegründete Abteilung U. S. Immigration and Customs Enforcement (ICE) übernahm die Aufgaben der Überprüfung und Abschiebung von Migranten.

intenso: «intensiv».

Isus Krist: «Jesus Christus»; ein kroatischer Fluch oder Ausruf der Überraschung.

J

Jalisco: westlicher Bundesstaat Mexikos; seine Hauptstadt ist Guadalajara.

Jebiga: kroatischer Fluch oder Ausruf, wörtl.: «Fick es!»

Jebo ti vrag mater: kroatischer Fluch oder Ausruf, wörtl.: «Der Teufel hat deine Mutter gefickt!»

K

K-10: Bezeichnung für einen Häftling, der von allen anderen Gefangenen ferngehalten werden muss; solche Gefangenen unterliegen der höchsten Sicherheitsstufe in den Einrichtungen des Los Angeles County, entweder weil der Gefangene extrem gewalttätig oder ein hochrangiger Gang-Anführer ist oder weil der Umgang mit dieser Person für den Bezirk ein gewisses Risiko darstellt (zum Beispiel weil es sich um einen prominenten Gefangenen handelt).

L

la maldad: «das Böse».

LAPD: Abk. für Los Angeles Police Department, die städtische Polizeibehörde von Los Angeles.

LASD: Abk. für Los Angeles County Sheriff's Department, die Polizeibehörde des Bezirks Los Angeles, zuständig für alle nicht zum engeren Stadtgebiet gehörenden Teile des Metropolraums Los Angeles, für den Strafvollzug innerhalb der *County Jails* sowie die Sicherheit des öffentlichen Nahverkehrs.

llavero: wörtl. «Schlüsselhalter», Bezeichnung für den Befehlshaber einer Gang oder eines Teils einer Gang, entweder im Gefängnis oder auf der Straße; derjenige, der die Schlüssel in der Hand hält; s. auch *Schlüssel*.

Lo prefiero: «Das ist mir lieber / Das bevorzuge ich.»

Lo siento (mucho): «Das tut mir (sehr) leid.»

locote/lokete/lokita(s): wörtl. «Verrückte(r)»; bezeichnet meist ein Gangmitglied, das zu extremen Mitteln greift, ohne sich Gedanken über die Konsequenzen zu machen.

M

machaca: nordmexikanisches Würzfleisch, entweder Rind oder Schwein, üblicherweise getrocknet und dann wieder rehydriert.

malias: körperliche Krankheitssymptome, die durch den Entzug einer harten Droge (z. B. Heroin) hervorgerufen werden, Entzugserscheinungen.

maricón: abwertende Bezeichnung für einen schwulen Mann.

marisco(s): «Meeresfrüchte» oder «Schalentiere», gemeint sind jedoch meistens Garnelen; kann auch ein Restaurant bezeichnen, das auf Fisch und Meeresfrüchte spezialisiert ist.

masa: ein Mehl, zu dessen Herstellung man Mais in Kalkwasser, einer alkalischen Lösung, einweicht, bevor er gewaschen und geschält wird; dieser Prozess wird als «Nixtamalisation» bezeichnet. Aus diesem Mehl werden dann Mais-Tortillas, Tamales, Pupusas und viele andere Gerichte zubereitet.

matón: «Mörder», «Killer».

mayate(s): wörtl. «schwarzer Mistkäfer»; die von Mexikanern und Chicanos am häufigsten verwendete abwertende Slang-Bezeichnung für Menschen dunkler Hautfarbe.

MCJ: Abk. für Los Angeles County Sheriff's Department Men's Central Jail, auch schlicht als Central Jail (CJ) bezeichnet; es wurde 1963 erbaut und beherbergt etwa 4300 Häftlinge.

ME: Abk. für Medical Examiner, «Gerichtsmediziner».

Mean Streak: ein permanenter Filzmarker, der häufig für Graffiti verwendet wird.

Methadon: ein Medikament, das bei der Behandlung der Abhängigkeit von Opioiden wie Heroin eingesetzt wird; meist als Substitution während des Entzugs.

mierda: «Scheiße».

Miranda: Bezeichnung für die vorschriftsmäßige Unterrichtung einer kürzlich verhafteten Person über ihre gesetzlichen Rechte – die «Miranda-Rechte», so genannt nach dem Präzedenzfall

Miranda vs. Arizona 384 U.S. 436 (1966), bei dem der Supreme Court entschied, dass Aussagen im Polizeigewahrsam in einem Strafprozess nur verwendet werden dürfen, wenn der Beschuldigte sowohl über sein Recht informiert wurde, einen Anwalt hinzuzuziehen, als auch über sein Recht, beim Verhör durch die Polizei zu schweigen. Die entsprechende unmittelbare Unterrichtung Verhafteter ist inzwischen landesweiter Polizeistandard.

mostaccioli: Nudelgericht aus Penne-ähnlichen Röhrennudeln, die mit Tomatensoße, Mozzarella und Salsiccia (italienischer Wurst) überbacken werden.

Muy pequeño el mundo es: «Die Welt ist sehr klein.»

N

NA: Abk. für Narcotics Anonymous, Selbsthilfegruppe für Drogenabhängige nach dem Vorbild und der Vorgehensweise der Anonymen Alkoholiker.

NCCF: Abk. für North County Correctional Facility, das Hochsicherheitsgefängnis, das auch unter dem Namen «The Flagship» bekannt ist und auf der Wayside Honor Rancho liegt; es wurde am 10. März 1990 vom damaligen US-Präsidenten George H. W. Bush eröffnet.

«Nieves de Enero»: wörtl. «Der Schnee vom Januar»; Titel einer volkstümlichen Ballade des mexikanischen Songwriters Chalino Sánchez, die von einem Mann mit gebrochenem Herzen erzählt, der seine große Liebe im Januar zu heiraten hoffte, doch seither sind viele Monate ins Land gezogen, ohne dass es zur Hochzeit kam, und er möchte die Wahrheit erfahren, warum das so ist.

O

OG: Abk. für *original gangster*, womit üblicherweise jemand bezeichnet wird, der bereits seit längerer Zeit Mitglied in einer Gang ist und an ihren kriminellen Aktivitäten teilhat.

O. P. P.: Song des Hip-Hop-Trios Naughty by Nature aus dem Jahr 1991, in dem in Kurzform erklärt wird, woran man merkt, dass man bereit ist, seine(n) Partner(in) zu betrügen; die Abkürzung kann für Verschiedenes stehen: Other People's Property / Pussy / Penis, also Eigentum/Muschi/Penis anderer Leute.

OSS: Abk. für Operation Safe Streets, eine Abteilung innerhalb des Los Angeles County Sheriff's Department, die für den ganzen Bezirk Los Angeles Hilfe zur Zerschlagung von Gangs und zur Untersuchung ihrer Straftaten anbietet.

P

paisa: (Kurzform von paisano): wörtl. «Landmann», «Landbewohner», Mensch ländlicher Herkunft.

payaso: «Clown».

PC: Abk. für Protective Custody, «Schutzgewahrsam», also die Absonderung von Häftlingen zu ihrem eigenen Schutz.

PD: Abk. für Public Defender, «Pflichtverteidiger».

Pero ahora tu tienes una madre: «Aber jetzt hast du eine Mutter.»

pička: kroatischer Slang-Ausdruck für das weibliche Geschlechtsorgan, der «Muschi», «Fotze» oder auch «Schlappschwanz» bedeuten kann.

platano(s): «Kochbanane(n)».

por supuesto: «natürlich».

pruno: Gefängniswein, der aus jeweils verfügbaren Früchten und Brotresten hergestellt wird; die Hefe im Brot sorgt für die Gärung.

puta/puto: Allzweckbeleidigung, die «Bastard», «Arschloch», «Nutte» oder «Hurensohn» bedeuten kann; die Beleidigung kann verstärkt werden, in dem man das entgegengesetzte Geschlecht der Zielperson verwendet. Je nach Kontext kann es auch als schwulenfeindliche Beleidigung verwendet werden.

Q

quebradita: mexikanischer Tanz, oft zur Banda-Musik im Sinaloa-Stil getanzt.

R

Raza (oder La Raza): wörtl. «Rasse», «die Rasse» oder auch «das Volk»; das Wort kann unter Latinos die gefühlte Einheit und/oder ethnischen Stolz ausdrücken.

respeto: «Respekt».

responsibilidad: «Verantwortung».

S

Sa-I-Gu: koreanische Bezeichnung der *Los Angeles Riots* von 1992, also der Unruhen nach dem Freispruch der vier Polizisten, die den Afroamerikaner Rodney King schwer misshandelt hatten.

Sánchez, Chalino: mexikanischer Sänger und Songwriter, vor allem bekannt für seine *narcocorridos,* nordmexikanische Balladen über das Leben im und mit dem illegalen Drogenhandel.

Schläfer: ein Gang-Mitglied, das für die Strafverfolgungsbehörden unerkannt bleiben will und sich daher aller Identifizierungsmerkmale wie Gang-Tattoos oder typischer Kleidung enthält.

Schlüssel: Slang-Bezeichnung für «Macht»; gemeint ist kein tatsächlicher, materieller Schlüssel, sondern ein Zeichen der

Führerschaft, das eine Person hält – so wie ein Boxweltmeister einen Titel hält. S. auch *llavero.*

Se pueden callar sus pinche bocas: «Sie können ihr verficktes Maul halten.»

soft 39: Disziplinierungsmaßnahme innerhalb der Gefängnispopulation der *Sureños*, die daraus besteht, dass zahlreiche Gang-Mitglieder möglichst unauffällig über das zu bestrafende Opfer herfallen und mit ihren Schlägen und Tritten vor allem auf Kopf und Oberkörper zielen, und das 39 Sekunden lang (oder bis Strafvollzugsbeamte dazwischengehen).

soldado: «Soldat».

Speedball: intravenös injizierte Mischung aus Heroin und Kokain (so häufiger in den 1990ern) oder Heroin und Speed.

Spic: veraltete Beleidigung für spanischsprachige Menschen oder solche, die anscheinend mittel- oder südamerikanischer oder karibischer Herkunft sind.

Steuer: Schutzgeld oder Abgabe, erpresst von denjenigen, die illegalen Geschäften nachgehen (z. B. Drogenhandel oder Prostitution); dabei wird ein Prozentsatz des Profits an den lokalen «Schlüsselhalter» oder Gang-Boss gezahlt, entweder um nicht bei der Polizei angezeigt oder um beschützt zu werden, oder aus Loyalität zu einem größeren Gruppenverband; s. auch *cariño.*

suerte: «Glück», «Schicksal».

Suppen: Gefängnis-Jargon für japanische Fertignudelsuppen der Marke *Top Ramen;* weitergehende Informationen über die Bedeutung dieser im Gefängnis-Shop erhältlichen Ergänzung zur offiziellen Verpflegung s. *Prison Ramen: Recipes and Stories from Behind Bars* von Clifton Collins Jr. und Gustavo «Goose» Alvarez.

Sureño(s): Latino-Straßengangs, die sich innerhalb der Gefängnisse organisieren, möglicherweise mit der mexikanischen Mafia assoziiert.

T

Tamale: Teig aus Maismehl, üblicherweise mit Fleisch oder Käse gefüllt und in Maisblättern gedämpft.

Tel o prometo: «Ich verspreche dir.»

Telefona ambulanza: falsches von Augie verwendetes Spanisch; richtig wäre «Telefona a la ambulancia», also: «Ruft einen Rettungswagen.»

Thunder Dorm: Mit diesem Begriff bezeichnen Häftlinge meist den gewalttätigsten, gefährlichsten Schlafsaal innerhalb einer Einrichtung.

tinā: «Mutter» auf Samoanisch.

Todo está bien: «Alles ist gut.»

tranquilo: «ruhig», «sei ruhig».

U

Uso: wörtl. «Bruder» auf Samoanisch; mit diesem Begriff wird im Gefängnis die ethnische Gruppe pazifischer Herkunft bezeichnet, also von den Inselstaaten im Pazifik stammend (Samoa, Fidschi, Tahiti usw.).

V

Valenzuela, Fernando: ehemaliger mexikanischer Pitcher (Werfer) in der Major League Baseball; absolvierte siebzehn Spielzeiten (1980 bis 1997) für verschiedene Teams, vor allem für die Los Angeles Dodgers.

vato: mexikanischer Slang für «Mann»; es liegt eine gewisse Ernsthaftigkeit in dieser Anrede.

Viking(s): gemeint sind die Lynwood Vikings, eine geheime Gruppierung innerhalb des *LASD*, die vom US-Bezirksrichter Terry J. Hatter als «Gang aus Rechtsextremen und Neonazis» bezeichnet wurde, die sich «rassistisch motivierter Gewalt» und «terroristischer Taktiken» bedienten.

Virgencita: Kosename für die Muttergottes, die Jungfrau Maria.

W

WAD: Abk. für Warrants and Detainments, einer Abteilung innerhalb des *LASD*, die unter anderem für die Terminierung von Anklageverlesungen zuständig ist.

Weißbrot: Gefängnisjargon für Häftlinge, die der ethnischen Gruppe der Weißen angehören.

wila: wahrscheinlich die anglisierte Variante von «huila» («Drachen» [Spielzeug]); kleine Zettel mit Nachrichten in Mikroschrift, die von Häftlingen als nicht überwachte Kommunikationsmittel genutzt werden.

Y

Y ahora: «Und jetzt …», «Und dann …».

DANK

Álvaro
Deputy Maria Aiken
Jerry Ballesteros
Rowland Becerra und die Lynwood Union Gallery
Jon Bernthal
Christopher D. Brand
Kate Butiu (geb. Thomas) und ihre Schüler und Schülerinnen an der Firebaugh High School
Cap
Chee
Deputy Eddie Carter
Jon Cassir
Steph Cha
Deputy Jason Chavez
Daphne Durham
Espi
Charles Farrell
Die Familie Gattis
Roly Gonzalez
Sergeant Sterling G. Haley
Special Agent Eric Kraus
Lizzy Kremer
Simon Lipskar
Nicky Lund
Richter Stephen A. Marcus
Steve Martínez
Sean McDonald

Harriet Moore
Deputy District Attorney Louis Morin
Felix Quintana
Michael Raulston
US-Bundesanwalt Bruce Riordan
Marisa Roemer und die Familie Roemer
Aniela Arlene Russo
Stadträtin Marisela Santana
Evan und Melissa Skrederstu
Deputy Michael Steen
Deputy Lucia Varela
Cristiana Wilcoxon (Recherche)
Steve Younger
und
den vielen anderen, die anonym ihre Gedanken und Gefühle über ihre eigene Inhaftierung oder die Inhaftierung ihrer Angehörigen mit mir geteilt haben.